鲁北影韵

丁志峰 著

山東文藝出版社

图书在版编目（CIP）数据

鲁北影韵 / 丁志峰著 . —济南 : 山东文艺出版社 , 2022.7（2024.1重印）
ISBN 978-7-5329-6597-7

Ⅰ . ①鲁… Ⅱ . ①丁… Ⅲ . ①电影文学剧本—作品集—中国—当代 Ⅳ . ① I235.1

中国版本图书馆 CIP 数据核字 (2022) 第 063405 号

鲁北影韵

LU BEI YING YUN

丁志峰　著

主管单位　山东出版传媒股份有限公司
出版发行　山东文艺出版社
社　　址　山东省济南市英雄山路 189 号
邮　　编　250002
网　　址　www.sdwypress.com

读者服务　0531-82098776（总编室）
　　　　　0531-82098775（市场营销部）
电子邮箱　sdwy@sdpress.com.cn

印　　刷　盛大（天津）印刷有限公司
开　　本　710mm×1000mm　1/16
印　　张　38
字　　数　645 千
版　　次　2022 年 7 月第 1 版
印　　次　2024 年 1 月第 2 次印刷
书　　号　ISBN 978-7-5329-6597-7
定　　价　98.00 元

前 言

该文集收录了作者创作的十二部电影文学剧本①。其中《海峡恋曲》《相思柳》《马龙镇》《虎胆勇士》及系列电影《鲁北烽火》（4部）共八部均发表在国家级刊物《中国作家》上，《大禹春秋》《信仰如初》两部发表于内部文学期刊。《鲁北烽火》（4部）及《虎胆勇士》《热血青春》《最后一战》是以作者家乡抗战时期的英雄人物和事迹为素材创作的红色历史题材剧本。《马龙镇》《信仰如初》是以当地新时期英模人物为素材创作的现实题材剧本。

作者家乡禹城市是四千年前大禹治水时导洪入海的功成名就之地，城南二十公里处现存大禹治水时期的“总后勤部”——高阳古城遗址；城西有古“具丘山”和“禹王亭”遗址。《大禹春秋》描写了当年大禹治水“三过家门而不入”的动人故事，属于历史题材。

《城乡吻》《洋媳妇》《苦乐岁月》系近期新作，与读者初次见面，以求读者朋友指正。

另附文朋诗友三篇影评，供读者朋友欣赏。

---

①编者注：部分剧本情节经过艺术加工。

目　录

一、虎胆勇士

1. 牤牛河边 日 外

天空浓云翻滚。

暴涨的牤牛河水，一浪高过一浪。

河对岸出现正在撑船打渔的德安老汉与儿子白钢忙碌的身影。

（画外音）：这是一条流经鲁北大地的河流——牤牛河。每逢阴雨连绵的季节，它就像一头桀骜不驯的牤牛，激情澎湃，汹涌奔腾。这条弯弯曲曲的河流也是禹城、齐河两县的分界。

背着简单行李的小学教师韩诚与肩挎书包的女儿韩凤娇走上了河堤。

（画外音）：暑假过后，家住河东韩家庄的韩诚老师带着女儿韩凤娇到河西秦家寨学校上课——这波涛汹涌的牤牛河挡在了他们面前。

韩诚同韩凤娇站在河堤上，望着奔腾的河流，心生惆怅。

韩凤娇：（惊喜地指着河对岸）德安大伯和白钢哥哥！

韩诚：（两手合成喇叭状，向对岸喊）德安大哥！

2. 河边 日 外

划船的白钢听到喊声，抬头望向对岸。

白钢：爹，是韩老师。

德安老汉：（收着网）哦，开学啦！接韩老师。

白钢掉转船头向对岸划去。

3. 河面上 日 外

激流中的木船，载着韩诚父女乘风破浪前行。

德安老汉稳坐在船头，两手把舵。

一个猛浪打来，船头翘起。

韩凤娇惊恐地站起，两手抓住父亲的臂膊。

韩诚拉女儿坐下，用手按着女儿。

白钢拼力摇橹划船，德安老汉猛力把舵，父子二人巧妙配合，躲过浪头。

木船破浪向前。

空中有几架飞机掠过。

众人仰脸望着。

白钢：韩老师，是小鬼子的飞机吗？

韩诚：（愤愤地）日寇打到我们家门口啦！

德安老汉：（望着空中骂）可恶的东西！

白钢：我要有条枪就好了，给他揍下来。

韩诚：你一个人不成，我们一起来吧！

木船靠岸。

4. 秦家寨学校教室 夜 内

桌上一盏马灯照着人们的脸庞，韩诚站在桌前讲着抗战形势。

白钢、韩凤娇、德安老汉、文桂珍、郑大力、耿长旺、冯小牛、张君山等十几人认真聆听着。

韩诚：中国共产党领导的八路军，已经开赴太行山区，展开了山地游击战；我们鲁北特委建起二十多个抗日根据地；齐家集的齐明山同志集合了几个村的红枪会，组建了一百来人的县大队。民众抗战的热情似牤牛河的波涛——一浪高过一浪。只要我们联合起来，就一定能打败日本侵略者。我们要动员一切爱国青年、有志青年行动起来，积极参加牤牛河抗日武工队，保卫我们的国土，保卫我们的家乡！

灯光照着白钢等人激动的脸庞和炯炯的目光。

白钢：（第一个跃起）我参加武工队，杀鬼子！

郑大力：我报名！

耿长旺：我报名！

冯小牛：我也报。

韩凤娇：还有我呢！

冯小牛：你才十六岁！不害怕吗？还是先报儿童团吧！

韩凤娇：（撇了撇嘴，不服气地）你比俺也大不了两岁啊！

白钢：（斜了冯小牛一眼）几个小鬼子，有啥可怕的！

韩诚：（对女儿）跟你文大娘参加妇救会，先锻炼锻炼。

文桂珍闻听忙上前搂过韩凤娇。

文桂珍：（高兴地）大娘可有帮手啦！

韩凤娇：（眨眼）为啥？

韩诚：武工队要去军分区接受严格的军事培训。

韩凤娇：（倔强地）俺也去培训！

韩诚：不怕吃苦？

韩凤娇：您不是常说"要在艰苦中锻炼"嘛！

韩诚：可不能当逃兵。

韩凤娇：军法处置！

韩诚：那就去吧！白钢带队，明早出发。

白钢：（双脚并拢）是！

韩凤娇抑制不住地兴奋，紧紧依偎在文大娘怀中。

5. 集训处广场 日 外

军分区广场上，一队队地方抗日武装在接受军事训练。

穿着八路军服装的军事教官在训练队伍。

旁边，挎着红十字药箱的韩凤娇及一部分女青年，在两名女教官的带领下训练战地救护。

另一边，白钢等人所在的场地上，教官在训练刺杀。

教官：预备——刺！

白钢等人：杀！

教官：预备——刺！

白钢等人：杀！

教官：预备——刺！刺！刺！

白钢等人：杀杀杀！

6. 大厅 日 内

白钢等上百名青年在听课。

穿着八路军服装的政治教官：同志们！目前，国共合作联合抗战的大局已定。范筑先将军“决不南渡”的雄心壮志鼓舞着我们冀鲁豫边区人民奋起抗战，我们与太行山区连接成抗日革命根据地，狠狠打击胆敢来犯之敌。

白钢等人聆听着、记录着。

教官：经过两个月的培训，同志们进步很快。光靠书本上学习、操场上训练，是远远不够的。我们要在战斗中学习战术……

白钢：在战争中学习战争！

教官：对！

教官：（向白钢走来）回去后，你们要立即投入到实战中去。

7. 秦金盆家后院 夜 外

月黑风高夜。

肩背红缨大刀的白钢、郑大力和腰别短刀的耿长旺、冯小牛及肩挎绳索的张君山走来。

他们在秦金盆家的高墙大院前停下。

郑大力蹲在墙下。

张君山把绳索挎到白钢肩上。

白钢踩上郑大力肩膀。

郑大力站起，白钢两手扒住墙头。

白钢一纵身爬上院墙，又攀上房顶，伏在屋脊上观察院中。

8. 院中 夜 外

蜷伏在房厦下的一只大黄狗似乎觉察到了什么动静，忽地站起身，仰望着房顶，发出呜呜声。

房顶上抛下了一个纸包。

大黄狗呜的一声扑过去，撕开纸包，叼起了一块熟肉，三两下吞下肚。

没一会儿，黄狗倒地。

9. 房顶上 夜 外

白钢将绳索一头系在腰上，另一头扔到房下。

耿长旺、冯小牛抓着绳子爬上房顶。

郑大力、张君山在墙根紧紧拉住绳索，白钢顺着绳索滑进院子，耿长旺、冯小牛接着滑进院子。

白钢手持大刀走向一处亮着灯影的屋子。

手持短刀的耿长旺、冯小牛紧跟在后。

10. 家丁更屋 夜 内

马灯前，两个家丁各抱着一支大枪打瞌睡。

屋门响动。

家丁甲听到动静，愣怔着眼。

家丁甲：谁？

家丁乙端起了枪。

白钢破门而入，闪着寒光的大刀劈向家丁乙。

家丁乙仰倒在地，枪失手落地。

耿长旺的短刀横在正要端枪的家丁甲眼前。

白钢一把抓过家丁甲的大枪。

白钢：（厉声）想死还是想活？

家丁甲：（战战兢兢）我想活。

白钢：带我们去找秦金盆。

家丁甲：东家在大太太屋里，大太太不让打扰。

白钢：他二太太不是要生了嘛！你就说二太太肚子疼得厉害。

家丁甲：（一对老鼠眼滴溜溜转着）我……我……

白钢：（大刀顶住家丁甲的脑门）你就死这里吧！

家丁甲：我去……我去。

11. 秦家堂屋门前 夜 外

家丁甲：（敲着屋门）东家，二太太要生了，肚子疼得厉害哪！

堂屋里传出咳嗽声，亮起灯光。

屋门打开，穿着睡衣的地主婆扶着屋门，睡眼惺忪地嘟哝。

地主婆：早不生晚不生，非要赶到半夜生，闹得一家人不消停。

白钢等人闪身进门，地主婆喊了一声，蹲倒在地。

12. 堂屋里 夜 内

秦金盆伸手抓床头上的盒子枪，但枪和他的手被白钢踩在了脚下。

秦金盆还是按动了盒子枪，砰的一声，白钢脚下闪出一串火星。

白钢挥刀砍下了秦金盆的光脑壳，把盒子枪抓在手中。

白钢：（跳下床，喝问冯小牛、耿长旺押着的家丁甲）还有一挺机枪呢！

家丁甲：（眼皮撩了一下地主婆）问大太太吧。

白钢：（喝令地主婆）拿出来！

地主婆走进里屋，两手哆哆嗦嗦地摸出钥匙，打开衣柜。

白钢伸手抓出来一挺歪把子机枪。

耿长旺上前接过机枪，两手紧紧抓在手中。

白钢：（对地主婆）等你儿子回来，告诉他——我们武工队借枪打鬼子。谁与抗日队伍为敌都没好下场。

地主婆翻了翻眼皮。

家丁低下了头。

白钢转身率众走去。

13. 学校教室 夜 内

韩诚：（欣喜地）很好！旗开得胜。

韩诚：（对白钢）乘胜出击。据可靠情报，在日寇的伦镇街据点有十个日军，住在地主家的土楼上，土楼窗口架着一挺歪把子机枪；伪军有一个小队，住在土楼下的一座四合院里，四个寨门各有两个伪军站岗。伪军队长是秦金盆的儿子秦泥鳅，他伙同日寇烧杀掠抢，残害百姓。我们趁热打铁，连夜拿下。

白钢点点头。

张君山：我们才十来个人呀！

郑大力：（瞥了张君山一眼）怕啥？我一个弄他仨！

韩诚：韩家庄大刀会有二十多人，会长韩大勇同意加入抗日武工队，与我们一起行动。

白钢：还得利用一下秦家的家丁。

韩诚：（点头）对。

14. 伦镇寨门 夜 外

白钢用盒子枪顶着肩挎大枪的家丁在前头引路。

耿长旺端着机枪，押着被反绑的韩诚来到寨门前。

寨门前的寨沟中水漫两岸，吊桥高高悬在空中。

寨门上的伪军：（喝问）干什么的？

白钢顶了一下家丁。

家丁：我是秦家的家丁。东家活捉了共产党的区委书记韩诚，让我押着给秦队长送来。

寨门上的伪军：等着。

吊桥哗啦啦地放下来，寨门被打开。

白钢等人走过吊桥，走进寨门。

15. 寨里 夜 外

一老一小两个伪军赶忙前来迎接，白钢的盒子枪和耿长旺的机枪横在了他俩胸前。

白钢：举起手来！我们是抗日武工队。

两个伪军目瞪口呆，乖乖地举起手。

白钢和耿长旺夺下伪军的枪，卸下枪栓，又把枪挎回到他们身上。

白钢把两个伪军腰间的手榴弹拿出来分给几个战士，在自己腰中也别了两颗。

韩大勇带领手持短刀的韩凤娇，端着长枪的郑大力、冯小牛及二十多个手持大刀的队员冲进寨门。

韩诚：（对白钢及韩大勇）分头行动！

白钢、郑大力、耿长旺押着那名老伪军走去。

韩大勇、韩凤娇押着家丁及小伪军和被反绑双手的韩诚走去。

冯小牛、张君山留下把守寨门。

16. 四合院门前 夜 外

韩大勇、韩凤娇押着家丁及小伪军走来。

院门口两个站岗的伪军：（拉着枪栓喝问）干什么的？

带路的小伪军：（指着身后）秦队长的家丁抓住了韩诚，押来送给秦队长。

两个伪军收起枪，凑上前要看明白，被韩大勇、韩凤娇捂住嘴，卸了枪。

韩诚抖开双臂上的绳索，拔出手枪，向后招手。

隐蔽在墙弯处的队员们跟上来。

韩诚：（对小伪军）带我去见秦队长！

小伪军在前引路。

韩诚、韩凤娇紧跟在后。

韩大勇等队员举着大刀冲进院门。

17. 土楼外 夜 外

白钢几人爬上民房顶，围住了土楼。

白钢悄悄接近土楼窗口，侧身探头观察，两手抓住歪把子机枪，猛地拉出窗外。

里面传出日军的号叫。

日军：八路！

窗内射出两道火光。

耿长旺端起机枪冲着窗口嗒嗒扫射了一通。

白钢拉开两颗手榴弹，投进窗口，闪身躲到一边。

轰隆一声巨响，火光和着烟雾扑出窗外。

白钢拿着盒子枪跳进窗子。

郑大力端起歪把子机枪，与耿长旺跟在他身后。

18. 土楼里 夜 内

楼内满是横躺竖卧的日军尸体。

角落里，一个负伤的日军呻吟着。

白钢持枪弯腰走过去。

日军伸手抓墙角立着的枪。

白钢用盒子枪顶着日军脑袋。

白钢：老子是抗日武工队，回到东洋后给你老爹说，中国人大大地厉害！

白钢扣动扳机，冲日军啪啪连开数枪。

郑大力和耿长旺从墙上摘下一杆杆大盖枪，挎在肩上。

19. 堂屋里 夜 内

堂屋里燃着一支蜡烛，只穿着内衣的秦泥鳅举着双手跪在床边。

墙上挂着一只空枪套。

韩凤娇端着盒子枪，韩大勇举着大刀，对着秦泥鳅。

韩诚：（掂着手枪）念你还披着一张中国人的皮，今天暂且留你一条狗命。再敢为非作歹，死路一条。

20. 寨门口 日 外

天将放亮。

白钢、韩诚带领挎着缴获的枪支、扛着弹药箱的队伍走出寨门。

白钢回望。

一股浓烟在土楼上空升起。

21. 白钢家 日 外

炊烟袅袅升起。

普通的农家院子，有堂屋五间，西屋两间，东边是院墙，大门朝南。

院子中有一棵槐树，树冠遮蔽了院子一角。

西屋的窗棂至槐树枝干间斜拉着一根绳条，绳条上晾晒着渔网及几块洗过的笼布。

树荫下，扎着围裙的德安老汉站在一张旧八仙桌边刷洗碗筷。

洗好的饭碗一摞摞摆在桌上，桌边摆放着几条板凳。

桌旁还有一张矮长条桌，长条桌上放着一把洗干净的大葱，两把大蒜和一串红辣椒。

长条桌周围有几个小木凳、马扎子。

扎着围裙的文桂珍走出厨房，颠着小脚端来一笊篱热气腾腾的窝窝头。她走到八仙桌前，将笊篱放在桌上。

德安老汉从绳条上拉下一块笼布，盖在热气腾腾的窝窝头上。

文桂珍：你去把米饭盛到盆里。

德安老汉端起洗碗用的瓷盆，倒掉水，又从水瓮中舀了一瓢水，用炊帚把瓷盆刷洗了一遍。

德安老汉：（望着东房顶上的太阳）不慌吧！早盛出来不凉了吗？

文桂珍：（坐在板凳上训责）你咋不服从命令？

德安老汉：（点头）好，好，服从妇救会长的命令。

德安老汉提着瓷盆走到半路，停住脚步回头。

德安老汉：哎，不对呀！俺是农救会主任，该管着你哩！

文桂珍：那是在外边。在家里，就得听妇救会的。快去吧，倒出锅来俺还要打鸡蛋汤呢！

德安老汉：（点着头）对，对，在家服从妇救会。

文桂珍：（笑呵呵地盘起一条腿）咋样？投诚了吧！

22. 李家屯寨门口 日 外

寨门上挂着“李家屯保安团”的牌子。

秦泥鳅带着三十几个赤手空拳、垂头丧气的伪军（包括那个带路的小伪军）走到寨门前。

秦泥鳅：（对着寨门楼）我是来投诚的，你们去告诉李团总！

寨门楼上一个团丁：真的假的？等着吧！

高高的寨墙外是水汪汪的寨沟。

李蝎子腆着大肚子出现在寨门楼上。

李蝎子：谁来投诚？

秦泥鳅：李团总，是我。

李蝎子：哦——秦泥鳅呀！你不是在伦镇街干队长吗？

秦泥鳅：夜里让武工队给端了。

李蝎子：听到那边动静不小哩！怎么样，日本人的饭碗不好端吧？

秦泥鳅：死了十个皇军，兄弟吃不消啦！

李蝎子：（嘿嘿两声）看你这帮喽啰，没几个滋出一丈尿的。看在你秦队长分儿上，赏你们口饭吃，进来吧！

23. 寨门里 日 外

秦泥鳅打头进入寨门。

李蝎子：（拉住秦泥鳅手得意扬扬地）我们的人马越聚越多，你就给我干副官吧！

秦泥鳅：（感恩戴德地）多谢团总器重。

24. 白钢家 日 外

白钢、韩诚及队员们围在两张桌子周围快乐地吃着饭。

每人端着一碗黄澄澄的小米饭，手中拿着窝窝头，就着大葱、大蒜、红辣椒，吃得香甜。

院中摆放着缴获来的枪支弹药。

那两挺机枪就在郑大力、耿长旺身边。坐在矮桌旁的郑大力狼吞虎咽地吃完一碗饭，伸手抓起一个窝窝头，又拿起一根大葱，咔嚓咬了一口。

张君山：（嘲笑）你吃这么快干啥？没人跟你抢！

郑大力：（不屑一顾）我是打仗的，能跟你这看大门的一样吗？

张君山：不是咱俩一起守的秦家大门吗？

郑大力：第二仗我就干上主力啦！我弄回来三支大盖枪，还……还有一挺歪把子哩！

耿长旺：（笑笑，用嘴巴努了一下歪把子枪）这是白队长缴获的。

郑大力：（语塞）唔、唔……我扛回来的！

冯小牛、张君山等人笑。

文桂珍又从厨房端来一小盆小米饭，放在八仙桌上。

文桂珍：（笑着）韩书记，香不香？

韩诚：香，真香！您和德安大哥一块吃吧！别光忙活了。

文桂珍：俺都提前吃过了。同志们甭客气，敞开肚子吃，不够大娘再去做。

德安老汉：（往桌腿上磕着烟袋锅）吃饱了打鬼子有劲啊！

韩大勇又盛了小半碗米饭。

韩大勇：大婶，你看俺们这一顿，把您蒸年糕的米都吃光了，您咋过年呀？

文桂珍：啥年不年的！打鬼子比啥都要紧。

韩凤娇用自个儿的碗盛上了一碗米饭，递到文桂珍手上。

文桂珍：（推让）你吃，孩子，你多吃点。

韩凤娇：大娘，您快吃吧！一会儿凉了。

韩诚放下碗，用手抹了一下嘴巴，站起来。

韩诚：日寇吃了亏，肯定要报复。我们做好三个准备：一是打；二是转移；三是来不及转移的情况下就隐蔽。韩大勇任韩家庄农救会会长兼民兵队长，你和凤娇带一部分同志回韩家庄，发动群众，抓紧时间挖好地道和地洞。其余的同志，我们一起在这里开挖一条通向村外的地道。白钢带一名同志去执行一项特殊任务。

25. 华店集 日 外

隐蔽在玉米地的白钢、冯小牛观察着华店集街头。他们身旁放着渔网和鱼篓。

华店集街头的来福茶馆旁边是街市，赶集的人们熙熙攘攘。

茶馆另一侧是村口，离村口百余米处矗立着一座炮楼，周围拉着铁丝网。

茶馆的厦房中有一个长炉灶，灶上放着五六把铁壶。来福呼呼地拉着风箱烧水，翠妮站在放有茶壶、茶碗的桌前招揽生意。

翠妮：喝茶，喝茶，大方、玉兰、铁观音！

白钢：（对冯小牛）炮楼上住着一个鬼子的小队，一个伪军的中队。队长秦九子是秦金盆的侄子，也是齐河伪县长杨大风的小舅子。我们的任务是抓活的。

冯小牛：死的不要？

白钢：他马上要去齐河任便衣大队长，县敌工科要拿他钓大鱼。

冯小牛点头。

白钢从怀里摸出一个布包并打开，里面是四个烧饼。

白钢：（递给冯小牛两个烧饼）开饭了！先喂饱肚子。

白钢拿起一个烧饼咬了一口，咀嚼着观察街头上的动静。

冯小牛：（望着炮楼）离炮楼太近了。

白钢：水深，更好行船。

26. 牤牛河 日 外

韩凤娇、韩大勇等队员乘木船渡过了水深浪急的牤牛河。

队员们除了肩背红缨大刀外，每人还挎着一支三八大盖枪，胸前挎着子弹袋，腰里别着手榴弹，个个兴高采烈的样子。

27. 白钢家 日 外

院子一角，一个地瓜井子上架着一个辘轳。德安老汉摇着辘轳，摇上来一筐鲜土。

耿长旺提起筐子，走向大门外。

28. 地道里 日 内

郑大力、张君山拼力地挖着地道。

一会儿，张君山气喘吁吁，他扔下铁锹。

张君山：歇会儿。

郑大力：（嘲笑地）软蛋了吧？一边去！

张君山闪到一边。

郑大力两手挥舞铁锹，奋力猛干。

29. 华店集街头 日 外

日头落下西天。

茶馆前空空荡荡，集上已空无一人。

30. 玉米地 日 外

白钢用衣角擦着脸上的汗。

冯小牛：（急不可耐地）这小子，是不是听到什么风声，不敢过来喝茶了？

白钢：鱼不咬钩，咱就挪个窝。

31. 来福茶馆前 日 外

桌前的翠妮见有人走来，大声喊起来。

翠妮：大方、玉兰、铁观音！喝茶，喝茶，请喝茶！

背着渔网的白钢和背着鱼篓的冯小牛走进茶馆。

白钢：刚从牤牛河打来的鲜鲤鱼，劳驾老板给炖一条，再来盘爆炒花生米，两碗老白酒，沏上一壶铁观音。

翠妮：（拉着长腔）好嘞——铁观音一壶，里屋请！

白钢、冯小牛放下渔网、鱼篓，走进一间里屋。

秦九子带着勤务兵走来。

翠妮：（扭着屁股迎上前，酸溜溜地）哟呵——咱队长咋才下岗楼呀？打晌午人家就盼着您哩！

秦九子：人多眼杂。没听说吗？伦镇街的炮楼叫武工队给端啦！

翠妮：伦镇街是禹城，咱华店集是齐河，远着呢！再说了，您队长腰里不是别着家伙吗？耽误了那壶午时茶多可惜啊！队长，想吃啥？还有两条鲜鲤鱼呢！要不——咱就炖上？

秦九子：鲜鲤鱼？真他娘的来早了不如来巧了。炖上，一锅炖！

翠妮：好来！炖鲜鲤鱼。队长——咱就在这儿吃呗？

秦九子：（抬起手腕看看表，嘿嘿两声）还是送到小红门吧！到那边一起听段京戏。

翠妮：（嗔怪地）秦队长啊！自打进了小红门，咱这炕头就凉了。也难怪哩！人家是打天津来的，会唱京戏哪。好啦队长，您先过去喝茶吧！一会儿菜熟了，俺送过去就是了。

秦九子：（拍打着翠妮的肩头）这就对了嘛！有滋有味的，还是老交情哩。等我去了齐河城，就接你去城里开个大酒店，别倒腾这小茶馆了。

翠妮：（抓住秦九子的手眉开眼笑地）敢情好哩！那俺不也变成城里人啦！

秦九子嘿嘿笑着，带着勤务兵走进茶馆。

一旁拉风箱的来福看着这一幕心里很不是滋味，他斜眼望着走过去的秦九子的背影，狠狠吐了一口痰，猛力拉起风箱来。

32. 来福茶馆 夜 内

白钢：（悄悄地）怎么样？鱼咬钩了吧！

冯小牛咧嘴一笑，点点头。

白钢：这就叫姜太公钓鱼——愿者上钩。来！喝酒，喝酒。

白钢端起碗，将一碗白酒泼地上，拿起竹子皮的暖瓶，倒了一碗白开水。

冯小牛也学着白钢倒掉酒，换上水，端起碗。

冯小牛：干，干！

33. 胡同口 夜 外

天阴沉沉的，下起了蒙蒙细雨。

背着渔网的白钢及背着鱼篓的冯小牛躲在墙的拐弯处观察着。

披着雨衣的翠妮提着食盒子走来，拐进胡同中。

白钢、冯小牛悄悄跟上去。

34. 小红门前 夜 外

小红门中传出了悦耳动听的京剧清唱声，是《玉堂春》里的“苏三起解”一折。

（画外音）：苏三离了洪洞县，将身来在大街前……

翠妮来到红漆木门前，轻轻敲了几下门上的锁鼻子。

小红门被打开，勤务兵探头瞧了瞧，点点头。

翠妮进门，红门关闭。

白钢轻轻来到红门前，蹲下。

冯小牛把鱼篓倒扣过来，挎在胸前，边喊边走过来。

冯小牛：香烟、花生，雨天贱卖！

红门又一次被打开，勤务兵探出头。

白钢跃起，两手卡住勤务兵的脖子，冯小牛一刀刺进勤务兵后背。

两人解开勤务兵的衣扣，扒下勤务兵的衣服。

里边传出来京剧声。

（画外音）：未曾开言我心好惨，过往的君子听我言。

35. 屋里 夜 内

屋内燃着几支蜡烛，照得屋中亮堂堂的。

留着分头，穿着内衣的秦九子坐在圆桌边。圆桌上摆有鱼、肉等几样菜及酒瓶、酒壶、酒盅和碗筷。

秦九子吸着香烟，他的衣帽及盒子枪丢在身后的床头上。

红门女一手搭在秦九子肩上，一手伸着兰花指，正在比画着唱戏。

红门女：哪一位去往南京转，与我那三郎把信传……

翠妮背对门口，与秦九子对坐着。

穿着勤务兵衣服、戴着勤务兵帽子的白钢推门进入。

秦九子：（眼皮未抬地斥责）你进来干啥？外边站岗去！

白钢：俺也想听一段。

秦九子抬起头，发觉不对，伸手摸枪。

白钢飞起一脚踢翻圆桌，枪口顶住了秦九子脑门。

白钢：别动，动就打死你！

翠妮和红门女啊了一声，瘫倒在地。

冯小牛早已跳到床前，抓起了盒子枪。

秦九子：（举着手，抬起头）兄弟是哪条道上的？

白钢：（摘掉帽子，威严地）八路军，武工队！

秦九子：（认出白钢，干笑）这不是白钢兄弟嘛！咱们一个村的……

白钢：（打断）是白钢，但不是兄弟。你是日本鬼子的走狗，我是专门打狗灭鬼的！

冯小牛将两个女人用绳子绑在一起，口中塞上毛巾、枕巾。

秦泥鳅：（趴在地上磕头）白兄弟，啊，白大爷……看在乡里乡亲的分儿上，求你饶我一命。

白钢：我有权抓你，还真没权放你，但我可以保证不杀你。不过——你得老实认罪！

秦九子：我老实……我认罪。只要你饶我一命，叫我干啥都行。

冯小牛给秦九子把上衣和帽子穿戴好，散开渔网扣在秦九子头上。

冯小牛：起来！跟我们走一趟。

秦九子慌忙站起。

冯小牛用网纲绳将秦九子两手反绑起来，押着秦九子走出。

白钢带上屋门，上锁，转身离去。

36. 韩诚家 夜 内

屋中燃着马灯，韩诚与敌工科李科长正在审讯秦九子。

韩诚：根据你交代的情况，说明你有悔过自新的态度。听说你要升任便衣大队长了，不论干啥长，都别忘了你是一个中国人。要释放你，还有一个条件。

秦九子：您说，只要不杀我，啥条件都行。

韩诚：必须有人给你作保。

李科长：（合起记录本）据我们敌工科掌握的情况，有三个人可以来做你的保人。一是你的县长姐夫杨大风，二是你住在县城里的妻子。当然，我们可以不告诉她小红门的事。

秦九子：（摇头）第三人是……

李科长：你有个表哥，对吗？

秦九子：您说的是华泰大药房？

李科长点头。

秦九子：好好，就他吧！

37. 城门口 日 外

一阵清脆的铃声传来，一辆双驾马车驶来。

坐在车辕上的车夫身穿白色细布上衣，头包羊肚子白毛巾，手摇系着红缨的鞭子赶车。

车厢中坐着身穿马褂、头戴礼帽的李一丰和着伪军制服、腰挎盒子枪的秦九子。车后边是两个皮箱。

走到城门口，四个伪军持枪拦住车。

车夫：（跳下车辕走向前）怎么啦？

一个伪军：（伸出手）拿证来！

秦九子：（站起身骂）王八蛋！叫你班长来。

王班长闻听，快步跑下城门楼。

王班长：（立正敬礼）欢迎秦队长回城高就！

四个伪军慌忙收起枪，一起立正敬礼。

秦九子：王班长啊！今天老子告诉你们，这马车是华泰大药房的，李老板就是我表哥。以后谁敢找麻烦，老子立马崩你个小舅子！

王班长：是！

伪军们立即闪身躲开。

车夫一摇鞭子在马头上方打了个响鞭。马车起步走进城门。

38. 韩诚家 日 内

一张老式八仙桌边，坐着韩诚、白钢、齐明山、耿长旺、张君山、韩大勇及李科长。

每人面前放着一只白瓷碗，韩凤娇提着冒热气的铁壶挨个倒水。

韩诚：（打开一个小笔记本）我传达一下齐禹县委的会议精神。经研究决定，调我担任齐禹县抗日民主政府县长；咱们牤牛河武工队升为齐禹县武工队，仍由白钢同志任队长。

齐明山：这回我们县大队不再是单枪匹马了。

韩诚：县委就是考虑给你添个兄弟嘛！

众人哈哈笑起来。

韩诚：耿长旺同志调任伦镇街区小队长。

耿长旺点头。

韩诚：张君山同志调任华店集区小队长。

张君山：（缩着头小声嘟哝）我……我干得了吗？

李科长：不都是学着干嘛。

韩诚：你毕竟参加了聊城培训，边干边学嘛！

韩诚：韩大勇任牤牛河区小队长，从各村民兵队抽调骨干，组建牤牛河区小队。

韩诚：（停顿了一下，看着倒水的韩凤娇）韩家庄的民兵队长嘛！小材大用吧，由凤娇担任。

李科长：（诙谐地）罗成十四岁就领兵上阵，咱凤娇十六岁，是罗成的大姐哩！（看着韩凤娇）有信心吗，凤娇？

韩凤娇：（把壶一放，举起右拳，斩钉截铁地）请领导放心！

众人鼓掌。

李科长：在斗争中锻炼，在斗争中成长！（对白钢、齐明山）各个区小队和民兵队，都是你们县大队和武工队的兄弟啊！

白钢：对！上阵父子兵，打仗亲兄弟。

冯小牛：（匆匆跑来报告）华店集日伪军一百多人，正向韩家庄方向赶来，现在距离只有三华里。

韩诚：（收起记事本）来得好！齐明山同志和李科长带县大队在村北设伏迎敌；韩大勇、韩凤娇带民兵队去村东监视齐河方向的敌人；我和白钢带武工队抄华店集据点，正好送张君山队长赴任。分头行动！

白钢、齐明山、韩大勇、韩凤娇、耿长旺、李科长、张君山等人：（站起，异口同声地）是！

39. 华店集据点 日 外

玉米地里，韩诚、郑大力、冯小牛、张君山及队员们隐蔽埋伏着。

透过玉米秸秆，可以看到不远处的炮楼。

炮楼外围的铁丝网出口，刘大贵与一个伪军正挎着大枪游荡着。

白钢挑着一对食盒，身后跟着花枝招展的翠妮及红门女，向炮楼走去。

伪军：（端起大枪喝问）干什么的！

白钢：给老总送菜、唱京戏。

伪军：谁叫你们来的？

白钢：秦队长走时嘱咐的！

伪军：（问刘大贵）刘班长，我们咋不知道哩？

翠妮：今天头晌，秦队长表哥的马车接他走时他特意嘱咐的。

红门女：想不想听京戏？不听俺们回去了！

刘大贵：（笑嘻嘻地）过来吧！

伪军：（哈腰点头）班长叫你们过来呢！总共剩二十来人，正寂寞着哩！

白钢挑着食盒飞快走进去，与磨磨蹭蹭的两个女人渐渐拉开了距离。

韩诚率领大队冲出玉米地，朝据点奔去。

白钢接近两个伪军。

刘大贵和伪军发现了飞奔而来的武工队，正要端枪。

白钢扔掉食盒，拔出盒子枪，连发两枪击毙了两个伪军。

白钢伸手从食盒中摸出两颗手榴弹，冲向炮楼。

韩诚带大队冲入据点。

翠妮及红门女慌慌张张地往回跑。

40. 炮楼一楼 日 内

白钢拧下两颗手榴弹的盖子，冲进炮楼一层。

刘二贵和十多个伪军，正从墙上往下摘枪。

白钢：（高举手榴弹，大喝）举起手来！武工队已经包围了据点，谁反抗炸死谁！

刘二贵等伪军看着白钢手里晃荡着铁环的手榴弹，一个个举起了双手。

白钢：到外边站队集合！

刘二贵及伪军们排成一溜儿举着手走出炮楼。

白钢扭身冲向二楼。

41. 炮楼二楼 日 内

五六个日军正趴在窗口向外射击，其中一挺歪把子机枪嗒嗒地扫射着。

白钢露出头，拉开两颗手榴弹，投向日军。

白钢急忙伏在楼梯上。

轰隆一声爆炸后，白钢冲上二楼。透过烟雾，他看到一名日军持枪刺来，一扭身，砰砰两枪，将其击毙。

白钢走到窗口，伸手抓起了那挺倒着的机枪。

郑大力端着歪把子机枪匆匆上了楼，冯小牛也紧跟着上了楼。他们二人捡拾着一支支大盖枪。

42. 炮楼前 日 外

韩诚、张君山与几十名队员持枪包围着院子里的刘二贵等伪军。

白钢提着歪把子机枪走出炮楼。

郑大力、冯小牛等队员们背着大盖枪，扛着一箱箱的子弹、手榴弹走出炮楼。

白光放下机枪，招呼几个战士抱起柴草返回炮楼。

韩诚：（对伪军）你们是中国人，都是老百姓出身，怎么能给日寇当帮凶，祸害老百姓呢？不丢中国人的脸吗？对得起你祖宗八辈吗？有血有肉有骨头的青年人就该站起来，活出个中国人的样子来！愿意参加八路军打鬼子的，向前一步走！

随着韩诚的口令，刘二贵等七八个伪军向前跨了一步。

韩诚：不愿意参加的就回家老实巴交种地，过庄户日子，伺候好老婆孩子和父母。别叫你爹娘天天为你操心、替你挨骂。走吧！

韩诚说完，冲后边的伪军挥挥手。

后边七八个伪军灰溜溜地走了。

韩诚：（拉过张君山）这是你们华店集区小队的张队长。以后，由他带领你们打鬼子。我代表齐禹县人民欢迎你们加入抗日队伍！

韩诚带头鼓掌，周围的队员们一起鼓掌欢迎。

张君山：听我们韩县长的，抗日打鬼子！

刘二贵：（惊讶地）啥？县长！县长还打仗？

韩诚：（笑）哎！这就是八路军的特色——县长也是兵。

韩诚：（对张君山）带弟兄们到镇上的裁缝铺，先做身衣服换上。

张君山招手，领着刘二贵等七八个新队员走了。

韩诚仰脸看着炮楼。

炮楼的窗口、门口冒起了黑烟。

43. 路上 日 外

韩诚、白钢带领队员们急匆匆地走在田边的路上。

白钢和郑大力各扛着一挺机枪，冯小牛及队员们扛着缴获的枪支弹药。前面出现了岔路口。

韩诚：（突然停住脚思考）敌人在韩家庄挨打，又看到他们的老窝冒烟，还会顺着原路返回吗？

白钢：不可能！

韩诚：还有哪条路可走呢？

白钢：牤牛河堤。

韩诚：走！

韩诚、白钢带队拐向另一个方向。

44. 河堤 日 外

牤牛河翻滚着浪涛。

堤坝下埋伏着武工队员们。韩诚身边，是架着机枪的白钢、郑大力和握着大盖枪的冯小牛。

夕阳西下。

一帮溃不成军的日伪军沿着河堤走来。

当敌军进入有效射程后，白钢和郑大力的两挺机枪同时打响。

韩诚及队员们瞄准射击，用枪弹扫射着对面的敌军。

突遭痛击的敌军未敢还击，匆忙撤下河堤，丢下十多具尸体，沿玉米地慌慌张张地逃去。

韩诚和白钢：（带领队员们呐喊）冲啊！杀啊！缴枪不杀！

他们边打边追，到玉米地旁边时，白钢端着机枪冲敌人逃跑的方向又扫了一梭子。

队员们沿着牤牛河堤捡起敌军丢掉的枪支。

晚霞映红了胜利者们的脸庞。

45. 白钢家 夜 内

一面鲜红的党旗挂在墙壁上。

党旗下，韩诚带领白钢等人握拳宣誓。

韩诚：我宣誓，终身为共产主义事业奋斗，遵守党的纪律，保守党的秘密。百折不挠，永不叛党。

白钢、郑大力、耿长旺、冯小牛、韩大勇、韩凤娇、德安老汉、文桂珍、张君山等人一起握拳宣誓。

众人：我宣誓，终身为共产主义事业奋斗，遵守党的纪律，保守党的秘密。百折不挠，永不叛党。

46. 田野 日 外

一望无际的田野，白雪皑皑，封冻的牤牛河。

（画外音）：忠于党，永不叛党！这是广大党员永久的信念。在寒冬到来的时候，形势也急剧恶化。驻禹城、齐河等县的日伪军联合实施了“铁壁合围”大扫荡。鲁北抗日根据地遭受严重破坏，不少区、村的抗日武装被打散。历经十多次反扫荡战斗，齐禹县大队和武工队也蒙受了重大损失。有二十多名重伤员隐藏在白钢家的地道里，因药物缺乏，伤势不断恶化。

（画面内容）：

驻齐河的大岛带领日伪军列队出城；

驻禹城的山谷二郎带领日伪军列队出城；

驻茌平的日伪军列队出城；

驻高唐的日伪军列队出城……

牤牛河堤上，白钢率领武工队伏击大岛带领的日伪军；

河堤一侧，白钢与武工队边打边撤；

树丛中，韩大勇带领区小队截击敌军；

公路上，齐明山带领县大队伏击山谷二郎带领的日伪军；

公路沟里，齐明山带县大队匆匆撤退；

伦镇街村口，耿长旺抱着机枪射击，率区小队同日伪军巷战。

47. 华店集街头 日 外

装成普通老百姓的韩诚，在向一群赶集的人们悄悄地宣讲。

韩诚：老乡们！日寇的猖狂，说明他们正面临灭亡。我们的革命武装是打不垮的，只会越战越强；抗日的烈火是扑不灭的，只会越扑越旺。

几十个老乡认真听着，不住地点头。

48. 来福茶馆 夜 内

张君山与刘二贵等十几个队员吃着粗食淡饭，用粗瓷大碗喝着白开水。

刘二贵咬了一口粗糠菜团子，顺手丢在桌子上。

刘二贵：（愤愤地）我说张队长，咱不能上顿下顿的老吃这玩意儿啊！我们住炮楼时隔一天吃顿白馍，每集吃顿肉哩！人家李家寨的保安团天天有鸡有鱼……

张君山：（叹气）谁愿意吃这玩意儿？不是没法子嘛！

刘二贵：当初我不知道我大哥在岗楼外被白钢打死，要知道，我才不干这土八路哩！整天跟兔子似的跑，没吃没喝的。

张君山：你有啥法子让弟兄们吃好喝好？你说！

刘二贵：（站起，走向门口）老板娘，把你存的酒菜都拿出来，犒劳犒劳弟兄们。

翠妮：你有钱吗？

刘二贵：我有枪！

翠妮：（摇头）不要枪，要钱。

刘二贵拿过一支枪，推弹上膛，对准了翠妮。

翠妮：（哆嗦着）好，好，你稍等。

49. 街上 夜 外

两名日军刺死了蹲在树下打盹的哨兵。

大岛率领的日军将来福茶馆包围。

50. 来福茶馆 夜 内

翠妮端着酒肉盘子走来。

门口的刘二贵抢先抓起一块肉，张嘴咬了一口。

大岛及日军持枪冲进店内。

翠妮吓得浑身一抖，扔掉盘子逃走。

日军卸了队员们的枪，刘二贵、张君山等人举着双手站在墙边。

大岛：（将指挥刀顶在刘二贵胸口上）你们，谁是队长？

刘二贵：（惊恐地）我不是……皇军，我是班长。（手指张君山）他……他是张队长。

大岛：（将指挥刀顶住张君山的喉咙，嘿嘿两声）张队长，据可靠情报，你们韩县长就在附近。你带我找到他，我就封你做队长。

大岛将刀尖用力一顶，张君山一张嘴，瘫倒在地上。

大岛：（冷笑）哈哈哈……

51. 村民家中 夜 内

韩诚在开村民会议，十几人围坐在炕头上，认真聆听。

韩诚：我们中华民族有着英勇的抗战史，许多先辈都给我们做出了榜样。我们山东人更不是好欺负的——甲午海战就是在渤海湾打的；抗倭英雄戚继光的主战场也在山东沿海一带，打出了中国人的精神和威风……

警卫员：（跑来）韩县长，日寇包围了村子。

警卫员话音刚落，外面传来枪声。

韩诚：（拔出手枪）掩护群众撤离！

韩诚冲出屋门。

枪声越来越近。

52. 村口 夜 外

被反绑着的张君山、刘二贵头发蓬乱，脸上有血迹。他俩领着大岛等日伪军包围了村子。

大岛：（挥舞着指挥刀）八路县长！快快抓活的！

53. 院门口 夜 外

韩诚：（对警卫员）你带老乡们往北撤。

警卫员：你带领群众转移，我掩护！

韩诚：（猛推了一把警卫员，严肃地）少啰唆，快！

警卫员：（招呼群众）跟我来！

警卫员挥枪领着群众跑出去。

韩诚迎着枪声跑去，边跑边射击。

韩诚在射击中右臂中弹，手枪落地。

大岛带领日伪军包围上来，两名日军猛扑上前抓住了韩诚。

韩诚愤怒地看着被反绑的张君山和刘二贵。

张君山和刘二贵在韩诚严厉的目光中垂下脑袋。

54. 地道 日 内

地道中隐藏着二十多个伤员。

吊着一只胳膊的李科长正在洞口跟白钢说话。

李科长：华泰大药房李老板，是我们联络站的站长。进城后你们一起想办法打探清楚韩县长和张君山的情况，搞一批消炎药。

白钢：（点头）好。

李科长：每逢华店集，李老板的马车就会来收购草药。暗号是：丁香、茴香。

白钢点点头，弯着腰走出地道。

55. 华店集 日 外

街上稀稀拉拉的赶集人。

华泰大药房的马车停在街边，车夫正在吆喝着。

车夫：收药材，收药材，大量收购中药材！藕头芦根莲花籽，桃梅杏仁大红枣。桂皮白芷天门冬，丁香茴香和花椒。驴皮蝉蜕鸡内金，黄鳝蚯蚓泥鳅条。

清热解毒蒲公英，咽喉疼痛用连翘。

有几个老乡提着一包包草药走来。

车夫从车厢中拿起一杆秤，一包一包地查验，然后过秤。

56. 街上 日 外

白钢穿着一件旧棉袄，肩背一个小包裹走在街上。

他看到了马车，正要向前走时，转脸看到了跟在身后的刘二贵等两个便衣，便转身朝另一个方向走去。

57. 来福茶馆 日 内

白钢走进茶馆。

翠妮：（吓得一哆嗦）您……咋来了？

白钢：（小声）配合我！

白钢：（走向一张空桌，大声喊）来壶铁观音，一瓶老白酒，一斤酱牛肉！

翠妮：好嘞！客人稍等。

白钢取下包裹放在桌上，又脱下旧棉袄搭在椅子上，伸手接翠妮端来的茶壶，眼角瞥到了店门口的刘二贵两人。

白钢：（一边倒着茶，一边喊）老板娘呢？酒菜快上，饿坏了。

白钢说着放下茶壶，起身走向后门。

翠妮：（端着酒肉走来，吃惊地自语）哎，人呢？撒尿去啦？

58. 马车前 日 外

车夫正在一包一包地装车。

白钢：（上前）收丁香吧？

车夫：（瞥了白钢一眼）有茴香吗？

白钢帮车夫抬起一个大包，纵身跳上马车，将包裹盖在身上。

车夫把地上的两个小包装上车，拉过绳子绑好。

车夫：（拿起鞭子，赶着马车吆喝着）收药材，收药材，大量收购中药材。酒稞鸡爪夫子苗，曲菜苦菜猪牙草。槐米碱蓬与甜蒿，枸杞金针月桂宝。豌豆绿豆红小豆，栝楼槐豆杨树毛。鹿角地黄麝香膏，生地熟地都入药。

马车与车夫渐渐远去。

59. 城门口 日 外

马车来到城门口。

两个日军持枪拦住。

车夫：（笑）王班长，要检查吗？杨县长……

王班长：（走到日军跟前，低声）杨县长亲戚，不要检查！

日军收起枪。

马车响着铜铃进入城门。

一个伪军：班长，不是秦队长的亲戚吗？

王班长：（斥责）傻子！秦队长不是杨县长的小舅子嘛！

伪军点头。

王班长：知道这叫啥吗？

伪军：啥？

王班长：这就叫“见了骆驼不吹牛”。

伪军：（鸡啄米似的点头）嗯，嗯！

60. 华泰大药房 夜 内

白钢与李一丰交谈着。

李一丰：（提起茶壶斟水）张君山叛变投敌，出卖了韩县长。

白钢：（咬牙切齿地）狗杂种！

李一丰：韩县长被押在日军宪兵队。

白钢：（倒吸一口冷气）哦！

李一丰：宪兵队戒备森严，伪军和便衣队进不去。

白钢点头。

李一丰：秦九子的便衣大队分两个中队。一个侦缉队，和秦九子一起驻扎在宪兵队旁边的维持会；一个清乡队，驻北街。张君山刚被委任为清乡队队长。

白钢：（端起一碗茶喝干，放下茶碗）先除他这个清乡队！

李一丰：北街烧饼铺的马仁章是咱们的联络员，暗号是：白面馒头、黑面烧饼。

61. 烧饼铺 夜 外

临街的烧饼铺门上挂着一盏马灯。

烧饼鏊子前，头戴白帽、腰扎围裙、臂戴套袖的马仁章翻着烧饼。

两个便衣走来，递钱。

马仁章递出一篮子烧饼，便衣接过，提着走出去。

便衣打扮的白钢提着两瓶酒走来。

白钢：我要白面馒头。

马仁章：（斜眼看他）只烙黑面烧饼，吃馒头到里屋等。

白钢走进烧饼铺。

62. 屋里 夜 内

白钢上下打量着屋子。

马仁章端来一碗开水。

白钢：我找张君山。

马仁章：他中午在对面饭馆喝的酒，下午从北门外抓来十几个老百姓，现在正在清乡队审问。刚派人拿走一篮烧饼。

白钢：（起身）哦！

白钢走出烧饼铺。

63. 清乡队门口 夜 外

门口有一个挎大枪的便衣在站岗。

白钢走来。

便衣：（端起枪）干什么的？

白钢：（嘿嘿笑着拍了拍身上的衣服）咋呼啥啊？咱不同行嘛！

便衣收起枪，仍不放心地上下打量。

白钢：（提起酒瓶晃着）我是侦缉队的，和你们张队长是老乡。听说他荣升清乡队长了，过来祝贺祝贺。

便衣：哦！老乡啊！张队长正在审问嫌疑犯呢，在亮着灯的那屋。

白钢：夜里还忙？刚升了官心盛哪！一会儿过来喝一壶。

白钢向里边走去。

64. 清乡队队部 夜 内

张君山叼着烟卷坐在桌子后边的椅子上，审问一名老汉。

旁边一张桌子后，一个便衣做着记录。

张君山：有人举报，你们村有个八路的联络点。刚才那几个人已经交代了，你说说吧！

老汉：我……我不知道啊！

张君山：哎，他们都知道，你为啥不知道？

老汉：老总，我真不知道！从没见谁家去过八路。

张君山：（站起来恐吓）嘿！老头，不老实交代是不是？这是在清乡队，不老实就送你去宪兵队。日本人的老虎凳一般人是受不了的，那家伙，那滋味……（吐掉烟头，又从烟盒抽出一支叼在嘴上）真不知道也行。不过，得让你家里人拿钱来保你。说个名字，让谁来？

张君山低头划火点烟。

白钢轻轻推门而入，随后用后背掩上门。他一手端枪一手持匕首，几步冲到张君山跟前。

白钢：保人来了。

张君山听着不对，抬起头，惊讶地张大了嘴巴。

白钢的枪口顶在张君山脑门上。

白钢：我保他不行吗？

张君山：白……队长……

白钢愤怒地一刀刺进张君山胸口。

张君山倒在椅子背上，嘴巴吧唧了两下，胸口流出了鲜血。

旁边的便衣见状拔腿要跑。

白钢：（举枪）站住！再跑打死你！

便衣立刻停下脚步，举起双手。

白钢：（走过去用枪点着便衣的胸口）我们是武工队，已经把你们包围了。只要你听话，就不杀你，只杀叛徒张君山。你现在把抓来的老百姓送出城去，有人问，就说是张队长的命令。记住，别想跑，周围一百来条枪对着你哩！

便衣：是，是。

白钢：（嘱咐老汉）告诉老乡们别声张，悄悄离开。

老汉：好，好！

白钢摘下墙上挂着的枪，卸下枪栓后丢给便衣。

白钢：（对便衣）你带他去吧！

便衣挎着大枪和老汉开门走出去。

白钢走到张君山的尸体前，拔出盒子枪插在腰中。

白钢走到门口刚要开门，一只脑袋探进来，是大门口站岗的便衣。

便衣：咋回事，稀里哗啦的？

白钢一手抓住他的衣领，一手拔出匕首，将他拉进屋内。

白钢：你还真来喝一壶啊！

白钢说着，将匕首刺进他胸口。

65. 烧饼铺 夜 内

马仁章就着小菜自斟自饮，忽听街上警笛声响起，接着传来嘈杂的喊叫声。

（画外音）：杀人啦！抓八路啊！

马仁章忽地站起，正要往外走，与匆匆进门的白钢打了个照面。

白钢：找地方躲一下。

马仁章：（环视屋内）水缸……床底？

白钢：（探头向屋里瞧）喝你的酒吧！（走进里屋）。

马仁章坐下，提壶自斟。

刘二贵带领两个便衣和两个日军持枪闯入。

刘二贵：（气势汹汹地）白钢呢？

马仁章：（站起）来，老总，喝一盅。啥白缸黑缸的？刚见一个黑影往西跑了。

刘二贵：胡说八道，看着就跑进来了！搜！

刘二贵掀起水缸盖瞧了瞧，端着枪走进里屋。

另外几个人低头瞧瞧桌下，抬头看看房顶，也持着枪走进里屋。

接着，里屋传出摔盆砸罐和喊叫声。

（画外音）：出来！出来！开枪啦！

马仁章端起一杯酒，一仰头喝干。他走到案板前，将案板上放着的一把菜刀握在手中，将手背在身后。

刘二贵及便衣、日军一个接一个地走出来。

马仁章：（另一只手提起一把竹子壳暖瓶）老总，沏壶茶吧！

刘二贵：发现白钢及时报告，私藏八路要砍脑壳的！

马仁章：（赔笑）是，是！一定及时报告。听说还有赏哩！

马仁章倒背着一只手，送刘二贵等人出门。

66. 里屋 夜 内

马仁章丢下菜刀，走进屋，东瞧瞧，西望望，找不到人。

马仁章：你还真会土遁啊？

立在炕头的芦席筒子动了一下，席筒子被掀掉，持着双枪的白钢站在炕头上。

马仁章：（笑）白队长真是虎胆！

白钢插好双枪，跳下炕头。

马仁章：你打算怎么着？出城吗？我去送你。

白钢：（嘿嘿笑）老子刚进来，还没跟他们玩够呢！

马仁章：住我这儿吧！我给你弄点吃的。

白钢：吃你的黑面烧饼吧！我去找个白面馒头。

白钢说着走出去。

67. 秦九子家 夜 内

昏黄的灯光下，秦九子的妻子坐立不安，她的孩子在床上睡着。

屋门被推开，挎着盒子枪的秦九子一脸疲惫地进屋。

秦九子的妻子接过秦九子摘下的盒子枪，转身挂在墙上。

秦九子刚要关门，白钢的双枪顶住了他的胸口。

白钢用脚后跟倒踢上屋门。

秦九子：（一脸惊讶）你……你……

白钢：你不是带人搜查我到半夜吗？

秦九子：我……不知道是你。

白钢：能有两个白钢啊？

秦九子的妻子一哆嗦，回头看，吓得叫了一声。

白钢：（收起枪，对秦妻子）别声张！我和秦队长聊聊家常。

秦九子：（指着椅子）坐……您请坐。

白钢：（把双枪斜插进腰带，坐在椅子上）秦队长也坐吧！

秦九子：（坐下，回头对妻子）给白队长泡杯茶。

白钢：秦队长当初说得很好，可一直没有立功赎罪的表现啊！

秦九子：我正在寻找机会。一定立功。

白钢：好吧！我给你找个机会，明天夜里我要在城里办件事，你设法弄两套日本人的衣服，天黑后送到华泰大药房。另外，把你的便衣队全部带到城东去清乡，天亮之前不准回来。

秦九子没说话。

白钢：小鬼子迟早要完蛋，你可要照顾好家人啊！

白钢说完，转身开门离去。

秦九子的妻子赶忙上前关好屋门。

68. 宪兵队刑讯室屋顶 夜 外

趴在屋顶上的白钢揭开了一片瓦，两手轻轻扒开苇箔往下看。

69. 刑讯室 夜 内

韩诚被反绑在木桩上，已经昏过去。他脸上、身上伤痕累累。

旁边一张桌子上，两个日本兵趴着睡着了。桌上有酒瓶、香烟，杯盘狼藉。

70. 华泰大药房 夜 内

白钢、冯小牛换上了日军的衣服，郑大力换上了伪军的衣服。三人检查着枪械及匕首，装好弹药。

李一丰：（提着一个包裹进屋）消炎药。

冯小牛：（接过）好的！

71. 宪兵队门口 夜 外

万籁俱寂。

两个日本兵正在站岗。

一个日本兵抬头望了望夜空。

另一个日本兵打起了哈欠。

郑大力提着一个食盒走来，后边跟着白钢和冯小牛。

郑大力：（鞠躬）皇军辛苦。

郑大力放下食盒，拿起一瓶酒递给一个日本兵。

日军疑惑地接过。

白钢：（上前打了郑大力一巴掌）浑蛋！那边皇军也辛苦。

白钢提起食盒走到另一边的日本兵面前，拿起另一瓶酒递给他。

莫名其妙的日本兵伸手要接时，白钢举起酒瓶砸在那个日本兵头上，拔出匕首，刺进他的胸口。

郑大力和冯小牛已杀了另一个日本兵。

他们将尸体拖到黑影中。

冯小牛拿起一支枪挎在肩上，站在门口。

白钢、郑大力提着食盒向里面走去。

72. 刑讯室 夜 内

两个日本兵正在对饮，已是醉眼蒙眬。

郑大力、白钢走进来。

郑大力一只手提着食盒，另一只手握着匕首托在食盒底部，将食盒送上前的同时，托食盒的手将匕首刺入一个日本兵胸膛。

白钢提着一瓶酒直奔另一个日本兵，日本兵刚转过身，酒瓶子就砸在他脑袋上，他歪倒在地。

白钢跑到韩诚面前，解开绳索。

郑大力弯腰背起韩诚向外跑去。

白钢从腰间拔出两把盒子枪，跟在他身后出去。

73. 宪兵队门口 夜 外

冯小牛挺直地站着。

郑大力、白钢跑来。

三人一起撤离。

74. 城门口 夜 外

华泰大药房的马车驶来。车厢前后放着木箱、纸箱和包裹，上边盖着帆布。

车夫：王班长呢？开下城门，给个方便。

王班长：（站在城门楼上）干什么的？

车夫：赶早拉趟货。

王班长：还不到两点呢！也太早了吧？

车夫：端谁的碗，归谁管，没法子呀！谁不愿意睡个囫囵觉啊！

王班长：检查检查吧！

车夫：秦队长的亲戚还用查呀？

一个伪军：嘿嘿！说不准。昨夜里，咱们王班长已经升为城防队队长啦！是大岛皇军亲自任命的。

王班长：没法子呀！是大岛队长的命令，夜间一律不准出城。

车夫：（无奈状）赶得不巧，我只能去给你请皇军啦！

车夫说完，挥鞭掉转马头。

马车原路返回。

75. 城门楼上 夜 内

城门楼里架着一挺歪把子机枪，旁边摆着一部电话。

王班长及两个挎着枪的伪军坐在凳子上，王班长拿出一支香烟，一个伪军急忙划火点着。

王班长吸了一口，吐出烟雾，打了个哈欠。

伪军：（得意地）还秦队长哩！这回咋不吹啦！

电话突然响起。

伪军拿起电话，递给王班长。

王班长：我是城西门。哦！哦哦！是是！一律不准出城。

伪军：咋了？

王班长：出大事啦！白钢进城啦！把八路的韩县长抢走啦！

伪军：（惊讶地伸了伸舌头）亏得没开城门。

王班长：（放下电话，两手抱住那挺歪把子机枪）去！快把睡觉的弟兄们喊起来。

伪军应着跑去。

街边传来枪声及狗的叫声。

白钢、郑大力、冯小牛气势汹汹地走上城门楼。

王班长：（吃惊地看着来人）皇……啊，皇军！

白钢：（儿步走上前，照着王班长的脸狠狠抽了一巴掌）浑蛋！开城门，追白钢！

王班长被打得晕头转向，望着面前突然出现的皇军，不知所措。电话铃又一次响起。

郑大力：（一把按住电话）开城门！皇军要追逃犯。

狗叫声混杂着人的喊叫声越来越近。

王班长：（抱着机枪左右为难地）这……这……

白钢拔出匕首刺进王班长的后背。

冯小牛同时刺死了伪军，从他腰间摘下钥匙，急忙跑下去。

郑大力抓起歪把子机枪，摘下王班长的盒子枪。

白钢随手拔掉电话线，同郑大力一起跑下城门楼。

76. 城门口 夜 外

十几个伪军慌慌张张地跑来。

白钢持双枪朝着伪军射击。

郑大力端着歪把子机枪扫射，十几个伪军接连中弹毙命。

大岛带着日伪军顺着大街赶来。

大岛：（挥刀喊叫）冲上去，统统消灭！

日伪军边打边冲过来。

郑大力端起机枪对着大街上赶来的日军及伪军扫射。

城外响起一声呼哨。

白钢：撤！

郑大力收起机枪，跟着白钢撤出城门。

77. 城门外 夜 外

齐明山带着县大队已经在大路两边布好了阵地。

齐明山：（与白钢握手）你们护送韩县长走吧！这里交给我了！

齐明山：（对埋伏的战士们）武工队的同志们，跟白队长行动！

三十多名埋伏的战士们都站了起来。

白钢挥手，带领郑大力及武工队队员们匆匆朝马车走去。

敌军追出城门，传来呼叫声。

敌军：抓八路！抓活的！

齐明山：（挥枪）打！

埋伏在路两边的战士们一起开火，机枪、步枪射向敌军。

密集的枪声震荡着夜空。

《你百炼成钢》的歌声响起。

（背景音乐）：

你出生在鲁北平原上，
你生长在牤牛河水旁。
黄土地孕育了你的骨骼，
滔天浪造就了你的胆量。
你英武，你坚韧，你勇猛顽强，
你智慧，你果断，你百炼成钢。

你是咱老百姓的保护神，
你是咱根据地的铁壁铜墙。

78. 韩诚家地道 夜 内

吊着一只胳膊的李科长及县大队的医生在地道中等候。

郑大力背着韩诚弯腰走进来，后边跟着提着包裹的白钢和韩凤娇。

郑大力轻轻放下昏迷的韩诚。

医生急忙伏下身，为韩诚检查伤势。

韩凤娇给父亲的伤口擦药水。

白钢打开包裹，李科长拿出来两盒药。

李科长：白队长，你赶快把药送到河对面去，马上给伤员们用上。

白钢重新将包裹系好，弯腰走出去。

79. 秦金盆家门洞中 拂晓 内

地主婆和家丁从门缝中向外望着。

他们看到提着包裹的白钢和冯小牛匆匆从门前大道上走过。

地主婆：（朝后门悄声）赶快去！走后门。

家丁点点头，急忙朝后门走去。

80. 白钢家地道 日 内

卫生员给伤员涂药、包扎。

文桂珍给伤员喂药、喂水。

81. 白钢家院子 日 外

院中桌子上的盆里放着洗过的绷带。

德安老汉一条一条地往绳条上搭着。

垂下的绷带在风中摇摆。

82. 白钢家屋中 夜 内

土炕上躺着酣睡的白钢。

窗外，一弯月牙挂在空中。

突然，北屋传来德安老汉的喊声。

（画外音）：谁家的野狗上房顶啦？滚下来！

听到暗号的白钢忽地坐起，他抓起枕头旁的双枪跳下炕走到窗前。

他用枪捅破了窗纸，望到了北屋房顶上晃动的人影。他瞄准目标啪啪连开两枪。

两声呼叫传来，接着是两声人落地的响声。

紧接着密集的枪声响起，子弹雨点般打在窗棂及屋门板上。

白钢隐蔽在墙角用机枪还击。

白钢跳上床，抬脚踢开用薄坯封住的后窗，纵身跳下。

83. 后墙外 夜 外

白钢躲在墙根下观察前后，两边均有敌影晃动。

白钢爬上邻居家院墙，又从院墙爬上邻居家的房顶。

白钢冲着自家房顶的敌军大声喊。

白钢：你白爷爷在这里，有种就过来吧！

白钢喊完立即卧倒，用双枪射击。

对面房上的子弹噼里啪啦地射来。

秦泥鳅：抓活的！抓住白钢赏两千大洋。

白钢：（怒骂）日你奶奶的秦泥鳅，出的价码不小！

白钢在房顶边打滚边用双枪还击。

白钢跳下房，朝着另一条胡同匆匆跑去。

84. 街上 夜 外

白钢隐蔽在一堵矮墙后。

冯小牛提着枪跑来。

白钢：小牛！这里。

冯小牛：（跑来）敌人数量不少啊。

白钢：是秦泥鳅。我们分头上房顶喊话，把敌人引到南湾去。

冯小牛递给白钢一颗手榴弹。

冯小牛：好的！

白钢爬上一座房子的房顶。

冯小牛跑向另一边。

85. 房顶 夜 外

白钢：（站在房顶高声喊）一排在左边，二排在右边，包围秦泥鳅，抓活的！

白钢用双枪射击。

对面房顶的冯小牛：白队长，三排到啦！怎么打？

白钢：三排抄后路，一个也不放掉！冲啊！

白钢拉开手榴弹，向胡同中跑来的敌人投去。手榴弹瞬间爆炸。

白钢跳下房顶，边打边撤。

对面胡同里也炸响了一颗手榴弹。

86. 村前水湾 夜 外

湾中的水结了冰。

白钢、冯小牛边打边撤退到湾边。

郑大力端着机枪，带领武工队赶来。

韩大勇和齐明山分别带着区小队和县大队赶来。

白钢：齐大队长，你真是“及时雨”啊！

齐明山：是哪些敌人？

白钢：秦泥鳅带来的，有一百多人。

齐明山：不扛打。我们分头抄过去。

白钢：好的！

敌军喊叫着，冲到了湾中的冰上。

敌军：抓活的呀！两千大洋啊！

齐明山：（挥枪射击）打！

齐明山带县大队迎头冲去。

韩大勇带区小队跑到右边。

白钢带着郑大力、冯小牛及武工队绕到左边。

郑大力端着机枪扫射，白钢等人开枪点射。

湾中的冰上，满是敌军尸体。

（背景音乐）：

牤牛河水哗啦啦响，

武工队杀敌上战场。

打鬼子，锄汉奸，

杀得敌人喊爹娘，
都夸咱武工队好儿郎。

敌军仓皇撤退。
村里冒起火光，白钢家的方向依稀可见滚滚的浓烟。
齐明山：快！救火。

87. 白钢家 夜 外

赶来的村民提桶端盆，一会儿就将火扑灭了。
白钢：（提着双枪从屋中走出，对齐明山、韩大勇）我父母不见了。
齐明山：追！
齐明山、韩大勇、郑大力等人转身要走。
白钢：（摆手）敌人一定会设埋伏。
郑大力：（着急地）那怎么办？
韩大勇：把地主婆押来。
郑大力：（招呼冯小牛）走！
郑大力与冯小牛走出去。
白钢突然喊了两声蹲在地上，手里拿着的枪也落在地上。
齐明山：（弯下腰）怎么啦？
齐明山掀起白钢的棉衣一看，血流了满背，浸湿了白钢的棉衣。他又往上掀了掀白钢的棉衣后襟，露出了伤口，一粒子弹嵌在白钢的后背上。
齐明山：（惊讶地）哎呀！白队长真是个铁人啊！
郑大力：（气喘吁吁地跑回来）地主婆被秦泥鳅接走了。
齐明山：赶快把白队长送到河东！
郑大力把机枪交给冯小牛，弯腰背起白钢。
齐明山：（对韩大勇）地道里的伤员也马上转移过去。
韩大勇：是！

88. 韩诚家地道 夜 内

韩诚躺着，头上敷着白毛巾，身上盖着棉被，看上去很虚弱。
韩凤娇端来冒着热气的米汤，偎在韩诚身边，用调羹舀起米汤喂给韩诚。
韩诚：白队长手术怎么样？

韩凤娇：（钦佩地）白队长真是好样的，没有麻药，就让人把他绑在门板上，口里塞着毛巾，哼也不哼一声。

韩诚：硬骨头！等一会儿再喝，你先过去照顾一下白队长吧。

89. 地道里 夜 内

白钢口含毛巾，趴在一块用门板支起的手术台上，身上缠着绳索。医生正在取子弹，韩凤娇用镊子夹着药棉擦着流出来的鲜血。

一旁蹲着的李科长、郑大力、冯小牛各端着一支蜡烛照明。

白钢皱了一下眉头。

子弹落盘。

医生仰起身，呼出一口气。

韩凤娇给白钢涂抹药水，撒上药粉，垫好药布，缠好了绷带。

郑大力赶忙解开绳索。

韩凤娇拿出白钢口中的毛巾，放在脸盆中洗净。

韩凤娇给白钢擦着脸上的汗水。

韩凤娇轻声哼着歌曲《你百炼成钢》。

韩凤娇：

你出生在鲁北平原上，
你生长在牤牛河水旁。
黄土地孕育了你的骨骼，
滔天浪造就了你的胆量。
你英武，你坚韧，你勇猛顽强；
你智慧，你果断，你百炼成钢。
你是咱老百姓的保护神，
你是咱根据地的铁壁铜墙。

白钢歪头昏睡过去，发出均匀的鼾声。

李科长：（赞许地）铁打的汉子！

韩凤娇莞尔一笑，把一床印花被盖在白钢身上。

90. 李家屯保安团部 日 内

文桂珍：（冷冷一笑）你只会冲老百姓要威风，有本事去打小鬼子啊！

李蝎子：（恼怒地）住嘴！在我的一亩三分地里，我想干啥就干啥！

文桂珍：（愤怒地）你平日里派粮派捐、收杂税、搜刮民财，可是打着地方治安的旗号啊！日本鬼子到处杀人放火！你缩起乌龟头不说，还帮着日寇汉奸行凶，你与汉奸不是一路货色吗？

李蝎子：你一个臭婆娘，还他妈刀子嘴哩！给我教训教训她。

两个团丁应声向前，抡起皮鞭抽打文桂珍。

鞭子似雨点般落在文桂珍身上、头上。

文桂珍怒眉冷对。

91. 地道里 日 内

齐明山、李科长、韩大勇、郑大力围在韩诚的床铺边开会。

韩诚：（吊着受伤的胳膊）秦泥鳅还有眼线。

李科长：（点头）对，我们也可以利用一下。

韩诚：组织所有队伍佯攻华店集据点，拂晓前武工队进驻秦家大院，制造我方伤亡惨重的假象。

郑大力点头。

韩诚：分头准备！

齐明山、韩大勇：是！

92. 华店集据点 夜 外

据点周围，枪声、手榴弹爆炸声及喊杀声四起，震荡着夜空。

93. 秦家大门口 晨 外

郑大力、冯小牛等队员背着、抬着头裹绷带或腿缠药布的“伤员”走来。

郑大力使劲拍门。

大门打开，家丁胆战心惊地站在一边。

郑大力：你们东家烧了白队长的房子，就让白队长住在你们家里。

郑大力：先把白队长和齐大队长抬过来，这里住二十个，县大队的伤员全部送到河东去！

郑大力、冯小牛等人抬着、背着“伤员”进了秦家大院。

家丁幸灾乐祸地瞅着。

94. 保安团部 日 内

秦泥鳅正在审讯德安老汉，一旁站着一个小伪军和一个团丁。

秦泥鳅：（狡诈地）老家伙，你儿子杀了我老爹，你说我该咋办？

德安老汉：（冷笑）嘿嘿！随你便。

秦泥鳅：有一条道，可保你性命。

德安老汉：（摇头）不是正儿八经的道！

秦泥鳅：只要你把你儿子叫来。

德安老汉：我就知道你会说这个。

秦泥鳅：咋样？

德安老汉：不可能！

秦泥鳅：为啥？

德安老汉：我儿子没空，忙着打鬼子哩！

秦泥鳅：（摇头）那是瞎子点灯——白费蜡，鬼子多得很。

德安老汉：鬼子不多，二鬼子不少，跟他娘的鬼子一样可恶！

秦泥鳅：加上二鬼子就更多啦！

德安老汉：屎壳郎一大堆，一泡尿就滋得没影儿了。

秦泥鳅：不管你咋说，他那几个八路成不了啥气候。还是告诉你儿子趁早寻个活路吧！

德安老汉：（嗤之以鼻地）割了蒿子显出狼，干了牤牛河露出鳖。看看哪个龟孙子下场惨吧！

一个团丁：（跑进来）报告秦副官，老家来人啦！

秦泥鳅：（得意地）咋样？你不去叫你儿子，别人也能把他弄来。

秦泥鳅：（朝站在旁边的团丁及小伪军使眼色）给我往死里绑！

团丁捋起袖子，上前捆起德安老汉。

秦泥鳅及报信的团丁急匆匆走出去。

小伪军：（凑上前小声地对团丁）伙计，咱别把事做绝了。这年头儿，谁吹灯拔蜡还说不定哩！

团丁眨巴着眼犹豫不定。

95. 地道里 日 内

韩诚吊着一只胳膊，在油灯下看书。

李科长弯腰走进来，他胳膊上已经解去了绷带。

李科长：韩县长，侦察清楚了，李蝎子的父母就住在齐河城里。

韩诚：（放下书）怎么安排的？

李科长：我已经给秦九子下了最后通牒，要他天黑前务必把李蝎子的父母送到秦家大院。

韩诚：这下我们就双保险了。

李科长点头。

韩诚：李蝎子总计二百三十人，上次被我们吃掉三十多人。按惯例，他留一个小队守寨，也就是说能来一百七十人。我们县大队、武工队共二百人，再调两个区小队，没问题吧？

李科长：（信心十足地）没问题！我们是里应外合嘛！

韩凤娇：（端来一碗水递给李科长，对韩诚）爸，还有民兵队三十人哪！

韩诚：（笑）你们责任更重，守好村子及地道，确保万无一失，二十多个重伤员都在这儿呢！

韩凤娇：（立正）是！

她忘记这是在地道里，头顶碰到了顶，疼得她咧了咧嘴，急忙用手捂住了脑门。

韩诚、李科长笑着。

李科长：这次行动没告诉白队长？

韩诚：哼！他要是知道了还不闹着去？

李科长：好！您休息吧！我上去看看，“客人”快到了。

李说着走出去。

韩诚打了个哈欠，身子往后一躺，伸出手往上拉了一下棉被。

韩凤娇忙弯腰帮父亲盖好被子。

韩诚闭上了眼睛。

韩凤娇悄悄离去。

96. 地道拐弯处 日 内

白钢贴身在洞壁上听着隔壁的动静。

韩凤娇弯腰悄悄走来。

白钢：（轻声）是不是今夜行动？

韩凤娇点头走出去。

97. 秦家大院门口 日 外

一阵铃铛声响起，华泰大药房的马车拉着李蝎子的父母走来，后边跟着十多个便衣。

车夫将马车停在门前。

李科长、郑大力、冯小牛从秦家大院中走出。

李科长：（对车上衣帽华丽的李蝎子父母）请下车吧，到“家”啦！

车上的老夫妻不情愿地迈下车。

李科长：（对郑大力和冯小牛）给他们做点病号饭。

冯小牛：是！

郑大力、冯小牛押着李蝎子的父母进了院子。

李科长：（对车夫）多谢你们老板！

车夫：（摇起鞭子打马赶车）一定把谢意捎到。

马车响着铃铛声走去，便衣们跟车同行。

98. 土路 夜 外

李蝎子、秦泥鳅、家丁等人带着一群团丁走在土路上。

秦泥鳅：李团总，这回活捉白钢、韩诚，按着皇军的许诺，您就是禹城的县长啦！

李蝎子：（得意地）事成之后，封你个城防大队长。

秦泥鳅：哈哈！这块地皮就变成我们的了。今夜，就是把我那老宅炸平了也划算。我不住，白钢也甭想！

李蝎子：抓活的！

99. 秦家大门口 夜 外

白钢悄悄走来，抬手敲门。

冯小牛：（端枪从门后走出来）站住！

白钢：是我。

冯小牛：你怎么来啦？李科长嘱咐要对你绝对保密呢！

白钢：（笑着）咱是干啥的？

冯小牛：李科长和老郑在房顶哩！三挺机枪都上了房顶。

白钢：（点头）好。

白钢走进大院，冯小牛关上大门。

100. 秦家大院后 夜 外

李蝎子带一帮团丁来到院子后边。

李蝎子：包围院子，一个也不能跑，上！

团丁们散开，包抄而上。

101. 秦家大院前 夜 外

秦泥鳅带着一帮团丁抬着两根檩条走向大门。

秦泥鳅：（对左边的团丁）你们给我看好院墙，一个也不许放跑。

秦泥鳅：（转身对右边的团丁）把大门撞开！

右边的团丁抬着檩条撞向大门。

102. 门房上 夜 外

郑大力的机枪对着大门。

旁边的白钢端着盒子枪对着团丁们。

白钢：打！

机枪、盒子枪一起开火，密集的枪弹扫射着。

103. 房顶 夜 外

李科长：（端枪射击）打！

房顶上的机枪、步枪射向院后的团丁。

104. 村后 夜 外

齐明山：抓活蝎子，冲啊！

县大队从村后包抄而来。

105. 村前 夜 外

韩大勇、耿长旺带着两个区小队边打边冲上来。

韩大勇：抓活泥鳅，冲啊！

两个区小队从村前包抄过来。

106. 秦家大院门前 夜 外

白钢、李科长站在大门前。门前大街上横七竖八地躺着团丁的尸体。

韩大勇、耿长旺押着秦泥鳅走来。

齐明山等人押着李蝎子走来。

李科长：（走出大门，站在李蝎子面前）李团总抬起头，看看谁来啦！

李蝎子、秦泥鳅抬头看。

冯小牛押着李蝎子的父母走出大门。

李蝎子大吃一惊，瞪眼看了一下秦泥鳅，又耷拉下脑袋。

107. 李家屯寨门前 夜 外

家丁赶着一辆马车走出寨门。

车后跟着怀抱机枪的郑大力、耿长旺及持着短枪的韩凤娇等十几个队员。

马车朝一条土路走去。

108. 秦家大院门前 日 外

韩大勇带领队员们拿着担架等在门前。

马车停在大门前。

郑大力、韩凤娇从车上扶起满身伤痕的德安老汉和文桂珍，将他们扶上担架。

韩大勇带领队员们将二老抬走。

冯小牛将李蝎子的父母押出来，带上马车。

家丁赶着马车走出去。

李科长、齐明山将被缴了械的李蝎子、秦泥鳅等人押出来。

小伪军：（突然站出来）八路军同志，我愿意参加武工队！

李科长：为什么参加武工队？

小伪军：当二鬼子没有好下场，干土匪的也没有好下场！我们参加武工队打鬼子，死了也是光荣的。

李科长：（鼓掌）好！欢迎。

接着又有十几个团丁站出来。

团丁们：我们也加入武工队，打鬼子！

李科长：（鼓掌）欢迎团丁弟兄们改邪归正！

路两边的战士们也热烈鼓掌。

掌声中，大多数团丁站到了小伪军身后。

李蝎子、秦泥鳅及少数团丁耷拉着脑袋，跟着马车走出去。

109. 李家屯寨门前 日 外

马车停在寨门前。

李蝎子：（走到家丁跟前怒视着）白钢给了你什么好处？

家丁：啥……啥好处？

李蝎子：分明是他与你演了一场里应外合！

家丁：（忙趴在地上磕头）不是……是……不是！

秦泥鳅：到底是不是？

家丁：东家啊！我可是死心塌地地给你一家效劳啊！我冤枉哪！

寨门上的几个团丁放下吊桥，跑下来接应。

李蝎子夺过一个团丁的大枪拉栓上膛，对着家丁的脑袋开了一枪。

家丁应声倒地。

李蝎子抬脚将家丁的尸体踢进寨沟。

110. 华泰大药房 夜 内

秦九子掀起门帘进屋。

李一丰：（站起来）来，表弟。

李一丰给秦九子斟茶。

秦九子：（端起茶杯喝茶）表哥招我来，不会是为了喝茶吧！

李一丰：又有一个立功的机会。明天上午，秦家寨召开县政府、区政府成立大会。

秦九子：我能做什么？

李一丰：你向大岛报信啊！

秦九子疑惑地望着李一丰。

李一丰：（目光坚定）必须去！

秦九子：这……太危险了！

李一丰：你想办法把大岛引到秦家寨，这话可是白钢说的。不然，哪天白钢再出现在你面前，我说话也不好使啦！他还说了，开打后你瞅机会溜进县政府院里，保你安然无恙。

秦九子点头。

李一丰：小鬼子蹦跶不了几天了，你的罪恶只能靠你自个儿来洗清。

秦九子深深地点头。

111. 秦家大门前 日 外

锣鼓声震荡在秦家大院前。

五位青年人用力地敲着锣鼓，脸上洋溢着喜悦之情。

韩诚、李科长、文桂珍、韩凤娇和区小队、民兵队的队员及上百名青壮年群众围在大门前。人群中并没有妇女、老人及孩子。

韩大勇将蒙着红绸子的大牌子挂在大门一侧。

德安老汉与韩大勇揭开红绸布，牌上写着：牤牛河区抗日民主政府。

人群中爆发出雷鸣般的掌声。

锣鼓声震耳欲聋。

韩诚、李科长及众人领着锣鼓队沿大街向前走去。

112. 小学门前 日 外

秦家寨小学大门前，一侧的墙上也挂着一块披着红绸的牌子。

锣鼓队及众人来到校门前。

韩诚与李科长走上前，一起揭开了红绸子。

牌子上写着：齐禹县抗日民主政府。

众人又是一阵鼓掌。

韩大勇点着一挂红色鞭炮，更增添了欢快的气氛。

113. 村口 日 外

机枪、步枪同时射击着。

大岛、秦九子带领日伪军及便衣队如潮水般涌向村子。

大岛：（骑在马上挥舞着指挥刀）县政府、区政府，统统消灭！

秦九子：（跟在大岛后边挥枪）弟兄们，立功的时候到啦！给我冲啊！

刘二贵：冲啊，立功有赏啊！

114. 秦家寨小学门前 日 外

韩诚：行动！

韩大勇、韩凤娇：是。

韩大勇、韩凤娇分头跑出去。

德安老汉：乡亲们，各自回家，关门打狗！

德安老汉、文桂珍及群众迅速离去。

韩诚、李科长转身走进小学。

115. 街上 日 外

大岛带领日伪军涌进村子。

秦九子带领刘二贵等便衣紧紧跟随。

日伪军不时地向大门和胡同中放冷枪。

116. 房顶 日 外

街南的房顶，韩大勇与区小队队员们隐蔽、瞄准。

街北的房顶，韩凤娇与民兵队队员们隐蔽、瞄准。

117. 街上 日 外

大岛指挥日伪军及秦九子、刘二贵等便衣疯狂射击。

白钢率领武工队从街上迎头冲来。

冲在队伍前头的白钢、郑大力、冯小牛三人抱着机枪向敌人猛烈地扫射着。武工队队员们边打边冲，杀声震天。

118. 街上 日 外

受到迎头痛击的大岛及日伪军掉头撤退。

齐明山率县大队堵住了他们的去路，他指挥几个队员用机枪朝日伪军猛烈扫射。队员们边打边冲，枪声、喊声震天动地。

119. 房顶 日 外

韩大勇：（挥枪射击）打！

战士们开枪射击，将一颗颗手榴弹投向敌群。

韩凤娇：（瞄准射击）打！

民兵队员们同时射击，也把手榴弹接二连三地投向敌群。

120. 街上 日 外

耿长旺率区小队从一条胡同里杀出来。

遭受四面打击的日伪军及刘二贵等便衣抱头鼠窜，到处乱跑。

121. 白钢家 日 外

刘二贵慌乱地进来。

隐蔽在门后的德安老汉挥臂将手中的渔网撒出去，扣住了刘二贵，他在网中滚成一团。

德安老汉抄起镢头砸向刘二贵。

被砸的刘二贵发出一声怪叫。

刘二贵：我投降！我缴枪！

文桂珍持着菜刀从屋里冲出来，把菜刀对准了刘二贵的脑袋。

122. 小学门口 日 外

大岛带着一帮日伪军窜到了小学门口。

大岛看了看县政府的牌子，挥刀欲砍。

一阵枪声响起，大岛洋刀落地，滚落马下。马撒腿跑远。

秦九子溜进了院子。

白钢等人的三挺机枪对着日伪军一阵猛烈扫射。

日伪军横七竖八地躺倒一地。便衣跪地缴枪，举手投降。

郑大力等队员上前缴获他们的枪支弹药。

白钢：把俘虏全部押到区政府！

冯小牛：是！

白光把机枪交给一名战士，拔出腰间的盒子枪，迈步走进县政府的院子。

123. 教室里 日 内

秦九子跑进了一间教室，心神不定地张望着。

韩诚、李科长端着手枪分别从两边走来。

李科长：举起手来吧！

秦九子：（乖乖举起双手）李科长，我就是来缴枪的。

李科长：任务完成得不错，今天，给你记个红点。

秦九子：李科长，得记个大红点。

韩诚：好，就给你记个大的。以后继续立大功。

白钢端着盒子枪走进来。

韩诚：把枪交给白队长，暂时给你保管一会儿。

白钢：（上前拿下秦九子的盒子枪，双枪对着秦九子）我亲自送你一程，走吧！

秦九子举起双手，白钢押着秦九子走出去。

124. 村口 日 外

路边上停着华泰大药房的马车，车夫持鞭站在车旁。

白钢押着秦九子走来。

白钢：戏演完了，放下手吧！

白钢说着把盒子枪扔向秦九子。

秦九子伸手抓住枪别在腰间，冲白钢打了个响指，转身向马车走去。

白钢打了个呼哨，马车夫举起鞭子晃了晃。

白钢朝马车夫招了招手。

125. 牤牛河堤上 日 外

春暖花开，牤牛河上的冰雪融化。

河堤上，白钢率武工队走来。

河对岸，齐明山率县大队走来。

两支队伍隔河欢呼着。

白钢及武工队的战士们：（欢呼）县大队，打胜仗！县大队，打胜仗！

齐明山及县大队的战士们：（欢呼）武工队，打胜仗！武工队，打胜仗！

白钢微笑着朝齐明山及战士们挥手。

（背景音乐）：

牤牛河水哗啦啦响，
武工队杀敌上战场。
打鬼子，锄汉奸，
杀得敌人喊爹娘，

都夸咱武工队好儿郎。
太阳出来放光芒，
武工队杀敌上战场。
打鬼子，锄汉奸，
杀得敌人喊爹娘，
都夸咱武工队好儿郎。

二、海峡恋曲

1. 海边 日 外

辽阔无垠的大海与灰蒙蒙的天空浑然一体。

透过浓雾可以看见对面岛的轮廓。

海浪冲击着礁石，发出隆隆的巨响。

（字幕）：《海峡恋曲》。

海鸥贴着海面飞翔。

天水相接的地方出现了无数的帆船，向岸边驶来。

一块巨大的礁石在海浪地冲击下巍然屹立。

礁石上坐着一位白发如银的老人，凝视着茫茫大海。与壮阔的大海相比，老人是那样地渺小而孤独。

海风吹起她满头的银发，使人倍感凄凉。

2. 梨树屯 日 外

初春。俯瞰梨树屯，村里村外，梨花盛开。

一座古老的院落中有一棵老梨树，洁白的梨花在夕阳的映照下，显得娇艳无比。

3. 梨花家 夜 内

一九八四年的梨花家。

煤油灯投射一片淡红色的光泽，蜡烛跳跃闪动，隆隆的炮声夹杂着狗的叫声从外面传来。

十九岁的梨花心神不定地抱着未满周岁的儿子，哼着催眠曲哄儿子入睡。

梨花白皙、秀气的脸上有一双大眼睛，她把浓黑的头发盘成一个硕大的发髻，上身穿着天蓝色印花的大开襟褂子，是贤惠的良家妇女装扮。

孩子甜甜地睡着了。

梨花轻轻地把孩子放在床上，盖好被子，拿起未绣好的梨花枕套坐在灯前绣起来。

忽然，有人敲窗。

梨花：（警觉地）谁？

窗外人：梨花，是我。

梨花：（放下手中的活计起身开门）长全！

赵长全闪身进来。他身穿国民党警服，威武潇洒，英俊的面孔透出几分刚毅。

梨花：（惊讶地）长全，你……

长全：共军打过来了，警察局南撤。路过村口，我请了会儿假回来看看。

梨花：你……不是偷跑回来的？

长全：不是！抓住是要枪毙的！

梨花一怔。

长全走到床前看着熟睡的儿子，低头深情地亲了一下。

梨花：（趴在长全的背上）你就不会像人家一样投解放军？

长全：（回头）我……唉——

梨花：（伤心地）你这一走不知何年何月才能回来，舍下我们孤儿寡母的……

里屋传来赵母的咳嗽声。

长全：娘的病咋样了？

梨花：刚喂下汤药，睡着了。

长全：我去看看。（走进里屋）

梨花深深地叹了口气。

4. 里屋 夜 内

靠窗的大木床上躺着生病的赵母。

长全轻轻走来，为母亲掖了掖被角。

赵母：（迷迷糊糊地）天不早了，去睡吧梨花！

赵母翻身朝里睡去。

长全默默看着睡着的母亲。

隆隆的炮声传来。

长全转身依依不舍地离去。

5. 外屋 夜 内

长全回到外屋，走到床前，深情地看着熟睡的儿子。

梨花：孩子还没起名字。

长全：（思索了一下）就叫……盼盼吧！

梨花：盼盼……

长全：嗯！

炮声越来越近。

长全与梨花深情地对视良久。

梨花意识到两人这次分离不知何时才能相见。她忽然看到墙上悬挂着的那支洞箫，她伸手摘下，默默地递到长全手中。

梨花：想家了，就吹一曲解解闷，听人说，是亲人心相印，远隔千里也能听到。

长全：哎！

长全从贴身的衣兜里掏出一张照片，放在梨花手中，然后转身出门。

梨花：（跟到门口）长全——

长全停住。

梨花：你……你可想法子早回来呀！

长全点头，然后便消失在沉沉夜色之中。

梨花手拿照片倚在门框上，呆呆地出神。

隆隆的炮声在梨花耳边震响。

6. 海边 日 外

海浪拍打礁石溅起无数浪花。

辽阔无垠的大海上浓雾茫茫。

7. 梨花家 日 外

梨花的宅院坐落在村子的西边，院子是用半人多高的土墙围出来的。院中有一棵老梨树，此时正是夏初时节，梨树枝繁叶茂。院子正北有三间北房，东边有一间厨房。

北屋房间是两明一暗，外面冲门摆着一张八仙桌和两把椅子。里屋有梨花用的一张带帐架的大床和几件旧式家具。里屋靠窗子一边的床上躺着五十岁的赵母，她年龄虽不大，但痨病缠身卧床不起，天长日久，腰酸腿木，幸亏梨花殷勤照应。她脸色暗黄，干枯的头发蓬松着，闭着两眼似睡非睡地躺着，她身旁睡着她的孙子——盼盼。

梨花推开木制大门，下意识地整理了一下头发和衣襟，走进屋。

梨花：娘！

赵母：（动了一下）梨花回来了？

梨花：哎！

梨花走到里屋床前，看了看熟睡的儿子。

赵母：盼盼刚睡着。

梨花将手伸进赵母的被窝里摸了摸，拉出一条有刺鼻臊臭味的湿棉垫。

赵母：开啥会呀？我听着外面挺热闹，心里怪闷的。

梨花：（给赵母换上干的棉垫）是挺热闹的。

赵母：这几天我觉得轻快些了，来，扶我坐坐。

梨花扶赵母坐起，把被子掖好，又转身去倒水。

赵母：这土改是咋回事？

梨花：就是把地主的地分给穷人。（把水送到赵母手中）

赵母：那咱家也能分到地了？

梨花：嗯。

赵母：（兴奋地）这就好了，等地分下来，我的病也好了，咱娘俩一块儿下地，种点谷子、豆子、地瓜，再种些萝卜、白菜啥的。

梨花听着赵母的话，心里很不是滋味。

梨花：娘，该做饭了，我去洗菜。

梨花端起一个盆，放上两个萝卜、几块地瓜，走出门。

赵母疑惑地看着她。

8. 村头石桥下 日 外

流经梨树屯村边的小清河，河水缓缓东流，清澈见底。这是梨树屯人的命脉，吃、喝、洗、用全靠这河水。

河的两岸长着梨树，树影倒映在河中。微风中，梨花飘香，清爽怡人。

梨花蹲在桥下心不在焉地洗菜。

她望着水中泛起的涟漪发呆。

水中映出梨花想象中的长全。

想象中的长全：梨花——

洗菜的梨花面前突然落下一个石子，溅起水花。

梨花一惊。

一阵笑声过后，瘦长脸、鹰钩鼻的赵长平春风得意地走来。

赵长平：梨花妹子，洗菜呢？

梨花：（厌恶地一瞥）哦，是赵队长。

赵长平：哎，本乡本土，一家一姓的，别这么叫。

梨花冷冷地看了他一眼。

赵长平：（凑上前）梨花，你越长越水灵了。

赵长平说着蹲在梨花身边。

梨花下意识地扭身。

赵长平：怎么样，我说的那事你想好了没有？

梨花没搭理他，把菜放在盆里，起身。

赵长平：（站起）怎么？还是死心塌地等你那个黑狗子男人呀！告诉你，他回不来了，就是回来也得吃枪子！

梨花：（生气地）俺只要不死，就等他！

梨花转身离去。

赵长平闹了个没趣，有些气急败坏。

赵长平：站住！

梨花停下脚步。

赵长平：（走近）你年轻轻的，脑袋瓜子还挺顽固，你别忘了你是反动匪属！

梨花心里咯噔一下。

赵长平：这次土地改革，分田分粮，对你这匪属得是另一种待遇……树挪死，人挪活，可别一条道走到黑呀！守个病老婆子，何时是个头儿！

梨花心中一颤，转脸望着远处出神。

赵长平见梨花还是不理睬，继续说下去。

赵长平：你要是不改嫁，就永远戴着匪属的帽子！

赵长平说完扬长而去。

梨花痛苦万分，无力地靠在河畔的梨树上，手里的盆倾斜着，洗好的菜滑到地上。

9. 梨花家 夜 内

赵母已经睡了。

梨花躺在床上，黑暗中她睁着眼，难以入睡。

赵长平的话又在她耳边响起。

（画外音）赵长平：你要是不改嫁，就永远戴着匪属的帽子！

梨花看着身旁熟睡的盼盼，眼泪滚落下来。

她翻身掀开了墙角的一个小木箱，从箱底拿出一个纸包。

梨花打开纸包，里面是赵长全留下的那张照片。

照片上，年轻的赵长全英俊、潇洒。

梨花默默地看着照片。

10. 某沿海城市海边 夜 外

一首古老、深沉、幽怨的曲子传来。

那是箫的声音。

澎湃的浪涛卷着泡沫向岸边滚来，发出轰然巨响。

大海茫茫一片，令人望而生畏。

高高隆起的礁石上坐着一个人在吹箫。

他就是赵长全，现在在某沿海城市警察局担任警长。

面对这辽阔的大海，他显得那么渺小孤单。

赵长全目视前方，陷入深深的思念之中。

海风吹起了他的头发。

对故乡和亲人的思念，使他时常感到烦闷、忧郁。

大海悲怆的呼啸与他此时的心境融为一体。

隔海相望是他寄托相思唯一的办法。

箫声戛然而止。

赵长全面朝茫茫大海深深地叹息着。

他转身走下礁石，朝那座灯光闪烁的海滨城市走去。

赵长全身后的浪拍打着礁石发出阵阵轰响。

11. 酒馆 夜 内

古老的唱片机放着四十年代上海曾流行的缠绵委婉的《天涯歌女》。

天涯呀海角，觅呀觅知音
小妹妹唱歌郎奏琴
郎呀咱们俩是一条心
……

酒馆内摆着一张三尺高、二尺宽的“L”形柜台，后面的货架下与柜上摆着大小不等的几口瓷坛，坛子上的红纸标签上分别标着白烧酒、高粱酒、陈酿等字样。

柜台前摆着方桌板凳，桌上陈列着盐巴、碗、筷子筒。桌子旁坐着几个年轻学生。

老板娘正倚在柜子上嗑瓜子。

赵长全走进酒馆。

老板娘：哟，赵先生，来啦，您里边坐。

赵长全：照老样子来一份。

老板娘：好嘞！

赵长全：哦，多加二两烧酒。

赵长全走到靠墙角的一张桌旁坐下。

赵长全拿出香烟点燃。

旁边桌上学生在讨论。

甲：当时说不来台湾就不给发毕业文凭，没想到是个骗局，把我们扔在这么个鬼地方。

乙：唉！真是倒霉透了。

丙：又不让给大陆发信，我妈还不知急成什么样呢！

甲：来来，不谈这些了，咱哥仨算是有缘分，帮衬着混吧，喝酒！

三人愁眉苦脸地喝酒。

赵长全听了，被触动了心事。

赵长全狠命地抽着烟。

唱片开始播放《四季歌》。

春季到来绿满窗。

大姑娘窗下绣鸳鸯。

……

赵长全听着，眼前浮现出新婚时的情景。

（闪回）

12. 梨花家 日 外

梨花坐在树下石台上飞针走线地绣着梨花。

赵长全坐在梨花旁边吹箫。箫声止，赵长全起身折下一枝梨花，插在梨花头上。

梨花回头，瞧着赵长全甜蜜地笑着……

（闪回完）

13. 酒馆 夜 内

于欢：长全哥！

一声呼唤使长全一惊，他抬头看，见好友于欢走来。

于欢身着警服。他长着一张稚气的圆脸，生性活泼好动，处事大大咧咧，似乎对一切都无所谓。

赵长全：于欢，你也没吃饭？

于欢：（坐下）早吃过了，谁像你整天郁郁寡欢，现在才知道肚子饿。

赵长全：来，陪大哥喝两盅。

老板娘端着几碟小菜和一杯白酒走过来，整齐地放好。

赵长全：再加一杯白烧。

老板娘：好嘞。

于欢：大哥，又想家了吧？

赵长全：唉，也不知道母亲的病怎么样了，还有孩子……

老板娘又递上一杯酒，于欢接住。

于欢：大哥，我劝你还是别老想这些，想也不管用，来，喝酒。

二人默默饮酒。

于欢：哎，大哥，兄弟有件事要告诉你。

赵长全：什么事？

于欢：我想结婚。

赵长全：结婚？

于欢：（兴趣盎然）她叫白洁，是南京人，我在中山大学时的同学。

赵长全：（端起杯）恭喜你！

于欢：哎，大哥，你呢？看形势，也不知哪年哪月能回去，你也想办法成个家吧。

赵长全：（放下杯，默默地摇头）不！我有家……

14. 梨花家的厨房 夜 内

梨花拿着脸盆和毛巾走进厨房。劳作了一天的梨花准备擦洗一下身子。她放下脸盆，从灶旁的水缸里舀了半盆水，关上厨房的门，觉得不太严实，又拿起围裙挡在门上。

梨花脱下了衬衣擦洗上身。

一个黑影悄悄走到厨房门前，往里窥视着。

梨花用手洗着光洁的胳膊。

厨房门被推开，赵长平贪婪的目光紧盯着梨花。

梨花一惊，叫了一声躲到墙角，慌乱中抓住衬衣裹住上身，惊恐地看着步步逼近的赵长平。

梨花：你……

赵长平：（凶狠地）别声张！

梨花：你走开！

北屋坐在床上揽着盼盼的赵母听到动静，放下孩子，扶着床和门框走向外屋。

厨房内，赵长平抓着梨花的两只胳膊，将梨花按在灶坑的柴火上，梨花反抗着。

赵母推开了厨房门，两手扶住门框。

赵母：（气愤地）谁家的王八蛋！

赵长平扭头见是赵母，忙松开双手，起身瞪了赵母一眼，哼了一声向外走去。

梨花满脸惊恐。

赵母愤怒的眼神中带着一丝呆滞。

梨花惊魂未定，张口喘着粗气。

赵母：孩子留给俺……你自个儿走吧！

梨花听到，流出了委屈的泪。

15. 于欢的新房 日 内

一间宽大明亮的屋子，墙上贴着大红喜字，墙下是一张带帐架的大床，床边有一矮橱。迎门有一张单桌，几把竹椅。桌上有贺喜的客人吃剩的糖果、瓜子及残茶，地上是凌乱的糖纸和瓜子皮，显然是主人还没来得及打扫。然而最显眼的却是身着粉红连衣裙的新娘白洁那优美动听的歌舞。

在欢快悦耳的曲调中，白洁尽情地唱着、跳着。

一旁的于欢击掌为拍，摇头晃脑地伴唱。

他们唱的是《阿里山的姑娘》：

高山青，涧水蓝。
阿里山的姑娘美如水呀，
阿里山的少年壮如山哎。
……

白洁歌兴正浓，舞步轻柔欢快。

穿着一身洁白夏装的于欢情不自禁地也上前跳起来。

二人拉着手共舞，一红一白，似翩翩飞舞的两只蝴蝶，似空中红白相间的流云彩霞。

他们唱着、跳着。

欢快的乐曲缓缓停止。

白洁似乎是累了，仰倒在于欢怀里。

于欢抱着白洁亲吻着，二人甜蜜地笑着。

突然响起了叩门声。

二人起身。白洁拢了一下长发。她脸庞细嫩白净，长眉亮眼，活泼而不失文雅，秀发披肩，似一帘瀑布。

叩门声又一次响起。

于欢示意白洁开门。

白洁走到门边，打开了门。

赵长全手捧两个装有鲜花的花瓶走进来。

于欢：（高兴地）就你落后大哥，兄弟们都过来啦！

白洁：（接过花瓶）请坐。

赵长全：我去执行任务了。怎么？刚结婚就把大哥拒之门外啦。

于欢：（拉着赵长全落座）哪里呀！小弟不敢。（转向白洁）来，白洁，我给你介绍一下，刚才那些呀，全是狐朋狗友，这才是我的好大哥呢！老家山东，我的同乡，叫长全哥。

白洁：（甜甜地）长全哥。（递香烟给赵长全）

赵长全：（接过香烟开心地笑着）这就对了嘛！

于欢：（推过糖盒招呼白洁）给大哥拿瓜子来，五香的！

白洁走向床头的矮橱。

于欢：哎，大哥，（看向白洁）怎么样？

赵长全：（笑着摘下警帽搁在桌上）刚才一开门，吓了我一跳，还以为扣错了仙宫的宫门呢，怎么是一位仙女呀！

于欢：（拍桌子朗声大笑）对！大哥，又说到小弟心坎上啦！我也老琢磨是不是王母娘娘收回了七仙女，没看好又让八仙女跑我这儿来啦！

白洁：（倒着瓜子，嗔怪地）你哥俩拿人家寻开心！

赵长全、于欢同时大笑。

白洁也被气氛感染，欢快地笑了。

于欢划着火柴凑上前给赵长全点烟，使了个眼色。

于欢：说实话，比我梨花嫂怎么样？

赵长全：（吐着烟笑）这怎么说呢！咱们老家有句俗话，庄稼看着人家的好，老婆孩子看着自个儿的好。

二人朗声大笑。

16. 梨花家 日 外

梨花家院子里那棵老梨树长出了嫩嫩的叶子。

正屋门外的太师椅上坐着正在晒太阳的赵母。由于梨花这几年的辛勤照料和精心侍奉，赵母能下床了，可梨花怕她摔跤，决定为婆母制作一根拐棍。此时，她正在旁边修理一根树枝。

赵母看着用菜刀砍树枝、刮树皮的梨花发呆。

她眼前的梨花变成了赵长全。

赵长全洒脱地修理着树枝。赵长全笑着，手托着做好的拐棍向她走来……

梨花：娘——

梨花托着做好的拐棍站在赵母跟前。

赵母流泪。

梨花：娘，将就着使吧，等过秋卖了梨，俺到镇上去给您买一根。

赵母抹掉泪水接过拐棍，温柔地抚摸着。

赵母站起来，右手拄着拐棍向前挪步。

赵母感到腰部一阵疼痛，她忙用手捂着腰。

梨花：（忙上前搀扶）娘，您回屋歇着吧。

赵母：（眼含热泪）梨花，长全……也不知咋样了。

梨花完全明白了赵母的心思。一提起他，更是触及梨花的痛处。他时常搅动着她的五脏六腑，但为了照顾婆母，安慰老人，她还是将思念之情藏在了心底。

梨花：娘，咱不想他。他不管咱啦，想他做啥！

梨花转身抹了把眼泪。

赵母似乎是体会到儿媳的心情，连连摇头。

赵母：唉！不想他……不想他……

17. 某城警察局局长办公室 日 内

高局长今年五十岁，他方脸浓眉肤色微黑，正端坐在写字台后，满脸严肃地向站在对面的赵长全交代任务。旁边另一张写字台前有一个年轻美貌的女秘书正在查阅文件。

高局长：据报告，在东城街四十七号有人聚众闹事……

女秘书将一份文件凑到高局长面前。

高局长：赵警长，你马上带人去看一看。

赵长全：（立正）是！（匆匆走出）

高局长接过女秘书手中的文件。

18. 东城街 夜 外

这是一条偏僻的街道，两旁的房舍高低不齐，一座宽大的房子的窗口中透出微弱的光。

夜幕下，一个个身影走向那座房屋。

屋中闪出的光越来越亮。

赵长全：（拔出手枪示意于欢）走！

二人闪出矮墙向马路对面那座房子走去。

19. 思乡会活动地 夜 内

在台湾的很多大陆同胞思乡心切，便在各地自发组织了规模不等的思乡会，进行各种形式的思乡活动，以寄托对大陆亲人的思念之情。

一个思乡会活动地，屋内点着许多蜡烛。

墙壁上挂着一张白布，白布上有粗略绘制的中国地图。地图上标出了思乡会成员所在的省份，有福建、浙江、河南、江西、湖南、湖北、四川、广东等地的。

地图下是一张长案。案前，思乡会主持人用毛笔在一块块长方形的白布上写着“思乡”“想家”“回家”等字样，写好一幅就递给前来领取的人，领取者郑重地佩戴在胸前。

窗外，赵长全透过一个小孔观察着屋里的情景。

一旁，于欢握枪警戒。

思乡会主持人将最后一幅写好的布条佩戴在自己胸前。

主持人：（庄重地）同胞们，来吧！

十几个思念大陆、思念故乡的同胞手挽着手，迈着步，转着圈。

思乡会成员：我想家！我想家！我要回家！我要回家！

一张张庄严肃穆的面孔上挂满泪痕。

人群中有老有小、有男有女，有学生也有那位酒馆的老板娘。

人们旋转着发出咚咚的脚步声。

人们的呼喊声变为哭泣声。

哭泣声震荡着茫茫夜空。

赵长全、于欢持枪逼近门口。

屋里的思乡会会员奔走哭泣。

突然，门被踢开。

思乡会成员们下意识地靠拢在一起。

赵长全、于欢端枪站在门口。

思乡会成员们紧张、恐惧地看着他们。

于欢：（对赵长全）大哥！抓吧！

于欢说着端枪欲上前走。

主持人与老板娘挺身而出，挡在前面。

赵长全一把抓住于欢的胳膊，双目凝视着思乡会会员，他犹豫着、沉思着，终于收起枪拉着于欢转身离去。

众人望着赵长全、于欢出门离去的背影。

赵长全迈着沉重的步子行走在夜色中。

于欢匆匆赶上来。

于欢：（莫名其妙地）大哥，怎么回事？

赵长全：（神情紧绷，嘴唇抽搐）思乡会……

20. 梨花家 日 外

梨花与赵母在思念中熬过了八个年头。

院中那棵老梨树上稀稀落落地挂着黄梨。

梨花站在木凳上，一手挎着竹篮，一手摘梨。她精心挑选着，拣大的、成熟的摘。她选中一个大的摘下，轻轻放入篮中。

这棵梨树现在是梨花一家唯一的经济来源，盼盼的书费、学费，生活用的油、盐、酱、醋都靠它。虽然今年梨歉收，可毕竟到了收获的季节，梨花脸上流露出发自内心的喜悦。

地上的梨筐中已有小半筐黄梨。

放学回家的盼盼兴冲冲地跑来。

盼盼：娘，下梨啦！

梨花：哎——

盼盼跑到梨筐前，伸手抓出一个大黄梨，张嘴咬了一口。

梨花：（生气地）盼盼！

盼盼美滋滋地嚼着梨。

梨花从凳子上下来，上前打了盼盼一巴掌，又把梨夺过来。

盼盼张口大哭。

梨花惋惜地端详着手中的大黄梨。

盼盼痛哭流涕。

梨花眼含泪花给盼盼擦泪。

梨花：盼盼，乖孩子，你奶奶从不舍得吃梨。

梨花将梨又塞入盼盼手中。

盼盼接过梨，渐渐停止哭泣，呜咽着用袖口擦泪。

赵母挎着竹篮子，拄着拐棍走进院子。

赵母：（惊疑地）怎么了盼盼？

盼盼抬头见是奶奶，跑过去搂住奶奶又哭了。

赵母慌乱中扔下竹篮，两手搂住了盼盼。

竹篮摔在地上，半篮野菜洒了出来。

赵母：盼盼，谁又欺负你了？

盼盼擦眼泪时手中的梨掉在地上。

梨花弯腰拾起梨，吹了吹递给赵母。

赵母接过梨，明白了原委，用袖口擦去梨上的尘土。

赵母：给，盼盼，吃吧。

梨花收完地上的野菜，提篮走进屋去。

赵母坐在树下的木凳上。

盼盼依偎在奶奶的怀里含泪吃梨。

苦笑的赵母瞧着盼盼。

赵母：甜吗？

21. 海边 日 外

一首低沉幽怨的曲子回荡在海边。

大海湛蓝，苍茫的天空中，一群海鸥正在飞翔。

风平浪静的海湾，男男女女正在游泳。

赵长全坐在一块礁石上凝眉吹箫。他旁边坐着一个俊俏的小姑娘，那是于欢和白洁的女儿阿丽。

于欢和白洁在海水中尽情游乐、追逐嬉戏。

于欢对白洁使了个眼神。

白洁会意一笑，二人同时潜入水中。

于欢和白洁钻出水面，一人抓住了赵长全的一只脚。

赵长全一愣，于欢和白洁同时笑起来。

于欢：大哥，下来玩会儿吧！

白洁：是啊长全哥，让海水冲冲你的忧愁。

赵长全：（挣脱双脚站起）不！不！你们玩吧，我还有事呢。

于欢：啥事？还瞒着我们！

赵长全：今天是个重要的日子。

赵长全拿着箫离去。

白洁：你瞧长全哥，成天闷闷不乐的。

于欢：自寻烦恼。

22. 赵长全卧室 日 内

赵长全的卧室很宽敞，屋中有木床、写字台和藤椅。

赵长全为母亲在写字台上供上蛋糕，燃起了蜡烛，还摆了一把茶壶和两个茶碗。

赵长全坐在藤椅上，望着桌上的茶壶陷入回忆。

（闪回）

23. 梨花家 日 内

十几年前。

赵母正在床边欣喜地摆弄着几件做好的小衣服。

门外传来赵长全的叫声。

（画外音）赵长全：娘——

赵母：（高兴地转身）长全呀！

赵长全和梨花一同进屋。

赵母：你今天咋回来啦？

赵长全：今天是个重要的日子。

赵母：（一愣）啥日子？

梨花：娘，你的生日呀！

赵母：哟！你看，我还真忘了呢！

赵长全：娘，你看——

赵长全从背后拿出一个精致的小茶壶。

赵母欣喜地接过茶壶，端在眼前观赏着。

赵母：这么好的茶壶，得花多少钱？你这孩子，就是不会过日子。

赵长全憨憨地笑了。

（闪回完）

24. 赵长全卧室 日 内

赵长全双手捧起茶壶。

赵长全：（恭敬地）娘，您爱喝茶，儿子给您老斟上一杯。

25. 梨花家 日 内

梨花端着赵长全为赵母过生日时买的那把茶壶给赵母斟茶。

梨花将茶壶放在八仙桌上，捧起茶碗递给坐在旁边太师椅上的赵母。

赵母面带笑容地接过茶呷了一口，细细品着。

赵母一手抚摸着桌上的茶壶。

赵母：（无限感慨地）这把壶有日子没泡茶了。

梨花望着赵母舒心地笑着。

盼盼放学回家，背着书包进屋。

盼盼：娘——

梨花：（回头）啥事？

盼盼：（带着哭腔）班里好多同学都戴上了红领巾，可我……

赵母：你好好学习，也会戴上的。

盼盼：老师说，我啥都好，就是得让赵长平开个信。娘，你去求求他吧！

梨花：（慢慢弯下身）盼盼，娘就去。

盼盼转愁为喜，转身将书包挂在墙上。

赵母和梨花面带难色。

26. 赵长平家 日 内

赵长平独自躺在床上摇着扇子歇晌。

梨花领着盼盼走过来。

梨花：他大伯，求你给出个证明。

赵长平：（闻声坐起，一副得意相）啥证明？

梨花：盼盼闹着要戴红领巾……

赵长平：哦——这得有条件的。

梨花：（一愣）啥条件？

赵长平：（目光带着挑逗）答应吗？

梨花脸一沉，转身领着盼盼走出去。

梨花领盼盼出了大门。

赵长平关死了大门。

盼盼扭头望着大门愣神。

27. 赵长平家 日 外

赵长平家的大门上着锁。

盼盼拿着一个粉笔头在大门上画了一个大乌龟，乌龟上写着“赵长平”。

一只大手抓住了盼盼的胳膊。

盼盼一惊，回头见是赵长平。

赵长平：（凶狠地）小狗崽子！

赵长平打了盼盼两耳光，将盼盼推倒在地。

几个收工回来的人路过，吵嚷着赶来。

工人甲：怎么回事？

工人乙：出啥事啦？

人们望着大门上的乌龟。

赵长平余怒未息。

倒在地的盼盼，胆怯地望着赵长平。

工人甲：还真是个坏种哩，狠揍！

赵长平又上前欲打盼盼，被一个四方脸，体魄健壮的青年汉子拉住。这人是赵长豹。

赵长豹：咳，得了，跟个孩子怄啥气。

盼盼爬起来，愤愤地走了。

28. 某市 夜 外

一条偏僻的街道两旁开着一些店铺，但大部分还是住宅。

街上偶有行人走过。

穿便衣的赵长全在街上走着，手里拿着两包香烟和新买的几件日用品。

突然前面传来呼救声。

男人：来人哪！救命——

男人的呼喊声中还夹杂着年轻姑娘的惊叫。

赵长全听见，加快了脚步。

前方，两个醉醺醺的美国兵正在侮辱一位高山族姑娘。

姑娘拼命地挣扎着。

姑娘的父亲焦急地推搡着美国兵，竭力保护着女儿。

路旁一座宅子的窗口，有一个妇女露头瞧了一眼，慌忙关上了窗子。

一扇门打开，一个中年男子探身向外一看，思考了一下，也缩回了身，将门关死。

几家店铺慌乱地关上门。

几个行人见状也匆匆逃离。

姑娘被美国兵按倒在地，一个美国兵骑到了姑娘身上。

老汉恼怒地推倒了骑在姑娘身上的美国兵。美国兵爬起来抡拳将老汉打倒。

两个美国兵撕破了姑娘的衣裙，扯乱了姑娘的头发。

赵长全急步赶到，将老汉扶起。

赵长全看到侮辱同胞的美国兵，怒火中烧。他上前拍了一下一个美国兵的肩头。

美国兵一惊，赵长全对准他的脸狠狠地打去，美国兵滚倒在路边。

另一个美国兵见状，忙松开姑娘，向赵长全扑来。赵长全飞起一脚踢在美国兵的腹部，又连击几拳，将他打倒在地。

两个美国兵打着滚惨叫。

赵长全：（招呼父女二人）快跑！

三人飞快地跑了。

一个拐角处，三人气喘吁吁地停下。

老汉：（拉住赵长全感恩不尽地）先生，多亏你救了俺们父女！

老汉：（对女儿）快给先生磕头！

姑娘急忙跪下。

赵长全：（赶忙扶起姑娘）哎，都是中国人。

远处传来呼喊声。

赵长全：（一推父女二人）快往那边跑。

父女二人撒腿朝一条小路跑去。

赵长全也闪身拐进一条小胡同。

于欢带着警察赶到。

29. 梨树屯 日 外

梨花提着锅走在街上，身后墙壁上写着醒目的标语。

赵长豹和一名青年在另一面墙壁上写标语。

梨花：长豹兄弟，写标语哪？

长豹：梨花嫂，你这是……

梨花：我把这口锅送去。

长豹：我不是给你说过了，你家有病人，就不用交锅了。

梨花：队长不同意。

长豹：这……我找他去。

梨花：（拉住他）长豹兄弟，别……千万别……我是自愿的，我走啦。

梨花离开。

长豹和男青年愣愣地望着梨花的背影。

30. 大队 日 外

一座远离住宅的独院。

院子里堆了不少的废旧钢铁。

青年会计在一张桌子后做登记，赵长平背着手站在一旁。

相貌丑陋的青年哑巴农民蹲在一边卷纸烟。

几个农民陆续把废铁放下，登记后离开。

梨花：（走过来）这是俺家的锅。

赵长平：（冷冷地）放那儿吧！

哑巴抬头看着梨花把锅放下。

赵长平：（走过去）你啥事都积极点，我就能替你说话！

他贪婪的双眼不停地在梨花脸上和身上打转。

梨花转身离开。

赵长平盯着梨花的背影冷笑一声。

哑巴扭头斜视赵长平。

会计：队长，这回咱得拿个全社第一吧？

赵长平：（拿出香烟美滋滋地点着）嗯，那还用说。

赵长平回头看着哑巴，指着铁堆比画。

赵长平：看好。

哑巴叼着自己卷的烟点了点头。

31. 思乡会活动地点 夜 内

屋内点着无数支蜡烛。

思乡会的成员增加到了二十多人，新增的有商人、军人和几个穿着阔气的女人。

人们戴着写有“思乡”“想家”“回家”的长幅白布。
穿着便装的赵长全、于欢、白洁走进来，几个成员友好地向他们点头。
赵长全从长案上拿起毛笔走向墙上挂着的地图。
地图上的标记比上次多了河北、山西、吉林、辽宁等地。
赵长全在地图上填上了“山东”二字，于欢接过笔也写了个“山东”。
白洁接过笔在地图上写上了“江苏”。
赵长全和于欢走向人群，和大家亲切地握手。
老板娘同白洁拥抱。
思乡会主持人将写有“思乡”“想家”“回家”的白色长条布分给他们三人。
赵长全、于欢、白洁分别佩戴好。
人们挽起了旁边人的胳膊。
蜡烛在燃烧。
墙上的地图十分醒目。
人们狂跳、呼喊。
《思乡谣》响起。
（背景音乐）：

思故乡哟，
想亲娘哟。
山高水长，
把路挡哟。
有家难回，
泪汪汪哟。
不见亲人，
梦中想哟。
何日归哟，
得团圆哟。
何时回到，
娘身旁哟……

低沉哀怨的曲子回荡在黑夜中。

32. 梨花家 夜 内

赵母躺在床上，身上盖着棉被。

梨花端着熬药的砂锅走来，倒出两半碗开水。

梨花端着碗给赵母喂白开水。

盼盼：娘，我饿。

梨花：等着！

梨花无可奈何地叹了口气，四下看了一圈，可实在找不到什么可下锅的东西了。

盼盼：娘，我不念书了，我能要饭来的！

梨花：（生气地瞪着盼盼）胡说，不长出息！

当她看到盼盼面黄肌瘦、可怜巴巴的样子时，又心疼地将盼盼搂抱在怀中，母子脸贴着脸，悄无声息地流着泪。

门前忽然咚的一声响。

梨花一惊，起身去开门，见门前有一个小铁锅，锅里还有一个鼓鼓的布包。

梨花抬眼看，屋外空无一人。

梨花端起小铁锅，拿到灯下一看，正是她白天送出去的小锅。她忙打开锅中的布包，顿时惊呆，是一包小块的干粮。

梨花拿起一块递给盼盼。

盼盼接过来张嘴咬了一口，嚼得满口香甜。

梨花捡了一块干粮，在碗里搓碎，又倒了小半碗水，端到赵母床前，一勺一勺地喂着赵母。

梨花眼中含泪地笑着。

33. 某市 夜 内

赵长全卧室的写字台上放着一台收音机。

赵长全仰在藤椅上望着对面墙上挂着的洞箫沉思。

他抬腕看了下手表，忙打开收音机。

收音机传出中央人民广播电台女播音员清晰的声音。

播音员：中央人民广播电台……

敲门声突然响起。

赵长全慌忙关上收音机。

赵长全：谁？

于欢：大哥，是我。

赵长全：（过去打开门）这么晚啦，来干啥？

于欢没注意到赵长全的表情，闯进屋摘下帽子扔到床上。

于欢：（焦躁地）大哥，我被编入先遣队了。

赵长全一愣，关上了屋门。

赵长全：听谁说的？

于欢：高局长通知的，要我停班待命，咱们局里还有四个弟兄呢！

于欢一屁股坐在藤椅上，无意间打开了收音机。

收音机：台湾同胞们……

于欢一怔，赵长全慌忙去关，却被于欢挡住了。于欢趴在收音机前侧耳听着。

收音机：……大陆沿海边防似铜墙铁壁，人民解放军无坚不摧，你们被派遣登陆，充当炮灰，能有什么好下场呢！今天又有一股在福建沿海登陆的匪军被人民解放军全部歼灭，顽固到底是没有好下场的，只要你们缴械投降，大陆同胞会欢迎你们的……

音乐声响起。

于欢关上收音机。

于欢：注定了，有去无回！

赵长全：不去，也是死路一条啊！

于欢：（跳起来）他妈的！高局长这个王八蛋，老子死到临头也得拉他垫背。

于欢拍了拍腰间的枪。

赵长全：冷静。

于欢：还冷静个屁！横竖都是个死。

于欢抓起帽子扣到头上，拉开门慌里慌张地向外走去。

赵长全：（担心地）于欢，你去哪儿？

34. 酒吧 日 内

某城的一个豪华酒吧，宾客满座，漂亮的女招待送酒端菜，来回穿行。

靠墙的一张桌子旁，于欢同几个警察在喝酒。桌上菜肴丰盛，酒的包装非常高档。

唱片里的演唱女郎嗲声嗲气。

于欢：弟兄们，咱是拴在一根绳上的蚂蚱，来，干杯酒！

众警察：干！干！

于欢：（拿起筷子）来，吃！

众警察：吃！吃！

一个警察又拿起酒瓶斟酒。

于欢：弟兄们，以前那么多人都不顶屁用，现在这几个虾兵蟹将还想反攻大陆，扯他妈的淡！光叫老子去当短命鬼啊！

于欢将杯中酒一饮而尽，将杯子蹾在桌子上。

于欢：（抓起筷子敲着盘碗）吃呀，兄弟们，明天还不知是死是活哩！

店老板见此情景，慌忙跑向服务台拨起了电话。

于欢:（满是醉意地）大陆沿海……钢铁一般，解放军那大炮……吃素的？

一个警察：于警官，你别喝啦！

于欢：咋不喝？老子今儿就是要喝个够！

于欢拿起酒瓶嘴对嘴干了一口。

高局长带着赵长全一伙人赶到。

于欢正背对着高局长等人，没发觉，仍在敲打着碗盘发泄着愤懑。

于欢：甭他妈的叫咱哥们儿去送死，他们早晚也不得好死！

赵长全：于欢！

于欢：（转身）咋呼个屁，老子怕谁？

高局长：（拔出手枪）抓起来！

于欢猛地拔出手枪，踢翻了桌子。

于欢：今儿老子豁出去了，谁敢动！

喝酒的警察见势不妙，都溜到一边。

其他桌子上的人也四散逃开，躲的躲，藏的藏。

高局长身旁的警察一个个呆若木鸡。

高局长：（命令赵长全）赵警长，上！

赵长全犹豫了一下，只得执行命令。

于欢贴到墙角。

赵长全迈着沉重的脚步慢慢走向于欢。

赵长全：于欢，把枪放下。

于欢：（固执地）长全哥，你闪开！

赵长全缓慢地向前走。此时他头脑是清醒的，他知道只要把于欢擒住，就等于害了自己的兄弟。他真巴不得于欢开枪，一枪结果了自己，从此就啥也看不见了，啥也不想了，无牵无挂，一了百了！他也不是怕身后这支枪，他只要一翻手就可以把高局长打翻在地，可他……

于欢：（发疯般地）闪开！快闪开！

赵长全向前挪动。

于欢握枪的手颤抖着。

赵长全继续向前挪动。

于欢双眼充血，几欲喷火，他突然将枪对准了自己的脑门。

赵长全飞步上前，一把拉开了于欢的手。与此同时，于欢的枪冲房顶打响了……

35. 梨花家 日 内

床上的赵母不时发出阵阵干咳。

梨花坐立不安，婆母的咳嗽声揪着她的心。她在屋中六神无主地走来走去。

赵长豹：（走进屋）梨花嫂。

梨花：（转身）长豹兄弟……

赵长豹：（走到赵母床边）婶子的病好些了吗？

梨花：整天昏睡，还不停地咳嗽。长豹兄弟，你坐。

梨花说着走出里屋。

赵长豹掏出点东西掖在赵母的被角下。

梨花：（端着碗水走进来）长豹兄弟，你喝水。

赵长豹：（接过碗）得想法子看看啊！

梨花：请镇上的大夫看过啦！大夫说……得吃药。

赵长豹：（喝了两口水）那就赶快拿点药给婶子吃吧！

长豹将水碗放下。

梨花：（为难地）嗯……

赵长豹：我还有事呢，我走啦！

梨花送赵长豹出门。

赵长豹：别送，我自己走。

赵母翻身。

梨花为赵母掖被角，从被子里掉出点东西，她拿起来展开一看，是五元钱。她两手捧在胸前，感激地望着赵长豹的背影，热泪盈眶。

36. 梨花家院子旁 日 外

拐角处，会计窥视着从梨花家走出来的赵长豹。

讨饭回来的哑巴与赵长豹打了个照面。

37. 镇上的小卖部 日 外

梨花一手提着几副中药，一手拿着一包茶叶和找回的钱，走出小卖部，突然听到身后的叫声。

赵长平：梨花！

梨花一愣，转脸见赵长平狰狞地笑着。

梨花握紧了手中的茶包和钱。

38. 梨树屯大队 日 内

三间宽敞的新瓦房，两明一暗。其中一间有一张八仙桌和两把木椅，旁边有几根长板凳。墙上挂着算盘及一些账目、收据、报表之类的物品。

八仙桌上有暖瓶和茶具。

赵长平：（拍着桌上的钱和已经打开的茶包）老实交代，这钱是哪儿来的？

梨花提着三副中药靠在门后的墙边哑口无言。

赵长平：你一准是同特务挂上钩了。快说！给他们提供了什么情报，你那个黑狗子男人有没有信儿？

赵长豹打开了里间的门，吃惊地走出来，看到桌上的钱和茶包，愣了一下。

梨花痛苦难言地摇着头。

赵长豹心神不定地来回走着，他背着双手，紧皱眉头。

哑巴提着一壶开水走进来。

赵长平拿过茶壶，抓了一把纸包里的茶叶。

哑巴边沏茶，边看着桌上的钱思量。

赵长平：（拍桌子）再不交代就绑起来，送你去公安局。

哑巴望了望苦不堪言的梨花，又看了看神情不安的赵长豹，似乎明白了什么。

赵长豹打定主意，准备上前说明真相。

哑巴放下壶，指了指自己，又指了指梨花，伸手拿起桌上的茶包和钱走到墙边塞给了梨花。

梨花吃惊地看着哑巴。

赵长豹和赵长平都惊呆了。

哑巴推了一下发呆的梨花。

梨花收起钱和茶包，急忙走出去。

赵长平一把抓住了哑巴。

赵长平：（咬牙切齿地）哦，原来是你小子干的好事，你他妈的在打这小娘们儿的主意啊！呸！

赵长豹舒了一口气，上前拉起赵长平的手。

赵长豹：咳，何必大动肝火哩！

赵长平脸色似猪肝，气急败坏地推了哑巴一把。

赵长平：滚你娘的！

哑巴瞥了赵长平一眼，拍了下被拉皱的衣服，满不在乎地离开。

39. 警察局关押室 日 内

透过长长的走廊可以看见于欢的背影。

白洁领着阿丽急匆匆地走在走廊里，白洁焦急地寻找着。

阿丽看到了于欢的背影，飞跑着，呼叫着。

阿丽：阿爸！

于欢听到女儿的声音，猛地抬头，急忙转身。

于欢：阿丽！

阿丽跑向于欢，两手抓住了铁栏。

阿丽：阿爸！阿爸！

于欢想伸出手去拉孩子，可是被无情的手铐挡住了。

阿丽两手伸进去，抓着爸爸的手。

阿丽：阿爸！阿爸！

于欢：好孩子，好阿丽，别哭，别哭……

白洁悲痛欲绝，两手掩面痛哭着。

于欢：白洁，白洁，别哭啊……

白洁：于欢，俺和孩子可……

两人默默无言，对视良久。

阿丽茫然地望着父母。

于欢低下头，又看见了孩子那稚嫩俊俏的脸，蹲下身。

于欢：阿丽，好孩子，要乖，要听妈妈的话，啊！

于欢站起来，将左手无名指上的戒指摘下，递到铁栏外。

白洁感到一切都完了，她两手抓住于欢的手，将脸贴在铁栏上。

白洁：（痛苦万分地）于欢，你就不为俺和孩子想想吗？

于欢：白洁，我对不起你和孩子，我也想让咱一家快快活活地生活，可是……唉……

于欢懊恼地背过了身。

两人沉默。

于欢：你走吧，领着孩子走吧！

他催着白洁。他知道，她在这儿多待一会儿，只能为一家人多添一份痛苦。

白洁：（肝肠欲断地）于欢——

于欢：（焦躁地跺脚）给我走！快走！

房外两个警察不忍目睹这一幕，都转过了身。

白洁拉着阿丽离开。

长廊中回荡着阿丽的呼喊。

（画外音）阿丽：阿爸——阿爸——

声音远去。于欢猛地回头，抓住了铁栅栏，想最后看一眼自己的女儿，看到的却是空荡荡的走廊。于欢生性乐观，这时却涌出了两行热泪。

泪珠从于欢带着几分稚气的脸上滚落。

40. 梨花家 夜 内

盼盼正在熟睡。

油灯下，梨花在绣花。她面带笑颜，沉浸在对往事的美好回想中。突然，她放下手中的绣活，又一次打开墙角的小木箱，找出了那个纸包，梨花小心地揭开纸包。

梨花深情地望着照片上年轻英俊的赵长全。

照片上的赵长全在笑，梨花也在笑。

梨花：（喃喃自语）长全，你没听说吗？人家缴械投降的还立功受奖呢！你咋还不回来呢！你快回来吧，咱一家人在一起喝碗凉水也是甜的啊！

盼盼：（睁开眼）娘，你说啥？（起身）娘，你看的啥东西？

梨花忙把照片掖到枕头下。

梨花：小孩子家别乱打听，睡觉！

梨花将盼盼按倒，熄了灯，拉过被子盖好，母子俩一同睡下。

41. 学校教室 日 内

乡村小学中有三间木质结构的教室，门窗都是木棂子糊白纸，墙皮是白灰泥的，大多已脱落，露出了土坯。破旧的长条桌边坐着几十个十多岁的学生，学生都已打开了课本，靠近讲台的地方还空着一个位子。

讲台上站着一位三十多岁的青年教师，正在对学生进行安全教育。

教师：同学们，反动派不甘心失败，疯狂叫嚣反攻大陆，并不断派遣武装特务登陆……

盼盼气喘吁吁地跑到教室门口。

盼盼：报告！

教师：怎么迟到了？

盼盼低头不语。

教师：进来吧！

盼盼忙进屋坐下，慌乱地掏出书。

教师：同学们也要提高警惕性，防备坏人的破坏和捣乱。

盼盼翻书时，课本里掉出了赵长全的照片。

教师发现了，一愣，走下讲台拿起照片。

教师：这是谁？

盼盼：（忙站起来）俺爹。

教师：（吃惊地）哦？

42. 梨花家 日 外

一个人走向梨树下正趴在小木桌上写字的盼盼。

盼盼：娘——

他扭头一看，原来是赵长平。

赵长平：你娘在哪里？

在北屋给赵母喂药的梨花一惊，放下药碗走出屋。

赵长平：（拿出一张照片）你看，这是谁？

梨花定神一看，目瞪口呆，两手下意识地往衣兜里摸。

赵长平：（恶狠狠地）好哇，到现在你还放着这个！

梨花知道事情不妙，默默地低下了头。

赵长平：（恼怒地）你还在盼他回来？你真是等他等到死啊！

梨花不语。

床上的赵母听到了，探起头。

赵母：他长平哥，抬抬手就让俺娘俩过去吧！甭管咋说咱都是一家一姓的！

赵长平：谁跟你一家一姓？你这个匪婆子！

赵母：（恼火地）可恶东西，不识好歹！

梨花：（惊恐地）娘——

赵长平：谁他妈的可恶！我看你个臭老婆子狗胆包天！

赵长平将照片撕成几半扔到地上。

梨花扑上去抢。

赵长平抬脚踩在碎照片上。

梨花使劲搬着赵长平的脚。

赵长平照梨花身上踹了一脚。

盼盼怒不可遏，冷不防地抓住赵长平的手咬了一口。

赵长平举手要打盼盼。

梨花忙跑过来护住了盼盼。赵长平的拳头打在梨花身上。

赵母在床上焦急地扭动着身子。

赵母：你来打我！你来打我！你这个孬种羔子……

赵长平：你他妈的再骂，我叫人把你们都抓起来！

赵长平说完，捂着滴血的手气呼呼地离开。

43. 梨花家 夜 内

油灯下，梨花深情地粘着赵长全的照片。

梨花眼前闪出二人吃梨的场景。

新婚不久的梨花从木箱中拿出了一个大黄梨。

赵长全用刀切开，二人一人一半甜蜜地吃梨。

梨花突然大惊。

梨花：糟啦！

赵长全：（纳闷儿地）怎么啦？

梨花：不是说二人不分梨吗？

赵长全：（哈哈大笑）我还以为啥事呢！

赵长全又咬了一口。

梨花：就不嘛，俺可不愿分离。

梨花抢过赵长全手中的半块梨，同自己咬了一口的梨对在了一起……

梨花仍沉浸在以往吃梨的欢快气氛中，望着粘起来的照片微笑着。

44. 海边山崖下 夜 外

海风撕扯着树枝。

海浪涌来。

天边浓云滚滚。

飞驰的车停下，高局长、赵长全和另一名警官走出来。后边两个警察押着于欢走出来。

于欢头发蓬乱，嘴角带着一丝不在意的笑。他缓步走到山崖边，转过了身。

赵长全：（不解地）局长，这是?

高局长：上面指示，要把于欢秘密处决!

赵长全：（气愤地）这不符合……

高局长：住口!

高局长：（紧紧盯着赵长全）赵警长，你来执刑!

赵长全：这……

高局长：（瞪起眼）嗯?

高局长身边的警官拔出了枪。

高局长：赵警长，执行命令!

赵长全心一沉，无奈地走向于欢。

赵长全走到于欢跟前。

二人对视。

赵长全嘴唇抽搐。

于欢：（坦然一笑）大哥，我好幸运，我还真担心他们不让你来执刑呢!

赵长全无言，眼中闪动着泪花。

于欢：大哥，别难过，我这样死无愧于家乡父老，若死在反攻大陆的枪弹中会遗臭万年的!

赵长全默默地听着。

赵长全：于欢兄弟，有话尽管说吧!

于欢：大哥，拜托了，替我照顾好白洁和孩子。等有机会回去了，去看看我爹，如果他老人家还活着，你告诉他——于欢是他的儿子!

高局长：（气恼地）赵警长！

赵长全眼中泪光闪动。

于欢嘴角挂着不在意的笑。

赵长全不情愿地转身，缓慢地往回走着。

赵长全脚步沉重，颤抖的手摸向枪套。

赵长全掏出手枪，装上子弹，转身注视着于欢，拿枪的手举起又放下。

赵长全低下头。他处在痛苦中，他知道，手指一动，他就再也看不到好兄弟于欢了，他不愿眼睁睁看着自己的兄弟惨死在自己的枪下，他怎么下手啊！

他的手在抖，心也在抖……

于欢：（声嘶力竭）赵长全，你个熊蛋！还山东大汉呢！丢人！

赵长全紧咬牙关，又一次举起了枪，哆哆嗦嗦地瞄准于欢。

赵长全突然掉转枪口向高局长开枪。高局长左臂中弹。

高局长和身边的警官一起趴地上朝赵长全二人射击。

于欢大喊一声，中弹倒地。

赵长全边还击边扑向于欢。

赵长全：于欢！于欢！

子弹从他头上呼啸着掠过。

赵长全翻身滚下山坡，将警帽挂在树杈上，弯腰跑走。

45. 海边 夜 外

赵长全提着枪，凝视着大海。

海水哗哗地响，赵长全抬手将枪扔入海中。

于欢的话在他耳畔回响：死在反攻大陆的枪弹中会遗臭万年的！

46. 台湾某山区 日 外

赵长全在乱石中攀爬着，他疲惫地趴在草丛中喘着粗气。

于欢中弹倒下的情景不断地浮现在他眼前。

赵长全站在峭壁上，面对着汹涌的大海。

浪涛吼啸，赵长全欲纵身跳下，身后突然伸过来一只大手，抓住赵长全的肩头。

赵长全猛地回头，见是一位挎着猎枪的高山族老汉。

赵长全：（吃惊地）你——

高山族老汉：先生。

赵长全觉得老汉似曾相识。

老汉：先生，你怎么啦？

赵长全：（思忖）哦——

47. 台湾某山区 日 外

山间小路上走来两个人，是赵长全和那位高山族老汉，他叫阿林。

两人在崎岖的山路上走着。

阿林老汉：（指着前面）快到了。

赵长全顺着阿林老汉手指的方向望去，山腰处有一座小竹楼。

赵长全欣赏着美丽的山色，绿树翠竹，风吹枝摇，小鸟啾鸣。

48. 白洁家 日 内

白洁病倒在床，阿丽趴在白洁的面前逗她开心。

阿丽：阿妈，再给我讲个故事吧？

白洁：阿妈累了。

阿丽：阿妈不累，再给我讲一个故事嘛！

白洁：阿丽，阿妈教你的舞还记得吗？

阿丽：我会呀！

白洁：跳给阿妈看看。

阿丽：（俏皮地）好哩！

阿丽跳起了舞。

白洁看阿丽跳舞，眼前浮现出新婚时自己同于欢跳舞时的情景……

两人翩翩起舞。她倒在于欢的怀中。于欢亲吻着她……

白洁痛苦地倒在床上，双目紧闭，两行热泪流了下来。

49. 山坡下 日 外

赵长全抡着镐头在开垦一块土坡。

他将挖断的树根、竹根扔向一旁，将挖出的石块搬向地边。

赵长全奋力干着，汗水挂满他的两腮，汗水溻湿了他的褂子。褂子上有几道裂开的口子。

远处的半山腰上，可以看到阿林老汉的竹楼。

赵长全擦了把汗，接着抡镐……

50. 酒馆 日 内

酒馆中坐满了喝酒的客人，阿林老汉也坐在角落里喝酒，他的身边放着猎枪和几张兽皮。

酒客们吆五喝六，酒兴正浓。

其中一张桌上放着一尊维纳斯石膏像，皮货商阿黑正对着酒客们吹嘘着。

阿黑：来，看看，这是我大哥从外国给我带回来的，怎么样？

对面几个酒客随声附和着。

阿黑：你说挺美的小娘们儿，咋少了只胳膊呢？

女招待打扮的白洁端着一盘菜走来，她走到阿黑面前。

白洁：先生，你的酒菜。

白洁将酒菜放在桌上。

阿黑：（打量着白洁）嘿，这妞比我这洋娘们儿还美呢！（拉住白洁的手）来，陪阿哥喝两杯。

白洁恼怒地挣扎着。

阿黑抓住她不放，另一只手捏了下白洁的脸，嘻嘻地笑着。

阿黑：来吧，还装啥正经。

白洁慌乱地闪躲，把石膏像碰到了地上摔碎了。

阿黑：（恼羞成怒地打了白洁一耳光）他妈的，赔我的洋娘们儿！

白洁捂着脸，脸色惶恐。

阿黑：赔！赔我的……

老板娘：（忙上前挡住白洁，赔笑）先生，先生，别着急，好商量嘛！

阿黑：（两眼冒凶光）没什么好商量！

老板娘：先生，这是多少钱买的？

阿黑：（一脸无赖相）多少钱？你赔得起吗？坐飞机到外国买的。

在角落里喝酒的阿林老汉站起来。

老板娘：哎呀，一个小泥巴人能值几个钱！这样吧，先生，我赔你两瓶好酒。

阿黑：（两眼一瞪）什么？说得好听，两瓶酒换个美人？

一个客人：（起哄）嘻嘻，没钱有人呢！

阿黑：快点，拿钱，没钱就赔人！

阿黑去拉白洁。

啪的一声，一双大手挡开了阿黑，阿林老汉将几张猞猁皮蹾在桌上。

阿林老汉：先生，看看我这个值多少钱？

阿黑看了看阿林，又看了看皮货，两眼闪出贪婪的光。

阿黑：哟，这可是值钱的玩意儿。

阿林老汉：赔你的洋娘们儿怎么样？

阿黑：（惊喜异常）行，行！那我可不客气啦！（拿起皮货就走）

老板娘：（感激地拉住阿林老汉）哎呀，多谢阿叔，多谢阿叔！请到里屋喝茶。

老板娘拉阿林老汉进里屋。

白洁也随后跟了进来，惊慌未定地呆站着。

老板娘：白洁，愣着干啥，快给阿叔端茶。

阿林老汉：（一愣）你是白洁？

白洁一愣。

老板娘：她就是白洁，她家于先生……

阿林老汉：（摆手制止）走，我有话跟你说。

51. 竹楼内 夜 内

赵长全正在一个大木墩上剥兽皮。

屋中有一块青石板桌，里边是一张简易的大竹床。床上有兽皮、鸟羽、干蘑菇和各种干果。

外面传来阿林老汉的喊声。

（画外音）阿林老汉：阿全，看谁来了！

赵长全匆匆出门，见阿丽跑来。

阿丽：阿伯！

赵长全：（惊喜异常）阿丽！

赵长全忙往身上抹了两下手，飞步上前张臂抱起了阿丽。

赵长全：（抱着阿丽打转）阿丽！阿丽！

阿丽：阿伯把我忘了。

阿林老汉和白洁背着一些行李来到了赵长全跟前。

赵长全：（放下阿丽，接过白洁的行李）你们……

白洁：阿林叔找到了我们。

赵长全感激地看了看阿林老汉。

赵长全和阿林老汉收拾行李。

赵长全：（突然记起什么似的）没有盯梢的？

阿林老汉：早被老板娘灌醉啦！

白洁：多亏酒馆老板娘帮忙。

阿林老汉：（捧来了茶碗）来，先喝碗咱玉龙山上的玉龙花茶。

白洁接过茶碗，甜甜地呷了一口。

白洁也忽然想起了什么，放下茶碗，打开皮箱，取出了长全的那只洞箫。

白洁：长全哥，你看。

赵长全：（惊异地）怎么拿出来的？

白洁：是你们的一个弟兄给我送去的。

赵长全接过箫抚摸着。

52. 竹楼内 夜 内

灯熄了，躺在床上的赵长全同阿林老汉还在说话。

阿林老汉：阿全呀，今天见到白洁，一跟她说起你，她就哭开了。要我说，你俩就成个家吧！

赵长全：阿林叔，那可不行。俺老家有句俗话，能穿朋友的衣，不娶朋友的妻。再说，我家有妻儿老小哇！

阿林老汉：也是哩！鸟飞千里，总还有个回老窝的时候。（翻过身去）唉，看她娘俩也怪孤单的……

53. 竹楼上层 夜 内

白洁母子睡在一张小竹床上，这原是阿林老汉的姑娘阿秀的闺房。白洁、阿丽安详地熟睡着。

54. 山区 日 外

清晨的山谷幽静而神秘。

一首古老、深沉、幽怨的箫声回荡在山谷中。

距竹楼不远处的一座山上，赵长全在崖边吹着箫。

竹楼上，白洁和阿丽凑在小窗前，望着山崖上的人影。

白洁：你阿伯又想家了。

阿丽：阿伯为啥不回家？

白洁：他家在很远的地方。

阿丽：坐汽车呀！

白洁：隔着大海呢！

阿丽：那就坐船呗，大轮船，呜呜的。

白洁：大轮船——还不通哩！

阿丽：啥时候能通？

白洁：唉，这谁知道啊！等通了就好啦！阿妈也带你回老家。

阿丽：老家还有谁呀？

白洁：还有你阿舅，还有你阿姨。

阿丽：阿舅和阿姨会给我买新衣服吗？

白洁：买，买，会给你买好多的新衣服呢！

阿丽：太好了，我要跟阿妈回老家！

55. 竹楼 日 内

吃过早饭，白洁在收拾碗筷。

阿林老汉：（背上猎袋，拿起猎枪）我到山那边阿秀家去看看，顺便买点粮食和盐巴回来。

赵长全：阿林叔，早去早回呀！

阿林老汉：哦，我还要告诉阿秀，家里人多了，热闹啦！让她也抽空回来玩玩。

白洁：阿林叔，可一定让阿秀妹来呀！

阿林老汉：她准来的，家嘛！哈哈……

阿林老汉收拾停当出门去了。

阿丽：阿公再见！

阿丽冲着门外摇手。

阿林老汉：（回身笑）好阿丽，真乖。

赵长全和白洁都笑了。

赵长全：（拿起镐头）阿丽，跟阿妈在屋里玩，别乱跑啊！

阿丽：（天真地）我——知——道！

白洁：你不是说山坡上有蘑菇吗？我和阿丽去采蘑菇。

赵长全：（回头叮嘱）可要当心。

赵长全出门，走下山坡。

56. 山坡上 日 外

太阳当空照着，赵长全抡镐刨地，汗流浃背。

白洁背着竹筐领阿丽走上山坡。

57. 林荫道 日 外

阿林老汉背着半袋米走在小路上。

阿林老汉停下来擦汗，仰脸望了一眼天上。

58. 山坡上 日 外

乌云遮住了夕阳，赵长全挥镐刨地。他回头望向山上，山风撕扯着树枝，浓云滚滚而来。

赵长全扔下镐头往山坡上跑去。

赵长全：阿丽——阿丽——

赵长全耳边回响着阿林老汉的话：阴天千万不要采蘑菇，树林中有毒蛇出来……

赵长全跑上一座山头。

赵长全：（焦急地）阿丽——

白洁背着阿丽跑出一片树林。

白洁：快，不好啦！阿丽被蛇咬啦！

阿丽疼得哇哇直叫。

赵长全：（飞跑过去，抱下阿丽）哎呀——

白洁：阿林叔不在家，这可怎么办呢？

赵长全紧皱眉头，望着满天的乌云思索着。

赵长全：进城！

白洁：城里正在抓你！

赵长全：顾不了这么多了！

赵长全弯腰背起哭着的阿丽走下山头。

白洁：（紧跟着哄着）阿丽，乖孩子，别哭。

59. 山路上 夜 外

电闪雷鸣，暴雨倾盆。

赵长全光着膀子背着阿丽，他的褂子裹在阿丽身上。

穿着背心的白洁紧跟在后，她的褂子包在了阿丽头上。

崎岖坎坷的山路上，赵长全和白洁艰难地走着。

60. 山下 黎明 外

风停了，雨小了，天亮了。

赵长全和白洁一步一步艰难地走着。

白洁叫了一声，但没听到阿丽的回应。

白洁：（连声呼唤）阿丽！阿丽！

赵长全停下，白洁揭开蒙着阿丽的褂子。

阿丽嘴唇铁青，牙关紧咬，双眼紧闭。她已经死了，是在痛苦中死去的。

白洁两手抱过阿丽，紧紧地搂在怀中，亲吻着，哭喊着。

白洁：阿丽，阿丽，你醒醒啊我的孩子，你不能舍下妈妈啊……

赵长全痛苦地低着头，眼中闪动着泪花。

61. 山下 清晨 外

雨后的太阳格外艳丽夺目。

赵长全和白洁用手为阿丽堆起了土丘，两人往上面添土。

白洁看到了旁边一片盛开的野花，起身走过去，小心地采着。

白洁将一束野花插在了女儿的坟头。

白洁：（心声）好阿丽，找爸爸去吧……

白洁瘫倒在阿丽的坟丘上。

赵长全扶起白洁，两人缓慢地朝山上走去。

62. 竹楼上 日 内

白洁躺在竹床上，赵长全为白洁盖好被单。

赵长全：阿林叔到现在还没回来，我去山那边看看。

白洁无力地点点头，合上了无神的双眼。

63. 山路 日 外

狭窄陡峭的山路上，赵长全费力地攀登着。

他扳住山石，往上迈了一阶。

他抓住小树，往上爬了一步。

他终于登上了山顶，站在山顶往下望着。

他看见了一支猎枪，不顾一切地跃下。

他摔倒了，不由自主地往下翻滚着。

他滚到枪边，坐起来，两手抓住猎枪——正是阿林老汉那支猎枪。

他瞪着眼左右寻找，发现了旁边有一个布袋，他提起了布袋，里面是半袋湿漉漉的米。

他的另一侧是陡峭的悬崖，深不见底。

他站在悬崖上发疯似的喊叫着。

赵长全：阿林叔——

他的喊声在山谷中回荡。

64. 竹楼上 黄昏 内

赵长全无力地迈进竹楼，随手丢下猎枪，又将半袋米丢在石板桌上。

赵长全一屁股坐在木墩上，痴呆地看着地。

赵长全想掏烟，兜里却什么都没有。

赵长全起身走到竹桌旁拿起半瓶酒又坐回到木墩上，用牙咬掉瓶盖，一口一口喝下。

酒顺着赵长全的下巴往下滴。

突然，竹楼上传来一声响动。

赵长全猛然想起什么，放下空酒瓶，提起一只竹水桶缓慢而无力地爬上竹楼。

65. 竹楼上 夜 内

赵长全爬上了竹楼，坐在白洁床前，呆缓地给白洁倒水。

赵长全端起水杯凑到白洁嘴边。

白洁吃力地起身，将头靠在长全身上。

白洁：（哀求地）长全哥，你答应我，咱们结婚吧！你是我唯一的亲人了。

赵长全：（目光呆滞）傻瓜……还结啥婚，咱……咱不早就结……结婚了吗……

赵长全张开双臂要搂白洁。

白洁一头栽入赵长全的怀里。

赵长全的眼前出现了幻觉。

赵长全看到梨花向他扑来，他紧紧地抱着梨花，年轻的梨花亲热地拥抱着他……

他在那种不可名状的迷茫中寻求解脱，他终于在混沌状态中找到了他日夜盼望的“梨花”。

66. 梨花家 日 外

盼盼已经长成了大小伙子，像他的父亲一样，有一张淳朴严肃的脸，只是个子比父亲矮些。

此时，他正背着被卷走出屋门，梨花和赵母随后送出。

梨花：盼盼，到了工地上好好干，别给你豹叔丢脸！

盼盼：放心吧！

梨花为儿子整理衣服。

赵母：盼盼，出门在外要多长个心眼。

盼盼点头。

梨花：少惹事，可别犯你那个犟脾气。

盼盼：（小声对母亲）娘，你也多留神。

梨花：我知道。

盼盼：奶奶，我走了。

盼盼离开。

67. 山崖上 日 外

迷雾中，赵长全在竹楼旁的山崖上吹箫。

68. 竹楼内 夜 内

白洁睁开无神的眼喘了两口气，又闭上眼。

赵长全：（端着药走到床前，俯身望着白洁）吃药吧……

白洁张着嘴，一声紧一声地喘着。

白洁：（有气无力地）看来……这儿不是我们生根的地方。

赵长全：我们是被挖了根的树，（略一停顿）得想法找生存的土壤。

白洁：生存……对我来说已经不重要了……

赵长全：你会好的，会好起来的……

白洁：长全哥，谢谢你照顾我……离你而去，我很难过。

赵长全：白洁，你要挺住，我们要活下去，一定要活下去！

白洁：长全哥，请答应我，为我吹一段……曲子吧……

赵长全点头，转身拿起洞箫，坐在床边面对白洁，吹奏起《思乡曲》。

白洁微睁着无神的双眼看着赵长全，吹箫的赵长全渐渐模糊起来。

赵长全看着白洁，一种悲哀涌上心头。

白洁在低沉幽怨的曲调中微笑着闭上了双眼。

相依为命的挚友一个个离赵长全而去，凄凉、空虚、悲哀交织在赵长全的心中，他流下酸楚的泪水……

69. 梨花家门口 日 外

大街上的高音喇叭正播放着的歌曲。

梨花提着一块木牌走来，木牌上写着“反动匪属丁梨花”。

梨花走到家门口，木然地看着门上和墙上的标语，痛苦地闭上了双眼，沉沉地叹息着。

少顷，她推门进去。

梨花走进院子，忽然想到自己手里的牌子，她急忙将牌子藏在门旁的一堆杂物中，然后整理了一下自己的头发和衣服，向屋子走去。

70. 梨花家 日 内

梨花进屋，看到赵母站在床前。

赵母爱怜地看着梨花。

梨花嘴角还带着未擦净的血迹，她嘴唇动了动，却什么也没说，只是苦涩地一笑。

赵母蹒跚地走到桌旁，倒了一碗水递给梨花。

梨花接过，极力抑制心中的悲哀，转身喝水。

赵母看着梨花脸上被打的痕迹，心中一阵难过。

梨花捧着碗，强忍着痛苦的泪水。

她喝完水，转身看到赵母双手捧着毛巾，站在一旁。

赵母颤抖着为梨花擦去嘴角的血迹。

梨花终于克制不住，泪水夺眶而出。

她想号啕大哭，又怕被人听见。她拿过毛巾捂在嘴上，痛苦和悲哀在胸腔里翻滚，却不能迸发，只是发出一种沉闷压抑的哭声。

71. 梨花家 夜 内

梨花已经睡了。

赵母躺在床上，辗转反侧，难以入睡，梨花痛苦的脸出现在她眼前。

赵母似乎是下定决心，她慢慢地爬起来，看了看梨花，确信梨花已经睡着。

赵母穿衣下床，摸索着拿起拐棍，开门出去。

72. 梨花家门口 夜 外

万籁俱寂，赵母走出大门。

她朝四周望了望，然后走到贴有标语的墙边。也不知是哪来的勇气，她动作出乎意料地敏捷，迅速地撕下一张又一张……

73. 梨花家厨房 夜 内

树影婆娑。

赵母一手持拐棍，一手夹着撕下来的标语走进厨房。

她关上门，把标语摊在灶中的柴草上，然后摸索着找到火柴，点燃了标语。火着了起来。

赵母如释重负地舒了一口气。

火光映在她的脸上，显得她容光焕发。

火越烧越旺。

赵母脸上露出欣慰的笑。

标语渐渐引着了灶中的柴草。

赵母沉浸在解气的喜悦中。

74. 梨花屋中 夜 内

熟睡中的梨花进入梦境。

赵长全在花丛中穿行。

梨花呼喊着跑来。

赵长全看到梨花后转身就走。

梨花在后面追，她拉住赵长全的胳膊。

赵长全转身，梨花却看到了赵长平的脸。

梨花惊恐地后退。

赵长平张着嘴向她扑来。

梨花大叫一声惊醒，大汗淋漓地坐起来。

她平复了一会儿，忽然发现赵母没在床上。

窗外透出火光。

梨花迅速穿衣下床，开门出去。

75. 厨房 夜 内

火已经蔓延开来，屋内烟雾弥漫，赵母蹲下，用拐棍挑动着柴草，让火势更旺。

火烧着了拐棍，赵母晕倒在地。

梨花：娘——

门外传来梨花的呼喊。

梨花撞开门，将赵母连拉带拖地拉出门，然后又冲进门，提起水桶朝火泼去。

火还在烧，梨花急中生智，她用力把水缸推倒，水泼到地上，火渐渐地熄灭了。

76. 梨花家 日 内

梨花：（端着碗走到赵母跟前）娘，头还晕吗？喝点汤吧。

赵母：（眼含热泪，嘴唇抽动着）梨花……我光连累你……唉，老天爷咋不叫我……

梨花：娘，别这么想，这些年咱都熬过来了，咱盼盼……不是长大了嘛！

77. 梨花家 夜 内

盼盼穿着一身土旧的衣服，提着一个小布袋闯进屋。

盼盼：娘！

赵母：盼盼！

盼盼走进灯光昏暗的里屋。

盼盼：奶奶！

盼盼：（得意地从布袋里拿出一个大白馒头）奶奶，我从水库工地上给你带来的馍馍，你看看多白呀！

赵母伸出干瘪的手。

盼盼将馍馍送到赵母手中。

赵母：可是哩，真白，真白呀！

盼盼将布袋放在赵母枕头旁边。

赵母咬了一口，津津有味地嚼着。

盼盼：（神色自豪）奶奶，香吧？

赵母：真香，真香。奶奶还没吃过这么好的馍馍哩。

盼盼拿过一个旧暖瓶给赵母倒了碗白开水。

赵母：盼盼，那水库工地上累吗？

盼盼：不累，奶奶你看，都说我胖了呢！

盼盼：（将水碗放在赵母床前的圆木凳上）奶奶，俺娘哩？

78. 大队 夜 内

原先的大队部，现在已经是梨树屯大队办公室。屋里电灯明亮，桌椅全新，墙上有挂钟，还贴着条幅，宽大的办公桌上摆着一台手摇电话机。

赵长平:（拍着桌案）你敢撕掉标语，胆大包天了！你知道这是什么罪吗？

梨花双目惊骇。

赵长平:你自个儿拿主意吧！老实认罪便罢，不然给你整个材料汇报上去，治你一家的罪！

梨花：求求你……赵主任……别汇报……

赵长平：（呼了口气）要不汇报嘛，也好说，嘿嘿，求求我，光说呀？

赵长平贪婪地盯着梨花，向梨花靠近。

梨花不知所措。

赵长平抬手摸了一下梨花的下巴。

梨花恍然大悟，转身要走。

赵长平反手关上门，两手死死抱住梨花。

梨花拼命挣扎反抗。

屋门突然被一脚踢开，盼盼闯进屋内。

赵长平忙松开手，冷冷地看着盼盼。

盼盼握紧拳头，步步逼向赵长平。

赵长平：你干啥，我要报告……

盼盼挥起拳头照着赵长平的脑袋打去，赵长平低头，盼盼的拳头揍在了赵长平的后脑勺上……

赵长平：（跑向电话机）好你个狗崽子，我让公安局来抓你！

梨花闻听，如梦方醒，她推搡了一下盼盼。

梨花：快跑！

盼盼望着靠近电话机的赵长平，惊慌地逃走。

当赵长平一手抓起电话机，一手欲拨号时，梨花扑到了电话机上。

梨花：（拉住赵的手央求）赵主任，求求你，求求你了……

赵长平：滚开，今天老子非报告公安局来抓你那狗崽子不可！

梨花两手死死抓着赵的两只胳膊，两眼含泪，苦苦地哀求。

梨花：赵主任，只要你不报告……

赵长平抓着电话机的手松开了，余怒未息地摸着后脑勺。

赵长平走到门口向外张望着，关死了门。

梨花瘫坐在地上。

赵长平嘴角流露出一丝得意的笑，他伸手关了电灯，扑向梨花……

墙上挂钟的钟摆急促地摆动着。

窗外传来几声昆虫的低吟……

79. 山崖上 夜 外

月牙在白云中穿行，洒下如水的光亮，照着雾蒙蒙的山峦。

竹楼旁的山崖上，蓬头乱发、满脸胡楂的赵长全吹奏着那首幽怨的曲子。

山风吹着他的长发，掀动他破旧的单衣。

山坡下，赵长全开垦过的那块地里长着茂盛的甘蔗、香蕉和槟榔树。

80. 梨花家 夜 内

梨花神情恍惚地迈进屋门。

床上的赵母还未睡着。

赵母：梨花吗？

梨花：嗯……

赵母：盼盼找你去了。

梨花：嗯。

赵母：盼盼呢？

梨花：……回水库工地了。

赵母：（埋怨）这孩子，大老远的，来家也不住一宿。

梨花：娘，你睡吧！

梨花看了看赵母枕头旁的馍馍，她心中酸涩交织……

梨花吹灭了灯。

梨花又一次摸索着打开墙角那只小木箱，从箱里拿出粘好的赵长全的照片。

黑暗中，梨花双手捧着照片，凝视着……

梨花：（心声）长全，俺把孩子给你拉扯大了……

81. 村口 夜 外

寂静的梨树屯。

不知从谁家传来雄鸡报晓的长鸣。

茫茫夜色中，梨花急匆匆走出村子。

梨花走上小清河上的石桥。

桥下河水汩汩流淌。

桥上，梨花从怀里拿出长全的照片，深情地注视着……

风吹动她蓬松的头发。

雄鸡啼叫。梨花将照片放入怀中，紧闭双目，一头向桥下栽去……

哗啦一声，河水掀起一股波浪……

外出讨饭的哑巴顺着河堤走来，见状忙扔下手中的布袋跳入河中。

82. 村口石桥旁的河边 日 外

雄鸡一声长啼，太阳光芒万丈。

低沉幽怨的箫声传来。

河边，当年梨花洗菜的老梨树下。西装革履的赵长全背靠着河畔的梨树，面向流水吹着洞箫。树下坐着一头银发的梨花。低沉幽怨的曲子长久地回荡着……

梨花望着河水，水纹渐虚。

水中冒出年轻时的赵长全。

赵长全：（笑着）梨花——

主题歌《思乡曲》响起。

（背景音乐）：

人人都有个生身的地方，
她使你永远也不能忘。
当你远离她的时候，
她使你牵肠挂肚。
当你长久不归的时候，
你就会食不甘味睡也不香。
那里有父母兄妹，
那里有妻子儿郎。
那里有你热爱的花儿盛开，
那里有你熟悉的鸟儿歌唱。
那里有你喜欢的小河流淌，
那里有你曾放牧过的牛羊。
那里有你栽培的桃李成行，
那里有你耕耘的土地播种的希望。
那就是故乡！
那就是故乡！
日日夜夜思念的故乡。

三、马龙镇

1. 烈士陵园 日 外

四十多岁的马三强领着十七岁的儿子走进烈士陵园。

他们在明珠的墓碑前停下，献上供品和一束鲜花。

父子二人向墓碑三鞠躬。

（画外音）马三强：在我十七岁那年，明珠大哥给了我第二次生命。大哥牺牲后，每逢他忌日，我就和父亲一同来到他的墓前，说说我们的心里话，表达我们的思念之情。今年，老父亲去世了，儿子正巧十七岁，我就带他来了。我们父子一同向他——给了我第二次生命的明珠大哥表达感恩之情。唉，我的17岁啊！我的好大哥啊……

初会马龙镇

2. 集市 日 外

这是一个鲁北地区常见的集市。

摊铺布满了大街，瓜果梨桃等农产品应有尽有，布匹服装及日用百货样样俱全，小吃铺、凉粉摊等各种生意人的叫卖声不绝于耳，各类家畜家禽的鸣叫声响彻闹市。

上午十时许，正是集市的鼎盛时刻，大街小巷都涌动着人流。人声嘈杂，万头攒动。

身着便装的明珠若无其事地穿行于人间。

（**字幕**）故事发生在二十世纪九十年代初

3. 百货商店 日 内

布匹柜台前，几位年轻妇女正在挑选布料。

身材矮小的马三挤进人群中。马三伸出两根手指插入一位时髦女郎的衣袋，敏捷地夹出钱包，正要放入自己的腰包时，被一只有力的大手抓住胳膊。

拉住他的是一个满脸胡楂的中年壮汉，叫马彪。

马彪：燕子，你的钱包呢？

被唤作燕子的时髦女郎忙掏衣袋，大惊失色。

燕子：啊——

另外几位年轻妇女回过头，目光中带着吃惊。

马燕子上前，从马三手中一把抢回钱包。

马三挣扎欲跑。

马彪照着马三的脸啪啪打了两个巴掌。

马三口鼻流血，拼命挣扎。

马彪身后的王老虎、李小牛围上来，对着马三一阵拳打脚踢。

马三刚开始还挣扎，后来便在痛打中昏厥倒地。

马彪一伙人仍在踢打着昏厥中的马三。

（**画外音**）明珠：住手！

明珠走了进来。

王老虎又踢了马三一脚。

明珠：你还打！

王老虎：你是同伙吧？

王老虎说着就挽袖子上前。

明珠：你们抓小偷没错，但不该打成这样子。

马彪：你说咋办？

明珠：让他认罪伏法！

王老虎：哼，什么法不法的，对付他只能用这招！

王老虎亮了亮拳头。

明珠：（扶起昏厥的马三）请帮我一把。

李小牛上前，帮着明珠将马三托到背上。

明珠背着马三走出商店。

马彪：（疑惑地）这人是干什么的？

4. 集市 日 外

明珠背着马三穿过人群。

路人甲：这不是马三嘛！

路人乙：这小子又偷东西啦！

路人丙：妈的，狗改不了吃屎！

路人丁：背他的那人是谁？

明珠背着马三绕过人群急匆匆地走着。

前面就是马龙镇卫生院。

5. 门诊室 日 内

王大夫将开好的药单递给一个看病的女青年。

女青年接过药单，搀着一个老年人往外走。

明珠背着马三走进室内，将马三放到一张空床上。

明珠：（擦着汗）大夫！请赶快抢救。

大夫：（凑前看）是马三啊！先去交款。

明珠双手掏遍了口袋，也没掏出钱来。

明珠：（请求）大夫，我是派出所的，钱嘛……

王大夫：你是税务所的，也得先交钱！

明珠：（笑）大夫，你看……

从里间走出一个女护士。

女护士：王大夫，那位农药中毒的妇女又休克了。

王大夫急忙拿起听诊器往里间走去。

明珠：（上前拉住王大夫）大夫，你看这个病号也挺急的！

王大夫：（不耐烦地）先交款！

王大夫扭身挣脱了明珠，和女护士进了里间。

明珠思忖了一下，也随后跟进去。

6. 门诊室里间 日 内

明珠走进里屋，当他看到床上的病人时，顿时惊呆了。

明珠：玉兰！

他抢步向前，两手托起玉兰的头。

明珠：玉兰，玉兰！

王大夫：（收起听诊器，吩咐女护士）打急救针，服两片扑尔敏。

女护士点头，走向药橱。

明珠望着玉兰，双眼噙满热泪。

7. 门诊室 日 内

王大夫检查马三的伤，又戴上听诊器，听了听马三的肺部。

王大夫摘下听诊器，走到桌前坐定，提笔开药单。

8. 门诊室里间 日 内

女护士注射完急救针。

少顷，玉兰的身子动了动。

明珠：玉兰！

玉兰睁开眼看到明珠，顿时热泪盈眶，涌出了两行泪水。

女护士：（递过两片药）给她喂药吧。（指着墙角橱上的暖瓶）那里有开水。

明珠：（接过药）谢谢。

女护士走出去。

明珠倒了一杯开水，用嘴吹凉。

9. 门诊室 日 内

女护士给马三输液。

液瓶中冒着水泡。

马三发出了轻微的呼声。

10. 门诊室里间 日 内

玉兰坐起来。

明珠：带的钱呢？

玉兰从衣袋掏出一沓钱。

明珠接过，走出房间。

11. 门诊室 日 内

明珠：大夫，马三的药费单呢？

王大夫将一张药费单递给明珠。

明珠拿着药费单向外走去。

王大夫：派出所……没这么个人吧？

女护士：（摇摇头）不认识。

马老汉急急忙忙地跑进屋，看到了正在输液的马三。

马老汉：王大夫，别给他治了。死了省心，我当没这个儿子。

王大夫：没你这样当爹的！管孩子就像你养果树，光施肥浇水咋行？得剪枝、喷药、治虫。

马老汉：（摇头）揍他不下百回啦，唉。

明珠拿着收据回屋。

王大夫：是他救了你儿子。

马老汉：同志，你送他去监狱吧，我不要啦！

明珠：（果断地）我要！

王大夫、女护士神色诧异。

马老汉：（无奈地摇头）唉——

手握车鞭的二明子与公安干警罗强、刘勇匆匆进屋。

二明子：明珠哥，你在这儿啊！我到派出所去找你，没找到。

明珠：谢谢你二明子！

二明子：见外了，谢啥谢，前屋后院的。

明珠：（转向罗强、刘勇）你们怎么来啦？

罗强：（一指二明子）这大哥说嫂子农药中毒，把我们吓坏了。

二明子：我回去了，有你们我就放心了。家里正忙着哩！

二明子说着转身出门，明珠等人送他出去。

12. 河堤 日 外

夕阳在流云中穿行，时隐时现。

身着便装的明珠骑着自行车驮着玉兰行驶在河堤上。

路边垂柳摇曳。河中碧波荡漾，倒映着明珠和玉兰的影子。

明珠：你病了，咋也不给我捎个信儿呢！

玉兰：头疼脑热的，也不是啥大病。

明珠：我去警校进修这三年，家里地里可够你忙的。

玉兰：（笑）啥事都等着你，还不从茄子地过瓜地里去！

明珠：（侧过身）我干这行，没星期天，没节假日，也不能抽空帮帮你。

玉兰：你放心干好工作就是，俺不分你的心。

明珠：娘上了年纪，啥事说深说浅的，你别在意。

玉兰：娘挺好的，七十多了，还整天忙里忙外的。

明珠：地里的活悠着干，别要强。

玉兰：看你说的，庄户人家，不种好地指望啥！好端端的地长些草，人家还不笑话俺！

明珠：也不能不顾身体啊！

玉兰：（扑哧一笑）俺又不是纸扎的！

明珠：娘的身体近来怎么样？

玉兰：（眼珠一转，故作生气）娘听说你回来了，也不来家看看，还真气得生了病哩！

明珠：（惊讶地）是吗？

明珠忙用力向前蹬去。

河中的倒影渐淡，天光变暗。

13. 明珠家的院子 夜 内

正对门的一张八仙桌上，小刚、小玲正在昏黄的电灯下做作业。

明母坐在一张马扎上扒棉花，面前有一簸箩棉桃。

明珠汗津津地进屋。

明珠：娘——

明母抬头，脸上露出笑容。

小刚、小玲：爸爸——

小玲起身扑到明珠跟前，搂住明珠的腿。

明珠弯腰抱起了小玲，走到母亲面前。他放下小玲，蹲下身拿起两个棉桃扒着，瞪大眼看着母亲的脸色。

明珠：娘，玉兰说您病了，她在蒙我哩！

明母：（故意拉下脸）还知道来家啊！不病了咋的？

明珠又歪头看母亲的面色。

明母：（指着胸口）你看不着，“病”在这里呢！

明珠：（嘿嘿一笑）哪里啊！我知道，您见了我啊，啥事都没了。

明母：娘就愿意你在跟前，多说说话。

明珠：（笑）全国的干部都在家里陪娘，那不成了笑话啦！等我退休，整天在家陪您。

明母：嘿，等你退休啊……

小玲：（搂住明珠的脖子）爸爸，肚子饿了。

明珠：（抱起小玲亲了一下）俺玲玲也成学生啦！

小玲：（掰着指头）哥哥上五年级，我上一年级，再有四年我就赶上哥哥啦！是吗爸爸？

明珠：（笑）是，是，哈哈！

小刚：（埋怨地）爸爸，又没给我买雨靴？

明珠：雨靴……啊，对了，你看爸爸老忘事，下次回来……

小玲：爸爸，我也要雨靴。那天下大雨，小芳她们都穿着雨靴，走起路来咯噔咯噔的，我和哥哥穿着布鞋，呱唧呱唧的，都湿透了。

小玲噘起嘴。

明珠：哥哥要绿色的，小玲要啥颜色的？

小玲：我要红色的。

明珠：好，爸就给你买红色的。

小刚从碗橱里拿出一个馒头及半截大葱，吃起来。

明珠：别吃凉的！等你妈妈热热再吃。

明珠忽然想起了什么，赶忙放下小玲，扎上围裙。

明珠：对了，今天放你妈妈的假，我来做饭。小刚啊！爸爸在警校学了一手呢！今天给你们做珍珠琪。

小刚：（笑）啥珍珠琪啊，你就会做疙瘩汤。

明珠：对，就是珍珠翡翠白玉汤。

明母听着，也咧嘴笑了。

果园情深深

14. 马老汉果园小屋 日 内

身着警服的明珠推开屋门，一眼看到了正仰在铺上吸烟的马三。

明珠：马三。

马三：（愣了一下）你是谁？

明珠：（上前几步）马大叔呢？

马三：老爷们儿在后边干活哩！到那边找他去。

明珠：我来找你的。

马三：（吐出一口烟雾）我不认识你。

明珠：我认识你。

马三：（忙起身）哦，听老爷们儿说那天一个警察救了我，就是你吧？

明珠：没猜错。

马三：不领情。

明珠：（坐到一把旧木椅上）哈哈！我也不是来要你还什么情的，找你随便聊聊。

马三：（吐出口烟）你为啥救我？

明珠：治病救人，我的天职。

马三：得了吧，哥们儿，那是医生。你们是专门抓人治人的。

明珠：该治的就治，该救的也得救。

明珠：（掏出简装烟）换一根？

马三：（瞥了一眼，从身后摸过一盒精装烟）看得起哥们儿的话，抽我的。

马三随手将烟抛在桌上。

明珠收起烟，从马三扔过来的烟里抽出一支，点燃。

马三：我属于哪类呢？

明珠：自个儿说呗。

马三：看来是属于该救的，要不你为啥救我呢。

明珠：这说明你还有自尊心，我也相信我的眼力。（站起，走近马三）还疼吗？

马三：疼点怕啥，打死老子有啥了不起，十七年后又是一条好汉。

明珠：嘿，这样的好汉，还真没见过。

马三：鼓上蚤——时迁。

明珠：时迁为义军办大事，盗阵图。

马三：咱哥们儿没赶上，赶上也不含糊。

明珠：可他毕竟是个鼓上蚤啊！跟打虎英雄比，你更喜欢哪一个？

马三无言。

明珠：希望你能成为打虎英雄，别再干那些偷鸡摸狗的营生。

马三：只要老子还有一口气，就一定报这个仇！

明珠：怎么报？

马三：玩真家伙，捅死一个够本，捅死俩赚一个。

明珠：他们是？

马三：马龙镇四大金刚。

明珠：（故作漫不经心状）四大金刚……都有谁啊？

马三：你想找他们？那不行。

明珠：帮你出个主意呀。

马三：（摇头）不用！

明珠：恐怕不等你靠近，人家早把你撂倒了。

马三不语，噘嘴吐出个烟圈。

明珠：马三，当初他们可是照死里揍你啊！

马三：我偷了人家一伙儿的嘛！

明珠：哦，你们这一伙儿和他们那一伙儿……

马三：咱哥们儿光杆司令，来去自由。

明珠：咋不入他们的伙儿？

马三：他们拉过我，我没接他们茬儿。

明珠：为啥？

马三：打牌、赌博、嫖娼，咱哥们儿不干那个。

明珠思索着。他知道不能操之过急，必须要稳住马三，打开缺口。

明珠：（突然扔掉烟头，站起来，声色俱厉地）马三，就凭你偷窃，就该被拘！对坏人知情不报，就更得被严厉惩罚！（看着对方的表情，缓和了语气）可是，我看你还小，你的人生道路还很长，我希望你改邪归正。若是你主动立功的话，还能被奖励，仔细想想吧！

明珠迈步出门。

15. 苹果园 日 外

苹果树枝头上果实累累。

明珠正在帮马老汉打理苹果树。

明珠：马大叔，虫灾挺厉害的。

马老汉：今年这虫子特多。

明珠：啥原因呢？

马老汉：我琢磨着，去冬没下大雪，天不够冷，该冷不冷不是好年景嘛！

明珠：该热的时候，是不是也得热啊？

马老汉：那当然，要不热，这果子还不长呢。

明珠：马大叔，对马三呀，你也得热起来，要多关心他，开导他，别老发脾气。

马老汉：我这脾气，对他小子也不管用啦！明珠啊，大叔不怕你笑话，全是我惯坏了马三。他三岁没了娘，我就由他性子来了！这不，现在管也晚啦！

明珠：不晚。马大叔，马三是能教育好的，咱们一起管。

马老汉：明珠，你早些回吧！要下雨啦！

明珠抬头望天，浓云遮住了太阳。

16. 乡路 傍晚 外

阵阵冷风吹过，天边涌起浓云。

黑云滚滚，电闪雷鸣，暴雨如注。

17. 镇派出所 日 外

雨过天晴，旭日东升。

明珠双手持一根塑料软管，正在冲洗警车上的泥垢，刘勇用抹布擦着车玻璃。

罗强跑出办公室。

罗强：所长，有人报案，说镇政府办公室被盗了。

明珠：去现场！

明珠关掉水龙头，扔下软管，带着罗强、刘勇向外跑去。

18. 镇财所办公室 日 内

镇财所出纳员江小莉像是刚哭过，脸上还有泪痕。

见明珠一行人走来，江小莉忙起身。

江小莉：明所长。

明珠冲江小莉点点头，察看现场。屋中的桌锁被撬，保险柜敞开着。

明珠：小莉，你的宿舍不是在隔壁吗？

江小莉：是的。

明珠：没听到动静？

江小莉：昨晚上电闪雷鸣，吓得我用毛毯把头蒙起来了。

明珠：保险柜的钥匙放在哪儿？

江小莉：就在中间那个抽屉里锁着，带身上老怕丢了。

明珠：密码呢？

江小莉：就设的一二三，光想着好记了。

江小莉说着，哽咽着低下了头。

明珠：别难过，小莉，你仔细想想，保险柜的钱……

江小莉：（抬起头，两眼含泪）对了，明所长，那两万块百元面值的钞票是我下午刚从银行提出来的新币，我复核后，把前后的号码记下来了。

江小莉拉开抽屉，找出她记下的钞票号码。

明珠掏出小记事本记下了号码。

江小莉：钱没用着，本该下午存回银行的，可因为下雨……

明珠点点头。

智取四金刚

19. 马老汉果园小屋 夜 内

明珠和马老汉正在开导教育马三，他们已经谈了一会儿。

马老汉：三儿，你也不是小孩子了，明所长给你说的这些都是掏心窝子的话！还不都是为你好，要你做个正经人。三儿啊！过去爹也不好，老冲你发火，动不动就打你耳光，把你大哥二哥都打出去了，到现在也没个音信。

马老汉说着哽咽起来。

明珠：马三，老人没有不疼爱孩子的。你想，不是气急能舍得打吗？那是恨铁不成钢啊！

马三低下了头。

明珠：我小时候也挨过打。你三岁没了娘，我三岁没了爹，咱哥们儿还同命运哩。

马三：没了爹……谁打你？

明珠：娘啊。

马三：娘也打？

明珠：狠着哩。我小时候就爱使枪弄棒的。有一天傍晚，我和二明子还有几个伙伴在打麦场上闹哄着玩……

（闪回）

20. 打麦场 夜 外

打麦场上，一帮小朋友在嬉戏。

小时候的明珠两手持着树杈，冲着迎上前来的二明子一伙人捅过去。

冲在前边的二明子一声号叫，倒在柴草堆上，两手抱头，哭叫起来。

明珠拿着树杈呆在原地，不知所措。

一个伙伴打开手电筒一照，二明子的额头上鼓起了一个大包，捂头的指缝间流出了鲜血。

21. 明珠家 夜 内

明母一手按着小明珠，一手举着擀面杖，照明珠的屁股狠狠地抽打着。

小明珠咧着嘴，但不敢作声。

（闪回完）

22. 马老汉果园小屋 夜 内

明珠：我娘把我饱揍了一顿，屁股痛了三天。后来我才想，要是捅瞎二明子一只眼，人家这一辈子该是多么痛苦啊！

马三听入了神。

明珠：马三，你说俺娘打得对不？要是屁股不痛那三天，以后说不定还闯啥祸呢！

马三又低下了头。

明珠：听马大叔说，你上小学时也戴过红领巾，也当过三好学生，那个时候你怎么想的？

马三仰起脸，他的眼神变得有了光泽。

明珠：是这样想吧，像英雄人物那样，为建设祖国做出贡献，成为劳动模范、战斗英雄，戴光荣花，戴立功勋章，让父亲和全村人感到骄傲……

马三：（有所醒悟地）所长，我还能成？

明珠：咋不能？

马三：可我是个破罐子呀！

明珠：锔上不就囫囵啦！等摔碎了就没法补了。

马三：（一跃而起）明所长，明大哥，你叫我怎么干？

明珠：给你一个立功赎罪的机会。

马三：（跳下床）大哥，您说！

明珠：据我们侦查，今晚四大金刚又在马燕子家聚赌，你装作被他们制服的样子，要求入伙，想办法弄几张百元面值的新钞票。

马三：我就去。

明珠：我们有人暗中保护你。

马三点头。

23. 马燕子家 夜 内

三男一女正围着桌打牌。

马彪叼着香烟坐在上首，他旁边是马燕子，两人面前堆了不少钞票。两人挤眉弄眼，精神头很足。

王老虎、李小牛输了牌，无精打采的。

马燕子：老虎，出牌呀，怎么老走神啊！

王老虎：（把牌一扔）手气不好，不打了！喝二两。

李小牛：马哥和嫂夫人老赢牌，请客！

马彪：（斜眼看了一眼李小牛）嘿嘿，想喝个小酒啊，小意思，再打五把，我就掏腰包。

王老虎闻听又拿起了牌。

马三推门而入。

众人一愣。

马彪：小兔崽子，怎么进来的？

马三：还能难得住咱兄弟？

王老虎：（站起）你来干什么？

马三：入伙。（抱拳）拜大哥、嫂夫人、二哥、三哥。

马燕子：别掏嫂子的腰包就行啦！

马彪：你小子敬酒不吃吃罚酒，早跟了哥们儿，还能吃这顿拳脚？

王老虎：就这么空手来的？

李小牛：不给哥儿们意思意思？

马三：（为难地）小弟有心，可身无分文。哪位哥们儿赏脸，借我几百，后天大集，小弟加倍奉还。

马彪：既然成了自家兄弟，这就见外了。

马彪从屁股的裤袋里抽出一沓百元面值的新钞票，丢在桌上。

马彪：今晚大哥请客，给你压惊。

他忽然又想起什么似的，一手按住新钞票。

马彪：（对马燕子）划拉划拉桌面上的够不？

马三：大哥向来仗义疏财，闻名十里八乡，今晚可不能小气。

马三伸手抽出了马彪按着的那沓新钞。

马三：小弟立马去办理。

马三转身出门。

李小牛：（笑着对王老虎）以后有跑腿的啦。

马彪：来，出牌。

王老虎、李小牛：出牌，出牌！

24. 马老汉果园小屋 夜 内

马三气喘吁吁地跑来，掏出那沓钱递给明珠。

明珠将钱上与本上记的号码一一对照。

明珠将钱收起，从口袋里掏出一沓人民币给马三。

马三接过钱。

25. 苹果园 夜 外

明珠来到苹果树下，罗强等干警围拢过来。

明珠：收网。

众干警点头。

明珠：（掏出对讲机）县局，县局，马龙镇呼叫！

26. 马燕子家 夜 内

马三与四大金刚正喝得火热。

马三：（举起酒杯）小弟不胜酒力，甘拜下风，哥们儿多包涵。来，敬哥们儿三杯，表示小弟的一点儿心意。

四大金刚一饮而尽。

马彪：都是自家哥们儿啦，不客气，都开怀畅饮。

众人吃菜。

马三斟酒，众人又干了一杯。

马三继续斟酒，趁别人忙着吃菜时给自己杯里倒了水。

马三：小弟愿与哥们儿三全其美。

马三带头干杯。

众人干杯。

马燕子：小兄弟还真行，来，跟嫂子碰一杯。

马三探身与马燕子碰杯，一饮而尽。

王老虎：（站起）嫂子，咱俩来个交杯酒。

马三斟酒。

马燕子：（站起）来，干！

马燕子与王老虎交臂对饮。

李小牛：马大哥别吃醋，我跟嫂夫人也来一杯。

马燕子、李小牛交臂对饮。

马三：（斟满酒）大哥与嫂夫人来杯交杯酒。

马彪：（往前挪了挪）来，干！

外面传来动静。

马彪：有人！

马燕子慌忙关了电灯，屋内霎时一片漆黑。

混乱中，马三抽身钻出屋门。

27. 马燕子家屋后 夜 外

隐蔽在窗后的刘勇等干警见屋里灭灯，忙打开警棍上的电筒照亮窗子。

28. 马燕子家院内 夜 外

马三跳出屋门。

张局长率干警持枪把住了门窗。

明珠手握警棍贴在门旁喊话。

明珠：我点到谁的名字谁就出来，超过五秒按拒捕论处！马彪！

少顷，马彪垂头丧气地出现在门口。

两名干警上前抓住马彪，给他戴上了铐子。

明珠：王老虎！

王老虎低着头走出屋门，也被戴上了铐子。

明珠：李小牛！

张局长：（打开对讲机）警车，开过来！

明珠：马燕子！

四大金刚束手就擒，被干警们押出了院子。

明珠上前握住马三的手。

情胜亲兄弟

29. 县公安局会议室 日 内

乡镇派出所所长及各警区负责人正在开会。

张局长：据上级通报，东三省开展秋季严打以来，有一部分流窜作案人员流入到我县。中秋节、国庆节就要到了，两节期间，各乡镇各警区务必密切注视并及时掌控外来人员动向，特别是东北流窜人员……

明珠瞪大眼睛聆听着。

30. 马老汉的苹果园 日 外

红红的苹果压弯了枝头。

罗强骑着警摩挎着挎包来到果园。

罗强：马三——

正在搬果箱装车的马三抬头看向罗强。

马三：罗强哥！

马三停下手中的活，摘下挂在树枝上的毛巾擦汗。

罗强：（上前）马大叔呢?

马三：联系客户去啦!

罗强席地而坐。

马三：去屋里坐会儿。

罗强：这儿更舒坦。

马三掏出烟递给罗强，罗强摆手谢绝。

马三蹲下，将香烟放在鼻子前闻着。

罗强：没火?

马三摇头。

罗强：烟不好?

马三：戒了，烟酒都戒了。

罗强：（笑）你小子还真长大啦!

马三将烟装回盒中，坐在罗强对面。

马三：（痛惜地）唉，以前太对不住老爹啦！把老爹的心都伤透了。

罗强：想通啦?

马三：再也不能惹老爹生气了。

罗强：马大叔拉扯你多不容易啊，又擦屎又把尿，又当爹又当娘。

马三：（痛心疾首地）唉!

二人沉默。

罗强：哎，马三，你大哥二哥一直没信儿啊?

马三：听爹说，我娘死的那年回来过。

罗强：有马大叔呢！过年过节他们咋也不回来看看?

马三：都忙着孝敬丈母娘呢!

罗强：（禁不住笑起来）等你小子有了丈母娘，可别把马大叔给甩了。

马三：（猛地站起）罗强哥，我马三再让老爹伤一次心，先拿菜刀把脑袋割掉!

罗强：那马大叔更伤心啦!

罗强：（站起）马三，你名字后面添个字咋样?

马三：（眨眼）啥字?

罗强：马三强。

马三：三强?

罗强：这是明所长给你起的，要你生活自强，精神自强，事业自强。还说要收你为治安管理员呢！他让我给你送来本书。

罗强从挎包里掏出本书递给马三。

马三：（接过书）《治安管理处罚条例》？

罗强：只有懂了法，才能不犯法和监督犯法的人。

马三：（拍着胸膛）对！我马三不能老这么可怜巴巴的，是得自强！好，就马三强了。哎，我给你提供个情况，那马燕子放回来啦！

罗强：她未参与作案，只是聚赌和窝藏罪犯，认罪态度较好，所长派刘勇去找马燕子谈话了。来，我帮你装一会儿车。

罗强摘下挎包挂在树杈上，同马三一起搬起苹果箱往车上装。

31. 马燕子家 日 内

（画外音）刘勇：马燕子在家吗？

正在外屋打毛衣的马燕子吃了一惊。

马燕子：谁呀？

刘勇进屋。

马燕子：（起身）哦，警察同志，请坐。

刘勇：（坐在对面木椅上）明所长派我来走访的。

马燕子放下手里的毛线，提壶倒水。

刘勇：政府念你是初犯，宽大处理。

马燕子：感谢政府。

刘勇：不要背上思想包袱，只要悔过自新，政府就会关心和帮助你。

马燕子：我一定改好。

刘勇：我们非常希望看到一个全新的马燕子。

马燕子：谢谢警察同志。

刘勇：生活上有什么困难可以告诉我们，也可以告诉村干部。

马燕子：多谢关照。

刘勇：（掏出笔记本）有什么认识和想法，你谈谈吧！

32. 乡间公路上 日 外

明珠驾驶着警车飞速超过了一辆农用三轮机动车。

三轮车上，外地人装束的两男一女惊恐地望着飞驰而过的警车。

33. 小河堤上 夜 外

圆月升起。

月光下，一个人骑着自行车飞奔。

小河堤上，正在巡逻的明珠和罗强看清了来人。

明珠：三强，慌啥呢！

马三强：（跳下自行车，喘着粗气）我大哥二哥回来了，还带了个卷毛的女的。他们行踪诡秘，我爹说可能有鬼，让我来向你报告。

明珠脑海中闪过公路上的农用三轮车的影子。

34. 马龙镇村头酒馆 夜 内

酒馆中间的几张圆桌上空无一人，墙角的一张圆桌上围坐着马大、马二及一个浓妆艳抹的女郎，三人正吃得高兴。

明珠进店看着三个人。

那三人见到明珠，顿时表情诧异。

明珠发现他们桌上有鸡鱼虾肉，酒菜均是高档品质。

店老板：（笑容可掬地）明所长，要点啥？

跟在明珠身后的罗强冲他摆摆手。

明珠走到三人旁边，拉过一把椅子坐下。

马大等人低头喝酒吃菜，女郎瞥了明珠一眼。

明珠：（点烟，装作不在意地）三位是出差的吧？

马大：（抬头）不，不，我们是回家探亲的。

马二：我们家就在这镇上。

马二从桌上随手拿起一盒高级过滤嘴香烟，抽出一支递给明珠。

马二：同志，请吸烟。

明珠：（举起手中的烟，摇了摇）谢谢。

马二尴尬地坐回原处。

明珠：请把身份证拿来我看看。

马大：我们就在这儿喝酒吃饭，没扰乱社会……

马二：我们有名有姓，我老爹就是看果园的，我三弟是……

明珠：我没问你这些，请拿出身份证给我看看！

明珠朝他们伸出一只手。

马大：你侵犯人权！

明珠：我这是履行职责！

马大：回家探亲还验啥身份证？

明珠：（扔掉烟，站起）对不起，跟我到派出所走一趟。

罗强走上前贴近马二，右手按住腰间的手铐。

马大站起来，手伸向腰间。

明珠手疾眼快，抢先一步从他腰间抽出了一把匕首，另一只手抓住了马大的手腕。

同时，罗强也抓住了马二的手腕，摘下了腰间的手铐。马二挣扎，一拳击中了罗强的嘴巴。

罗强嘴角流血，可他没顾上擦，飞身扑上前抱住了马二，二人扭打在一起。

明珠一手持匕首，一手摘下手铐要铐马大。

俏女郎拔出匕首刺向明珠。

马三强出现在门口。

马三强：大哥——身后！

明珠飞起一脚将俏女郎的匕首踢飞。

匕首落在门口，马三强弯腰捡起，抓在手中。

在明珠踢俏女郎的匕首时，马大挣脱，夺路欲逃。

明珠闪身一个扫堂腿，马大趴倒在地上。

马三强纵身一跃，骑在马大的后腰上，紧握匕首的两手举过头顶，对准马大的后背用力扎下去。

明珠抓住俏女郎，看到马三强的举动后，他想制止，但为时已晚，匕首已经扎入马大的后背。

立时，马大血透脊背。

罗强骑在马二身上，将马二反剪双手铐了起来。

明珠铐住俏女郎，上前查看马大的情况。马大挺直双腿，翻了白眼。

店老板：（吓得浑身颤抖）这是怎么啦？这是……

明珠张开双臂抱住了马三强，痛苦地闭上眼睛，摇了摇头……

35. 马龙镇村头 夜 外

警车呼啸着远去。

警笛声震荡着旷野。

36. 马老汉的苹果园 日 外

明珠与马老汉促膝交谈，一旁坐着罗强、刘勇。

明珠：马大叔，我要是隐瞒了事实真相，三强可能会免于刑罚，可那是枉法啊！

马老汉：不能枉法，不能枉法。执法人枉法，那就出大事了。

马老汉：（低头，抬袖拭泪）唉，是我养了这些孽种，罪过呀！

明珠：马大叔，你就把我们当作儿子吧！

明珠、罗强、刘勇起身搬苹果箱，装车。

马老汉：使不得！使不得！大叔知道你们都忙啊……

37. 劳教所农场 日 外

身着便装的明珠提着食品袋及鞋子、衣物走向值班岗亭。

值班警员迎出门。

明珠向值班警员说了些什么，然后掏出工作证，递给值班警员。

值班警员看完还给明珠，带他进去。

38. 劳教所农场工地 日 外

土堆前，一群劳教犯正在往拖拉机上装土。

值班员：三〇九号！

剃了光头的马三强抬起头。

他囚服前印着三〇九。

马三强：（惊喜地）大哥！

马三强扔下铁锨，跑了过来。

马三强撩起衣角擦眼，不知擦的是汗还是泪。

马三强两手握住明珠伸过来的手，他嘴唇抽搐着，说不出话。

明珠：三强，我去省城开会，顺便过来看看你。

马三强：我爹没事吧？

明珠：马大叔挺好的，前天我刚去过。

马三强：告诉我爹，别记挂着我。哎，大哥，前几天我向政府揭发了马彪、王老虎两人破坏农场电缆的行为，政府给我减刑半年呢。

马三强说着眼泪流了下来，又撩起衣角擦。

明珠：太好啦！

明珠掏出手绢，为马三强擦泪，擦完后将手绢塞给了马三强。

明珠：你能好好干，我就放心了。

马三强点头答应。

明珠：三强，我得去赶汽车了。

明珠把食品袋及鞋子、衣物递给马三强。

马三强接过，明珠转身离开。

马三强久久地望着……

另一个劳改犯凑过来。

劳改犯：那是你大哥吗？

马三强：（喃喃地）是我大哥……亲大哥。

《兄弟亲》响起。

（背景音乐）：

兄弟亲，兄弟亲。
你比兄弟亲十分。
黑夜你是星一颗。
明夜你是月一轮。
夏天你是三伏风，
冬天你是火一盆。
火一盆，火一盆，
温暖兄弟姐妹心。
坚冰也能化春水，
寒雪也能化甘霖。
盐碱也能变沃土，
沙砾也能变成金。

明珠越走越远。

马三强深情地望着他的背影，举起手摇着。

降马伏老虎

39. 鲁北平原的棉田 日 外

仲秋时节，一望无际的棉田中，棉花棵子上顶着白花花的棉花。

农家妇女们正忙着摘棉花。

40. 玉兰家的棉花田 日 外

玉兰、小刚、小玲正在摘棉花。

玉兰头包花格毛巾在前边，小刚腰里扎着棉包在中间，小玲用的是上学时挎的书包，落在后边。

小玲不时抬头望望前面的妈妈和哥哥，又不时用袖口擦一下额头上的汗。

小刚：小玲，赶快拾呀！咱们追妈妈去！

小玲：我……我赶不上，哥哥，你快帮帮我。

小刚：好，我帮你。你可得快点，要不，爸爸就不给你买红靴子啦！

小玲听着，索性不再拾了，委屈地哭起来。

小玲：就不拾了，就不拾了，呜……

玉兰：小刚，你又惹妹妹了！

小刚：她老跟不上！

小玲：妈，我哥说爸爸不给我买红靴子。

玉兰：哪儿的话，你哥哄你玩呢！

小玲：（抹着眼泪）我就知道你哄人。爸爸疼我，那次你和小军打架，爸爸踢了你一脚呢！可爸爸从来不踢我。

小刚龇牙做了个鬼脸，接着拾棉花。

小玲也擦干了泪，继续拾起棉花来。

41. 打麦场 日 外

一张张芦席上摊满了棉花。

明母正在翻晒棉花。她双膝跪在棉花上，边翻边挑，不时将挑出的次棉瓣和黑棉瓣扔到一边的次棉堆上。

玉兰背着一大包棉花走来。

小刚在后，背了一个小包，小玲背着一个书包。

玉兰解开包，摊晒棉花。

小刚：妈，给我们过秤。

玉兰：（笑着走过去）秤在家里呢！妈给你估量估量吧！

玉兰：（提起小刚那包掂了掂）算二斤吧！

小刚：（笑）又二斤，总共一百六十斤啦！

小玲：妈，我这些呢？

玉兰：（接过书包，掂了掂）算一斤。

小玲：（跑到明母跟前跪下）奶奶，我下午还能拾一斤。

明母：（疼爱地抚摸着小玲的头）好孩子，俺小玲也成大劳动力啦！

玉兰把小刚、小玲拾的棉花都倒在芦席上摊晒。

玉兰：小刚，你先回家点着炉子，烧壶开水。

小刚：好来！

小玲：妈，我饿了，回家吃馒头。

小刚、小玲一同离开。

玉兰：小玲，少吃凉的，等妈回家去热热再吃。

小玲：（边走边应）知道了。

玉兰和明母一起翻晒棉花。

明母：小刚他爸也不知道回来卖棉花，出去就把家给忘了。

玉兰：他挺忙的。

明母：再忙也能腾一天时间啊！这女人的活，女人干，男人的活，也得女人干。给他捎个信儿，让他回来卖棉花。

玉兰：明日俺自个儿赶车去吧！

明母：不行！这么多棉花，装车卸车，抬上抬下的，俺不放心。

二明子赶着驴车路过。

二明子喝住毛驴，向她们走来。

二明子：玉兰嫂，今儿去卖棉花啊？我给你送去吧！

玉兰：今儿不去，还没晒好呢！

二明子：（摇头）晒好也不一定卖好价，差不多就行了呗！哎，你咋还往外挑呀？掺着没事。

玉兰：那不是哄骗国家嘛！

二明子：这是大公无私的时候嘛！把钱捞手里再说。

明母：（瞪他）那也不能做亏心事！

二明子：啥亏心不亏心！大娘啊，你那是老皇历啦！现在是一切向钱看。你看看，咱们明家屯户户都住上了大瓦房，就你家还住着土屋，你翻盖房子不正需要钱吗？

玉兰：二明子，快忙你的去吧！

二明子：玉兰嫂，是这么回事，俺明珠哥跟棉站那帮小子熟得很，一准给个好价。我那儿也有两包，咱一起去卖吧？

玉兰：快，你那驴子跑啦！

二明子转身看，他的毛驴拉着车子向远处跑去。

二明子：（打了个响鞭）站住！

那毛驴乖乖停下了。

二明子：（向前走了几步，又回头嘱咐）玉兰嫂，啥时候去卖棉花别忘了叫上我啊！

明母：这个二明子！

42. 河堤 日 外

玉兰赶着牛车，拉着满满一车棉花，挥了一下鞭子。

玉兰：驾！

牛车向前跑去。

43. 棉花垛 日 外

玉兰用力将一大包棉花拖至棉花垛中间，然后绕到棉包下边，两手用力托起棉包往垛顶滚动。

玉兰清秀的面庞憋得通红，汗水在两颊流淌着。

44. 劳教所农场 日 外

冬天到了，马三强在扫雪。

明珠送来了棉衣棉鞋和食品。

两人紧紧握手。

45. 劳教所农场 日 外

马三强正在往麦田撒化肥。

明珠送来了单衣和食品。

两人紧紧握手。

46. 劳教所农场 日 外

夏天，马三强正在挖排水沟。

明珠送来了汗衫短裤和水果。

两人紧紧握手。

47. 劳教所农场门口 日 外

马三强刑满释放，提着行李离开了劳教所农场。

48. 明家屯 夜 外

二明子赶着驴车走在街上。

马彪走上前，与二明子打招呼。

马彪：你好大哥，请问这是明家屯吗？

二明子：（停车）是啊！你找谁？

马彪：哪是明所长家？我找他有点事。

二明子：（用鞭子往前一指）就这家。不过他指定不在家，还在派出所里忙着呢！

马彪：正好，找他家里人就行。

马彪说着急匆匆向前走去。

二明子愣了愣，将毛驴拴在一棵树上。

49. 明珠家 夜 外

院子里，玉兰和明母正在收拾棉花。娘儿俩将一个个棉花包扎紧系好，摞在一起。

马彪：（慌慌张张地走进来）玉兰嫂子，我是镇上派出所的，明所长派我来拿五千块钱，所里面有事急用。

明母闻听，急匆匆走向亮着灯光的土屋。

玉兰：什么事啊，这么急？

马彪：所长说要保密，日后他亲自向你解释。

玉兰：你贵姓啊？

马彪：我姓马。

玉兰：姓马？那马三强……

马彪：马三强……那是我兄弟。

玉兰：（疑惑地）兄弟？

马彪：是院中兄弟。马三强兄弟常常夸奖玉兰嫂子，前几天还说那次挨打住院，多亏玉兰嫂子给交医药费哩！

玉兰：前几天？

马彪：不不，是前几年。

玉兰警惕地上下打量着马彪，然后狐疑地向屋里走去。

50. 明珠家 夜 内

屋中，明母从打开的木箱中拿出一沓钱，正要往外走。

玉兰：（上前拦住）娘，别急，我咋觉着不对劲啊！

马彪悄悄地跟进来，见了钱顿起歹意，上前去抓明母手中的那沓钱。

明母躲闪不及，被马彪拉倒。

玉兰：娘！

玉兰忙上前搀扶明母。

马彪抢到钱，回头要跑，被突然出现在门口的二明子挡住了出路。

二明子：（晃着手里的鞭子）好你个狗崽子，你还是个贼啊！

马彪抡拳打在二明子脸上，二明子躲闪不及，口流鲜血，靠在门框边。

马彪逃出屋。

51. 墙边 夜 外

马彪狗急跳墙，两手扒住墙头，正要攀上去。

二明子跃起来扑过去，抡起赶车鞭抽了两下，抽得马彪滚落下去，钱撒落在地上。

二明子紧跟着追出大门口。

52. 马老汉果园小屋 夜 内

马老汉和马三强吃着晚饭，马老汉不停地往马三强碗里搛菜。

马老汉：后街李小牛今春被释放后回来做了水果批发生意，挺兴旺的。前几天，他给镇上的敬老院捐了一万块钱哪！

马三强：爹，这几年累着您啦！今后我也好好干，非干出个样子来不可。

马老汉：这几年，多亏明所长他们帮忙。对了，三儿，明所长说过，等你回来让你干咱们村的治安协理员呢！你可得好好干！

马三强：离开农场时，管教干部告诉我马彪和王老虎昨天夜里越狱潜逃，嘱咐我注意他们的行踪，发现情况及时向政府报告。我这就去把情况汇报给明所长。

马三强说着，扒完碗中最后一口饭，将碗筷收起。

马老汉：（生气地一蹾饭碗）这两个改不了吃屎的狗！

53. 马老汉果园小屋外 夜 外

马三强骑上自行车离去。

鬼头鬼脑的王老虎从暗处走出来。

54. 屋内 夜 内

马老汉正在洗刷碗筷。

王老虎：（闪身进屋）马大叔……

马老汉一惊，他听出了王老虎的声音，强忍着火气，瞥了他一眼。

王老虎：大叔，这几年你挺发财的，借我点路费吧。

马老汉：路费……你要去哪儿？

王老虎：东北……西北，天下大着哩，哪儿还容不下我王老虎。

马老汉：依我看哪，你还是去派出所吧！就这一条正路，能得到宽大处理。

王老虎：你就不必操心啦！快借给我钱吧！

马老汉：我要是不借呢？

王老虎：（转身抄起了顶门杆，凶相毕露）我一竿子就送你上西天！

马老汉：嘿嘿，那你就来吧！

马老汉将案板上的菜刀抓在手中。

55. 乡路上 夜 外

马三强骑车飞奔。

明珠迎面走来。

明珠：三强！

马三强：（跳下车子）大哥！

明珠：我正要去看你呢。

马三强：马彪和王老虎越狱的事……

明珠：我知道了，已经安排全体干警和各村治安协理员严密防守，你们果园也是重点。走，我们过去看看马大叔。

马三强骑上车子，明珠坐在后座，两人向果园驶去。

56. 马老汉果园小屋 夜 内

马老汉与王老虎扭打在一起，菜刀与顶门杆都丢在了地上，王老虎脸上有刀痕，正在流血。

王老虎占了上风，将马老汉摁在地上。

王老虎骑上马老汉的后背，抡拳要打。

明珠、马三强闯进屋中。

明珠快步上前，飞起一脚踢在王老虎的后脑勺上。

王老虎一个后滚翻，腾地站起来。

明珠咚咚两拳打在王老虎的前胸上。

马三强上前，从背后卡住了王老虎的脖子，将他摁倒。

明珠顺势拧住了王老虎的一只手，另一只手摘下手铐，铐住了王老虎的手腕。

马三强拧住王老虎的另一只手，明珠将他两只手铐在一起。

马老汉站起来，嘴角流血。

马三强见状，恨从心头起，飞起一脚将跪在地上的王老虎踢了一个头拱地。

王老虎抬起头后怒视他。

明珠：（喝问）马彪呢？

王老虎不吭声。

明珠：你不说，他也跑不掉！

明珠：（顺手从墙上摘下一根麻绳，扔给马三强）三强，看好他！

明珠说罢急忙出门去。

马三强、马老汉抖开绳子，将王老虎捆绑起来。

57. 马燕子家 夜 内

马彪翻墙进入院子。

马燕子：（听到动静，打开屋门）谁？

马彪：（推马燕子进屋）小声点！带上钱，赶快离开。

马燕子：去哪？

马彪：再说吧！把所有钱都带上。

马燕子：我去弄点酒菜来，给你压压惊。

马彪：快点吧！耽搁久了，公安跟上来麻烦啦！

马燕子：钱在东院大娘家放着，我去拿。

马燕子说着，转身往外走。

马彪：真他娘的啰唆，快点啊！

马燕子推门出去。

马彪提起暖瓶，倒了杯水。

他一屁股坐在椅子上，掏出一支香烟点燃。

58. 街上 夜 外

马燕子急匆匆地走着，正巧遇上手持警棍迎面走来的罗强和刘勇。

马燕子：马彪回来啦！

罗强：（一挥警棍）走！

59. 马燕子家 夜 内

马彪抽了半根烟，似乎回过神来了。

马彪：他娘的，不对吧！

马彪扔掉烟，随手摸起桌子上的一把剪刀，悄悄溜出屋。

60. 村路 夜 外

明珠健步如飞。

马三强手提菜刀跟在后面。

61. 马燕子家 夜 内

罗强、刘勇持警棍推门而入。

屋内空无一人，桌上的水冒着热气。

地上的烟头冒着烟。

马燕子满脸惊恐。

62. 李小牛家门口 夜 外

马彪惊慌地溜到村头的一扇门前，抬手叩了门环。

李小牛：（光着膀子打开大门，探出头）谁?

马彪：三弟，快拿点钱来，我和老二逃命。

李小牛抽回身，砰的一声关紧了大门。

马彪：（气急败坏地）他娘的!

马彪转身欲逃，外面传来明珠的喝声。

明珠：马彪，你无处可逃了!

马彪撒腿往村外树林的方向跑去。

明珠：（紧追不舍）马彪，你面前只有一条路，投案自首!

马三强提着菜刀紧跟在后。

63. 小树林 夜 外

马彪像受惊的兔子，钻进了树林。

明珠：（掏出对讲机）目标——村东树林!

他追进树林。

马彪从一棵大树后闪出来，举着剪刀刺向明珠前胸。

明珠伸手抓住了马彪的衣领，伸出右腿，将马彪绊倒在地。同时，明珠也仰倒在地上。

马彪欲起身，却被明珠死死抓住衣领，马彪拼命挣扎。

马三强纵身骑在马彪身上，双手举起菜刀，对着马彪的脑袋欲劈。

一道强光照过，传来罗强的呼声。

罗强：三强!

马三强犹豫不决地摇了摇头，停了手。

罗强、刘勇扑上来铐住了马彪。

马三强丢下菜刀，跪在地上，双手抱起明珠的头。

马三强：大哥!

刘勇用警灯照明，发现剪刀插在明珠胸膛中间，鲜血染透了他的警衣，他双眼紧闭，脸色苍白。

罗强：县局……县局……明所长重伤！

马三强：大哥——你醒醒啊！

声震旷野。

64. 镇卫生院门诊 夜 内

王大夫和女护士紧张有序地为明珠配药、输液。

明珠安详地躺在病床上，他的胸前已经做好了包扎，但他呼吸微弱，面色蜡黄。

门口，马三强和马老汉神色惶惶地向里张望着。

输液管中，药液缓缓地滴着。

65. 卫生院门口 夜 外

院中一棵树上铐着神色恹恹的马彪和王老虎。

刘勇在一旁看管着。

县公安局的警车驶来，张局长率领十几人下车。

刘勇：（上前）逃犯马彪、王老虎已被抓获！

张局长点头。

几个干警上前解下马彪、王老虎，将他们塞入警车。

刘勇陪张局长走进门诊室。

罗强开着镇派出所的警车，带着玉兰驶来。

罗强熄火下车，打开后车门，领着玉兰一同走向门诊室。

救护车驶来，急诊大夫带着护士提着担架下车，向门诊室走去。

66. 卫生院门诊室 夜 内

众人静静地等待着，玉兰俯在明珠床边，焦灼地望着。

一旁，张局长在询问大夫。

急诊大夫带着护士分开众人，走进门诊室。

突然，输液管停止。

急诊大夫忙戴上听诊器听诊。急诊大夫站起来，摘下听诊器。

急诊大夫：打强心剂！

急诊护士打开急救药箱，配药打针。

急诊大夫从一小瓶药中倒出几粒，塞入明珠口中。

玉兰惶恐地望着急诊大夫。

张局长走上前来，使劲握了握急诊大夫的手。

玉兰：（趴下身惊呼）明珠——你醒醒啊！

急诊大夫再一次戴上听诊器听诊，少顷，他缓缓地摘下了听诊器。

输液瓶停止。

急诊大夫无奈地摇了摇头，他伸手将白色被单往上拉了拉，盖住明珠的面容。

玉兰：（悲痛欲绝）明珠——

玉兰昏厥过去。

张局长等干警摘下了警帽。

急诊大夫、王大夫、女护士和急救护士都庄严肃穆地望着明珠的遗体。

马老汉的眼眶涌出了热泪。

马三强：（扑在明珠身旁，撕心裂肺地）大哥——大哥——

67. 卫生院 夜 内

马三强的呼喊声震荡着夜空。

（背景音乐）：

清明一颗心，
珍珠般晶莹。
日夜闪光辉，
处处播春风。
汗水浇灌千树绿，
热血养育百花红。
愿兄弟和和睦睦，
愿人间遍地亲情。
儿女甘苦谁人知，
母亲心中泾渭明，

清白一个人，
风骨傲苍穹。
壮志惩邪恶，

斗胆除弊病。

撒下天网捕妖魔，

魑魅魍魉无地容。

愿人民安居乐业，

愿天下太太平平。

笑在千家欢喜时，

乐在万人幸福中。

（画面内容）

明珠背着马三强走在马龙镇的集市上；

明珠帮马老汉打理苹果树；

明珠痛苦地抱住马三强的双肩；

明珠提着衣物、水果向马三强走来；

明珠坐着马三强的自行车上……

68. 明珠家的院子 日 内

迎门的八仙桌上，摆放着明珠的遗像。

手臂戴着黑纱，胸前戴着白花的玉兰、小刚、小玲肃立在八仙桌前。

明母颤抖着举起白色手绢抹眼泪。

小玲：爸爸下次回来，可别忘了给我买雨靴。我要红色的，鲜红鲜红的……

遗像上的明珠正在微笑。

69. 烈士陵园 日 外

纸灰飘飞在明珠的墓碑周围。

马三强父子趴在明珠墓前，一起向墓碑磕头。

马三强：（抬起头，仰望着墓碑哽咽）大哥，来世您做我的亲大哥！

70. 柏油路上 日 外

明珠坐着马三强的自行车，二人沿着笔直的柏油路驶向远方。

远方，朝霞满天。

明珠微笑着挥手。

四、相思柳

1. 苇河滩 日 外

烈日当空。

春生、冬青赶着羊群在苇河滩上放牧。

河中碧水缓缓流淌，两岸长着茂密的芦苇。

（画外音）冬青：我和春生高中毕业那年，我们响应号召，回到家乡接受贫下中农再教育。老支书苇天祥大伯给我们俩安排了一个轻快的活。

冬青在羊群前甩着鞭子引导着，一百多只雪白的羊低着头，边啃青草边往前走。春生在后面，扛着大鞭，甩着小鞭，驱赶着掉队的羊。他得意得像是当上了“将军”。

羊群来到一片开阔地带，这儿是羊歇息的场所。春生将大鞭插在地上，羊们三五一伙地自由散开，有趴在一起吃草的，有嬉戏玩闹的，有碰头抵角的……

河堤两边各有一排柳树，春生和冬青走向河堤。

他们在一棵高大粗壮的柳树下停住，春生坐在了树下。

冬青摘下草帽，抖出盘在草帽中的两根黑黑的长辫子。她汗津津的脸上忽闪着两只乌黑闪亮的大眼睛，刘海儿让汗粘在了前额上。合身的鱼肚白衣衫被汗水粘在身上，更显出她苗条的身段。

坐在树下的春生从裤袋中掏出一封信，打开看着。

冬青：（凑上前）春生，看的啥呀？

春生：我舅舅来信，说他们东北铁路工地上招工，问我去不去。

冬青：你去吗？

春生将信撕成碎片，随手扬去。

碎纸片飘落在河堤上。

冬青：我大姐也来信了，要我去她们的东北林场，还给我寄了路费呢！

春生：（眨着眼）你去吗？

冬青：俺爹硬让我去。他说在苇河滩没出息，一辈子也鼓捣不出啥名堂。

春生：咱不是向老支书发誓，要扎根在农村，把家乡建设成社会主义新农村吗！

冬青：（长长地呼出一口气）我娘没啥，就怕我爹。我当然是要坚持到底的！

春生望着冬青，面带微笑地点了点头。

一会儿，春生又皱起了眉头。

春生：你那叔伯大哥苇大功煽风点火的，都说他想夺苇天祥大伯的权呢！

冬青：俺爹说他干不了啥正事！

春生：天祥大伯可是省劳动模范哩！

冬青：我们要想办法保护他老人家。

春生：（望着蓝天上的朵朵白云）这么热，是不是有雨啊？

冬青：（抬眼）一丝风也没有，哪来的雨？

春生：你看着羊，我去河里洗个澡。

春生起身，脱着汗衫跑下河堤，跑向河边苇丛。

2. 苇丛 日 外

春生跑入苇丛，惊得水鸟阵阵鸣叫。

3. 河边 日 外

春生飞快脱去背心和裤子，搭在芦苇上。只穿着裤头的春生纵身一跃，跳入河水中，荡起层层涟漪。

河水清澈，不时有鱼跃出水面。

春生在水中如同自由的鱼，一会儿仰泳，一会儿蛙泳。突然，他一头扎进水中，游了几十米后露出头，在水中甩了甩头上的水。

4. 柳树下 日 外

冬青用草帽做扇子，扇着风。

蓝天上的云朵变成了云头。

春生提着汗衫跑来，湿淋淋的头上挂着小水珠。春生欲用汗衫擦掉脸上的水珠，冬青从衣袋中掏出小手绢递给他。

冬青：凉快吗？

春生：太舒服了。要不是牵挂着你，我这辈子就不上来了。

冬青：（笑着将草帽丢给春生）我也去游一会儿。

刚蹲在柳树下的春生闻听瞪起眼。

春生：不行，水深！

冬青：（跑下河堤，回头）别小看人！

冬青跑向苇丛中。

柳树下，春生用手绢擦着脸上的水珠，擦干后他穿上汗衫。

河堤上，偶尔有骑自行车或步行的人路过。

羊群在河滩上嬉戏玩闹。

突然，一阵风吹过，柳树枝条摇曳。

树下坐着的春生抬头远眺，北方涌来了乌云。随即，一道闪电划过，传来隆隆的雷声。

春生起身，冲下堤坡，跑向芦苇丛，边跑边喊。

春生：冬青——

5. 芦苇丛边 日 外

芦苇丛边，春生的脚步戛然而止。

春生：冬青——冬青——

一声闷雷响过。

春生：（焦急地）冬青——你爹来啦！

芦苇丛中依然沉寂无声。

春生不顾一切地分开芦苇，钻了进去。

6. 河边 日 外

冬青的衣裤搭在芦苇上，只穿着白色汗褟儿和粉红色短裤的冬青静静地趴在水中。她的长辫子被芦苇缠住，看样子挣扎了很久。

春生一路叫喊着寻来，见状，他不顾一切地跳下水，一手托起冬青的头，一手解开她缠在芦苇上的发辫。

春生托起冬青，费力地爬上岸。

春生踩倒一片嫩芦苇，他一手揽住冬青，一手脱下汗衫铺在踩倒的嫩芦苇上，将冬青轻轻放平。

春生按压冬青的胸腔。他蹲下，拱起一条腿，两手抱起冬青，将她仰脸横放在自己拱起的那条腿上。他不停地颠着拱起的腿，冬青咕噜咕噜地吐出清水……

冬青青紫的脸色也泛起了红润。

大汗淋漓的春生放下冬青，拿过她的衣裤，盖在她身上。

春生站起来，大口大口地喘着粗气。他望着浓云滚滚的天空，天上雷电一声接着一声。

春生匆忙为冬青穿上衣服。他将自己的汗衫甩了甩，蒙在冬青头上，侧下身背起冬青，钻入了芦苇丛。

7. 河滩 日 外

河滩上的羊似乎觉察出天气骤变，咩咩地叫着，聚拢在大鞭周围。

春生背着冬青走出芦苇丛，走入羊群中。他一手拔起大鞭，甩起大鞭，呼叫着羊。

突然间狂风大作，雨点啪嗒啪嗒地落下来。

春生背着冬青，呼唤着羊群，走在河滩上。

一记惊雷炸响，倾盆大雨哗哗落下，羊群在暴风骤雨中四散逃窜。

春生脸上的汗水同雨水混在一起，他一只手甩着大鞭，呼叫逃散的羊。

雨中传来老牛筋的呼喊声。

老牛筋：冬青——冬青——

接着传来苇天祥的呼叫声。

苇天祥：春生——春生——

春生：天祥大伯，我们在这儿！

苇天祥、老牛筋披着雨衣跑来。

老牛筋：（惊恐地）怎么啦？

春生：冬青被雨淀着了。

老牛筋：（埋怨）没长眼啊，看不到要下雨呀？

老牛筋将脱下的雨衣裹在冬青身上。

苇天祥摘下草帽扣在春生头上，又从春生手中拿过大鞭。

苇天祥：你们走前头！我和你大叔赶羊。

春生背着冬青走在前面。

苇天祥甩了下大鞭，呼唤着羊，让羊群聚拢。

老牛筋也驱赶着逃散的羊。

暴雨如注。

8. 大街 日 外

大街上，一根高高耸立的水泥杆子上挂着一只大喇叭，苇大功正在播报通知。

苇大功：苇河滩大队的全体社员注意啦！听到通知后，马上到村后的打麦场上开会。任何人不准请假，不准不到。下面再播送一遍，紧急通知，紧急通知……

大街上开始有三三两两的人走过。

老牛筋走过大街；大牛、小强、二嘎子走过大街；春生娘走过大街；苇大功、刘棒子、小瘪三等几个人押着苇天祥走过大街……

大街上不再有人走动。

树上的知了聒噪地叫着。

9. 冬青家院子外 日 外

冬青家院子外有一棵枣树，春生走来，敏捷地爬上枣树，翻过院墙，跳进院子。

10. 西厢房 日 内

倚在炕上的冬青盖着花格床单，她的辫子已经剪掉，变成了齐耳短发，愈发显得精神。

春生：（有些着急地）我们得赶快想办法，保护苇大伯。

冬青：（着急地）是啊！怎么才能……唉，我听说前屯成立了青年突击队。

春生：是吗？我怎么就没想到呢！晚上我就去动员大牛、小强、二嘎子他们，我们成立苇河滩青年突击队，请苇大伯给我们当顾问，我们就借此保护他。

春生说着，转身要走。

冬青：春生……哥！

春生止步，回头。

冬青：春生哥……俺这一生……就是你的人了，到啥时候，你也别忘了俺。

春生走到炕边，伸出双手。

冬青向外挪了挪，将头歪向春生怀里。

春生双手紧紧搂住了冬青，嘴巴贴在冬青的额头上。

11. 大队部 夜 内

梁上吊着一盏汽灯，把三间屋子照得通明。

屋中坐满了说说笑笑的男女青年，一个个热情洋溢、充满活力。

苇天祥、春生、冬青、大牛、小强、二嘎子坐在中间的一张桌子边。

二嘎子：（站起来招手）静一静，静一静。大家听春生哥讲几句。

春生：（站起来）从今晚开始，苇河滩大队青年突击队就正式成立了。在我们身上，寄托着咱苇河滩的希望和未来。咱们大家都是自愿报名来的，要共同努力，克服困难，为改变苇河滩的面貌、为社会主义奉献我们的青春年华和聪明才智，为开创咱苇河滩辉煌灿烂的明天而奋斗！我们邀请省劳动模范、咱苇河滩的老支部书记苇天祥大伯做青年突击队的顾问，大家鼓掌欢迎！

苇天祥：（站起来）只要我还有一口气，就豁上我这把老骨头支持你们。先把村后的一百亩玉米地拨给你们做试验田，你看那片玉米，真让人心疼啊！长得都跟黄毛丫头似的，眼下急需追肥、打药，这是突击队火烧眉毛的任务。下一步，我们还要制定苇河滩的长久发展规划——修水库，挖藕池、鱼塘，建砖瓦厂、编织厂、养殖场，彻底治理苇河滩，把家乡建成楼上楼下、电灯电话的社会主义新农村。（扫视人群）二嘎子呢？

二嘎子：（站起来）在！

苇天祥：你立马去告诉刘会计，你们带上队里的全部存款一千七百元，开着拖拉机去城里买化肥、农药。

二嘎子：（腰杆一挺）是！

苇天祥：明天一早，咱们一起上阵干！

春生等人：（一起站起）干！

12. 试验田 日 外

玉米地边，几十名男女青年手持锄头，围在苇天祥和春生身边。

苇天祥：（挽起袖子）现在急需干的活儿是锄草、松土，下午肥料到了，咱们再追肥。一人一垄，在地北边汇合，开始啦！

苇天祥说着，抡起锄头带头锄草、松土，又钻进了玉米地。

春生、冬青等人紧跟而去。

13. 打麦场 日 外

苇河滩大队的打麦场上，正在召开社员大会。男女老少几百人围在打麦场上，还有人正稀稀拉拉地走来。十余亩地的打麦场，周边长满了玉米。场中间是一座内有三间红瓦房的场屋，场上堆着麦秸垛、柴草垛。

一颗白杨树的树杈上，挂着一个喇叭，线是从场屋里接出来的，大喇叭正播放着歌曲。

春生若有所思地走进会场，冬青、二嘎子、大牛、小强等青年跟在春生身旁。

二嘎子：（调皮地）学习大寨赶大寨，棒子地里种辣菜。

大牛：说什么呢二嘎，让苇大功听到……

二嘎子：（做了个鬼脸）苇大功，穷光腚，又馋又懒不中用。他要掌权当主任，全村跟着都受穷。

众人大笑，春生也扑哧笑了。

主席台上悬挂着一条长横幅，上面写着：批判当权派苇天祥大会。

主席台前放有一张黄色长条桌，桌上摆着一个麦克风。桌后有一条板凳，又矮又胖的委员会马主任和瘦高个儿的杨秘书坐在板凳上，一人拿着一个本子翻看着。

马主任旁边站着嘴里叼着香烟的苇大功，苇大功点头哈腰，极尽谄媚。

杨秘书旁边站着苇天祥，他们身旁站着十几名挎抢的民兵。

马主任合上本子，挥手示意。

苇大功紧跟着挥手示意，喇叭停止播放歌曲。

人们鸦雀无声。老牛筋、春生娘也站在人群中。

杨秘书：（拉过麦克风）现在，批判苇天祥大会开始，首先请公社革命委员会马主任讲话！

苇大功：（鼓掌）大家欢迎！

人群中传出几声稀稀落落的掌声。

杨秘书将麦克风递到马主任面前。

马主任：同志们，现在，全公社形势一片大好！苇河滩大队是最后一个“走资派”还在掌权的单位。今天我们就要攻克这个堡垒，批判当权派苇天祥，成立新生的革命委员会！

苇大功又带头鼓掌，人群响起几声稀稀拉拉的掌声。

马主任：（提高嗓门）你们苇河滩大队还是什么省级先进单位，太不正常了，像苇大功这样有革命精神的同志竟得不到拥护，一定有一股黑暗势力在作怪。更令人不能理解的是，苇大功同志三十多岁了，竟然还打光棍……

二嘎子：（突然站起打断）我说领导同志，你不了解情况呀！人家苇大功同志是瞧不上农村姑娘。大功同志常说：先工人，后干部，找个教师也凑合。

众人哗然大笑。

二嘎子：哎，大家别笑呀，问问大功同志是不是这样说的！

二嘎子说着蹲回原处。

苇大功瞪着二嘎子，气得无言以对。

杨秘书：（站起来）刚才说话的那是谁？查查他！

二嘎子：（站起来，毫不含糊地）领导放心，咱是根正、心红、苗旺，祖宗八辈都是老贫农。领导要不信，可以去刨开咱那祖坟问一问。

马主任：苇天祥既有老问题，也有新错误，还成立什么青年突击队，打着促生产的幌子与大家唱反调。他居然把一百多只羊交给一个正在接受再教育的学生，前几天竟然还丢了五只。

站在人群里的春生、冬青沉下了脸，低下了头。

春生娘面色惊恐。

马主任：（数着手指）大家算一算嘛！五只羊，什么概念？一只五十元，五五二百五，二百五十元就是你们大队一年的办公经费哪……今天既要把苇天祥的错误算清，也要查一查那个小子……

春生听见，缩着身钻出了人群。他溜出会场，钻进了玉米地。

高音喇叭传出了苇大功带头喊口号的声音。

会场上传来寥寥无几的附和声。

14. 柳树下 日 外

春生翻过河堤，站在粗壮高大的柳树下，他一手扶住柳树，茫然地低下头。

冬青随后跟来，站在春生身后。

春生转身，两人对视，默默无言。

柳树上传来蝉聒噪的叫声。

春生转身，痛苦地低下头。

他突然看到堤坡下有什么东西，他疾步跑下去。在堤坡上的泥土中，露出了半截纸条，春生俯身扒开泥土捡起来，是他前几天撕碎的那张信纸。

冬青看着纸条。

春生拿着纸条沉思着，慢慢返回树下。

冬青：你要……

春生：去！

冬青：（从衣袋里掏出了十元钱，递给春生）这是我大姐给我寄来的路费。

春生：（羞愧地）你……

冬青拉过春生的一只手，将钱放在他手中，两人四目相对。

冬青：我等你！

春生：两年，到期我马上回来！

冬青将头埋进春生怀中。

春生两手托起冬青的脸，深情地望着。

冬青伸手搂住春生。

二人亲密地吻着。

冬青：（猛然推开春生）快走吧！

春生面色沉了沉，松开两手，恋恋不舍地迈步离开。

春生回头望着冬青，望着柳树。

冬青：等一等！

冬青踮起脚，伸手拉住一根柳枝，两手折断。她将手中的半根柳枝折为两段，跑上前去，送给春生一段。

春生接过柳枝，攥在手中，贴在胸前，慢慢向后退。

春生：等我！

冬青咬着下唇，点了点头。

春生转身顺着河堤匆匆离去。不远处隐约可见苇河大桥。

冬青深情地望着离开的春生，将手中的柳枝紧紧捂在胸前。

（背景音乐）：

相思柳啊相思柳，
相思的人儿柳下走。
临别有多少知心的话，
话到心头难出口，
难呀难出口。
心中几多深深的爱，

深深的爱情藏心头，
藏呀藏心头。
深情厚谊苇河水，
情谊深深水长流，
水呀水长流。

（画面内容）：
清澈的河水；
碧绿的河滩；
茂盛的芦苇；
摇曳的柳枝。
（闪回）

15. 放学路上 日 外

上小学的冬青走在放学路上，她头上扎着两只羊角辫子，与几个女同学一起走着。

到了松树林边，二嘎子突然从林中跑出来，将一把苍耳揉进了冬青的头发里，然后飞快地离开。

冬青委屈地蹲在地上哭起来。

春生两手拧着二嘎子走过来，后边跟着大牛和小强。

春生：一个一个摘出来，若是揪下头发，就让你连苍耳一同吃下去。

二嘎子：（反抗）凭什么？冬青是你媳妇啊？

春生：（把二嘎子的胳膊往上一揪）不老实？

二嘎子：（疼得咧嘴）哎呀，我老实！

春生松开二嘎子。二嘎子甩了甩被拧疼的双手，一个一个地摘着冬青头上的苍耳。

冬青停止了哭泣，却疼得直咧嘴。

小强：摘完了就让他吃下去，要不，他不长记性。

大牛：对，该要他吃下去。前几天他弄了我一头，回家我娘很小心地给我摘，还掉下十几根头发哩。

二嘎子边摘苍耳，边斜眼看着大牛和小强。

小强：就看这眼神吧，也不像个老实的。

二嘎子把摘下的十几粒苍耳递给了春生。

春生：就按他们说的办吧！

二嘎子：（鞠躬）春生哥，你就当个屁把我放了吧！

春生：你可要记住，下次再犯，真要你吃掉。

二嘎子：不犯，我老实。

春生：滚！

二嘎子噌地跑了。

二嘎子：（边跑边喊）春生，冬青是你媳妇！

大牛：看看，咋样？不长记性吧！

16. 放学路上 夜 外

上初中的冬青同两个女同学走在放学回家的路上，她头上扎着两个马尾辫子。

松树林边，大牛、小强突然从树林中跑出来。

小强：有鬼！

受到惊吓的冬青瘫坐在地上，呜呜哭起来。

另外两个女生大叫着跑走。

春生：（从后边急急赶来，拉起冬青）哪里有什么鬼，他们吓你玩呢！没听老师说吗，鬼神是迷信说法。

冬青：（停止哭泣，哽咽）俺知道没鬼，可他们一喊，还是害怕。

春生：你跟在我后边。

他们一前一后走过松林。

春生：（拉过冬青）你走我前边。

冬青在前，春生在后，他们渐渐走远。

17. 冬青家大门前 夜 外

春生拉着冬青停在大门前，春生松开手。

春生：走吧！

冬青走进家门，转身望着春生。

春生：关门吧！

冬青关上大门，落了门闩。

春生：（转身回家，边走边唱）学习雷锋好榜样，忠于革命忠于党。爱憎分明不忘本，立场坚定斗志强！

18. 冬青家的院子 夜 外

冬青走进院子。

老牛筋：（从屋里走出）谁狼嚎？

冬青：春生他们吓鬼呢！

老牛筋：嘿，闹鬼吧！

冬青走进了西厢房，房中随后亮起了煤油灯。

（闪回完）

19. 柳树下 日 外

夕阳西下，为柳树镀上了一层金辉。

苇大功、老牛筋寻到柳树下。

老牛筋：跑这儿做啥？回家去！

冬青依然未动。

苇大功：青妹子快回吧！我婶子在家急得哭哩。

缓过神来的冬青缓缓地站起来，挪着步子离开了柳树，手中紧攥着那半截柳条。

老牛筋：（呵斥）快走，慢吞吞的样！

20. 东北某山区铁路施工地 日 外

山沟中的施工工地上，头戴安全帽的工人们正在忙碌着，有抬石头的，有搬水泥的，有用铁车运沙石的。站在高台上的工长头戴安全帽，臂佩红袖章，口中吹着哨，手里挥着三角旗指挥着来来往往的施工人员。

身着一身工装的春生同他的伙伴抬着一筐碎石走出涵洞。他们来到一处陡坡前，将碎石倒向山涧。春生望着西斜的太阳，抬起手用衣袖擦了擦额头上的汗。

21. 铁路涵洞外 日 外

铺成的铁路路基上搭起了彩虹拱门，周边站满了欢呼的人群。

锣鼓声声，震耳欲聋。一串鞭炮响过后，一列客车呼啸而过。

（画外音）春生：这荒无人烟的深山峡谷，连封信也寄不出去。日出日落，斗转星移。夜夜梦到苇河滩、相思柳，梦中听到河水流、羊儿叫。苦撑苦挨，满了两年，在新铁路竣工通车后，我义无反顾地踏上了归程。

22. 铁道 日 外

客车呼叫着飞驰而过。

23. 铁道 夜 外

客车呼啸而过。

24. 百货商店 日 内

穿着一身新工装的春生在服装柜台前挑选衣服。

他选中了一件鱼肚白衣衫，又选了一条老年女式围巾，付过钱后，他将衣物一件件装进了黄色的帆布挎包中。

25. 烟酒糖果柜台 日 内

在烟酒糖果柜台前，春生买了一条香烟，一包糖，将它们装入黑色手提包中。

26. 县城街头 日 外

春生背着挎包，提着提包神采奕奕地走在县城的街头上。

时值深秋，日头偏西，树叶枯黄，落叶满地。

一阵秋风吹过，刮得路上的树叶哗啦啦乱跑。

一辆公共汽车停在站点上，春生紧跑几步赶上了公共汽车。

汽车鸣笛离去。

27. 苇河桥头 日 外

公共汽车驶过苇河大桥，在码头停下。

春生提着挎包跳下车门。

码头上有一棵柳树，春生看着柳树。

（闪回）

28. 苇河桥头 日 外

上高中时的冬青亭亭玉立地站在柳荫下，她扎着两条黑油油的大辫子，身边停着一辆半新的自行车，车把上挂着她的干粮包。

春生背着干粮包走来，他脸上汗津津的。

冬青走上前，接过春生的干粮包，挂在另一个车把上。

冬青：你走累了，我带你一会儿吧！

冬青推起车子，抬腿上车。

春生紧跟几步，坐上了自行车。

冬青带着春生走在坎坷不平的土路上。

（闪回完）

29. 苇河桥头 日 外

春生离开柳树。

春生兴致勃勃地跃上苇河大堤。

春生望到了河堤边的那排柳树，已是叶落枝干。

河滩上，芦苇枯黄，顶着白白的苇絮。

春生脚步匆匆地走过。

30. 春生家 日 外

春生娘在灶房里生火做饭，火光映红了春生娘的脸庞。

春生走进院子，在院中停住脚步。

春生：（欢快地）娘——

春生娘：春生！

春生娘起身走出灶房。

春生娘：看到冬青了吗？

春生：（惊奇地）冬青？

春生娘：今儿晌午走的。

春生：（惊愕地）去哪儿了？

春生娘：东北，她大姐那儿！她哭闹着不去，老牛筋和苇大功硬把她抬到驴车上拉走的。

春生将手提袋和黄挎包丢在院子当中，撒腿向门外跑去。

春生娘：春生——

31. 火车站 傍晚 外

火车站候车厅内已是灯火辉煌，三三两两的人进进出出。不时有南下或北上的火车呼啸而过，传来汽笛声。

老牛筋赶着驴车走来，地排车上坐着冬青和苇大功，车上放着大大小小的包裹。

老牛筋：（将鞭子扔在车上，对苇大功）你看好人！我去买票。

老牛筋冲售票口走去。

苇大功掏出香烟点燃，一口接一口地吸着。

地排车上的冬青低垂着头，秋风中她缩着肩，不知是因为风凉还是心凉。

一个青年妇女走来。

青年妇女：同志，卫生间在啥地方？

苇大功：（吐着烟凑上前）啥……卫生间？就是茅房啊！这茅房在哪里呀……咳，我也不知道哩！

冬青趁机溜下车子，向暗处跑去。

苇大功张望着帮那妇女寻找茅房，转身看到了跑走的冬青，大叫着追上前去。

苇大功：冬青！

老牛筋一手拿着车票走出售票厅，见状，他疾步走到地排车前，抓起赶车的鞭子。他回头看见苇大功一手拉着不情愿的冬青正往回走。

苇大功死死地拉着冬青的一只手，喘着粗气来到车前。

老牛筋：（暴跳如雷）你要干什么？

冬青：（仰起脸，倔强地）我——不——去！

老牛筋抬手挥鞭照着冬青抽去。啪一声响，冬青脸上留下一道深深的鞭痕。

毛驴被吓得跳了一下。

冬青咧咧嘴，牙咬着下唇，没再吭声。

老牛筋翻翻白眼，将鞭子扔到车上，提着包裹走向候车厅。

苇大功一手拉着冬青，另一手提起车上的小包塞给冬青，也跟着走了。

那青年妇女惊讶地望着三人。

32. 柳树下 傍晚 外

秋风萧瑟，柳树枝条摇曳。

春生忽然跑来，在那棵柳树下停住脚步。

春生一手扶着树，远眺着，猛然大喊了一声。

春生：冬青——

声震河滩，喊声在夜空中久久回荡。

春生突然捶打起眼前的柳树，两手一拳接一拳地捶打着。

捶累了，春生两手抱住了柳树。

清凉的秋风从东北方向吹来，掀动着春生的衣角。

春生的脸紧紧地贴在树身上，双眼闪动着泪花。

（背景音乐）：

相思柳啊相思柳，
叶落枝干心不枯。
相思的人儿远离去，
深深的爱情藏心头，
藏呀藏心头。
相思的人儿难相见，
谁问心中忧与愁？
谁问忧与愁？
相思的人儿远离去，
相思何日是尽头？
何日是尽头？

33. 东北龙山林场 日 外

寒风呼啸，雪花飘飘。风雪中的山路上走着三个人。

山峦起伏，白雪皑皑，苍翠的松柏被白雪掩盖着。那一行三人走进了山下的林场。

堆积如山的圆木、方木及木板旁边，立着几排红砖瓦房。

前头引路的人指了指那几排房子。

34. 冬云家 日 内

屋中的煤炭炉上坐着一把大铁壶，壶水已经烧开，呼呼地冒着热气。

扎着围裙的冬云挽着衣袖正在切土豆，她边切边哼唱着歌曲。

冬云：北风那个吹，雪花那个飘，雪花那个飘飘，年来到……

敲门声响起。

冬云：（抬头）谁呀？

提着黑皮包的王一诚推开门。

王一诚：冬云，老家来人了！

王一诚领着老牛筋进屋。

冬青站在门外，风雪从门口扑入。

冬云：（放下刀，惊喜地上前）哟，是爹和青妹来啦！

老牛筋：几年没来，找不着路啦！幸亏碰上这个伙计。

冬云：（接过行李包）这是俺林场供销科的王科长。

老牛筋：（拍打着身上的雪）还是个官啊！你看，真不好意思。

冬云：（拿过条毛巾帮老牛筋抽打着身上的雪）王科长，您请坐。

王一诚放下皮包，坐在椅子上。

老牛筋也坐在王一诚旁边的椅子上。

冬云：青妹，咋不进家呀？

冬云走到门边，伸手将冬青拽进屋，帮她解下包头的围巾，看到了冬青脸庞上那道鞭痕。

冬云：（吃惊地）哟，这是咋啦？

冬青转过身，坐在一旁的小木凳上，手中仍提着那个小行李包。

冬云：（张罗着沏茶）王科长啊！俺那口子上山啦，中午说不定能回来。您就在这儿陪俺爹喝两盅吧！

王一诚：那好，那好！我刚从镇上买的下酒菜。

王一诚说着，从黑皮包中掏出猪肝、猪肠、猪耳朵等熟食和两瓶白酒搁在桌上。

冬云：（端起茶盘）还让您破费啦，王科长，您跟俺爹到里屋喝茶。

王一诚、老牛筋跟着冬云进了里屋。

冬云回来，将桌上的几袋熟食收拾到瓷盘中，搁到一个木盘上，放上两瓶白酒，端到了里屋。

冬云出来，带上了里间门。看到冬青缩肩的样子，她走到衣橱前拉开橱门，摘下一件黑呢子大衣，披在冬青身上。

冬云：这东北啊，屋外冷，屋里热。

冬青低下头，流下了眼泪。

冬云：是晕车啦？

冬云倒了一杯白开水，走到冬青跟前，伸手拿过冬青手中的小行李包丢到椅子上，将水杯放到冬青手中。

冬青两手捧着冒热气的水杯，低下头。

冬云麻利地将一口小铁锅刷干净，搁在煤炉子上。锅热了之后，冬云拿过油瓶倒油。油锅冒起烟，冬云将几片五花肉放入锅中，瞬间热气冲腾。

冬云转身将案板上的土豆块铲到冒着热气的油锅里，加上热水，盖好锅盖。

冬云擦了把手，摘下围裙，坐到冬青身旁。

冬云：老人谁不疼儿女？老家地里的活，姐姐是吃过苦头的。你若再嫁个乡瓜子，到啥时候才能熬出头哇！

冬青不语，手中杯里的水已经没了热气。

老牛筋开门走出来，他满脸涨红，敞着怀。

老牛筋：这关外的老酒是真厉害。

老牛筋：（站在屋中央，双手掐腰，甩了甩腮帮子）王科长这下酒菜越嚼越香……冬云，就在这林场给你妹找个婆家。

冬云：（起身拉上里门的门）爹，你看王科长这个人咋样啊？

冬青闻听大惊。

冬云：他家属今春病死的，还没找上填房，就是年龄大了十几岁……

老牛筋：女婿大了知道疼人。我不也比你娘大七八岁嘛！

冬云：人家可是个大科长哩，家里啥都不缺。青妹……你看行不？

老牛筋：甭问她！她看着行的，我还看不中哩！

冬青痛苦地闭上了眼睛。

老牛筋：（摇晃着坐到椅子上）甭想不开，等过上好日子，你就明白啦！啥叫享福，关外的老婆关里的牛！

老牛筋：（示意冬云）去，跟他聊聊，看人家愿意不！

冬云推门进屋。

冬青惊愕地望着，不知如何是好。

王一诚和冬云喜形于色地走出来。

王一诚：（点头哈腰地）我去买好酒，弄好菜，咱爷儿俩接着喝。

王一诚说罢，趺趺撞撞地开门走出去，门外扑进来一阵风雪。

冬云：王科长可真是个爽快人，一口应下来。人家还说要为冬青买呢子大衣，买块手表哩！

老牛筋满意地点点头。

冬青：（站起来，抖掉身上的呢子大衣，气愤地）爹呀，你们这是嫁女儿啊还是卖牲口啊！

老牛筋：（腾地站起，恼羞成怒）屁话！

冬青低头撞向里屋的门框，脑门上顿时鲜血直流。

冬云惊呼着扑上去，两手抱起冬青，揽在怀中。她一手从衣袋中掏出小手绢捂在冬青额头上，大声呼叫着。

冬云：冬青，冬青！我的好妹妹，你为啥就是想不开哩！

冬青：（断断续续地）送我……回……回家！

老牛筋郁闷地摇了摇头。

35. 王一诚家 夜 外

电灯发出昏黄的光。玻璃窗外是呼啸的北风和飘落的雪花。

床上躺着昏睡的冬青，她盖着鲜艳的花被，额头上包着纱布。

床边坐着冬云，冬云身后的桌上摆着刚用过的碗盘，碗盘中有残羹剩饭。

王一诚毕恭毕敬地站在床边，看着昏睡中的冬青。

冬云：（起身）你可要照顾好俺妹妹，千万别惹她生气。

王一诚：你放心云姐，在这个家里，她说啥是啥。

冬云包上头巾，裹紧棉衣，拉开了屋门。

王一诚跟在身后，送冬云出门，然后关死了屋门。

王一诚隔窗望着风雪中远去的冬云。

冬云消失在风雪中的黑夜里。

冬青：（断断续续地）春……生，春……生……

王一诚：（慌忙返回床边）什么生？

王一诚的眼神中透露出疑惑。

36. 苇河滩水库工地 日 外

工棚上挂着的一只大喇叭在播放歌曲。

（背景音乐）：社会主义好社会主义好，社会主义国家人民地位高。

初春时节，乍暖还寒，柳枝泛出鹅黄色。

河堤上那棵粗壮高大的柳树旁用苇席搭建了一个大工棚，棚顶上有一条横幅，写着：苇河滩水库工地会战指挥部。

苇河滩工地上彩旗迎风飘扬，运土的拖拉机、胶轮车、地排车、人力小推车来来往往，机吼车鸣，人欢马叫，一派紧张施工的场景。

二嘎子开着拖拉机穿梭在工地上。

春生、大牛、小强等青年推着装满泥土的小推车你追我赶，互不相让。

日落西天，晚霞挂在天边。

37. 工棚 日 内

最后一抹晚霞的光辉化作工棚内一盏马灯的光。春生坐在一把木椅上，两手捧着一只冒着热气的茶缸，借着马灯的光线看着工棚墙上挂着的一张“苇河滩远景规划图”出神。

工棚外停放着各类车辆及施工工具。

春生端着茶缸走出工棚，一手扶着垂柳。

（闪回）

38. 柳树下 日 外

冬青：我等你！

春生：（回头望着冬青）等我！

冬青：我等你！

春生：等我！

（闪回完）

39. 工棚前 日 外

春生：（自语）建设新家乡的大幕拉开了，这个队伍里就差你啦！

苇天祥提着一盏马灯走来。

苇天祥：春生，今晚我来值班，你回去歇着吧！

春生：河滩上夜里湿气大，您落个腿疼腰疼的，我咋向俺大娘交代。

苇天祥：咳咳……俺老胳膊老腿的，没那么娇气。

苇天祥说着，将马灯挂在工棚前，灯光照着一老一少的脸。

苇天祥：（坐在一张板凳上，掏出旱烟袋装烟）群众把咱爷儿俩推上台，咱怎么也得干出个样子来。

春生：（拉着苇天祥坐在木椅上，自己坐板凳上）刚才我就琢磨，修好了水库，咱就旱能浇，涝能排了。可是，不能只从坷垃缝里刨食吃啊！得利用现有资源，像您曾计划过的，办个砖瓦场、编织场、养殖场，栽上几百亩果树，办果品加工厂。等积累下资金，再办几个像模像样的企业，让我们苇河滩像城市一样。

苇天祥：（点燃烟袋锅，吐出一口烟雾）前几年，我也是这么想。可让那东一阵西一阵的风吹黄了。你就放开手脚，大胆干吧！大伯给你撑着腰。唉，个人的事你也得抓紧点儿，刚才你娘找我了，说老牛筋、苇大功爷儿俩给你提亲哩！

春生：老牛筋，他提谁？

苇天祥：前屯的秀美。我听说，那姑娘挺泼辣能干的，还是冬青的姨表妹哩！

春生：（摇头）前几年……还不是他棒打鸳鸯！

苇天祥：哼，一个是典型的势利眼，一个是刚被群众赶下台的村干部！可话说回来，你娘跟前得用人呀！

春生：大伯，常言说，玉里掺沙必焚坏，婚姻里掺假没有爱。

苇天祥：嘿嘿，啥爱不爱的，婚姻就是娶媳妇！我娶你大娘时，连她的影子也没见过，这不也热热乎乎过了大半辈子啦！

春生低头沉思。

春生娘、老牛筋、苇大功寻着灯光走来。

春生娘：春生，你大叔跟你大功哥等你半天啦！

春生：（站起来望着老牛筋）你爷儿俩有事？

老牛筋：天祥大哥，春生侄子。

苇大功：（拉了拉老牛筋）叫主任。

老牛筋：啊……春生主任，这……这……

苇大功：（上前）是这样，春生主任，前几年俺叔不是把冬青送走了嘛！老觉得对不住你，这是他的一块心病。这不，他打定主意把秀美嫁给你，将功折罪。

春生：（打断）你也是当过村干部的人，这话也说得出口？

春生娘：你大叔和你大功哥也是好心哩！

老牛筋：老嫂子，过去那事啊，都怨我这老脑袋瓜子……

春生娘：他大叔，别老提那茬儿，还不是穷怕了嘛！你说呢他大伯？

苇天祥：嗯，嗯！

春生娘：他大伯，你看他大叔和他大哥说的这事行不？

苇天祥点点头。

春生娘：（对春生）你大伯眼力准没错，他说行就准行。

春生：娘——

春生娘：他大叔，他大功哥，俺得谢谢你爷儿俩操心哩。俗话说，成不成酒两瓶，我先回去打酒买菜，他大伯，你陪着媒人到俺家喝两盅。

春生娘说完，抬脚走去。

春生：（望着娘的背影）唉……真是亲娘！

一旁的苇天祥吐着烟雾嘿嘿直笑。

苇大功：（傻笑）嘿……嘿嘿……

老牛筋拉了一下苇大功，二人匆匆离去。

春生踱到垂柳前，上下打量着，突然咳了一声，一拳打在垂柳上。他将头靠在树身上。

40. 王一诚家 夜 内

昏黄的灯光下，冬青坐在桌前，打量着手中的那截柳枝，两颗泪珠从脸上滚落。

冬青放下柳枝，拉开抽屉，拿出纸笔。她铺开纸，挥笔写下：亲爱的春生。

冬青停住笔，又陷入沉思。

门外闪过王一诚的身影。

王一诚隔窗望着冬青。然后轻轻推开门，悄悄走到桌前。

王一诚伸出手，一把抢过信纸。

王一诚：亲爱的春……

王一诚：（脸由红变紫，声嘶力竭地）好你个臭婊子，我说七八年了你还不给我怀孩子，原来还没忘掉你那个野男人！

王一诚欲撕掉信纸，突生一计，将信折起来，拿着信甩门而去。

门外依然是风吹雪舞。

冬青低头伏在了桌上。

（闪回）

41. 柳树下 日 外

冬青：我等你！

春生：（回头）等我！

冬青：我等你！

春生：（回头）等我！等我！

（闪回完）

42. 王一诚家 夜 内

一只手抚摸着冬青的肩头。

冬青惊醒，扭头一看，是冬云。

冬云：唉，青妹子……

面无表情的冬青慢慢转回了头。

43. 春生家 日 外

春生家院子里锣鼓喧天，唢呐欢快地吹奏着《百鸟朝凤》。

门上贴着喜联和大红的喜字。院中挤满了贺喜的人们。

（画外音）春生：“五一”节，给社员们放了三天假，让干了一个春天的社员们换洗换洗衣服，马上就要进入“三夏”大忙季节了。趁着放假，我也给娘把媳妇娶回家来。

身穿新衣的春生、秀美胸前戴着大红花，正在举行拜堂仪式。

二嘎子：现在举行新婚典礼，第一项，新郎新娘向伟大领袖毛主席像三鞠躬。

春生、秀美一齐弯腰鞠躬。

二嘎子：第二项，请证婚人向新郎新娘赠送新婚纪念品。

苇天祥拿着两本崭新的《毛主席语录》走到新郎新娘面前，送给他俩一人一本。

二嘎子：新郎新娘向证婚人鞠躬。祝老书记身体健康！祝苇河滩前景辉煌！

春生、秀美一齐向苇天祥鞠躬。

二嘎子：请证婚人发表新婚贺词！掌声欢迎！

众人掌声雷动。

苇天祥：我说三句话，第一句，希望新郎新娘孝敬老娘；第二句，希望新郎新娘夫妻和睦，团结一心，共同为咱苇河滩献力量；第三句，希望你们夫妻二人早得贵子，为社会主义培养新的接班人。

二嘎子：掌声祝贺！

众人又爆发出一阵雷鸣般的掌声。

二嘎子：第三项，夫妻对拜。一鞠躬，小两口热热火火甜蜜蜜。

众人大笑。

呆呆的春生与秀美对拜。

二嘎子：再鞠躬，小日子红红火火如日升。

众人欢呼。

春生机械地与秀美对拜。

二嘎子：三鞠躬，明年要把儿子生。

众人掌声雷动，欢呼跳跃。

脸色通红的秀美与面无表情的春生对视了一下，春生的目光随即垂下。

二嘎子：第四项，新郎新娘入洞房！

大牛、小强等人尽情地敲着锣鼓。

吹鼓手们卖力地吹奏着。

锣鼓声、唢呐声由强变弱，渐渐远去……

44. 新房 夜 内

八仙桌上燃着两只红蜡烛。

春生端坐在桌边的椅子上，扫了一眼坐在炕沿上的秀美，又将目光移开。

秀美：（不满地）丁春生，你咋不正眼看我？

春生：刚才不是看了吗？

秀美：那是看吗？那是扫！

春生起身走到炕边，脱掉鞋子，往炕上一躺，拉过被角搭在了身上。

秀美看着，面生愠色。

45. 院子里 日 外

唢呐声声，锣鼓喧天。

穿着新衣的春生与盖着红盖头的新娘对拜。

春生牵着新娘进入洞房。

新娘坐在炕沿上，春生走过去，揭开了新娘的红盖头，冬青笑着站起来，与春生拥抱……

46. 新房 日 内

（画外音）春生娘：起来吃饭吧春生，米饭熟了。

春生一下坐起来，摇了摇头，让头脑清醒。

他看到了在旁边蒙头大睡的秀美，躬起身，轻轻跳下炕。

47. 苇河滩水库大坝 日 外

已经建成的水库大坝上，红旗招展，锣鼓喧天。

水库中碧波荡漾。

河堤上的垂柳随风摇曳。

新搭建的主席台上，一条横幅格外醒目：苇河滩水库竣工典礼。

春生、二嘎子、大牛、小强正兴高采烈地敲着锣鼓。

全村男女老少聚拢过来。

秀美跑过来，焦急地上前夺过春生的鼓槌。

鼓声戛然而止。

秀美：你还在这里瞎闹啥！天祥大伯说公社领导马上到了，让你赶快准备准备发言稿哩！

二嘎子：要你这家庭秘书吃干饭呀！

秀美：咱可没喝那墨水。

秀美抡起鼓槌敲起来，鼓声又起。

春生刚走出几步，抬脸见马主任、杨秘书骑着自行车过来，后边跟着七八个民兵。

春生疑惑地迎上前。

马主任、杨秘书骑到主席台前，停车落锁。

春生跟过来。

马主任自顾自地掏出香烟点着，眼皮也不抬。

马主任：怎么没见大功同志？

苇大功：（从苇席棚后闪出来，受宠若惊地）马主任……嘿嘿！您找我？

马主任：（打量苇大功破旧的衣装）大功同志，这么艰苦朴素啊？还是光棍一个吗？

苇大功：是，主任，谢谢领导关心。

苇天祥也从一旁走过来，他嘴上叼着旱烟袋，诧异地看着。

杨秘书：（指责）你们村干部太不上心了，为无产阶级革命立过功的同志，咋不给介绍个对象呢?

马主任:(扔掉烟头)大功同志,你来主持今天的会!

苇天祥:(磕掉烟灰,走上前)马主任,黑白你可要分明,干社会主义光荣!

马主任:苇天祥!昨天晚上难道你没听到吗?不要资本主义的苗!

春生:(跨前两步)马主任,我问你个事,难道让大家饿肚子、光屁股才是好领导?

马主任张了张口,却换了话题。

马主任:真是巧得很啊!八年前,也是在你们苇河滩,我抓了一个典型;今天,还是在这苇河滩,又抓了个典型,这难道是偶然的巧合吗?

秀美:(战战兢兢地)领导……难道我们干错了?

杨秘书:苇天祥、丁春生,根儿就在你俩身上,赶快低头认错!

苇大功:(狐假虎威地)赶快低头!

二嘎子:(对大牛、小强)这小子又狗仗人势哩!

春生:我们干了三个冬春,建成苇河滩水库,难道干的不是社会主义?几年来,全公社就属我们苇河滩大队交的粮多,这是罪过?

马主任:要害就在这里!你不突出政治,产量越高,罪恶越大。

杨秘书:(恶狠狠地)丁春生,你还敢嘴硬!

秀美:春生啊!你就赶快向领导认错吧!

苇大功:不准你乱动!

刘棒子、小瘪三:(从人群中挤出来,狐假虎威地)不准乱动!

马主任:看看你们苇河滩,见不到一块语录板。

苇大功:(举手带头喊口号)我们决不答应!

刘棒子、小瘪三:决不答应!

大牛、小强、二嘎子围在了刘棒子他们身后。

苇天祥:(摇头)都成穷光蛋就好啦!

二嘎子:(愤愤地)穷光蛋,穷光蛋,国家给钱,公社管饭!

杨秘书:苇天祥!你这是什么态度?还认识不到你错误的严重性啊?

马主任:你和丁春生已经是罪人了!

春生:我犯了什么罪?我要向上级申诉!

马主任:(恼羞成怒地)我宣布将苇天祥、丁春生押回公社,反省检讨。由苇大功同志主持苇河滩大队的工作!

苇大功:感谢领导信任!

春生：（大义凛然地）苇河滩千错万错与苇天祥毫不相干，我丁春生一人承担！

马主任：带走！

春生：（上前握住苇天祥的手）您多保重！（对大牛等人）把老书记送回家去！

大牛、小强、二嘎子等十几个青年护在苇天祥周围。

马主任：带走！

两个民兵拧着春生匆匆离去。

马主任、杨秘书推车离去，其他民兵也簇拥着走去。

苇天祥、二嘎子等人：春生！

秀美：（瘫倒在地）春生，你这个不识相的倔驴！

苇大功：（上前拉扶）美美——

苇天祥：（几步走过去挡开）走开，不用你关心！（对围上来的二嘎子、大牛、小强）把秀美送回家。

秀美：（抡胳膊）都走开，俺要同这个不识相的倔驴离婚！

人们嗤之以鼻，四散走开。

苇大功再次上前拉扶，秀美将手臂搭上苇大功的肩。苇大功扶着秀美一步步离开。

48. 河堤 日 外

春生娘坐在柳树下抹眼泪。

苇天祥走来，蹲在春生娘旁边，掏出烟袋锅装烟。

春生娘：这叫什么事啊，像一场噩梦！

苇天祥吐出一口烟雾，望着远方，眉头拧成了疙瘩。

老牛筋路过，看了看二人，扭脸甩步离开。

49. 柏油路 日 外

一辆崭新的公共汽车行驶在宽阔的柏油路上，车厢喇叭里播放着《年轻的朋友来相会》。

（背景音乐）：

年轻的朋友们，今天来相会，

荡起小船儿，暖风轻轻吹，
花儿香鸟儿鸣，
春光惹人醉，
欢歌笑语绕着彩云飞。
……

车上坐满了乘客，齐耳短发的冬青穿着鱼肚白衣衫，坐在乘客中间，她望着前方，渐渐陷入十年前的回忆之中……

（闪回）

50. 土路 日 外

上高中的冬青与春生穿着长裤短衫，畅快地骑行在返家的土路上。风吹着他们的衣衫，吹动着冬青乌黑油亮的大辫子。

天气突变，乌云滚滚，电闪雷鸣……

春生：到那家门洞避避雨吧！

冬青点头。他们一起来到路边一户人家的门洞里。

突然间，狂风大作，暴雨如注。

顷刻间，路面上积水如溪。

门洞里的春生、冬青忧虑地望着路面上流淌的雨水。

狂风过后，雨渐渐小了。

春生脱下短衫，搭在冬青头上。

穿着背心的春生挽起裤腿，扛起自行车，走向泥泞的土路。

冬青跟在后边。

泥巴粘下了春生的一只鞋子，春生赤着一只脚继续向前走。

冬青弯腰提起那只沾满泥巴的鞋子，跟了上去。

（闪回完）

51. 柏油路 日 外

冬青专心致志地注视着前方。

公共汽车在路上飞驰而过。

52. 苇河桥头 日 外

汽车驶过苇河大桥，停在码头上。冬青提着一只新颖的皮包，轻步迈下车。她那件鱼肚白衣衫，衬得她身材更加修长。

她望向不远处的堤岸，急匆匆地走上河堤。

（画外音）冬青：终于结束了多年的噩梦。王一诚因行贿受贿罪被判刑，也结束了我们的婚姻。我参加高考，考上了北京广播学院。转眼四年过去了，毕业后，我被分到了省广播局。还没报到，我就赶回家来了。回来看看我日思夜想的苇河滩。

冬青边走边望着河堤上的柳树。

（画外音）冬青：我梦中的那棵柳树，你长得更高更壮了吧。

冬青走在水库大坝上，水库中碧波荡漾，可见鱼儿自由来往。

冬青停下脚步，站在水库大坝上望着远方。

远处，原来荒凉的苇河滩，现在已是楼房林立，果园片片，藕池连着鱼塘……

（背景音乐）：

相思柳啊相思柳，
相思的人儿柳下走。
相思的人儿难相见，
谁问心中忧与愁？
谁问忧与愁？
日日听到羊儿叫，
夜夜梦到河水流，
梦到河水流。
羊儿咩咩鸣耳畔，
河水哗哗流心头，
流啊流心头。

冬青望着，看着，笑着……

冬青迈开步伐，大步向前走着。

53. 岔路口 日 外

前面出现了一个岔路口，一边通向村里，一边通向那片林立的厂房车间。

冬青迈步朝通往村中的方向走去。

冬青刚走出几步，一辆黑色轿车驶向了通往厂房的那条路，刚走过十几米，轿车吱的一声停住了。

车窗玻璃摇下。

司机：冬青姐？

冬青听到喊声，猛地回头。

司机：是冬青姐！

司机打开车门，迈下车。

司机摘下了墨镜，是二嘎子。

车门打开，西装革履的春生迈下车。

春生迈步走向冬青。

冬青：（吃惊地）春……

春生走到冬青面前，伸出手。

冬青也向前迈了一步，缓缓地伸出手。

春生：苇河滩……终于把你盼回来了！

冬青：（笑笑）哦，我回家了！

（背景音乐）：

日日听到羊儿叫，
夜夜梦到河水流，
梦到河水流。
羊儿咩咩鸣耳畔，
河水哗哗流心头，
流啊流心头。

54. 苇河滩开发总公司 日 外

宏伟的苇河滩开发总公司大门，门口一旁雄伟的立柱上刻着公司的全称。

院子中矗立着十几栋楼房。

院子的花坛里栽满了各种花卉及各类树木，最多的是冬青树。院子里满是一排排修剪整齐的冬青树。

55. 养殖场 日 内

鲁北大黄牛养殖场中，苇天祥正带着几个老年人向牛栏中添加饲料。

黄牛养殖场旁边还有鲁北大黑驴养殖场，鲁北白山羊养殖场，“宫廷黄”肉食鸡养殖场，“童子健”肉食鸡养殖场，一排排的藕池和一排排的鱼塘……

56. 编织厂 日 内

编织厂中有苇编车间，妇女们正忙着编芦席。

草编车间，妇女们有编玉米芯草辫的；有缝制草编地毯的；有缝制草辫包的，包上有各种花红柳绿的图案。

柳编车间，秀美正在和大家一起编织柳条篮、柳条筐、柳条盘等各类柳编工艺品。

57. 砖瓦厂 日 内

砖瓦厂车间里，大牛正带领年轻小伙子们制作砖瓦泥胎。

压瓦机隆隆地转动着，瓦模子咔嗒咔嗒地吐出一块块光亮的泥瓦胎，泥瓦胎在流水线上传送着。

压砖机隆隆地转动着，砖模子咔嗒咔嗒地吐出一块块整齐的泥砖胎，泥砖胎在流水线上传送着。

大牛和伙伴们的工装已经溻湿，但人人精神饱满，干劲十足。

58. 果树林 日 外

夕阳为一片片果树镀上了金辉。

果树枝头，果实累累。

葡萄种植基地中，葡萄架上的葡萄，似一串串珍珠玛瑙累满枝头。

59. 果品车间 日 内

小强带领员工们加工各类水果罐头。

流水线上输送着成品水果罐头。

60. 会议室 夜 内

明亮的灯下，总公司正召开着分公司经理会议。

春生坐在中间，苇天祥、大牛、小强、秀美分坐在两边。

春生：这次全省经贸洽谈会上，苇天祥大伯的养殖公司成效最好。他们真空包装的“鲁北黄牛肉”及“鲁北山羊肉”与俄罗斯、加拿大签订了大批出口协议；“宫廷黄”和“童子健”肉食鸡同德州扒鸡总公司签订了正式合同，我们产多少，他们全部包销；“鲁北大黑驴”则由东阿阿胶厂包销。刘秀美同志的编织厂的产品与韩国、日本签订了出口合同；刘小强的果品罐头销往吉林、黑龙江等省。眼下看来，苇大牛的砖瓦厂急需加把劲，我们当地的砖瓦需求已经饱和。所以，要尽快扩大建筑公司的规模，提高质量，从县城打入省城的同时，把我们的产品也带进省城。以后，砖瓦厂这边由副经理主持工作，苇大牛同志要把主要精力放在建筑工地及建筑质量上……

苇大牛：（点头）好的！

春生娘出现在会议室门口，向春生招手。

春生忙起身，走过去。

春生娘：（向苇天祥招手）他大伯，你也过来！

61. 总经理办公室 夜 内

春生把春生娘领到办公室，给她倒了杯水递过去。

苇天祥：有急事？你可是咱们公司的稀客哩！

春生娘：老牛筋、苇大功爷儿俩又去咱家保媒呢！

春生：（诧异地）谁？

春生娘：是冬青，人家都大学毕业啦！

苇天祥：（惊喜地）是嘛！我就感觉他俩是有缘分哩！真是太巧了。

春生娘：是啊，他大伯，您说巧，就是巧。春生，听你大伯的。他说行，就一准行，就这样定啦！

门外闪过二嘎子的影子。

62. 会议室 夜 内

二嘎子笑着趴在大牛耳边悄悄说着什么。

大牛听了，咧嘴笑了。

大牛：（拉起小强）走，走！还开什么会？天大的喜事来啦！

大牛、二嘎子、小强一起跑出去。

秀美：（莫名其妙地自语）啥天大的喜事啊？

63. 总经理办公室 夜 内

大牛等人拥到春生的办公室。

大牛：老书记，我们提议，全公司放假三天，娶媳妇，办喜事！

苇天祥：（思考）我看，还是喜事新办吧！

春生娘：行！都听他大伯的。

春生娘说完，起身走出门。

二嘎子：（跟出）大娘，天黑不好走，我去送你！

春生娘：不用。这苇河滩，你大娘来来回回走了四十多年啦！从没跌过脚。

大牛、小强也走出去。

苇天祥掏出了旱烟袋。

（画外音）春生：冬去春来，寒来暑往。冥冥中我在等待着什么，一年年地在等待中过去。等待什么呢？哦，原来是等我最爱的人哪！自那次被民兵带走后，秀美就和苇大功走到了一起，尽管她后来又多次向我示爱，但那已经是不可能的事了。不过，她的编织技术及工作上的能力，在苇河滩是不可替代的。按照老书记的意见，我和冬青简单地办了婚事……

64. 苇河滩大酒店 日 外

欢庆的锣鼓声，喜悦的唢呐声……

苇河滩大酒店前，年轻的小伙子们欢快地敲着锣鼓。

十几个吹鼓手卖力地吹着唢呐。

兴高采烈的男男女女、老老少少围在店前广场上观看。

65. 酒店 日 内

婚礼大厅，贴着大红喜字的幔帐下，一边坐着春生娘，一边坐着老牛筋，二人胸前别着红花，笑逐颜开，喜气洋洋。

台前围坐着十几桌参加婚礼的村民，秀美、苇大功也在其中。

装扮时髦的二嘎子出现在台上。

二嘎子：丁春生、苇冬青的婚庆典礼现在开始，欢迎新郎新娘闪亮登场！

西装革履、意气风发的春生挽着花枝招展的冬青从幕后款款走出来。

大牛、小强等人朝新郎新娘喷射着花筒，五颜六色的彩片洒落在新郎新娘身上，人们欢呼雀跃。

二嘎子：新郎新娘拜堂成亲！一拜天地！

春生、冬青向台下的众人鞠躬。

二嘎子：再拜高堂！

春生、冬青转过身，一起向台上坐着的两位老人鞠躬。

二嘎子：（走到春生娘跟前）大娘！媳妇好不好？

春生娘：好！

二嘎子：要夸媳妇好，您老掏红包。

春生娘掏出了红包。

二嘎子：从现在开始媳妇就改口叫妈了，媳妇叫声妈，您赏一千八！

春生娘：（笑嘻嘻地）里面有两千八哩！

二嘎子：两千八，连叫两声妈。

冬青：妈，妈！

春生娘：哎！

众人大笑。

二嘎子：媳妇进了门，奶奶抱孙孙。你愿意抱孙子就举右手，愿意抱孙女就举左手。

春生娘：（同时举起双手）孙子孙女都要！

二嘎子：您老想要双胞胎啊！总经理任务重了，自个儿加油吧！（走到老牛筋跟前）老泰山，女婿好不好？

老牛筋：（笑嘻嘻地）好！

二嘎子：女婿帅不帅？

老牛筋：（连连点头）帅！帅！

二嘎子：女婿长得帅，你赏两千块。掏红包吧！

老牛筋点着头掏出了红包。

二嘎子：你愿意让新郎叫泰山还是叫老丈人？

老牛筋：叫岳父呗！

二嘎子：女婿叫岳父，再加一千五！

老牛筋：包里有四千呢！

二嘎子：不好意思，让你破费啦！

二嘎子伸手拿过红包，塞给了春生。

春生随手又塞给了冬青。

二嘎子：不对呀！还没进门哩就交权啊！（对台下）上来两个帮忙的，下面进行第三拜。

大牛、小强闻声跑上台。

二嘎子：夫妻对拜头碰头，好日子一步一层楼！

春生、冬青头面对面，但还有些距离。

大牛、小强一人拉着一个往中间碰，嘭的一声两人碰到了一块儿。

春生和冬青同时摸着自个儿的脑门。

二嘎子：夫妻对拜口对口，事业爱情双丰收！

春生、冬青对着笑，谁也不好意思往前凑。

大牛、小强推着两人凑到一起，因春生高了一截，嘴亲到了冬青的脑门上。

二嘎子：不算数，要口对口！

大牛往下按了按春生，将两人的嘴凑到了一起。

大牛、小强使劲按着两人的后脑勺不松手。

二嘎子冲着台下鼓掌。

台下的人们鼓掌、呐喊、欢呼着。

人群中的秀美低下了头。

66. 新房 夜 内

春生：（拿出那件鱼肚白衣服）给，物归原主。

冬青笑着接过，双手捂在胸前。

春生拿过公文包，掏出那截干枯的柳枝，递给冬青。

冬青放下衣服，拿过了自己的皮包，拉开，掏出了一截柳枝，与春生的放在了一起。

二人相视一笑，紧紧地拥抱在一起。

两人甜蜜地亲吻着。

67. 水库大坝 日 外

大坝的柳树下停着一辆黑色轿车，戴着墨镜的二嘎子站在车边。

腋下夹着皮包的春生与挎着女士皮包的冬青一起走来。

他们在柳树下停住。

二人同时抬起头，仰望着他们爱情的见证。

风吹树摇，柳枝婆娑。

他们深情地望着，会心地笑着。

（背景音乐）：

相思柳啊相思柳，
相思的人儿柳下走。
相思的人儿终相见，
解去心中忧与愁！
解去忧与愁！
心中几多深深的爱，
深深的爱情藏心头，
藏呀藏心头。
痴情换得真心在，
深深的情意水长流，
水呀水长流。

冬青拉开车门，迈进轿车。
春生上前为她关好车门。
二嘎子上车。
春生笑着，扬起手为他们送行。
轿车鸣笛远去。

五、信仰如初

片　头

七月的鲁北，一座新兴的现代化城中满是鳞次栉比的楼房。纵横于市区的街道宽阔、敞亮，川流不息的车辆来来往往。

青草如茵，绿树滴翠，鲜花绽放。

（背景音乐）：

党是红太阳，
儿女如春天。
太阳照着春天绿，
春天映着太阳暖。
太阳照大地，
春到儿女间。
红红的太阳，
暖暖的春天。

1. 市委会议室 日 内

会议室墙上有一面鲜艳的党旗。

室内上百名新党员正在进行入党宣誓。

他们一个个庄严肃穆。那是最真诚的心灵所特有的面孔。

其中有一位五十五岁，满头银灰发的女士。

（画外音）：她就是本剧主人公张星。

她脸上刻着历史的磨难和沧桑。

此时的张星激动异常，为了这一天，为了这幸福的时刻，她期盼、奋斗了整整三十五年。

2. 复旦大学阅览室 日 内

风华正茂的大学生们正坐在阅览桌前聚精会神地阅读着报刊。

墙角，一位女生的脸被一本鲁迅的《呐喊》遮住了。

略显成熟的赵茂金手握一本卷起来的杂志走来。他伸手拉开了遮住女生脸庞的书，露出了女生白皙、英气的脸庞和一双炯炯有神的眼睛。

赵茂金：（低声而庄重地）组织指示我们大学生分批赴华东党校学习。

张星：（双目放射出难以抑制的神采）我报名！

赵茂金点了点头。

3. 浦江码头 傍晚 外

暮色中，扮作新婚夫妻的张星、赵茂金走上码头。

赵茂金提着一只皮箱，张星提着一只手包，另一只手挽着赵茂金的胳膊。

他们走到客轮边时，被警察挡住了。

赵茂金：（从衣袋掏出证件亮给警察看）市政府的，刚完婚，回南京探亲。

张星故意使劲拉了拉赵茂金的胳膊。

警察审视着他们，无奈地挥了挥手。

4. 黄浦江上 日 外

张星、赵茂金登上了泊在黄浦江边的客轮。

客轮起航，沿黄浦江顺流而下，渐渐将灯火阑珊的上海市区抛在身后。

客轮上，张星、赵茂金迎风伫立船头。

赵茂金深情地注视着张星。

少女的羞涩溢上张星的面庞，她将涨红的脸转向一旁，目光移向层浪叠涌的江面。

江水的浪潮向客轮涌来…

（画外音）张星：我们在苏北的华东党校接受了一年的培训，我加入了共青团，结业后没有再回上海，而是响应支援新解放区的号召，我和赵茂金一起来到了鲁北的古城。他担任了县公安局的指导员，我任县团委副书记，我们结婚成家，并积极投入到新解放区的建设中。

5. 鲁北古城郊区 日 外

夏天，浑黄的徒骇河浊浪滚滚，堤漏水溢，淹没了农田，冲垮了房屋。

赵茂金同高挑的县委书记李云岭带领民警、民兵堵堤抢险。

李云岭：茂金同志，我到前边看看。

赵茂金：（肩上扛着装满土的草袋子，将草袋子搁在堤口）放心吧，李书记，这儿有我呢！

赵茂金：（挥手）同志们，加快步伐！

6. 村头 日 外

村口，张星同妇委会主任刘英、青年干事小于及村中的青年组织群众转移。

他们踏上出村的乡路，水已经没到了膝盖。一个老大娘跌坐在水中挣扎着呼救。

张星、小于疾步跑过去，弯腰扶起落水老人。张星背上老人，小于在后面托着老人，一起向前走去。

（画外音）张星：我们积极组织群众抗洪救灾，工作开展得如火如荼。我刚向党组织递交了入党申请书，但是做梦也没想到，一盆凉水迎头向我泼来……

7. 古城县委 日 内

一个青砖青瓦的大院子。办公室内，李云岭将一封检举信丢在办公桌上。

李云岭：省里转来的，黑牛山合作社检举张星在大学时加入了“三青团”。

赵茂金：（吃惊地）李书记，这是不可能的！我是上海组织在复旦大学的联络员，我可以作证。

李云岭：（生气地）你做什么证？她还是富农成分呢！

赵茂金：可是……她赴华东党校学习和到新解放区来工作都是自觉自愿的，而且，她现在工作积极，连孩子也顾不上照顾……

李云岭：那是假装积极，掩人耳目！

赵茂金：她目睹了旧中国的腐朽，看到了解放区的光明，放弃了优越的大学生活，积极跟着组织走……

李云岭：赵茂金，你是工人子弟，又是公安干部，天天挨着糖衣炮弹睡觉，还为她狡辩，立场、斗志都哪儿去了？

赵茂金：（喃喃地）我是了解她的……

李云岭：马上离婚，遣返原籍，接受改造。再执迷不悟，连你一同遣返！

李云岭气冲冲地走出办公室。

赵茂金一屁股蹲在板凳上。

（画外音）张星：我刚刚参加新解放区的工作，是我工作不努力吗？我要继续工作呀！我还要争取加入党组织呢！

8. 城外大柳树下 夜 外

中秋夜，一轮金黄的圆月挂在天上。

坐在城外大柳树下的张星望着天上的圆月，抬起双手拢了拢被秋风吹乱的短发。

远处是古城朦胧的轮廓和昏黄的灯光。

（画外音）张星：中秋夜，月儿圆了，人却要离别了。

小路上急急走来一个身影。

走近了张星才看清是赵茂金，他怀里抱着两个月大的儿子，急匆匆地赶来。

张星：（站起来）茂金——

赵茂金：（走到树下，收住脚步）张星——

张星双手接过孩子，急切地亲着，孩子哇一声哭了。

张星坐在树下给孩子喂奶。

赵茂金蹲下身来。

张星看到赵茂金满脸是汗，掏出手帕为他擦着。

赵茂金掏出离婚证，划火点燃。转眼，离婚证化为灰烬。

赵茂金：回去尽快把问题弄清，我和孩子等你回来。

张星点点头，流下酸楚的泪水。

9. 黑牛山 日 外

巍峨的黑牛山下是白浪翻卷的白马河。

山路上，张星头包花格毛巾，同社员们一起挑肥上山。

10. 白马河边 日 外

女社员们正在说笑着洗晒衣服，张星也在其中。

王母：二妮，这星娃子咋也不像个坏人呀！

二妮：还不知啥虫子作怪哩！

王母：（摇头）啧啧——

女丫挎着草筐，牵着一只青山羊跑来。

王母：（仰起脸）女丫，你不去坡上放羊，跑这儿来干啥？

女丫：星姐姐，有人给你寄东西来啦！在社里呢！

张星：（仰起笑脸）哦，女丫。

11. 合作社办公室 日 外

一座青砖青瓦的院子，门口一边挂着“黑牛山农业合作社”的牌子。

张星将邮包紧紧捂在怀中，边看着拆开的信边走出门楼。

（画外音）赵茂金：我和孩子都好，不要挂念，要好好劳动，接受改造，争取早日归队……

高一明跟出门楼，贪婪地盯着张星的背影。

高一明点燃一根烟，将火柴摇灭，扔到门旁。

他吐出一口青烟，烟雾遮住了他的脸庞。

烟雾渐渐消散。

12. 合作社办公室 日 外

漫天飞雪，天昏地暗。

挑肥归来的社员们担着空筐走到门楼前。

张星、王黑牛、二蛋、二妮都在其中。

门楼旁的牌子已经换成了“黑牛山高级农业生产合作社”。

二蛋：（望着牌子）高级社，不高产，高社长空口往上填，三百报成两千三，一下子翻了七八番……

二妮：天不高产嘴高产，大风刮得天旋转。

张星：（对王黑牛、二妮等青年）这不是欺骗组织嘛，走，找他们去！

众人跟着张星拥入门楼。

13. 合作社办公室 日 内

高一明捂着茶杯，看着拥进来的人群目瞪口呆。

张星：高社长，你为什么虚报？

王黑牛：这家伙就是靠吹和骗当官。

二妮：（冲着高一明）呸！

高一明：（缓过神）王黑牛，你小子要有立场，咋同坏分子穿一条裤子呢？

王黑牛：你诬赖！

高一明：（站起来转向张星）你是什么人？在我面前指手画脚！你只有老老实实接受改造，否则……嘿嘿！

张星张了张嘴，有口难言。

二妮：呸！谁是坏分子？谁心里有鬼都明白！张星姐，咱走，不理他！

众人转身向外走。

高一明：（恶狠狠地）谁不擦亮眼，谁就吃亏上当！

二蛋：（转身）原来她是坏分子呀！我才不跟她一路呢！

高一明：还是二蛋觉悟高，我提拔你为民兵小组长。

二蛋：（傻呵呵地）哈哈。

高一明：嘿嘿……

（画外音）张星：我知道他那“否则”后面是什么。为了早一天归队，我不得不暂时“妥协”。谁知那高社长却当我软弱可欺，变本加厉地欺负我……

14. 合作社办公室 日 外

女丫挎着草筐，牵着青山羊，路过合作社办公室的高门楼。

高一明：（悄声）女丫，告诉你星姐姐来拿信。

女丫眨巴着眼。

15. 合作社办公室 日 内

高一明摇着扇子喝茶。

张星：（兴冲冲地进屋）我的信呢？

高一明：（慢悠悠地）是给领导的信。破个例，给你看看吧！

高一明拉开抽屉，拿出一封已开封的信丢在桌子上。

张星忙上前捡起信封，抽出信笺，将信笺展开。

张星：（不自觉地念出了声）经过领导耐心的教育，我终于擦亮了眼睛。

请社长转告张星，在组织的关心帮助下，我又找到了革命伴侣，找到了真正的爱情……

高一明满脸得意。

张星脸色由白变黄，似挨了当头一棒，信笺从她手中脱落。

高一明丢下扇子站起来。

张星一阵眩晕，瘫倒在地。

高一明：（匆忙上前，一手挽着衣袖）张星，你干脆跟了我吧……

高一明扑向张星。

张星惊醒，举手朝高一明的脸上扇了一耳光。

张星：滚开！

16. 院墙边 日 外

透过墙的缝隙往里观望的女丫，突然丢下草筐，朝大路上跑去。

青山羊抬起头，发出咩咩的叫声。

大路边，收工归来的王黑牛、二妮、二蛋等人兴冲冲地走着。

女丫跑上前，同二妮说了什么。

王黑牛、二妮、二蛋、女丫跑向办公室。

17. 合作社办公室 日 内

张星拼力同高一明搏斗着，她已是气喘吁吁。高一明两手卡住张星的脖子，将张星摁在了地上。

王黑牛、二妮、二蛋飞步跑进屋。

王黑牛飞起一脚踢在了高一明的后背上。

高一明回头一惊，松开了双手，抬头看着来人。

二妮扬起手打了高一明两个耳光。

高一明狼狈地爬起身，二蛋忙上前拉了他一把。

王黑牛、二妮弯下身搀扶张星。

二妮将昏迷的张星扶上王黑牛的肩头。

王黑牛背起张星，二妮、女丫在后面托着，几人气冲冲地走出办公室。

（画外音）张星：赵茂金再婚我没有理由抱怨，我们已经离婚了，他有再婚的权利。抚养孩子，他也辛苦了……小我五岁的王黑牛，冒着风险同我结了婚，不知这算不算爱情。随着女儿苗苗的出生，灾难也接二连三地降临了……

18. 打麦场的小屋 日 外

张星被反绑着双手，跪在小屋的地上。

二蛋和几个民兵在审问张星。

二蛋：老实交代，为什么向公社革委会写申诉材料？

张星：要讨回我的清白！

二蛋：你爹是老富农，霸占了一百多亩山林！

张星：我是清白的！

二蛋：地富窝里还出好人？

张星：我打心眼里拥护革命，热爱党！

二蛋：真是个顽固头，我去向高主任汇报。（转身吩咐另外几个人）看好她，那边有个水井哩。

张星：我不会寻死的！

二蛋：哼，继续给我审！

张星昏倒在地。

藏在树丛后的王黑牛见二蛋走远，拨开树丛冲进屋，抓住一个民兵的胳膊。

王黑牛：人心都是肉长的，我求求你们……

见民兵不理他，王黑牛推开民兵，赶忙背起昏迷中的张星，疾步跑出场屋，消失在暗夜里。

几个民兵被王黑牛的突然举动吓愣了。等他们缓过神来后，指着飞跑而去的王黑牛。

民兵：哎，哎！站住！

19. 王黑牛家 夜 内

王黑牛家的土屋里燃着煤油灯，炕上的王母哄着五岁的孙女苗苗，不时向外张望着什么。

王黑牛背着张星进屋，将昏迷的张星放在炕上。

张星嘴角流血，脸上有伤痕，头发蓬乱。

王母：（惊慌地上前摇着张星）孩子，醒醒……你醒醒呀……这些可恶的东西！

苗苗：（扑上去哭喊）妈妈——妈妈——

王黑牛拿毛巾擦着张星嘴角的血迹，张星张了张嘴。

王母提起一个暖水瓶，倒了一杯开水，端到张星面前。

王母：孩子，你醒醒，喝点水呀！

张星：（睁了睁眼，有气无力地）组织会给我一个清白的……

20. 办公室 夜 外

原来的合作社办公室已改为革命委员会办公室，门楼旁的牌子更大，字更醒目：黑牛山大队革命委员会。

二蛋一摇二晃地走进门。

21. 办公室 夜 内

高一明正就着花生米、猪头肉等下酒菜自斟自饮。

二蛋晃进屋，见到酒菜，他垂涎欲滴。于是凑上前，提起一盅酒，仰脖喝下。

高一明：（斜着眼看二蛋）怎么样？

二蛋摇了摇头，又斟上一盅，滋溜喝下，顺手抽出一根烟点燃。

二蛋：（喷出一口烟雾）主任，她一个妇道人家，又没啥罪恶，咱何苦抓着人家不放手哩？

高一明：（瞪起眼）冤有头，债有主。她爹那个老富农，不光欺负过我爹，也欺负过你爹。她爹无儿子，我就让她还！

二蛋似乎有所领悟地点了点头。

高一明：（神秘地笑了笑）一别让她跑了，二别让她死了。

二蛋：（心领神会地）让她活受罪！

高一明：嘿嘿……

22. 王黑牛家 夜 内

张星已经醒过来，她侧躺在炕上，搂着惊恐的苗苗。

王母从炕上拿出一双新布鞋，又从衣兜里掏出一些钱，递给张星。

王母：女丫来信了，还寄来了路费，要你去她们东北避避风头。你赶快逃吧！出了村后，把你脚上那双鞋扔到白马河一只，丢在河边上一只，苗苗有我照顾，你尽管放心。

王母说着，流下了泪，她扯起衣角擦着。

张星将泪水擦掉，抬手挡住王母递来的鞋。

张星：我不走……组织会给我一个清白的！

（画外音）张星：第二天，王黑牛被派往白马河水库工地修水库，我上了黑牛山，修大寨田。

黑牛山上，张星两手搬着一块青石迎风伫立，山风掀动她凌乱的头发。

（画外音）张星：白马河的清水啊！你能为我洗去冤屈吗？高高的黑牛山，你就不能为你的儿女撑起一片蓝天吗？

23. 白马河水库工地 日 外

王黑牛在白马河水库工地抬石头。王黑牛在前，一个高挑个儿、满头白发的老者在后，二人抬着沉重的石担走来。

白发老者是李云岭，他也在白马河水库工地劳动。

二人抬着石担爬高坡，王黑牛突然放下担子，回身将麻绳往自己这边拉了拉，然后转身抬起了担子。

二人抬着石担，吃力地爬上高坡。

24. 河滩上的民工食堂 日 外

用芦席搭建的民工食堂内，民工们排着队领午饭，炊事员往民工们手中递着玉米面窝窝头，每人三个。

王黑牛接过了三个窝窝头。

李云岭伸手接窝窝头时，炊事员瞪起了眼。

炊事员：走资派还吃窝窝头啊！到省城吃山珍海味去吧！下一个！

王黑牛：（转身，气愤地）他是我的搭档，你不给他吃饭，你去替他抬石头啊！

王黑牛抢过炊事员正要递给下一个人的三个窝窝头，放在李云岭手中。

25. 石堆边 日 外

青石条上坐着李云岭和王黑牛。王黑牛喝着白开水，狼吞虎咽地吃着窝窝头。

李云岭把窝窝头搁在青石条上，他双手抱头，长叹了一声。

王黑牛：快吃吧老李。人是铁，饭是钢哩！

26. 工棚里 夜 内

工地用芦席搭建了一个工棚，棚口立柱上挂着一盏马灯。劳累的民工们发出熟睡的鼾声。

李云岭来回翻滚着身子，难以入眠。

睡在李云岭旁边的王黑牛眯着眼观察他。

李云岭起身穿上褂子，走出了工棚。

王黑牛急忙掀被子爬起来，伏在棚口，向外窥视着。

27. 河边 夜 外

李云岭站在浪涛翻滚的河水前，愁眉紧锁。

浪涛打在他的脚下，浪花溅在他的身上。

李云岭闭上双眼，纵身跳入波涛中。

王黑牛：老李！

王黑牛跃入水中。

28. 河滩 夜 外

下游的河边，王黑牛将李云岭推上河滩，自己也爬上了河滩。

王黑牛：（气喘吁吁地叉腰）亏你还是省里的大干部哩！连个老百姓也不如。

浑身湿淋淋的李云岭弯着身子吐浑水，一脸难受的表情。

河水翻卷着浪花，哗哗地流淌着。

29. 黑牛山 日 外

张星在黑牛山抬石头修大寨田。他们两人抬一筐，在山脚装上石头，往半山腰送。

二蛋：（拿着木棒子呵斥）快，快！这是修大寨田，不是给鬼子修炮楼，别磨洋工！

张星同二妮一组，她们往筐中装了两块石头，准备抬起担子，二蛋赶忙过来，又搬起块石头放入她们筐中。

二蛋：（气冲冲地）别人抬两块，你得抬三块！

二妮麻利地放下扁担，弯腰搬起筐中多出的那块石头，狠狠地砸到二蛋脚下。二蛋吓得往后跳，却摔了个四仰八叉。

二妮：（瞪起眼，一手叉腰，一手指着二蛋）你个王八蛋！再欺负老实人，小心老娘折了你的狗蹄子，让你一辈子打光棍儿！

张星放下扁担，将那块石头搬进筐中，又搬了一块摞在上面，拾起扁担。

张星：（招呼二妮）走。

二妮眨了眨眼，这才扶担上肩。二人抬起石筐，咬着牙往半山腰去。

其他人望着龇牙咧嘴的二蛋窃笑。

（画外音）张星：在一次次的申诉中，终于迎来了令人振奋的消息。

黑牛山上的张星迎风伫立，写满沧桑的脸上闪现出些许快意。

30. 古城县委 日 外

几排红砖红瓦房的大院子中，几棵枯柳在风中摇曳着。院中墙上写着大字标语。

一位头包蓝花格毛巾的中年妇女走进了古城县委大院，她手里提着一只黑色的人造革提包。

31. 办公室 日 内

办公室的椅子上坐着那位中年妇女，她就是张星，皱纹过早地爬上了她的额头和脸颊，逝去的岁月也掩埋了她的光彩和靓丽。

于主任：（倒了一杯开水递给张星）张星同志，你喝杯水，先找个地方住下休息休息，大老远跑来，可不容易。

张星：（激动地站起来，接过水杯）我只想归队，早一天为组织工作。

张星喝了口水，将杯子放下，从人造革提包中拿出一沓材料递给于主任。

张星：于主任，这是我的申诉材料，请您转给县委。

于主任：（接过材料，点头）好，你放心，我一定尽快转给县委。

于主任说着，拉开抽屉将材料放好。

张星：李书记，他……怎么样了？

于主任：李书记和刘英主任后来调到省水利厅了，听说之前还被下放到白马河水库工地劳动，你没见过他？

张星：（摇头）没有。

于主任：赵茂金的信你都收到了吗？

张星：（愤愤地）收到了！

于主任：那一封封的……都收到了？

张星：（诧异地）一封封……的？

于主任：是啊，接不到你的回信，他疯了似的，一连给你写了二十几封信。

张星：二十几封？

于主任：一天夜里，他又偷偷给你写信……

（闪回）

32. 宿舍 夜 内

赵茂金趴在墙角，蒙着被子，一只手照着手电筒，一只手匆匆地书写着。

李书记悄悄走近，伸手拉开了被角，他一把抢过信笺，气恼地看着。

李书记：（愤怒地）你顽固不化！

33. 办公室 日 内

张星：（惊讶地）茂金……他没再婚？

于主任沉重地摇了摇头。

张星：（焦虑地）那……后来呢？

于主任：后来被押到鲁北农场劳动改造了。

34. 土路上 日 外

张星走在土路上，路旁是荒凉的茅草滩，远处是白茫茫的盐碱地。

北风卷起黄尘扑向蹒跚的路人。

35. 鲁北农场 日 外

荒凉的盐碱地中出现了几排红砖瓦房。

张星朝那儿望着，抬手拢了拢被风吹乱的头发，迈步向前走去。

36. 农场办公室 日 内

办公室内有几样简单的用具。

张星正在同一个老干部说着话。

老干部：那批人后来都转到渤海盐场去了。

张星：有个叫赵茂金的吗？

老干部：赵茂金……有，他还有个儿子，叫赵小军。

张星：（喃喃地）哦，儿子，小……军……

老干部：（点头）对，对。

（闪回）

37. 大柳树下 夜 外

城外的大柳树下，张星接过年幼的儿子。

儿子哇一声哭了，张星给儿子喂奶。

懵懂的儿子双眼望着母亲，贪婪地吮吸着母亲的奶水。

（闪回完）

38. 农场办公室 日 内

张星：（激动地）哦！赵小军！

老干部诧异地看着张星。

39. 王黑牛家 日 内

疲劳不堪的张星走进家门。

已是高中生的王苗苗正在屋里做作业，听到动静，她仰起了脸。她与当年的张星长得非常相似。

王母的身子骨依然很硬朗，她看到张星后，忙从椅子上起身。

苗苗：（起身）妈。

张星：放寒假了？

苗苗：（端来一杯水）妈，你喝水。

张星：你爸呢？

苗苗：姑姑从东北回来了，爸去镇上接姑姑。

张星：（望着王母）哦，今年还是个喜年啊！（转身对苗苗）姑姑可疼你呢！

王黑牛：（推着辆半新的自行车停在屋门口）苗苗，你姑姑来啦！

张星：女丫！

苗苗：（欢跳着迎上去）姑姑！

女丫：（放下手中的大包小包，伸出双臂抱住了苗苗，惊喜地）苗苗，都长成大姑娘啦！

苗苗：（抱住女丫，跳着喊着）姑姑——姑姑——

王黑牛一手提着鲜肉、蔬菜，一手提着包进屋。

王母接过肉菜搁好。

王黑牛从包中取出几样佐料交给王母，最后拿出一沓发了黄的信递给张星。

张星：这是什么?

王黑牛：今早我出门时，二蛋喊我去高主任家，说有要紧事。我同二蛋去了，高主任快咽气了!

女丫：（生气地）他早该死啦!

王黑牛：他拿出这沓信给我，说是当年扣下的你的信。他想当面交给你，又羞于见到你，不交出来，又怕死不瞑目……他说还曾模仿着寄信人的字迹伪造过一封信。

张星：（瞪大双眼）这是真的?

女丫：这个老乌龟!

王母：作孽啊!

王黑牛：对了，他还说给你填过一张什么团的表?

张星：（瞪大双眼）三青团?

王黑牛：对，对，三青团!

张星抢过那沓信，顿觉一阵眩晕，坐在了床上。

苗苗扶住张星。

张星：（将那沓信丢给苗苗，摇头）一切都过去了。

女丫：你的事咋样了?

张星又摇了摇头。

40. 黑牛山 日 外

山中草木郁郁葱葱。

张星手持铁铲，肩挎布兜，在黑牛山上攀登。

（画外音）张星：为了凑路费，我天天上黑牛山挖草药。车前子、蒲公英、天门冬……一天也就卖块把钱。这天，我不慎一脚踩空，从山崖上摔下来，幸好被一棵松树挡住，才没有滚入山涧……

日落西山，王黑牛寻到山上，发现了昏迷的张星。

王黑牛背着昏迷的张星，走在暮色苍茫的山路上。

41. 王黑牛家 夜 内

张星侧躺在床上。

王母用湿毛巾给鼻青脸肿的张星擦脸。

王黑牛：（望着醒来的张星，生气地）为了啥？你这是为了啥？

张星：为了找回我的清白……

王母：（叹气摇头）唉！

42. 村口 日 外

伤还没痊愈的张星提着那个黑色人造革提包，拄着一根木棍，又上路了。

步入中年的二妮和二蛋正在家门口往土筐里装粪肥。

张星蹒跚着走来。

二妮：星姐，你再去找哇？

张星：（苦笑）哎。

二妮：星姐，你可一定要讨回清白！

张星受到鼓励，似是更坚定了。

张星：哎，好！

张星加快脚步离开。

二蛋：（吐掉烟头）呸，我看她成不了。

二妮：（抬手扇了二蛋一个嘴巴）放屁！你再咒星姐，看我撕烂你的臭嘴巴！

二蛋：（点头赔笑）好，好，走着瞧。

二蛋挑起粪筐离开。

二妮望着张星逐渐远去的背影，长叹一声。

张星向村外走去，二妮深情地望着。

张星的身影越来越小……

（背景音乐）：

南飞的雁，春天里归，
离家的燕子三月回。
枯萎的草木盼春风，
遨游的鱼儿望春水。
离娘的孩子想怀抱，
落伍的儿女念归队。
路漫漫，水长长，
水长长，山巍巍。

心切切，脚匆匆，
风儿催，雨儿催……
离娘的孩子想怀抱，
落伍的儿女念归队。

43. 古城县委 日 内

张星走进县委办公室，一个青年干事正在收拾档案材料。

青年：（抬头）你找谁啊?

张星：于主任呢?

张星指着办公桌边的空位子。

青年：他到省里开会了。

张星：哦。

青年：请问你有事吗?

张星：我叫张星……

青年：您就是那位……老张同志啊！于主任临走前交代过，他说您的问题县里领导研究过了，要给您一部分安家费，让您回去安度晚年。

张星：（从随手带的人造革包里掏出一叠材料）小同志，这是我写的汇报，请你转给县委领导，我一要清白，二要为组织工作的机会，我还能工作三十年。（指着材料）都写在上面了。

青年：（接过材料，感动地）好，好！我立即转交。

44. 县委大门口 日 外

张星走出县委大门口。

一位身材魁伟的小伙子与她擦肩而过，走进大门口。

45. 火车站候车室 日 内

张星拿着一张火车票走出候车室，走向检票口。

一位小伙子急切地走进候车室，四下打量，寻找着什么。他的脸酷似年轻时的赵茂金。

46. 省水利厅 日 外

张星在省水利厅传达室做登记。

张星走进省水利厅大院。

47. 水利厅办公室 日 内

张星走进办公室。

一位与张星年龄相仿的女干部欠了欠身，指着沙发请她坐下。

张星：你是刘英同志吗？

刘英：你是……

张星：我是张星啊！

刘英忙起身上前，两手握住张星的手，仔细端详着她。刘英的眼前浮现出张星年轻时的样子。如今苍老的张星和丰满滋润的刘英形成了鲜明对比。

二人拥抱着，相互端详着。少顷，刘英给张星泡了一杯茶，递给张星。

张星：（接过杯放下）李书记呢？

刘英：老李啊！他昨天刚走，到鲁北地区任书记了。前几年到白马河水库工地劳动，回来后常常念叨，亏着一个叫王黑牛的小伙子救了他一命。他说要先去一趟黑牛山，好好谢谢那个小伙子。老李说了，你的问题也要尽快弄明白。

张星不禁热泪盈眶，心情复杂地站起身。

48. 黑牛山 日 外

麦收季节，张星又回到了黑牛山，她走在山间小路上。

二妮挑着一担小麦走来，看到了张星。

二妮：星姐，你儿子来啦！你还没见到吧？

张星：（激动地）在哪儿？

二妮：（转身指着山坡）跟黑牛哥上山收麦子了。

张星朝二妮指的方向匆匆走去。

49. 山坡麦田 日 外

张星：（边跑边喊）小军——小军——

王黑牛正同赵小军割麦子，听到呼喊声，直起腰望去。

王黑牛：是你妈。

赵小军扔下镰刀，飞快地跑向张星。

麦田中，张星与儿子抱在了一起。

赵小军：（亲切地）妈妈！妈妈！

张星：（端详着赵小军，泪水潸然而下）儿子，小军！

50. 白马河 日 外

张星给赵小军用河水洗脸。

张星掏出手帕给赵小军擦脸，她眼前浮现了一张未满周岁的婴儿的脸。

赵小军：爸爸担任了渤海盐场的领导，我在运输公司上班。爸爸日夜都想见您。

张星：见到你，妈就知足了。回去劝劝你爸，尽早为你寻个合适的妈。

赵小军：妈……

张星：告诉你爸，就说妈挺好的。

张星哽咽着，泪水涌出眼眶。

赵小军用手帕给张星擦泪。

赵小军：（呜咽着）妈……

白马河流水滔滔，河水飞溅。

51. 打麦场上 日 外

晌午，张星、赵小军、王黑牛、二妮、二蛋等收麦的人们收工回村，年迈的王母也在人流中蹒跚而行。

一辆草绿色的吉普车从大路上驶来，停在打麦场。

于主任看到了张星，开门下车。

张星：（疾步上前）于主任——

于主任：张星同志，李书记来啦！

李云岭推开车门，迈下吉普车。

张星激动地握住了李云岭的手。

人们朝吉普车围过来。

李云岭：张星同志，受苦啦！你马上带我去找当初任黑牛山合作社社长的高一明。

二妮：（高兴地对二蛋）星姐可算熬出来啦！

52. 高一明家 日 内

土炕上躺着面黄肌瘦的高一明。

于主任：（厉声）你就是那个写诬告信的高一明吗？李书记问你情况，你要如实回答!

李云岭:你为什么诬告张星同志?

高一明:(有气无力地)泄私愤,报复。她家是老富农,他爹曾霸占过我家二亩山林。

李云岭:(气愤地)你太无耻了,怎么有你这样的败类!

高一明闭上了双眼。

李云岭:你这龌龊的行为,给一个人的一生,给一个家庭造成了多么大的伤害啊!

高一明不再吭声。

53. 王黑牛家 日 内

张星及王黑牛一家张罗着饭菜,于主任和赵小军也挽着袖子帮忙择菜、洗菜。

李云岭:(紧紧拉着王黑牛的手)我们在一起的几个月里,你不但救了我的命,还洗涤了我的灵魂啊!

王黑牛:李书记您言重了,我哪有那本事啊!

李云岭:一点儿也不虚。打那以后我就开始反思,我的武断、固执和偏见,给同志们造成了很坏的影响。我下决心挽回,再带领同志们干三十年。

李云岭:(转向张星,愧疚地)张星同志,是我耽误了你为党工作的机会,罪过啊!

张星端着王母刚炒好的一盘西红柿炒鸡蛋走来,她轻轻将菜放在桌上,笑了笑。

张星:亲娘打孩子也是常有的事,打过之后,还不都是揽在怀中哭一场。

李云岭:你这个比喻太好了,我们都是党的儿女!

张星、王黑牛、于主任、赵小军都笑了。

王母看着,撩起围裙擦了擦眼。

(背景音乐):

党是蓝蓝的天,
儿女是高高的山,
蓝天庇护着座座山,
座座山托起蓝蓝的天。

高高的山，
蓝蓝的天，
红红的太阳，
暖暖的人间。

54. 白马河边 日 外

载着李云岭、张星、于主任及赵小军的吉普车缓缓行驶，迎面驶来一辆黑色轿车。

两车在白马河的石桥上相遇，同时停下。坐在吉普车前座上的张星与坐在轿车前座上的赵茂金隔车相视，同时打开车门，迈下车。

手扶吉普车门的张星望着，眼前闪过年轻时意气风发的赵茂金的样子。

手扶轿车门的赵茂金望着，眼前闪过年轻时美丽漂亮的张星的样子。

二人各自掏出手绢擦眼，久久对望着。

赵小军开门跳下车扶住了张星。

赵小军：妈，爸爸看您来啦！

（画外音）赵茂金：这是她吗？

（画外音）张星：这是他吗？

（画面内容）：

（闪回）

大江东去，客轮上的张星和赵茂金；

古城河畔，一同抗洪救灾的张星和赵茂金；

月夜柳树下，难舍难离的张星和赵茂金……

（闪回完）

张星和赵茂金慢慢走到一起，不约而同地握住对方的手。两人深情地对视着，脑海中不断浮现对方年轻时的面孔。

两人手拉手走到桥边。

赵茂金望着黑牛山。黑牛山巍然屹立。

张星望着白马河。河水欢快地流淌，溅起水花。

张星、赵茂金又一次深情地对视着。

赵茂金：我这次来，就是想见你一面，看看你在这儿生活了三十年的白马河和黑牛山。

张星：这些年，我也一直盼望着你来。你来了，我就无憾了。

于主任：（走过来）老赵。

赵茂金：（愣了一下，忽然认出对方）小于子！

两人紧紧抱在一起，互相拍打着。

于主任：（指着吉普车边站着的李云岭）李书记。

赵茂金急匆匆走上前。

李云岭上前一步，与赵茂金握手。

李云岭伸出两只手抱住了赵茂金。

赵茂金热泪盈眶。

李云岭老泪纵横。

吉普车、轿车一前一后缓缓驰过白马河，绕过黑牛山。

55. 古城风景 日 外

（画外音）张星：我回到了阔别三十年的古城，被安排到建委设计室工作。随着改革开放和国民经济的飞速发展，城市建设铺开了壮丽的画卷，一座座高楼大厦如雨后春笋般破土而出，拔地而起。我不休假，没日没夜地工作。我要把缺失的那三十年的时光抢回来。

56. 建委设计室 夜 内

张星加班绘图、描图。

57. 建筑工地 日 外

头戴安全帽的张星，在建设工地与工程人员交谈着。

他们沿着楼梯向上走去。

他们同施工人员打招呼。

58. 红色证书的照片

（画外音）张星：由于我工作成绩优秀，年年被评为先进。我把节省下来的工资、奖金全部捐献给了学校和敬老院。我被评为县劳模、省劳模。

59. 颁奖会场 日 内

张星从领导手中接过获奖证书。

60. 画面同片头

（画外音）张星：在庆祝党的六十五周年生日这天，我实现了盼望已久的梦想，光荣地加入了中国共产党。多年来，我没有一天失去过信心，始终坚信，我们的党是最伟大的！我们党开创的事业是最壮丽辉煌的！

61. 市委会议室 日 内

会议室墙上有一面鲜艳的党旗。

党旗下的党员们庄严肃穆。

一只只紧握的拳头展现着一颗颗激动不已的心和一个个坚定的信念。

张星刚毅的脸上写满了肃穆。

（背景音乐）：

党是红太阳，
儿女如春天。
太阳照着春天绿，
春天映着太阳暖。
太阳照大地，
春到儿女间。
红红的太阳，
暖暖的春天。

党是蓝蓝的天，
儿女是高高的山，
蓝天庇护着座座山，
座座山托起蓝蓝的天。
高高的山，
蓝蓝的天，
红红的太阳，
暖暖的人间。

62. 城郊 日 外

春暖花开，阳光明媚。在城郊的绿化带旁，张星、王黑牛、王母忙碌地修剪花卉、培土施肥，苗苗沿着路边跑来。

苗苗跑得气喘吁吁，她满脸通红。

苗苗：（在张星跟前停下）妈，好消息，城建局录取我啦！

张星：确实是好消息！

张星：（转身拿起一根系着红绸布的新铁锨）这是妈妈特意为你准备的礼物。好好干，争取早日入党！

苗苗：（伸出双手，郑重地接过来）嗯！

盛开的鲜花中，是张星一家忙碌的身影，她们的背后是鳞次栉比的高楼大厦。

六、大禹春秋

题记：大禹，是华夏历史上不用武力建立王朝的帝王，也是亲自丈量过国家版图的君王。大禹治水“三过家门而不入”的故事，就发生在高阳城，即现禹城市内。

片　头

1. 羽山 日 外

陡壁悬崖的羽山上，怪石嶙峋，山风阵阵。

禹昂首伫立在山崖上，仰望着头上的蓝天白云。一只大鹏翱翔在白云间，展开双翼向远方飞去。

崖石上，愁眉紧锁的鲧与妻子女嬉望着山下。

山下，洪水咆哮，波翻浪涌。一道道土堰被洪水冲垮，一座座草房被恶浪卷走，被流水吞没。

杂草、枯柴、腐木随波漂流。

身着兽皮短衣的鲧手持一柄耒锸，焦躁不安地来回走动。

突然，他站在岸边，长叹一声，摇了摇头。

鲧：奉尧帝之命治水十年，一无所成，且洪灾愈重。我有何颜面见崇山父老，有何颜面见大舜新帝！

鲧羞愧难当，转身将耒锸扔与禹，又脱下兽皮上衣丢与女嬉，纵身一跃扑入洪流。

禹大惊，伸手接住耒锸，跳到山崖边。

女嬉：（接住衣服，惊呼）你等等我——

女嬉转手将兽皮上衣扔给禹，也扑入滚滚洪涛，随夫而去。

禹忙扑上前拉母亲，但没能拉住，只抓住母亲丢过来的父亲的兽皮上衣。

禹看着父母被洪水吞没。

禹一手拿着耒锸，一手攥着父亲留下的兽皮上衣，双膝跪地叩拜，悲痛欲绝。

洪流滚滚，巨浪滔滔。

平阳宫请缨

2. 中条山下 日 外

中条山山腰借着山洞搭建了一座宫殿。前面是一片开阔地，有木桩圈起的栅栏，出入口有多名手持木戟的护卫。

禹手持耒锸走来，被护卫挡在门口。

禹：（躬身作揖）我乃鲧司空之后，尊父命前来平阳宫拜见新帝。

一个护卫上前，接过禹的耒锸。

一个护卫引着禹向宫殿走去。

3. 平阳宫 日 内

石案后的龙椅上坐着舜帝。

舜帝正在与大臣们商议治洪大计。

司徒、司马、司事、司寇等臣子分坐在石案两侧，后稷、伯益站在两旁。

君臣一个个愁眉不展的样子。

舜：（叹气，拍了下石案，犀利的目光注视着众臣）四边部落，八方氏族，雨灾连绵，水患告急。可就举荐不出一个代替鲧司空治理洪水的大臣吗？

后稷：（双手抱拳，躬身）禀报天子，臣举荐一人，不知可否？

舜：（舒展眉头）报来！

后稷：鲧之子禹随父治水十年，现已二十七岁，在风雨中历练成长为魁梧的英武男儿，天子若恩准，后稷愿一同前往。

伯益：（跨前一步，双手抱拳，躬身）伯益愿一同前往。

护卫：禀报天子，鲧司空之子禹前来参拜！

舜：（惊喜）准其进殿！

众臣站起，分列两旁。

禹虎目圆睁，昂首挺胸，走到殿前。

禹：（双膝跪地，俯首作揖）禀报天子，禹愿秉承父业，治理洪水祸患，代父立功赎罪。

舜：可知你父治水不利之缘由？

禹：父治水，堰障堵挡，方法单一。

舜：还有？

禹：父固执己见，不善亲民教民，缺乏物资供给。

舜：（满意地点头）嗯！你有何治洪良策？

禹：我要先熟识地理地势，以准绳、规矩丈量山高水深，行山标木。尔后，凿引、疏导为主，堰障为辅。更要携各部落族民，同心合力治洪平患，请求天子恩准。

舜微笑着起身，绕过石案，上前两手扶起禹。

舜：（两手拍了一下禹的肩头，哈哈大笑）谁道我炎黄子孙、尧舜天下无大慧之人！封禹为代司空，后稷、伯益辅佐，天下八方氏族部落合力相助。

后稷、伯益：（于禹两侧跪地抱拳）谢天子隆恩！

舜：（转身向内）女英吾妻！

女英在侍女的陪护下走出内室。

女英：妾在。

舜：将义女女娇赐禹为妻。

女英：夫君英明，正合妾意。

女英说着，拿出印有舜帝印记的丝帕，亲手交与禹。

禹：（叩首谢拜）谢天子隆恩！

舜：我来平阳宫之前，在北海息土之上有穷氏部落建有高阳城，现由皋陶首领看管。传旨下去，将高阳城赐禹为家。

众臣点头赞许。

禹：（跪地，俯首作揖）再谢天子！

舜：（又一次上前扶起禹）何日启程？

禹：我先回崇山部落，代父母拜别氏族父老。（转身）请后稷、伯益备好筏篙与准绳、规矩。我们崇山相会后即刻起程。

后稷、伯益：（单腿跪地，抱拳）拜过代司空大人。

禹：（上前扶后稷、伯益）快快请起，日后还仰仗二位相助！

舜：你等走后，我要离开平阳宫，南巡三苗，东巡东夷。或三年五载，我们可于高阳城相会。

禹：我们同皋陶首领在高阳城迎候天子巡视。

舜：（大手一挥）烤肉蒸鱼，摆案焚香，为禹等壮行！

众臣：为代司空壮行！

崇山拜族人

4. 崇山岩洞前 日 外

崇山部落首领文康居住的山洞前。

文康、山虎、水龙等族民正忙着扎兽皮竹筏。

禹持耒锸走来。

禹：（躬身）文康大叔！

文康：（抬头）禹侄。

山虎、水龙：禹哥！

三人丢下手中的活计站起。

文康：（迈步上前）新帝准许你的请求了？

禹：（躬身）文康大叔，我正是前来辞行的，新帝赐我为代司空……

山虎、水龙：（跪地）拜见代司空大人！

禹：（上前扶起山虎、水龙）我们都是好兄弟，哪来这些规矩。

文康：我和山虎、水龙为你备了一只兽皮竹筏，正好完工。他二人立誓，同你一起治水平患呢！

禹：（将山虎、水龙搂紧）谢过两位兄弟。（松开手，转向文康）文康大叔，不平水患，我就不回崇山见您和族亲。此一去跋山涉水、生死难料，此一去十年八载，不知何时能归。我家中已无牵无挂，山虎和水龙两位兄弟上有父老，下有弟妹，还是留在您老身边，一同照料族中老小为好。

山虎：代司空，千山万险，在所不辞！

水龙：代司空，江河湖泊，在我脚下！

文康：多一人，就多一分力量。山虎聪明灵活，登山攀崖，如猴似猿，无险可挡；水龙力大胆大，敢闯龙潭虎穴，水性无人能比，人称水中蛟龙。有他二人辅佐你，我也就放心了。

禹：谢过文康大叔，可部落中……

文康：（大手一挥）嗯，部落中有我和族民共同掌管，老小我们共同照顾，你们就放心去吧！

山虎、水龙：（拱手作揖）谢过首领！

文康：你们是咱崇山部落的骄傲，我们氏族的荣耀。等你们归来那天，我同族亲摆宴设坛，焚火祭天，告慰你父母在天之灵，为你们庆功！

文康大叔热泪盈眶。

禹激动得泪流满面。

禹：（伸出双臂将山虎、水龙揽在一起，向文康大叔施礼）请大叔放心，我们一定成功，我们都活着归来！

文康：山虎、水龙，告诉族人，燃起篝火，尽情欢乐！

5. 崇山岩洞前 夜 外

岩洞前的空地上，燃起了一堆篝火，照亮了山中的夜晚，映红了人们的脸庞。

水龙与一排男子吹着兽角号，号角声悠扬动听。

山虎与一排穿着兽皮短衣的彪悍男子，手敲兽皮鼓，呼喊跳跃，尽展雄威。

围着篝火的穿花花绿绿丝麻衣裳的女子们，手拉着手，唱歌跳舞，尽显柔雅之美。

岩洞前的长条石凳边，坐着文康、禹及部落中的老人、幼儿，石案上摆有香炉和陶碗陶罐，碗罐中盛满各色野果及果露。

文康与禹笑着。

老人及幼儿们，围坐或站在文康、禹左右，一同欢笑着。

《崇山谣》的音乐响起。

（背景音乐）：

燃起篝火敲起鼓哟，

崇山儿女载歌载舞。
篝火旺哎篝火红哟，
崇山儿女赛虎龙。
篝火旺哎篝火明哟，
崇山峻岭红彤彤。
崇山高哎崇水清哟，
崇山儿女似雄鹰。
崇山美哎崇水猛哟，
雄鹰翱翔万里长空。

歌舞中，月落西天。
歌舞中，东方露白。
歌舞中，日出东天。

黄河救渔女

6. 黄河 日 外

滚滚东流的黄河，波涛汹涌，浪花飞溅。

禹同水龙乘兽皮筏，后稷、伯益同山虎乘木筏破浪前行。

在滚滚激流中，水龙、山虎撑篙划桨，将两只筏子划得稳稳当当。

禹手扶耒锸，头戴斗笠，远眺高山大川。

后稷、伯益稳坐在木筏上，筏上有准绳、规矩、弓箭、皮被皮褥及陶壶陶罐等生活用品。

两筏绕激流、越险滩、踏波涛、飞峡谷，破浪向前。

7. 卧龙山 日 外

夕阳西下。

两筏行至卧龙山脚下，在一个山洞前靠岸。

水龙、山虎将缆绳拴在山脚下的两棵大树上。

禹持耒锸登岸，走向山洞。

后稷、伯益提准绳、规矩上岸。

水龙、山虎拿起皮被、皮褥、弓箭等器具。

后稷、伯益用木耙搂了一些草柴及枯树枝，抱到洞里，用打火石生火。

正当大家忙活时，不远处传来一个女子的呼救声。

呼救女子：救命呀，救命呀！

男人：（呼叫）来人啊，快来人啊！

禹：（挥耒锸）快！

山虎持弓箭，水龙持竹篙，紧随禹跑去。

转过山弯，一个浅滩上，渔家父女遭到恶人大狗、二狗的抢劫。

大狗、二狗将老汉打倒在地，拳打脚踢着，老汉已无还手之力。

大狗、二狗将渔网、渔具搬上竹筏。

渔女拼命争夺。

二狗抱住渔女，将其拖上竹筏。

大狗撑筏逃离岸边。

渔女哭喊挣扎着，但被二狗死死按在竹筏上。

禹等人赶到，竹筏已离开岸边，驶入激流。

禹：快追，救人！

水龙将竹篙丢给山虎，似一匹脱缰的骏马，一溜烟儿奔下山坡。

水龙纵身一跃，潜入激流。

山虎拉弓，向大狗放了一箭。

大狗右臂中箭，竹篙落入水中。

山虎丢下弓箭，持篙跑到浅滩。

山虎将老汉的皮筏拉入水中，跃上皮筏，撑篙追去。

禹快步走到渔老汉跟前，双手托起老汉的头，声声呼唤着。

禹：渔家，渔家！

后稷、伯益也赶到。

后稷伸出拇指，按着渔老汉的人中穴。

伯益将鹿皮被盖在老汉的胸腹上。

8. 激流中 日 外

水龙追上竹筏，浮出水面，纵身一跃，翻身上筏。

大狗抬脚欲踢，却被水龙两手抓住脚掀倒在竹筏上。

水龙跃身向前，骑在大狗身上，两手将其死死摁住。

二狗见势不妙，松开渔女，两手抱住了水龙的一条腿。

水龙抬起另一只脚猛蹬，将二狗蹬下竹筏，二狗落水。

水龙伸出一只手拉过渔网绳，将大狗双手反绑，又从其右臂上拔出箭，别住绳扣。

大狗疼得龇牙咧嘴。

山虎撑着皮筏驶到，将挣扎着爬上竹筏的二狗一竿子打入水中。

落水的二狗两手抓住皮筏呼喊。

二狗：救命，救命，大人救命啊！

山虎伸手将二狗拉上皮筏。

爬上皮筏的二狗恩将仇报，双手抱住山虎的双腿，欲将山虎拱下皮筏。

山虎抡篙将二狗打趴，用渔网绳缠住其双脚。

山虎将皮筏上的另一支篙扔向水龙。

山虎、水龙分别将筏撑向岸边，渔女惊魂未定地望着。

竹筏靠岸，渔女跳下竹筏，扑向昏迷中的渔老汉。

渔女：阿爹！

山虎、水龙将绑着手脚的大狗、二狗拉到岸上。

禹：（怒目厉声）哪方恶人，竟敢强抢财物！

大狗、二狗跪地求饶。

大狗：大人饶命，大人饶命。我们是有仍部族民，我叫大狗，他是二狗。

禹：天下洪患泛滥，族民灾难当前。你们不为族民分忧，反给天下添乱，留你何用！

大狗、二狗：（连连叩首）大人饶命，小人再也不敢。

禹：今日放了你们，岂不是留患！

大狗：小人甘愿为大人效力。

二狗：（斜着眼）效力，效力。

禹：再敢作恶，定斩不饶！

大狗、二狗：是……是。

山虎、水龙为大狗、二狗松绑。

大狗、二狗叩首后爬起，惶惶离去。

9. 山洞内 夜 内

山洞内燃起了火堆，火堆上吊着陶罐，罐中炖着鱼。

禹同众人围坐在火堆旁。

水龙扶着渔老汉的肩背，渔女端着陶碗为父亲喂鱼汤。

渔老汉连咳几声。

水龙用手轻轻拍打着渔老汉脊背。渔女含情脉脉地看着水龙。

渔老汉停止咳嗽。

禹：（蹲在渔老汉面前）老人家。

渔老汉：禹大人，多亏你们了。要不，俺父女就没命啦！

禹：老人家，不要见外。要不是遇到你，我们可吃不上这鲜鱼呢！

渔女：大人就在这儿多住几天吧，俺们家鱼池里还有好多鱼呢！

伯益：那可不成，禹大人责任重大，忙着治理洪水呢！

禹：天子之命，不可延缓啊！

渔老汉：治理洪水，为民造福呀！禹大人，若不嫌弃，就带上俺们父女吧！跟你们一同治理洪水。

禹：多谢老人家相助，我们又多了一分力量。

渔女：（喜形于色地看着水龙）大人恩准啦！

水龙高兴地点头，深情地望了一眼渔女。

禹：老人家，这座山叫什么名字啊？

渔老汉：是卧龙山。

禹：丈量过吗？有多高？

渔老汉：卧龙山高四十准绳。前面一座是藏虎山，六十准绳。过了藏虎山，就到涂山部落了。

禹：（惊喜地）涂山部落……

渔老汉：是啊！那涂山部落，可是个地广人众，富庶的大部落呢！

后稷从随身挎的鹿皮袋中掏出几块白树皮，从火堆边捡起一块木炭，记下了渔老汉说的各山高度。

后稷：老人家，那涂山是多少准绳啊？

渔老汉：那涂山我只是去过几次，还没来得及丈量。

禹等人站起，充满期待地望着洞外，望着暮色中的远方。

伯益：（高兴地）大人，明天就可见到女娇贵人啦！

后稷：就在涂山部落完成天子恩赐，为禹大人完婚。

山虎：闹洞房还得靠我和水龙哩！

伯益：我也算一个。

后稷及众人哈哈笑着。

涂山逢女娇

10. 涂山脚下 日 外

禹等人乘着竹筏、皮筏靠近涂山脚下。

众人卸下器具，后稷、伯益忙着支架搭棚。

渔女捡柴生火。

渔老汉在皮筏上收拾渔网。

山虎肩挎准绳，水龙拿着规矩，同禹一起往山腰攀登。

禹：（从山虎手中拉过准绳）这涂山乃我新人宝地，当由我来丈量。你二人绕山腰，测山势、河形吧！

山虎：（帮禹挎好准绳）这山崖陡峭，你可要小心。

禹点点头，向山崖攀登。

山虎、水龙手持耒锸、规矩，分头离开。

11. 涂山桑林中 日 外

涂山上的桑林中，舜帝义女女娇同弟伯祀正在采桑叶。

女娇边采桑叶边不时向河边张望。

伯祀只顾摘了桑葚往嘴里填，嘴被桑葚汁染成了酱紫色。

伯祀：（嚼着桑葚）娇姐，天子诏令已到了几天了！那禹司空怎么还没来？

女娇：该不会发生什么事了吧！

伯祀：或许是绕过咱们涂山，远走高飞了。

女娇闻听，心中一颤。

伯祀：姐，你还给姐婿缝鹿皮衣，做麻丝鞋！人家是司空大人，怎会稀罕这个！

女娇：这可是天子之令！

伯祀：男人若当了官啊……娇姐，不如将那鹿皮衣、麻丝鞋给我穿了吧！

女娇皱起眉头，向河边望。

12. 涂山顶 日 外

禹肩挎准绳，登上了山崖。

禹站在山崖峭壁上，将准绳一端系上小石头，扔向崖下。

准绳停止坠落，禹探头向下瞧。

准绳被什么东西拉紧，并猛地往下拉，禹被准绳拉下山崖。

13. 涂山桑林中 日 外

桑林中的伯祀拉紧了准绳，禹滚落山崖，跌落在女娇身旁的桑树上，被茂密的桑枝挂住。

女娇先是吃了一惊，定神后，忙招呼伯祀一起将禹抬下来。

禹未受大伤，挺身坐起。鹿皮衣被刮断成几片，露出他上身强健的肌肉，他胳膊被树枝划出了血。

禹见美若天仙的采桑女正惊骇地看着自己，忙跟她解释。

禹：我是奉天子之命，度山察水，治理洪患的禹。

伯祀：（凑上前来）哎呀，甚巧，姐婿竟从天上掉下来。这是我姐姐女娇，已等你半天了！

女娇：（脸红）我与伯祀弟在此采桑叶！

禹：（大惊，高兴地）真是天子安排合天意啊！我竟一个跟头跌在女娇脚下！

女娇忙掏出丝帕，给禹缠在划破的胳膊上。

禹站起，从挂在树杈上的鹿皮衣袋里掏出了有舜帝印记的丝帕送与女娇。

女娇双手接过，贴在唇边亲吻着，羞涩地看着禹。

禹：（对伯祀）将准绳收起。

伯祀：（去拉准绳）是，姐婿！

禹：（伸手拉女娇）到你家门口了，还不邀贵客？走吧，去见你们首领。

女娇抬起手，拉住了禹的手，二人挽臂一起向山下走去。

伯祀：（正绕着准绳）姐与姐婿等我。

14. 涂山上 日 外

风和日丽，山清水秀。

禹与女娇携手同行在青山绿树中。

《大禹颂歌》响起。

（背景音乐）：

华夏自古多才俊，
炎黄不乏大志人。
崇山峻岭出英豪，
继父治水获恩准。
卧虎藏龙出山来，
龙腾虎跃过三门。
有缘千里妻逢君，
天上掉下禹大人。
夫妻携手平洪患，
比翼双飞结同心。

高阳会皋陶

15. 高阳城码头 日 外

浓云滚滚，遮空蔽日。

高阳城泥土夯筑的城门上飘着绣有黄龙的图腾大旗。

城门外的码头上，穿着各色服装的族民们欢声笑语。

皋陶持一面黄龙旗，带领有穷氏部落的族民们在码头上列队，迎接禹的到来。

远处，河面上出现了筏子和人影。

码头上人们欢呼雀跃。

一排持兽角号的男子吹响了兽角号。

一排挎兽皮鼓的男子敲响了兽皮鼓。

霎时，号角声声，鼓声咚咚。

筏子飞速驶来，划破平静的水面，冲起层叠波浪。

最前面的是禹和水龙的皮筏。

后边紧跟着的是渔老汉、女娇和渔女的皮筏。

最后是后稷、伯益、伯祀的竹筏。

在人们的欢呼声中，三只筏子靠近码头。

水龙将缆绳抛上岸。

岸上，两个青年抓住缆绳，拴在码头的木桩上。

禹沿石阶迈上码头，拱手走向皋陶。

禹：皋陶首领，幸会，幸会。

皋陶：（迎上前拱手）司空大人，一路辛苦。

两人拥抱在一起。

禹：（转过身，指着刚迈上石阶的伯益）看，我将你儿子带来了。

伯益：（仰脸）爹爹！

伯益跑上码头，抱住父亲。

皋陶使劲抱了下儿子，上下打量起来，难掩心中的惊喜。

后稷上前同皋陶拥抱。

女娇、渔女也上了码头，同迎接的其他族民亲切拥抱，互相问候。

渔老汉和伯祀最后迈上岸，也融入欢迎的人群中。

皋陶在前引路，走向城门，禹等人跟随着。

皋陶：高阳城宽敞得很哪！幸得舜帝当年率众兴建。

禹：（点头赞扬）天子龙恩浩荡啊！

皋陶：住所已安置妥当，先歇息吧！稍后到议事大厅，聆听司空大人的治水大计。

禹：多谢皋陶首领，还是先到议事大厅吧！

众人簇拥着禹走向城门。

16. 议事大厅 夜 内

一座宽阔高大的议事大厅，土墙、木梁、苇箔棚顶。议事大厅内，摆有一张大石案及大小不等的石桌石凳。

一盏兽油灯吊在苇棚的木梁上，灯火通明。

一声闷雷滚过，外面哗啦啦下起雨来。

石案边，禹同皋陶对坐，后稷、伯益端坐两旁。

石案上摆有一张绘有高阳城地形的兽皮，案边各人面前放有冒着热气的陶制水碗。

禹观察着案上的地形图，沉吟片刻，抬起头。

禹：（胸有成竹地）我们就以高阳城为治水平洪的留守地。城东设一寨，以燕为图腾，名燕寨子；城西设购换物品的街道，名堂子街；城南、城北的土坡上扩建城池，名为大、小城子坡。（端起陶碗喝了几口水，放下碗）臣民分工，各司其职。我同水龙、山虎率精壮族民开赴治水一线，疏渠开沟，顺水导洪；皋陶首领留守高阳城，在有穷氏部落召集工匠，修建城池，制器具，打造船筏耒锸，调度粮柴，由伯祀负责押运，送往治水一线。

禹：（扭头）女娇呢？

女娇：（端着陶水壶从后殿进来）妻在！

女娇往各人陶碗中添热水。

禹：女娇同渔老汉父女留于高阳城，协助皋陶首领教族民植桑养蚕，织衣织网；后稷去有鬲部落，教族民耕种养殖，筹备柴粮物资，你们要密切配合皋陶首领，确保治水供给。

禹：（转向伯益）伯益到东夷部落，带领族民沿高地修建村落、寨、邑，并选拔东夷部落精壮之徒治青州之水，三年内疏通青州下游之水，定下青州。

禹：（面向皋陶）皋陶首领，自奉天子之命离开平阳宫以来，我同后稷等人度山察水，已把各方地形山势查明，并登记造册。我炎黄大地共有四列山脉，北条北列，北条南列，南条北列和南条南列。四列山脉，横贯东西。我们要依照地形地势来疏通江河湖泊。天下非常之灾，必用非常之法。我认为，青、兖二州要自下而治;冀、雍二州要自上而治。这是我之拙见，还望听皋陶首领高见。

皋陶:（端碗饮水）治水平洪大业，全凭司空大人议定。我等竭尽全力即是。

后稷、伯益点头应允。

女娇似有心事，端壶走向后厅。

17. 后殿禹住所 夜 内

榻上，女娇托腮，对灯沉思。外面雨声哗哗地响着。

禹进入后殿，回手掩门。

禹：（走到睡榻前）治水平患将要拉开帷幕，妻有何心事思虑不解？

女娇：（闻声站起，双目炯炯）妻想随你一同治水，侍你左右，烧水缝衣……

禹脱去崭新的鹿皮上衣，挂在土墙的竹钉上。

禹：（坐在睡榻上，伸臂揽过女娇）前边都是精壮男子，走泥踏水，挖土搬石，我妻怎受得那苦！皋陶首领手下也需要多人协助，我会常回家来看你。

女娇闻听，甜甜地笑着，送上香吻。

禹将女娇紧紧搂在怀中。

雨声哗哗，一阵紧似一阵。

18. 野外 夜 外

暴雨如注。

电闪雷鸣。

洪涛滚滚。

徒工惊骇河

19. 高阳城门前 日 外

惊雷隆隆，雨声哗哗，河水暴涨。

禹、水龙、山虎率领有穷氏部落中的青壮年，组成了治河徒工大军。徒工们身披蓑衣，手持耒锸、耒耜，分为两列，冒雨涌出高阳城门。

禹：（望了望暴涨的河水，对山虎）你带一路徒工去上游，我同水龙带一路去下游。清除积淤，导洪水入北海。

山虎点点头，挥手率领一列徒工沿河向上游奔去。

禹、水龙率一列徒工绕过城池，走向下游。

20. 野外 日 外

禹率徒工们挖掘着一道道土堰，疏通一条条河汊。积存的河水伴着雨水哗哗地流淌。

21. 堤堰上 日 外

黑云低沉。

一条弯曲的堤堰围挡着河水。河水荡漾，堤坝欲倾。

有鬲氏部落族民上百人，在首领鬲寻的指挥下，用条编筐、篓往堤堰上抬运泥土，加固堤坝。

后稷：鬲寻首领，不要再劳民费力啦！上游已经疏通开，水越聚越多，是挡不住的。

鬲寻：（抬眼望望浩荡的河水，皱起眉头）后稷大人，你说该如何做？

后稷：只有决堤放水，才是上策。

鬲寻迈上堤坝，来回走动着，思考着。

鬲寻：（停下脚步）这堤坝，是前些年鲧大人率领有鬲氏族民垒筑的，耗费族民们七八年的血汗，怎能说决就决呢？

后稷：河水越涨越高，对部落威胁更大。只有将河水顺河沟、河汊排出去，才能保护部落不被淹没冲垮。

族民们停下手中的活计，望着鬲寻。

鬲寻握起右拳，捶打着脑门，徘徊在堤坝上。

水龙撑皮筏载禹飞速驶来。

后稷：（喜出望外）司空大人来啦！

堤堰前，皮筏减速靠岸。

后稷、鬲寻迎上前，伸手把禹拉上堤岸。

禹：鬲寻首领，怎么还不决堤放水？

鬲寻：司空大人，这堤可是鲧大人亲手筑的。

禹举目望着下游。不远处，是有鬲氏族民傍河修建的土房草舍。

禹：这道堤坝，不仅危害着上游，一旦决口，也会祸及你们有鬲氏部落。

禹：（对后稷）你带族民去部落转移老少妇幼，都搬到高阳城去。若安置不下，告诉皋陶首领，就在城南、城北的高坡上修建新城池。

禹：（转身对鬲寻）鬲寻首领，你留下部分精壮族民，我们一起放水！

后稷、鬲寻：（点头）是！大人。

鬲寻：（对众）一切听从司空大人号令，带耒耜的族人跟我留下，其余族民跟随后稷大人去部落搬迁。

众人：是！首领。

后稷跳下堤堰，带领大部分人马离开。

二十几个持有耒耜的年轻人走上堤堰。

禹站在堤坝上，抬头望天，天低云暗。

禹、水龙、鬲寻率众顺堤堰走去。

22. 土丘边 日 外

一座高高的土丘边，站着禹等人。

河水顺着掘开的堤口倾泻而下，浪涛滚翻。

水边，一个族民一脚踩空，落入河中，眨眼间被巨浪卷走。

禼寻及众族民惊骇地望着。

禹：水龙，救人！

水龙跃下土丘，蛟龙般扎入浪涛之中，浪涛吞没了水龙。

23. 岸边 日 外

水龙推着落水的族民爬上河岸。

二人沿河边向土丘走来。

24. 土丘 日 外

水龙与落水族民走上土丘。

土丘上，众人欢呼雀跃。

禹：禼寻首领，这条河叫什么名字？

禼寻：禀告司空大人，洪荒河流，巨浪翻滚，无人命名。

禹：如此滔天巨浪，使我的族民徒工如此惊骇，就叫徒骇河吧！

禼寻及众人频频点头。

众人：徒骇河……徒骇河。

河水滔滔，奔腾流淌着，似是回答着族民的呼叫。

进发兖州地

25. 徒骇河入海口 日 外

浩浩汤汤的徒骇河水泄入北海。

（画外音）：疏通徒骇河后，治水徒工已逾千人。禹便兵分三路，分头疏洪。后稷率一路，导胡苏、马颊入北海；禼寻率一路，导鬲津、钩盘入北海；禹亲率一路，导太史、覆釜、简水、洁水入北海。

北定冀州工千日，三年未返高阳城。

26. 冀州城外河汉边 日 外

徒工们挖掘、疏浚着河汉。

禹持耒锸同水龙走上一个宽阔平台，这里是供徒工歇息的场地。

禹望着劳累不堪的徒工们，顿生怜惜之情。

禹：（向大家招手）众工都上来歇息歇息吧！

水龙：（用两手合成喇叭状）弟兄们，司空大人请大家歇息！

众徒工持着耒耜、耒锸跑上平台，围坐在禹周围。

水龙从两位徒工手中接过耒锸，一手握一只耒锸把，将两脚各踩上耒锸的横梁，像踩高跷一样绕场走着。

众徒工拍掌欢呼、跳跃。

禹看着水龙的表演，也笑起来。

几个徒工学着水龙的样子走起来。其中一个徒工刚挪两步，就摔在地上，啃了一嘴土。

众人哄然大笑，举手投足，欢呼雀跃。

禹上前伸出两手，将徒工扶起。

那徒工又踩上耒锸，追上水龙等人。

加入踩耒锸队列的年轻徒工越来越多，形成巨龙般的队伍，绕着禹转来转去。

禹眉飞色舞地看着，击掌鼓励。

围在禹周围的老年徒工们，学着禹的样子，击掌欢呼。

山虎：（带着一个徒工，气喘吁吁地跑来）司空大人，伯益首领差人来报。

水龙及游戏众人听到后，立即停止娱乐，洗耳恭听。

报信人：（单腿跪地）报司空大人，伯益首领率领东夷部落族民大战水患三年，已疏通青州河流，定下青州。

禹：（欣喜地）太好了，伯益首领劳苦功高。

报信人：伯益首领现带领东夷部落徒工到达兖州，同兖州六兄弟部落会合，听候司空大人指令。

禹：青、兖之水流势相仿，均是自下而治。你先去高阳城，告知皋陶首领，备好一批粮柴筐篓。我晚两天到，而后，我们同赴兖州。

报信人：是。

报信人起身离去。

禹：（对山虎）简、洁之水现已告竣，冀州已定下。你带领此路徒工西进雍州、梁州，按我们前几天巡查的方案，分步实施。

山虎：（点头）是！

禹：切记，冀、雍之水自上而治，但下游也务必疏导畅通，不要造成河水大面积滞存。

山虎：是！

禹：我同伯益定下兖州后，再奔江淮，定徐、扬二州。你定下雍、梁二州后，带徒工们南下东进，五年后，我们在荆州会合！

山虎：是，司空！我们荆州会合。

禹：（微笑着）山虎，你已是一路首领，不适宜再以山虎为名！封你为虎达首领！

山虎：（单膝跪地）谢司空大人！

众人：（围拢过来欢呼）虎达首领！虎达首领！

禹：（对众徒工招手）徒工兄弟们，要听从虎达首领的命令，造福族民，报效天子！

众徒工：造福族民，报效天子！

禹挥手，向徒工们告别。

水龙同禹走下台子，走向水中泊着的皮筏。

27. 河水边 日 外

水龙点篙，稳住皮筏。

禹道：回程路上，我们先同后稷、鬲寻首领会面，然后直奔高阳。

水龙点头。

禹迈上皮筏。

水龙登筏，举篙轻点河岸，皮筏飞速离岸。

禹向土台上的山虎及众徒工挥手。

土台上的山虎与众徒工向禹扬手致意。

徒工们恋恋不舍地望着远去的皮筏。

28. 高阳城码头 夜 外

日落月升。

高阳城外的河港，已备好十几竹筏及粮柴物具，泊在河港里。

皋陶、渔老汉与报信人站在码头上静候。

皮筏划开月光下的河面向码头驶来。

报信人：是司空大人！

皋陶：是司空大人！

皮筏靠岸。

禹：（抱拳拱手）皋陶首领！

皋陶：（伸出双手扶禹上岸）一别三载，你日夜操劳，功昭天下。

禹：不敢，不敢。多亏你粮草器具准备充裕，你才是有功之臣哪！

渔老汉：司空大人可多住几天，歇息歇息。

禹：谢老人家关心，不过……兖州那边告急啊！

皋陶：（拉住禹）启儿已满三岁，还未曾见你一面。

禹：天子之命在身，不敢有负厚望啊！伯益与兖州六兄弟那边正等我定夺大势呢！

皋陶：（坚决地）我去兖州！

禹：高阳离你不成，兖州无我不妥。

禹说着松开皋陶的手，双手拱拳作别，拉着报信人一同下岸，迈上皮筏。

皋陶拱手相送，默然无语。

皮筏离岸远去，几十张竹筏结队相随。

月光下，皋陶、渔老汉及匆匆赶来的女娇和抱着启的渔女立岸远眺，女娇手中托着一件衣物。

筏队悠悠远去。

（背景音乐）：

你用脚板把华夏大地丈量，
你用汗水描绘壮丽山河模样。
你用智慧降伏滔天巨浪，
你用铁臂铲除灾害洪荒。
你用毅力展示人生的毅力，
你用坚强写下生命的坚强。
……

伯祀带一支空筏队归来，靠岸。

伯祀:（跳上岸）后稷首领、离寻首领各需五筏粮柴，请皋陶首领即刻筹备。

皋陶：（吃惊）不是已各发去十筏？

伯祀：（傲慢地）哪来这些啰唆，三日内必须送达！

伯祀说着径直走向女娇。

皋陶惊立在原地。

女娇：（训斥）休得无理，你怎么与皋陶首领说话呢！

伯祀放肆一笑，从渔女怀中抱过启，趁接抱时摸了下渔女的手。

伯祀：（若无其事地亲着启）启儿，想舅舅了吧，跟舅舅一同回家！

渔女惊恐地立在原地。

渔老汉：走吧，皋陶首领，回城吧。

皋陶：（若有所思地）哦……走。

众人随皋陶走入城门。

29. 女娇住所 夜 内

伯祀、女娇推门进屋，屋中燃着兽油灯。

伯祀将启儿放上睡榻，启儿在睡榻上蹦跳着。

女娇立在灯下，呆呆地看着手中的衣物出神。

伯祀：姐婿未回家？

女娇：（点头）嗯，皋陶首领说兖州告急。

伯祀：（咧嘴）有何急的，治水非三日两早之事。娇姐……姐婿是否……

女娇：（收起衣物）伯祀，休要胡思乱想！

伯祀：（不怀好意地点头）好，好，我乱想……娇姐！勿要忘了姐婿的身份。如今这天下，除了天子，就是……

女娇：（生气地）住嘴！你走吧！

伯祀：（点头）好，我住嘴。娇姐，别生气，你的事非我能管，我的事望你多关心！

女娇：何事？

伯祀：让渔女嫁与我吧。

女娇：（吃惊地）不成！你……你不是在有易部落早有妻室？

伯祀：我在有仍部落还有妾！可我在高阳城无家啊！

女娇：（怒气冲冲地）伯祀，你要多少家？

伯祀：（死皮赖脸地）娇姐，别生气！小弟求你！

女娇：（坚决果断地）水龙救下渔女，渔女已以身相许，你就死了心吧！

伯祀：（咬牙切齿地）水龙，好个水龙……

伯祀抬脚踢倒一个土墩，甩门而去。

女娇：（气愤地）放肆！

30. 泗水边 日 外

泗水滔滔南流。

治水大军沿泗水浩浩荡荡南下。

泗水边一个石亭内，禹、伯益及兖州六兄弟等首领或坐或立，看着石台上的治水导流图。

几经磨难历练的伯益已显出成熟和稳重，他有着结实的身板和端庄的面孔，聪慧的双眼更透露着灵气与忠诚。

禹：（对伯益）泗水、汶水已入南湖，你同众首领南下徐州，导南湖水入江淮，再导江淮水东流入海。

伯益：而后，南下扬州。

禹：（欣慰地点头）对。我同后稷、离寻首领先去疏通豫水，定下豫州后折向江淮，我们扬州相会。

伯益：是，司空，我们扬州相会！

众首领：扬州相会！

禹站起，众人站起。

伯益同众首领拱手与禹告别。

禹拱手相送。

伯益与众首领跑步跟上南行的队伍。

河中，渔老汉撑皮筏飞驶而来。

禹与水龙朝河边走去。

31. 河边 日 外

渔老汉靠岸停筏。

禹：老人家，你怎么来了？

渔老汉：（迈上岸）司空大人，皋陶首领已查清伯祀娶妻纳妾，私藏十筏粮柴，请大人回去定夺。

禹：（气愤至极）无耻之徒！

禹挥手，同水龙跳上泊在河边的皮筏。

渔老汉迈上自己的皮筏。

两张皮筏逆水而上，浪花扑打着皮筏。

32. 高阳城议事大厅 日 外

皋陶站在石案前，女娇及伯祀站在他两侧。

皋陶：（果断地）伯祀，你不适宜粮柴押运，去管祭祀吧！

伯祀：（瞪起双眼）为何？

皋陶：你心里最清楚！

伯祀：（不服气地）我不清楚，我的押运官职是司空定的。

女娇：伯祀，你要听从皋陶首领命令。

伯祀：凭什么！

女娇：高阳城的一切皆需服从于皋陶首领，这也是司空大人定的，任何人不得违抗。

伯祀：（愤怒地）娇姐，你是我姐！

女娇：这里没有姐与弟，只有臣与民。皋陶首领是臣，而你我都是民。

伯祀：（咆哮）你，你为何总是向着外人？

女娇：我心中只有司空大人的治水大业。

伯祀：（指着女娇）你……

伯祀：（手指向皋陶）你……

伯祀摇了摇头，无可奈何地转身离去。

33. 有仍氏部落 日 外

禹、水龙、渔老汉走在河堤上，堤下河水滚滚，河边泊着他们的皮筏。

不远处的高坡上，有一个宽大的院落，柴草囤积丰富。

大狗跟在有仍氏首领身边，二人沿河岸查看水情。看到禹等人后，他们弯腰躬身朝河堤上攀爬而来。

渔老汉：（指着前方堤坡）大人，那是有仍氏首领。

禹点头，停住脚步。

禹：你可是有仍氏首领？

有仍氏首领：（抬头）正是！

禹：你带我到前边那家院落察访。

有仍氏首领：可不敢，可不敢！你可知那是谁家？

禹：谁家？

有仍氏首领：那是禹大人的内弟，伯祀大人的小妾的住所。

禹：我正要查此家。

有仍氏首领：不敢，不敢！你……

后边的大狗认出了禹等人。

大狗：（拉着有仍氏首领）首领，面前正是禹大人！

有仍氏首领和大狗慌忙爬上堤坡，跪地叩头。

有仍氏首领、大狗：不知禹大人到，失礼，失礼。

34. 妾女住所 日 内

二狗正两手抱着妾女。

妾女：（有些不情愿，推开二狗）以后你别来了，让伯祀看到，他会发怒的。

二狗死皮赖脸地上前拉妾女。

妾女用力推搡，因用力太猛，将二狗推倒在地。

二狗：（蹲在地上，气呼呼地）他发什么怒，他不就运来些柴粮吗？这房子可是我给你搭建的！

妾女：你也没白干，不是给了你一些黍粮吗！

二狗：（气急败坏地）黍粮能干什么？伯祀他算什么！就是禹大人来了……

有仍氏首领带禹等人进屋。

有仍氏首领：二狗，大胆！

二狗惊慌失措，欲逃跑，被冲上来的大狗按倒在地。

大狗：你狗胆包天！睁大你的狗眼看看，禹大人在此，还不叩首谢罪！

大狗按着二狗的头，一个接一个地叩着头。

二狗：（抬起脸）大人不计小人过，请大人再饶恕小人一次，我二狗再也不敢冒犯大人！

禹：你二人跟随有仍氏首领将伯祀运来的柴粮全部查清，装筏运往高阳城，交与皋陶首领，如有半点差池，定当悬石处斩。

大狗、二狗、妾女：（同时跪地）是！

大义斩伯祀

35. 高阳城议事大厅 日 内

禹同皋陶步入大厅。

禹：女娇呢？女娇，我回来了！

皋陶：禀报司空大人，女娇为关照渔女，搬去渔老汉家住了。我即刻差人将女娇请回。

禹：（坐定后摆手）不用，先将伯祀找来。

皋陶：我已差人去寻。一路辛劳，你先喝水解乏。

皋陶提罐为禹倒水。

禹：（端碗一口气喝下，抹了一下嘴角）谢皋陶首领，还是家里的水甜啊！

皋陶将水斟满。

一个青年工匠急匆匆进厅。

青年工匠：报告首领，几处寻遍，不见伯祀身影。

皋陶：上午还曾见他！你叫上工匠们，挨家寻找。

禹：让水龙一同去，寻到后立刻押到城外树林。

青年工匠：是，司空大人。

青年工匠应着，转身离去。

禹：（对皋陶）午时当斩，以警天下！

36. 具老汉家 日 外

巧巧盖着兽被躺在炕上，全身发热，脸发红。

具氏从陶罐中舀出草药汤，凑到嘴边吹了吹，给巧巧喂下。

具老汉在屋中走来走去，心神不定。

伯祀提着羊腿、牛腿等鲜肉进屋。

具老汉：（吃惊地迎上前）伯祀大人，你这是……

伯祀：（将肉丢到石桌上）孝敬二老的。皋陶首领不让我押运粮草，让我管祭祀。大量的供品都在我手里，不孝敬二老孝敬谁？

具老汉：（惊慌失措地）不敢，不敢，请大人拿回。

伯祀：（看到炕上躺着的巧巧）巧巧怎么了？

具老汉：受了风寒，浑身发热。

伯祀：什么风寒！我夜观天象，看到一股妖气罩在你房子的上空，定是有妖孽在你家中作怪。来，看我为巧巧降妖捉怪。

具氏：使不得，使不得，求大人快回吧，巧巧喝下药汤就会好的。

伯祀：（瞪起眼）什么使不得！我就是来拿妖的，让妖跑别人家去怎么办？不能因为你一家而影响全城的族民。

具老汉和具氏被吓得目瞪口呆。

伯祀：（往屋外推具老汉和具氏）出去！出去！我这就降妖，耽误了大事，就斩你们全家。

具氏夫妇不情愿地被推出门外，伯祀关上门，插上了门闩。

伯祀脱下上衣，丢在地上，掀开巧巧的被子往被窝里钻。

巧巧拉紧被子不让伯祀进，惊恐地呼喊着，但还是被身强力壮的伯祀再次掀开被子。

伯祀欲施暴，屋门被具氏夫妇撞开。

具老汉拼尽全力拉下伯祀，具氏为巧巧盖好被子，用身体压住被角。

具老汉：来人啊！快来人啊！

伯祀抡拳打向具老汉，几拳将具老汉打晕在地，他爬起来往床上跳。

具氏：来人哪！救命啊！

闻声赶来的水龙跳上前，抓住伯祀的双脚，猛力将他扯下地。伯祀摔了个嘴啃泥。

伯祀：（转身手指水龙）好你个狗，大人正要教训教训你！

伯祀爬起来，扑向水龙。

水龙抓住伯祀两肩，用力将其甩出门外。

赶来的几个青年工匠将伯祀按倒在地，用麻绳捆绑住。

伯祀：（不服气地）谁敢捆绑我？大人日后教训你！

水龙：押到城外树林，听候司空大人发落！

具老汉：（从石桌上提起两只牛羊腿）这是他送来的礼品，我可不敢要。

水龙接过一只牛腿，提着出屋。具老汉提着羊腿，跟随在后。

工匠们押着伯祀走出去。

37. 城外树林 日 外

一棵歪脖树上，用麻绳吊着一块条石，青年工匠们拉着绳子的另一端。

条石下方躺着被绑住手脚的伯祀，其脖下枕着一块条石。

禹、皋陶、水龙、渔老汉、具老汉等几十个人围站在旁，怒目注视着他。

禹：（用力一挥右手）斩！

青年工匠们同时松手，高吊的条石落下。

咔嚓一声，伯祀身首两断。

38. 树林外 日 外

树林外，女娇、渔女、具氏母女匆忙赶来。

女娇：大人！大人！

启儿：爹爹——

禹走出树林，上前要抱跑来的启儿。

启儿停下脚步，看了看禹，却将身子扭向渔女。

渔女伸手抱过启儿。

女娇：大人，你……

禹：伯祀私吞十筏粮柴豢养妻妾，逼婚霸女，罪当斩首。

女娇用手绢擦着涌出的泪水，捂住嘴，发出痛苦的呜呜声，不知是恨是痛。

具氏母女上前搀扶女娇。

禹：（伸出两手扶住女娇两肩）我妻，我日夜操劳在外，愧对你和启儿！

女娇：大人肩负天子之命，平洪造福民众，妾知晓孰重孰轻。

禹：我妻真是通情达理。这次，我还不能住下。后稷首领、离寻首领已将津、颊、胡、钩之水全部疏通，几年来他们教民种黍植桑，储柴备粮，制陶造耜，存下充裕的物资，等我商讨进发中原大计，我要即刻前往。

皋陶、水龙等人围拢过来。

水龙含情脉脉地望着渔女，渔女脸一红，羞怯地低下头。

水龙：（转向禹）大人，几时开筏？

禹：即刻！

禹：（转向皋陶）皋陶首领，请妥善料理家中之事，拜托了！等我们下次回来，先为水龙和渔女把喜事办了。

怀抱着启儿的渔女将脸藏在启儿身后，露出双眼热切地望着水龙。

水龙冲渔女咧嘴一笑。

禹同水龙大步流星地走向码头。

39. 女娇卧室 夜 内

启儿已熟睡。

女娇起身，双手托起那件衣物。

女娇将脸颊贴在衣物上。

月光映照着女娇红润的脸庞和含情脉脉的眼眸。

40. 渔女卧室 夜 内

渔女香甜地睡着。

渔女在睡梦中露出甜甜的笑容。

话别高阳城

41. 高阳城码头 日 外

码头上人声鼎沸。

全城男女老少在码头上欢笑着，青年工匠们欢快地敲着兽皮鼓，吹着兽角号，像是在过盛大的节日。

皋陶、女娇、启儿、渔女、渔老汉及具氏一家均在人群中。女娇双手托着衣物，渔女一手牵着启儿，一手抱着一件兽皮坎肩。

河中驶来运送粮柴筐篓等器具的竹筏队伍，似一条长龙，只见龙首，不见龙尾。

禹和水龙的皮筏在最前面。

河对岸也出现了巨龙般的治水徒工队伍。徒工们穿着各色衣裤，肩扛长短不一的工具，浩浩荡荡地沿河岸向前进发。

禹同水龙的皮筏靠岸。

筏队继续向前行驶。

皋陶躬身拉禹上岸，禹同皋陶拥抱。

禹弯腰欲抱启儿，启儿瞪大双眼看着禹，伸出一只手将禹挡开，转身躲在渔女身后。

众人笑。

禹：（对皋陶）我与后稷首领、离寻首领制订出了进发中原的计划，力争五到七年内导通中原水系，定下豫州、荆州，完成治水平洪重任。到时我们就可请谢天子，回高阳城来安家落户了。

皋陶：我同众工匠们把城池建好，多囤些粮柴，等待你们凯旋。

禹：（转向女娇）你带领家眷们多协助皋陶首领，把家乡建好，让族民尽享天伦之乐。

女娇频频点头，将衣物递给禹。

禹伸出双手接过，当众展开，是一件精心缝制的黄丝斗篷，斗篷上绣有大鹏图案。

禹将斗篷高举在眼前，审视着大鹏鸟。

阳光下，斗篷金光闪耀，大鹏展翅欲飞。

女娇帮禹披在身上，为禹系上带子。

禹双手捧起女娇红润的脸，亲吻了一下，转身大手一挥，走下岸边石阶，准备迈步上筏。

启儿：（突然从人群中出来）站住，你给我回来！

女娇忙跑上前，将启儿拉入怀中。

女娇抓过启儿的一只手，举起来，向禹挥别。

禹：（转身走回，弯腰两手捧住启儿脸颊）听娘亲的话，听皋陶伯伯的话，快快长大。

启儿将头扭向一侧。

女娇：大人快快登程吧，妾记下了！

渔女也将兽皮坎肩给水龙系好，水龙三两步跳上皮筏，抓起竹篙。

禹转身大步走下石阶，跳上竹筏。

水龙用力一点河岸，皮筏似箭离去。

正巧，河中的粮柴筏队过来，行驶在最后的是后稷、离寻两位首领的竹筏。

竹筏上的后稷、离寻向岸上的众人挥手致意。

后稷、离寻：皋陶首领！皋陶首领！

皋陶、女娇等人：后稷首领！离寻首领！

工匠们的皮鼓声及悠扬的兽角号声响彻码头上空。

岸上、河中一片欢腾的景象。

禹的皮筏同后稷的竹筏随大队远去。

42. 野外 日 外

绿水青山间。

（画外音）：踏遍山河定九州，三过家门而不入。惊涛骇浪流日月，业绩功名写春秋。

43. 河流 日 外

（画外音）：此去中原八年时间，禹统帅的后稷、伯益、虎达三路治水大军在荆州胜利汇合，完成了治水平洪的任务，众部落族民安居乐业，过上了安定祥和的日子。

44. 高阳城 日 外

禹与众首领行走在高阳城街道上。

（画外音）：禹等人返回高阳城后，舜帝在南巡路上驾崩于苍梧之野的噩耗传来。舜帝驾崩前，宣布了要禹继帝位的诏令。禹令鬲寻首领留守高阳城，率众人赴平阳宫继位。

45. 高阳城码头 日 外

禹与女娇、皋陶、后稷、伯益、山虎、水龙、渔女、启儿等人同鬲寻首领告别。

鬲寻带族民、工匠等数百人站在码头送行。

（画外音）：鬲寻首领改高阳城为禹息城，盼望禹帝来此驻足歇息。

（画面内容）：

禹与众人同鬲寻在高阳城码头话别。

禹率众人轻筏简装行驶在青山绿水之间。

禹带众人走进平阳宫。

46. 平阳宫内 日 内

封臣大典。

禹着天子服饰端坐在殿中。

众人分列两旁。

禹：封皋陶为司马，主法制。

皋陶：（出列，双膝跪地）谢天子隆恩！

禹：封后稷为司徒，主教民。

后稷：（出列，双膝跪地）谢天子隆恩！

禹：封伯益为司事，主民事。

伯益：（出列，双膝跪地）谢天子隆恩！

禹：封虎达为司空，平水土。

山虎：（出列，双膝跪地）谢天子隆恩！

禹：封水龙为司寇，平盗贼，兼殿前护卫长。

水龙：（出列，双膝跪地）谢天子隆恩！

47. 平阳宫外 日 外

化着各色彩妆的男女高跷队、舞龙队、舞狮队欢呼庆贺。

48. 羽山 日 外

老年的禹率皋陶、后稷、伯益等大臣东巡。

鬲寻、有仍氏首领均在内。

启搀扶着女娇。启已是青春少年，一副桀骜不驯的姿态。

水龙挽着渔女。

山虎挽着巧巧。

山脚下是平缓流淌着的河水。

天空上一只大鹏鸟在盘旋。

禹开弓射箭。

箭越百米，落在水边的蓬蒿上。

大鹏鸟俯身冲下，叼起带箭的蓬蒿展翅飞去。

远处是蓬莱阁幻境，大鹏衔蓬蒿落在蓬莱山上。

（画外音）： 禹王降龙王，治水功名扬。飞箭越千里，蓬莱定海疆。

49. 蓬莱山下 日 外

海浪翻滚，浪打礁石，浪花飞溅。

禹率众人踏浪走来。

（背景音乐）：

你用脚板把华夏大地丈量，

你用汗水描绘壮丽山河模样。
你用智慧降伏滔天巨浪，
你用铁臂铲除灾害洪荒。
你用毅力展示人生的毅力，
你用坚强写下生命的坚强。
你的丰功刻写在历史的丰碑，
你的伟绩印记在江河山岗。
你的美好传说世世代代相传，
你的英勇壮举亿万人民歌唱。
啊——大禹，啊——禹王。
你鼓舞人们继往开来走向文明，走向辉煌！

（画面内容）：
平阳宫请缨。
崇山拜族人。
黄河救渔女。
涂山逢女娇。
高阳会皋陶。
徒工惊骇河。
进发兖州地。
大义斩伯祀。
话别高阳城。
飞箭越千里。

50. 平阳宫 日 内
睡榻上躺着重病的禹。
女娇、启及众臣围在他的病榻边。
禹缓缓伸出手，拉住伯益。
伯益忙弯下身，伏在禹面前。
禹：（张了张嘴，吃力地吐出微弱的声音）伯益臣……继……帝位。
众臣点头。
启面色突变，生气地扭身离开。
女娇：启儿！

启顿了一下，但未回身，气冲冲地离去。

51. 平阳宫 夜 内

厅内高吊着两个灯座，上面燃着两支兽油灯，发出昏黄的光芒。

身着黄袍的伯益端坐在龙椅上。

后稷、水龙、山虎及几位年轻大臣分列两旁，正在议事。

启气势汹汹地闯入。

水龙：（迎上前）见天子当跪，你为何不跪?

启：天子当是我!

水龙将启按在地上。

启挣扎。

山虎跃步上前协助，与水龙一起用力将启压倒。

众人看着挣扎中的启气愤不已。

伯益缓缓站起，走上前。

伯益拉开水龙及山虎，慢慢解下黄袍，放在石案上，缓步离去。

启奋力挣脱，扑上石案，伸手抓过黄袍。

女娇：（进来，气愤地）启儿，你这是大逆不道!

启充耳不闻，匆忙将黄袍穿上。

女娇：伯益大功大德，你何德何能?

启两手匆忙系着结带。

女娇：（愤怒地）启儿，你大逆不道，人心要散的！天下要散的!

启：（气势汹汹地端坐于殿上）杀无赦!

后稷、山虎、水龙低头走出宫殿。

女娇一手捂住额头，晕倒在石案边。

兽油灯被一阵山风吹灭。

殿中一片黑暗。

52. 黄河 日 外

（画外音）:

启夺取帝位，结束了禅让制，开启了封建统治下的世袭制。但大禹功业，光耀千秋，光昭日月。

黄河滔滔，波涌浪翻，奔腾向前。

七、苦乐岁月

1. 杨镇中学门口 日 外

学校大门上迎风飘着三面红旗。

大门口挂着写有“杨镇中学”四个字的木牌子。

丁金生与李兰妮并肩走进学校大门。

校园里，老槐树上响起阵阵钟声。

2. 教室 日 内

教室里，初中学生在端坐着听课。

坐在学生中的丁金生、李兰妮正在认真听讲。

讲台上，梁老师讲着朱自清的《背影》。

梁老师：丁金生同学背诵课文第三自然段。

丁金生：（起立背诵）到南京时，有朋友约去游逛，勾留了一日；第二日上午便须渡江到浦口，下午上车北去……我再三回劝他不必去；他只说，“不要紧，他们去不好！”

梁老师：（手指金生）停！李兰妮同学接着背诵。

李兰妮：（起立背诵）我们过了江，进了车站。我买票，他忙着照看行李……

3. 篮球场 日 外

丁金生与队员们在打篮球赛。

担任裁判员的梁老师口中含着哨子，双眼盯着篮球来回奔走，行动敏捷。

丁金生矫健地带球穿梭在运动员之间，运球，三步上篮，球进。

李兰妮与同学们热情鼓掌。

（画外音）丁金生：我与兰妮一同在杨镇中学读书，我们美好的青春绽放在美丽的校园里。然而就在我们初中毕业时，自然灾害悄悄降临了。

4. 苇河桥头 日 外

桥头，丁金生与李兰妮握手道别。

丁金生：别忘记我。

李兰妮：嗯！每年我都去我姐家几次，到时我顺便去看你。

丁金生：（点头）我等你。

李兰妮：嗯嗯！

两双稚嫩的手紧紧握在一起。

李兰妮红着脸转身走上苇河桥。

丁金生望着。

桥上，李兰妮回头看。

丁金生挥手。

李兰妮也挥手，然后转身离去。

丁金生望着渐行渐远的李兰妮的背影。

（画外音）丁金生：美好的校园岁月远去了，今后的路程会是如何呢？

5. 黄河岸边的鹊山火车站 日 外

绿皮火车呼啸而来，停靠在鹊山车站。

车门打开，丁金生和爷爷背着粮袋子迈下阶梯。

二人背着沉重的行李走出车站。

6. 黄河大堤 日 外

丁金生和爷爷各背着七八十斤的粮袋蹒跚走在黄河大堤上。

大堤两边的护堤柳枝条瑟缩，堤下河水拍岸，水花飞溅。

爷爷走在前边，丁金生跟在后边。他们解开了棉衣扣子，敞着怀，但依然是汗流满面。爷孙俩的距离原来越远，爷爷停下脚步回头看，等丁金生赶上来，转身继续前行。

爷爷张着嘴，一步一喘，艰难地向前迈着步子。丁金生歪着肩膀，瞪着眼，咧着嘴紧赶着，但还是被爷爷落在后边。

（画外音）丁金生：我和爷爷背着用旧衣物从坊子换回来的地瓜干，这是我们一家人的救命粮。我们本应该从离家较近的禹城火车站下车，爷爷说要绕道黄河滩到刘家集小学看看他的同事杨爷爷和中药铺的刘爷爷。

远处隐约出现一个村庄。

7. 刘家集小学 日 外

刘家集小学内有五间正房是教室，另有东、西两间厢房。

手拿着课本的杨友德走出教室，身后跟出来七名十来岁的学生，个个面黄肌瘦。

学生们：（有气无力地打着招呼）老师……再见。

杨友德点着头，随后走进西厢房。

8. 西厢房 日 内

杨友德把课本丢在桌上，右手伸进一只布袋中，抓出来一把地瓜干放在一只瓦盆里，从水缸中舀出水倒入瓦盆清洗着。

爷爷：（急匆匆地走进屋子）友德，快接下袋子。

杨友德一愣，抓着几片地瓜干呆在原地。

爷爷将袋子丢在地上。

爷爷坐在椅子上，呼哧呼哧地喘着粗气，撩起衣襟擦着脸上的汗。

丁金生走进屋子，顺势将背着的袋子与地上的袋子摞在一起。

杨友德：（尴尬地结巴着）来……来了……二哥。

屋里摆着两张单人床，靠窗的一张是爷爷的，丁金生认识爷爷的被褥。疲乏的丁金生一头扑倒在爷爷床上。

爷爷：（环视一下屋中，惊讶地）友德，车子呢？

杨友德：（更加不自在）让……别人……借走了。

爷爷：快去推回来，我用车子驮着粮袋子赶路。

杨友德：（脸色一变，举着手中的地瓜干结结巴巴地）不……不是，二哥……对不起，我换地瓜干了。

爷爷：（脸上顿显愠色）我留下车子，是给你吃的？本想让你回家来校方便些，你呀你……唉！

杨友德：二哥，对不起……

爷爷：（又叹了一声）换就换了吧！保命要紧。还有几个孩子？

杨友德：（缓过神，放下了手里的瓦盆）七个，还有七个学生。

爷爷：有一个，你也要坚持住，我走了，你可别走。

爷爷：（指着地瓜干袋子）给你留下些地瓜干，黄河堤上的柳树冒芽子啦，你撸些来，加上咱俩的供应粮凑合吃着。待下次来，我给你多留些。

爷爷说着，拿过一个包裹铺到地上，解开袋子往上面倒了一堆地瓜干。

爷爷：（对丁金生）走，去十字街你刘爷爷那儿。

杨友德：你……你……二哥……

爷爷扎上袋子提起来放到丁金生肩上，然后背起袋子走出屋。

丁金生跟在爷爷身后走出西厢房，离开学校。

9. 十字街中药铺 日 内

中药铺里，刘爷爷、刘奶奶各守着一只白瓷碗吃午饭，碗中是黑糊糊。刘爷爷穿着白大褂，桌上放着一口两边带耳的小铁锅，锅里还剩一点儿黑糊糊。

爷爷：（进门喊）刘大哥！

刘爷爷：（听到喊声后站起，高兴地叫着）振德兄弟！快来快来，一块吃饭。

刘爷爷：（对刘奶奶）把锅里的糊糊舀出来，再熬一锅。

爷爷将肩上的袋子放在地上，丁金生也放下袋子。

爷爷：（解开袋口）嫂子，别熬糊糊了，煮地瓜干吃。你看，这是坊子的地瓜干，雪白雪白的。

爷爷：（拉着丁金生走到桌前）这是咱孙子——金生。

丁金生：刘爷爷好！奶奶好！

刘爷爷急忙拉开抽屉，扒拉着找出几块水果糖，他绕过桌子走过来将糖块塞到丁金生手里，抬起手抚摸着丁金生的头。

刘爷爷：长这么高，真精神。初中毕业了吧？

爷爷：正好毕业，学校也散了。

丁金生坐在墙角的板凳上，看了看手里的糖块，没舍得吃，装进了衣袋。他仰起脸环视屋中，闻到一股幽幽的中药香。中药铺迎门横着一个柜台，靠墙立着一排药橱，透着黑紫色的光泽。药橱上面的墙上挂着一个白底黑字的木牌，上面写着“但愿世间人无病，宁可架上药生尘。”

丁金生望着墙上的字出神。

刘爷爷：这是你爷爷的手笔，写得多么漂亮啊！

丁金生仔细端详着那排字，半天也没看出哪里漂亮。

刘奶奶将锅中的黑糊糊盛在碗中，从水缸里舀了一瓢水，把锅刷干净。

爷爷接过小铁锅，端到袋子前，盛了大半锅地瓜干，递给刘奶奶。

刘奶奶两手端着向后院厨房走去。

刘爷爷擦好茶壶，拉开抽屉，伸手捏出一撮黑乎乎的茶叶放入茶壶。

丁金生提起墙角的一把竹子壳暖水瓶，将冒着热气的水冲入茶壶。

刘爷爷撕下两张处方笺，擦了茶碗，然后，斟了两碗茶水，端给爷爷和丁金生。

丁金生接过茶碗，迫不及待地喝了一口，然后噗地吐到地上。他觉得又烫又涩，一股子煳味。

爷爷接过丁金生手中的茶碗，咕咚咕咚喝下。

爷爷：他孩子家，不习惯喝茶。

丁金生走到水缸前，从水缸中舀了瓢凉水，咕咚咕咚喝下大半瓢。

爷爷：黎明没回来？

刘爷爷：回来吃啥！他们医学院里孬好还供给“八大两”。

爷爷：也是。

刘奶奶将煮熟的地瓜干端上来，给每个人盛了满满一碗。

大家围在桌子边正要吃饭，杨友德推着一辆德国造自行车进门了。

刘爷爷：来，友德，你有口福，你二哥从几百里外扛回来的地瓜干，刚煮熟，堪比“泰康”糕点哩。

爷爷：（看着车子诧异地）友德……咋回事？

杨友德把车撑子支好，搓着两手站在屋中央。

爷爷：来吧！坐下吃饭。

刘奶奶：（赶忙为他盛上一碗）坐吧，友德。

杨友德没有动，仍然搓着两手发愣。

爷爷起身走过去，拉着杨友德的胳膊走到桌前，把他按在凳子上。

杨友德：（咧了咧嘴）立德大哥，嫂子，没让你俩知道，我做了一件错事。对不起振德二哥，也对不起你和嫂子。

刘爷爷：（吃惊地看着杨友德）啥事？

杨友德：我把二哥的车子换地瓜干吃了。

爷爷：（赶忙打断）别再说了，换就换了，保命要紧！（爷爷用手指了指车子）你这又是怎么回事？

杨友德：我从你留下的地瓜干中称出十斤，到买主家磕了俩头，赎回来了。

爷爷：哦，以后别再提这事了，就当啥也没发生。

爷爷：（对刘爷爷和刘奶奶）大哥大嫂别把这事放心上，友德也是没办法，不得已而为之。

刘爷爷：（把刚端起的碗往桌上一蹾，大喊）出去，杨友德！我刘立德不交你这样的朋友，振德也没你这个兄弟。

刘爷爷的脸一阵黄一阵白。

杨友德佝偻着腰站在桌边，眉头紧皱，一脸苦相。

爷爷：（苦笑着劝说）立德大哥，看你，又着急。你不是常说气急伤肝又伤脾嘛！我本来不打算让你和嫂子知道这事。让友德兄弟坐下先吃饭好吧？

刘爷爷：（忽地站起，嘴唇哆嗦着）好，你们吃吧！我走！

爷爷：立德大哥你又较真，何苦哩！再说，这不是赎回来了嘛！

刘爷爷：（背起双手气哼哼地）那是两码事！（快走几步跨出后门）。

爷爷见刘爷爷一时半会儿消不了气，只得拉起杨友德从前门向外走去。

丁金生饿得不行，也没心思管大人之间陈谷子烂芝麻的事，只顾香甜地吃着地瓜干。

丁金生吃完一碗，刘奶奶又从小铁锅中给他盛了大半碗。

爷爷回来了，看到只有丁金生在大口吃饭，叹了口气，向后院走去。

爷爷拉着刘爷爷的手走回来。

刘爷爷：（坐回到原来的位子上，仍阴沉着脸）我算瞎了眼啦！怎么交这么个朋友！当初他闹那场病，若不是你冒着生命危险夜渡黄河到济南买来“泰康”糕点……他哪有今天！

爷爷：（笑笑）糕点那么神？多亏您针灸拔罐的医术高明。事已经过去了，友德还是咱的好兄弟。

刘奶奶：（绷着脸）还友德呢！我看做这事就是无德、缺德。

爷爷：（把笑脸转向刘奶奶）嫂子，你别再加油烧火啦！让大哥消消气。

刘奶奶：好啦！跟无德之人生气划不来，以后与他井水不犯河水。二弟跑了大老远的路，还饿着肚子呢。

爷爷和刘爷爷各自端起了碗。

刘爷爷、刘奶奶只吃了小半碗，然后放下碗。

爷爷也不吃了。这熟地瓜干子虽然是堪比“泰康”糕点的美味，但他们都没有胃口。

爷爷：（喝了碗茶水后起身）大哥、大嫂，这半口袋地瓜干就留给你们了。

刘爷爷：不能留！你家里一大帮子人等着吃饭哩！

爷爷：你别推辞了。我绕道过来就是为了给你和嫂子送点，你们不留我不白跑一趟了。

爷爷提起另外半袋地瓜干，迈步走向后院。

刘奶奶拿出一根细麻绳，与刘爷爷帮着他把口袋捆在车子后座上。

爷爷：我得赶路，家里人等着呢！家里还有些旧布料，够换几次的。过阵子再给你们送些来，咱弟兄一起渡过难关。

刘爷爷：（挥着手）不用，不用。我这儿有个中药铺，怎么也好对付。

爷爷推着自行车出门，跟在车子后的丁金生向刘爷爷及刘奶奶挥手告别。

10. 村口 日 外

丁金生和爷爷推着自行车正要进村，李兰妮背着一小袋粮食迎面走来。

丁金生：（惊喜地）兰妮……

李兰妮：（愣了一下，顿时脸红）你……去哪儿啦？

爷爷推着车子走了。

丁金生：我和爷爷去坊子了。你这是……

李兰妮：我姐给我点小麦。

丁金生：哦——

李兰妮：（挥着手）走啦金生！再见。

丁金生：再来你姐家时去我家。

李兰妮：好嘞！

李兰妮匆匆离去。

丁金生目送李兰妮。

丁金生：（自语）小麦……好稀罕啊。

11. 丁金生家院子 日 外

丁金生与爷爷一前一后推着自行车走进院子，他们发现院中站满了面黄肌瘦、表情不一的社员。有的垂头丧气，有的唉声叹气，还有的满脸怒气。

丁金生看到奶奶和拉着小妹的娘站在屋门口，脸上写满了焦灼与无奈。

白白胖胖的支部书记丁占明、生产队长丁金田及其媳妇李兰花站在人们中间。

爷爷：（支起车撑子）咋回事？

丁金田：二爷爷，您老过来看看，小偷从您家挖了我家的墙，把队里存放在我家的麦种偷光了。

爷爷：从我家挖的？

丁金生和爷爷走到墙角处一看，果然在金田家的后墙角有一个洞，洞口这边就是金生家的院子。

丁占明：（愤愤地）这小偷太可恨了，趁您老不在家挖了墙洞，把咱队上的麦种全偷走了。

爷爷：（惊异地）多少麦种？

丁金田：（摇晃着脑袋）两千多斤呢！真是胆大包天哪！

丁金生脑海里突然想到了什么。

（闪回）

李兰妮：我姐给我点小麦。

（闪回完）

爷爷：不是小偷，这是大贼啊！可恶的东西。

丁占鹏：这是成心要我们全村老老少少的命啊！我提议，向公社报案。

丁占明：咱们村二百口人，全都一个姓，不可能有这么绝情的贼，八成是东庙的，要不就是西邻苇河滩的，或者前屯的。

丁金田：（晃了晃脑袋，咬牙切齿地）不管他是哪庙哪滩的，只要被我抓住，看我一刀劈死他。他不让咱过，咱也不让他活。

丁占明：（突然把火气转向了侄子丁金田）你他娘的也脱不了干系，整天揪着你耳朵嘱咐，多加小心，多留神，你到底还是给我添了乱子。你睡个觉就那么死啊！你是个猪啊！

丁占明说着，撸起一只袖子走向丁金田，举手要扇丁金田的耳刮子，丁金田的媳妇李兰花赶忙拉住。

李兰花：（两手死死拉住丁占明的胳膊央求）亲叔啊！金田打早晨一口饭也没吃呢！急得他光打自个儿嘴巴子。

丁金田果然抬起手扇了自个儿两个耳刮子，腮上立时跳起一道道红印子。

社员们见状，先后离去。

丁占明：占鹏兄弟，你也是支部成员。要是公社领导知道了，咱都得受处分。

丁占鹏：身正不怕影子斜。不报案麦种咋解决？地还种不种？

李兰花：（撇了撇嘴）还报啥案？这年头，谁有闲心来管啊！

丁占明：就是哩！再说，一点儿线索也没有，也不好向领导汇报啊！

爷爷：（义愤填膺地）你们不报，我报。

爷爷飞快地解着系袋子的绳子。

丁占明：二叔啊，其实大家也没人怀疑您老人家。

爷爷：必须弄个水落石出。

爷爷说着将袋子掀翻到地上，蹬上车子出了门。

一直站在屋门口的奶奶和金生娘走过来要抬地上的袋子，丁占鹏弯腰抱起袋子走进屋里。

丁占明、丁金田、李兰花悻悻而去。

丁金生望着爷爷的背影，脑子里又浮现了那一幕。

（闪回）

李兰妮：我姐给我点小麦。

（闪回完）

丁金生转身走到屋门口，掏出衣袋中的几个糖块塞给小妹。

小妹欣喜地扒开一块，跳起脚塞到奶奶嘴里。

奶奶笑逐颜开地抚摸着小妹的头。

12. 丁金田家西厢房 日 内

赵书记同腰间挎着盒子枪的王特派员正在墙边勘察，墙角有一个能钻进人的洞口。

王特派员：赵书记，这墙洞里大外小，应该是从里面往外挖的。

赵书记：（点头）看来是内部作案。

赵书记与王特派员离开墙边，查看屋中一个个空空的粮囤。

赵书记：到对面院子看看。

13. 丁金生家院子 日 外

赵书记与王特派员察看墙角洞口。

王特派员：从挖洞的口子看也是如此。

赵书记点头。

丁金生与小妹站在堂屋门口好奇地看着。

赵书记同王特派员向堂屋走来。

赵书记：丁振德先生在家吗？

丁金生：我爷爷去前屯啦。

奶奶：（闻声走出来）您找振德啊！他一会儿回来。请屋里坐吧。

14. 堂屋 日 内

赵书记、王特派员走进屋。

赵书记：好，好。你是大嫂吧？

奶奶：（笑嘻嘻地）是啊！请问您咋称呼？

王特派员：这是我们公社赵书记。

赵书记：是咱们公社，咱们公社。叫我老赵就行，他是小王。

奶奶：哦，赵书记，您请坐。

奶奶用手指了一下右边的位子，自己坐在了八仙桌左侧。

赵书记落座，王特派员坐在赵书记身边的木凳上。

赵书记：几口人呀大嫂？

奶奶：六口，儿子、儿媳，这是孙子和孙女。

奶奶说着指了指倚在床边的丁金生和小妹。

赵书记：团团圆圆一家人，您和大哥好福气啊！

奶奶：多谢赵书记夸奖。

王特派员：您儿子干啥啊？

奶奶：在城里运输公司上班，儿媳去河滩上挖野菜了。

赵书记：哦！听说大哥在黄河滩那边当教书先生？

奶奶：这不是家里断粮了嘛！他和孙子去了趟坊子，换来点地瓜干。

赵书记：大哥当几年教师啦？

奶奶：四八年春天去的，十二年了。

赵书记：怎么去了黄河滩那边，没在当地啊？

奶奶：（笑笑）说来话长赵书记。我们这边是四七年春天解放的，他就在前屯教书了。四八年黄河滩那边需要教师，我大哥动员振德报名支援新解放区。振德是我大哥的学生。

赵书记：（连连点头）哦！您大哥是哪个名儿？

奶奶：庞子杰。

赵书记：（肃然起敬）哦！尊兄是咱们县政协的庞主席啊！

王特派员：（慌忙站起）失敬，失敬。

正说着，院子里有自行车声响起。爷爷支起车撑子，手拿一个纸包走进屋。

赵书记站起来，伸出手同爷爷握手。

爷爷：（激动地）赵书记啊！欢迎，欢迎。大驾光临，蓬荜生辉啊！

奶奶起身离开椅子。

爷爷：（看着桌上）没烧水啊？

奶奶：我去生火。

赵书记：不麻烦了。我想问一下丁先生，还准备回去任教吗？

爷爷：（气愤地）就目前这状况，还能回去嘛！他们栽赃陷害，用心险恶啊！

赵书记：（点头）哦——

爷爷：再说，学校就剩七名学生，一个老师足够了，我回去也是多一个吃白饭的。

赵书记：这样的话，您是否考虑为集体办办公务？

爷爷：若乡亲们信得过，我义不容辞。

赵书记：好，好。我和小王就住在邻村苇河滩大队部，改日再来拜访。

爷爷：喝碗茶嘛！我刚从供销社买了二两煳爆大叶。

赵书记：明天吧！我要挨家挨户走访，同社员们见见面。

赵书记说着与王特派员走出门口。

爷爷、奶奶起身送他们。

丁金生：（望着离开的赵书记和王特派员自语）要不要告诉赵书记呢？

15. 打谷场 日 外

赵书记主持召开全体社员大会，王特派员及苇河滩大队党支部书记苇天祥坐在主席台上。

社员们坐在台下，丁占明、丁金田、李兰花也在其中。

赵书记：请社员同志们注意啦！现在我宣布公社党委决定。经征求全体社员意见，公社党委研究决定：一、撤销丁占明的丁家庄支部书记职务，保留党籍，以观后效；二、撤销丁金田丁家庄生产队队长职务；三、丁家庄的党员由苇河滩大队党支部统一管理，丁占鹏任苇河滩大队党支部委员，兼任丁家庄生产队队长；四、丁振德任丁家庄生产队会计兼仓库保管员。

社员们热情鼓掌，丁占明、丁金田、李兰花耷拉下脑袋。

坐在人群中的爷爷长长地呼出一口气。

赵书记：下面欢迎省劳动模范、苇河滩大队党支部书记苇天祥同志讲话！

赵书记带头鼓掌。

主席台上的苇天祥站起来，笑眯眯地向大家招手致意。

苇天祥：父老乡亲、兄弟姐妹们！我坚决拥护公社党委决定。今后，我们要团结一心，克服困难，共渡难关。

16. 苇河滩大队部办公室 日 内

泥巴墙壁上贴着报纸，室内并排摆着两张土黄色的三抽屉桌和两把椅子，靠墙放着两条板凳。抽着旱烟袋的苇天祥与爷爷分别坐在椅子上，丁占鹏坐在板凳上。

爷爷：我和占鹏商量着把河滩上的荒地给社员们分点，让大家开荒种些萝卜、地瓜啥的，凑合着糊口。

苇天祥：（笑笑）这话说我心坎上了，我也这么琢磨哩。分吧！你们回头就分，我通知金家庄、苇家庄、小刘庄、小王庄生产队也立马分。

丁占鹏：（站起来）假如上级怪罪下来，我们一起扛。

苇天祥：顾不了那些啦！保命要紧。

爷爷和丁占鹏默默点头。

17. 苇河滩 日 外

苇河里荡漾着清清河水，两岸的荒草坡上散落着开垦荒滩的社员。他们有用铁锨挖的，有用镢头刨的，也有用三齿耙搂的。

一块块新开垦的土地在阳光的照耀下闪着金色光芒。

丁金生两手高高地举起三齿耙用力刨下去。

爷爷吃力地挥着镢头刨地。

金生娘用铁耙子把刨出来的草根搂在一起，敲打着草根上的泥土。

不远处，秀美嫂用茅草根编了一个漂亮的帽圈扣在李兰花头上。

秀美嫂：金田，看你媳妇美不?

丁金田：臭美。

秀美嫂：你说啥呢！谁不夸兰花漂亮。

丁金田：（眼一斜）不当吃不当喝，也治不了肚子饿。

秀美嫂：你这小子不知足啦！兰花，跟他离婚。

兰花：别说这不中听的，小心二爷爷抽你嘴巴。

秀美嫂伸伸舌头，赶忙弯腰刨地。

爷爷突然停下，看着绿油油的草地出神。

爷爷：（对一旁刨地的丁占鹏）占鹏啊，你看这绿草地这么荒着多可惜，放养些山羊不好嘛！

丁占鹏：（摇摇头）眼下不行，人还填不饱肚子，谁还顾得上养牲口？

爷爷：可不是哩。听说有三四户断粮了，得赶快想办法弄粮食糊口啊。

丁占鹏：有啥法子可想哩，咱这都是地里刨食吃的土鳖，撒下种子也得等些时日啊。况且有些人家连菜种子也买不起。

爷爷：昨晚金生他爹回来了，说县粮食局从东北调来了救济粮，要他们运输公司用船运到丁家桥来，在丁家桥码头设粮食供应站，供给城西南乡的十几个公社。

丁占鹏：这倒是有了盼头。可眼下呢？

爷爷：眼下……你联络一下家中有旧布料、旧衣物的，坊子那边的人们挺稀罕，我带大伙去换些地瓜干。那边是丘陵地，不产棉花，地瓜干倒是挺多的。

丁占鹏：（面露喜色）好、好，这能救急。

18. 铁路 日 外

火车奔驰，汽笛长鸣。

19. 村口 日 外

爷爷带着几十名社员背来了大袋小袋的地瓜干。

爷爷在前头推着自行车驮着袋子走着，后边跟着的人们背着、扛着大袋小包，一个个喜笑颜开。

村头站满了迎接他们的男女老少，丁金生也在人群里。他突然跑上前，跟在爷爷的车子后用双手推着。

爷爷回头望着丁金生笑了笑。

李兰花：（跑过来）二爷爷，啥时候还去？俺也跟你跑一趟。

爷爷：后天。

丁金生：你家不是有小麦吗？

李兰花：啥小麦？粗粮也光光的啦！不信你去我家看看。

爷爷：（停下脚步，扬起一只手招呼着）大家注意啦！互相捎个信儿，谁还去的抓紧准备，后天一早在这儿集合。

秀美嫂：二爷爷，俺也去。

人们：（争相呼喊着）好！一定准时。

20. 丁金生家 夜 内

八仙桌上亮着马灯，金生一家正在吃晚饭，外面突然响起敲门声。

丁金生忽地站起，走出屋门。

21. 大门 夜 外

丁金生：谁？

丁占明：金生开门，我是你占明叔。

丁金生：（厌恶地）等着。

22. 堂屋 夜 内

丁金生：是丁占明。

爷爷：开门。

金生娘：（气愤地）不给开！

丁金生望着爷爷。

爷爷：不开门不对，不知人家啥事就拒之门外啊？

奶奶：啥事也不行，被他坑得还轻啊！

爷爷：（放下碗）君子不跟驴置气，咱能与他一般见识？

爷爷起身走出去，丁金生跟在爷爷身后。

23. 大门口 夜 外

爷爷拉开门闩，打开大门。

丁占明：吃饭呢二叔？

爷爷：哦，占明啊！来，屋里坐。

丁占明跟在爷爷身后走着。

丁金生掩上了大门。

24. 堂屋 夜 内

爷爷：坐吧占明。有事吗？

丁占明：（双膝跪地）二叔、二婶子，我对不起你们。

爷爷：（伸手拉丁占明）哎呀！这是干啥。有事起来说。

丁占明：（哭丧着脸）我……我……没脸说啊二叔。

奶奶：有啥不可说啊，你这远近有名的大能人……

丁占明：不是……二婶子，你侄子就是个浑球啊！

金生娘：谁做亏心事，老天爷看得清。

丁占明：（扇着自个儿嘴巴）我亏心……二叔、二婶子、兄弟媳妇，我亏心啊！我不该把社员招呼到您家看现场。

奶奶：看得清楚明白才好。俺还真怕大伙看不清楚哩。

金生娘：让俺家背黑锅，长着啥样的黑心肠！

爷爷：（从椅子上起来拉了一把丁占明）起来吧！过去的事到此为止，有啥事坐下说。

丁占明：（坐到墙角板凳上）二叔啊！都怪我养了一帮好吃懒做的狼崽子，家中没一粒粮了。

奶奶：你家还用着粮啊？前屯包子铺的羊肉包子香喷喷哩。

金生娘：都说你一家是包子铺常客嘛！

丁占明：别提了，没了粮食，谁还赊包子啊。二叔啊，我听说你后天还去坊子，麻烦您把二蛋子领上，到那边寻个有饭吃的主，给他找个活路吧。

爷爷：把孩子送人啊？瞧你这馊主意。

丁占明：我跟他娘商量好的。

爷爷：一对馊主意。

爷爷说着起身走进里屋。

金生娘：这是又让俺背黑锅呀，要送人自个儿去送。

丁占明：不是，不是。你不知道啊兄弟媳妇，没盘缠啊。

奶奶：这主意出得高啊！要俺背了黑锅还搭盘缠！

金生娘：拉屎扒地瓜——一举两得的事人家还不常干。

爷爷：（提出小半袋地瓜干塞给丁占明）拿回去给孩子们先吃着，你回家收拾收拾旧衣物，后天让大蛋子跟我一块去坊子。

丁占明：（两手接过袋子捧在胸前）不好意思啊二叔，我一分盘缠也没有。

爷爷：（摆着手）我来想法子。

丁占明：真不好意思啊二叔、二婶子。等以后孩子们长了本事，都孝敬您二老。

丁占明说着转身离去，丁金生气愤地送他出去。

金生娘：（愤愤地）当喂了狗吧！

奶奶：狗还能看家守门哩。

爷爷：（端起了半碗糊糊）得饶人处且饶人啊！

25. 苇河滩 日 外

（画外音）丁金生：爷爷带大家又跑了几趟坊子，换回来不少地瓜干，加上调拨来的救济粮，和开荒地长出的地瓜、萝卜等蔬菜过了灾年。秋后洪涝退去，赵书记为我们申请来麦种，带领我们种下一百多亩冬小麦，播下了庄稼人的希望。随后迎来了灾后的第一个大丰收，夏季征购我们队完成得最好，上级奖励了二十只小尾寒羊。爷爷给这些精灵们剪了毛，编了号，安排专人放牧。国家还从东三省调拨了一批耕牛，为灾区恢复了生产。

（画面内容）：

飞驰的火车；

爷爷与背着地瓜干的社员们欢笑着走进村子；

在苇河滩荒地里收获地瓜、萝卜等蔬菜的人们；

苇河桥码头，国家调拨来的玉米、高粱及小麦；

爷爷和丁占鹏带领社员们背回来一袋袋麦种；

赵书记、丁占鹏、丁金生与社员们一同在田间耕耘、播种；

赵书记、丁占鹏、丁金生与社员们一起在田间收割；

赵书记、爷爷与社员们一起在场间打麦；

羊栏前，爷爷用剪刀在羊身上剪着号码；

社员们有的抓着羊角，有的拉住羊腿，还有的兴致勃勃地围观着……

丁占鹏与一个社员牵来三头耕牛，爷爷用剪刀给它们剪毛、编号。

26. 牲口棚 夜 内

丁占鹏：二叔啊！麦糠不够牲口吃，得早做打算。

爷爷：黄河涯那边都用茅草根喂牲口，我带人去刨。

丁占鹏：行，咱爷儿俩分工，我带男劳力在家锄地、施肥，您带女劳力去刨茅草根。让金生陪您。

爷爷：（点头）就这么定了。我去前头联系。

27. 村口 日 外

李兰花、秀美嫂及另几个年轻妇女分别赶着一辆牛拉地排车。

李兰花赶着车走在队伍前头，车里装着包有麦糠的草包，金生坐在草包上。

后边一辆车是秀美嫂赶的，车上坐着两个女社员，装着三齿耙、麻绳等工具。

后边几辆牛车上分别坐着几个女社员。

李兰花赶车来到村口，李兰妮迎面走来。

李兰花：（拉住牛缰绳）兰妮！

李兰妮：姐，你们去哪儿？

李兰花：去黄河滩啊！

李兰妮：我也跟你们去。

李兰花：走吧！上车。

丁金生：（往一边靠了靠，热情地招呼）兰妮，上来吧！

李兰妮一手扳着车棚子，一手伸向丁金生。

丁金生伸出一只手抓住李兰妮，用力一拉，李兰妮跃上车子，坦然地坐在丁金生身边。

李兰花用不屑的眼神扫视了下丁金生，然后一扬鞭子，赶车上路。

28. 苇河桥头 日 外

车子走在苇河桥上，桥下是碧绿的河水。

李兰妮：你们到黄河滩干啥？

丁金生：给牲口刨茅草根。你干啥呢？到你姐家背粮啊？

李兰妮：背啥粮啊！我们家粮食早够吃了，你还当是前些年啊！

李兰花：（听了一愣，眼珠一转）金生，你们议论啥呢？你也该学学赶车呢。

丁金生：好，兰花嫂你教我。

李兰花吁了一声，牛立马四蹄立正，稳稳当当地站在桥头。

李兰花：你要学会跟牛说话，“嘚”是走，“吁”是停，“噫”是往里靠，“嗷”是向外靠。来试试，别把牛赶飞了。

丁金生：（跳下车子，从李兰花手中接过鞭子）往哪儿飞啊？牛又没长翅膀。

李兰花爬上车与李兰妮并肩坐好。

丁金生冲牛连喊几声“嘚”，牛像没听到一样，站在原地，昂首挺胸，一动不动。

丁金生：嘚——嘚——嘚！

牛依然像聋子一般，还悠闲地倒嚼起来。

丁金生脑门冒汗，脸红到了耳后。他挥起鞭子照牛头上啪地抽了一鞭，牛撒开四蹄奔跑起来。

丁金生边追边高声吆喝着“吁”，但牛却越发跑得带劲。

丁金生挥舞手中的鞭子，边喊边抽，想让它停下，牛却发疯般地狂奔。

丁金生两手紧紧抓住牛皮缰绳，死命地往后拉，但事与愿违，越拉牛越疯狂。只见它四蹄生风，车子好像飞了起来。

在后边坐着的李兰花、李兰妮趴在了草包上，两人死死抓住一边的车栅子。

李兰花大喊“停车”，可惜牛也不听她招呼。

丁金生被缰绳带得脚不着地，只觉两耳呼呼生风，头皮阵阵发麻。车子的两个轱辘咯噔咯噔地响，一会儿着地，一会儿飞起，也分不清是跑在路上还是飞在田里。

丁金生仍然死死拉着缰绳，狂喊着“吁”。

牛跑进了河东寨。

29. 河东寨李兰妮家门前 日 外

牛拐入一条胡同，它的两支长角顶在了南墙上，这才停下。

丁金生两手松开缰绳，走到前面一瞧，牛的两个鼻孔已被勒破，它满嘴流血，血嘀嗒地落到地上，洇湿了泥土。

丁金生两手扶着车扇子，大口大口地喘了一阵粗气。他转身看向车后，头发凌乱的李兰花和李兰妮姐妹俩紧紧地抱在一起。

旁边的一个半圆形拱门中走出一位老汉，见状忙上前观看。

老汉：（吃惊地）兰花，这是咋了?

李兰花：爹，大黄牛……惊着啦!

兰花爹：哦。

他点点头，走到车子前边，抬起右手轻轻划拉着牛的脊背。他小心翼翼地绕到牛头前，拉住牛缰绳掉过头，把缰绳系在门前一棵榆树上，转身走回家。

李兰花和李兰妮小心翼翼地迈下车子。

丁金生仍心惊胆战地看着，不知如何是好。

兰花爹提来半桶水走到牛跟前，抬起一只手又轻轻划拉了几下它的脊背，然后把水桶放在了牛嘴边。兰花爹一手抓住牛鼻环，一手撩起清凉的水为它清洗鼻孔和嘴巴。

丁金生感到莫名其妙——牛像乖孙子似的任他摆弄。半桶水被染成了红色，变成了血水，牛鼻子的血止住了。

李兰花：爹，你说这牛记性真好，只来过咱们家一次就知道门了。

兰花爹：咋惊车了？

李兰花：（瞥了丁金生一眼）金生嫌它慢，想让车飞起来！

兰花爹：（瞪起眼）这还了得！赶车撑船——命在眼前，可开不得玩笑。

丁金生：（尴尬地笑笑）刚才我后背还冒凉气，以为今天小命危险了呢。

李兰花解开缰绳，吆喝着拐弯掉头。

牛依然是乖乖地顺从，丁金生还仿佛看到它用白眼珠子瞪了自己一眼。

车子拐上大道，丁金生抓住车栅子跳进了车里。

李兰花：（见李兰妮要上车，劝她）兰妮，要不你别去了，跟爹在家吧！

李兰妮：（摇着头）不。

李兰妮脚蹬车板往前一跃，丁金生又伸手拉了她一把。

二人并肩坐在草包上，丁金生拉住李兰妮的手，抬起一只手为她理了理凌乱的头发。

李兰花瞥了丁金生一眼。

丁金生把李兰妮细嫩的手握得更紧。

30. 河东寨村口 日 外

李兰花将车子拐回到村口，后面的车队也跟上来了。

秀美嫂：金生真厉害，给牛插上翅膀啦！你想赶着黄牛飞上天去会七仙女啊！

丁金生自觉惭愧，无言以对。

秀美嫂：兰妮，过来上我的车子。嫂子这黑牛是母的，不会飞。

李兰妮摇了摇头。

车队继续晃动在乡间土路上。

31. 原刘家集小学院子 夜 外

院子中的树杈上挂着一盏马灯。

树下是新垒的锅灶。扎着围裙的刘奶奶正在灶前烧火，灶上有一口大锅，锅中的水咕嘟咕嘟地冒热气。灶旁支着案板，上面搁着围裙、面盆、菜刀、锅铲，一旁有竹笼、扁担、水桶等生活器具。

李兰花、秀美嫂等人卸下牛车，将牲口拴在院中树上。

爷爷忙着筛草喂牲口。

丁金生、李兰妮等人搬着行李。

李兰花和秀美嫂从车上抬下一口袋面放到案板上。

爷爷：兰花，这是你们的刘奶奶。

李兰花、秀美嫂：刘奶奶好。

刘奶奶：（笑嘻嘻地）好！欢迎孩子们啊！

李兰花、秀美嫂扎上围裙，挽袖洗手，开始准备晚饭。

丁金生和李兰妮走上前来。

丁金生：刘奶奶。

刘奶奶：（抬头）哟——金生也来了！

丁金生：这是我同学兰妮。

刘奶奶：（仔细端详着）哦——兰妮！闺女真俊啊。

李兰妮脸一红，藏到了丁金生背后。

丁金生：刘奶奶，这儿的学生呢？杨爷爷呢？

刘奶奶：都搬到杨家寨学校了。

丁金生：哦。刘爷爷挺好吧？

刘奶奶：好。刚才还在这儿呢！卫生室有个病号，他回去看看。

丁金生：好！那我们去看刘爷爷。

丁金生拉着李兰妮跑了。

李兰花：兰妮，一会儿就吃饭。

李兰妮：知道了。

秀美嫂：兰妮是大姑娘啦！你不用多管。

32. 十字街卫生室 夜 内

崭新的房门口挂有写着“刘家集大队合作医疗卫生室”的木牌。

原来的中药铺已翻新扩大为大队卫生室，增加了橱柜和人手。但药橱上挂着的那一排白底黑漆的大字没变，依然那么醒目亮眼——但愿世间人无病，宁可架上药生尘。

柜台前的青年男子：有事吗？

丁金生朝正为病号把脉的刘爷爷指了指。

刘爷爷：（对患者）脾湿肺虚。先拿三服药，吃完再过来看看。

刘爷爷开完药方交给患者，患者到柜台前把药方递给司药。

丁金生与李兰妮走上前。

丁金生：刘爷爷。

刘爷爷：金生来啦。

丁金生拉着李兰妮一同坐在刘爷爷面前的板凳上。

刘爷爷拉开抽屉拿出一包糖递给丁金生。

丁金生：刘爷爷，我长大了，不吃糖了。

刘爷爷：（笑呵呵地）再大，在爷爷面前也是孩子。

丁金生：（点头）在您老面前，我永远是孩子。

丁金生打开糖包，拿出一块递给兰妮，自己剥开一块，又把糖包推给刘爷爷。

刘爷爷：我想让你们爷儿俩住到家里来，你爷爷说舍下女孩子住村口不放心。

丁金生：我们住一起挺热闹的。黎明叔叔在哪儿上班啊？

刘爷爷：他是省立医院的主治大夫啦！参加了省医疗宣传队，到各公社举办医疗培训班，为农村培养赤脚医生呢。

丁金生：哦，您也培养徒弟啦？

刘爷爷：是啊！我带了两个徒弟。再过两年就退休离岗，安享晚年了。

丁金生：好，祝刘爷爷晚年幸福！

33. 黄河滩 日 外

荒凉的黄河滩上可见三三两两刨茅草根的人们。

丁金生与李兰妮挥舞着三齿耙用力刨着。他们脸上红彤彤、汗津津的。

春风掀动着李兰妮的齐耳短发。

李兰妮：那年你们村麦种被盗，是从你家挖的洞啊？

丁金生：啊——不是。王特派员勘察了现场，洞口是从里向外挖的。

李兰妮：哦。这么说小偷是从我姐家进去的。

丁金生点头。

李兰妮：不论从哪边挖，动静该挺大啊，你没听见？

丁金生：我和爷爷去坊子了，那不是……回来正碰上你从你姐家背小麦出村。

李兰妮：我姐说是从仓库地上打扫的麦子，小偷撒地下的。

丁金生：（摇头）不是小偷，我爷爷说是大贼。

李兰妮：没破案咋就把我姐夫和他二叔撤了呢？

丁金生：根据调查和群众反映吧。

李兰妮：这能算证据？

丁金生：王特派员走访了东庙包子铺，查出他们两家常用小麦换包子吃。

李兰妮：（喃喃地）哦，小麦……包子？

丁金生用力地刨下去。

34. 学校西厢房 夜 内

爷爷和杨爷爷原来的宿舍里，桌上放着一盏马灯，墙角立着自行车。丁金生倚在墙角泡脚，盆中的水冒着热气。

爷爷：（进屋）你秀美嫂回村送草根了，捎回来大队的通知，要你回去参加公社举办的赤脚医生培训班。

丁金生：（惊喜地）是吗？太好啦！

爷爷：去吧！是男儿，不为良相，便为良医。你继续升学的希望不大。不能成为国家栋梁之材，就像你刘爷爷一样为一方百姓治病疗伤、除疾消灾吧！

丁金生：（深深点头，默念着）但愿世间人无病，宁可架上药生尘。

爷爷：明天兰花回村送草根，你们一起走。

35. 学校大门前 日 外

地排车上已装满一车茅草根，李兰花把牛套上车子。

丁金生提着装有窝窝头和一只搪瓷缸子的布兜与李兰妮走出大门。

丁金生：（同兰妮握手）再见。

李兰妮含情脉脉地望着丁金生。

李兰花：兰妮，你和秀美嫂在一块，别自个儿乱跑。

李兰妮：知道。

丁金生跟在牛车后离开了刘家集小学。

36. 黄河滩涂 日 外

李兰妮与秀美嫂等人一起刨着茅草根。

李兰妮突然停下，扭头远眺着。

秀美嫂：兰妮，嫁到我们村来吧！和你姐姐做伴。

李兰妮羞涩地一笑，挥起三齿耙刨下去。

37. 乡路 日 外

李兰花赶着牛车摇晃地走在田间土路上。

暖阳照着鲁北大地，路边摇曳的柳枝吐出嫩黄的芽，田野间麦苗吐出新绿。

金生挎着布兜跟在车后，走得热了，他解开了棉衣纽扣。

38. 华店集村口 日 外

车子在华店集街头的来福茶馆前停下。兰花卸下牛套，用木棍支住车辕，把牛拴在店旁的枣树上。

丁金生摘下肩上的布兜，从兜里掏出一只黄色的搪瓷缸，随后把布兜放到柜台上。

丁金生：（对店老板）加上葱花烩窝头。

店老板：（拿过布兜）好嘞，葱花烩窝头！（转身交给了正在案板上切菜的老板娘）。

店老板：来壶什么茶？大方还是龙井？

丁金生：白开水。

丁金生将搪瓷缸放在桌上，店老板提起一壶热开水为他倒满。

李兰花走来坐在板凳上。

店老板拿过一只白瓷碗，为李兰花倒水。

丁金生仰脸望着天空，昏黄的光晕套住了亮晃晃的太阳。

老板娘端来两碗烩窝头放到桌上。

丁金生、李兰花香甜地吃着。

39. 来福茶馆 日 外

一阵风刮过，刮起路边的树叶与枯草。

李兰花仰脸看看日头，皱起眉头。她掏出两角钱给店老板。

李兰花：（解开牛缰绳套车）走吧金生，起风了。

丁金生喝完水，把搪瓷缸装进布兜，挎在肩上。

李兰花赶车离开来福茶馆。又一阵风刮过。

40. 乡路 日 外

西北方向天地间一片昏黄，风越来越大。

李兰花赶车走在村外乡路上。

霎时大风呼号，沙尘铺天盖地而来。

李兰花接连打了几个响鞭，牛似乎也感觉出天气异常，四蹄甩开，大步跨跃。

车速变得缓慢，一飘一飘的，大风似乎要把车子给刮起来。

牛顿时失去了威风，像一个颤颤巍巍走路的老人。

李兰花眯着眼睛，她的衣裤被风刮得呼啦啦地响。

丁金生跟在车后，铆足力气推车。

牛一步一挪地行走，车子一歪一斜地行进。

41. 黄河滩 日 外

李兰妮与秀美嫂刨的茅草根被摊晒在地上。

一阵风呼地刮过，将茅草根刮上半空。

惊慌的秀美嫂拉起李兰花匆匆离去。

42. 荒郊野外的场院屋 日 外

狂风中，车子突然停下了。

丁金生两手捂脸，眯着眼睛绕到车前。牛已大汗淋漓，脖子下汗水成串。

丁金生眯着两眼看到停车的地方是一个打麦场，路边有一排粗壮的青杨树，树下有一个小场院屋。

李兰花匆忙卸下牛套，丁金生赶忙搭手，用牛套绳拴住一棵青杨树。

李兰花牵着牛走进场院屋。

丁金生忙乱地解下草包，费力地拖进屋去。

43. 场院屋 日 内

兰花脱下外套，为牛擦汗。牛身上原本像黄缎子般的皮毛，已经成了湿漉漉的毛毡片。

丁金生把草包解开，放到牛嘴下。

牛低头要吃，被李兰花伸手拉开。

李兰花：不能喂！

丁金生：（眨巴着眼不解地）为啥？

李兰花：等它喘口气后再喂。要是压住嚼就结肠了，它可是咱队上的半个天啊！

丁金生：哦，喂牛这么多讲究！

丁金生忙把草包拉到墙角，重新包好。

丁金生直起腰，环视着小场屋。屋子并不高，顶上排列着五根杨木檩条，檩条上铺的是秫秸，屋子角落里布满了蜘蛛网。

李兰花为牛擦干身，它开始倒嚼。

李兰花从墙角拉过草包，给牛喂上，然后把缰绳系在后墙的小窗棱上。

44. 场院屋前 日 外

李兰花走出屋门，两手扶住屋前的青杨树，举目张望着，似乎在寻找什么。

丁金生也走出屋，看到粗壮的青杨树在狂风中摇来晃去，感觉自己随时会被狂风刮起，慌忙退回屋。

45. 场院屋 日 内

李兰花也退回屋，她走到后窗前，向屋后张望。从小窗刮进一股冷风，她下意识地退回来。

李兰花：我到前边村子找水，牛出了大汗，吃完草一准会渴。

丁金生：前边能有村子吗？

李兰花：有场院屋就有村子，一般麦场离村庄不会太远。

李兰花说着穿上那件给牛擦过汗的外套。

丁金生：我去吧！

李兰花：不行！你在这儿看好牛。

李兰花说着走出屋门，走进呼号的狂风中。

46. 屋门口 日 外

丁金生跟出屋门，看到李兰花沿着大道顶风前行的艰难的样子——她弯着腰，拱起背，两手捂着前额，大步迈出去，但落脚时却仅仅只有小半步。

李兰花仍然把脚高高抬起，用力迈出，吃力前行。她渐渐消失在昏黄的风沙暴中。

看到此情此景，丁金生对李兰花顿生敬意。

47. 刘家集小学 夜 内

人们歪躺在草铺上，外面狂风呼号。

李兰妮：秀美嫂，你说兰花姐他们到家了吗？

秀美嫂：（摇着头）顶头风，车子肯定走不动。

李兰妮：他们会住哪儿呢？

秀美嫂：路上这么多村子，不会露天。

李兰妮：万一赶不到村子哩？

秀美嫂：俩人呢，不怕。嘻嘻，还有个大小伙子哩。

李兰妮拉过被角蒙上脸。

48. 场院屋 夜 内

天色黑暗，混沌不清。

风依然肆无忌惮地刮，毫无停止的征兆。

丁金生脑海中泛起不祥的预感。

丁金生：（喃喃自语）我是个男子汉，我是个男子汉，我是个男子汉嘛！

丁金生扭头看看牛，它正不紧不慢、津津有味地吃着草。

丁金生走到后窗，摸了摸系在棱子上的缰绳，然后铆足力气冲出门，冲入门外的昏天黑地中。

49. 路上 夜 外

丁金生迈开大步向前，但腿脚不听使唤，像有什么在绊着他的双腿。他甩开两脚向前跨，脚却不随心，似乎被什么东西吸着。

丁金生似乎不是走在大地上、平原上，而是陷入了汹涌澎湃的大海，抑或掉入了万劫不复的黑洞……

丁金生心里清楚，他只能向前，向前，不能倒下。

丁金生：（自语）我是个男子汉，我是一个顶天立地的男子汉！

丁金生在这伸手不见掌、合手不见拳的黑夜中挣扎挪行时，突然感到脚尖踢到了软软的物体。他弯下腰，伸出双手往前摸，摸到了一只湿漉漉的脚，还有泥水。

丁金生再往前摸，发现这是一个歪倒着的人。他抓住了对方的一只胳膊。

丁金生：（呼喊）兰花嫂！兰花嫂！

丁金生慌乱地抱起李兰花，转身返回。

丁金生被风裹着，竟然像飞起来一样轻松、快捷。

50. 场院屋 夜 内

丁金生跑进屋里，放下李兰花。

丁金生摸索着扯过草包，铺在地上，将她抱上草包。他脱下外衣，盖在她身上。

丁金生两手对搓着，在屋中转来转去。正当他感到束手无策时，忽见一道光从门前闪过。

丁金生：（自语着）雷雨要来了吗？

51. 屋前 夜 外

丁金生走到门口，又一道光忽地闪过。他循着光望去，好像是一个打着手电的夜行者。

丁金生：（自语）这鬼天气，谁还夜出呢？

电筒光越来越近，来人到了场屋前。他用手电照了照草车，又照了照门口，昏黄的电筒光从丁金生身上划过。

丁金生：（大声喊）快来帮忙救人啊！

来人绕过草车走到了门口。

丁金生双手拉住他的胳膊，将他拉进屋。

52. 场院屋 夜 内

来人用昏黄的电筒光绕着屋子转了一圈，最后停在了李兰花的脸上。

来人：（惊呼）兰花？

丁金生：（惊喜地）你认识她？

来人：她怎么啦？

丁金生：她去村中找水……

来人：（打断）我知道。她从我家提来的水。我说帮她抬过来，她说不麻烦了。你大娘担心出事，催我赶过来了，还让我给你们捎来两个窝窝头。

来人说着，从衣袋中掏出一个布兜递给丁金生。

丁金生：（赶忙接过布兜）谢谢大爷，谢谢大娘。请问大爷，您村有大夫吗？

大爷：（摇了摇头）我们是个小村子，哪来的大夫啊！她怎么伤的？（他用手电照了照李兰花的额头，看到了一道血痕。）可能是撞在树上碰晕了。不碍事，一会儿就能缓过来。我说路上怎么有一洼水呢！看来是水桶歪了。

大爷：（把手电筒递给丁金生）你照着。

大爷蹲下，用大拇指按了一会儿李兰花的上嘴唇，又用两手揉着她的两眉之间及眉毛两侧。

李兰花哼了一声。

丁金生：（看到兰花的额头一侧露着血印子）这个地方像是被树碰破的。

大爷点点头，继续按摩着。

李兰花扭了扭头，睁开了眼。

大爷停止了按摩。

丁金生：（惊喜地）兰花嫂！

李兰花扭动了一下，张了张嘴。

大爷：闺女别动，先缓一会儿。

大爷：（站起来）这鬼天气！几十年没见过。这样吧小伙子，我回去提壶水来。

丁金生：我嫂没啥大碍。我与你一同去，您老少跑一趟。

大爷：也行。

53. 路上 夜 外

丁金生一手打着电筒，一手紧紧拉住大爷的胳膊，二人合力顶风前行。他感觉脚下一滑，用手电一照，是一洼泥水，还有自己刚踩的脚印。

丁金生：（照了照四周）水桶呢？

大爷：早飞过黄河滩了。

丁金生与大爷继续前行，来到大门口。两人走进去。

54. 大爷家 夜 内

大爷屋中亮着一盏煤油灯，大娘坐在炕沿上。

丁金生与大爷进屋，大娘忙起身迎上前。

丁金生：大娘好，给您老添麻烦啦！

大娘：哎，啥麻烦，谁还不出个门，遇上点难事啊。

大爷用麻绳捆好一床棉被，挎到了丁金生的双肩上，又将一只暖水瓶递给他。

丁金生：大爷，还有水桶吗？我给牛提桶水。

大爷：没必要。刚才我告诉兰花了，这孩子不听。早饮牛，午饮马，黑白饮驴。

丁金生：（点头）大爷您贵姓？

大爷：啥贵贱的，我老汉姓耿，都叫俺老耿头。

丁金生：耿大爷，这村子是耿庄啊？

耿大爷：小耿庄。嘿嘿！

55. 场院屋 夜 内

丁金生肩挎棉被包，一手照着手电，一手提着暖水壶，回到场院屋。

李兰花已经坐起来。丁金生解开棉被，给她披上。

丁金生从布兜里拿出搪瓷缸，把耿大爷拿来的窝窝头掰碎放在搪瓷缸里，冲上热水。

丁金生用手电照着屋顶，折下两节秫秸当筷子。他要喂李兰花，李兰花伸出两手接住缸子，自己吃起来。

丁金生：你碰树上了。

李兰花：好像是。脚下一滑，脑袋磕了一下，就啥也不知道了。

吃完泡窝窝头，李兰花就倒下了。

丁金生给她盖好棉被，自个儿又泡了一个窝窝头。他一手端着缸子，边吃边走到门口，仰脸望着天空。

天空漆黑似墨，只有狂风吼叫。

丁金生回头看着牛，它趴在小窗下闲适地倒嚼。

李兰花：歇着吧金生。我们背靠着背，夜里暖和些。

丁金生喝下最后一口水，放下缸子，顿觉疲乏袭来。

丁金生歪倒在李兰花背后，拉了拉被角，迷迷糊糊地睡着了。

肆虐的狂风仍在呼啸着。

56. 场院屋 日 内

李兰花：金生，起来吧！天亮了，风也停了，我们套车赶路。

丁金生忽地坐起，掀开被子，揉了揉眼。

丁金生：啊，天亮啦！

57. 公社礼堂 日 内

东风人民公社赤脚医生培训典礼在公社礼堂隆重召开。

台下坐着来自各村的上百名学员。公社党委赵书记亲临会场致开幕词。

赵书记：同志们，省和地区医疗专家积极响应毛主席“把医疗卫生工作的重点放到农村去”的号召，深入基层，来到我们东风人民公社传经送宝，我们表示热烈欢迎！

礼堂里响起热烈的掌声。

赵书记：希望大家珍惜这次学习机会。在你们身上寄托着全社人民身体健康、生活幸福的希望。首先欢迎省立医院主治医师刘黎明大夫为我们授课。

礼堂里又响起一阵热烈的掌声。

台下的丁金生听到这个名字，惊得目瞪口呆，好一阵子没回过神来。

（画外音）丁金生：世间真有这么奇巧的事吗？

刘黎明：现在，我给大家讲新针疗法。新针灸疗法经济实用，见效快。不论啥场地，军营、学校、矿厂、车间、建筑工地及机关办公室，甚至在田间、地头、炕头，随时随地都可以为患者治疗。尤为适合“农业学大寨”的需要，在农村的广阔天地里更有发展空间和前景……

刘黎明：（强调）若想学得快、记得牢、学得扎实，必须要实战，在自身穴位上找酸、麻、胀、痛的感觉，多体会、寻灵感。

刘黎明说着从针盒抽出一支不锈钢针，用酒精棉球擦拭消毒。

刘黎明：（指着左手拇指与食指中间的位置）这是合谷穴。

刘黎明随即扎下去，眼都不眨一下。接着，他用右手的拇指和食指捏住针柄，轻轻抖动。他边抖动着针边走下讲台，在学员中间走来走去，做着演示。

两名工作人员发给每人一盒针灸用针和一本红色塑料皮的《简易针灸手册》，书里面附有一张人体经脉图，几百个穴位在图上标得清清楚楚。

刘黎明：下面两人一组，互找穴位，互扎互练。练一会儿后，照着穴位图自己找穴位，自己找感觉。

58. 礼堂一角 日 内

丁金生与同桌结对互相练习扎针。

丁金生：你贵姓？

同桌：我是东庙的，姓李，大名李小包。

丁金生：哦，你爸是李老包吧？

李小包：（点头）对，我们是包子世家，蒸包子出名。

丁金生：（若有所思地伸过手去）哦，来——你先扎我吧。

李小包手捏银针用棉球消毒，对着金生手上的合谷穴比来比去，就是不敢下针。

丁金生：你大胆地扎啊！我闭上眼。

丁金生说着两眼紧闭。

李小包把银针横过来竖过去，仍然下不了针。

丁金生：（睁开眼）我来扎你。

李小包：（放下针，伸出握着拳头的右胳膊，咬着牙）扎吧！

丁金生：（拿起针消了毒）你松开拳头，没听刘大夫说嘛，要放松。

李小包：说得好听，针往肉里扎，放松得了吗？

丁金生拿着针刚凑到他皮肤上，他就闭上眼，咧开了嘴。

丁金生找准穴位，飞速下针。

李小包腾的一下跳起来。

丁金生急忙撒开了手。

李小包嗷嗷叫着，一手急忙拔出了针，引起周围一阵哄堂大笑。

丁金生：（伸出左胳膊，平放在课桌上）算了吧！还是你扎我吧！

李小包：（把拔出来的针消过毒，左看右看还是下不了手）蒸包子蒸得心软。

丁金生：（笑笑）蒸包子的——面软吧。

丁金生只得拿起根针，自个儿找好穴位咬牙扎下去。

李小包：（吃惊地坐过来）行啊你金生。

丁金生：那几年蒸包子挺发财吧？

李小包：（摇着头）发啥财啊！那年头也就弄个肚里圆。

丁金生：我们村的丁占明没少吃你们家包子。

李小包：他和他侄子经常用小麦换包子，前前后后得一两千斤。都像他爷儿俩那吃劲，我还真发大财了。

丁金生：（笑笑）那是。群众可亏大了。

李小包：（不解地）说啥呢？疼不？

丁金生：（右手轻轻抖动着针柄）稳定情绪，别紧张，的确有一种酸、麻、胀的感觉。

李小包：这说明你扎得准啊！

丁金生拔下针后，又用左手扎了右手的合谷穴。

丁金生：你来抖动几下。

李小包手指捏住针柄抖动起来。

丁金生：幅度小一点。

李小包轻轻抖动。

丁金生：哎，不错，有感觉了。

李小包：（拔下针，伸出手）来，再扎我。

丁金生消过毒，找准李小包右手的合谷穴轻轻扎下去，轻轻抖动着。

李小包：麻了，麻了。

丁金生大幅度抖动。

李小包：胀了，胀了。

刘黎明：（走过来）好，你俩合作得不错。

丁金生：（忙站起来）刘大夫，你老家是刘家集吗？

刘黎明：是啊！

丁金生：前天我从刘家集回来。我们村的社员正在黄河滩上刨茅草根，就住在原来的小学里。我到卫生室见过了刘爷爷。哦，对了，我爷爷是丁振德。

刘黎明：你叫……金……金生？

刘黎明说着向金生伸出手，丁金生忙站起，握住刘黎明的手。

刘黎明：（看着金生，微笑着，眼里泛着一闪一闪的光）我跟你去看丁叔叔。

丁金生：我爷爷还在刘家集哩。等爷爷回来肯定邀请您到家里去。哎，对了刘叔叔，我请一会儿假去趟供销社，奶奶要我买几斤盐回去。

刘黎明：（点头）去吧，速去速回。

59. 供销社 日 内

柜台里边的货架上摆放着日用百货及各类副食品，但买东西的人不多。

丁金生走到副食柜台前，见一个熟悉的身影从营业员手中接过两包香烟，转身要走。

丁金生：（试探着叫了声）杨爷爷……

杨友德：（转身，看着丁金生）你是……

丁金生：我是金生啊！

杨友德：（抬起右手划拉着稀疏的头发）金生？

丁金生：我爷爷是丁振德。

杨友德：（伸手拉住金生的手）哦，哦！好小子，长高了，长壮了，认不出你啦！

丁金生望着杨友德笑，不知道说啥好。

杨友德：你爷爷挺好吧？我前天刚调来东风公社，打算安排好就去看望他哩。

丁金生：好，挺好。我爷爷在刘家集哩。

杨友德：刘家集……

丁金生：我们村去了一帮人刨茅草根，就住在原来的小学里。

杨友德：好吧！等你爷爷回来给我捎个信儿，我抽空去看看他。我就住在公社大院里。

丁金生：（连连点头）哦，好的。

杨友德：（冲丁金生摆摆手）我马上要开会了。

丁金生望着杨爷爷离去的背影。

60. 刘家集小学院子 日 外

院子里的树下拴着几头牛。

爷爷两手端着竹筛子筛草，随后将筛好的草倒进牛面前的石槽中。

牛津津有味地舔食着。

61. 黄河滩 日 外

李兰花、李兰妮、秀美嫂在一起刨着茅草根。

秀美嫂：兰花，刮大风时你没到家吧？

李兰花：没有。

秀美嫂：住哪儿啦？

李兰花：小耿庄，耿大爷家。耿大娘可热情哩，还管我们吃饭。

秀美嫂：（看到了兰花脑门儿上的伤痕，惊奇地）你脑门儿上咋了？

李兰花：（下意识地摸了一下）喂牛时碰树杈上了。

李兰妮：（心不在焉地自语着）不知金生的培训班咋样了。

62. 大礼堂 日 内

大礼堂内正在开结业典礼，台上坐着赵书记、刘黎明及医护人员。

丁金生正站在主席台上作代表发言。

丁金生：我们首先要树立服务社员、方便群众的意识，树立为人民减少病痛，治病救人的态度。思想意识及态度端正了，胆量和智慧就有了，技巧也有了……请领导和老师们放心，我们不会辜负你们的期望，回到家乡，回到生产一线，全心全意为群众服务。

大礼堂响起一片热烈的掌声，丁金生在掌声中走下主席台。

（画外音）丁金生：我和李小包等十人被评为优秀学员，被推荐到地区卫校进修。

赵书记、刘黎明及医护人员同丁金生、李小包等学员亲切握手。

学员们陆续走出大礼堂。

63. 德州地区卫生进修学校 日 外

丁金生与李小包提着行李走进学校大门。

教室里，丁金生、李小包等学员听老师讲课。

病房中，丁金生、李小包等人跟在主治大夫身后查房。

丁金生、李小包等人围在主治大夫跟前听着病情分析。

（画外音）丁金生：在地区卫校进修半年，学习了《常见病、多发病的诊断与治疗》《中西医结合治疗常见病》等教材。然后我们到地区人民医院临床实习，后来，我们带着结业证回到了家乡。

64. 苇河边 日 外

丁金生与李小包背着行李走在苇河岸边。

65. 副业队的油坊 夜 外

（画外音）丁金生：村子里一个叫苇大功的懒汉串通刘大棒子、小瘪三及丁占明、丁金田、李兰花等人夺了党支部书记苇天祥的权。人心散了，生产没人管了。只有爷爷负责的副业队的大院子灯光通明。木工厂、苇编厂照样生产，粉坊仍旧出粉，油坊照样流油。

油坊的师傅高高地举起打油锤，狠狠地砸下去。

丁金生站在爷爷身边。

爷爷：（气哼哼地）天灾加人祸啊，可社员不能再挨饿啦！走，去看看苇支书。

66. 苇天祥家 夜 内

苇天祥正坐在八仙桌边抽旱烟袋，他的老伴儿坐在炕沿上唉声叹气。

丁金生跟爷爷走进屋。苇天祥赶忙起身，拉着爷爷坐在椅子上。他的老伴儿急忙下炕，要提壶烧水。

爷爷：（摆手制止）别烧水了，我和苇支书说会儿话吧。（转向苇天祥）天祥啊！刚解放搞土改你就是领头人，你多次到上面开会，到外地参观，见多识广。你可要看得远一些啊！

苇天祥：（吐出口青烟）放心吧！没有蹚不过去的河。

爷爷：（跷起大拇指）古人说"仰不愧于天，俯不怍于人"。你老苇行得端，走得正。大伙的眼睛是雪亮的，阴沟子泥鳅翻不了船。

苇天祥：您是咱四乡八里的贤者，这么评价我，值啦！

爷爷：金生培训回来了，我打算筹备点资金，先把卫生室办起来。我把老中医大夫接来，让金生拜师学医，为老百姓服务。你是咱苇河滩老百姓的主心骨，我得给你说一声。

苇天祥：（点头）好事，大好事。我同意，我支持。

爷爷：（站起来，上前拉住苇天祥的手）我得给这些年轻人敲敲警钟。

67. 丁金田家 夜 内

丁占明、丁金田、李兰花正围在放着马灯的小桌上喝酒。丁金田摇头晃脑地说着什么，李兰花也伸着一个手指头点画着。

丁金生和爷爷走来。

丁金田三人赶忙站起，丁占明把爷爷让到上座的木椅上。

小桌上摆着吃剩的花生米、豆腐皮及一瓶喝干了的酒瓶。

丁占明：（端起他面前的酒杯递给爷爷）二叔，您来得不巧，就剩这一杯了，您可别嫌弃。

爷爷：（接过酒杯，放到小桌上）正好占明也在，你们也该知道我为啥而来。

丁金田：（晃了晃头）不知道。二爷爷，请问我哪里做错了？

丁占明：是啊！都是您的晚辈，我们做错了啥您尽管说。

李兰花端来一杯水，放在爷爷面前。

李兰花：（指着杯子）二爷爷，您喝杯水。俺们是有思想、有觉悟的新时代青年，我们就是要舍得一身剐，敢把皇帝拉下马。

爷爷：（站起来）做人是要讲良心的，啥时候也别昧着良心做事。瞒不了天，瞒不了地，瞒得了一时，瞒不了一世。迟早会有报应。

李兰花：放心吧二爷爷，俺们心知肚明，不会走错方向。公社革命委员会杨主任支持我们哩！

爷爷：杨主任？

丁占明：就是杨友德主任。

爷爷：（喃喃地）杨友德……

李兰花：您老在这儿喝水吧！我们急着去大队革委会开会哩。

丁占明、丁金田：对、对，我们得赶紧。

爷爷：哦！在大队部开会吧，我也去瞧瞧。

68. 大队部 夜 内

大队部会议室吊着一盏汽灯，屋中坐满了青年人。苇天祥被刘大棒子、小瘪三拧着胳膊站在高台上。先一步赶来的丁占明、丁金田、李兰花坐在屋门口。

苇大功：（沙哑地）苇天祥你听好，今天晚上，你必须向我们坦白交代以下几个问题。你那省劳动模范头衔是假的，是不是瞒报产量骗取的？你干支部书记这些年为什么只抓生产，不搞革命……

虚掩的屋门被踢开，爷爷站在门口。

爷爷：（气冲冲地）这几个问题我来回答！

苇大功：你是丁家庄生产队的丁老先生吧？

爷爷：现在都属于苇河滩大队。请你别这样称呼，担当不起。我早不是先生了，就是一个普通社员。不是说允许群众发言嘛！我的发言现在开始。第一，从互助组、合作社到人民公社，苇天祥从未虚报过产量，为实报亩产还曾挨过个别领导批评；第二，苇天祥自担任大队书记以来，培养新党员二十多名，县劳动模范两名，地区劳动模范一名，苇河滩成为全公社缴纳爱国粮最多的大队。

爷爷还没说完，就见苇大功的脸变成紫茄子。那个外号叫“小瘪三”的带头喊起口号。

小瘪三：不准为苇天祥辩解！

李兰花：（急忙站起来，两手推着爷爷往外走，回头大声喊）二爷爷刚在我家喝酒啦！他说的都是醉话。

小瘪三：抓住他！

李兰花推着爷爷跑出十几步，又赶忙返回大队部挡在门口，伸出手指着屋中的人们。

李兰花：继续开会，不能干扰大方向！

李兰花反手把屋门关死了。

爷爷：（大喊）我没喝酒！我说的都是事实。做人得说实话，讲良心。

丁金生：（拉住爷爷）回家吧！您不是常说“君子不跟驴置气”嘛！

69. 丁金生家 夜 内

丁金生扶着爷爷走进家门，丁占鹏正在屋里等候。

爷爷余怒未消，坐在椅子上直喘粗气。

爷爷：无法无天啦！

丁占鹏：（气哼哼地）这帮兔崽子挑我的刺，说我是黑爪牙！

奶奶忙给爷爷端来水。

爷爷：（缓了口气，喝了口水）天有不测风云，人有旦夕祸福。

丁占鹏：我不怕流血牺牲，不怕流汗出力。他们胆敢再折腾我，我就豁出去跟他拼命。

丁金生给丁占鹏倒了杯水，端到他面前。

丁占鹏：这两天血压升高了，头晕。

说着，他拿出一板紫红色的药，抠下一粒填进嘴里，连喝了几口水。

爷爷：我没经过大风浪，没见过大世面。你扛过枪、渡过江，还想不开呀！乌鸦遮不住太阳，蝙蝠遮不住月亮。

丁占鹏：他们光顾着瞎折腾，没人搞生产，秋季肯定大减产。

爷爷：（感慨地）无论如何也要保住集体积累的财产！

70. 大队部 夜 内

屋中七八个人围着苇大功，看他在汽灯下剥羊皮。被剥了皮的羊腔子白白胖胖，看上去是头一百多斤的大山羊。

爷爷推门而入，站在屋中，哼了一声。

苇大功：（停下手里的活，撩起眼皮看了一下）有事吗先生？

爷爷：（倒背双手，挺了挺胸膛）我正式告诉你们，苇河滩大队的羊群是登记在册的。总共一百二十六只，公羊三十五只，母羊九十一只。足二十斤的都编有号码，你们今天杀的是几号？明天我好对社员们有个交代。

苇大功：（将亮晃晃的屠刀往羊腔子上一插，站起来）你是谁派的官？什么职务啊？

爷爷：我一个平民百姓，啥官也不是。但社员们推选我管副业队，我得对大家负责。

苇大功：现在都是革命委员会。我是上面批的革命委员会主任，我说了算。大家为革命东奔西跑，吃口羊肉、喝个小酒怎么啦？

刘大棒子与小瘪三气势汹汹地站在苇大功左右。

刘大棒子：（摇晃着秃脑袋）这是天经地义的。

丁占明、丁金田走过来往外推搡爷爷。

丁占明：（推着爷爷）这是上面杨主任点头的，你还是少管闲事吧！

丁金田：（摇晃着脑袋使劲往外推了爷爷一把）是啊二爷爷，都啥年代了，您老人家就识时务吧！

丁金生进屋，握紧右拳冲着丁金田的脑袋打过去。

丁金田一闪身，把丁金生晃了个趔趄。

苇大功：（大喊）这小子狗胆包天，敢当众打人！

苇大功说着从羊腔子上拔出屠刀握在手中。

丁金生拉着爷爷走出屋门。

爷爷：（回头吼）苇河滩是老少爷们儿的。你们当吸血鬼啊！谁给你们胡作非为的权利？你们为啥不为群众办点好事？

苇大功：（一手持刀一手叉腰站在门口）办好事的机会留给你们吧！

苇大功咔嚓一声关上屋门。

71. 卫生室门前 日 外

爷爷和丁占鹏从副业队院子内清理出两间库房，将其修葺一新，并将“苇河滩大队卫生室”的木牌挂在门口。

丁金生赶着牛拉着地排车走来，车上坐着刘爷爷。

车子停在卫生室门口，爷爷和丁金生扶着刘爷爷下了车子，丁金生提着刘爷爷的紫色药箱。

丁占鹏从屋里拿出一挂鞭炮在门前点燃，鞭炮噼里啪啦地炸响。

几十个村民聚拢而来，欢欢喜喜地鼓起掌。

丁金生搀扶刘爷爷进屋。

72. 卫生室 日 内

室内装饰一新，有新药橱、新柜台、新木凳。药橱上面是一排与刘爷爷卫生室里一模一样的字：但愿世间人无病，宁可架上药生尘。

长条桌后放着一把旧圈椅，是爷爷家里的那把，特地搬来给刘爷爷坐的。丁金生扶刘爷爷坐在圈椅上，把药箱放在柜台上。

丁占鹏：（坐到刘爷爷对面，将左胳膊平放在桌子上）刘大夫，请您为我把把脉。

丁金生端着茶壶和茶碗走来，为刘爷爷倒茶。

爷爷：占鹏你急啥，先让刘大夫喝杯茶，歇口气。

刘爷爷：（笑着）不累，一路坐车还累呀！

刘爷爷说着将手指搭在丁占鹏的手腕上。

73. 苇河边 夜 外

丁金生与李兰妮手挽手走在河边。

李兰妮：村里一个教师嫁人了，要我替她教书呢。

丁金生：（高兴地）好哇！你能歌善舞，正合适呢。哎，上学时写作文《我的志愿》，你写的是当医生吧？

李兰妮：你写的是当老师呢！

丁金生：我当了个光脚丫子的医生。

李兰妮：我们是背道而驰啊！

丁金生、李兰妮：哈哈哈……

74. 公社卫生院门前 日 外

门前停着一辆德国产的旧自行车。

丁金生搬着批发来的一箱药品走出卫生院的药品室，放到车后座上捆好。

丁金生骑上车子离去。

75. 公社大门口 日 外

丁金生在门口停下车子。

值班员：（探出头）找谁啊？

丁金生：请问杨主任在哪儿办公？

值班员：一早走啦！去城里开会。

丁金生点点头，掏出纸和笔写留言条。

（画外音）丁金生：杨爷爷您好！刘爷爷现在在我家，他和我爷爷都很想念您，盼您见面叙谈。

丁金生：（折起来递给值班员）请转交给杨主任。

值班员点头接过。

76. 卫生室 日 内

刘爷爷：（告诫丁金生）病人来看病，大多情绪紧张、心里害怕，尤其是生人。但你几句嘘寒问暖、体贴关爱的话，会使病人精神放松，病就好了大半。接下来配合治疗，效果就好多了。

丁金生在笔记本上记录。

刘爷爷：（手把手教丁金生把脉）把脉时精力务必集中，不得有丝毫分心，不得有任何杂念。

丁金生点头。

刘爷爷：你是我的关门弟子，从此，我不再带徒弟了。所以，你是我最大的期望。

丁金生默默感悟着。

李小包：（走来）金生，恭喜你卫生室开张啊！

丁金生：谢谢！你们卫生室啥时候开张？

李小包：（摇头）八字没一撇呢！找谁谁不管，问谁谁没钱。秃老三和大咧嘴弄得村里乌烟瘴气。

丁金生：你面色不对，发烧了吗？

李小包：感冒了，给我拿点退烧药吧！

丁金生：（递给李小包体温计）试一下体温。

李小包接过后夹在腋下。

李兰妮：（走进来）恭喜恭喜！祝贺祝贺！

丁金生：兰妮，你没上课啊？

李兰妮冲丁金生一笑，露出两排洁白整齐的牙齿。她穿着一件白色短衫，月白色长裤，脚蹬浅灰色方口盘带布鞋。

李兰妮面色红润，全身焕发着勃勃的生机与朝气。

李兰妮：来我姐家看看，一会儿回去上课。（看到刘爷爷）刘爷爷好。

刘爷爷：哦，兰妮，见过面哩。

李兰妮：欢迎您到俺们这儿来。

刘爷爷微笑着频频点头。

李兰妮：（对丁金生）俺姐高烧，脸上发烫，请你过去看一下。

刘爷爷：去吧！

丁金生提起药箱跟李小包打了招呼后与李兰妮一同离去。

77. 村口 日 外

丁金生提着药箱与推着自行车的李兰妮并行至村口。

李兰妮：你自个儿去吧，我回去给学生上课。

丁金生：好的。周日来我家玩一天好吗？

李兰妮：（点点头）好嘞！

丁金生望着李兰妮骑车离去的背影。

78. 卫生室 日 内

丁金生从李兰花家回来，走进卫生室，看到了药橱上那一排方方正正的大字。

丁金生：刘爷爷，药橱上这行字太经典了，是您的座右铭吧？

刘爷爷：是我和你爷爷共同的人生价值观，我希望你也能传承下去。

丁金生：（点头）您老放心。

丁金生说着，似有心事地向门外张望。

李兰妮笑盈盈地骑车过来，小妹在后面提着两暖瓶水走来。

丁金生走到门口接过暖水瓶。

小妹：（两手拉住李兰妮亲昵地）兰妮姐，这里来的人多，咱们回家吧！娘和奶奶包饺子呢，听说你要来，她们可高兴呢！

李兰妮：你先回去吧，我先跟刘爷爷学习。

小妹：好吧，待会儿我来叫你。

小妹摆摆手，笑盈盈地离去。

李兰妮为刘爷爷泡上茶，然后拧干湿毛巾开始擦药橱、柜台及桌凳。

丁占鹏：（走来）吃了十几天的药，头还是嗡嗡的。

丁金生：（望着刘爷爷）换一种药？

刘爷爷：（点头）可以。

丁占鹏坐在柜台前的木凳上，伸手拿过柜台上的《简易针灸手册》翻看着。

丁占鹏：毛主席总是牵挂着咱老百姓，“把医疗卫生工作的重点放到农村去”，说得真好。

刘爷爷：是啊！毛主席是人民的福星啊！

丁金生：（将两盒药放到丁占鹏面前）遇事不着急，多喝开水，少食油腻及辛辣的东西。

刘爷爷：一定要按时按量服用。

丁占鹏：（合上书，掏出钱递给丁金生）你说不吃辣啊？嘿嘿，要是不吃辣椒—— 一天也没法过。

丁占鹏拍了两下脑门儿，起身笑着走了。

丁金生送他到门口，见秀美嫂嬉皮笑脸地走来。

丁金生两手扶住门框堵在门口。

（画外音）丁金生：现在我特别厌恶这个女人。青年突击队队长春生哥去了东北，她竟厚颜无耻地与其表哥苇大功打得火热，真是丢尽了老丁家的颜面。我再也不愿叫她嫂。

丁金生：（冷冷地）刘秀美，拿药啊还是打针？

秀美嫂：你这小子！咋不盼嫂子点好事？不拿药不打针就不能来啊？

丁金生：我忙着呢！没工夫闲聊天。

秀美嫂：嫂子比母，小叔子是儿。你这小子，敢不请嫂子进屋！

秀美嫂说着从丁金生的腋下钻进屋中。

丁金生见状只得挪开扶着门框的手，闪开身。

秀美嫂：哟，怪不得不让进屋啊！原来是金屋藏娇哩！

秀美嫂大惊小怪地喊着，把擦药橱的李兰妮羞了个大红脸。

李兰妮：（直起腰，笑了笑）是秀美嫂啊！你请坐。

秀美嫂：这还差不多。（一屁股坐在木凳上）看人家兰妮，知情道理的。俺大兄弟想把我拒之门外呢！你这不是大错特错啦？嫂子不正好给你们当媒人嘛！两家不是外人，我都能上门，说得进话。你看嫂子没白来吧？意外捡个大媒人。

丁金生尴尬地看着秀美嫂。

秀美嫂：嘻嘻，巧了。俗话说得好——成不成，酒两瓶。今儿晌午到哪家喝酒呀？应该先去男方家。可是，我就怕见二爷爷那张老脸。

丁金生：我爷爷的老脸怎么啦？丁家庄二百口人，也就你怕见。苇河滩大队一千多口人，就那么几个人怕看。

秀美嫂：他老人家一瞪眼，我心里就发怵，浑身打哆嗦。

丁金生：我爷爷的眼像照妖镜，是非分得明，丑恶照得清。

秀美嫂：要不这样，金生兄弟去准备饭，送到兰花家吃。咋样？

丁金生：嗯，你的主意不错，想得真周全。

丁金生话音刚落，小妹走进屋来。

小妹：（上前挽住李兰妮的胳膊）走吧兰妮姐，回家吃饭。

李兰妮对秀美嫂笑了笑，丢下抹布，二人笑嘻嘻地走出屋。

丁金生：走吧刘爷爷，我们回家吃饭。

秀美嫂：（尴尬地站在屋中，瞪大双眼）媳妇入洞房，媒人贴南墙。你这八字还没一撇呢，就想甩掉媒人哪！

丁金生：（站在门口笑笑）回头将自个儿的事捋清楚吧！

秀美嫂闻听脸一下红到耳根，耷拉着眼皮悻悻离去。

79. 苇河边 夜 外

圆圆的月亮似巨大的银盘挂在东天，为满坡的玉米、高粱、谷子、大豆等农作物洒上了一层淡淡的银辉。

丁金生与李兰妮手拉手，沿着河边悠悠走来。

丁金生：与孩子们在一起，挺快乐吧？

李兰妮：孩子王，挺淘的。不是说嘛：家有半斗红高粱——不当孩子王。

丁金生：那是旧观念，我爷爷还当了十多年孩子王呢！要不是自然灾害，他不会离岗的。

李兰花：现在的孩子不好管，不像我们那时候爱学习、爱劳动。

丁金生：时代变化了嘛！孩子越来越聪明，老师必须具备更多的才艺和本领。要不我去当孩子王，你来做医生吧。

李兰妮：我哪有这本事啊！（笑了笑）只要你不嫌弃，我就有信心当下去。

丁金生：当下去，好好当。孩子们是未来，是希望。教育应该是与医疗卫生并举的事业，受到国家的重视。目前这种状况只是暂时的。

李兰妮：你说得对，其实我心里也这么想。

李兰妮望着河水轻轻地哼唱起《苇河谣》。

李兰妮：苇河流水哗啦啦，苇河一边是俺家。河畔长着茂密的芦苇，河里养着欢乐的鱼虾。河畔长着青青的草，河畔开满鲜艳的花。

丁金生：（也跟着唱起来）鱼儿游，虾儿跳，草青青，花似霞。我们的青春红似火，我们的田野美如画。

李兰妮紧紧抓住丁金生的手，身子慢慢向丁金生靠来。

丁金生松开李兰妮的手，张开两臂拥抱她。

丁金生的脸颊贴在李兰妮的脸侧，感到热乎乎的。他闻到了她脸上醉人的气味，闻到了头发的馨香。他情不自禁把嘴唇凑向李兰妮，两人亲吻着，清纯的馨香直达年轻人的肺腑。

月挂中天，白云穿过。

80. 卫生室 日 内

丁金生和刘爷爷刚打开卫生室的门，李兰花、丁金田一前一后走来。

李兰花：兰妮呢？

丁金生：你找错地方了吧！

李兰花：有人看见她在这里。

刘爷爷：那是昨天。

李兰花：（白了刘爷爷一眼）金生，你是怎么把兰妮骗来的？

丁金生：她自愿来的！

李兰花：你肯定施什么魔法啦！

丁金生：嘿嘿！我还没学会啥魔法哩。你这亲姐，找她一问不就清楚了。

李兰花张了张嘴，没答上词来。

丁金田：（拨开李兰花，摇晃着脑袋向前迈了一步，右手食指指着金生）没你这么办事的！俺家的亲戚你不往俺家送，领你家干啥？兰妮是你什么人？

丁金生：你把手放下，我再告诉你。

丁金田：（将手背在身后，气昂昂地）说吧！兰妮是你什么人？

丁金生：兰妮是我同学。

丁金田：同学多啦！没见你都领家去啊？

丁金生：你说对了，我的确没有都领家去。

丁金田：男的谁往家领，专领女同学吧！

丁金生：这话你说错了。不管男女同学，人家愿意去，我就领；人家不愿去，我也不能强拉硬拽啊！

李兰花：（一手叉腰，一手指着金生）你还狡辩！有人看见你们兄妹俩强拉硬拽着兰妮。

在他们争执的过程中，卫生室里外围满了看客，而且越聚越多。

李兰花：你敢要证明吗？她可以立马站出来做证。

丁金生瞥了一眼人群，果然，秀美嫂正在其中。

丁金田见人多了，邪劲也更足。他学着李兰花的样子，一手叉腰，一手指着金生。

丁金田：你这是卫生室吗？我看是以卫生室作幌子，用来谈情说爱的婚姻介绍所吧！

李兰花：你开卫生室有执照吗？谁批准的？占着集体的房子，挣钱揣进自己腰包。这是典型的资本主义路线。

李兰花开始上纲上线，吐沫星子飞起来。她由一手叉腰变为两手叉腰，越说劲头越大。

李兰花：今天，我代表大队革命委员会正式宣布，撤销合作医疗，关闭卫生室。

苇大功一摇三晃地走进院子，人们立刻闪开通道。

秀美嫂也紧跟在苇大功身后靠上前来。

苇大功：（站在门台上，挥舞着一只手）资本主义的尾巴就要割掉，不能心慈手软。卫生室要取缔，副业队也全部停业，这都是资本主义的尾巴。

苇大功话音刚落，丁占鹏挤过人群站到门口。

丁占鹏：（向大家挥挥手）我说两句。第一，这房子是丁家庄生产队副业队的仓库，跟大队没有一毛钱关系；第二，卫生室证件齐全，我作为一队之长都仔细验证过。（向丁金生招招手）把证件拿出来，请大家过目。

丁金生闻听，忙拉开抽屉拿出两张盖有红印章的证件。

丁金生：（站在门台上，展开一张举过头顶）这是地区卫校颁发的《农村合作医疗医师资格证书》。（又展开一张）这是地区卫生局颁发的《农村合作医疗卫生室营业证书》。

（画外音）爷爷：我这儿还有一张！

爷爷走过来，他高举着一张用蓝色墨水写满字的纸。

爷爷：这是我与丁家庄生产队队长丁占鹏签订的关于卫生室租赁两间库房的协议书，每月缴纳二十元租赁费，每年的十二月份一次性结算，租期五年。

丁占鹏：我这儿也有一份！

丁占鹏两手将一张同爷爷手里相同的协议书展开在众人面前，左右晃动着展示给大家看。

人群里不知谁带头鼓起掌，接着掌声响成一片，如电闪雷鸣一般。

爷爷：（向大家招招手，然后转向苇大功）苇大功，你白白占了一个好听的名字，咋不考虑着为大伙立一功呢！看到了吧？你们要给大家办些让大家鼓掌欢迎的事，别净瞎干些事！是不是苇大功，我说得在不在理啊？

二嘎子：（在人群中高喊）说得好！

大牛、小强：在理！在理！

苇大功张了几下嘴，刚要说什么，但丁占鹏没给他机会。

丁占鹏：（向金生招招手）金生，把那本红塑料皮的《针灸手册》拿给我。

丁金生忙转身，从桌子上拿过那本手册，递给丁占鹏。

丁占鹏：（接过手册，打开后高声朗读）伟大领袖毛主席的最新指示，农村的医疗卫生工作并没有结束啊！把医疗卫生工作的重点放到农村去嘛！

丁占鹏：（合上手册，右手高举在头顶上，慷慨激昂地）我们丁家庄生产队的合作医疗卫生室是遵照毛主席指示办起来的，谁敢反对？我们坚决砸烂他的狗头！

丁占鹏：（左手挥着红本，右手拍了一下腿）这条腿是被美国人的炮弹炸伤的，我眼都没眨一下。当年老子连美国人都不怕，还怕什么？谁敢停我们丁家庄生产队的副业队，我丁占鹏就豁出这条命与他血战到底！

人群中爆发出雷鸣般的掌声。

苇大功缩缩头，慌忙地挤出人群。

李兰花、丁金田及秀美嫂也低着头灰溜溜地离去。

二嘎子：（边打着节拍边唱）帝国主义夹着尾巴逃跑了……

人群中爆发出一阵大笑。

爷爷：（双手抱拳，向大家致意）谢谢乡亲们，谢谢各位。

丁占鹏：（面带微笑，高声）有利于社员的事，还得靠我们共同维护啊！

人们不停地点头表示同意。

刘爷爷：（颤巍巍地走出门口，向大家招招手）我是外乡人，没有发言权。但是，我得向大家说明一个问题。合作医疗的意思是大队拿一部分资金，各生产队出一部分资金，每户按人口摊一部分资金，放到一起，作为基金。然后提取百分之二的利润，用于卫生室的维护与发展。你们这儿完全是丁振德先生卖了自己家养的猪和几只山羊自筹的资金，但照样按卫生系统的规定运作。振德先生是穷尽个人财力为乡亲们谋福祉啊！

大牛：他们不但不维护，还变着法子破坏。作孽啊！

小强：（气冲冲地）对这种心术不正的人就不能客气！

二嘎子：他们整天喊着砸烂别人的狗头，再来作孽就先砸烂他的狗头！

众人：（异口同声）对！对！砸烂他的狗头！

81. 丁占明家 夜 内

（画外音）丁金生：今天丁占明没有出头，我还有些纳闷。晚饭后谜底揭开，原来是他牙疼。他让别人捎来信，叫我去给他下针。

丁金生提着鹿皮袋走进丁占明散发着霉味的土屋。

落满灰尘的旧式八仙桌上放着一盏煤油灯，发着黄豆粒样的昏暗的光。土炕及屋里的角落全部黑黢黢的。

丁占明：（右手夹着半截香烟，左手捂嘴）真是牙疼不算病，疼起来要人命。你给我针几个疗程吧。

丁占明说着吸了口烟，然后吐出一串烟雾。

丁金生：（打开药箱，取出一盒不锈钢针用酒精棉球消毒）想除掉牙疼病根，光针灸不行。

丁占明：怎么着？

丁金生：必须戒烟戒酒，还得配合着吃些药。

丁占明：（指着屋里的摆设）大侄子啊！你看看我这窝巢，这铺盖，这摆设，哪有钱买得起药啊！

丁占明用擦脸的毛巾划拉了几下桌子角，然后将毛巾铺到桌上，撸起袖子，把青筋暴起的右胳膊平放在毛巾上。

丁金生：抽烟喝酒哪来的钱？

丁占明：嘿嘿！就是不吃饭也得抽烟喝酒啊！不抽烟不喝酒，活着还有啥滋味？

丁金生：那你就别喊牙疼了。

丁金生给他用酒精棉球擦了右手的虎口，针扎在合谷穴。

丁占明：牙疼扎手还管用？

丁金生：这是新针疗法中的上下配合。

丁占明：我左边牙疼，你怎么扎右手？

丁金生：（抖动着针）这是左右配合。另外还有前后配合、远端取穴、邻近取穴、局部取穴等等。

丁金生：疼吗？

丁占明：拉呱儿吧！拉呱儿就不觉得疼啦！

丁金生：好吧！你说，我听。

丁占明：挨饿那年，东庙有一家蒸包子的，大号李老包，知道吗？

丁金生：知道，他儿子叫李小包。

丁金生边应着边将针换到他胳膊上的曲池穴。

丁占明：每天太阳落山时，他就站在房后的半截墙头上冲我们村喊几嗓子：包子熟啦，新出笼的羊肉包！

丁金生：记得，有这么回事。我当时似乎产生过这样的疑问——这年头，糠菜都填不饱肚皮，谁家还吃得起羊肉包子。

丁占明：不知道那喊声是啥意思吧？

丁金生：（一脸茫然）啥意思？

丁占明：那是给我们送暗号。

（画外音）丁金生：早年地下党接头用的暗号竟然被他们用在这里了。小仓库的麦种趁着茫茫夜色悄悄流入包子铺，变成了书记和队长的夜宵美食。

丁金生又将针换到他脸上的颊车穴。

丁金生：赵书记调查时，你承认错误了吗？

丁占明：承认啥？你傻啊！承认了还不得开除党籍。你当混个党票容易哩，我这党票可是渡长江时拿小命换来的。（吸了一口烟，随手将烟蒂扔掉）那个小王八羔子还往桌子上拍盒子枪，拍打桌子吓唬猫啊！他当我是胆小鬼哩。重机枪老子都扛过，还怕他那小狗蛋子玩意儿。

（画外音）丁金生：幸亏那年把他弄下台，不然的话，如今全村社员的生活还不都像他这样寒酸。

丁金生：你给你老伴儿道个歉，一家人勤勤快快地过日子。别再单着啦！

丁占明：这样挺好，谁也管不着我。打光棍，挺快活，一人吃饱，全家不饿。

丁金生将针拔出，用酒精棉球一一消毒后收起来。

丁占明左右摇晃了几下脑袋。

丁金生：感觉如何？

丁占明：嗯，轻了。说实话吧大侄子，我唯一感到愧疚的是让丁金田两口子挖那么个墙洞，栽赃给你家啊。

丁金生：这么多年了，说这些还有意思吗？

（画外音）丁金生：真个是“贼不打三年自招”哩。

丁金生收起鹿皮袋，打个招呼后离去。

82. 卫生室 日 内

柜台上摆放着药箱和听诊器。

刘爷爷：（手里拿着一个精致的鹿皮袋，拍着药箱）金生啊，这药箱、听诊器就留给你啦！这袋里是我祖传的二十枚白银针和两枚金针。我视力不行了，留给会使针的人吧。

丁金生双手接过鹿皮袋，弯腰向刘爷爷行礼。

爷爷：接过刘爷爷的药箱，务必维护、发扬刘爷爷的信誉及理念。不做昧心事，不做贪婪人。

刘爷爷：（不无感慨地）遗憾的是没见着友德。

爷爷：他当大主任忙啊！

刘爷爷：也可能那时候我对他要求太严厉，过了些吧！

爷爷：时过境迁嘛，随他吧。

刘爷爷拉着爷爷的手走出卫生室。

83. 卫生室门前 日 外

门前拴着已套好地排车的黄牛。

爷爷和丁金生扶着刘爷爷迈上地排车。

丁金生解开牛缰绳，赶着车子上路。

车上的刘爷爷同卫生室门前的爷爷摆着手。

地排车缓缓前行。

84. 卫生室门前 日 外

一辆汽车停卫生室门前。

车门打开，赵书记从里面出来。

爷爷、丁占鹏、苇天祥走上前同赵书记亲切握手。

丁金生、二嘎子爬上车往下搬东西——自行车、行李卷、面粉袋、暖壶、水壶及锅碗瓢盆。

赵书记在爷爷等人的陪同下走进卫生室旁新收拾出来的两间库房。

丁金生等人将卸下来的物品抬进屋。

（画外音）丁金生：杨爷爷的公社革委会只开会，不管生产，农田都成了荒草坡。上面来文件取缔了他们，新成立了老中青三结合的革委会，赵书记仍然担任一把手。这不，赵书记刚复任，就来俺村驻队了。

85. 赵书记办公室 日 内

爷爷提来一桶豆油、一瓶香油，送给赵书记。

赵书记：这可不成，老哥，你这是让我犯错误啊！

爷爷：（平心静气地）你放心，这是我的一点儿心意，与集体丝毫不沾边。

赵书记皱了皱眉头，抬起右手挠了挠额上稀疏的头发，从内衣口袋中掏出一沓钱，塞给爷爷。

赵书记：你收下钱，我才收东西。

爷爷：（伸手挡住）兄弟，我没把你当书记，这你就小看我了。

赵书记收起钱，从一只黑色人造革提包里拿出一条香烟和一包茶，递给爷爷。

赵书记：老哥，这也是我的一点儿心意，请你收下。

爷爷：（又伸手挡开，笑着）兄弟你又见外，你到我们这儿来，照顾好你的生活不应该？

赵书记：（挡在爷爷面前）驻村是我们干部的职责。你不收下我的心意，我肯定也不会收你的。

爷爷见状，只得接过了烟和茶。

86. 卫生室 日 内

爷爷：（走进卫生室，将烟和茶交给丁金生）瞅机会还给赵书记。

爷爷走出去。丁金生转身将烟茶塞入橱中。

（画外音）赵书记：但愿世间人无病，宁可架上药生尘。

丁金生：（转身）赵书记！

赵书记：不错，这理念很好嘛！（打量起屋中的设施，频频点头）每个大队有这么个卫生室，社员们就方便多了。（将一把钥匙递给丁金生）我和苇天祥去田里看看，一会儿你帮我烧壶水。

丁金生：（接过钥匙）好嘞。

赵书记转身时不经意间抬起右手，挠着额上稀疏花白的头发，咧了咧嘴。

丁金生：赵书记，你是不是……

丁金生学着赵书记的样子挠了挠额头。

赵书记：偏头疼，好多年了。

丁金生：要不……我给你下下针？

赵书记：太好啦！咱今晚开始。

丁金生：好。

赵书记走出门。

87. 赵书记办公室 夜 内

赵书记正在吃面条。

丁金生拿着一张纸走来。

赵书记：来得正好。

赵书记吃下最后两口，将碗筷搁到一旁的水盆里。

丁金生：我按着远近取穴、左右结合等新针疗法的特点做了一个疗程的穴位配比表，请您过目。

赵书记接过后扫了一眼。

赵书记：（递给丁金生）你是大夫，我是你的病人，扎哪儿不扎哪儿，你说了算。

赵书记拿过两个杯子，提起暖壶要倒开水。

丁金生拉开抽屉，拿出了茶叶包及那条香烟，放到赵书记面前。

赵书记：（笑着）你还会变魔术？我眼见着你爷爷拿走了嘛！

赵书记把水瓶放在桌上。

丁金生：（笑笑）会针灸的都会魔术。

赵书记：原以为今夜喝不到茶，吸不上烟了呢！就算是先借你爷爷的，下次我买来还他。

丁金生：我爷爷只抽旱烟袋，他说香烟的劲小，不过瘾。

赵书记：哈哈！劲是小了些。

赵书记说着，费力地抬起左臂按住茶叶包，用右手撕开。他先给丁金生的杯里放了一点儿，又往他自个儿杯里放了一点儿，然后歪头看了看他的杯子，可能觉得少，又捏了一点儿放进去。

丁金生端起水瓶将两个杯子倒满。

丁金生放下水瓶，打开香烟包，取出一盒，抽出一支递给赵书记。

赵书记接过烟叼在嘴上，右手从衣袋里摸出火柴，点燃了香烟。

赵书记深深地吸了一口，烟雾慢悠悠地从鼻孔中喷出。

丁金生：赵书记烟龄多少年了？

赵书记：军龄加工龄等于烟龄。那时在朝鲜战场的坑道里，我们营部通讯班守着发报机，天天熬夜，时常通宵，就熏上了。

丁金生：赵书记喜欢饮酒吗？

赵书记：不喝酒。只吸烟喝茶。

丁金生：老中医说酒、烟、浓茶都对神经有刺激。建议书记少吸烟，喝淡茶。

赵书记：公社医院的大夫也这么劝我。

丁金生：最好把烟戒掉，反正吸烟百害而无一利。

赵书记：（连连摆手）可不能这么说，吸烟救过我命。

丁金生：这么玄乎，吸烟还能救命？

赵书记：那次是在前沿阵地的掩体里，发报时烟瘾就上来了，发完报我往后一仰，摘下耳机掏烟。在我后仰的同时，一串子弹射进了我面前的泥土中——正是我刚刚趴着发报的地方。（两眼直直的，喷出口烟雾）那是敌机空袭。

丁金生：（惊得目瞪口呆）有这么玄乎！

赵书记：（按死烟头，将烟蒂扔入纸篓，撸起袖子，把胳膊平放在桌子上）好啦！下针吧。

丁金生打开鹿皮袋，抽出一支银针，用棉球消过毒，先扎了赵书记手臂上的外关穴、四渎穴，又换短针扎了他额头上的太阳穴及颈后的风池穴。

整个过程非常顺利。

丁金生取下针，用酒精棉球擦了擦针，将棉球扔入纸篓，收起针放入鹿皮袋中。

赵书记：（端起茶杯喝了一口，又指了指金生面前的杯子）喝茶。

丁金生：（端起茶杯喝了一口）赵书记，您头一次来我们村时，还是一头茂密的黑发哩。

赵书记：哈哈！岁月不饶人哪。那时精力正充沛呢！

丁金生：听说您与王特派员从东庙包子铺查到了盗麦种的证据，咋没有严厉处罚他们呢？

赵书记：（笑笑）金生啊！你是成年人啦……当初我思想斗争很激烈，几夜没睡好觉……最后考虑到丁占明毕竟是渡过江、打过仗的，就从轻处理了。

丁金生：后来群众议论说，从严处罚的话得判他俩几年呢。

赵书记：是啊！

丁金生：书记考虑长远，现在他自个儿都招供哩！

赵书记：哈哈，贼不打三年自招啊！

赵书记：（划拉着头上的短发）现在头发稀了，白了，又添了偏头疼。人就像机器一样，年久了，零件会磨损。

赵书记：（感慨地）所以嘛，急着干的事太多了。我想抓紧总结我们公社农业经济发展的实施意见，在有条件的几个大队尽快推广你们村的经验。尤其是你爷爷负责的副业队，像木工、编织、油坊、粉坊、香油坊……这些就地取材的项目，投资小、见效快、收益大。好多大队随时随地就可以上马。

丁金生：我们大队的经济发展还有这么大意义？

赵书记：（思量了一会儿）对，你的合作医疗卫生室也很典型。那年培训后，好多大队没办起来，仍存在着社员看病难问题。甚至镰刀划破手这种小伤也跑到公社医院，头疼感冒也跑到公社或者县城，这要浪费多少人力、物力、财力啊！金生啊，你要认真总结一下你的工作，把没有办合作医疗的大队支部书记和赤脚医生集中到你这儿开个现场会。我讲话，压担子；你发言，介绍经验，怎么样？

丁金生：（抬起手挠后脑勺）这……

赵书记：畏啥难？年轻人，办事要干脆利索。就这么定了，两个现场会同时开。明天我回公社布置现场会事宜。

丁金生：明天就回公社啊？

赵书记：明晚回来，咱接着下针。

丁金生：好，好。杨友德主任还在公社吗？

赵书记：杨友德——哦！他前天办完手续，回家了。

丁金生：退休啦？

赵书记：（点头）应该是离休。

丁金生：哦……

88. 乡路 日 外

丁金生赶着牛，车上坐着爷爷，走在乡路上。

（画外音）丁金生：爷爷接到一个电报，是刘黎明医师发来的，说刘爷爷病危，很想见爷爷一面。

89. 刘爷爷家 日 外

唢呐声声震耳，哀乐声声动情。

刘爷爷家院子里设着灵堂。

丁金生跟在爷爷身后走进灵堂。

爷爷双膝跪在刘爷爷灵位前，大声痛哭。

灵堂执礼走上前拉起爷爷。

丁金生和爷爷站在灵位前，爷爷双手从丁金生手中拿过扒鸡、糕点、白酒，逐一摆放在桌案上。

唢呐声中，爷爷面对刘爷爷的灵位及遗像，行三拜九叩大礼。

穿着一身孝服的孝子刘黎明叩首还礼。

爷爷烧起黄表纸，燃起三株香，打开白酒瓶，将一瓶酒祭洒在供桌前。

90. 华店街供销社门口 日 内

爷爷在门口牵着牛。

丁金生一手提着两只铁皮水桶，一手提着两瓶白酒走出供销社，将水桶及白酒放到车上。

爷爷坐进车里，丁金生赶车上路。

91. 场院屋 日 外

丁金生赶着车子行至场院屋前停下。

场院屋已破败不堪。

屋前的白杨树更加粗壮高大。丁金生伸出一只手拍了拍白杨树，然后继续赶车子上路。

92. 小耿庄耿大爷家 日 内

丁金生与爷爷提着水桶及两瓶白酒走进屋。

耿大爷：你找谁啊?

丁金生：耿大爷、耿大娘，认不出我了吧！前年那个刮大风的晚上多亏大爷、大娘救了我们啊！

爷爷：真是不幸中的万幸。你们的善心善举，我们全家没齿不忘。

耿大爷、耿大娘：应该的，应该的。

丁金生：（把水桶及白酒放下）大爷、大娘，一点儿小意思。不打扰二老了，我们急着赶路呢。

耿大爷、耿大娘：（连连拒绝）不能留，你这不见外啦！

爷爷：一点儿心意，不成敬意，别嫌礼薄啊！

耿大爷、耿大娘只得收下，送他们到院门口。

93. 耿大爷家门口 日 外

耿大爷：（拉住爷爷的手）区区小事，烦劳大叔跑一趟。

爷爷：不客气。我顺路过来的。

耿大爷搀扶爷爷上车，丁金生赶车启程。

丁金生：耿大爷、耿大娘再见！

耿大爷：（招着手）路上小心。

耿大娘：（笑眯眯地挥着手）小心。

坐在车上的爷爷挥着手致意。

94. 卫生室前 日 外

会场上，掌声雷鸣。

主席台上坐着赵书记、苇天祥和爷爷。

参加现场会的大队支部书记、赤脚医生共几百人，坐满了副业队的大院，李小包也在人群中。

丁金生在热烈的掌声中向大家招着手走下主席台。

赵书记站起来向大家招手，掌声渐渐止住。

赵书记：同志们，刚才我们听了丁振德先生和丁金生同志关于苇河滩大队副业项目及合作医疗卫生室的介绍，我们都感到非常震撼，经验非常宝贵。下面是实地参观，大家要认真学习，回去后，让苇河滩大队的经验在全公社开花结果。

95. 卫生室 日 内

赵书记带领大家参观卫生室。

赵书记笑盈盈地指着药橱上的“但愿世间人无病，宁可架上药生尘”的木牌。

羞涩的丁金生红光满面。

96. 副业队 日 外

爷爷、苇天祥、赵书记带领人们参观油坊、粉坊、香油坊及木工厂、苇编厂。

一路上爷爷向大家介绍着生产规模及生产情况。

参观者笑容满面，频频点头。

97. 婚礼现场 日 外

（画外音）丁金生：故事到这儿要结束了，有件大家挂心的事还需交代一下。兰妮在县教师进修学校学习呢！我们商定好到国庆节那天就携手步入婚姻殿堂。欢迎大家来参加我们的婚礼啊！

丁金生、李兰妮穿着礼服在锣鼓、唢呐及鞭炮声中携手向大家走来……

（背景音乐）：

人间有真情，
情在人心中。
人间有大爱，
大家齐播种。
播下真情收获大爱，
播撒爱心收获真诚。
播下一颗收千粒，
播下千颗好收成。
栽下一花万花映，
栽下万花好风景。
嗨来来——
嗨来来——
万众一心风光美，
万花向阳红彤彤。

人间有真情，
情在人心中。
人间有大爱，
大家齐播种。
你真我真情意浓浓，
你爱我爱爱情融融。
真心爱我的社会，
真心爱我的家庭。
爱的家庭和和睦睦，
爱的社会处处光明。

嗨来来——
嗨来来——
万众一心风光美，
万花向阳红彤彤。

八、城乡吻

片　头

1. 玉城县西城开发区 日 外

唢呐吹奏着欢快的《百鸟朝凤》。

纵横交错的铁路、高速公路、国道及省道。

铁路上，“和谐号”高铁飞驰而过。

高速路上车流如梭，奔驰向前。

玉城县西城经济开发区是新时期发展起来的绿色环保经贸区。一条碧波浩渺的河流将老城区与新城区隔开。河上架着一座雄伟、宽阔的双向六车道钢筋水泥大桥，贯通老城与新城。

双向六车道的柏油路面从新区中间穿过。

河畔是新建设的居民区，远处有正在开发中的楼盘。

与居民区比邻的有各类购物门店、学校、公园、蔬菜水果市场等。

繁忙的城区街道，人们匆匆忙忙。

城郊村落及低矮民居与繁华的城区形成鲜明对比。

村中有“三堆”——粪堆、土堆、柴草堆；“三坑”——粪坑、茅坑、污水坑。

2. 袁家寨村街 夜 外

街上晃动着一个人影，他怀抱一块狗头大的石头躬身悄悄前行。

黑影来到一座砖房的后墙边，两手高举石头，用力砸向砖房后墙。

3. 袁家骏屋中 夜 内

咚的一声响，把睡梦中的袁家骏给惊醒了。

袁家骏忽地坐起，揉了揉惺忪的两眼，急忙套上长裤，勒紧皮腰带，穿上凉鞋。他伸手抓起床头上的手电筒，拉开屋门，向外走去。

4. 村街 夜 外

袁家骏来到临街的房后，打开手电筒一照，发现墙根有一块石头。

他看着石头，咧嘴笑了笑，弯腰一手抓起来，提着石头顺着街走去。

5. 孙大头家大门口 夜 外

袁家骏来到孙大头家门前，打开手电一照——紧闭的两扇大门上挂着一把黄铜大锁。

袁家骏把石头放到门台上，顺势坐在台阶上。

他放下手电筒，从长裤的后兜掏出香烟和打火机，点上一支烟，慢慢吸着，烟火一明一暗。

（闪回）

6. 孙大头家 日 外

唢呐齐鸣，锣鼓喧天。

二十几岁的孙大头与高二妮正在举行婚礼。作为证婚人的退伍军人袁家骏穿着一身半新的草绿色军服，在人群中显得很亮眼。

袁家骏：（举着写有证婚词的大红纸）新郎孙大头，新娘高二妮，于新世纪的新春在县民政局登记结婚。我庄严宣布——婚姻合法有效。

人们热烈鼓掌，接着欢声雷动，鞭炮齐鸣。

袁家骏下意识地看了新娘一眼，发现新娘也正看着他出神。

袁家骏头一扭，走开了。

高二妮踮起脚，眼望着人群寻找着。

孙大头翻着白眼拉了高二妮一下。

高二妮：（脸上泛起一阵红晕）嘻嘻！狗哥挺有意思。

7. 孙大头家堂屋 日 内

高和平佩戴着“大舅哥”的胸花端坐在正位上，眉开眼笑，红光满面。

孙长顺端起茶壶为高和平倒水，高和平伸出一只手礼貌地扶着茶碗。

孙长顺：（翻着白眼）啥民政局，放着骆驼不吹牛！

高和平：狗兄弟就爱开玩笑！

袁家骏走进来，顺手拿起桌上的一盒烟，抽出一支递给高和平。

高和平摆着手谢绝。

孙长顺：（白了袁家骏一眼）人家高书记不吸烟，又不是不知道！

袁家骏：今儿是喜烟，开开斋呗！

高和平：不，不。

袁家骏：（点着烟，喷出一口烟雾）高书记的妹妹嫁给孙书记的侄子，老朋友新亲戚，越走越近乎啊！

高和平：小妹来到你们村，都多关照呗！

孙长顺：（厌恶地用手扇着烟雾，冲外边喊）上菜，开席！

（闪回完）

8. 孙大头家大门口 夜 外

袁家骏一根烟还没抽完，孙大头不知从哪儿冒了出来。

袁家骏：（打开手电筒照着孙大头的脸）孙大头！你给我送这份“礼”够重的。

孙大头：（抬起一只手掌遮着强光，眯着眼）是吗？改天送个更大的！

孙大头的个头儿比起二十年前没长，但身形粗壮了许多，他满脸的不在乎。

袁家骏：再送改在白天，别黑灯瞎火跟做贼似的。

孙大头：夜里震波大哩！

袁家骏：别往墙上砸，这房子过几天就拆了，砸也没意思。

孙大头：往哪儿砸？

袁家骏：往你爷爷头上砸！（说着站起来，一手指着脑门儿）我要闪一闪，就跟你小子姓孙。

袁家骏说完，弯腰提起那块石头，一晃身子走了。

孙大头歪着脑袋望着离开的袁家骏，挤了下鼻子。

孙大头从裤兜里摸出钥匙，打开门上的黄铜大锁，抬脚踢开大门，走进去后转身将大门关死，上了门闩。

9. 孙大头家堂屋 夜 内

孙大头走进屋，东边里间是高二妮的屋，正亮着灯。孙大头悄悄靠近紧闭的里间门，侧起耳朵听着。过了一会儿，他走到西边里间的屋门口，推门进入。

10. 孙大头屋 夜 内

孙大头打开灯，和衣躺在猪窝似的床上自言自语。

孙大头：天天在村委会出双入对的，真他妈的叫我孙大头当冤大头啊！

孙大头越想越来气，一个鲤鱼打挺下了床，趿拉着鞋子气冲冲地穿过中厅，又来到东里间屋门前，抬脚踢了下门。

11. 高二妮屋 夜 内

高二妮正躺在床上熟睡，她身上盖着一条鸭蛋绿的毛巾被，露着红扑扑的脸和浑圆的胳膊。

哐啷一声响，把高二妮震醒了。

高二妮：（呵斥）神经病啊！

孙大头：（接连踢着门）开门！开门！有急事。

高二妮：（没好气地）狗屁事啊！大半夜的，明天再说。

孙大头越踢越来劲，响声接连不断。高二妮开了门，堵在了门口。

高二妮：（怒斥）你催命鬼啊！

孙大头两手抱起高二妮。高二妮拼力挣扎，仍不能挣脱，被孙大头掀翻在床上。孙大头不顾一切地扑上去，将高二妮压在身下。高二妮挥舞两手在孙大头脸上抓扯着，几下就把孙大头抓成了满脸花。

恼羞成怒的孙大头抡起巴掌打在高二妮脸上。高二妮就势抬起两脚奋力一蹬，将孙大头蹬翻到床下。

摔了个四仰八叉的孙大头脸疼腚也疼，羞愧得无地自容，他惶惶爬起，两手捂脸跑回了自个儿屋里。

12. 袁家骏屋 夜 内

袁家骏躺到床上，他没了睡意，在黑暗中眨巴着眼。

（闪回）

13. 麦田 日 外

烈日炎炎，田里熟透的小麦在烈日下闪着银光。

王一鸣与孙长顺站在田头，正谈论着麦收情况，孙长顺一手拿着镰刀，一手不停地拍打着胸口。王一鸣崭新的自行车停在两人旁边。

麦田中，袁家骏驾驶着收割机前来。

突然间，孙长顺打了个半旋晕倒在地上。

王一鸣赶忙上前搀扶。

袁家骏：（急忙刹车，跳下收割机飞跑过来）别动！千万别动！

王一鸣手足无措。

袁家骏：（边跑边掏出手机拨打急救电话）喂，我是西城区袁家寨，有一名心脏病病人晕倒在村北麦田里……对，袁家寨村北麦田。

袁家骏收起手机，俯身摸索着孙长顺的上衣口袋，掏出了速效救心丸，打开后倒在手心里几粒，填入孙长顺口中。

不远处的孙大头和高二妮慌慌张张地跑来。

附近的人们陆陆续续向这边跑着。

急救车鸣着笛飞驰而来。

大夫跳下救护车，戴上听诊器俯身给孙长顺做检查。

王一鸣：（对大夫）已喂下六粒救心丸。

大夫点点头。

女护士往孙长顺的手臂上注射着急救药。

男护士打开了担架。

袁家骏招呼人们协助护士将孙长顺抬上救护车。

王一鸣：（对孙大头）你跟车去照顾一下。

救护车鸣笛远去。

袁家骏：（招呼人们）好啦！都各自去忙吧！争秋抢麦，虎口夺粮！

人们四散而回。

王一鸣：袁大哥，老孙这病有年头了吧？

袁家骏：（拉下肩上的毛巾擦着脸，看着高二妮）七八年了吧。

王一鸣：袁大哥，袁家寨麦季的统筹任务就压你身上啦！

袁家骏：有你这总支书记坐镇，怕啥！张飞吃豆芽——小菜！

王一鸣：哈哈，袁大哥还是军人作风。

袁家骏：王书记中午在这儿喝啤酒吧？管你个小辫子朝天。

王一鸣：不看啥季节嘛，虎口夺粮！

王一鸣：（踢开自行车撑子，招呼高二妮）我们去医院看看。

高二妮：（点着头）好。（转脸嘱咐袁家骏）狗哥，下晌儿收俺的呗！

袁家骏：你真是，当着王书记还喊俺乳名，以后叫骏哥。

高二妮：（笑着）习惯了，不好改哩。

王一鸣：（也笑着）改啥改，不都叫你大狗子嘛！

袁家骏：（苦笑着）这是啥领导啊！

高二妮：说定啦狗哥！

袁家骏：唉，女人多的地方男人受气。

高二妮扭着结实的身板跟着王一鸣欢快地离去。

袁家骏大步走向收割机。

14. 打麦场 日 外

高二妮将晒好的小麦装了二十多个袋子，装好的袋子一溜儿立在场间，一旁停着一辆地排车。

高二妮吃力地搬起一袋小麦放到地排车上。

袁家骏开着拖拉机过来。

他看到正在一个人装车的高二妮，便将拖拉机拐到场上，直接开到高二妮的麦堆边。

袁家骏：（刹车跳下来）二妮，装车上吧！一起送去。

高二妮：（高兴地）谢谢你啊狗哥。

袁家骏与高二妮抬起一袋小麦合力装上车。

15. 柏油路上 日 外

夕阳西斜。

头戴草帽的孙小泉、袁家驹持着赶车鞭各自赶着一辆装满小麦袋子的毛驴车走在柏油路上。

袁家骏开着拖拉机过来，车后斗的麦袋子上坐着高二妮。

拖拉机飞驰而过，车斗上的高二妮微笑着朝孙小泉、袁家驹打招呼。

袁家驹：（咧着嘴愤愤地）亲兄弟不管，给人家外人帮闲忙！

孙小泉：（笑笑）你也赶快买个四轱辘啊！

16. 打麦场 夜 外

一轮圆月挂在东天上，偶尔有云彩飘过。

袁家骏驾驶着拖拉机呼啸而来，停在麦场上，麦场上还立着十几袋麦子。

袁家骏：（跳下拖拉机）来，都装车上，我给你送家去吧！

袁家骏、高二妮一起弯下腰，抬起一袋小麦装上拖拉机。

（闪回完）

17. 孙大头屋 夜 内

孙大头毫无睡意，躺在床上，两眼望着天花板出神。

（闪回）

18. 养猪场 日 外

孙大头的养猪场正在建，孙大头两手叉腰，望着热火朝天的建筑工地。

孙长顺怏怏地走来。

孙大头：（赶忙迎过去）二叔，有事？

孙长顺：袁老二看到你在责任田里建养猪场，他也在责任田捣鼓起了养鸡场。

孙大头：这个袁二怪，还敢攀比咱爷们儿，真是狗胆包天啦！

孙长顺：不管他！不论镇上还是总支里有人找你，就往我身上推。

孙大头：是，二叔。

孙长顺：二妮是党员，我要提拔她当计生主任，让孙小泉干文书。他老袁家，哼！

孙大头：（咬牙切齿地）叫他永世不得翻身！

孙长顺悻悻地离去。

（闪回完）

19. 孙大头屋 夜 内

孙大头：（两手捂着火辣辣的脸）让二妮当计生主任……二叔这步棋有点臭。

20. 袁家骏屋 夜 内

袁家骏翻身打了个滚，依然眨巴着眼。

（闪回）

21. 医院病房 日 内

病重的高名芳躺在病床上，面色蜡黄，手臂上打着吊瓶。

面色疲倦的袁家骏端着米粥用调羹给病中的妻子喂饭。

高名堂腋下夹着黑色皮包走进来，掏出一沓子人民币放在高名芳身边。

孙长顺和孙小泉走进来。

袁家骏：（忙放下粥碗，与孙长顺打招呼）您自个儿身体不好……还亲自跑来。（弯身拿起一只马扎递给孙长顺）歇会儿吧！

孙小泉提着小皮包及几袋奶粉，他放下奶粉，从小皮包中拿出一沓子人民币交给袁家骏。

孙长顺：（接过马扎坐下）这是村民们募集的一万块钱。

袁家骏：谢谢乡亲们。

（闪回完）

22. 袁家骏屋 夜 内

袁家骏坐起来吸烟，烟火一闪一闪。

（画外音）袁家骏：孙长顺又去了省城住院，明天就要召开村民动迁大会，签订房屋拆迁协议书，不知道有几个难剃的头。

袁家骏在烟灰缸里按死烟蒂，拉过毛巾被躺下。

23. 袁家寨村委会院子 日 外

村委会院子里人声鼎沸，正要召开村民动员大会。办公室门前的主席台上并排放着四张桌子，王一鸣、袁家骏坐在中间，面前摆着麦克风。坐在两旁的有计生主任高二妮，大学生村官田东晨和文书孙小泉，他们每人面前都摆着一沓子协议书。

院子里坐满了村民，有三百多人，大门口还有陆陆续续进来的。

袁天刚、袁家驹、孙大头坐在人群的最后面，孙大头两手捂着脸、低着头。

袁家骏：（扭头看看王一鸣）差不多了。

王一鸣点点头。

袁家骏：（拿过麦克风，高声）注意啦！大家静一静，现在开会。首先，欢迎西城经济开发区管委会王一鸣主任讲话。

袁家骏放下麦克风，带头鼓掌，会场上响起一片热烈的掌声。

王一鸣站起来，微笑着向大家点头招手示意。

王一鸣：（落座，伸手扶着面前的麦克风）乡亲们！报告大家一个好消息——市招商局新引进两个大项目，一是港商投资的“民生乐保健康复医护中心”；二是台商投资的“花果山旅游休闲采摘基地”。市委常委会研究决定，把这两个绿色环保项目放在我们西城经济开发区。

村民们自觉地鼓起掌。

王一鸣：需要我们袁家寨、高家集两个总支的十八个自然村搬迁并居。楼房已为大家准备好，高家集总支迁入滨江豪庭小区，咱们袁家寨总支迁入滨河华府小区。民居拆迁赔偿及土地流转方式与前年拆迁的西关口、千户屯两个总支完全一样。

台下掌声雷动，一片欢腾。

一位中年妇女：（站起来，兴高采烈地）真是天上掉下来的大馅饼啊！头两年看着人家千户屯搬家上楼，眼馋得俺害红眼病，半月睡不着觉。还啰唆啥啊！咱赶快签协议吧！

此人是孙大头的三婶子，爱跟人聊天，快嘴快舌，人们背后称她是“人前疯”。

两手捂着脸的孙大头在三婶子发言时瞥了她一眼又一眼，表现出极大的不满。

“人前疯”刚坐下，站起来一位男性中年村民。这是袁家骏的堂叔伯哥，此人也是快言快语，由于说话爱用歇后语，人们称他为“转洋词”。

“转洋词”：（笑嘻嘻地）俺打小时候就盼着这一天——楼上楼下，电灯电话。今儿个真的要碾子倒了砸着磨——实打实啦！咱不二话，立马签协议，早一天上高楼。

袁家骏：（忽地站起来，一手抓着麦克风）兄弟爷们儿、婶子大娘们盼望已久的大馅饼终于落到我们头上啦！前两年看到西关口、千户屯两个总支往楼上搬迁，眼热得我们直挠头皮。今天，好事来啦！谁也别犹犹豫豫，今明两天把拆迁协议签完。孙长顺在省城住院，请大家给我这个主任面子，我给各位父老乡亲鞠躬啦！

袁家骏说着放下麦克风，两手抱拳，冲人们来了个九十度大弯腰。

人们又是一阵热烈鼓掌。

袁家骏：下面大家依次排成四队，按顺序签订协议书。

人们站起来排队取号。

王一鸣：（弯着腰悄声地）我去高家集看看。

袁家骏点头。

王一鸣：解决好孤寡老人及贫困户的问题。

袁家骏：没有过不去的火焰山。

王一鸣从抽屉里拿出提包，昂首挺胸地离去。

坐在最后边的袁天刚站起来，提着马扎走出院子。

孙大头、袁家驹先后站起来，咧着嘴离开会场。

24. 高家集村委会 日 内

王一鸣出现在高家集的干部会议上，她旁边是高家集的支部书记高和平。

支部成员及村民小组长一共十几个人，每人手里都拿着一沓子协议书。

王一鸣：这次搬迁时间紧、任务重。我这里就一条要求—— 一定解决好搬迁中和搬迁后村中孤寡老人及贫困户的问题。总而言之，向城镇化进军的路上一户也不能少，全民奔小康，一个也不能掉队。

众人鼓掌。

高和平：每位支部成员包一个村民小组，挨家挨户签订协议，今明两天完成任务。有个别情况可直接来办公室，我在这儿等候。散会。

人们各自拿着协议书匆匆离开。

王一鸣：（拿起手提包）你和大老袁是截然不同的两种方式，他是把村民请上来，你是让村干部走下去。

高和平：他在部队锻炼过，喜欢掌控大场面。我掌控不了，只好用“麻雀战术”。

王一鸣：看看哪种方法更奏效吧！我去下面村里看看。

高和平：（点头）我这里你就放心吧！

王一鸣昂首离开。

高和平起身整理桌椅，拿起热水壶走到墙角的水池边打开水龙头接水，然后接通电源烧水。

25. 外环路 日 外

王一鸣驾驶着一辆宝石蓝雪弗兰轿车行驶在外环路上。

26. 高家集村委会办公室 日 内

茶几上的热水壶冒出热气。

高和平拔下电源，提起热水壶向茶壶里冲水。

身穿短衣短裤、头戴竹篾草帽的高胡子慌慌张张地走进屋。

高胡子：和平，你可得给我做主啊！

高和平：（平心静气地）来啊五叔！刚刚沏的新茶，坐下喝一杯。

高胡子：哎呀我那大侄子，你五叔哪来的心情喝茶啊！

高和平：啥事啊这么急？

高胡子：我那三百亩苹果树明明是五年树龄，老天爷有眼看得清清楚楚明明白白……

高和平：哦，这事啊！先把茶喝了。

高和平说着把一碗冒着热气的茶放到茶几另一端。

高胡子：（一手摘下竹篾草帽扇风，急得满屋子打转）可他们硬给我按四年算，还让我在拆迁协议书上签字！这能签嘛！

高和平：五叔啊，你的苹果树是四年零三个月树龄，四舍五入的话就该是四年。

高胡子：那……五叔不吃大亏了！

高和平：我让他们给你按四年半算，总可以了吧！

高胡子：（转忧为喜）我就知道大侄子不叫俺吃亏。

高和平：你的苹果树都是优良品种，你精心管理，眼看着一天天长大，就这样折价转手出去不心疼？

高胡子：（探腰向前悄声地）能不心疼？你说咋好。

高和平：我跟王主任说说，请她出面求外商让你带着果树入股，你不就变成大股东了。

高胡子：（眉开眼笑）我就知道你一准能让五叔发财。

高和平：好事吧？

高胡子：那可是哩！

高和平：但有个附加条件。

高胡子：（一皱眉头）啥？

高和平：咱村十二户孤寡老人的物业费由你按时缴纳。

高胡子：这……

高和平：不是我个人的意见，村委会统一定的。

高胡子：（瞪起眼）这么定，不合理吧！

高和平：你不同意正好，有人等着缴哩。

高胡子：（两眼一转）你两个儿子，一个香油坊，一个花生油坊……

高和平：他俩承包了六家特困户的，你愿意换换？

高胡子：（两眼滴溜溜转着）哦，不用换了。

高和平：同意啦？

高胡子：嗯！

高和平：自愿的？

高胡子：自愿。

高和平：回去先把房子的拆迁协议签了。

高胡子：那是。

高和平：五叔啊！您不该拿果园说事。

高胡子：不拿果园说事，五叔咋沾你光呀！

高胡子：一言为定？

高和平：（起身）一言为定！

高胡子离开。

高和平伸手端回那碗茶水，一口喝下。

27. 袁家寨村委会办公室 夜 内

村委会办公室里，孙小泉、田东晨与高二妮已把协议书核对完。

孙小泉：就差三户。

袁家骏：谁？

孙小泉：袁天刚、袁家驹、孙大头。

袁家骏：（看了一眼高二妮，对孙小泉）这三个难剃的头，要一个一个“分头”剃。我和二妮先去袁老头家，你通知那俩人来办公室开小会。

孙小泉拿起手机拨号。

袁家骏：（对高二妮）带上协议书和印台。

高二妮点头，从桌上拿过协议书及印台。

袁家骏、高二妮走出屋门。

田东晨的手机响了一下，田东晨拿起手机看了一眼，然后追到了院子里。

田东晨：袁叔，晓玉给我发短信，找我有事。

袁家骏：（回头看了一眼）去吧！

田东晨点点头。

28. 村街上 夜 外

袁家骏与高二妮一前一后地走着。

袁家骏：你老公又闹啥名堂?

高二妮：（摇头）不知道这家伙打得啥小九九，反正他一肚子弯弯肠子。

袁家骏：你二叔不在家，咱村可别拖了后腿啊！

高二妮：放心，他不签的话，有我呢！

袁家骏：要求夫妻双方都签嘛！

高二妮：我跟他离婚！

29. 袁天刚家 夜 内

袁天刚和老伴儿刚吃过晚饭，正坐在圈椅上吸旱烟袋。

袁家骏、高二妮走来。

袁天刚：（抬头看着他们）你们……找我有事?

袁家骏：（掏出香烟，递上前）来，四爷爷，抽根洋的。

袁天刚：（接过香烟丢到桌子上）还是咱这本地造过瘾，来一袋尝尝。

袁家骏：来一袋过过瘾。

袁天刚在桌子腿上磕掉烟灰，又装上一锅子烟叶，递给袁家骏。

袁家骏接过烟袋，掏出打火机躬身为袁天刚点上香烟，又点着烟袋锅的旱烟。

袁家骏：四爷爷，您老人家咋提前退场啦?

袁天刚：（长叹一声）袁家寨是我的老根。老祖爷打永乐年间从山西洪洞大槐树搬迁至此，已经不知道多少辈了，我不能离开老祖宗留下的热土窝。

袁家骏：您的东邻西舍和侄孙们都搬走了，舍下您老两口，咋个过?

袁天刚：（吐口烟，不在乎地）古人云：七十三、八十四，阎王不叫自个儿去。俺都八十二了，怕啥！不定哪天早晨醒不过来，人就走了。

袁家骏：我私下请相术先生给您相过面，说您老还有二十年寿哩！

袁天刚：（摇头咧嘴嘿嘿笑着）那都是哄人的。七十不保年，八十不保月——这才是正理呢！啥时走不打紧，要紧的是俺走后得在这老窝里出丧。弄到河滨子出丧，真怕魂找不到家哩！

袁家骏：好了四爷爷，今儿您老人家听我一句话——跟上潮流走，随着大伙搬，管委会已经把楼房给我们竖起来了。搬迁后，全村停水停电，立马拆迁。舍您老人家在这里，孤苦伶仃的，我还不忍心哩。

袁天刚又长叹一声。

袁家骏：除了拆迁协议外，我单独给您签一个补充协议。第一，滨河小区的楼层随您选；第二，您住楼后的生活如有不便，给我打电话，随叫随到；第三，也是您最挂心的事，等您百年后，我亲自背您回来，让您魂归故里。

袁天刚老伴儿：别犟啦！就按狗子说的办吧！

袁天刚：（眨眼）听你的？

袁家骏：听我的！

高二妮忙递上一份协议书。

袁天刚小心翼翼地接过来，平放到桌上，又接过高二妮递过来的签字笔，在协议书的最后歪歪扭扭地写下了“袁天刚”仨字。

高二妮赶忙递过来印台。

袁天刚用食指沾了沾印泥，在名字上摁下红印。

袁天刚：（冲袁家骏笑笑）早给我吃这个定心丸，我白天不就签了。

高二妮：四爷爷，现在签也不落后。

袁天刚：（笑笑）四爷爷从初级社、高级社到人民公社，再到承包责任制，还没在哪个节骨眼上落过后哩！

高二妮：（拿着印台走到袁天刚老伴儿跟前）四奶奶，您老也按个红印。

四奶奶：（转过身）还有俺的份儿？

高二妮：那是！咱要乔迁上楼啦，就得红红火火、喜气洋洋的。

四奶奶：（笑盈盈地）二妮子说得对，笑呵呵的。

四奶奶伸出拇指使劲摁了下，在老伴的红印后又使劲按了一下。

高二妮：四奶奶比四爷爷按得印还鲜亮哩！

小屋中传出一阵欢快的笑声。

30. 河边公园 夜 外

路灯下，田东晨拉着袁晓玉的手在河边公园散步。

田东晨：晓玉，你们村进展很快，就剩三户啦！看你爸的意思，今晚就能全部拿下。

袁晓玉：孙长顺大爷住院，我爸的压力肯定大，有人会借机出难题。

田东晨：没问题，我看比孙书记推行工作都顺利。再说，这是人心所向、大势所趋的好事嘛！

袁晓玉：我爸常说——好难、好难，好事更难。

田东晨：放心吧晓玉，不是还有我嘛！

袁晓玉：你？干农村工作啊？你还嫩着呢！

田东晨：你真是门缝中看人——瞧扁我了，别忘了咱是组织派出的大学生村官。再说，你们这儿是城郊，城郊的干部群众见识广、觉悟高，灵性得很哩！只差一步就进城嘛！

袁晓玉：啥灵性啊！我二叔就是个榆木疙瘩——不开窍。

31. 袁家寨村委办公室 夜 内

养鸡大户袁家驹和养猪大户孙大头前后脚走进办公室。

孙小泉：欢迎二位大驾光临，请坐！

袁家驹一屁股坐在椅子上。

孙大头进屋后探头探脑，东瞅瞅西瞧瞧，寻找高二妮。

孙大头张张嘴，正要问，袁家骏、高二妮先后走进屋。

孙大头：（上前一把抓住高二妮的胳膊，使劲拉了一把）半夜不回家，遛狗去啦？

高二妮：（扬起手中的协议书）老娘干的是正事！

袁家骏：（站在屋中央，瞪起眼）孙大头，你的嘴巴是不是该打扫卫生啦！

孙大头：你护得忒早了吧！我这还没办手续呢！

袁家骏瞥他一眼，坐到办公桌后的椅子上。

孙大头：（将高二妮拉了个趔趄，接着吼）不干这鸟主任啦！弄不了仨瓜俩枣的，不少耽搁工夫。

高二妮：你说了不算数。我是党支部推荐，全村妇女选举，县妇联备案的。

孙大头：还反了你了？你是我老婆，现在我就制服你信不信？

孙大头说着两手将高二妮按在地上。

孙小泉：（赶忙上前拉开孙大头的手）你敢在办公室打架，我报警啦！

袁家骏忽地站起来。

高二妮趁机挣脱，站起来。

高二妮：（指着孙大头）你再嚣张，我立马告诉我大哥！

高二妮说着要掏手机。

孙大头：（急忙上前阻拦）别、别，我老实了还不行嘛！

高二妮：（指着地上的协议书和印台）给我拾起来！

孙大头急忙弯下腰，乖乖地拾起，丢在桌上。

高二妮坐在椅子上，喘着粗气，怒目圆睁。

袁家骏：（怒视着袁家驹）你为啥不签协议书？

袁家驹：（扭头看了看孙大头）我们理由一样。

孙大头：（点头）对，我们一样的。

袁家骏：什么理由？说吧！

孙大头：他的鸡舍，我的猪舍，要同人的房子一样换楼房。

孙小泉一听，扑哧一声笑了。

袁家骏：（一咧嘴，点上根烟，吸了一口吐出）你俩这是桑树棵子外边找地种。

孙大头：（瞪起眼珠子）为啥？

袁家骏：甭揣着明白装糊涂！

孙小泉：住宅面积是两年前测量的，你们的鸡舍、猪舍，当初为什么没测量？那不是宅基地，是你们承包的责任田。

袁家骏：责任田与宅基地性质一样吗？

孙大头：你的奶牛场呢？孙小泉那养驴场呢？

孙小泉：我和袁主任租赁的是三河口的荒碱地，不在搬迁范围内。

袁家驹：不管咋说，不给换楼房就不搬迁！

孙大头：（摇晃着又大又圆的秃脑壳）对，不搬！

袁家骏：（啪地一拍桌子站起来，瞪眼）做梦娶媳妇——想你的好事去吧！

两人转身离去。

走在后边的孙大头还故意挺了挺脖子，晃了两下大脑壳。

孙大头：给我回家，别在这儿鬼混！

32. 河边公园 夜 外

田东晨：你爸说最后这三个难剃的头要“分头”剃。我估计袁老头那儿问题不大，孙大头这里呢，高二妮签了就有百分之五十啦！现在说来就剩你二叔难度最大。

袁晓玉：哎，对了，我舅舅和我二叔是同学，他们时常来往。我们去找他，要我舅舅出山。

田东晨：算了吧！你舅舅也是出了名的刺猬头。

33. 高家集村委会 日 外

一阵响亮的车喇叭声后，一辆白色的大奔稳稳当当地停在办公室门前。

车门推开，从里面走出了一个“草包大肚子”，接着拱出来一个“三无”——无脖、无腰、无小腿的人，好似一个足球放在篮球上，下面搁了一双靴子。

34. 高家集村委会 日 内

高名堂人还在门外，肚子就先进了屋。

高名堂：（沙哑着嗓子埋怨）你兄弟我高名堂来了，咋也不起座哩！

高和平：（端着茶壶笑嘻嘻地）不光有座，还茶水伺候哩！请坐兄弟，喝一碗。

高和平说着，把一只冒着泡的茶碗推到了高名堂面前，然后不动声色地打量着面前这位“贵宾”，看看他有啥新名堂。

高名堂：知道我找你啥事吗？

高和平：你还没说哩！

高名堂：你弄一帮子人去找我，要我签啥协议。我早住上楼啦你不知道嘛！还签那鸟玩意儿啥意思？

高和平：知道你早住楼了，听说是滨江豪庭八号楼八单元八〇八室。

高名堂：有这么响亮的楼号，我那院子还拆迁啥！

高和平：庄乡的兄弟爷们儿还没住楼啊！改变乡亲们生活环境的大好机会要是抓不住，我将成为历史罪人哩！你睁眼看看咱村里，到处是三堆——土堆、粪堆、柴草堆；家家是三坑——茅坑、粪坑、污水坑。每逢雨季，苍蝇、蚊子嗡嗡飞，跳蚤、臭虫满地蹦。不通过拆迁并居实现城镇化，咱村永远脱不开脏、乱、差。咱“社会主义新农村”的口号喊了多少年啦！若不拆迁并居，永远还是口号！

本来血压就高的高和平，现在满脸涨得通红。

高名堂：这是你们的事，我觉悟没那么高，我关心的是我那座四合院，你们打算给我几个钱？

高和平：按物价、审计联合评估及管委会规定赔偿，一分不少你。

高名堂：管委会算个鸟！我要你高和平的说法。

高和平：管委会的说法就是高和平的说法！

高名堂：我从不把管委会放在眼里！

高和平：那是你，我不行！我是共产党员，下级服从上级是我们的纪律。

高名堂：明说吧，我那个院子，总共投资五百万。要给个仨瓜俩枣的我可不拆。

高和平：在高家集，没有特殊，只有管委会的标准。

高名堂：（腆着草包肚站起来）我再重复一遍——没有五百万，我不拆！

高和平：拆迁协议要不签，我在此提醒你，鱼塘承包合同还有三天到期。请你三天之内把你的鱼鳖虾蟹全部清理干净。

高名堂：合同上写得明白，到期后，我优先续签。

高和平：优先不优先，解释权归村民委员会。

高名堂：不管你续不续签，我就是接着干。

高和平：我要通过人民法庭依法解除合同。

高名堂：嘿嘿！这年头，有钱能买磨推鬼！

高和平：有我高和平在，高家集的“鬼”啥时候也别想神气！

高名堂：走着瞧！

高和平：好，走着瞧！法庭若不及时解除，我将发动全村村民下塘去捞“福利”鱼蟹。

高名堂：（眨巴着狡黠的眼珠子扭头看着高和平）那样的话，我就能把你送进法庭了，到时别怪兄弟不客气。

高和平两眼充血，那两条又浓又粗的剑眉倒立起来，他抓起刚才推过去的那一茶碗水，啪的一声摔碎在茶几上。

高和平：大不了去坐牢！

高名堂与高和平对视一下，惶惶出门而去。

高和平稳稳坐回到沙发上，扇着芭蕉扇，喝了两碗茶，刚要起身收拾一下茶几上的残局，只听哧的一声，一辆摩托车停在门前。

高和平：（冲外面喊）来呀“大狗子”，喝碗新茶。

袁家骏：（提着一串钥匙进屋，随手摘下墨镜）这是俺爷爷给俺起的乳名，你能随便叫啊？

袁家骏快步走到沙发前，刚要把墨镜和钥匙往茶几上丢，看到了那只碎茶碗和满桌的茶水，顿时一惊。

袁家骏：这是跟哪位生气啦？

高和平拿过来纸篓，随手用抹布将垃圾划拉到纸篓中，把纸篓搁在一旁。

高和平：（笑呵呵地）真是无巧不成书，就跟你那狗舅子生的气，他刚滚蛋。

袁家骏：（把钥匙及墨镜丢到茶几上，坐下）我刚在大街上看见一只白兔子向南跑哩！跟那龟孙可别生真气，血压要攻到头，还得给你买花圈。

高和平：狗嘴里吐不出象牙来。

高和平边开着玩笑，边将一碗冒着热气的茶端到袁家骏面前。

袁家骏：（端起茶碗喝了口）天下竟有这么巧的事，这两晚上跟你那狗妹夫连生两肚子气。不看在你老哥面子上，我把他个脑袋砸扁。

高和平：人情大啦！最好你谁的面子也别看，该砸就砸。

袁家骏：他送我块石头，我搁派出所了。

高和平端起茶壶，又要为袁家骏续水。

袁家骏急忙站起来，抢过茶壶，先给高和平斟满，又添满自个儿的碗。

袁家骏：（放下茶壶）你这壶茶是昨天沏的吧？

高和平：还不到俩小时。

袁家骏：（端着茶壶走到墙角的水池边，倒掉残茶剩水，放回茶几上）来到高家集就让我喝这二货头！你老兄进了袁家寨，我哪次不是上好的烟茶伺候？

高和平：忙得脚不在鞋里，想给你喝碗二货茶打发你走哩！

高和平边数落着，边从橱柜中拿出茶叶盒，开始泡新茶。

高和平：（悄声地）哎，八字有一撇了吗？

袁家骏：（摇头）哪有。

高和平：不是说王主任有意思吗？

袁家骏：瞎传呗！咱不认识自个儿啊？

高和平：一个离婚的女人，说不准也犯愁哩。

袁家骏：（笑笑）大哥你糊涂啊！人家找也不找咱老百姓啊！

高和平：这事啊，还真说不清楚。有人爱猪八戒，还有人爱孙猴子哩！她不是一参加工作就在你们总支嘛！

袁家骏：那倒是。你看吧，她担任总支书记时叫我袁大哥；她当了西城镇镇长，改称我大老袁；西城镇改为西城经济开发区，管委会升为副县级，她张口就喊我大狗子。

高和平：哈哈，有意思。人家职务步步升，你的称呼层层降啊！

35. 三河口养殖基地 日 外

盐碱地上荒草与芦苇丛生。

上游是宏伟的水库大坝。

远处可见几家规模较大的养殖场。

近处是热火朝天的养殖基地新建的工地。

建筑公司老板带领王一鸣、袁晓玉、田东晨走在建筑工地上，他们头上都戴着安全帽，袁晓玉手中拿着一卷图纸。

袁晓玉两手展开图纸，众人围观。

老板指着图纸上的图案。

老板：（挥手指着工地）那边是养鸡场，这边是养猪场，这边空地是待建的养殖场……

王一鸣：好，拜托老板，加快进度吧！

老板：放心王主任，没问题。

他们一起向前走去，田东晨帮袁晓玉收起图纸。

36. 西城饭庄 日 内

快餐店的一个角落，餐桌上摆着辣炒豆芽、凉拌黄瓜等几个小菜及两罐饮料。

高和平与袁家骏正坐在桌边聊天。

高和平：你小舅子那里得靠你了。

袁家骏：（豪爽地）没问题。晴天铺路，雨天不湿鞋啊！你妹夫那里说不定还得请你出面哩！再干一个。

两人碰着饮料罐。

37. 水产养殖场白色办公楼前 日 外

四周是排列有序的养殖池塘，中间矗立着一栋白色的三层楼。

楼顶有一排醒目的红漆大字：西城开发区银龙水产养殖场。

袁家骏驾驶摩托车飞驰而来，停在小白楼前。

楼前，高名堂的那辆白色奔驰正闪着刺眼的光芒。

（画外音）袁家骏：神气个屁！你儿子不也没能考上大学！

袁家骏下车，拽下车钥匙，几步跨到楼门口。

袁家骏见没人开门，憋了一股子火，正要抬脚踢开楼门，停了停，还是抬腿迈了进去。

38. 白楼内 日 内

高名堂与儿子肥仔正坐在沙发上看电视。

肥仔：（看到袁家骏后站起来）姑父驾到！

高名堂：从哪儿来的大哥，还没吃饭吧？我让厨房准备。

袁家骏：（坐到沙发上）不麻烦！

高名堂：炒几个菜，喝两杯？

袁家骏：（摘下墨镜，连同车钥匙一起丢到茶几上，斜视着高名堂）有纪律，工作日不准饮酒。

高名堂：大哥啥时候变得这么积极啦？

袁家骏：（瞪起眼）你是说我原来是假的？

高名堂：不敢，兄弟不是那意思。

肥仔端过来一杯茶，放到袁家骏面前。

高名堂：有事？

袁家骏：（吩咐肥仔）关上电视，到鱼塘转转去。

肥仔：好嘞！

袁家骏：（喝一口茶，故作不在意地）不是啥大事，无关紧要。

高名堂：说吧！我悉听尊便。

袁家骏：鱼塘还想干吗？

高名堂：咋不干！

袁家骏：我在管委会见到规划图了。

高名堂：咋规划？

袁家骏：你承包的鱼塘，正好处于港商规划的“民生乐保健康复医护中心”的位置。

高名堂：港商个屁！我有承包合同。

袁家骏：三天就到期了，你那合同在管委会搁着哩！

高名堂：我续签……

袁家骏：高和平同意吗？村委会同意吗？村民们同意吗？晴天不铺路，下雨还想不湿鞋？再说，管委会也不会批准。

高名堂：（眨巴着眼）那……咋办？

袁家骏端起杯子吹了吹漂浮的茶叶，连喝几口。

高名堂赶忙提起保温壶添茶。

袁家骏：（语气沉了沉）有一条路，你认的话，可能能接着干下去。

高名堂：（凝视着袁家骏）你说，大哥。

袁家骏：民生乐设有垂钓项目，我同王一鸣初步谈过，把你纳入他们集团做股东。

高名堂：（凑身上前）她咋说？

袁家骏：没点头，也没反对。你要同意，我可以继续做工作。

高名堂：啥条件？

袁家骏：你那四合院的房产证和这座小楼的房产使用证交给民生乐集团，作为集团的办公场所，按物价局、审计局的审定价格入股，包括鱼塘的鱼蟹……

高名堂：鱼塘呢？我投资二百多万建设的鱼塘！

袁家骏：二十万也好，二百万也罢，原合同上写得明白，到期后，鱼塘与你一毛钱关系也没有。

高名堂张了张嘴，没出声。

袁家骏：这样，你可以作为股东继续参与管理，并能获得分红。

高名堂：这……

袁家骏：若同意，我再找王一鸣商量，不同意拉倒，省得费口舌。

袁家骏说着，拿起茶几上的墨镜及钥匙，起身往外走。

高名堂：大哥。

高名堂两眼滴溜溜转着。

袁家骏：咋？

高名堂：你……要不再找找王一鸣。

袁家骏：想好啦？

高名堂：嗯……

袁家骏：别后悔！

高名堂：嗯！

袁家骏：（伸出一只手）拿证来吧！

高名堂：（点着头）哎，哎。

高名堂走到书橱前，拿出了两个烫金字的紫红本，慢吞吞地递给了袁家骏。

袁家骏：（接过两本证）高家集村委会还有个附加条件。

高名堂：村委会？

袁家骏：对。

高名堂：啥条件？

袁家骏：高家集居民区内公用的照明电费，由你承担。

高名堂：这是讹人！

袁家骏：你不同意我可走了，奶牛场那边忙着哩！

袁家骏说着将两本紫红证书啪一声摔在茶几上，转身走向门口。

高名堂：大哥！

高名堂伸手抓起茶几上的两本证，快步追到门外，递给袁家骏。

袁家骏跨上摩托，慢慢伸手接过。

高名堂：还有一事，大哥。

袁家骏：说！

高名堂：我想在三河口那边搞几个鱼池，你帮忙呗。

袁家骏：不用谁帮忙，你自个儿写申请就成。

高名堂：（将信将疑地）是吗？

袁家骏：只要你发了财别忘记回馈社会，多为村民办些好事。

高名堂：哦……好。还有一事……

袁家骏：说。

高名堂：我姐走了三年了，你续个弦呗！

袁家骏：（斜视着小舅子，揣测着他的心思）啥意思？

高名堂：听到不少闲话。

袁家骏：（头一扭）屁话！

袁家骏一脚踩着摩托车，瞬间跑远了。

39. 王一鸣办公室 日 内

王一鸣一手端水杯一手提包风尘仆仆地走进来，她头发有些凌乱。

袁晓玉抱着一卷图纸跟进来。

王一鸣将水杯及手提包放在办公桌上，走进盥洗间。

袁晓玉将图纸放在办公桌上，拿起水杯走到饮水机旁接满水又放回原处，然后走出屋。

王一鸣走出来，她头发已经整理好，显得精神焕发。

王一鸣落座，拿起水杯喝了一口。

敲门声响起。

王一鸣：请进！

袁家骏推门走进来，手里拿着两本紫红色证书。

袁家骏：（抽了抽鼻子）嘿，这么香！

王一鸣：（笑容满脸）大狗子啥时候懂礼貌啦！

袁家骏：（急忙转身关门）啥领导啊！在办公室也叫俺乳名。

王一鸣：习惯成自然了！

袁家骏把手里的两本紫红色证书放到桌上，将钥匙和墨镜也放下。

王一鸣：妥了？

袁家骏：咱老袁出马还有摆不平的事？

王一鸣：又吹大牛。

王一鸣拿起两本紫红证书放进背后的书橱中。

袁家骏：（指着那卷图纸）这是啥玩意儿？

王一鸣：三河口养殖基地规划图。我刚转回来，萌生了一个新想法——咱成立三河口养殖合作社。

袁家骏：这主意好！

王一鸣：上规模养殖。

袁家骏：把西城区的养殖业做大做强！

王一鸣：（起身拿起一只杯子）喝西湖龙井？

袁家骏：铁观音。

王一鸣放上铁观音，接上开水，放在袁家骏面前。

王一鸣：袁主任是讲究人。

袁家骏：怎么讲究也是农民，你王大主任可是市民哩，不对！是市长。

王一鸣：你别官帽子满天扔，哪来什么市长！

袁家骏：咋？副县级还不是市长？那也不能叫市民啊！

王一鸣：市长、市民，都是人民。

袁家骏：（频频点头）啊，对，人民。

王一鸣：你例外，不是人民。

袁家骏：（不解地问）是啥？

袁家骏端起杯子喝了口水。

王一鸣：不都叫你大狗子嘛！

袁家骏口中的水扑哧喷到桌子上。

二人大笑着同时将手伸向抹布，结果袁家骏的大手抓在了王一鸣的手背上。

40. 孙大头家 夜 内

高二妮拿着两张纸走进里屋，站到八仙桌边，将两张纸展开——是“拆迁协议书”和“离婚协议书”。

高二妮：孙大头，你出来！

孙大头：（闻声走出）什么事？

高二妮：签字！

孙大头：不签！

高二妮：两份协议，今晚必须签一个。

孙大头：（探头瞧着）什么两份？

高二妮：自个儿看清楚！

孙大头走近看着。

高二妮：看清了吗？

孙大头：看清啦！

高二妮：签哪一个？

孙大头：嘿嘿，这个时候想离婚，没门。我落不着你，谁也别想得到你！

孙大头麻利地回到西里间，咣当一声关上门。

高二妮：（气急地）你——孙大头！你无赖！

41. 咖啡厅 夜 内

厅内播放着舒缓的钢琴曲，里面坐着一些西装革履的客人。

袁家骏、王一鸣面前各摆着一杯咖啡。

袁家骏：还不如去我那奶牛场喝杯牛奶哩！

王一鸣：这不习惯？

袁家骏：哪是老百姓待的地方！

王一鸣：馊事不少！啥年代了。

袁家骏：俺就喜欢大块吃肉大碗喝酒的大排档。

王一鸣：消费观念要改变了，晚上吃那么些肉消化得了吗？

袁家骏：你这是鸭子遛河涯——

王一鸣：啥话？

袁家骏：让俺弄个水饱。

王一鸣：肉，肉，大家真没错叫了你。

袁家骏：（眨巴着眼）啥话？

王一鸣：（笑着）大——狗——子。

袁家骏：（皱起眉头不耐烦地）你没完没了啦！

周围几个年轻人吃惊地看着他们。

王一鸣神色尴尬。

42. 袁家驹家 夜 内

袁晓玉、田东晨提着两袋水果走进屋。

袁晓玉：二叔！

坐在沙发上的袁家驹抬头看他们。

袁家驹：晓玉啊。

袁家驹：（看到了跟在袁晓玉后边的田东晨，急忙站起）田村官驾到，欢迎！欢迎！

袁晓玉：（将水果搁在茶几上）二婶呢?

袁家驹：还在养鸡场忙着哩！是你爸让你们来的?

袁晓玉：不！王主任跟我们讲的，向城镇化进军的路上一个也不能掉队。

袁家驹：哦，你爸刚给我打了电话，要我今晚务必去村委会把协议签了，不然就打我。好吧！今晚我就等你爸来打我。

田东晨：哪能啊二叔，那是您兄弟二人间的玩笑。

袁家驹：哼，得亏他是个主任，要干上书记还不得吃了我！

袁晓玉：二叔，你别怪我爸，他那脾气……

袁家驹：他脾气咋啦！我也不是吃素的。

袁晓玉：二叔，你不听我爸的，你总得听王主任的吧！

袁家驹：王主任是谁?我不认识她！

田东晨：是咱们西城开发区的一把手。

袁家驹：啥尾巴手腚巴手，关我屁事。回去吧！这事与你们无关，我就等你爸来打我了。

袁家驹说着，两手交叉捂着后脑勺躺在沙发里，一副死猪不怕开水烫的模样。

袁晓玉、田东晨无奈地看着他。

43. 外环路 夜 外

田东晨驾驶着一辆黑色轿车行驶在外环路上，袁晓玉坐在副驾的位子上。

袁晓玉：去水产养殖场，找我舅舅。

田东晨：到那儿怎么说，你想好了?

袁晓玉：实话实说呗！

田东晨：不行！就你舅舅那刺猬头……

袁晓玉：那咋办？咱又不会下圈套。

田东晨：（拍了一把方向盘，唉了一声，摇头）这基层工作还真难干。

袁晓玉：是啊！你说王主任在西城这二十年咋熬的！

田东晨：别说村民，就这几十个村干部也把人折腾坏了。（突然想起什么似的）原来我还真听孙长顺说，西城区这些村的村干部就是一张庞大的关系网，要想突破这张网，得有孙悟空的十八般武艺。

袁晓玉：王主任这十八般武艺怎么练就的呢！

44. 河边公园 夜 外

袁家骏驾驶摩托车驮着王一鸣在观潮亭前停下。

袁家骏：不好意思王大主任，在那么高雅的地方，我爆了粗口。

王一鸣：好，不断进步啊！啥时候学会道歉了。

袁家骏：不是说跟啥师傅学啥艺，跟着黄鼠狼子学偷鸡嘛！

王一鸣：你可是从未跟别人道过歉的，你不常说天爷爷是老大，你是老二嘛！

袁家骏：这话是对付孙长顺的。

王一鸣：当了五年特种兵，部队首长就没治你爆粗口？

袁家骏：挨过多次处罚，还被中队长抽过两个嘴巴子。

袁家骏下意识地抬手摸了一下嘴巴。

王一鸣：书上说三代才培养一个贵族。

袁家骏：嘿！我这样的，八辈子也培养不成。

王一鸣：（笑笑）挺有自知之明啊！能不能成为贵族不重要，但我们必须成为造福一方的人。

袁家骏：我不成吧。人们都说你才是咱西城区老百姓的贵人呢！

王一鸣：又自卑了不是，这不是老袁同志的性格吧！

袁家骏讪笑着。

王一鸣：等搬迁任务完成了，请你大吃一顿。

袁家骏：不是反对大吃大喝吗？

王一鸣：我自个儿掏腰包！

袁家骏：（摇着头）不敢！还是我请你王大主任吧！卖上一头小奶牛，请你喝瓶国宾酒。不过有言在先，你可得发挥当年八两白酒的海量。要不就定在中秋节晚上，还是在这里。

袁家骏说着指了指亭子里的石桌。

王一鸣：（看着石桌笑）这儿可是你走麦城的地方啊！咋，还想复仇啊？

二人说着迈步登上台阶，走进观潮亭，分别坐在石桌两边的石凳上。

（闪回）

中秋夜，明月高悬。

王一鸣、袁家骏、高和平、孙长顺、高二妮、孙小泉围石桌而坐。石桌上有吃剩的菜肴及喝空了的各类酒瓶。

袁家骏半睁着眼，膀子一歪又伸手去拿酒瓶，被高和平与高二妮同时拉住。

袁家骏：（着急地）你们凭啥不让我喝酒？我还没喝够呢！以为我喝多了是吧？这点小酒才到哪里啊！

高和平：（瞪起眼）不喝了，谁都不能喝了。吃饭。

袁家骏：（猛地伸手抓过一个酒瓶）吃啥饭，谁也管不了我喝酒，天爷爷是老大，我是老二……

孙长顺：（站起来夺下他的酒瓶）我就是袁家寨的天爷爷！

袁家骏：（仰脸看看孙长顺）你是……天爷爷，是啊……你是……天爷……爷……

袁家骏说着，低头趴在石桌上，打起鼾来。

高和平：（指着鼾声如雷的袁家骏笑）王镇长，今天幸亏你先发制人。不瞒你说，他早就嘀咕着看看你醉酒的模样哩！

王一鸣：看得出来，他一亮相不就露馅了嘛！不过我心中有数，只要你们这两位老书记在场，谁也不会有闪失。

话刚落地，王一鸣手机响了。

王一鸣：（打开看了看，皱起眉头）啥事啊？

对方：（粗暴地喊着）中秋节了还不放假？你给我立马回来！

王一鸣：我——有——事！

说完，王一鸣扣上了手机。

接着又响起了一声接一声的铃声，王一鸣不再理会。

王一鸣抬起头望着空中的圆月，打了个哈欠。

（闪回完）

袁家骏：（摇摇头，像是刚从醉酒中醒来，长叹一声）唉，那些年盛行的吃喝风造成多大浪费，损害了多少人的青春年华啊！

王一鸣：（感慨地）更主要是拉开了干部和群众的距离，败坏了党风党纪，这才是无法估量的损失啊！你想复仇也没机会啦！八两白酒，不可能的，再也不可能啦！若不是天天七两八两地海吃海喝，也不至于家庭破裂、夫离子散呢！

袁家骏：忠孝难两全，古今皆如此。顾大家，就得舍小家嘛！

王一鸣：哟！我们袁大主任觉悟挺高啊！

袁家骏：（讪笑着）我们中队长常说的话。

王一鸣：（手扶水泥栏杆，仰脸望着灿烂的星空）月有月月圆，人可待几时呢？

45. 水产养殖场小白楼 夜 内

茶几上搁着两袋水果。

高名堂与肥仔各拿着一个苹果正在削皮。

袁晓玉、田东晨坐在两旁的单人沙发上。

袁晓玉：大舅，你同我二叔是最要好的同学吧？

高名堂：是啊！刚刚他还给我打电话呢！

袁晓玉：他说啥？

高名堂：（笑笑）他说你爸逼他签协议书，不签就打他。

田东晨：你怎么回答他的，高老板？

高名堂：我说你俩是吃一个奶长大的，怎么打也是一个妈的儿子。我是外人，不便插手。

田东晨：你们是老同学，又都是大老板，怎么也得劝劝他啊！

高名堂：我是泥菩萨过河——自身难保哩！

田东晨：老同学，老朋友嘛！说啥也得互相关照啊！

高名堂：关照啥呀？酱没盐咸，灰没火热，一拃不如四指近。

高名堂说着丢下水果刀，将削好的苹果递给了袁晓玉。

袁晓玉与田东晨对视。

田东晨摇摇头，起身离开。

袁晓玉将苹果放在茶几上，跟随田东晨走出门。

46. 袁家寨孙氏养猪场 日 外

一座红砖红瓦的二层楼，楼顶有一排红漆大字：西城开发区孙氏养猪场。

一排排猪舍整整齐齐。

袁家骏骑着摩托、高二妮骑着电动车过来。

他们将车停在楼前，高二妮推开屋门走进去。

47. 养猪场办公室 日 内

孙大头提着包正要出门，被高二妮推搡回去。

高二妮：你去哪里？

孙大头：去市里，有急事。

高二妮：先把协议书签了。

孙大头：袁家骏同意换楼啦？

高二妮：这不是他说了算的事。

孙大头：不签！

袁家骏挺身挡在门口。

高二妮：三河口养殖基地的养猪场正在建设中，今天你要不签字，就给别人了。

孙大头：就是新场子建好了，那搬迁费用呢？没有个十万八万的，我这猪飞过去呀！

袁家骏：开发区管委会给每户补贴两万元。

孙大头：两万元有啥用，老子就不签啦！爱咋办咋办吧！

孙大头说着抬脚要走，高二妮伸出两手死死地将其抓住。

孙大头：你放开我！

高二妮：不放！

孙大头：放不放？

高二妮：今天你不签字，哪里也别想去！

孙大头挥手打了高二妮的脸，高二妮的嘴角顿时流出鲜血。

正在孙大头举手又要打时，他的手被袁家骏一手抓住，袁家骏一个反拧，孙大头立马双膝跪地。

48. 袁家驹家 日 内

王一鸣、孙小泉、田东晨与袁家驹在客厅交谈着。

王一鸣：（指着摊在茶几上的图纸）市政府批准了我们的发展规划，把三河口下游的河洼地建成养殖合作社，凡是迁入的养殖专业户免费提供占地及规划设计，每户补贴两万元搬迁费。

袁家驹露出笑颜。

王一鸣：（指着图纸）袁老板，你的养鸡场建在这里了。

袁家驹忙探头过去。

王一鸣：这边是高二妮家的养猪场。

王一鸣：你们这些养殖大户，是开发区村办产业的发展支柱。我们会尽我们最大的努力给你们提供方便和支持，希望你们能做大做强。

袁家驹：谢谢王主任。

孙小泉：但是，我们富裕也不能忘了那些孤寡老人和困难户啊！

田东晨：一人富不算富，要走共同富裕之路。

孙小泉：（看着袁家驹）咱村有五家特困户，袁主任承包了三家的脱贫任务，二妮承包了一家，还有一家。

袁家驹：（瞪大眼）你呢？谁不知道你这赫赫有名的黑驴养殖大户……

田东晨：他们家主动承担袁家寨居民区内的公用电费及十户孤寡老人的物业费。

孙小泉：要不——咱俩换换？

袁家驹：不换，不换，那……我也分担一户脱贫吧！

王一鸣：谢谢你袁老板！以后你作为我的联络户，遇到什么困难和问题，随时联系我们。

袁家驹：（激动地起身，向王一鸣伸出手）非常感谢！

王一鸣躬身拉了下袁家驹的手。

袁家驹：王主任别走啦！今天我请客。

王一鸣：（摆摆手）谢谢！不用客气。

49. 孙大头家院子 日 外

高和平骑着一辆古铜色的老式德国造自行车，来到孙大头家的院子。

孙大头一瘸一拐地走出屋，大秃脑壳磕在了高和平的脚下。

孙大头：（哭哭啼啼，一手捂着屁股哀号）大哥啊！你可要给我做主呀？老袁家成心不让俺老孙家好过啊！

高和平看到他的狼狈相顿生厌恶之情。

高和平：真是个窝囊废！起来！有啥事屋里说。

50. 孙大头屋中 日 内

高和平跟随孙大头进屋，坐在圈椅上。

高和平：（冲还在抹眼泪的孙大头）狗屁事干不成，还惹事。谁有闲工夫给你拾烂尾巴！

孙大头：大哥，你看我屁股，让袁家骏给踢开花了。我要去派出所告他！

高和平：去吧！自投罗网，你那块石头就在派出所搁着哩！去了正好铐起你来。

孙大头：他不但踢破了我的屁股，还踢坏了我的手机。（从后屁股兜抽出已经花了屏的手机）看看！我去法院起诉他。

高和平：你还是自投罗网啊！基本农田保护条例规定，不准在责任田随意搭建。你二叔孙长顺私下批准你建的养猪场，正好把他送进牢房，还得清算你这些年的罚款，差不多得几十万吧！你准备好钱再去。

孙大头：不是派出所铐我，就是法院罚我。咋办，白吃哑巴亏啊？

高和平：你长个猪脑子，专干亏心事。袁家骏为啥打你？

孙大头：他……他……嘿嘿……是我先打了二妮一巴掌。我不该，大哥原谅！

高和平：（气愤地）不记得我家祖传干什么了吗？

孙大头：磨香油。

高和平：记得？

孙大头：记得！

高和平：记得就好。你胆敢再打二妮一巴掌，我把你磨成虾酱！

孙大头：不敢，再也不敢了。

高和平：二妮呢？

孙大头：一准和那姓袁的在一起。

高和平：（瞪起眼）放屁！

51. 骏马奶牛场 日 外

一排排整洁的牛舍。

大厅上有一排红漆大字：西城经济开发区骏马奶牛场。

52. 挤奶大厅 日 内

机械化的无菌挤奶大厅中有一架自动化的挤奶大转盘，奶牛有序地走上转盘，操作人员按顺序对接上挤奶器。

上千头奶牛井然有序地循环进出挤奶大厅。

53. 挤奶大厅观赏台 日 内

王一鸣走上观赏台。

她摘下墨镜看着转盘，微笑着从手提包中拿出手机。

54. 库房 日 外

库房前停着几辆装满饲草的大卡车及袁家骏的摩托车。

袁家骏驾驶着装卸机正从大卡车上卸饲草包，另外有几个工人在卡车上协助。

袁家骏的手机响了，他停下车，掏出手机。

袁家骏：喂，我在库房卸进口的饲草。好！你等我。

55. 奶牛场接待厅 日 内

袁家骏与王一鸣相对而坐，他们面前分别摆着一杯冒着热气的鲜牛奶。

王一鸣：（喝了一口）现在运转如何？

袁家骏：去年亏损，今年保本运营，明年肯定获利。

王一鸣：步步登高啊！

袁家骏：怎样？拿下啦？

王一鸣笑着点头。

袁家骏：大将出马，一个顶俩。（攥起右拳头打量着）可惜我铁拳头没过瘾。

王一鸣：（笑笑）兄弟的感情是打出来的，姐妹的感情是吵出来的。

袁家骏：你有姐姐还是妹妹？

王一鸣：上有姐姐，下有妹妹。小时候为了吃饭穿衣天天吵。

袁家骏：都一样，被穷日子逼的。

王一鸣：姐姐上了医科学校，我上了农学院，小妹上了师范大学。

袁家骏：一个比一个出息。

王一鸣：孙大头那儿如何？

袁家骏：我请高和平收拾残局去了。

王一鸣：你与高书记是一唱一和，珠联璧合啊！

袁家骏：（晃了一下有力的拳头）我们是大义灭亲。

56. 孙大头家 日 内

高和平：王主任通知我了，在三河口下游的河滩上为你们养殖专业户统一规划建设养殖基地，袁家骏还为你们每户申请到两万元的搬迁费。

孙大头：（两眼瞪得像牛眼一般）按户补贴不合理！袁家驹的鸡好迁，把鸡笼抬车上就拉走了。我这猪可不老实哩！一头一头捉，一头一头绑……

高和平：你又猪脑子！人家袁家驹和袁家骏是一个爹，你是吗？

孙大头耷拉着脑袋摇头。

高和平：（掏出一张协议铺在桌上）签上字！

孙大头拉开抽屉，找出一支签字笔飞快地写上名字，然后将笔丢进抽屉。

高和平：（手指着孙大头）你这号人啊！

高和平收起协议书起身就走。

孙大头：大哥别走啊！请你喝酒。

高和平：（头也没回）喝醋！

57. 奶牛场接待厅 日 内

王一鸣：刚才你说干什么了？进口的饲草？

袁家骏：是啊！从澳大利亚进来的。

王一鸣：干吗跑那么远？咱们当地不是很多吗？

袁家骏：当地饲草含碱量偏高，达不到国标。我们科研小组在鲁南、胶东及内蒙古开辟了几块试验田，正在试种。

王一鸣：哦，是这样！

袁家骏：你不是农学院毕业的吗？

王一鸣：我没学畜牧专业。

袁家骏：要是学畜牧就好了，聘你干老总。

王一鸣：那可得高薪聘请哩。

袁家骏：把场都给你，天天喝牛奶。哎，口味如何？不比咖啡差吧！

王一鸣：各有特色。就像南方人爱吃米饭，北方人爱吃面食；西方人爱喝红酒，东方汉子偏爱老烧。

袁家骏：我老袁爱品鲜牛奶，王大主任偏爱热咖啡。

王一鸣：哈哈！哎，孙长顺住院一个多月了，去看看他呗？

袁家骏：（摇了摇头）你们去吧！

王一鸣：配合工作二十年啦，能没点感情？

袁家骏：没有感情，只有感谢。

王一鸣：啥感谢？

袁家骏：这些“后遗症”，还不都得感谢他。当初我复员回来，他左挡右拦不同意我进班子。要不是你在这儿主持村民投票，我能当主任？

王一鸣：还大男子汉哩！小肚鸡肠。

袁家骏：你大主任也爆粗口！

王一鸣：按你的说法这叫什么来—— 一个槽上拴不住俩叫驴。

袁家骏：你来兼任书记，拴我旁边一头草驴。

王一鸣：美死你！

58. 孙大头家 日 内

高二妮走进家门。

孙大头：你是和袁家骏商量好一起整治我吧？

高二妮：还用商量吗？

孙大头：吃里爬外啊！

高二妮：离婚吧！早晚的事。

孙大头：你想跟着大狗子？

高二妮：跟谁也比跟你强！

孙大头：我还不如只狗？

高二妮：也不如头猪。

孙大头：你俩出双入对的，早串通好了？

高二妮：串通好又怎样！

孙大头：我就不信了，我哪里不如他个大狗子？

高二妮：你哪里都不如！

孙大头忽地将拳头举过头顶，又慢慢放下。

孙大头：（苦苦哀求）二妮啊！我们还是商量商量如何好好过日子吧！

高二妮：除非你变成大狗子！

孙大头闻听，翻着白眼直喘粗气。

59. 袁家骏办公室 日 内

袁家骏拉开门，走进办公室。

王一鸣随后走进来，被桌上一个精致醒目的相框吸引。

王一鸣走上前，两手捧起相框端详着。

照片里是一位俊俏的中年女士，浓眉大眼，一头秀发，瘦长脸上有一双神采奕奕的眼睛。照片右下角写着三个字——高名芳。

王一鸣：你对大姐一往情深哪！

袁家骏：唉，谁让她走这么早啊！

王一鸣：给你留下两个聪明的女儿。

袁家骏：她从小学到高中，成绩都是全班第一。

王一鸣：两个女儿继承了妈妈的基因。

袁家骏：随我就麻烦了，一个也上不了大学。

王一鸣：你是啥文凭？

袁家骏：高中本科。

王一鸣：嘿！稀罕，还有高中本科？

袁家骏：高中毕业复习一年，啥也没考上，就当兵了。

王一鸣：哦，大妮儿叫啥？

袁家骏：晓花。

王一鸣：哪个大学？

袁家骏：警察学院毕业，留在省城了。

王一鸣：哦……晓花晓玉，如花似玉啊！

60. 外环路 日 外

田东晨：（驾驶着黑色轿车打电话）喂，晓玉啊！拿下了，你二叔拿下啦！

61. 袁晓玉办公室 日 内

袁晓玉：（高兴地）是吗？你亲自拿下的？

62. 外环路 日 外

田东晨：我和王主任一起，亲自拿下的。

63. 袁晓玉办公室 日 内

袁晓玉：哦，主任亲自出马了。王主任出马哪还有拿不下的啊！

64. 外环路 日 外

田东晨：还有一个好消息哪！你家的房子能置换两套楼房，王主任说做做你爸的工作，送给我们一套做婚房。

65. 袁晓玉办公室 日 内

袁晓玉：做啥工作呀！我爸已经给我说过了。

66. 外环路 日 外

田东晨：是吗？这么大的事你没告诉我？晚上我请你去雅怡咖啡厅。

67. 袁晓玉办公室 日 内

袁晓玉：去啥咖啡厅，省着你那俩钱吧。哎，你是不是开着车呢？挂了吧！见面说。

68. 袁家骏办公室 日 内

王一鸣：你的房子能置换两套楼房吧？

袁家骏：嗯，对。

王一鸣：送给晓玉他们一套呗！

袁家骏：是啊！我已经告诉晓玉啦！给他们做婚房。

王一鸣：自个儿留一套，遇到合适的……再找个伴。

袁家骏：哈哈！要是遇到你这样的，还用我准备房子？

王一鸣：做白日梦吧！

袁家骏：哈哈哈！

69. 外环路 日 外

王一鸣驾驶着宝石蓝色的轿车在外环路上飞驰着。

（闪回）

70. 雅怡咖啡厅

袁家骏：你他奶奶的没完没了啦！

71. 袁家骏办公室

袁家骏：要是遇到你这样的，还用我准备房子？

（闪回完）

72. 雪弗兰轿车内 日 外

王一鸣皱起眉头。

轿车飞驰向前。

73. 高速路 日 外

田东晨驾驶黑色轿车飞驰向前，车中坐着王一鸣、高二妮、孙小泉。

王一鸣：二妮啊！近来和你老公咋样？

高二妮：卖枣的碰上卖碗的——早晚的事。

王一鸣：你感觉孙大头哪些地方不够好？

高二妮：哪个地方也不好！

王一鸣：（笑笑）不要把人看死，人家经营的养猪场不是还可以嘛！

高二妮：他就是一头自私自利的猪。这人心术忒不正。

王一鸣：大家一块儿帮帮他如何？

高二妮：他里外都烂透了。

王一鸣：有中意的人吗？

高二妮：唉，要有狗哥那样的……就好了。

王一鸣：（吃惊地）你说的是——袁主任？

高二妮：（低下了头，喃喃地）今生今世……怕是无缘。

王一鸣：（笑）他有那么优秀吗？

王一鸣皱起了眉头。

74. 省立医院 日 内

瘦弱的孙长顺躺在病床上，他输着氧，手背上输着液，床下垂着导尿管。

王一鸣带领高二妮、孙小泉、田东晨走进病房。

王一鸣径直走到孙长顺的病床前，轻轻地和孙长顺打招呼。

孙长顺想起身，被王一鸣按下了。

高二妮、孙小泉、田东晨放下手中提的东西，一起围上前来。

孙长顺微微点点头，算是打了招呼。

75. 奶牛场 日 外

袁家骏正在出售小奶牛。

十几头小奶牛被赶上了一辆大卡车。

汽车发动后开走。

袁家骏深情地望着远去的卡车。

76. 省立医院医师值班室 日 内

王一鸣：（翻看着一本病历）孙长顺同志的病情如何啊？

男医师：（摇了摇头）不乐观，我们尽力吧！

王一鸣：谢谢啦！

77. 奶牛场大门口 日 外

袁家骏骑着摩托车驶出大门，拐上了柏油路。

78. 省立医院病房 日 内

王一鸣坐在孙长顺的病床边。

孙长顺：（有气无力地）王主任……我的病看来是不好办了……感谢组织和领导的关心。

王一鸣：我同主治医师交流过了，他们有信心，你也要增强信心，配合大夫的治疗，效果会更好。

孙长顺：我……我想推荐二妮……接替我担任支部书记……

王一鸣：现在不是研究这个问题的时候，孙长顺同志，组织会全面考虑的。

79. 高速路 日 外

一辆白色奔驰飞驰着。

高名堂开车，车里坐着袁家骏、高和平。

袁家骏：高书记，今天请你来就是为我做证，我家属病重住院期间，孙长顺为我募集了一万元钱。我袁家骏谁的情都不欠，今天我给他十万，翻倍偿还。

高和平：好小子，够豪爽的。

袁家骏：（对高名堂）她大舅啊！人家那一万是帮你姐姐的，你也该有所表示吧？

高名堂：我给他翻一倍，两万。

高和平：很好，兄弟头一回大放血。

80. 省立医院病房 日 内

袁家骏、高和平、高名堂提着奶粉、水果走进来。

他们走到病床前，放下手中的慰问品。

袁家骏坐在病床边，从手提包里拿出一张银行卡放在孙长顺手中。

高名堂拉开手提包，拿出两沓现金，放在孙长顺手上。

孙长顺流下了两行泪水。

81. 西城区管委会会议室 夜 内

会议室里坐着几十名村干部，袁家骏、高和平、高二妮、孙小泉、田东晨、袁晓玉也在其中。

王一鸣：高和平同志，高家集准备得怎样了？

高和平：万事俱备。

王一鸣：袁家骏同志？

袁家骏：只欠东风。

王一鸣：好！经过大家的共同努力，这次动迁准备工作确实做到了既快又好。这就是我们的西城速度！袁家寨、高家集总支共十八个自然村进入城区，也是我们西城区发展史上一个里程碑式的事件。西城区城镇化的进程迈出了一大步。经西城经济开发区党工委研究并报请市委组织部审批，设立滨江豪庭、滨河华府两个社区党总支和社区居委会；设立三河口养殖合作社。由高和平同志任滨江豪庭社区党总支书记兼居委会主任，袁家骏同志任滨河华府社区党总支书记兼三河口养殖合作社主任，滨河华府社区居委会主任由高二妮同志担任。

会议室爆发出雷鸣般掌声。

王一鸣：现在我宣布，袁家寨、高家集总支于中秋节正式搬迁进城！

82. 袁家寨大街 日 外

大街上人声鼎沸，大批收购废旧物品的小商贩正在吆喝。

开着电三轮车收旧家电的，呼喊着："电视、冰箱、洗衣机，扔了旧的换新的……"

驾驶着农用四轮车收旧家具的，叫喊着："桌子、椅子、旧板凳，三块两块向外送，楼上全部换沙发，舍不得旧物别搬家。"

转洋词：（提着两把旧椅子及一口锅走来）这两把椅子给多少钱？

小商贩：（跳下车，提起一把看了看）两块一把。

他说着将两把旧椅子扔上了四轮车，掏出了一张五元纸币给转洋词。

转洋词：（不满地）你小鬼子进村啊是咋的？我还没同意嘞！

小商贩：啥同不同意，带到楼上没地方放不知道吗？多给你一块，甭找啦！

转洋词：（点着头接过钱）好、好，多卖一块是一块。

一位蹬着三轮车收废品的边走边喊"铁锅、铝锅、旧水壶，拾掇完了你再走。一毛两毛别嫌少，卖一毛来赚一毛。"

转洋词：带到楼上占地方，楼上都烧天然气……（提着铝锅）给几块？

收废品的：五毛。

转洋词：给一块吧！

收废品的：楼上都用锃光瓦亮的不锈钢，你这黑糊拉巴的铝锅没处放。

转洋词：（将铝锅扔到三轮车上）五毛就五毛吧！都是白菜疙瘩上房——扔物啦！卖一毛捡一毛吧！

人前疯：（拉着地排车装着旧电视、旧冰箱、旧洗衣机走出胡同）收家电的，看看俺这几件值多少钱？

转洋词：（走过去）咋不要了？这家电大半新呢！

人前疯：（乐呵呵地）两个女儿打电话说了，旧家具、家电一件也别往楼上搬，星期天给拉新的来。

转洋词：看看，还是养闺女好吧！比我俩儿强多啦！

人前疯：不是说嘛，有女儿的看冰箱，有儿子的看出丧。

转洋词：哼，出丧有啥好看的，到那时候哭八个爹也不如现在给买两瓶酒喝喝。

转洋词的一句话引得满大街的人笑出声。

83. 村后的一片坟地 日 外

一个坟丘前，袁天刚双膝跪地，点燃了三炷香，将香插在坟丘边，又从黑皮包中拿出一刀黄表纸及一瓶白酒，划着火柴点燃黄表纸。他双手合在胸前连连作揖，然后又连磕三个头。

黄表纸的灰烬像黑蝴蝶般在坟头上空翩翩起舞。

袁天刚打开酒瓶，将酒祭洒在坟前。

84. 外环路口 日 外

锣鼓喧天。

外环路通向市区的路口，两个总支的搬迁大军分别从南北两个方向敲着锣鼓走来。

南北两个方向的路中间分别站着两排指挥交通的警察，威武雄壮。

袁家寨总支一队打头的是袁家骏、高二妮、孙小泉。

高二妮、孙小泉两人高举着一条横幅，横幅上写着：向城镇化进军路上一个不能少。

袁家骏骑着摩托跟在后面。

横幅后边是正敲打得起劲的锣鼓队。

田东晨驾驶着黑色轿车紧随其后，车里坐着乐呵呵的袁天刚夫妇。

再往后便是电动三轮车、农用四轮车、人力三轮车、自行车等各式各样的载具，装着被褥、衣服及简单的生活用品。蹬着三轮车的人前疯和骑着电三轮的转洋词也在其中。

人们脸上洋溢着笑容。

各种车辆的轰鸣与锣鼓声及人们的说笑声融为一体，声势浩大。

85. 外环路口另一侧 日 外

高家集总支的搬迁队伍从另一个方向走来。

他们队伍前打的横幅是：全民奔小康，一个不掉队。

横幅后边也是正敲打得起劲的锣鼓队。

高和平骑着自行车跟在锣鼓队后面。

他后边是高名堂驾驶的白色奔驰，高胡子驾驶着农用三轮紧随其后。再后边是几列并行的搬迁大军。

86. 路口交汇处 日 外

两个总支的搬迁队伍在通往市区的大街上汇合，形成浩浩荡荡的进城洪流。

大街中间同样站着两排交通警察。

汽笛声、电喇叭声、车铃声及人流中热情洋溢的说笑声，汇集成激情澎湃、悦耳动听的交响乐。

87. 滨河华府小区门口 日 外

滨河华府小区门口的红色拱门上贴着横幅：热烈欢迎袁家寨总支入住滨河华府。

拱门两侧各站着两名衣着整齐的保安。

门口两侧各有一支锣鼓队敲着欢快的锣鼓。

王一鸣笑呵呵地站在拱门下恭候着。

88. 滨江豪庭小区门口 日 外

滨江豪庭小区门口的红色拱门上贴着横幅：热烈欢迎高家集总支入住滨江豪庭。

红光满面的袁晓玉站在拱门前，迎接搬迁队伍的到来。

门口两侧的锣鼓队及唢呐队一起吹奏着、敲打着，声音震耳欲聋。

89. 两个小区门口 日 外

搬迁的洪流浩荡而来。

两个小区门前同时响起噼里啪啦的鞭炮声。

五颜六色的礼炮在两个小区门口的上空交汇绽放。

90. 袁家骏的新居 夜 内

客厅里，超薄大屏电视正播放着晚间新闻。

茶几、沙发都是全新的，茶几上搁着热奶器，袁家骏坐在沙发上吃着泡面。

敲门声响起。

袁家骏：请进！

王一鸣：（推门走进）大狗……

袁家骏：（打断）我说王大主任！俺进城了，和你一样成市民啦！别再喊俺乳名了成嘛！

王一鸣：好！从今天正式开始——家骏同志。

袁家骏：（笑笑）这才是我们的大主任哩。

王一鸣走到茶儿前落座。

袁家骏拿杯子接了一杯热牛奶递到她面前。

王一鸣：（喝下半杯）给我也来桶方便面。

袁家骏拉开橱子拿出一桶方便面，打开后从饮水机接上热水泡着。

袁家骏：哎，你该不会是来为我温锅的吧？

王一鸣：见到你发给家家户户的通知啦！上面说得明明白白——不准趁搬迁之际搞乔迁宴、温锅宴等铺张浪费的活动。社区、居委干部若有参加者，重罚。社区书记同志考虑得很周到嘛！

袁家骏：跟啥师傅学啥艺呗。

王一鸣：少拍马屁。还要告诉我们的居民们——不但要人进城，更重要的是灵魂进城，风尚进城，品位进城。明天我让晓玉把《社区文明公约》送过来，立即发给各户居民。

袁家骏：（站起来敬礼）是！

王一鸣：好！很标准啊。我看这样，书记同志，社区这边的工作以后就交给高二妮办理，你和孙小泉把精力主要放在三河口养殖合作社那边。

袁家骏：我顶在三河口没问题，但有件事必须托付给你和高二妮。

王一鸣：啥事？

袁家骏：一楼的袁四爷你们务必关照好。

王一鸣：好说。要住这儿的话，我一天可以登三次门。你尽管忙那边，让田东晨给你当助理，先把三河口的商务平台建立起来，轰轰烈烈地搞一场。

袁家骏：是！

袁家骏右手抬了抬，本来还想敬礼的，但他灵机一动，眼珠滴溜一转，改变了主意。

袁家骏：哎，我说王大主任，咱俩要真成了一家子，你不得一天二十四小时给我派任务、下指标啊！要不……我看咱还是单飞吧！

王一鸣：（漫步到敞开的窗前，回头一笑）不可以吧！我怎么发觉我的生活中少不了你了呢！

一轮皎洁的圆月挂在当空，照在窗前。

远处，星光点点。小区内灯光连成一片。

袁家骏笑嘻嘻地向窗前走来。

（背景音乐）：

天有天的脸，
太阳是天的脸。
夜有夜的眼，
星星是夜的眼。
城乡同一片蓝天，
城乡同一个夜晚。
啊——灯火阑珊，
乡村和城市同一个月儿圆。
乡村老人走进城区公园，
城区孩子采摘快乐的星期天。

叶有叶的鲜，
花有花的艳。
绿叶绿大地，
花开香满园。
城乡同一片绿地，
城乡同一个蓝天。
啊——灯火阑珊，
乡村和城市同一个月儿圆。
乡村老人走进城区公园，
城区孩子采摘快乐的星期天。

（画面内容）：
袁天刚夫妇相依相偎在观潮亭前漫步。
硕果累累的果园里，孩子们欢快地奔跑、追逐、嬉戏。
站在果园边的高胡子用草帽扇着风，眉开眼笑。

91. 袁家骏新居窗前 夜 内

袁家骏与王一鸣相依偎，王一鸣仰脸望着袁家骏，袁家骏低头凝视着王一鸣。
二人甜蜜相拥。

九、洋媳妇

题记：“构建人类命运共同体”的理念为人类树立起一个远大而宏伟的目标，为地球村描绘了一座巍峨参天的金色大厦。

1. 校园 日 外

鳞次栉比的楼房，绿树掩映、鲜花盛开的校园。

2. 操场 日 外

春季运动会现场。

塑胶跑道上，发令枪响，健儿们飞速跑向前方。

3. 操场 日 外

女子教职工跳高比赛正在进行中。

身穿一身蓝白色运动衫的伊艾娃助跑后腾跃起跳，英姿飒爽的她跳过横杆落入沙池。但落地后，伊艾娃一只脚垫在了屁股下面，她大叫一声，然后咧嘴歪倒在沙池中。

莎麦拉及几个穿着同样颜色运动衫的女老师跑过去。

莎麦拉：（呼叫着）校医——校医——

佩戴“总裁判长”臂章的副院长王凯明带领两名穿白大褂的女校医和穿着安保服装的田志刚闻声而来。

女校医甲：（上前查看伤情）喷气雾剂。

女校医乙打开药箱拿出“红药气雾剂”和“白药气雾剂”各一瓶，向伊艾娃脚腕的红肿处交替喷洒。

伊艾娃咧着嘴摇头。

王凯明：叫校车，去医院。

田志刚：（拿起对讲机呼叫）校车，校车，请马上到女子跳高比赛地点。

一辆白色面包车呼啸而来，缓缓停下。

两个女校医要搀起伊艾娃，她俩一个架胳膊一个拉腿，但面对身材高大健硕的伊艾娃她俩却无能为力。体质柔弱的莎麦拉上前帮忙，伊艾娃仍是咧着嘴摇头。

王凯明：田志刚，上！

田志刚收起对讲机，蹲在伊艾娃身边，两手抓住伊艾娃的手往背上一拉，背着伊艾娃缓缓起身，匆匆走向面包车。

司机拉开车门，田志刚低头躬身将伊艾娃轻轻放到车座上。

王凯明：（对田志刚和两名女校医）你们一同去医院。

田志刚：是。

田志刚拉上车门，面包车呼啸而去。

4. 市医院放射科拍片室 日 内

田志刚背着伊艾娃在两名女校医的协助下匆匆走进拍片室，小心翼翼地将伊艾娃放在床上。

田志刚等人走出拍片室。

拍片室的门慢慢关闭。

5. 审片室 日 内

医生将X光片挂上立式荧光板。

医生：（指着X光片）骨质完好，筋脉有少量淤血，回去贴几贴膏药就会痊愈。

两个女校医点头。

6. 放射科走廊 日 内

伊艾娃和田志刚坐在走廊休息椅上。

两个女校医匆匆走来。女校医乙拿着三贴膏药，她将一贴膏药揭开，贴在伊艾娃的脚腕处。

女校医甲：回去吧，再贴两贴膏药就好了。

伊艾娃点头。

田志刚抓住伊艾娃的手，弯腰将她背起。

7. 学院外教公寓楼前 日 外

面包车刹车。

田志刚拉开车门，下车后又弯腰背起伊艾娃走进楼门。

两个女校医在一旁帮扶着。

8. 伊艾娃宿舍 日 内

满脸汗水的田志刚背着伊艾娃走进来，将其轻轻放在床上。

田志刚解开上衣纽扣，撩起衣角擦汗。

伊艾娃见状，忙伸手拿起枕边的洁白的毛巾递向田志刚。

田志刚抬抬手，没好意思接。

女校医甲伸手接过毛巾塞到田志刚手中。

田志刚用毛巾轻轻擦了擦两颊后将毛巾放在桌上。

女校医乙：（将另外两贴膏药放在桌上）伊艾娃老师，明天下午我过来帮你换药。

伊艾娃：（点头）谢谢。（英语）

女校医甲：（对田志刚）我们回操场了，你去帮她买些日用品来。

田志刚：好的。

两个女校医离开。

田志刚：（从桌子上拿过纸笔递给伊艾娃）伊艾娃老师，请问你需要什么物品？写个单子我去买来。

伊艾娃：（接过纸笔点头）好的。

伊艾娃边想边写着。

田志刚默默站在桌边，两手扣着纽扣。

伊艾娃写完，掏出两张百元人民币连同清单一起递给田志刚。

田志刚两手接过后装入衣袋，从饮水机上取下空桶转身离去。

伊艾娃欣慰地望着田志刚强健的身影。

（闪回）

跳高比赛场地，田志刚两手抓起伊艾娃的两只手，躬身缓缓站起；

放射科走廊的休息椅上，田志刚两手抓住伊艾娃的两只手，躬身站起；

外教公寓的楼道里，田志刚背着伊艾娃吃力地攀登着楼梯。

（闪回完）

伊艾娃掏出手机。

（美国 夜 内）

听到手机响的伊艾娃母亲伸手打开床头灯，伊艾娃父亲正在旁边熟睡。

伊艾娃母亲：（拿起手机）喂，亲爱的。（英语）

（中国 日 内）

伊艾娃：您好妈妈，打扰您休息了。可是，我不得不告诉您——我的脚崴了，我下不了床了。（英语）

（美国 夜 内）

伊艾娃母亲：（坐起）怎么了宝贝，疼吗？谁来照顾你呢？（英语）

（中国 日 内）

伊艾娃：没事的妈妈，学院安排了校医陪我去医院检查过了，还安排了一位安保先生背着我上楼。（英语）

（美国 夜 内）

伊艾娃母亲：你还是回来吧宝贝，你自己在中国，什么事都不方便。（英语）

（中国 日 内）

伊艾娃：这边挺好的，中国人博爱、友善。再说，我喜欢汉语，它博大精深，太有趣啦，我还要读北京大学的汉语言文学博士呢！（英语）

（美国 夜 内）

伊艾娃母亲：那样你就尽快找个男朋友，有事也能互相关照。你马上就三十岁了宝贝。（英语）

（中国 日 内）

伊艾娃：找个安保人员怎么样妈妈？我伏在他的背上，就好像找到了家的感觉。（英语）

（美国 夜 内）

伊艾娃母亲：你们在一起了吗宝贝？（英语）

（中国 日 内）

伊艾娃：我是说他背我上车、上楼的时候。我还没追求他呢！（英语）

（美国 夜 内）

伊艾娃母亲：我不干预，只要你幸福。（英语）

（中国 日 内）

伊艾娃：谢谢妈妈，晚安！（英语）

（美国 夜 内）

伊艾娃母亲：好的，宝贝，午安！（英语）

9. 伊艾娃宿舍 日 内

满脸红润的伊艾娃拿着手机出神。

田志刚一手扶着肩上的纯净水桶，一手提着几个塑料袋走进屋，满头大汗。

田志刚把几个塑料袋放到桌上，两手将水桶放上饮水机，又从衣袋里拿出找回的零钱放在桌上。

田志刚：伊艾娃老师，还有事吗?

伊艾娃：田科长，你到床边来吧。

田志刚诧异地走到床边，瞪大两眼望着伊艾娃。

伊艾娃伸手拿起桌上的毛巾要帮田志刚擦脸上的汗。

田志刚：（急忙闪开）谢谢，不用了。

田志刚：（拿起桌上的笔写着号码）给你留下电话，有事请你及时联系我。

田志刚说完丢下笔，转身离去。

伊艾娃：（深情地望着田志刚的背影）谢谢，非常感谢。

10. 安保科办公室 日 内

田志刚：春季运动会结束了，劳动节马上又到了。

赵大锤：（笑着）咱们安保科一年三百六十五天，天天都是紧绷着的。

田志刚：你去盯岗亭，我到监控室。

赵大锤：好的。

11. 安保科监控室 日 内

电子监控室的监控员刘雅尼坐在办公桌前观察着几十块电子屏幕，屏幕上显示着学院各处楼房、道路、角落的车辆进出和人员活动情况。

田志刚走进来。

刘雅尼：（站起）科长，一切正常。

田志刚：（点着头）好。

田志刚望着屏幕，仔细观察着，突然手机铃声响起。

田志刚：（掏出手机）您好？

伊艾娃：（声音从电话里传出来）你好田科长，我的伤已经痊愈了，还没向你表示感谢呢！

田志刚：不用感谢，那是我应该做的。

伊艾娃：为了答谢你的帮助，今晚六点，我请你到西苑大酒店吃饭。

田志刚：不用了，伊艾娃老师，我正忙着哪。

刘雅尼：（悄悄地）科长，不能拒绝。

田志刚：（一手捂住手机）为啥？

刘雅尼：拒绝人家的邀请是不礼貌的。

田志刚：（将信将疑地）是吗？

伊艾娃：你怎么能拒绝一位女士的邀请呢？

田志刚：哦……好吧，谢谢啊！

伊艾娃：不客气啦！西苑大酒店见。

田志刚：好的。

田志刚：（问刘雅尼）为啥不能拒绝？

刘雅尼：这是礼节啊！

田志刚：真新鲜……我咋没听说过？你可要给我保密啊，让赵大锤他们知道了不知道怎么调侃我呢！

刘雅尼：大科长啊！同女士吃个饭为啥神秘兮兮的，说不定你的缘分来了呢。

田志刚：（瞪着眼）可不敢瞎说。

12. 西苑大酒店 夜 内

一间包厢内，一身素装的伊艾娃在灯光下更显俏丽、妩媚。她正在专心致志地看手机，桌上搁着两杯冒着热气的咖啡。

西装革履、油头粉面的中年日籍教授松木端一端着一杯红酒走来，坐到伊艾娃对面。

松木端一：你好伊艾娃小姐！我们可以聊聊吗？

伊艾娃：（惊异地望着对方，连连摆手）不，不，我不认识你。

松木端一：我是昨天刚到这里的日籍访问学者，两年前我曾在一号教学楼六楼的合堂教室听了您一堂课，受益匪浅啊！

伊艾娃：（摇着头）不记得了。

松木端一：我们都在异国他乡，你不寂寞吗？交个朋友吧。

伊艾娃：（瞪大双眼）不，我不与日本人交朋友。

松木端一：愿意去日本留学吗？我可以给你提供全额担保及一切费用。

伊艾娃：（摇头）我不喜欢日本文化。

松木端一：东京大学可是亚洲之首啊！

伊艾娃：（站起）哈哈！哈佛大学还是世界之首呢！但我都不喜欢。

松木端一：那……我敬你杯酒总可以吧？

伊艾娃：（摆着手）我从不与陌生人饮酒。我邀请的客人到了，请你离开吧！

身着一身安保服装的田志刚走进来见此情景，伸开一只手做了个“请离开”的动作。

松木端一：（扭头看了看田志刚，鄙夷地）他就是一个保安啊！他能为你提供什么幸福啊？

伊艾娃：这与你无关。

田志刚：（挺了挺胸，两手叉腰）少啰唆，请你马上离开！

松木端一恋恋不舍地看着伊艾娃。

伊艾娃不屑一顾。

松木端一慢慢站起，尴尬地离开包厢。

伊艾娃坐回原处。

田志刚摘下帽子，脱下上衣，挂到衣帽架上。他大方地落座在伊艾娃对面。

田志刚：不好意思，我下班过来的，迟到了。

伊艾娃拿起汤匙调了一下咖啡，喝了一口，笑容满面地望着田志刚。

伊艾娃：正好，不凉不热。

田志刚笑着看伊艾娃，用汤匙搅动着咖啡。

服务员走来，礼貌地递上一份菜谱。

田志刚点头接过菜谱，随后递向伊艾娃。

伊艾娃：（两手接过，看着菜谱）红烧牛排可以吗？

田志刚：（点头）可以。

伊艾娃：我要一份西红柿牛腩，再来两杯奥德曼干红，两份蛋炒饭。你看还需要什么？

伊艾娃说着，将菜谱给了田志刚。

田志刚：（扫了一眼）加一份海鲜汤吧。

服务员接过菜谱后离开。

田志刚：怎么没请两个校医啊？

伊艾娃：为什么要请校医？

田志刚：那……你为什么请我？

伊艾娃：她们和你一样吗？她们是执行任务。

田志刚：我同样是执行任务啊！

伊艾娃：不对吧。你是见……见义勇为。

田志刚：（笑笑）啥勇为啊！一没遇到歹徒，二没恐怖分子。

伊艾娃：我看见你跑过来，弯腰背起我。你那宽厚的臂膀，让我找到了家的感觉。

田志刚：（脸颊瞬间红了，感觉像火烧一般）是吗？有那么玄乎？

田志刚：（看着松木端一离去的方向）今天他若是敢跟你动手动脚，我可真要见义勇为、英雄救美了。

伊艾娃：（大笑）是吗？很可惜没看到这一幕。

服务员端上红酒和菜。

伊艾娃：（抢先端起酒杯）谢谢你田……先生。

田志刚：（端起杯轻轻碰了一下）不客气。

两人喝了一口红酒，然后开始吃自己的菜。

伊艾娃：真的，那天可疼死我了……

田志刚抿嘴笑了笑。

（画外音）田志刚：这外国人就是娇贵，谁还没崴过脚脖子？

田志刚：不瞒你说啊伊艾娃老师，俺小时候爬树上房，偷杏摸瓜，经常崴脚，可一瘸一拐地还是照样跑。几天就好了，也没觉得疼死疼活啊！

伊艾娃：我可没你那么坚强！来吧，志刚先生，再次敬你。

伊艾娃又将杯举到田志刚面前。

田志刚：（赶忙举杯）谢谢。（英语）

伊艾娃：（笑笑）你发音很标准，你应该学习英语。想学吗？我可以做你的免费教师。以后去美国深造我也可以帮忙的，我爸妈都是大学教授。

田志刚放下酒杯，大笑起来。

伊艾娃：（不解地）你笑什么啊？

田志刚：我知道我吃几碗干饭。

田志刚：就凭我肚子里这点货，汉语还弄不利索呢，还学英语！二十六个英文字母，分开都认识，合起来呢……

伊艾娃：怎么样？

田志刚：都认识我。去美国深造？我还去火星深造哩。

田志刚几口啃完牛排，三下五除二吃完蛋炒饭，两手端起汤盆，将一汤盆海鲜汤一气儿喝干净。

伊艾娃：（竖起大拇指）哇！好胃口。吃嘛嘛香，身体倍儿棒。

田志刚：（拿餐纸擦了下嘴角，端起酒杯）回敬伊艾娃老师一杯，谢谢。

伊艾娃：（兴致勃勃地）你这位学生我收定啦！

两人碰杯后，田志刚一口喝干了酒。

13. 安保科监控室 日 内

（画外音）田志刚：那次吃完饭，伊艾娃加了我的微信。此后，她每天都给我发几个单词，要我熟读牢记。晚饭后还时常与我视频，检查我的作业，纠正我的发音，还真把我当成了她的学生。

手机微信声响起，田志刚拿起手机查看。

（画外音）田志刚：今晚七点请到雅怡咖啡厅参加我的生日聚会。

田志刚：（回微信）还邀请了谁？

伊艾娃：（回微信）澳籍外教莎麦拉。

田志刚：（关掉手机，问一旁的刘雅尼）小刘啊，你们参加朋友的生日聚会一般都买啥礼物？

刘雅尼：（笑笑）这要看两人的关系及感情啦。

田志刚：一般情况下。

刘雅尼：大都是送条头巾或围脖之类的，特殊情况下也可送件款式新颖的上衣。男同事之间多是带瓶酒或买点茶啥的吧！

田志刚：（点着头）对，对。

刘雅尼：哎，田科长，不会要去伊艾娃老师的生日聚会吧？那礼物可不能轻了。

田志刚：为啥？

刘雅尼：你想啊田科长，他们外国人可是很重视生日的，若是送个贵重的礼物，说不准会一锤子定音哩。

田志刚：嘿，大白天说梦话。

刘雅尼：你们男士之间不也常有生日聚会吗？

田志刚尴尬地笑了笑。

（画外音）田志刚：我还真没参加过聚会，我爹我娘六十岁了，我也没为老人祝过一次寿。唉，想来惭愧啊！我真不是个合格的儿子。

14. 东方商厦一楼花店 日 内

田志刚走到一楼花店柜台前。

女老板：欢迎光临！

田志刚：你好！请帮我挑选一束鲜花参加朋友的生日聚会。

女老板：你就选郁金香吧。红色郁金香象征着热情奔放，白色象征着纯洁无瑕，紫色象征着永恒爱情，粉色象征着永远的爱……

田志刚：还是请您帮我选吧，只要不和爱情沾边就行。

女老板：（笑着）只能是白色了。

田志刚：全白色是不是太单调，中间加上两只红色的吧？

女老板：我也这么考虑，过生日毕竟是一件喜庆事嘛。

女老板包好花束，交给田志刚。

田志刚递上五十元钱，接过花束。

田志刚走出熙熙攘攘的商厦。

（画外音）田志刚：丝巾五十八元，鲜花五十元，一张大票还不够。我爹我娘在蔬菜园子累死累活干一天，一人才挣八十元。吃这样的邀请饭不划算，就这一次吧，以后再邀，干脆拒绝了事。

15. 雅怡咖啡店 夜 内

西装革履的田志刚走进雅怡咖啡店，在包厢前停下脚步，抬起左手轻轻叩门。

一声清脆的“请”从厅里传出，田志刚推门进去，没承想进入一个黑暗世界。

突然，他背后啪的一声响，屋里的灯都亮了起来。

突如其来的光亮把田志刚的眼睛闪了一下，他看到桌边站着一个“妖怪”，一个妖艳妩媚的“妖怪”。她两手捧着一个枕头大小的白色布偶羊。

田志刚转身看背后，又有一个“妖怪”。

背后的莎麦拉和桌边的伊艾娃是一样的穿着打扮，她们高挽发髻，脸上涂脂抹粉，一袭白色长裙。

（画外音）田志刚：过个生日，又不是出嫁，不是会情郎，有这个必要吗？

田志刚走上前，两手捧起花束送给伊艾娃，并来了句蹩脚的英文祝福。

伊艾娃放下布偶羊，双手接过花束，凑在鼻孔上闻了又闻，然后捧在胸前。

莎麦拉轻盈地飘到伊艾娃前边，举起手机为她拍照。

田志刚急忙闪到一边，他从包里拿出一条鲜红的丝巾递给伊艾娃。

伊艾娃放下花束，接过红丝巾戴到头上，又抱起花束，示意莎麦拉继续拍照。

莎麦拉接连拍下伊艾娃不同姿势的照片后，伊艾娃回手按了一下墙壁上的按键，厅内响起《生日歌》。

一位服务生推着一辆餐车缓缓走来。

餐车上是一个燃着几支彩色细蜡烛的生日蛋糕，另有三杯冒着热气的咖啡。

服务生将蛋糕放到铺着墨绿色台布的四方台桌上，将咖啡一杯一杯端上桌子。服务生礼貌地点点头，推着餐车离开。

田志刚和莎麦拉拍手哼唱起《生日歌》。

伊艾娃放下花束，双手合起举在眉间，默默祈祷着。

伊艾娃冲田志刚莞尔一笑，弯腰吹灭蜡烛，然后拿过刀切下一角蛋糕，放入小盘后，两手端给田志刚。

田志刚：（两手接过，端给莎麦拉）请您先来。

莎麦拉：（吃惊地摆着手连连后退）不，不。

伊艾娃又切下一角，两手端给莎麦拉，莎麦拉双手接过去。

（画外音）田志刚：西方人不是讲究女士优先吗？伊艾娃应该把切下来的第一块蛋糕给莎麦拉啊，怎么先端给我呢？

三人分别吃着蛋糕，喝着咖啡。

田志刚：（抬头看到了布偶羊，问莎麦拉）这布偶羊是你的杰作吧？

莎麦拉：（点头）是的，我亲手做的。按你们中国的属相的说法，伊艾娃应该属羊。

田志刚点点头。

田志刚几口就把那块蛋糕吃光了，发现她们才吃下半个角。

田志刚：（喝了两口咖啡）就我们三人呀，没邀几个学生一起庆祝？

伊艾娃：（瞪大眼）那怎么行！你们学院有规定，不允许学生参加老师的聚会。

田志刚：哦！看我把这茬给忘了。我们学院？不是你们学院吗？

莎麦拉：（连连摆手）不，我们是外来的。

田志刚：那就是我们的学院。

伊艾娃：（摆着手）不可以的。你们的就是你们的，我们是来打工挣钱的。

田志刚：那……多邀请几个外教也好啊，比如海蒂、娜伦，人多热闹啊。你们不是喜欢讲究气氛吗？

伊艾娃：（瞪大眼睛，一副吃惊的样子）为什么邀请她们？她们又不是我的知心朋友。

田志刚：好家伙！我竟然是知心朋友啦。

伊艾娃：这还用说嘛，我们当然是知心朋友啦！

（画外音）田志刚：我是知心朋友吗？我啥时候成了她的知心朋友呢？可是，你这知心朋友不敢交啊，来往不起啊。

伊艾娃又按了一下墙壁上的按键，《生日歌》切换为舞曲。

伊艾娃离开桌台，伸手拉起莎麦拉跳舞。她们脚步轻快，腰身纤细，舞姿优美，她们的裙摆旋转起来就像一朵花。

两人跳完一曲，坐下喝咖啡。

伊艾娃：你的舞步好轻盈啊！（英语）

莎麦拉：你才是舞蹈天才呢！（英语）

伊艾娃：好开心啊！在异国他乡的生日晚会上，有热情的莎麦拉和英俊帅气的田先生陪伴，我好幸福。（英语）

莎麦拉：我们互相关照，就像亲姐妹一样，田先生就是你的大哥哥。（英语）

伊艾娃：不，田先生比我小两岁呢。（英语）

莎麦拉：那就是小弟弟啦。（英语）

伊艾娃：对，我的帅小弟。（英语）

伊艾娃说着起身离座，绕过莎麦拉伸手拉住田志刚。

田志刚脊背一阵发凉，打了一个冷战。

田志刚：（连连摆手道）我不会跳舞。

伊艾娃：我原来也不会跳的，没有谁生下来啥都会。我教你嘛，我能教你英语，也能教会你跳舞。

伊艾娃使劲拉住田志刚一只手，田志刚只得站起来随伊艾娃离开桌台。

（画外音）田志刚：真尴尬，真难受，我后悔死了。你说我到这儿来是干啥，不是自找难堪嘛！

伊艾娃：（双脚并拢，上身前倾，伸出右手）请。（示意田志刚）像我刚才一样，你来一遍。

田志刚学着伊艾娃的样子做了一下。

伊艾娃：好，非常标准。

伊艾娃：（右手拉住田志刚的左手，左手搭在他的肩上）你右手搂着我的腰，随着舞曲迈步扭动。

田志刚随着舞曲迈开两脚，笨拙地扭动着身躯。

田志刚的脚不小心踩住了她的裙摆，又踩了她的鞋子。他的手发抖，腿打战，腰身直挺得像植物一样。

（画外音）田志刚：我跳这舞，感觉比在农田里牵牛耕地还累哩。

16. 校园 日 外

田志刚与赵大锤正在巡查校园。

田志刚的手机响起，他掏出手机看了一眼，接通。

田志刚：王院长。

王凯明：下午两点半学院团委与外教举行“庆五一联欢会”，地点是图书馆阅览室，你要按时参加。

田志刚：有安保任务？

王凯明：是跳舞任务。

田志刚：跳舞……我就不参加了吧……

王凯明：你要准时到场，穿西装，打领带。

王凯明说完挂掉电话。

田志刚：我又不会跳舞……还西装领带的。

赵大锤：（笑着）不会也得跳，这是任务。

17. 图书馆阅览室 日 内

阅览室中间空出一个篮球场大的“舞池”。外教们坐在北边一排，伊艾娃、莎麦拉、松木端一也在其中。学生会干部及学院北极星艺术团的团员们围坐在其他地方。

男、女学生主持：（手持话筒走到舞池中央）老师们、同学们，大家下午好！

男主持人：由院团委、院学生会及学院北极星艺术团与外教老师及访问学者举行的“庆五一联欢会”现在开始。

室内响起热烈掌声。

田志刚西装革履地走进来，好似掌声是为他响起来的，他尴尬地脸红起来。

女主持人：请欣赏院团委书记、北极星艺术团团长李晓玲老师表演的古装独舞《木兰归》。

田志刚慌忙找空位子坐下，然后抬起头寻找着什么。

一只手按在田志刚的肩膀上。

田志刚：（扭头看，慌忙站起来）王院长，要我来干啥啊？这儿不需要安保。再说，我一不会唱，二不会跳的。

王凯明：（笑笑）看啊！你不会看嘛。

田志刚：光看的话就免了吧，我那儿事挺多哩。

王凯明：事多也不是一时干的，别老绷着弦，庆祝节日嘛，放松放松。

王凯明说着拉田志刚一起坐下。

田志刚：您不是总导演吗？坐这后边咋导？

王凯明：前两天就编排好了，到这时再导啊！黄瓜菜也凉了。

田志刚：您不去前边现场指导吗？

王凯明：联欢会，没必要。我就在这儿指导你吧。

田志刚：嘿嘿，我又不上场，指导个啥？

王凯明：先看吧，一会儿再说。

舞池中，一身古装打扮的李晓玲在缓缓响起的乐曲声中登台亮相，顿时博得满场掌声。

王凯明：（低声问）伊艾娃在教你学英语？

田志刚：（正全神贯注地看独舞，忙收回目光）啊……哦……她教我英语单词。

王凯明：学英语都是从单词开始。你吞吞吐吐个啥？这是好事啊。

田志刚：就我这水平，学也没啥意思。不过王院长放心，我没耽误工作，也不会给学院添乱惹麻烦。

王凯明：我没批评你影响工作，你心虚个啥。你说没意思是啥意思？

田志刚：我基础太差，您不是不知道，就我这一般中学生的家底……

王凯明：年轻人，干什么都得有信心。你没听说过北大保安吗？人家通过旁听自学，考上北大啦。

田志刚：我能跟人家比吗？

王凯明：有啥不能的？你们起点不是相同吗？他是个保安，你也是保安；他是个男人，你也是个汉子。只要肯努力，天下没干不成的事。你这老师优秀啊，伊艾娃是中美两国顶尖大学的英语、汉语双科硕士哩。还教你跳舞了？

田志刚：（吃惊地）你……啥事都清楚啊！

（画外音）田志刚：是谁告的密呢？赵大锤？刘雅尼？不可能啊，我没露出过半点破绽……

王凯明：嘿，你那点心计还能瞒过我？就像你们监控室能监控校园各个角落，我在你身上安装了电子眼，随时随地监控着你。

田志刚嘿嘿笑着，检查着自己的前胸及两臂，像在寻找身上的电子眼。

王凯明：别找了，春运会上你那一背，我就看出了猫腻。

田志刚：王院长……你可不能冤枉人，当时，我绝对是服从你的命令，没半点私心杂念。

王凯明：别心虚嘛！有想法也正常，都二十八了。以后主动些，别榆木疙瘩不开窍。一会儿主动邀请伊艾娃跳舞。

田志刚：（为难地）我……我这水平……可不敢亮相。

王凯明：你看，又榆木疙瘩了不是！啥不是从实践中锻炼的？

王凯明瞪田志刚一眼，起身离开。

田志刚再也无心观看节目，开始回忆咖啡店喜乐厅的那些舞步，那种感觉……

（闪回）

18. 雅怡咖啡厅包厢 夜 内

伊艾娃与莎麦拉翩翩起舞。

田志刚被伊艾娃带着走步、扭腰、跳舞。

田志刚的舞步在伊艾娃带动、引领下由起初的蹩脚逐步变得顺滑、默契。

（闪回完）

19. 图书楼阅览室 日 内

男主持人：最后请大家欣赏李晓玲老师表演的独舞《月光下的凤尾竹》。

女主持人：欢迎同学们随着舞曲起舞。

李晓玲已换为绿色长裙，摇身一变成为婀娜多姿、翩翩起舞的傣族姑娘。

李晓玲轻盈的舞步及优美的表演，吸引了一对对的舞者。

王凯明邀请莎麦拉步入舞池。

松木端一彬彬有礼地过去邀请伊艾娃，伊艾娃微笑着摆摆手。

松木端一：（不甘心地）请吧伊艾娃老师，不能这么不给面子啊！

伊艾娃站起来向松木端一摆手并向门口方向张望着。

王凯明：（在舞池中大喊）田科长，邀请伊艾娃老师！

田志刚应声站起来，匆匆迎向伊艾娃，并做了个邀请的姿势。

伊艾娃笑嘻嘻地拉住田志刚，两人步入舞池。

田志刚在众目睽睽下有些紧张，蹩脚的舞步引来众多外教及学生侧目。

田志刚心情越紧张，舞步越乱，腿脚越跟不上趟，舞姿也越别扭。

伊艾娃不管这些，依旧是大大方方，迁就、适应着田志刚的步伐……

20. 安保科办公室 日 内

田志刚正在浏览电脑上的新闻。

赵大锤：（急急忙忙地走来）哎呀，我的大科长啊！你与伊艾娃跳舞的消息……

田志刚：（吃惊地）咋啦？

赵大锤：刮风一样传遍了校园。

田志刚：（手摸后脑勺）这么玄乎？

赵大锤：有人还说“田志刚娶个洋媳妇”呢！你老实说，是不是真的恋爱了？

田志刚：（跳起来，照赵大锤脊背狠狠捶了一下）别人不清楚，你装啥浑球！我哪有时间去谈恋爱？

赵大锤：（似有所悟地点头）也是，也是哩。每月三天休班，都是看你骑着车子往城西老家方向窜哩。

田志刚：（一屁股坐回椅子上）唉，这个伊艾娃，你跟谁跳舞不好，为啥等着我呢！

赵大锤：人家等你跳舞有啥不好？别人想跟她跳，人家还不搭理呢！

田志刚：不该去吃什么答谢饭，更不该跑去参加人家生日宴。没这些前提的话，谁还会等你跳舞啊！也就没这些麻烦了。

赵大锤：好家伙，你竟然偷偷办这么多好事，一点儿蛛丝马迹也没有！

田志刚：最不该的是王副院长，如果他不通知我参加联欢会，也没这些事了，我找他理论理论去。

田志刚起身往外走。

赵大锤：找头疼吧你！

21. 王凯明办公室 日 内

王凯明正在看一份文件。

田志刚气呼呼地进门，坐在王凯明对面的椅子上。

王凯明：（放下文件）有事？

田志刚：大事哩！

王凯明：什么大不了的事？天没塌，地也没陷。

田志刚：没听到风言风语吗？

王凯明：啥风雨，没打雷没打闪哪来的风雨？

田志刚：你还有心给俺打岔！都传俺跟伊艾娃……

王凯明：传什么，跳舞啊？

田志刚：传……谈恋爱！

王凯明：好事啊！年轻人谁不谈恋爱？

田志刚：不是……俺真的没谈恋爱。

王凯明：你干啥了？

田志刚：就是吃饭，吃蛋糕，喝咖啡，跳舞……

王凯明：这不是谈恋爱？

田志刚：俺……俺们……谁也没说一句恋爱话。

王凯明：你傻啊！还当过兵的人哩，你当的什么兵？

田志刚：消防兵啊。

王凯明：就练了三年爬楼梯吧！看你一气儿爬上四楼还不喘哩。

王凯明：（端起杯子喝水）这就是恋爱的过程。人家不看好你，谁请你吃饭，请你喝咖啡，还请你去过生日，吃蛋糕……

田志刚：俺没白吃她的，买了礼物呢。

王凯明：买啥礼物？

田志刚：就买……鲜花……红丝巾……

王凯明：哈，你小子情商不低啊！还来装呆呢？

田志刚：可是……可是俺们谁都没说一句与恋爱扯边的话。

王凯明：还用说出来吗？感情都是从心里一点一滴培养起来的。我爱你，我想你，我想死你了……都是电视上演的。

田志刚：可是……距离太远啊。

王凯明：你说从田家坊到美国距离远？

田志刚：那是一方面，还有……俺才是个中学文凭……

王凯明：哦，这没啥。你还年轻，加油努力就是。

田志刚：听说……她在继续学习，还要考北大的博士。

王凯明：更好了，你们一块儿学习，一块儿加油。

田志刚：真考上北大的博士，不就飞了？

王凯明：你们比翼双飞啊！你去北大干保安，有她这北大博士教你，说不定你也能考上北大哩。

田志刚：你这是教我白日做梦吧王院长！

王凯明：什么白日梦？现实就是要学习，谁不学就会被淘汰。你睁着大眼看不到吗？咱们学院不只年轻人在学，我们中老年教授都在天天学。

田志刚：（点着头）这倒是实际情况……哎，王院长在哪儿上的大学？

王凯明：华东师大。

田志刚：听说您是学的物理专业吧？

王凯明：理论物理，若学工程物理就不来这儿啦。

田志刚：去造导弹啊？

王凯明：你小子不简单哪，能分清物理学用途。

田志刚：不是说"宰相家奴七品官"嘛，咱这大学保安也顶半个大学生哩。再说吧王院长，还有个挺难过的坎儿。

王凯明：说。

田志刚：就是……俺爹那一关肯定过不去。

王凯明：为啥？

田志刚：俺爹最恨两种人。

王凯铭：哪两种？

田志刚：一是美国人，在朝鲜战场上美国人炸死了我爷爷；二是越南人，他们的地雷炸掉了俺爹的两个脚指头。在电视上他一看到美国人就来气，巴不得从电视里拉出来，掐死他。

王凯明：（嘿嘿笑着）这是哪儿跟哪儿啊？

田志刚：真要领个美国媳妇回家，俺爹还不先掐死俺。

王凯明：你真傻还是装傻！伊艾娃现在是咱们学院的教师，跟美国兵沾得上边吗？亏你还是服过役的军人，不会给老爹做思想工作。

田志刚：这是杀父之仇，不好转弯。

王凯明：啥啊！现成例子摆着呢！落户聊城的一位美国老太太——牧琳爱，变卖了在美国的所有家产来中国定居。

田志刚：我倒是听说过。

王凯明：已经跨入新世纪了，改革开放三十多年啦！回去告诉你老爹——与时俱进。我们中华民族是不甘屈辱的民族，更是一个高尚的民族。再说哩，事物都是有两面性的。哪个国家都有坏蛋，但更多的是好人。哎，你不是说过要写入党申请书，咋还没交上来？

田志刚：我……总觉着差距还挺大。

王凯明：有自知之明是好事，但也不能太自卑，否则，会影响进步。

田志刚：好……好，我马上就写。

王凯明：（站起来）老人家那儿的思想工作，到时候我去帮你做。

田志刚：（站起来）是。

王凯明：继续恋爱，早日成功！

田志刚：（挺直身板）是。

田志刚走出屋门。

22. 楼梯 日 内

田志刚正在下楼梯。

（画外音）田志刚：王副院长的一番开导解去我心头不少郁闷，但我总觉得伊艾娃还是遥不可及。

23. 楼梯 日 内

田志刚正在上楼梯。

（画外音）田志刚：鲁副书记要找我谈话，他分管学院思想政治及人事工作。我觉得……有些不妙。

24. 鲁副书记办公室 日 内

鲁副书记：校园里的传言，你也听到了吧？

坐在对面的田志刚忐忑地望着鲁副书记点了下头。

鲁副书记：你是一名退役军人，军人作风应当继续发扬。

田志刚点点头。

鲁副书记：学校是教书育人的，教职员工要为学生树立良好的榜样。

田志刚继续点头。

鲁副书记：我们学院对教职工有着严格的管理制度，管理条例你都清楚吗？

田志刚：清楚。

鲁副书记：青年人做事要三思而后行，不能头脑发热一时冲动。凡事都要从实际出发，跳起脚来摸不着房檐的事最好别干。否则，摔了屁股还丢人现眼。

田志刚：是。

鲁副书记：你以前表现不错，虽然是聘任的，但你有事业心、责任心，很敬业。现在你是一个部门的负责人，这对一个农村青年来说实属不易。

田志刚：我明白。

鲁副书记：情感上一时难以割舍的话不妨冷处理一下，你可以暂时离开一段时间，跟分管你们的王副院长请个长假，把工作暂时向赵大锤交代一下。

田志刚：是。

鲁副书记：（站起来）现在刹车不晚，等造成大影响，悔之晚矣。

田志刚也站起来，向鲁副书记深深鞠了一躬。

25. 楼梯 日 内

田志刚正在下楼梯。

（画外音）田志刚：鲁副书记的嘱咐语重心长，实实在在。领导说到这份儿上了，我还有啥可犹豫的。

26. 保卫科办公室 夜 内

田志刚写好请假条，折起来放入抽屉，然后拿起手机拨通电话。

赵大锤：喂，田科长。

田志刚：你到办公室来一趟。

过了一会儿，赵大锤急匆匆走来。

田志刚：刚接到我一个东北的大爷的电话，说有件急事让我过去帮着办理，我要离开一段时间。他那儿是深山矿区，没信号，手机打不通。这段时间你务必盯紧学校各项事务，做到万无一失。一旦发生意外情况，立即向王副院长汇报。

赵大锤：（撇嘴笑笑）搞啥鬼把戏啊，还神秘兮兮的，不是同伊艾娃溜到美国度蜜月吧！

田志刚：净说屁话。

赵大锤：现在信号覆盖全国各地，哪里的矿区还不通？

田志刚：（拉开抽屉拿出假条递给赵大锤）实话给你说，我和伊艾娃的关系不能再发展下去了。

赵大锤：（吃惊地）为啥？

田志刚：你傻啊！咱跟人家多大差距啊！鲁副书记找我谈话啦，他说我们绝无可能。

赵大锤：（摇头）那可不一定。

田志刚：你别说了，我主意已定，躲到外地关掉手机避难去。今晚等王副院长离开办公室时，你把假条塞进去，夜里我给他发个微信就关机了。你务必给我打好掩护，露了马脚回来找你算账。

赵大锤：要是打好掩护呢，回来你好好请我一壶。

田志刚：连弟兄们一起请。

赵大锤：（与田志刚击掌）成交！

27. 田家堂屋 夜 内

田志刚走进低矮的土屋子。

田父：今儿咋回来啦？

田志刚：休班。

田母：上回刚休了还不到一个月吧？

田志刚：前头我替大锤他们顶的班让补休，这回在家多待几天。

田父：几个班，顶就顶了。

田母：回来正好，西院你大婶的外甥女同意见面了。她在市区电子厂上班，原说是不搬迁进社区就不订婚。这不，你大婶把她说动心了。可得好好谢谢你大婶，为咱家事不怕跑折腿。

田父：你去说一声，要不明天就见面。

田母：明天一早呗。累一天，现在都歇了，哪好意思再喊醒人家。

田母：（转向田志刚，笑嘻嘻地）该这门子亲事成呗，原说好等你休班来着，这就提早回来了。早些睡吧，明早刮刮脸，又晒黑了。

田志刚：（点头）嗯。

28. 西耳屋 夜 内

田志刚推门走进屋中，打开灯，掩上屋门，和衣躺在木床上。

田志刚：（掏出手机给王副院长发微信）王院长，我有要事去东北，请假条在你办公室，有事请联系赵大锤。

田志刚抠下手机电池，扔在床上，两手抱着后脑勺环视屋内。

四面墙壁上贴满了各类花卉图片和明星的海报，还有几张小学及初中的奖状，上面的名字都是——田志慧。

（画外音）田志刚：我读初中时与上小学的二弟住在这屋；我读高中时住校了，上初中的二弟自个儿住这屋；二弟上高中住校了，读初中的小妹住这屋；我退伍回来了，小妹正好上高中住校……假如我结婚，这儿就是婚房。就这条件，伊艾娃能来？西院大婶能把外甥女说通住在这儿就烧高香了……

29. 伊艾娃宿舍 夜 内

伊艾娃打开手机发送英语单词，然后点视频通话，对方显示无法接听。

伊艾娃关掉视频，拨打电话，电话里提示对方不在服务区。

30. 西耳屋 夜 内

田志刚哀叹一声，伸手拉灭电灯，闭上眼。

31. 保卫科办公室 夜 内

伊艾娃发来视频，她还是那样仪态端庄、笑容可掬。

伊艾娃：（招手）你好！

田志刚：（点点头）你好！

伊艾娃：我发的单词收到了吗？

田志刚：收到了。

伊艾娃：做笔记了吗？

田志刚：刚写完。

伊艾娃：我教你发音。

田志刚：好。

田志刚点头，视频突然消失了。他急忙打开微信，点击伊艾娃的头像，又点视频通话，可就是没有反应。

田志刚：（急出一头汗）怎么回事啊！搞啥名堂啊你？

田志刚拉过条毛巾擦汗，又按了一下，还是打不开。

田志刚：哦，对了，我手机没装电池……我电池呢！电池哪儿去了？赵大锤！快帮我找找电池！赵大锤，你死哪儿去了？

32. 西耳屋 日 内

田母：（从门外喊）喊啥呢大刚？起来吃饭吧！

田志刚猛地睁开眼，定了定神，下床拉开门。

田母：你大婶打电话问了，她外甥女白天上班，晚上你大婶陪你去见面。见面礼品是“十全十美”，礼金是“十万挑一”，“三金”到结婚时再说，房子的事没提。这下子，能省不少钱哩。吃完饭让你爹去赶集，准备礼品。

田志刚皱起了眉头。

33. 学院门岗亭 日 外

伊艾娃骑着自行车来到门口岗亭。

赵大锤：（走出岗亭）伊艾娃老师有事吗？

伊艾娃：（焦急地问）田志刚哪儿去了？电话一直打不通。

赵大锤：他……他有事，请假了。

伊艾娃：请假了？

34. 田家堂屋 日 内

一家三口围着桌子吃早饭。

田母：他爹，今儿是三河镇大集，你去买十只花公鸡，十条鲜鲤鱼，割十斤鲜猪肉。挑大个儿的买，别让亲家说咱小气。

田父：（瞪起眼）慌啥啊，后晌买也不迟。现在买，大热天还不臭了。

田母：后晌集上没人了，你去哪儿买？

田父：不用你瞎操心。我和大刚去市里，连酒烟糖茶一块儿买齐。

田母：（不服气地撇嘴）都说市里面卖的鸡、鱼是喂饲料的。

田父：说啥啊！跟集上一样，都是乡下送去的。

田志刚：“十万挑一”啥意思？

田母：咱拿着十万零一块去见面，人家把一块还回来，咱这媳妇就是从十万人里挑得最好的啦！

田志刚：（摔下筷子起身）这面……不见了！

田母：为啥？

田志刚：给二弟和小妹凑学费要紧。

田母：你不要媳妇啦，打一辈子光棍啊！

田志刚：（走到屋门口，一手扶住门框）宁可打光棍也不花这冤枉钱。

田父：你还长本事啦？有本事你娶个不花钱的来！

田母：这就够省钱啦，有的张口先要“三室一厅”“三金五银”，还有的见面就要小汽车呢。

田志刚：等二弟和小妹都毕业再说吧。

田母：你都二十八啦！跟你这么大的，人家都抱上孩子啦！

田志刚：我不着急。

田父：（瞪起两眼）我着急！

田志刚：着急有啥用，没钱不知道？

田父忽地站起，脱下一只鞋抓在手中。

田志刚头也没回地跑出门外。

田父起身要追。

田母：（伸手拉住）你改改脾气吧，他爹，孩子都大啦。

田父：一个个都不是省油的灯。今儿不去干活了，我和大刚把葱苗插上。

田母：俺也不去了，切白菜，剁馅子，晌午吃猪肉白菜饺子。

田母说着，系上围裙洗白菜。

35. 保卫科办公室 日 内

伊艾娃：请你帮我绘一张图。

赵大锤：什么图？

伊艾娃：从学院到田家坊的路线图。

赵大锤：田科长没有回家，他有急事去了东北，请假条就在王副院长那儿呢。

伊艾娃：我要到他家问一下，他去了东北哪里，然后，我再去东北找他。见不到他，我就不回来！

赵大锤：（为难地摇着头）你……还真是一片痴情啊！

赵大锤拉开抽屉拿出纸笔，想了一下，一横一竖地画起来。

36. 田家院子 日 外

堂屋前的篱笆墙内，有半个篮球场大的菜园，菜园子中有一半是葱苗。南墙根长着两棵香椿树，枝繁叶茂；西墙根有两棵杏树，结满了大黄杏。

田父抄起墙角的一柄镢头，迈过篱笆去刨葱苗。

田志刚将父亲刨下来的葱苗晾到树荫下。

田父刨完葱苗后又挥起镢头刨葱沟。

田志刚按着压水机吸水浇灌葱沟，吸上来的水流进压水井前头的水泥池里，从水泥池的泄水孔再流入葱沟。

（画外音）田志刚：这压水井有十多米深，还是我入伍前打下的，机头已经更换了好几个。我退伍回家后买了个小电机，接上电线，装上闸刀，一合闸，水就哗啦啦淌出来，省时省力，出水量还大。但是后来被爹拆掉了，他嫌耗电费钱。爹说，耗几膀子力累不死，吃过饭劲又长出来了，庄稼人不能享清福，清闲了就会长病。

37. 街边快餐店门口 日 外

松木端一吃完早餐走出快餐店，看到骑着自行车的伊艾娃从前边大街上经过。松木端一抬手打招呼，但为时已晚。

松木端一骑上自己的车子追去。

38. 田家院子 日 外

田志刚手按压水机柄，眼睛却看着杏树。

（闪回）

七八岁的田志刚拉着五六岁的二弟趴在篱笆墙外，看着大婶家杏园子里的大黄杏，直流口水。

田志刚：你看着人，我进去摘杏。

二弟点头。

田志刚翻入篱笆墙，爬上一棵大杏树，慌乱地摘着杏。

二弟：快跑！来啦！大婶子来啦！

田志刚赶忙下来，撒腿就跑。

大婶：哪里跑，小兔崽子，给我站住！

田志刚翻过篱笆墙，衣袋里的杏有几个撒落在地上。

大婶快步追赶着，抓住了二弟的领子。

田志刚回头看见二弟被抓，又转身跑回来。

大婶：小兔崽子，看你再跑啊！

田志刚乖乖地掏出两个衣袋里的杏，上前递给大婶。

大婶：（抓着二弟的衣领不放，怒气冲冲地）走，找你爹去。

39. 田家院子 日 外

田父正头顶烈日在家中的菜地里锄草。

大婶掐着二弟的脖颈走进大门，将二弟向前猛地一推。

大婶转身将跟在屁股后的田志刚拉到前面，田志刚两手各抓着一把黄杏。

大婶：田大力，管教管教你这两个小毛贼子！

田父扔下锄头跳出篱笆墙，见此情景立刻明白发生了什么事。田父脱下一只鞋子，一手按住田志刚的头，一手挥舞鞋子朝田志刚屁股抽打起来。

听到动静的田母从堂屋跑出来，上前拉住了田父的手。

田父：（瞪大眼）咋？你想替他？

田母赶忙躲开。

田父继续抽打。

大婶：（赶忙扑上前拉扯着）停下！停下！吓唬吓唬算啦，你当是在越南打小鬼子啊！

田父举起鞋子的手被大婶死死拉住。

田志刚趁机逃脱。

田父挥手照二弟的屁股打了一下。

二弟也逃跑。

大婶：你……你没完没了啦！

40. 田家院子 日 外

田志刚埋下一颗杏核，二弟用喷壶浇水。

田志刚又埋下一颗杏核，二弟继续浇水。

杏苗破土而出，二弟依然浇水。

在二弟的水壶流出的清水中，两棵杏树苗壮成长。

（闪回完）

一阵微风吹来，两棵杏树晃了几下。

（画外音）田志刚：这些年来，我和二弟谁都不敢摘一个杏，只有小妹能摘几个尝尝鲜。我和二弟只能吃爹赶集回来卖剩的挤扁了的杏。我上中学时，爹说为我攒学费；二弟上中学，爹说给二弟攒学费；二弟上了大学，小妹又上中学了，还得攒学费。

41. 城区大街 日 外

伊艾娃急急地在大街上骑行。

松木端一赶上来。

松木端一：伊艾娃老师，你去哪儿啊？

伊艾娃：（厌恶地）与你何干！

松木端一：你去市郊吗？是不是郊游啊？我陪你吧！

伊艾娃：不用。我去找人。

松木端一：找谁？

伊艾娃：田志刚。

松木端一：又是那个小保安啊！你就不考虑去日本留学的事吗？

伊艾娃：我非北京大学不读！

松木端一像泄了气的皮球，被伊艾娃越落越远。

42. 田家院子 日 外

田父挥着镢头刨葱沟。

田志刚倒换了一下手臂，继续用力按着压水机木柄压水，他已是满头大汗。

墙根停着一辆农用电三轮车。

田志刚望着电三轮车出神。

（画外音）田志刚：这些年爹和娘种地，真是太不容易了。我们兄妹三人的学费，一家人吃饭穿衣，都靠爹和娘种菜卖菜，没黑没白地忙活。唉，都怨我没努力学习，把青春汗水全洒在了篮球场上……

（画外音）伊艾娃：这是田志刚家吗？

田志刚心头一颤，打了个冷战，压水机木柄从他手中脱落。

田志刚急急忙忙地走向门口，与推着车兴冲冲走进来的伊艾娃打了个照面。

田志刚：你……（见伊艾娃手中捏着一张纸）你拿的啥？

气喘吁吁的伊艾娃丢开车子和纸，张开双臂扑向田志刚。

伊艾娃：（两只拳头捶打着田志刚的胸膛）你去哪儿了？你怎么了啊？我着急啊！昨晚打不通电话，我要急死了……（突然仰起脸看着田志刚）见着你啦，终于又见着你啦！我不能再离开你啦！

田志刚伸着两手，望着紧皱着眉头走来的田父和用围裙角擦着手走来的田母。

田父：咋……咋回事？

田母：（诧异地）她……她是谁啊？

田志刚：她……她……学院的……老师。

伊艾娃：（摆手又点头）不……是的……我还是田志刚的对象，是你们家的儿媳妇。

田志刚浑身的冷汗变成了热汗，脑门及两腮汗水直流。

田志刚注视着田父的表情变化，此时最担心的是他转身摸他那柄镢头。

田母：（两手拉着伊艾娃）好闺女，咱到屋里坐下，有啥事慢慢说。

田母拉着伊艾娃向堂屋走。

田父走过去将伊艾娃的车子扶起来，停靠在东墙。

田志刚捡起地上那张纸，是用签字笔画的路线图，图上标着学院到田家坊的路线，连过几个村、拐几个弯都标得清清楚楚。田志刚心里暗骂赵大锤。

田父：画的啥玩意儿？

田志刚：（哆嗦着将纸折叠起来，塞进裤袋）一张图。

田父：听口音像外国人？

田志刚：外教，学院招聘的外国籍老师。

田父：（瞪起眼）哪国人？

田志刚：英语教师……英国的。

田父：英美一窝！

田志刚：啊……也可能是澳大利亚的。

田父：英国帮。我听蔬菜合作社的老板说过，澳大利亚和英美是一帮。

田志刚：人家那是英联邦。

田父：哼！除了一窝的就是一帮的，都跟咱们对着干。

田志刚：哪里啊！现在不提了，讲究友好。

田父：友好、友好……都挂嘴上，骨子里不是那么回事。她来干啥？

田志刚：好像有人误会了她，找我评评理。

田父：（摇头）别想骗我，我听着跟你有事。说啥儿媳妇？谁家的儿媳妇啊？

田志刚：（慌张地）不……没……

田父：我给你说清楚，好好上你的班，别给我惹事！你去问她啥事，问清楚打发她走。真出啥事……我饶不了你！

田志刚：放心……没事。

田志刚说着刚要迈步向堂屋走，门外传来汽车的刹车声。

田志刚犹豫了一下，想去外面看看。

田父瞪起眼朝堂屋摆手，自个儿大步跨向门外。

43. 堂屋 日

田志刚走进屋里，伊艾娃扑上前来抱住他。

伊艾娃：（用力地摇着田志刚）你订婚啦！你怎么订婚啦？真的吗？不是吧？

田志刚没有否认，微笑着对伊艾娃点点头。

伊艾娃：是吧！不会的。我就知道你不会订婚的，肯定是发生了误会，是吗？

田志刚：我们这儿订婚要履行程序。

伊艾娃：（欢快地）是啊！我们在一起吃了饭，喝了咖啡，吃了蛋糕还跳了舞，这不就是履行了程序吗？我还准备圣诞节邀请王院长、莎麦拉一起见证我们的婚礼，邀请我的爸爸妈妈来参加我们的婚礼。你们这儿没教堂，我们就在西苑大酒店吧，或者在你家，就在这儿。你可一定准备好红色玫瑰花献给我啊……

在伊艾娃滔滔不绝时，田志刚看到了她背后田母那惊愕的面孔。田母已经明白了大半。

田志刚想跟娘解释些什么，突然听到了王凯明的声音。

王凯明：田志刚！

田志刚转过身，看到了站在大门口的王凯明和赵大锤。

田父伸着双臂将他俩挡在门口。

44. 大门口 日 外

田志刚：（急急忙忙地跑上前来，拉开田父的胳膊）这是我们王院长。

田父瞪起眼，把田志刚推开。

田父：我知道是你领导。可是，今天我们家有要紧事，不会客。过了今天，啥时候再来都欢迎。

赵大锤：我们领导是来找人的，你说没外教来……墙根这车子就是伊艾娃老师骑来的。

田父：（理直气壮地）对不起王院长，不管是谁，进了我这大门口就是我们家里的客人。自家的事俺关起门来自个儿解决，不用外人插手。

王凯明：（笑笑）田大叔是拿我当外人啊！

田志刚：（上前使劲拉开爹的一只手）王院长都来咱家门口了，怎么也得请进来喝碗茶吧！

伊艾娃：（在田志刚背后）欢迎王院长来做客。

王凯明：（笑嘻嘻地看着田父）我就是来讨碗茶喝的。

田父扭头看了看伊艾娃，一下有些不知所措，只好垂下双臂，闪到一边。

田志刚拉着王凯明向堂屋走，伊艾娃则拉着赵大锤跟在后面。

田母笑呵呵地迎在屋门口，见大家都进了堂屋，她却转身离开。

45. 堂屋 日 内

王凯明、伊艾娃、赵大锤及田志刚围桌而坐。

王凯明：你还当过兵哩，编个假条漏洞百出。我昨晚十点离开办公室，今早八点打开办公室看到你的请假条，随后打你的电话，就不在服务区了。你就是坐高铁也到不了无信号的东北深山矿区啊。

田志刚尴尬一笑。

王凯明：眼下哪儿还有信号覆盖不到的深山啊！

田志刚脸一阵热，耷拉下脑袋。

赵大锤：伊艾娃老师含着泪央求我画路线图，我可是被迫无奈啊，科长你不能怪我。

王凯明：谁给你出的这馊主意？

田志刚：（瞄了身旁的伊艾娃一眼，不好意思地搓着手）我……俺自个儿谋划的。

伊艾娃：（拉着田志刚的胳膊）今天，当着领导的面警告你，结婚后不准欺骗我。

伊艾娃说着将头靠在田志刚的臂弯，仰起花朵般的笑脸看着田志刚，快乐得像个孩子。

田父：（提着冒热气的水壶走进屋）大刚，刷壶，沏茶。

田志刚推开伊艾娃，站起来伸手从田父手中接过水壶。

王凯明：田大叔，让志刚烧水，咱拉拉呱。

田父：（坐在田志刚的凳子上，对王凯明）俺不会说话，王院长别见怪。

王凯明：哪里，哪里，不见外。

田父往王凯明旁边挪了挪凳子，离伊艾娃远了些。

王凯明：田大叔啊，我听志刚说你家老前辈是志愿军烈士。

田父：在抗美援朝中……被美国鬼子的飞机炸死的。

王凯明：我爷爷也是志愿军，所在部队是三十八军，军首长是梁兴初。

田父：（一阵惊喜，使劲拉了一下王凯明）是吗？俺爹也是三十八军，军长外号梁大牙，能打硬仗，彭老总称他们“万岁军”哩。

王凯明：田大叔，咱们有缘啊！前辈们是战友，咱是一家人哪。

田父：（兴奋地）是啊！一家人，咱们都跟美国人是仇人。

王凯明：哎，大叔啊，不能说跟美国人是仇人。

田父：还有英国……

王凯明：（摇着头）大叔啊！你听我说，咱们跟美帝国主义侵略者是仇人。

田父：还有英帝国侵略者。

王凯明：一切帝国主义侵略者，都是世界爱好和平人民的敌人。

田父：更是我的仇人。

王凯明：但是，我们要把帝国主义侵略者与那些国家的人民区别开来，他们那些国家的人民也是反对帝国主义侵略者的。就像当年美帝国主义出兵侵略朝鲜，美国人民还游行反对呢。

田父：（吃惊地眨巴着眼）啊？还有这事！

田志刚将水壶及刷洗干净的茶碗放到桌上。

田母：（端来两盘水灵灵的大黄杏，搁到桌上）领导们吃个甜杏吧，俺都洗干净了，是不打药的。

田父：（纠正）无公害的。

田母：对，是没害的，没害处的。

伊艾娃：（伸手抓了两个，咬了一口）好甜，好甜。

王凯明：大婶别忙了，坐下一起喝茶。

田母：（连连摆手）俺不喝茶，你们喝，俺给你们包饺子吃。领导们别见外啊，进了俺家门，不吃饭谁也不能走。

田母说着走向案板。

伊艾娃：吃饺子太好了！

田父：（问王凯明）这闺女，到底是哪国的？她要干啥？

田志刚赶忙提起水壶走出屋，去了东耳房。

46. 东耳房 日 内

田志刚往壶中加满水，搁在煤气灶上烧。

（画外音）田志刚：伊艾娃是铁了心了，我不能再糊涂了，即便是跟爹闹翻，或者暂时离家不回，我也要与伊艾娃在一起。否则，我无颜面对她的一片痴情，我算不上一个七尺男儿……

田志刚悄悄走出东耳房。

47. 窗台边 日 外

田志刚走到窗台边，侧耳听着屋里的动静。

（画外音）王凯明：大叔啊！咱们老一辈结下缘，我们今天才得以相见。我今天还给你家带来一个天大的缘分——我要当红娘，为田志刚和伊艾娃老师做媒。

田父：哦……可是……大刚订婚啦。

王凯明：看来大叔不愿意跟我说实话。昨天晚上十点还没定呢，今天早晨……咱们田家坊没有早晨订婚的风俗吧！

田父：嘿嘿……是这样王院长，今儿一早定好了，晚上他大婶领着去见面。

王凯明：哦！我明白了。也就说只是一个意向，成与不成还在两可。

田母：对，是这么个意思。不过他大婶说好了，不要楼房，不要“三金”。

王凯明：到现在，十点整了，田志刚还是孤身一人。这样吧大叔、大婶，咱中国人讲究一个先来后到。伊艾娃老师现在就坐在咱家啦，人家是专门为求婚而来，咱要慢待人家，说不过去。赵大锤你去烧水，让田志刚过来表态。

赵大锤：是。

48. 堂屋 日 内

赵大锤起身走向门外。

田志刚走进了屋门。

田志刚：王院长！我服从你的命令。

田父翻了个白眼。

王凯明：好！咱都是实在人，我实话实说——伊艾娃是我们学院聘任的美籍外教，她是美国公民。

田志刚坐在了赵大锤的凳子上。

田父：（惊讶地站起来）美国人！

田志刚也随即站起来。

王凯明：（拉住田父的手）你坐下，听我说。伊艾娃老师真心真意喜欢田志刚，她向我表示了决心——要与田志刚结为恩爱夫妻，这一生非他不爱，非他不嫁。田大叔，这对一个身在异国他乡的姑娘来说，是难能可贵的。

田父：那……那……她……

田母：她不会拉着大刚去美国吧？

田父：对！对！不能去美国。

王凯明：去啥美国啊，咱不是把她从美国请到咱们这里了嘛！田志刚，你现在当着二老的面，向前来求婚的伊艾娃老师表态，同意不同意？

田志刚：同意！只要伊艾娃不嫌弃我条件差，我一百个同意。

王凯明：伊艾娃老师，我问你，嫌弃田志刚条件差吗？

伊艾娃：不嫌弃，现在订婚我同意，吃个杏子甜蜜蜜。

王凯明：好！下面你俩当着二老的面，互送一个大黄杏，我代表学院师生祝愿你们的婚姻甜蜜蜜。

田志刚抢先拿起一个杏递给伊艾娃。

伊艾娃也随即抓起一个递给田志刚。

田父：（惊奇地站起来）这……这……这是……

王凯明：（伸手拉田父坐下，斩钉截铁地）婚姻大事，不可儿戏。今天，就这么定啦！（转向田志刚）回去后马上找人事处为你们开证明。你们带上身份证、户口本到市民政局依法办理婚姻登记。至于什么时候举行婚礼——你们自己根据双方父母的意见再定。

王凯明：（摇了摇田父的手）田大叔，恭喜你啊！志刚给你家娶来一位才貌双全的洋媳妇。

田父：这……这……我是说……太简单了吧？

王凯明：新事新办，就这么简单。伊艾娃老师为你家节省了“十全十美”“三金五银”“十万挑一”和“三室两厅”呢，为他们祝福吧！

田父：我是说……太简单了……能……

田父起身靠近王凯明的耳朵小声说了句什么。

王凯明：大好日子可不能说不吉利话，凡事往好里想，向好处办。

田父默默点头。

王凯明：志刚，我中午不走了，让赵大锤开车拉你去买点酒菜，为你俩祝贺！还要尝尝大婶包的饺子哩。

田志刚：是，我们马上去。

田母：可是哩，不能走。一起吃顿团圆饺子。

赵大锤提着一壶开水进门。

田志刚接过壶放到田父跟前，拉着赵大锤向外走。

伊艾娃：我也去！

伊艾娃跑上前去，两手拉住田志刚的胳膊。

王凯明：（拉着田父坐回原处）来啊大叔，咱接着喝茶。

49. 大门外 日 外

田志刚、伊艾娃、赵大锤钻进门前的轿车。

赵大锤驾驶着汽车离去。

50. 堂屋 日 内

王凯明提起茶壶为田父倒水。

田父：（两手扶杯）我来，我来。你看王院长，来俺家还让你倒水。

王凯明：没关系。您也是保家卫国的老英雄嘛！

田父：（摇着头）不敢，不敢，可不敢哩。不瞒你说啊，当年我们连队驻守麻栗坡，一个个摩拳擦掌决心杀敌报国。我是一班班长，我暗想，凭我这个头儿、这力气，还不杀他十个八个的。但是当接到命令发起冲锋时……

（闪回）

51. 麻栗坡前线 夜 外

炮声轰鸣，火光闪闪。

三颗红色信号弹升上夜空。

田父胸前挎着冲锋枪，两手举着红旗与持冲锋枪射击的排长带领战士们冲上一座山头。

排长射击着，田父将红旗插好，发现一个负伤的敌人就趴在他面前。

田父两手把敌人扔下了山坡。

敌人落地时砸响了一颗地雷。

田父与排长同时被爆炸的气浪掀翻。

（闪回完）

52. 田家堂屋 日 内

田父：（懊悔地）我和排长都昏迷啦……醒来后已在后方医院了。唉，白造了一肚子军粮。

王凯明：你们为后续部队扫清了障碍，也是立功报国嘛！

田父：惭愧，惭愧。

王凯明：有荣残军人津贴吧？

田父：有，有，还不少哩。

田母：（笑嘻嘻地）俺的责任田入了蔬菜合作社，一分钱不投每年净分八千块。

田父：（乐呵呵地）知足了，改革开放的红利都装进咱老百姓口袋啦！

王凯明：（环视着屋子）这房子……该翻盖了吧！

田父：这房子去年就丈量啦！在滨河华府社区为我们建设住宅楼，近期就要搬迁呢。镇上说又有一批项目在俺们西城区落地，让我们田家坊总支的十个村到新楼上过春节哩。

王凯明：更好了，春节时我们上新楼去给您拜年。

田父：求之不得哩，欢迎王院长常来我们家做客。

53. 街边超市 日 内

田志刚、伊艾娃在挑选熟食。

赵大锤推着一辆购物车跟在后面。

田志刚和伊艾娃将扒鸡、扒蹄、烤鸭、酱牛肉等熟食，放入购物车。

赵大锤：（皱起眉头）光弄些肉啊！选点青菜吧。

田志刚：也对。

他们一起走到蔬菜摊位前，挑选了一些蔬菜。

赵大锤：行了，行了。谁能吃这么多啊。

田志刚走到酒柜边拿了两瓶酒。

三人一起走向柜台结算。

54. 堂屋 日 内

一盘盘鲜美的菜肴摆满了长条茶几。

突然，大婶站在了屋门口。

大婶：（两手叉腰皮笑肉不笑地）俺听说学院领导来了，还来了个洋媳妇。可喜可贺啊！

田志刚：（擦着手上的油渍走过去）大婶屋里坐，我正准备盛好菜去请您哩。

大婶：（伸出一只手摆着）不敢，不敢，俺可承受不起。

田志刚：即便您不来，我也得登门说清楚。咱是两家一姓的老邻居，可不能发生误会。

大婶：误会啥，这不成事实啦！大活人在这儿摆着哪。

大婶边说着，边用她的粗手指指着伊艾娃，还得意地晃了晃大脑袋。

田志刚：（示意伊艾娃）叫大婶。

伊艾娃：大婶好！

大婶：（冲伊艾娃摆手）不好，我一肚子气呢！真是怪事哈，就他们一家土鳖窝子，你一个洋娃娃咋看得上啊！

田父：（走到门口，挺胸叉腰）他大婶，孩子们给你脸，你别不要脸。我哪里土鳖了？我一个儿子保家卫国，一个儿子读大学，风光着哩！

大婶：你是风光了，我可不风光哩！你要我咋向俺娘家交代？

田父：有那么玄乎吗？看你玄天乎地的样子。

大婶：你一家成心不让俺做人啊！

田父：（瞪大眼）今儿把话说清楚，我家有喜事，你别给我冲了。

田母：（走过去，两手拉着大婶的胳膊）他婶子啊！别生气，俺正想着去找你哩，这不是……还没来得及嘛。

大婶：哦，敢情是这么回事呀。

田母拉着大婶说说笑笑地走向大门口。

55. 市民政局 日 内

田志刚、伊艾娃出示身份证明和单位介绍信。

民政局工作人员发给他们一人一张表格。

他们各自填写好表格，交到工作人员手里。

工作人员在证上盖章后，将两本结婚证书分别递给他们。

伊艾娃两手接过结婚证书后手舞足蹈，又笑又跳。她亲了亲结婚证，又亲了一下田志刚。

56. 飞机场 日 外

一架飞机降落在北京首都国际机场。

伊艾娃父母走出机场大厅。

（画外音）田志刚：我们的婚礼没有等到圣诞节，在暑假第二天，伊艾娃父母就飞到了北京。

田志刚、伊艾娃站在大厅前迎候。

伊艾娃父母拉着拉杆箱走出大厅。

伊艾娃高兴地扑向父母。

田志刚上前接过拉杆箱。

57. 天安门广场 日 外

田志刚、伊艾娃陪着父母在天安门广场游玩。

田志刚为伊艾娃一家拍照。

58. 故宫 日 外

田志刚、伊艾娃陪着父母在故宫游玩。

田志刚为伊艾娃一家拍照。

59. 八达岭长城 日 外

田志刚、伊艾娃与父母登上了八达岭长城。

伊艾娃父亲：（跷起大拇指欢呼）非常好，举世无双。（英语）

田志刚为伊艾娃一家拍照后，伊艾娃父母又为田志刚和伊艾娃拍照。

60. 玉城市高铁北站 日 外

田志刚、伊艾娃陪同父母走出高铁站。

王凯明副院长、鲁副书记在车站出口迎接。

王凯明、鲁副书记：欢迎！欢迎！

伊艾娃父母：谢谢，非常感谢。（英语）

61. 西苑大酒店 日 外

两辆轿车缓缓停在西苑大酒店门前。

两位门童拉开车门。

田志刚、伊艾娃、王凯明、鲁副书记及伊艾娃父母下车。

众人一起走进大酒店。

62. 田家院子 日 外

田父、田母、大婶等人正在乐呵呵地收拾着院子。

63. 西耳屋 日 内

二弟和小妹忙着拉彩花、彩球布置洞房。

小妹：二哥，你的英语咋样？能同外国人对话吗？

二弟：（将一张大红喜字贴到墙上）没问题，不就是二十六个字母来回拼凑嘛！

64. 田家门前 日 外

唢呐声、锣鼓声震天动地，门前大街上围满了看热闹的人们。

大街上摆着十几排红色鞭炮，十几桶礼花。

唢呐手和锣鼓手在大门外一字摆开，吹拉弹唱、敲敲打打，忙得不亦乐乎。他们身后是两张八仙桌，每张八仙桌上都放着许多用小塑料袋包装的大黄杏。

房顶上的大喇叭播放着快乐的歌曲。

小院里外充满了欢乐喜庆的声音。

十辆婚车一字摆开，浩浩荡荡地开进田家坊，缓缓停在田家门前。

二弟及几个青年点燃了鞭炮和礼炮。

王凯明从最前面的车中走出来，他胸花的红布条上的字是：主婚人。

田志刚、伊艾娃从第二辆车上下来。

伊艾娃着白色婚纱，头上扎着田志刚送她的那条红丝巾。她两边是伴娘莎麦拉和刘雅尼。

田志刚捧着一束火红香艳的玫瑰花。

人们欢呼着、跳跃着，簇拥着王凯明及田志刚、伊艾娃等人进入大门。

伊艾娃的父母、鲁副书记以及学院的老师们分别从后面的车中走出来，笑着走进大门。

65. 田家院子 日 外

田父、田母已并排坐在堂屋门前的木椅上，他们背后的墙壁上垂着红色幕布。幕布上写着：祝新郎田志刚与新娘伊艾娃百年好合。

旁边摆着两只木椅，是留给伊艾娃父母的。

鲁副书记拉着伊艾娃父母走过去，安排他俩就座。

王凯明左手持话筒，只见他右手一挥，乐队立即停止了吹奏。

王凯明：田志刚、伊艾娃婚礼现在开始。首先，请证婚人鲁副书记为新郎新娘作证婚演讲。

鲁副书记掏出一张红纸走上前，接过赵大锤递上的话筒。

鲁副书记：新郎田志刚、新娘伊艾娃于上月二十日在本市民政局登记结婚，婚姻合法有效。让我们以热烈的掌声向他们表示祝福！

众人热烈鼓掌。

王凯明：第二项，举行新人拜堂仪式。

田志刚单腿跪地，双手举起花束走向伊艾娃。

田志刚：（高声）美丽的伊艾娃，你愿意嫁给我吗？

伊艾娃：我愿意！

伊艾娃两手接过鲜花，紧紧地抱在怀中。田志刚站起来，从口袋掏出一个猩红色方盒，取出一枚戒指，将闪闪发光的戒指戴在了伊艾娃左手的无名指上。

王凯明：一拜天地！

田志刚和伊艾娃一起向苍天鞠躬；

王凯明：再拜高堂！

田志刚、伊艾娃一同向双方父母鞠躬；

王凯明：夫妻对拜！

田志刚、伊艾娃互相鞠躬。

伴随着现场人们的呼喊与祝福声，王副院长又高喊一声“入洞房！”田志刚牵起伊艾娃的手走进了洞房——西耳屋。

66. 西耳屋 日 内

伊艾娃坐在铺着红毯子的木床上，望着用拉花、彩条及各色气球装饰的洞房，感觉幸福满满。

站在木床边的田志刚神采飞扬地看着沉浸在幸福与满足中的伊艾娃。

蜂拥而入的赵大锤、刘雅尼、李晓玲及老师们站满了小屋子。

赵大锤：亲一个！

众人：亲一个！

伊艾娃扑入田志刚怀中，对着田志刚的脸颊狠狠亲了一下。

刘雅尼：互相亲！

李晓玲：对，抱着亲！

田志刚张开双臂将伊艾娃揽入怀抱，两人深情亲吻。

赵大锤：说说恋爱经过，谁追的谁？

田志刚：她追的我。

伊艾娃：他背起了我，我追上了他。

赵大锤：如果当初是我背起了你呢？

伊艾娃：（笑着看向赵大锤）你太黑，黑得像个大铁锤。

众人大笑。

赵大锤：（红着脸埋怨伊艾娃）你埋汰我。没有我的联络图，你能找到田家坊吗？

伊艾娃：谢谢赵科长！

赵大锤：副科长。

伊艾娃：非常感谢赵副科长！

67. 田家门口 日 外

田父、田母、大婶、二弟、小妹将八仙桌上装着大黄杏的袋子赠送给唢呐手、锣鼓手们。

田父、田母、二弟、小妹：辛苦，辛苦。

众人：恭喜！恭喜！

68. 西耳屋 日 内

伊艾娃父母走进洞房。

赵大锤：咱们给老泰山让地方啦！

赵大锤带着众人走出屋。

69. 田家院子 日 外

田父、田母、二弟、小妹从几只篓筐里拿出一袋袋大黄杏赠送给要离开亲友们。

田父、田母、二弟、小妹：辛苦，辛苦。

众人：恭喜！恭喜！

松木端一：（伸手接过袋子，点头哈腰地）恭喜！恭喜！（抓出一个咬了一口）好甜，好甜。

田父：（看着离开的松木端一）我看他咋像个小日本啊？

赵大锤：对，他就是个小日本。

亲友们一个个提着大黄杏说笑着高高兴兴地离开。

70. 堂屋 日 内

田母和小妹正在包水饺。

二弟帮着田父做了满满一桌菜。

71. 西耳屋门外 日 外

二弟：（冲着西耳屋喊）大哥，开席啦！

田志刚、伊艾娃和伊艾娃父母笑嘻嘻地走出来。

72. 堂屋 日 内

二弟将伊艾娃及其父母请到上座，并为他们斟上一杯酒。

田父坐在他们对面，田志刚和二弟分别坐在田父两边。

田父：（举起酒杯）欢迎亲家到来，向你表示敬意。

伊艾娃为父母翻译。

伊艾娃父母：谢谢，非常感谢。（英文）

二弟：亲家说谢谢，非常感谢。

田志刚、二弟及伊艾娃也同时举起酒杯，六个杯子在茶几上面碰到一起……

73. 田家院子 日 外

房顶的喇叭一曲接一曲地播放着，刚播完唢呐曲《百鸟朝凤》，又响起了邓丽君的《甜蜜蜜》。

74. 东耳房 日 内

田母和小妹正在下水饺。

锅里的水哗哗冒泡，水饺团团转着。

75. 堂屋 日 内

小妹端来热腾腾、香喷喷的水饺。

田志刚和二弟赶忙撤掉几个菜盘，将水饺放在桌上。

二弟：来来，团圆饺子要趁热吃。

伊艾娃父母拿起勺子和叉子，吃得满头大汗。

76. 门口大街 日 外

一辆出租车驶来。

田志刚、伊艾娃、田父、田母及小妹送伊艾娃父母走出大门。

二弟拉开车门。

伊艾娃父母：（拉着田父田母的手）谢谢，谢谢。（英文）

伊艾娃父母上车。

二弟关好车门，又跑到另一端开门上车，送他们去酒店。

田志刚、伊艾娃、田父、田母及小妹摆手送行。

77. 堂屋 日 内

田志刚、伊艾娃、田父、田母及小妹回屋。

田母：亲家老说三克油、三克油，是啥意思？不是嫌弃咱饭菜搁油少不香吧？

田父：（瞪了田母一眼）啥三克油，亲家说的是三口酒、三口酒。没见我跟亲家三口就干杯了嘛！

田志刚、伊艾娃及小妹听着哈哈笑起来。

小妹：（亲热地拉着伊艾娃）大嫂，饭菜吃着还可口吗？

伊艾娃：（两手抱住小妹）田家坊很好，人很热情，饭菜也很可口，这小院子很温馨。

田父、田母听了，高兴地笑起来。

爽朗的笑声充满了这个农家小院。

（背景音乐）

杏儿青，杏儿黄，

田家坊，喜洋洋。

杏儿黄，似蜜糖，
田志刚娶个洋新娘。
洋新娘，好漂亮，
大大方方进农庄。
一颗杏儿定终身，
农家院里拜花堂。
一束玫瑰绽馨香，
一首新曲大家唱，
大家唱了嘛哎嗨哟。

78. 滨河华府社区广场 日 外

高楼林立，锣鼓咚咚，唢呐声声。

高跷队走过来，秧歌队扭起来，狮子、龙灯舞起来。

社区内到处洋溢着新春气象。

田志刚、伊艾娃、田父、田母、二弟、小妹一家站在人群中观看表演。

伊艾娃挎着田志刚的胳膊，小妹挎着伊艾娃的胳膊，一家人洋溢着欢乐的笑容。

十、热血青春

1. 连五高学校 日 外

二十世纪三十年代的一所乡村完小，校园里的一座二层青砖小楼上，一面鲜艳的红旗迎风飘扬，格外醒目。

红旗上的金黄色大字是：禹城县青年抗日先锋队。

2. 操场上 日 外

李文刚带领成年先锋队队员用土枪、猎枪操练瞄准、射击。队员中有于春江等二十人。

李小武带领学生先锋队队员练习拼刺、格斗。队员中有冯茂喜、王得胜、王汝安等二十名同学，均在十四五岁。

李瓶子身穿斗篷，骑着一匹大白马走来，后边跟着小跟班及二十个肩挎长枪、腰间别短枪的保安团——双枪队，皆是气势汹汹，一副不可一世的样子。

李瓶子用马鞭指着操场上的人们。

李瓶子：停下！停下！谁让你们弄几根烧火棍子胡折腾的？

操练队伍停下来。李文刚、李小武等队员横刀立枪，怒目挺立。

于曼青从一楼走出来，他是一位英俊威武的书生。

于曼青：（不卑不亢地）李团总啊！我们在这儿练练刀枪，准备打鬼子哪，妨碍团总啦？

白马上的李瓶子乜斜着于曼青。

李瓶子：你是东院李朝栓大哥家的乘龙快婿吧！

于曼青：是啊！昨天和我岳父一起吃饭，岳父还夸你呢！

李瓶子：（不解地）夸我？

于曼青：他夸你了不起，为抗日打鬼子拉起三百多人的“保安团”。

李瓶子：嘿嘿！先别给我戴高帽子。我吃着八区喝着八区，只管八区的事。在八区的地皮上，只有我一个“李团”，不准再成立这个队那个团。

李瓶子举起马鞭指着楼顶的红旗。

李瓶子：把那玩意儿拔下来。不然，别怪我不客气。

于曼青：这是哪里话？大敌当前，国共联合抗日。地无分南北，人无分老幼。有人出人，有钱出钱，有枪出枪……

李瓶子：（打断他）别给我念经文。

于曼青：（摆手）请李团总等我说完。我这次回来，是奉了范筑先司令之命与你联合抗日的。听说过范司令了吧？

李瓶子：（嘿嘿一笑）范筑先……有所耳闻。与我联合……就你这几个人？

于曼青：范司令把聊城周边三十多处保安团整编为二十八个抗日支队，建起了第六专署八千多人的游击纵队。范司令派遣我和他次子范树民带领青年挺进支队来齐河、禹城边界活动。团总不想弄个正规番号？

李瓶子闻听抬腿跳下马。

小跟班接过缰绳。

李瓶子：（晃着马鞭）有这等紧要大事，看不出来——你小子手眼通天啊！

于曼青：不敢，还是团总能耐大。你公务不忙的话，咱就协商一下联合抗日的事。

李瓶子点点头，倒背两手跟随于曼青走向一楼，马鞭在他屁股后荡悠荡悠的，像是插在他后腚的尾巴。

3. 小楼一层 日 内

屋中两张桌子对在一起，桌上摆着一架油印机及一摞油印传单——抗战动员宣传品。

临窗一张桌子后坐着王汝清，他面前搁着刻字钢板，他正在用铁笔刻蜡版。

李瓶子扫视屋中，绕着桌子转了一圈，看着宣传品漫不经心地点着头。

李瓶子走到刻蜡版的王汝清跟前。

李瓶子：嗯，打江山靠我们枪杆子硬的，守江山得靠你们笔杆子硬的。

王汝清：（站起身）不敢与团总苟同。以我之见——打江山、守江山都需要这两杆子。很期待与李团总合作。

李瓶子：（点头）嗯，我也愿意跟文化人打交道。

于曼青：团总方便的话，我可以陪你去趟聊城，找范司令要个番号，你的队伍不就名正言顺了嘛！

李瓶子：（频频点头）嗯！也是哩。

于曼青：要是有个万一，范司令还能派兵增援。联合抗日嘛，就是互相支援，协同作战。

李瓶子：好！一言为定。我回去准备些礼品，咱们一起去找范大司令，我也弄个司令什么的干干。

李瓶子说着，慢悠悠地走出门。

于曼青：礼品没必要，抗日革命队伍不兴那一套。

于曼青解释着，在屋门口止住脚步。

4. 校园 日 外

李瓶子走到双枪队前，从小跟班手里要过马缰绳，迈步抬腿跨上马。他冲于曼青点点头，打马离去。

“双枪队”跟随其后，呼啦啦跑出大门。

于曼青：（对先锋队员们喊）继续操练！

队员：（异口同声地）是！

队员们“杀！杀！杀！”的喊声震天动地。

在队员们的喊声中，天渐渐暗下来。

于奎华老汉推着一辆推车走进院子。

李桂香在前头拉车，车上是满满一车玉米秸。

小推车在青砖楼旁边的厨房前停下，李桂香挺起身。她穿着一身印花衣裤，高个儿，苗条身段，一支黑油油的粗辫子垂于腰际。她脸庞白皙，生着两只大而有神的眼睛，俊俏优雅，秀外慧中。

李小武、冯茂喜、王得胜、王汝安上前帮着卸车。

李小武：于爷爷。

于奎华：（笑着）哎。

李小武解开捆绑玉米秸的麻绳，大家将玉米秸立在墙边。

车上露出四只米袋子，满满四袋小米。

于奎华：（笑着）小武啊，你们尽管放开肚子吃，爷爷粮食管够。

于春江：（走来）爹，嫂子，你们不要送啦！我回家去推。

李桂香：（笑笑）等你回家推啊，小武的肚子饿扁啦！

于春江抱起一袋米走进厨房。

李小武、王得胜俩人抬着一袋米走进厨房。

冯茂喜、王汝安抬着一袋米走进厨房。

于奎华伸手要搬剩余的一袋米，被走过来的李文刚挡下。李文刚两手搬起最后一袋米。

李文刚：于叔，桂香，上楼坐一会儿吧！队长在楼上呢。

李桂香：文刚大哥啊！不打扰你们了。

于奎华：你们忙吧！早一天把小鬼子赶跑。

于奎华推起车子离去。

李桂香扭头恋恋不舍地望着青砖小楼。

5. 小楼一层 夜 内

屋里燃着煤油灯，于曼青、李小武在擦一盏马灯。于曼青卸下灯罩，用一块粗布里外擦着。李小武擦着灯座、灯架。

李小武：刚才师娘和爷爷送来四袋子米，推来一车玉米秸。

于曼青：哦，没问题，你与同学们只管吃饱，练好刀枪。

李小武：爷爷真好，卖四亩地给你买枪。

于曼青：老人家懂这个理，有国才有家嘛！

李小武：还有你那表叔，看疮先生，把看家护院的"汉阳造"送给咱们。

于曼青：那是我爷爷到丁寺街动员表叔来着。

李小武：同学们都夸师娘长得漂亮，像个大家闺秀。

于曼青：（笑笑）是吗？干活也麻利呢！

李小武：给我做的鞋子，还绣着两条小红鱼哪！练武的时候我舍不得穿。

于曼青：小红鱼……傻小子，那是师娘给老师绣的。

李小武：红鱼……鱼……于……哦。

于曼青：（笑着）明白啦？

李小武：（点头）嗯。听说老师一大家子人呢！还有谁啊？

于曼青：爷爷、奶奶、母亲、弟弟、妹妹，还有个不满周岁的女儿。

李小武：老师好福气，这么多人疼。小武……原来只有一个二叔，可眼下……

李小武说着低下头。

于曼青：不是有老师嘛！还有这么多同学、战友呢。

李小武：（抬起头喃喃地）我的亲人……也只有老师和同学们了。

于曼青一只手抚摸着李小武后脑勺劝慰。

于曼青：放心吧小武，你二叔被抓丁了，你失去了唯一的亲人。以后，老师走到哪里也不会丢下你。

李小武扬起笑脸看着于曼青。

于曼青：（擦着灯罩）小武跟你二叔学了一身好武艺，可要好好教同学们，让大家都学会。

李小武：（点头）冯茂喜、王得胜、王汝安……都练着呢！

于曼青：李文刚老师在济南接受过军体培训，你向李老师多请教。

李小武：我和李老师私下协商，他教我军事要领，我教他武术功夫。

于曼青：（笑着）你们取长补短啊！

于曼青划火点燃马灯，上好灯罩，屋里顿时亮堂起来。

李文刚走进屋。

李文刚：队长，客人到了。

马毅之、尉景平、杨玉亭等人走进屋。

于曼青：（上前握手）马老师、尉老师……

于曼青：咱们上二楼吧。（回头对李文刚）去告诉政委。

李文刚点头走出去。

于曼青提着马灯迈上狭窄的楼梯，引领大家上楼。

6. 二楼 夜 内

二楼中间是并在一起的四张桌子，桌子外面围着一圈板凳，窗子用棉被遮住了。

于曼青将马灯放到桌子中间。

马毅之看着封闭的窗子及会场，满意地点点头，坐在靠近马灯的位置，从上衣内兜掏出笔和记录本放在桌上。

于曼青、尉景平、杨玉亭、杨中一、高凤鸣、谭东山、齐大山围桌而坐。

王汝清手拿几张材料走过来，与大家打过招呼后入座。

马毅之：我和尉景平同志向鲁西北特委汇报了活动情况，特委同意我们召开中共禹城县第一届委员代表会议，选举产生第一届禹城县委。现在开会，首先由各区委汇报工作，东道主——八区先来。

马毅之打开记录本，拧开笔帽。

众人各自拿出纸笔。

王汝清：我代表八区区委向大会汇报……

7. 一楼门口 夜 外

王得胜、冯茂喜身背大刀站在门口警戒。

8. 学校大门口 夜 外

肩挎汉阳造步枪的于春江与另一位挎猎枪的队员站在门口两侧警戒。

9. 校园围墙 夜 外

挎猎枪的李文刚与背大刀的李小武在院墙周边巡逻。

10. 会议室 夜 内

马毅之：下面进行第二项议程，投票选举县委会……

“砰”一声枪响传来。众人惊异地起身。

于曼青拔出腰间的左轮手枪，跑下楼。

11. 门前 夜 外

李文刚持一把盒子枪与手持大刀的李小武押着赵沐雨走来。

于曼青见是赵沐雨，将手枪插入腰中。

于曼青：带进屋来。

12. 一楼 夜 内

于曼青：怎么回事？

李文刚：赵校长要来学校，跟他说明天再来，他掏枪硬闯，走火啦。

赵沐雨：我想啥时候来就啥时候来。你们教师、学生还敢阻挡我来学校？

于曼青：我们师生开展抗日救国活动，请你不要干涉！

赵沐雨：我的学校我说了算，不准你们在这儿捣乱。

于曼青：抗日打鬼子是当务之急，不必争论。李文刚老师安排几个学生送赵校长回家休息。

赵沐雨：我是县党部委员，我到县党部告你们。

于曼青：随便。

赵沐雨：我的枪呢！

李文刚把盒子枪交给于曼青。

于曼青接过盒子枪用手掂量了一下。

于曼青：我打鬼子正需要，就当借你的。走吧！把校长安全送到家。

李文刚和李小武架着赵沐雨走出去。

赵沐雨：你……你们……

13. 二楼会议室 夜 内

众人安静等待着。

于曼青走上楼，晃动着手中的盒子枪。

于曼青：赵校长送来支枪，没事啦。

马毅之：继续开会。

14. 乡间土路 夜 外

李小武、冯茂喜、王得胜、王汝安架着赵沐雨走在乡间土路上。

赵沐雨：你们不要被于曼青蒙蔽，跟着他有危险。

王得胜：没受蒙蔽，俺心里明白。

冯茂喜：俺们打鬼子不怕危险。

李小武：保家卫国，死也光荣。

赵沐雨目瞪口呆，一脸尴尬。

15. 二楼会议室 夜 内

马毅之：根据投票结果，我宣布——马毅之任县委书记，尉景平任组织部部长，王汝清任宣传部部长，于曼青、杨中一任县委委员。大家鼓掌，庆祝中共禹城第一届县委会成立！

众人热烈鼓掌。

马毅之：下面，我代表第一届县委会部署工作。同志们，日寇已占领德州，冈村带领一千多个日军在飞机、大炮、装甲车的掩护下沿津浦铁路南侵。鲁北形势岌岌可危，抗战任务迫在眉睫。我们遵照党中央、省委及鲁西北特委指示，发动群众，组建抗日武装队伍，创建抗日革命根据地。具体实施意见如下：

（1）“禹城青年抗日先锋队”是我县第一支抗日武装队伍，起了带头作用。

批准于曼青同志为青年抗日先锋队队长，带队赴聊城范司令军训处接受军事训练；

（2）同意于曼青、王汝清关于开展统战工作，改造李朝平保安团的提议。我们出面联系范司令，为其争取部队番号，前提是必须在其保安团设立“政训处”。委派王汝清、杨玉亭进入政训处工作，由王汝清同志任政训处主任。

王汝清、杨玉亭点头。

灯芯跳了两下，灯光暗下来。

于曼青拉开抽屉找出一根缝衣针，一手按下灯罩，一手拿针挑了挑灯芯，拨去灯花，落好灯罩。

马灯又明亮如初。

马毅之：统战工作以李屯为中心，向全县及周边辐射。北边七区的李大懵，六区的周老三，苇河东的李朝生，南边与茌平接壤的冯二皮……我们真是在夹缝中求生存啊！所以，请同志们既要大胆，又要谨慎。

于曼青起身倒了一碗水，端给马毅之。马毅之咕咚咕咚喝下几口。

马毅之：各区委的具体任务马上刻板印刷，大家分头落实。

16. 聊城古城门 日 外

北风呼啸，先锋队红旗迎风飘扬。

一支土里土气的队伍走近古城门，李小武肩扛队旗和于曼青并列在前，队员紧紧跟随，一个个汗流满面。

城门口，一班战士荷枪实弹，站在两旁。

于曼青掏出介绍信，值班长接过信函查看后抬手敬礼。

于曼青带队走进城门。

17. 古城大街 日 外

于曼青带队行走在古城大街上。

城内各操场、打麦场红旗招展，口号声声震天。

士兵们组成了不同的队列，有跑步的、练步伐的、练投弹的、练射击的、练拼刺的……

他们身穿清一色的军服，个个意气风发，斗志昂扬。

队员们这个向东瞧瞧，那个朝西望望，霎时乱了队形。

于曼青：往前看，大步前进。

李文刚：站整齐，照直走。

大家收回目光，集中精力走路。

18. 司令部院子 日 外

光岳楼下，于曼青带队跟随长胡须老人——范司令走在院子里。

范司令：大家一路辛苦啦！先吃饭喝水，歇歇脚。

19. 司令部大餐厅 日 内

范司令领大家走进大餐厅，向军需处姚处长交代了几句。

范司令：为禹城的同志们安排好吃穿和住宿事宜。

姚处长：是。

范司令：（对于曼青）我去通知培训处安排你们的训练事宜，一会儿在司令部等你。

于曼青：（点头）是。

姚处长：（指着一排木板餐桌）大家请坐。

炊事员们提来两竹篮金黄的窝窝头，端来两盆黄澄澄的小米汤和几盘子红彤彤的胡萝卜条咸菜。

于曼青和队员们抓起窝头大口吃着。

20. 司令部 日 内

于曼青走到司令部门口。

于曼青：报告！

范司令：请进！

范司令正在看一本旧书，他将书合起，拉着于曼青坐到对面。

范司令：于队长——请坐。

于曼青看出那是一本线装的《孙子兵法》。

范司令：马书记信中说，为禹城八区李朝平保安团申请队伍番号，请你详细谈一下李朝平的情况。

于曼青：李朝平有三百多人，在禹城八区李屯建有寨墙、兵营，其二弟李朝生盘踞八区莒镇，修有土围子，统称八区保安团。他们向八区各村老百姓敛收“治安费”，征粮派捐，还时常偷袭抢劫八区外的村庄百姓，无恶不作。

范司令点头。

于曼青：他申请队伍番号是为了找靠山，而不是为了抗日救国。我们县委会的目的是在保安团设政训处，对其进行教育改造。

范司令：（点头）对，必须设立政训处。我现在就安排政训处、军需处派人去核查人枪数量，登记造册。授其番号前必须由他本人保证我方政训人员的安全，签字画押。

于曼青：（点头赞同）范司令考虑周到。

范司令又从抽屉里拿出马书记信看了看。

范司令：马书记提议由王汝清、杨玉亭两人负责政训处工作。

于曼青：是我们县委会的决议。

范司令：我尊重你们县委会的决议。实话说吧于队长，我们这儿紧缺的也是政训工作人员，特别是像马书记、尉景平同志这样优秀的政治工作人才。我已向中共山东省委提出，调他俩来我这儿帮助工作，省委答应研究再定。

于曼青：我们互相支援。

范司令：（欣慰地）省委派来了共产党员张郁光、姚第鸿，他们原是北京大学的哩。我在冀鲁豫边区建立了二十三个抗日县政府，委任了十三名共产党员县长。事实证明——只有与共产党合作抗日才是出路啊！

于曼青：范司令雄才大略，高瞻远瞩，对我党的信任与评价难能可贵。我们在抗日救国大道上共同前进。

范司令：古人云“道不同不相为谋”，我们目标一致，道路相同嘛！哈哈……

于曼青会心地点头。

范司令：（笑着）好吧，你先去训练，有机会我们再谈。

范司令说着抓起桌上的电话，拨号。

范司令：请张处长、姚处长到司令部。

于曼青走出司令部。

21. 训练场地 日 外

队员们换上了军服，于曼青、李文刚、于春江等成年队员在教官的指导下练刺杀。

李小武、冯茂喜、王得胜、王汝安等小队员们在教官的指导下用教练弹训练投弹。

队员们个个生龙活虎，劲头十足。

22. 李屯李瓶子兵营 日 外

李屯保安团三个连三百余人集合完毕，都穿着军服。

一连牛连长、二连马连长、三连刘长运连长都站在各自连队的左侧。

王汝清、杨玉亭、李瓶子与范司令派来整编、授衔的张处长、姚处长及三名军事教官站在队伍面前。

李瓶子向前跨了一步。

李瓶子：弟兄们，从今天起我们就是范司令的正规军啦！请范司令的政训处张处长讲话！

士兵们鼓掌欢迎。

张处长也向前跨了一步。

张处长：我们是抗日革命队伍，革命队伍里面互相称呼同志。同志们，我宣布山东第六行政公署抗日游击纵队司令范筑先将军命令：

禹城第八区保安团整编第六行政公署抗日游击纵队第四支队第七营命令

一、队伍番号为——第六行政公署抗日游击纵队第四支队第七营，营长李朝平，一连连长牛二柱，二连连长马大彪，三连连长刘长运。

二、营部设立政训处，政训处主任王汝清，政治教官杨玉亭。

三、队伍整编后，由纵队军需处按实有人数发放服装、弹药、米粮及军饷，不得在辖区内摊派征收粮捐杂税，如有违者，军法处置。

四、队伍由所辖支队司令统一指挥。

此令

宣读完毕。

23. 学校操场 日 外

三个连队正在进行军事训练。

三位连长站在各自队伍的一侧，由三名教官指挥队列训练。

在教官的口令下，队列整齐划一。

24. 学校教室 日 内

政训处张处长手拿《抗日士兵思想教材》在讲台上授课。

一连队教室，牛连长坐在士兵前排，听张处长讲课。

每位士兵面前都有一本《抗日士兵思想教材》。

25. 学校教室 日 内

政训处主任王汝清手拿《抗日士兵思想教材》在讲台上授课。

二连队教室，马连长坐在士兵前排，听王汝清讲课。

每位士兵面前都有一本《抗日士兵思想教材》。

26. 学校教室 日 内

政治教官杨玉亭手拿《抗日士兵思想教材》在讲台上授课。

三连队教室，刘长运连长坐在士兵前排，听杨玉亭讲课。

每位士兵面前都有一本《抗日士兵思想教材》。

27. 学校教室 夜 内

杨玉亭与三连长刘长运、排长李长达及袁龙俊等十几名士兵座谈。桌上的蜡烛快要燃尽。

刘长运：（兴致勃勃地）杨教官讲得真好，中华民族是一家，就得讲究平等友爱、团结一心，共同打击敌人。

李长达：（两手握拳）小日本烧杀掠抢，欺侮咱中国人，哪个有血性的年轻人不气愤。他们敢来，咱就敢打。

袁龙俊：刘连长、李排长跟那些当官的不一样，对咱们士兵兄弟像哥们儿。他俩说出了咱的心里话，咱们都是苦出身，团结起来，干！

杨玉亭：大家说得对，咱们三连的同志大多是苦出身，你们回去后与同志们交心、交友，把全连同志都团结在我们周围。但也要谨慎，品质恶劣、道德败坏的一个不要。

刘长运与众人点头。

28. 李家桥李龙德家 夜 内

一盏煤油灯发着昏黄的光，十几名群众围桌而坐。

王汝清在李龙德家发动群众。

李龙德：王政委说得好，小鬼子欺负到咱家门上来了，咱中国人从没怕过谁，还怕他几个小鬼子！

李二愣一拳打在桌子上。

李二愣：（气愤地）太疯狂啦！咱千万万同胞哩，干他狗日的。

王汝清：人多力量大，咱们得发动起全村人来，组成民兵队、民兵连。还得加固寨墙，挖地道、地洞，准备打持久战。

李龙德：对，还是政委考虑周全，既要打鬼子，还要防备着他打咱。毕竟人家有机枪大炮啊。

李二愣：（坚决地）没问题，先加固寨墙，今夜咱就干起来。

29. 黄河 日 外

奔腾不息的黄河滚滚东流。

（画外音）：

范筑先将军向全国发布“誓死不渡黄河南”通告。

中共中央指示八路军一二九师向冀鲁豫边区发展，电令山东省委对范筑先将军予以全力支持。

山东省委任命马毅之为山东干部营营长，率领三百二十名青年赴延安抗日军政大学学习。

省委决定将鲁西北特委改为运东地委，调尉景平任运东地委组织部部长兼范筑先部二十八支队政治部主任；

任命王汝清为中共禹城县委书记兼青年抗日武装先锋队政委，于曼青任县委组织部部长兼青年抗日武装先锋队队长。

30. 司令部 日 外

于曼青与队员们换上了棉衣，大家整齐地排成两列。

范司令拿着一把盒子枪走出办公室，交到于曼青手中。

范司令：打鬼子，立大功！

于曼青敬礼，双手接枪。

于曼青：是！谢谢范司令。

姚处长及士兵抱来四十支步枪，每人发了一支。

范司令：同志们训练很认真、很辛苦。把学到的本领用到实战中，打鬼子，保家卫国！

众人：谢谢范司令！

李文刚：敬礼！

全体队员举手敬礼。

李文刚：礼毕，向右转，齐步走。

李小武两手持队旗走在前头。

于曼青与范司令握手告别后与队员们迈着整齐的步伐走出司令部的院子。

31. 学校小楼一层 日 内

于曼青与王汝清喝着水交谈。

于曼青：聊城学习的事汇报完了。

王汝清喝了口水，放下碗。

王汝清：这期间我和杨玉亭白天上课培训，夜间，我们分头到苇河东的水寨寺、牛李庄、老纸坊、王家屯、李家桥、莒镇等村子发动群众。现已建立村党支部三个，村党小组十九个。民主选举出抗日村长二十二名。有十三个村建立民兵班，七个村建立民兵队，老纸坊、李家桥建立了民兵连，这两个村坚持训练执勤的男女民兵均达一百多人。

于曼青：（高兴地）太好啦！

王汝清：我初步考虑以老纸坊、李家桥两个民兵连为基础筹建八区区小队。

于曼青：（点头）对，我们派遣先锋队队员去各村训练民兵，把这些村子建成堡垒村。

王汝清：高凤鸣、李祥瑞、谭东山及张祝华、齐大山在东西两个边界的活动也大有成效，他们都建起了二三十人的队伍和十几个堡垒村。

于曼青：太棒了，关键时刻我们互相支援。给他们每个队派两名队员，帮他们训练。

王汝清：（用力地拍了下桌子）我们求的就是全面开花，处处结果。

杨玉亭站在门口，往里瞧。

杨玉亭：出啥事啦？

于曼青和王汝清哈哈大笑。

杨玉亭：（走进屋）笑啥笑！有情况。

于曼青：啥情况？

杨玉亭：李营长为你接风洗尘，为王政委庆功祝贺，要我作陪。

王汝清：（不解地）庆什么功？

杨玉亭：说你的政训工作效果明显，值得庆贺。

王汝清：鸿门宴吧！

于曼青：接风洗尘是假，另有所图是真。这个嗜酒如命的李瓶子，我去会会他。

杨玉亭：政委就不去了吧？

王汝清：（站起来）你和于队长去赴宴，我带王得胜去“讨饭”。

杨玉亭：（笑笑）政委放心“讨饭”，那边我安排妥了。

32. 兵营 夜 外

夜色朦胧中可见兵营的轮廓——长方形院子，占地约十几亩。院子四周有高高的围墙，东、西各有一座两层门楼。

门楼下有两人站岗，二楼是机枪岗楼。两个岗楼里各架一挺轻机枪。

兵营中有一座青砖青瓦的大屋，是营部。

营部前是小广场，广场前是宽大敞亮的伙房及餐厅，两边排列的几座青砖房是宿舍。

于曼青、杨玉亭、李小武走来。

营部门口，李瓶子的小跟班举手敬礼。

小跟班：于队长、杨教官到。

于曼青、杨玉亭走进屋。

跟在后边的李小武留在门口，站在另一侧。

33. 营部 夜 内

八仙桌正面坐着李瓶子。

黑脸、又胖又壮的李朝生和瘦弱的赵沐雨分坐在两边。

李瓶子：（起身）欢迎于队长归来，哎——王主任呢？

杨玉亭：王主任家里来信说爷爷病了。

李瓶子：哦——遗憾，改日单独宴请。你看，我把驻莒镇围子的团副和军师都叫来了，大家共同庆祝一下。

李瓶子招呼于曼青、杨玉亭入席。

八仙桌四角放着四个蜡台，燃着四支蜡烛，照得屋中亮堂堂的。

于曼青大大方方地朝俩贼眉鼠眼的家伙招招手，坐在他们对面。

杨玉亭挨着于曼青坐下。

李朝生、赵沐雨纹丝未动。

于曼青环视屋子——东边一张写字台，一把圈椅，是李瓶子的“宝座”，圈椅后有便门通往东间。

小跟班领来两个提食盒的炊事兵。炊事兵打开食盒，将鸡鱼肉菜端上八仙桌。小跟班打开酒坛，将酒杯倒满，站在一边。炊事兵摆好菜肴退去。

于曼青招呼小跟班。

于曼青：来，小伙计，坐下。抗日队伍人人平等。李小武也过来，跟你的伙伴坐一块儿。

李小武走进屋，拉小跟班坐在空闲的椅子上。

李瓶子翻白眼，李朝生、赵沐雨咧咧嘴。

杨玉亭：你俩负责倒水、斟酒，不喝酒，多吃菜。

李小武和小跟班点头。

李瓶子：（端起酒杯）我先敬三杯酒，为于队长接风洗尘。

于曼青：（端起茶碗）不好意思李营长，我从不喝酒，以水代酒吧。

李瓶子嗜酒如命，从不管别人喝否，自己端杯干了。

小跟班忙斟酒。李朝生与赵沐雨各喝半杯，小跟班也给他俩添满。

杨玉亭只浅浅呷了一下，对小跟班摆摆手。

李瓶子连连干杯。

李瓶子：于队长啊，把你那几个人拉我兵营里得了。你瞧瞧，我二弟莒镇那边一百多人都觉着不保险，找我商量集中驻扎。你那几个人……保险吗？

于曼青：哦，李营长牵挂我啊！没问题，就我那几个人、几杆破土枪，你啥时候想过来拿就一句话。可咱丑话说头里，我那些娃娃兵闹得厉害，不省心，真担心给你惹麻烦。

李瓶子：（吸口凉气）哦……

于曼青：我知道李营长的心思，这次没弄个司令，心里憋火。没办法，人家范司令就这军规——按点名核查登记，封职定衔，供应粮饷，谁都不敢造假。

李瓶子：（点头）是哩。

于曼青：不过嘛……我倒是有一招，不知李营长愿不愿意采纳。

李瓶子：（急不可耐地）说。

于曼青：范司令的心思，我看透了，他是来者不拒，队伍数量越多越好。

李朝生：（点头）我也听说范司令就是这么个人。

于曼青：你看七区李团总那儿有三百多人，你俩是结拜兄弟，若把他整编成功，支队司令一准是你。

李瓶子连连点头。

于曼青：再把六区周团总的二百多人拉过来，这支队司令还不是巴掌里攥嘛！

李瓶子：（伸出大拇指）看，年轻人脑瓜子就是好用，你小子还真有一套。呵呵！赵军师落伍啦！学生谋略超过你哩。

赵沐雨满脸通红，斜着眼瞥于曼青与杨玉亭。

李瓶子：斟酒，斟酒！

于曼青：我那几支破土枪……明天送过来？

李瓶子：不……不急，先把那些毛孩子训老实再说吧。

于曼青：（端起茶碗）我以茶代酒回敬李营长。

李瓶子：好。

杨玉亭：（举起酒杯）回敬李营长。

李瓶子：喝。

李瓶子正喝得不亦乐乎。院子响起哒哒的马蹄声，哨兵领来传令兵。

传令兵一个敬礼，掏出公函——第四支队王司令命令。

小跟班接过转交给李瓶子。

李瓶子凑到蜡烛边看着，光光的脑门冒出一层汗。

李瓶子：（抬起头慢吞吞地）回告王司令，准时……到达。

传令兵：是。

传令兵转身出屋，哨兵随后出去。

李瓶子：（将公函轻轻一丢）早不打，晚不打，忙着过年呢，偏要打，哼！

李朝生：打哪里？

李瓶子：德州一千多鬼子进攻高唐，范司令前去迎战，令四支队今夜到沽河设伏，打禹城增援之敌。

于曼青听出了门道。

于曼青：嘿——李营长荣升的机会来了。

李瓶子：（瞪起眼）怎么说？

于曼青：自古打伏击胜算大，伤亡少。禹城驻守日军总计三百人，最多也就能出二百人增援。四支队一千多人，绝对优势。这机会……李营长千万别错过。得胜后范司令肯定有赏，李营长若立功，距司令位置嘛——不远啦。

李瓶子：好小子，我这头疼恼火哩，你这一说，这是天上掉馅饼啦！备马，一连守寨，二三连随我发兵沽河。

小跟班：是！

小跟班跑出门。

李瓶子看着于曼青不住地点着脑瓜子。

李瓶子：我想试试你小子这招灵不灵。

于曼青示意杨玉亭一起端起杯。

于曼青：（高声）祝李营长凯旋！

李瓶子：（端杯仰脸喝干）借你小子吉言。

李瓶子放下杯，转身戴军帽，披斗篷，大步向外走去。

于曼青与杨玉亭跟着出屋。

34. 屋门前 夜 外

小跟班牵着大白马等候。

兵营中响起集合哨声。

35. 沽河堤坝 夜 外

日军两辆土黄色越野车在前头开路，车上架着歪把子机枪，车后斗站着十几个日军。

骑着东洋大马，腰挎东洋指挥刀的大队长冈村率领二百多日军尾随车后。

汽车行至沽河堤坝前，顿时枪声大作，手榴弹爆炸声震耳欲聋。前面一辆军车被炸翻。

冈村挥舞着东洋刀指挥进攻，背后突然响起枪声及手榴弹的爆炸声。

36. 敌军背后 夜 外

于曼青率二十人的袭击小队在敌军背后进攻，将一颗颗手榴弹扔向敌人。手榴弹在敌军中爆炸。

37. 敌军背后 夜 外

另一侧，王汝清率二十人袭击小队进攻，将手榴弹扔向敌群，打得敌军晕头转向。

四支队的手榴弹在前面炸，先锋队的手榴弹在后边响，前后夹击，日军乱了队形，慌忙逃命。

队员们一路追打，捡拾着敌军丢掉的枪支弹药。

38. 李瓶子府邸大门口 日 外

锣鼓齐鸣，唢呐声声。

李瓶子的高门楼前围满了看热闹的男男女女及道贺的亲朋。李大懵、周老三、冯二皮、李朝生、赵沐雨也在其中。

李瓶子头戴礼帽，身披斗篷，跨着大白马，胸戴大红花，在双枪队的护卫下来到高门楼前。

后边是新娘子坐着的大红马拉的轿车，车后跟着全副武装的二狗子及几个兵士。

兵士甲：二狗子，你姐姐嫁给营长当三姨太，你小子得官升三级。

兵士乙：弄个连长干干，别忘了咱弟兄啊！

二狗子：（得意扬扬地）放心，给你俩弄个排长、班长的。

赵沐雨：（高声喊）接三姨太下轿！

三姨太由喜婆搀扶着迈下车，坐在一把圈椅上。

鞭炮齐鸣，礼炮声声。

赵沐雨：送三姨太入洞房啦！

四个双枪队队员架起圈椅走进大门。

李瓶子跳下白马，穿过恭贺的人群走上门楼台阶。

39. 学校办公楼二楼 日 内

于曼青、王汝清、杨玉亭、李文刚、刘长运、李长达正在开会。

王汝清：李瓶子打了个便宜仗，受了个便宜奖，晕头啦！

刘长运:（气愤地）老家伙整日花天酒地，收受礼品、礼金，想趁机大捞一把。

李长达：狗不改吃屎，狼不改吃人。这德行之人，打鬼子是不能指望啦！

杨玉亭：我们把主要精力放到发动群众，建立人民抗日武装上来。

王汝清：从老纸坊、李家桥两个民兵连选拔了四十名队员，组成八区抗日区小队。

于曼青：我与王政委商定，由杨玉亭同志任八区区委书记兼区小队指导员，抽调李长达同志任区小队队长，李文刚同志协助培训。

杨玉亭、李长达、李文刚点头。

40. 营部 日 内

李瓶子与二狗子、牛连长、马连长在搓麻将。

牛连长：营长又胡啦！

马连长：（献媚地）也得让二狗子兄弟赢一把。

牛连长：好，看下一把……

赵沐雨、李朝生急匆匆走来。

赵沐雨：团总，急事。

李瓶子连忙收起麻将。

李瓶子：散伙。

牛连长、马连长及二狗子悻悻而去。

赵沐雨凑到李瓶子跟前。

赵沐雨：（悄悄地）团总，好消息。

李瓶子：（翻着眼皮）啥事？

赵沐雨：沈鸿烈到了齐河潘店。

李朝生：他现在头衔是山东省政府主席兼省保安司令。

赵沐雨：他手下没武装，正四处撒网，网罗民团入伙。我跑了一趟，为朝生兄弟弄回个八区区长头衔，他还允许咱在辖区内收税募捐。

李朝生：（挤眼道）大哥，你去一趟，还不得闹个司令。

李瓶子往太师椅上一仰，眯上两眼，手捻几根胡须思量着。

赵沐雨继续添油加醋。

赵沐雨：沈主席可是蒋委员长委任的。

李朝生：是棵大树啊！

李瓶子站起来走动着。

李瓶子：老范哪老范，你老范不给我司令衔，我还不稀罕了。沈主席委任个司令，那是啥成色。得得得……背靠大树好乘凉啊！

李瓶子：（冲外喊）备马！

小跟班：是。

李瓶子戴上狐皮帽，披上斗篷。

41. 学校二楼 日 内

先锋队会议。

王汝清：运东地委传达省委指示，土肥原贤二坐镇德州，指挥驻邯郸、衡水、德州、平原、禹城、齐河、济南的七路日军围剿聊城抗日游击纵队。徐向前副师长派虎将陈再道率独立旅于大名设伏，猛将孙继先率津浦支队于清河设伏，拦截邯郸、衡水之敌。

于曼青：运东地委通知各县、区抗日队伍于沿途伏击、拦截敌军，消耗敌军力量、延缓敌军行程，为范司令撤离城区和组织聊城保卫战争取时间。范司令通知四支队于苗屯设伏，支队王司令已带队赶到，李瓶子却迟迟未动。

刘长运：沈鸿烈封李瓶子为齐（河）禹（城）高（唐）在（平）边界联防司令，这次行动他一定“打折扣”。

于曼青：我再会会李瓶子，摸摸底。

王汝清：（点头）很有必要，咱俩一起去。

杨玉亭：我同于队长去。

于曼青：（笑笑）我自个儿去，人多反而引起怀疑。

王汝清：好吧，刘长运同志做好警戒。

刘长运点头。

杨玉亭：要不——带上李小武。

于曼青：不必。

王汝清：区小队埋伏在后寨门外听令。

李长达点头。

王汝清：万一有情况，你带人抢占两个门楼上的机枪阵地，我和队伍在学校待命。

刘长运点点头，挥了下拳头。

42. 营部门口 夜 外

于曼青走到营部前。

门前牌子更换为：齐禹高茌边界保安联防司令部。

小跟班：（敬礼冲屋里喊）于队长到。

于曼青昂首挺胸走进门。

43. 营部 夜 内

李瓶子伸长脖子瞧了瞧。

于曼青走到八仙桌前，看到四个人在推牌九。

于曼青：（抱拳）不好意思，打扰李营长啦！

赵沐雨：不懂规矩啊！不禀报就闯进来，搅了司令手气啊！

牛连长、马连长乜斜于曼青一眼，注意力又回到牌上去。

赵沐雨：司令手气正旺着哩。

于曼青：（故意抬高嗓门）赵校长真懂规矩，不会熊人还装“熊”。要不，咋能被师生们扫地出门哪！

赵沐雨哗啦一下扔掉手中牌，起身掏出手枪。

于曼青一个箭步跨上前，左手抓起赵沐雨胳膊，右手抓过枪，用枪头对着赵沐雨。

于曼青：赵校长会打枪吗？我可是跟范司令练的。

牛连长、马连长见状，扔掉手里的牌站起来。

李瓶子坐不住了，拉下脸。

李瓶子：于队长，你想干什么？

于曼青：（笑笑）李营长，你可都看到了。我啥都不想干，一没带人，二没带枪。

于曼青转了一下身子，给他们看看身前身后，接着取出枪里的子弹，把枪和子弹甩向墙角。

李瓶子：（眯起两眼）有何贵干？

于曼青：没事就不能来营部溜达溜达？

赵沐雨：啥营部？没睁眼看看嘛！现在是司令部——齐、禹、高、茌联合保安司令部，沈……

李瓶子瞪赵沐雨一眼，赵沐雨后半句噎了回去。

于曼青：王司令已经带队伍到达了，李营长再耽搁下去……王司令的快马飞枪哪个不晓啊！

李瓶子：嘿嘿，我这不打两圈……为牛、马二位连长送行嘛。今夜由牛、马二位连长代劳。我脑瓜子疼，于队长见了王司令帮我美言几句，我与你岳父是老邻居嘛！

李瓶子说着瞪了牛连长、马连长一眼。

李瓶子：行动吧！还等啥？于队长亲自督战啦！

牛连长、马连长：（站起来）是。

牛连长、马连长走出屋去。

赵沐雨：（瞪起眼）你怎么进来的？是不是那个刘连长带你来的？

于曼青：什么刘连长牛连长，我一说面见李营长，岗上谁不知道我们的关系？也就你揣着明白装糊涂呗！

李瓶子：哎？刘连长哪里去了？我听说他把一个排长给弄到民兵队了。

李瓶子：（冲外边喊）去把刘连长找来。

小跟班：是！

李瓶子：今天我就把他的连长撸掉，让他去顶那个排长，啥时候给我把李排长弄回来再说。

于曼青：（漫不经心地）都是抗日队伍，在先锋队、民兵队还不跟在四支队一样嘛！连级以上的职衔范司令那儿都登记在册，范司令、王司令知道了不好交代吧！好了李营长，晚辈不该多嘴，您有公务，我告辞啦！

于曼青转身走出屋。

赵沐雨：（斜着眼）不识相的家伙，还拿老范做挡箭牌。

李瓶子：嗯，小不忍则乱大谋。老范他……嘿嘿，过不了几天……

李瓶子握起一只拳头，凶相毕露。

44. 兵营宿舍 日 内

袁龙俊与兵士甲窃窃私语。

兵士甲：二狗子连野兔子都不会打，还当连长！

袁龙俊：一人得道，鸡犬升天啊。

二狗子突然气势汹汹地走进屋。

二狗子：好小子，不服气是吧！今儿就让你俩升天。

二狗子掏出盒子枪对着袁龙俊及兵士甲啪啪几枪，将两人击毙。

刘长运及几名士兵闻声赶来。

刘长运：（气愤地）你……干啥！

二狗子：（毫不在意地）嘿嘿，干啥！他说我鸡犬升天，我先让他升天。

刘长运：你怎么随意杀人！

兵士乙：草菅人命啊。

二狗子：（瞪眼）你们也不服气是吧！谁还不服站出来！

刘长运：（气急地）你……你无视军规军纪，是犯罪！

二狗子：我是连长，你是排长！再吵下去，你就是个兵蛋子，信不信？有本事你去团总那儿告我。

二狗子晃悠着脑瓜子走出屋。

刘长运等人愤怒地看着他。

45. 营部 日 内

李瓶子、赵沐雨对坐在案台边窃窃私语。

李瓶子：聊城保卫战失利，日军飞机、大炮、装甲车都用上了，老范在巷战中捐躯。

赵沐雨：亏得司令靠上沈主席这棵大树，我看，到正式亮牌子的时候啦！

李瓶子：（目露凶光）亮！先把“皮”换了。

46. 寨门楼前 日 外

已换上保安服装的牛连长和小跟班将“第六公署抗日游击纵队第四支队第七营”和“第七营政治培训处”的牌子在寨门楼前焚烧。

着保安服装的赵沐雨、二狗子及马连长带领一连队穿保安服装的兵丁跑出寨门。

寨门楼挂上了“齐禹高茌边界保安联防司令部”大匾牌。

47. 学校大门 日 外

赵沐雨领着一帮人冲入学校。

48. 学校办公楼前 日 外

赵沐雨一帮人气势汹汹地来到小楼前，发现楼门挂着铁锁。

二狗子跑到一间教室后划开窗纸往里瞧。

二狗子：军师，空无一人。

赵沐雨抬脚踢开一楼楼门，探头往里张望——里面只有桌子板凳。

赵沐雨：（咬牙切齿）给我烧，全部烧光！

二狗子、马连长各带一部分人将教室一个个踹开，点燃了门窗桌凳。

学校上空浓烟滚滚。

49. 土路 日 外

于曼青、李小武便装前行，步履匆匆。

李小武：老师，你天天与我们在一起，不想家里人吗？

于曼青：打跑鬼子，才能全家团聚啊！

李小武点着头。

于曼青大步走着，被李小武这一提醒，思绪回到了家中……

（闪回）

50. 于曼青住屋 夜 内

桌上煤油灯的灯芯被桂香挑得格外大，亮晃晃的。

蚊帐里，桂香正在给不满周岁的女儿喂奶。于曼青走到床前掀开蚊帐，伸手要抱女儿，被桂香给挡下了。

李桂香：（嗔怪地）你没洗手呢！擦擦脸上的汗。

于曼青笑嘻嘻地走到脸盆架前，把毛巾泡在温水中。他打上棉油皂洗洗手，洗去脸上的汗，又洗了脚。

于曼青钻进蚊帐，用手轻轻摸着女儿粉嘟嘟的小脸蛋。

女儿停止了吮吸，刚刚还闭着的两只小眼睛突然睁开了。她眨巴着亮晶晶的小眼睛望着他，不知是惊奇、陌生还是抱怨，哇的一声哭了。

李桂香：女儿给你唱歌呢。

于曼青：对对。我听说过，婴儿的哭声就是歌声。

于曼青小心翼翼地托起女儿，女儿突然停止了歌唱，望了他一会儿，咧开小嘴笑了。

李桂香：是吧，女儿欢迎你回家哩。快给女儿取个名字吧！

于曼青：该是爷爷取吧，你没求爷爷？

李桂香：求爷爷了。

于曼青：老人家说啥？

李桂香：爷爷说若是个重孙子，早就给取名了。

于曼青：（苦笑着）老封建……我们共产党闹革命，就是要破除这种几千年的封建思想……

李桂香：说啥？你破除爷爷……

于曼青：是破除重男轻女的封建思想。还有很多呢，像女人裹脚啊，男人扛活啊，地主剥削啊，恶霸横行啊，苛捐杂税啊，还有城里的大烟馆啊，妓院啊等等。当然，现在外敌入侵，主要任务是打败侵略者，实现民族独立，国家统一……

李桂香：好啦！你这些大道理啊，说到天亮也说不完，先给女儿取名吧。

于曼青抬手摸了一下后脑勺。

于曼青：叫……哎，你叫桂香，桂有芳香，女儿就接着你的名字来，叫惠芳。

李桂香：杜甫有首诗说“穷途多俊异，乱世少恩惠。”

于曼青：（点头）对，乱世少恩惠，就由我们补吧！

李桂香：怪不得俺爹夸你……

于曼青：夸我啥？

李桂香：夸你是西南乡最有学问的女婿，嘿嘿……

李桂香自个儿先笑了。

于曼青：哪里啊！他老人家才是有学问哩，东昌府师范的高才生，全县也没几个。你没听说嘛，李瓶子也敬他三分哩。

李桂香：嘿嘿，你爷儿俩对着吹吧。

于曼青：哎，对了。

李桂香：啥对了？

于曼青：请我老泰山出面，去找李瓶子。

李桂香俩眼瞪得大大的。

李桂香：找他干啥？当土匪可不行！

于曼青：我要改造土匪啊。

李桂香：改造……

于曼青：不过……我得先建起一支抗日队伍来，到时候有底气。

于曼青说着伸手将桂香拉到胸前。

李桂香将头深深地埋入丈夫怀中。

（闪回完）

51. 土路 日 外

于曼青：（吁出一口气）现在看来，这个老匪头子无法改造了……

李小武：你想啥呢老师？

于曼青：哦……想家啊！哈哈哈……

于曼青站定，抬眼望着前面的村子。

于曼青：（欢快地）小武，我们到家啦！

52. 荒野中的一座庙 日 内

一座废弃的寺庙，庙中隐蔽着队员们。

庙门关闭，庙里和院子四周均设有岗哨警戒。

王汝清与李文刚、于春江站在庙门口。

王汝清：注意李家桥、老纸坊那边的动静。

李文刚、于春江点头，走下庙门台阶，分头离去。

53. 李屯营部 日 内

李瓶子：空无一人？跑哪儿去了！

赵沐雨：会不会是西边运河……

李瓶子摇头。

二狗子：老纸坊……肯定去了老纸坊。有人见到那儿有民兵操练，还说那儿的老百姓家家挖地洞，掏地道。

李瓶子：（点头）明早发兵——老纸坊。

赵沐雨：（奸笑）嘿嘿，叫他们一个都跑不了。

54. 夏津白马湖四合院 日 内

运东地委驻地，于曼青与运东地委组织部部长尉景平交谈着。

尉景平：地委同意你们打掉李朝平，震慑周边土顽的方案。一二九师独立旅陈再道旅长派郭参谋长率领红马连、工兵连、特勤连执行此项任务，鲁北支队配合你们，立即出发。

于曼青：是。

55. 土路上 日 外

已换上棉军服的于曼青、李小武带路，郭参谋长与大队人马紧跟其后，奔李屯而来。

56. 荒野寺庙 夜 内

案台上燃着一支蜡烛。

郭参谋长向于曼青、王汝清、三位连长及鲁北支队队长传达战斗方案。

郭参谋长：（指着地图）根据我们掌握的综合情况，决定黎明前发起总攻，工兵连爆破距离兵营较近的西寨门及寨墙，设三个爆破点。寨门、寨墙爆破后，骑兵连与特勤连同时向兵营发起进攻。

三位连长：是！

于曼青：我通知内线刘连长半夜换岗时控制两个机枪岗楼。

郭参谋长：好，叮嘱内线同志，确保万无一失。鲁北支队埋伏于李屯北土公路，伏击增援的七区保安团。

鲁北支队队长：是！

郭参谋长：（对于曼青）你们先锋队与区小队埋伏于李屯东的苇河大堤，伏击增援的李朝生保安团。

于曼青与王汝清：是！

郭参谋长：立刻行动！

57. 院子 夜 外

于曼青：李小五潜入李屯，让刘长运午夜换班时务必控制两个机枪岗楼。

李小武：是！

于曼青：王得胜去老纸坊告诉杨玉亭，先锋队打响后带区小队向敌军背后发起袭击，与先锋队实施前后夹击。

王得胜：是！

58. 苇河堤坝上 夜 外

于曼青与王汝清各率一个小队埋伏在河堤两端。于曼青回首瞭望。

李屯方向接连响起三声巨雷般的震响，刹那间火光冲天，天摇地晃。接着是战马嘶鸣，杀声震天。

59. 李屯寨门 夜 外

特勤连战士呼喊着冲入倒塌的寨门。

红马连从两个炸塌的寨墙缺口冲进寨里，刀起刀落，敌军脑袋落地。

60. 岗楼上 夜 内

刘长运和七八名先锋队队员控制着机枪岗楼，指挥机枪手对着一连营房门口扫射。

另一岗楼上的机枪也在先锋队队员们的控制下，对着二连兵营门口扫射。

61. 三连宿舍门口 夜 外

二狗子挥舞着盒子枪跑来。

二狗子：（冲屋里喊）集合，紧急集合。

屋中啪啪射出两颗子弹，二狗子中枪倒地。

62. 院中 夜 外

一匹白马跑进刘长运的视野，一袭黑色斗篷在他眼前抖动。

刘长运端起汉阳造步枪瞄准黑色斗篷中间开了一枪，斗篷滚落马下。

红马连和特勤连冲入院中。

战士们：（高喊）缴枪不杀！缴枪不杀！

一个个兵士举手投降。

院子四周站满持枪的战士们，一队队举着双手的俘虏被押进院子。

刘长运招呼岗楼上的队员扛着机枪走下来，向带队赶来的郭参谋长敬礼。

刘长运：报告首长，我是刘长运。

郭参谋长还礼，上前握手。

郭参谋长：感谢刘连长，你们帮了大忙，把同志们都集合起来吧！

刘长运：三连集合！

三连百多名士兵整队集合。

63. 堤坝伏击点 夜 外

冷飕飕的河风吹透了衣服，队员们冻得直磕巴，但依然目不转睛地盯着前方，一动不动。突然，河堤下出现走动的黑影。

于曼青：（低声）注意，目标出现。

队员们搓搓手，端起枪，屏住呼吸。

黑影越来越近，距离河堤二三十米时，于曼青的盒子枪响了。

几十支步枪同时打响，队员们拉开手榴弹扔向敌群。

另一侧伏击点的王汝清也一齐开火，两个伏击点形成交叉火力。

黑影们卧倒还击，背后又响起了枪声及喊杀声，他们只能惶惶逃窜。

于曼青：追！

队员们一跃而起，喊着“缴枪不杀”追赶着。

王汝清一队也呼喊着追赶。两个阻击小队气势勇猛，山呼海啸般压向敌军，喊声震荡着黎明的河滩旷野。

64. 河堤 夜 外

堤坝渐渐出现在众人眼前。

于曼青：停下，卧倒。

队员们刚刚伏在地上，河堤上的机枪哒哒哒地扫射过来。

于曼青、王汝清带队员们朝对方打枪，悄悄撤回。

65. 堤坝伏击点 夜 外

杨玉亭、李长达带领区小队打扫完战场。

李长达：共打死九个团丁，捡获十二条步枪，二十多枚手榴弹。

于曼青：战利品奖励给你们区小队。

李长达：谢谢队长。

于曼青：走吧！前面还有更多战利品等我们哪。

于曼青、王汝清率先锋队与区小队一起走向李屯。

李屯方向的枪声渐渐稀疏下来。

东方露出了鱼肚白。

66. 枯柳下 夜 外

小跟班牵着大红马拉着轿车悄悄走来，停在树下。他用鞭杆敲了敲枯树。

赵沐雨推开枯树皮爬出洞口。

赵沐雨：（回头低语催促）快！

三姨太爬出树洞，爬上车子。小跟班牵马拉着车子前行。赵沐雨回头张望着，扭头朝车走去。

67. 李屯兵营 日 外

郭参谋长正在对三连士兵讲话。

郭参谋长：今天的战斗，你们刘连长和三连士兵弟兄们功不可没。希望你们加入抗日队伍，我们共同保家卫国，将日寇赶出中国去！

刘长运带头鼓掌，众人也开始鼓掌。

刘长运：愿意留下抗日的请来报名登记。

士兵们：我报名！我报名！我也参加！

上百名士兵将刘长运团团围住。

郭参谋长欣慰地望着。于曼青、王汝清走向郭参谋长。

鲁北支队战士们押着一群俘虏走进兵营。

鲁北支队队长：报告郭参谋长，李大槽保安团来了一个连增援，连长被击毙，其余全部俘虏。

郭参谋长：押进餐厅，由王政委、于队长训话。

鲁北支队长、于曼青、王汝清：是！

鲁北支队长及战士们押着俘虏走进前面的大餐厅。

于曼青、王汝清跟着走去。

68. 于家大门前 日 外

工兵连连长同几个战士打扫院门前的卫生。

忙忙碌碌的乡亲们喜气洋洋地走来走去。

特勤连连长挑着一担水走到门前，于奎华走来，上前拉住特勤连连长。

于奎华：歇会儿吧首长，水缸都满啦！

特勤连连长：于村长，别客气。

一位战士接过担子走进大门。

于奎华：（拉着两位连长）我安排了三十户人家为战士们做饭，每户去十五人，其余的都来我家。

特勤连连长：谢谢于村长！

工兵连连长：叫于大叔多亲切，谢谢于大叔！

于奎华：哈哈哈，一家人，不客气。

众人笑呵呵地走进大门。

69. 于家院子 日 外

普通的北方四合院，院子干干净净。

于奎华：饭是一样的，都是小米稀饭，棒子面窝窝头就大葱。屋里坐吧，我去端饭。

70. 厨房 日 内

屋中烟火缭绕。

李桂香腰扎围裙，头扎一块印花巾。她手脚麻利地将蒸笼里热气腾腾的窝窝头捡拾到笊篱上，端去空笼屉，又拿过饭盆、舀子，从锅里往饭盆里舀米饭。于奎华走进厨房。

于奎华：同志们都到啦，上饭吧！

李桂香：好啦，爹。

于奎华端起一笊篱金黄的窝窝头出去。李桂香端着饭盆跟出去。

71. 魏寨村前土公路 日 外

红马连连长率领红马连骑兵在魏寨村前的土公路上来回奔驰。

寨门楼前的木板吊桥高高吊在半空。

72. 寨门 日 外

寨门上，岗楼里的团丁惊得目瞪口呆。

吊桥哗啦啦落下来,寨门中走出李大憎及打着白旗的保安团团丁二百多人。

李大憎带领倒背着大枪的团丁顺着土公路走向李屯。

73. 兵营广场 日 外

青年抗日先锋队、区小队及李大憎保安团接受整编。

郭参谋长、于曼青、王汝清、杨玉亭、刘长运及李大憎站在队伍前。

郭参谋长：我宣布——八路军一二九师独立旅禹城抗日武装工作团正式成立。

众人热烈鼓掌。

郭参谋长：团长于曼青，政委王汝清。工作团下设两个连、一个特勤排，一连连长李文刚，二连连长刘长运，特勤排排长李小武。第七区保安团整编为工作团独立营，独立营营长李大憎，教导员由八区区委书记杨玉亭兼任，政训处主任李长达。第八区区小队队长于春江。宣读完毕。

全场掌声雷动。

郭参谋长：下面由于曼青团长宣布队伍驻防。

于曼青：禹城抗日武装工作团一连驻防老纸坊，二连驻防李家桥，团部、特勤排、八区区小队与工兵连、特勤连驻防李屯兵营，红马连与独立营驻防魏寨。各连队遵令布防。

74. 李屯民兵队 夜 内

五十多个青壮年男人济济一堂，有说有笑。

杨玉亭、于奎华、李大勇先后走进来。

说笑声立即停止。

于奎华：请大家注意，欢迎区委杨书记讲话。

杨玉亭：（向大家招手）根据大家的选举情况，经区委研究，批准李大勇同志任李屯民兵队队长。

众人热烈鼓掌。

75. 识字班 夜 内

墙上挂着一块小黑板，上面写着：

咱们妇女要翻身，
姐妹团结一条心。
八路军是子弟兵，
支援队伍打敌人。

室内静静地坐着四五十名青年妇女。李桂香一句句领读着，众人齐声跟读，声音洪亮。

李桂香：姐妹们，咱们要翻身，就得学文化，不能当一辈子睁眼瞎。

杨玉亭走进屋。

李桂香：杨书记来了，欢迎杨书记讲话！

众人热烈鼓掌。

杨玉亭：（向大家招手）姐妹们，咱们妇委会识字班今天正式开学啦！李桂香会长说得好，妇女要翻身，就得学文化。还要送丈夫、送儿子参加抗日队伍，做军服军鞋，支援子弟兵打胜仗啊！

李桂香带头鼓掌。

掌声如雷……

76. 第六区保安团兵寨 日 外

院子中间的一座二层青砖楼，门口挂着牌子：第六区保安团。四周平房为营房。

周老三的枣红马拉着车子于二层楼前停下，两辆日本土黄色军车随后开进来，每辆车上有十几个日军押车。

身穿皇协军服装的周老三跳下车子。

周老三：小豹子，来人卸车！

周老三两手正了正头上的大檐帽，拉了一下武装带上的王八盒子枪，跺了跺脚上锃亮亮的黑色长筒皮靴，好不威风。

小豹子从一楼跑出来，两边的营房也走出来几十名团丁。

小豹子：卸车！卸车！

团丁分头爬上车卸货。一个团丁从头一辆车上递下来一块牌子，上面的字是：禹城警备大队第六中队。小豹子接过牌子。

周老三：换上去。

小豹子拿着牌子走到楼前，摘下“保安”牌子，挂上了“警备”牌子。

团丁们卸下一挺歪把子机枪，一百多支三八大盖步枪及弹药箱，手榴弹箱，将它们一箱箱摞在地上。另一辆车上卸下七八包服装。随后，两辆军车开走。

周老三：都把服装换上！

周老三看了看楼门口新挂的牌子，踱着方步洋洋自得地走进楼门。

小豹子指挥着团丁将服装抬到营房门口。团丁宿舍门前开始忙乱地开包、发服装、换服装。

77. 李屯团部 日 内

原来的营部内，郭参谋长正在召开作战会议。

郭参谋长：运东地委急电，禹城六区保安团周老三投靠日寇，接受日军治安联防警备大队第六中队番号及武器装备。为打击汉奸的嚣张气焰，今晚务必将周老三的兵寨拿下。工兵连爆破，特勤连、红马连主攻，工作团一连助攻，二连为预备队兼运输队。

于曼青及三位连长：是！

78. 兵寨外围 夜 外

郭参谋长率领特勤连包围了兵寨，他身旁有一挺重机枪和四门小炮对着寨门楼。

郭参谋长：开炮！

四门小炮同时发射，炮弹在寨门楼上爆炸。重机枪嗒嗒地开火。

79. 寨墙一侧 夜 外

几个工兵怀抱炸药包分头冲到寨墙边，拉开炸药包导火索。一个个炸药包接连爆炸，寨墙连续崩塌。特勤连随后发起冲锋。

80. 寨墙另一侧 夜 外

寨墙另一侧，几个工兵接连拉响炸药包。于曼青带领李文刚等人冲进寨墙。

81. 寨门 夜 外

怀抱炸药包的工兵在重机枪的掩护下靠近寨门楼。一声爆炸后，寨门楼崩塌。红马连从废墟上冲过，杀入兵寨。

82. 兵寨二层楼前 夜 外

战士们押着营房里的俘虏往楼前广场汇集。一个个身穿黄色服装的二狗子举着三八大盖走来，他们将枪支弹药堆积在广场一侧。

于曼青与李文刚等战士押着周老三和小豹子走出楼门。战士们抱着歪把子机枪，搬着弹药箱跟着走出来。

于曼青等人押着周老三来到郭参谋长面前。周老三扑通跪在郭参谋长面前，苦苦哀求。

周老三：八路老爷，饶命……

郭参谋长：哈哈！周老三！把你的汉奸狗皮扒下来，日寇的武器、服装我们全部没收。记住了，以后你换一次，我给你扒一层。

周老三：是是，不敢。

周老三脱下黄皮服装，递给小豹子。

小豹子也急忙脱下衣服，一齐扔到弹药箱上。

于曼青：将俘虏押走！

李文刚：是。

李文刚及一连战士们押着周老三、小豹子等俘虏离去。

刘长运赶着周老三的枣红马拉着轿车走来，战士们将歪把子机枪及弹药箱装上车。二连战士们赶着牛车、毛驴车，推着小推车走来，大家兴高采烈地往车子上装战利品。

郭参谋长：（拉住于曼青的手）接到陈再道旅长命令，我要赶去参加运河阻击战。敌寇的春季大扫荡开始了，你们也要做好反扫荡准备。

于曼青：首长放心。

83. 李屯团部 夜 内

煤油灯下，王汝清与于春江在谈话。

王汝清：春江啊，你兄弟俩都在队伍里，大叔还担任村长，家里忙得过来吗？

于春江：弟弟妹妹都小，嫂子忙里忙外，起早贪黑不得闲。

王汝清：把你调到区小队是我提议的，以后队伍转移了，你可要帮着照顾一下家里。

于春江：汝安小弟呢？不把他调过来？

王汝清：让他和李小武、冯茂喜在一起锻炼锻炼吧！你们区小队的任务也很重。

于春江：你和我大哥一块儿求学多年，比亲兄弟还好。

王汝清：（感慨地）是啊！我们一块儿加入党组织，一起建设队伍，是患难兄弟啊！

王得胜领着李二愣走进来。

李二愣：报告王政委，李朝生与冯二皮的保安团围攻李家桥，李家桥请求部队增援。

王汝清：大约多少敌人？

李二愣：冯二皮原有一百多人，李朝生的人加入后一共二百多人。他们合伙偷袭抢劫。

王汝清：王得胜，你去河东老纸坊通知杨连长，绕到围攻李家桥的敌人背后打袭击。

王得胜：是。

王得胜走出去。

王汝清：区小队与特勤排集合，跟我出发。

于春江：是。

84. 苇河 夜 外

王得胜骑着大白马过了芦苇河，向前奔去。

85. 李家桥 夜 外

李二愣前头带路，王汝清、于春江、李小武带领特勤排与区小队跟在后面。

前面亮光闪闪，枪声、爆炸声接连不断。

队伍停在李家桥村后。

王汝清：看来敌人还没攻进寨子。

李二愣：民兵连有一百多支土枪，还有土炮呢！

王汝清：你翻墙进寨，通知李连长，把敌人放进寨子，关门打狗。

李二愣：是。

李二愣朝寨子跑去。

86. 李家桥前寨门 夜 外

李朝生、冯二皮督战。

李朝生：八路军主力都去攻打周老三啦！我们二百多人还打不过几十个土八路。弟兄们，攻进寨子，见物抢物，见人抢人，大姑娘小媳妇，谁抢了归谁。给我冲！

冯二皮：（呼喊着）冲啊！冲啊！

冯二皮带人冲上前去。这时，寨墙上打了几枪，突然没了动静。

冯二皮：土八路没弹药啦！弟兄们冲啊！

冯二皮带领团丁撞开寨门，拥入寨子。

王汝清、李小武、于春江带特勤排、区小队跟进去，呼喊着“缴枪不杀”。

王得胜与老纸坊民兵连杨连长带领一百多个民兵冲入寨门，也呼喊着“缴枪不杀”。

树丛里隐蔽的李朝生与挎盒子枪的小跟班慌慌张张地逃跑。

87. 李家桥寨里 夜 外

李小武的特勤排包围了一条胡同，团丁们在喊杀声中乖乖举手投降。

于春江的区小队包围了另一条胡同，被围的团丁缴械投降。

王得胜、杨连长带领的老纸坊民兵包围了大街上的一队匪兵，对面的李连长带领李二愣等民兵杀来，两队民兵将团丁夹在中间，民兵们高喊着“缴枪不杀”。

几十个团丁缴枪投降。

冯二皮摘下帽子扔向路沟，举起两手。李连长用一支猎枪对准冯二皮。

李连长：冯二皮，你这是第三次了吧？

冯二皮眨巴着眼，欲摸枪反抗，被旁边的王得胜一枪击毙。李连长又补了一枪，冯二皮倒在地上。

88. 李家桥打麦场 夜 外

王汝清站在碌碡上对俘虏的二百多名团丁训话。

王汝清：团丁弟兄们，你们的父母姐妹是干什么的？

一个俘虏：种地的。

王汝清：是啊！都是种地的老百姓嘛！你们为何跟着李朝生、冯二皮抢劫老百姓呢？

又一个俘虏：李团总、冯团总逼俺们来的。

王汝清：你们手拍胸膛思量思量了吗？老百姓的衣物、粮米来得容易吗？

几个俘虏：不易。

王汝清：日本鬼子打到我们家门口啦！你们还在抢劫自己的同胞！

众俘虏低头不语。

王汝清：希望你们再也别干抢劫老百姓的糊涂事了，走这条歪路没好下场。看到冯二皮的下场了吗？

几个俘虏：看到了。

王汝清：今天放你们回家，跟你们的父母姐妹、老婆孩子过日子，也欢迎你们来抗日打鬼子，不要钻冯二皮、李朝生的死胡同。

俘虏们：（点着头）是，是。

王汝清：把他们送出寨子。

李小武、冯茂喜、于春江、王得胜、冯茂喜等战士押着俘虏离去。

王汝清：战利品全部奖励给参战的两个民兵连。

于春江：是。

李连长、李二愣、杨连长及民兵们露出兴奋的笑脸。

89. 魏寨独立营营部门前 日 外

独立营营部门口挂着块木牌：禹城抗日武装工作团独立营。

小勤务与一名挎盒子枪的民兵将“禹城第七区保安团”木牌挂在门口另一边。

李长达手拿一本《抗日士兵思想教材》走来。

李长达：保安团的牌子不是摘掉了吗？咋又挂上了？

小勤务：杨副官让挂上。

李长达：猪副官也不行，摘掉！

民兵：为啥？

李长达：装糊涂！我们是抗日武装工作团独立营，还什么保安团？摘掉！

小勤务：（结结巴巴地）李主任……你……别为难我们……

李长达走上前，两手摘下“保安团”的牌子使劲扔向墙角。

随着咣的一声响，李大懵、杨副官走出大门。

杨副官：李长达，你干什么！

李长达：你不是看到了嘛！

杨副官：挂上怎么啦？不就多一块牌子嘛！

杨玉亭走出门来。

杨玉亭：不行！我们只有一个称号：工作团独立营。牌子多了扰乱人心。

李大懵、杨副官悻悻离去。杨玉亭、李长达迈步走进大门。

90. 密室 日 内

杨副官：（愤愤地）哼！跟个恶婆婆似的。

李大懵：（悄悄地）再忍几天吧。

91. 团部 日 内

团部会议，于曼青、王汝清、杨玉亭、李文刚、刘长运、李长达、李小武、于春江围桌而坐。

王汝清：我和于团长参加了运东地委会议。据情报获悉，日寇正进行大规模春季扫荡。地委通知各县、区发动群众坚壁清野，加固寨墙、寨门及防御工事，挖掘地道、地洞、寨沟、路沟，积极展开反扫荡斗争。

于曼青：为有利开展反扫荡斗争，运东地委决定成立特勤大队，调王汝清同志任运东地委委员，兼任特勤大队政委。

王汝清：运东地委任命于曼青同志为中共禹城县委书记，兼任禹城抗日武装工作团团长；杨玉亭同志任县委委员。我与曼青商量了几条意见，下面由曼青同志向大家传达。

于曼青：好，我向大家传达一下。一、王政委带李长达、王得胜前去赴任；二、杨玉亭暂时撤出独立营，重点组织、落实八区反扫荡工作；三、李屯、李家桥、老纸坊三村民兵及驻防队伍形成三足鼎立局势，互为犄角，有利于战斗中的策应与支援。

92. 野外土路 夜 外

王汝清、李长达、王得胜牵着大白马走在夜路上。三人走上堤坝，王汝清站住，回首眺望。李长达、王得胜也跟着回头望。

东方欲晓。

93. 李屯后寨门 日 外

阴云密布，雪花飘飘。

后寨门外停着四辆土黄色军用越野车，车边站一匹高头大红马。

松本太郎带领五六百名日军伏在雪地里，机枪、小炮对着寨门。

松本太郎举着望远镜观察。

杨玉亭、李大勇及民兵在寨门楼里端枪瞄准敌军。

杨玉亭：准备好手榴弹，等敌人近了就打。

李大勇：（点头）哎。

94. 寨墙后 日 外

于春江与区小队隐蔽在寨墙后，持枪观察着敌军阵地。

95. 寨门外 日 外

日军背后响起激烈的枪声，两挺歪把子机枪及十几支步枪对着日军扫射。

松本太郎大惊，转过身组织反击，指挥日军追赶。

96. 路沟 日 外

反穿军衣的李文刚带领十几人组成的袭击小队顺着路沟跑去。

松本太郎骑着马，挥舞着东洋刀指挥着。

松本太郎：八路主力，统统消灭！

四辆军用车轰鸣着追击。

97. 李屯前寨门外 日 外

冈村与周老三带领三四百名伪军伏在小河堤后，架起两挺歪把子机枪及十几门小炮对着李屯前寨门。冈村站在坡上拿着望远镜观察寨门。冈村拿下望远镜，挥手示意开炮。

机枪、小炮一起开火。小钢炮咚咚地向寨墙里发射炮弹，轻重机枪对着寨门嗒嗒地猛烈扫射。密集的子弹打在寨门楼及寨墙上，泥土哗啦啦脱落。炮弹在寨墙内外爆炸，弹光闪闪，硝烟腾空。

冈村拔出指挥刀挥舞。河堤后的日军爬起来进攻，周老三与小豹子弯腰端枪边打边督促伪军向前冲。

寨门楼和寨墙里飞出手榴弹，手榴弹接二连三地在敌群中爆炸。

周老三趴在地上，小豹子急忙挡在周老三前头，挥着盒子枪。

小豹子：（呼喊）冲！冲上去！

98. 石桥 日 外

反穿军衣的刘长运带领二连赶到了小石桥，刘长运站在石桥上观察。

刘长运挥手跑下石桥，带领战士们进入冰冻的小河。

99. 李屯前寨门楼上 日 内

于曼青在寨门楼里指挥着特勤排的一挺机枪及十几只步枪向进攻的日伪军射击着。

100. 寨墙里 日 外

寨门楼一侧的寨墙后，李小武带领着冯茂喜、王汝安等特勤排战士向进攻的日伪军射击、扔手榴弹。

101. 河堤 日 外

刘长运带领反穿棉衣的战士们迂回到日伪军背后，机枪、步枪一齐向日伪军背后射击。日伪军前后受到夹击，队伍混乱。

102. 苇河堤坝 日 外

李文刚率领一连的伏击小队利用两挺轻机枪和十几只步枪边撤边打，引着松本太郎到了苇河堤。

河堤上，李文刚带领的袭击小队与埋伏在河堤后的战士们会和，李文刚指挥着战士们用两挺机枪及一百多支步枪对着追赶来的日伪军射击。

103. 河堤下 日 外

居高临下的猛烈火力压得日军抬不起头。

松本太郎指挥日军架起四五挺歪把子机枪与河堤上的战士们对射。

104. 河沟 日 外

李文刚带领队伍撤下河堤，进入芦苇及蒿草丛生的芦苇河，向着河沟跑去。

105. 河堤上 日 外

松本太郎带领日军爬上河堤，不见八路军战士的踪影。

松本太郎骑在高头大马上，举起望远镜四处观察。当他对着一片苇丛凝眉瞩目时，一颗步枪子弹擦着他耳根飞过。

松本太郎哧溜一下溜下马鞍，一手摸了下耳朵，举到眼前看。

松本太郎：（气恼地）混蛋，追击！统统消灭！

一名日军牵着马，松本太郎率领大部队追击而去。越野车在队伍后轰鸣着。

106. 李屯南寨门前的小河堤 日 外

小河堤上，冈村与周老三带领队伍追赶边打边撤的刘长运带领的二连部队。

冈村：追上去，统统消灭！

107. 连五高学校 日 外

刘长运带领二连跑进学校，关闭了大门。

冈村与周老三追来，包围了学校。

108. 青砖楼顶 日 外

刘长运带领战士们伏在楼顶，架起机枪对着大门口射击。

校园中几座教室的房顶都有隐蔽射击的战士，他们将敌军挡在校园外。

109. 苇河 日 外

河面上冰封雪盖，日军走在冰雪上，一步一滑。

日军们一会儿走在冰雪上，一会儿走在岸上，一会儿走在苇丛中，五六百日军沿着弯弯曲曲的芦苇河徒步前进，个个气喘吁吁，他们把尸体及器物丢在冰面上、河床上，到处都有。

雪停了，松本太郎仰脸看天，头顶亮出微微光亮。

松本太郎又一次举起望远镜观察——八路军已了无踪影。

110. 老纸坊街头 日 外

李文刚带领一连战士们回到老纸坊。

民兵连部前，战士们吃上了老乡们送来的烙饼、大葱和大酱。

杨连长往战士们手里递着大饼。

杨连长：趁热吃，吃饱了好打小鬼子。让小鬼子喝河风吧！

李文刚：杨连长准备些铁豆子，大冷的天，小鬼子来了好好招待。

杨连长：准备好了，还有不少“花生米”呢！

战士们哈哈笑着。

李文刚：枪声一响，老人、孩子都下地道。

杨连长：放心吧，都嘱咐了。

111. 苇河 日 外

松本太郎对一名日军队长发火。

松本太郎：冈村大队长、周老三，统统调过来，工作团主力务必找到，统统消灭！

日军队长：（弯腰）是！

日军队长挥手带一队鬼子离去。

112. 连五高学校门外 日 外

石桥上一字摆开十几门小炮。冈村指挥日伪军向房顶开炮，一发接一发炮弹在校园中及房顶爆炸。周老三指挥伪军伏在院墙后向房顶射击。楼顶飞来的手榴弹，在大门外炸响。

一队鬼子跑步而来，队长向冈村敬礼，指着苇河方向比画着什么。

冈村：（点头）是！

冈村：（对周老三）松本队长命令，消灭八路主力。

冈村：撤。

周老三：撤。

日伪军集合，在冈村及周老三的带领下顺着小河堤走去。

周老三站在河堤边回头望了望李屯方向。

113. 学校门前的石桥 日 外

于曼青、杨玉亭、刘长运、李小武、于春江望着苇河东传来枪炮声的方向。

于曼青：李文刚把敌军主力都引到老纸坊了。刘长运率二连从村南攻击，李小武、于春江带领特勤排和区小队从两面策应。全力救援老纸坊！

众人：是！

于曼青：冯茂喜！

冯茂喜：到！

于曼青：你去李家桥，通知李连长带民兵连增援老纸坊。

冯茂喜：是！

冯茂喜应着离去。

于曼青：集合，出发！

众人分头集合队伍。

刘长运的二连与李小武的特勤排及于春江的区小队分头离去。

114. 小河堤 日 外

天色渐渐暗下来。于曼青与杨玉亭走在小河堤上。

于曼青：你告诉李大勇及民兵队留守李屯，重点是守护前后两个寨门。然后，到水寨寺、牛李庄、王家屯等村子检查一下民兵队的防守情况。

杨玉亭点头。

115. 李屯团部 夜 内

于曼青拉开左轮手枪，装满子弹，上好保险，插入后腰。他又拔出盒子枪，装满子弹别在胸前。

杨玉亭与李大勇走进来。

杨玉亭：（疑惑地）你去哪儿？

于曼青：借点兵。

杨玉亭：独立营？

于曼青点头。

杨玉亭：那儿……现在是魔窟。

于曼青：夹缝里生存，能不冒点风险嘛。

杨玉亭：我跟你一块儿……

于曼青：（摇头）这就是我不告诉你的理由，万一出现纰漏……你得指挥全盘。

杨玉亭：我坚决不同意！

于曼青：（瞪起眼）我以县委书记的名义命令你，带领各村民兵队守住八区根据地！

李大勇：我跟你去。

于曼青：（摆手）人多不方便。

于曼青大步走出屋去。杨玉亭久久望着于曼青背影。

杨玉亭：（突然大喊）我等你回来！你必须……

116. 老纸坊后寨门 夜 外

李文刚带领一连战士坚守着寨门、寨墙。

机枪、步枪一齐射击着。

117. 老纸坊前寨门 夜 外

杨连长带领民兵连坚守着寨门、寨墙。

民兵们朝冲上来的敌军扔手榴弹。

118. 村寨外 夜 外

刘长运带领二连向冈村及周老三等日伪军的背后发起猛烈攻击。

吐着火舌的机枪向敌群喷射，手榴弹在敌群中爆炸。

119. 村寨外 夜 外

李小武带领特勤排从村寨一侧袭击敌军，将手榴弹扔向敌群中。

120. 村寨外 夜 外

于春江带领区小队从村寨一侧袭击敌军，队员们对着敌军瞄准射击。

121. 魏寨寨门前 夜 外

前面出现一个影影绰绰的寨门轮廓，于曼青急匆匆走来。

于曼青停下脚步。

于曼青：（冲寨门楼）谁值班？打开寨门！

声音刚落，门楼上传来一声拉枪栓的声音，接着有人问是谁。

于曼青：我是团长于曼青，打开寨门，我要面见李营长。

寨门上的人：哦，于团长啊！就你一人吗？

于曼青：就我一人。

寨门上的人：好，我们开门。

于曼青听到一阵咚咚咚下楼梯的脚步声，接着是门闩转动的响声，悬在空中的吊桥哗啦啦落下来，十几个兵丁持枪站在寨门口。

值班兵丁：团长咋一人来啦？我们听到南面枪炮声一阵接一阵的。

于曼青：是啊！听到枪声怎么不出兵呢？

值班兵丁：不好意思团长，李团总……不是不是，李营长命令我们守好寨门。

于曼青：前头带路，我去见李营长。

值班兵丁：是。

值班兵丁在前头走，后面吱哟吱哟地升起了吊桥，关闭了寨门。

122. 营部 夜 外

营部门前，两个岗哨持枪拦门。

岗哨：干啥的？

值班兵丁：于团长到。

两个哨兵赶忙敬礼。

于曼青点头，驻足门前，注视着门口挂的牌子——禹城第七区保安团。

于曼青：好家伙，够快呀！几天没来，要改换门庭啊。

于曼青说着跟值班兵丁走进大门。

123. 屋门口 夜 外

门口挂着一盏马灯，马灯下站着小勤务，屋里有亮光。

值班兵丁：去报告团总，于团长到了。

小勤务进去后又出来。

小勤务：于团长请。

于曼青挺胸走进屋，值班兵丁停在了门外。

124. 营部 夜 内

八仙桌上燃着蜡烛，太师椅上的李大懵慢悠悠地站起来，脸上一副吃惊又不待见他的表情。于曼青站在桌前。

于曼青：（质问）李营长，不是约好了，枪声就是命令嘛！

杨副官从门后闪身跃出，冷不防拔出了于曼青腰间的盒子枪，举在手中。

杨副官：这儿不是你的工作团，轮不到你发号施令。

于曼青回手抽出左轮手枪，顶在杨副官的脑门上。

于曼青：动一动打死你！想反水吗？仨小时我让你的寨子底朝天！

李大懵：（装腔作势地）杨副官，你干啥？把枪放下！

杨副官收起盒子枪，缩到墙角。

李大懵：把枪还给于团长。

杨副官将盒子枪递给于曼青。

于曼青：（接过枪）我还没宣布撤了独立营呢！

李大懵：（咧着嘴）我从寨墙上看到了，皇军……不是，那日军队伍无边无沿，咱这几支枪……对付得了嘛！

于曼青：李营长，当初整编时你手拍胸膛向郭参谋长表示的，抗战到底，生死不惜。哪天郭参谋长转过来问到你，可不好交代吧！

李大懵：嘿！郭参谋长……再转过……

于曼青：（虎目圆睁）哦！转过来的也可能不是郭参谋长，兴许是一二九师独立旅陈再道旅长，也可能是八路军津浦支队孙继先司令。你李营长说话不算数，下一个被收拾的……也可能就是……

李大懵：嗯……嗯……那么……依你之见？

于曼青：（果断地）立刻出兵前往老纸坊！

杨副官：咱这老营咋办，要是让鬼子端了……就没站脚地啦。

于曼青：一个连留守，两个连参战。

李大懵：（对杨副官）杨副官带二三连随于团长出发，我与一连守老营。

杨副官：好，好。

杨副官看了看于曼青的脸色，转身走出去。

杨副官：传令，二三连集合！

小勤务：是！

于曼青：李营长，消灭了贼寇，为你报功。

于曼青：（对杨副官）走啊杨副官，我们一块儿行动吧。

杨副官：（不情愿地）哦……好。

杨副官跟在于曼青身后走出门。

集合的哨子声响起，门前大街上集合了二百多兵丁。

于曼青：（大声道）二三连的弟兄们，我相信你们都是好汉，没一个孬种。走啊，打鬼子去！

兵丁们：是！打鬼子！

于曼青：我和杨副官前头带路，大家紧紧跟上，两位连长押后。出发！

于曼青说完一手拉紧杨副官的手，大踏步走在队伍前头。

125. 寨南门 夜 外

值班兵丁、小勤务与十几个兵士站在寨门口。

寨门敞开，吊桥放下。于曼青拉着杨副官带领队伍走出寨门，走过吊桥，上了土公路。

前方传来枪声和炮声。

126. 老纸坊北寨门 夜 外

李文刚带领战士们正打得火热。寨门楼已被摧毁，寨墙也成了断壁残垣。寨子里面房屋倒塌，檩梁冒火，烟雾缭绕。

一个战士：连长，子弹打光了。

另一个战士：手榴弹也扔完了。

李文刚凝重地望着寨墙外蜂拥而上的敌军。

李文刚：上刺刀！

战士们：是！

李文刚将盒子枪插入腰间，随手捡起一支步枪，上好刺刀端在手中。

突然，敌军背后枪声大作，进攻的敌军转头。

李文刚：冲啊！

战士们：杀啊！

李文刚带领战士们冲出寨墙追赶溃逃的敌人。

127. 河堤 夜 外

于曼青与士兵们反穿军服伏在河堤的雪坡上。

于曼青：（悄声）刚才我们的冲锋已经把敌军镇住了，短时间内他们不敢轻举妄动，我们趁机炸掉敌军汽车。

两位连长点头。

于曼青：二连长！

二连长：到！

于曼青:（指着影影绰绰的汽车）你带领战士们炸敌人汽车，我与三连掩护。

二连长：二连，准备好手榴弹，跟我上！

二连长带领一百多人握着手榴弹躬身向前。

于曼青：三连掩护。

三连长：是！

于曼青与三连士兵们将枪口瞄准敌群。

于曼青：开火！

三连一百多支步枪一齐开火。

敌军背后的汽车附近响起轰隆的爆炸声。

128. 树林 夜 外

于曼青：敌军又要进攻了，二连掩护。

二连长：是！

于曼青：三连跟我冲！

三连长：是！

于曼青与三连长带领兵士们冲出树林，扑向敌群。

129. 寨前土路上 夜 外

寨前土路上，冈村与周老三督战。

冈村挥刀：快快！

周老三：快给我冲，土八路没子弹了。

130. 南寨门 夜 外

杨连长：上刺刀，和小鬼子拼了！

众民兵：拼了！

131. 树林边 夜 外

冯茂喜带领民兵连李连长悄悄走来。

冯茂喜：刘连长，李家桥民兵连到了。

刘长运：来得正好，我们一块儿冲锋。

李连长：是。

刘长运：同志们冲啊！

刘长运带领二连冲出树林，向敌军背后发起攻击。

李连长：乡亲们冲啊！

冯茂喜与李连长带领民兵连冲上去。

132. 寨前门外 夜 外

冈村、周老三正督促着日伪军向寨门进攻，背后响起激烈的枪声。

冈村、周老三立即指挥日伪军回头迎战。

133. 寨前门 夜 外

杨连长：（兴奋地）援军到了，乡亲们冲啊！

杨连长带领民兵们持着上好刺刀的步枪冲出寨门。

134. 河堤后 夜 外

于曼青：敌军上来了，二连把敌人引开，我和三连从敌后攻击。

二连长：是。二连，跟我来。

二连长带领士兵悄悄走去。不一会儿，二连向敌军开枪射击。敌军开始追赶二连。

于曼青：三连跟我上！

三连长：是！

于曼青与三连长带领一百多士兵向敌军追击、投弹。

135. 河堤 日 外

在手榴弹的爆炸声中，天光大亮。

河堤后，两个连的兵士隐蔽在雪坡上。于曼青正聚精会神地观察敌军阵地。

136. 寨后门外 日 外

松本太郎与几百个日军围在那几辆破损的汽车边，精疲力竭的样子。

从田野里跑来一支日军马队停在雪地上，日军骑兵中尉跳下马，走到松本太郎跟前举手敬礼，交上一纸公函。

松本太郎接过公函，看完后咬牙撕扯着，团了团扔向草丛。他喊了一声，挥手撤退。

松本太郎走向大红马，骑上马离去。寨前的冈村大队和周老三的伪军队也走来，跟在先行的日军队伍后。

日伪军都是垂头丧气的样子。

两辆汽车发动起来，先后轰鸣着开走，车上装了满满两车日军的尸体。日军骑兵队尾随在车后。

137. 河堤后 日 外

伏在雪坡上的于曼青手持一支上着刺刀的三八大盖枪站起来。

于曼青：（大声喊道）弟兄们，日寇撤退了。

睡眼惺忪的杨副官闻声迅速起来，眨巴着眼。

杨副官：是吗？真的？

河堤后的二百多兵丁全部爬起来，都站上了河堤。

于曼青拉了一下枪栓，枪膛里蹦出一个弹壳。

于曼青：弟兄们，谁还有子弹？打两枪为小鬼子送行。

士兵们拉着枪栓，一个个都摇着头。

三连长：于团长，哪还有子弹啊，咱已经拼过两次刺刀了。

于曼青望着衣衫不整、满脸尘垢的兵丁们。

于曼青：弟兄们，我们打出了中国人的威风，抗战史上有大家一功！

二连长：（后悔地）昨天夜里忘了少扔两颗手榴弹，现在如果有两颗的话，叫他狗日的两辆车都开不走。

一个兵丁：连长老卖后悔药。

二连长：（瞪起眼）放屁！老子的好事你不记得！

那兵丁笑着摸后脑勺。

大家都开心地笑起来。

杨副官：（醒过神来）鬼子不会去魏寨端老营吧！

于曼青：（笑笑）放心吧杨副官，肯定是他们老营出事啦！

杨副官：我……我还是带弟兄们回去吧，要不团总……啊，李营长要发脾气啦。

于曼青：好吧，既然杨副官不放心，就带大家回去吧！

杨副官像受到特赦一般，冲着士兵们摆摆手，转身离去。

士兵们跟于曼青挥手告别。

于曼青：（挥手）谢谢弟兄们！谢谢大家！

于曼青目送兵丁们离去，然后扛起大盖枪走向老纸坊寨门。

138. 寨门口 日 外

破败不堪的老纸坊寨门拥出一群人。

李文刚、刘长运、李小武、于春江及战士们：胜利啦！我们胜利啦！

大家看到了于曼青，向他跑来。

两个队伍相会在两辆报废的日本车边，战士们欢呼跳跃着。

刘长运：于团长，你跑哪儿去啦?

于曼青：（笑笑）我们就在同一个战场啊！

李文刚：（吃惊地）团长从哪儿搬来的兵啊，火力真够猛的。

于春江：我们区小队打了两个冲锋，没把这群鬼子引开，就转到村前去打周老三了。二鬼子孬，不抗打。

于曼青：这战术对，啃不动硬的就找软柿子捏。

李小武捡来一个纸团，递给于曼青。于曼青打开，将纸条拼在一块儿看着。突然他变得异常兴奋。

于曼青：好消息！我们兄弟部队把津浦铁路炸断啦！

李文刚：（兴奋地欢呼）太好啦！怪不得日寇撤退，是咱们主力部队在调虎回山啊！

于曼青：村里怎么样？老乡们伤亡大不?

李文刚：有地道呢。

于曼青把步枪交给李小武，与大家一起走进寨门。

寨里拥出一群老乡，杨连长带着群众提着干粮、端着热汤送饭来了。

杨连长：于团长，先吃饭吧。

于曼青伸手从老乡竹篮里抓了一个黄窝窝头，张嘴咬了一口。

于曼青：走，去看看伤员。

139. 民兵连部 日 内

二十多个伤员躺在地铺上，有民兵也有战士。十多位女民兵为重伤员擦伤口，包扎，还有几位女民兵给轻伤员喂水。

杨连长领着于曼青等人走来。于曼青望着伤员们，突然一拍脑门。

于曼青：刘长运！

刘长运：到！

于曼青：冯茂喜！

冯茂喜：到！

于曼青：你俩速去丁寺街，把我那位会看疮的表叔接来。

刘长运、冯茂喜：是。

140. 丁寺街十字路 日 外

一个黄色幌子在风中飘摇着，幌子上面有“治疮”俩字。

冯茂喜一手提药箱，一手扶着表叔走出门。表叔迈步上了刘长运赶的马拉车，刘长运赶着枣红马顺着大街跑去。

141. 民兵连部 日 内

表叔为伤员涂抹完消炎药水，将棉棒扔掉。

表叔：光涂抹起不到根本作用，伤势重者必须注射消炎针剂或者服用消炎片。我这儿消炎药用完了。

于曼青：表叔可有购买渠道?

表叔：在平城裕泰大药房应该会有，我开个方子，你派人去买。

于曼青：表叔啊，今天不留您吃饭了，改日我买咱老城里最著名的五香脱骨扒鸡请您品尝。您把方子开好，天黑我去取。表叔，药开得越多越好。

表叔：吃啥扒鸡啊，早些把鬼子打跑了，我和你爹能安安稳稳地坐你爷爷跟前喝壶热酒，就知足啦!

于曼青：这一天一定能到来。

于曼青送表叔出门。

142. 民兵连部门前 日 外

于曼青扶表叔上车。

于曼青：到时候，我亲自给你们温酒。

表叔：（笑眯眯地）我盼着。

于曼青伸手拉下门帘，刘长运赶车子离去。

于曼青：李文刚、李小武。

李文刚、李小武：到。

于曼青：从双枪队中各选十人，到团部待命。

李文刚、李小武：是。

于曼青招呼着冯茂喜走去。

143. 于曼青岳父家 日 内

宽大敞亮的屋中，桌椅箱柜上雕龙画凤。

于曼青的岳父坐在八仙桌边喝茶，扎着围裙的岳母忙着淘米做饭。

于曼青挽着李桂香走进屋，岳父、岳母喜得合不拢嘴。

岳父起身斟茶，岳母放下米碗，端上五香瓜子。

岳母：（笑眯眯地）你俩想吃啥饭，妈去准备。

于曼青：妈不用做饭，我一会儿就走。

岳父：昨天早上听到枪炮响得厉害，都以为这下完了。没料想你们把东洋鬼子给打跑了，老乡们都夸你是再生罗成，现世赵云哩。

于曼青：（笑笑）爹过誉了。有些同志负了伤，请我表叔看过了，急需购买消炎药，请爹接济我一笔款项，等革命胜利了，我和桂香还给您。

岳父：这是说的啥！你的同志为咱乡亲们打贼寇负了伤，我不能出力，但是出钱出粮你尽管说。来，跟我来。

岳父拉着于曼青走进里屋。

桂香倒了一杯茶，端给母亲。

母亲：（接过杯子）曼青没空吃饭，你吃呀！

桂香：离开久了，惠芳会哭闹的。过几天，我们一家一起来吃饭。

母亲：（笑嘻嘻地）这话呀，你都说过几回啦！

于曼青从里间出来，打扮成了一位商界老板。他头戴黑色呢子礼帽，身穿藏青色长袍，脚蹬一双乳白色长筒毡靴。

于曼青：（双手抱拳）妈多保重。

于曼青挽起桂香一同走出屋。

144. 团部 日 外

团部院子里，李文刚和李小武各带十位身穿皇协军和保安服装的队员待命。

于曼青与杨玉亭走出屋。

于曼青：出发。

两个小队跟随于曼青急急地走出去。杨玉亭挥着手为战友们送行。

145. 茌平县城裕泰大药房 日 内

裕泰大药房经理与两个店伙计站在柜台后等候顾客。药房规模很大，但药房内冷冷清清。账柜设在柜台的拐角处，账房先生正埋头扒拉算盘核算账目，看不清其人面目。

商人装扮的李小武提着黑色大皮包走到柜台前，掏出药单子交给店伙计。

店伙计接过看了一眼，见是一个大单，持着单子上前请示经理。

经理：老客户，照单办理。

两个店伙计将单子上的药品一五一十地抓齐，包好，摆放在柜台上。

店伙计拿着单子到账柜结算。账房先生抬起头接过单子，竟然是戴着老花镜的赵沐雨。

赵沐雨边看单子边扒拉算盘珠，张大嘴巴，瞪起眼。

他看着单子上的药品名，又伸长脖子仰起麻脸端详柜台外的李小武。

赵沐雨：（自言自语）小家伙好面熟啊。

赵沐雨：（对李小武）你是……李小武吧！

此刻，一位头戴礼帽的商界老板急匆匆地走进来。

赵沐雨抬起手要抓桌子上的电话。

商界老板纵身跃起，跳过柜台扑向内柜处的赵沐雨，将他抓电话的手拧在背后。

赵沐雨看清了来者的面孔。

赵沐雨：（大喊）抓八……啊路……

商界老板一手捂住了赵沐雨的嘴。

随着赵沐雨的喊声，冲进来一位腰挎盒子枪的皇协军官。

皇协军官没有抓那位商界老板，反而将店经理、店伙计给推进了经理办公室。

146. 经理室 日 内

商界老板一手拧着赵沐雨的一只手，一手堵着赵沐雨的嘴走进来。

商界老板：对不起，打扰啦。你们照常营业，我与老校长有点交情，借你屋子说几句话。

店经理：（点头）好吧。

店经理拉着店伙计出去了。

147. 药房 日 内

店经理拿起那张单子，抓过算盘亲自结算。

李小武已将柜台上一包包的药品装入黑色皮包。

店经理：光洋二十二块，大铜板七个，小铜圆五个。

李小武付了银圆与铜板，提起黑皮包走出药房。

腰挎短枪的皇协军官冲经理走过来。

皇协军官：你雇佣的账房先生与那位“路老板”有些说不清的恩怨，我带他到大队部核查一下，若无大碍，下午把人给你送回来。

店经理呆呆地点点头。

商界老板两手架着被反绑着两手，嘴里塞着毛巾的赵沐雨走出内室，绕过柜台，走出店。

皇协军官随后跟出去。

148. 药房前 日 外

刘长运牵着枣红马拉的车子等在药房前，商界老板与皇协军官将赵沐雨推进车子，老板随后也钻入车篷，放下布门帘子。刘长运赶起车子沿店前大街跑去。皇协军官紧紧跟在车后。

经理站在药房门口，一手扶门框疑惑地张望着。

149. 药房 日 内

经理走回柜台，神情木木的，似乎在思虑着什么。

店经理：那皇协军官说“若无大碍，下午把人给你送回来”，若有大碍呢？

店伙计甲：他们为啥堵着赵先生的嘴啊？

店经理：赵沐雨喊了一声“抓老路”，还是“抓八路”？哎，你俩听清楚没有？

店伙计乙：抓老路吧！那当官的不是说“路老板”嘛。

店伙计甲：不对吧，我听着像是抓八路……

店经理：坏……坏了，赵沐雨若是喊抓八路，那赵沐雨就是跟八路军有交际，带走他的必定是八路军。赵沐雨跟维持会长是同学，据说他送给维持会长一个漂亮姨太，维持会长才介绍他来这儿的……维持会长找我要人咋办？

店经理急忙走到内柜前，伸手抓起电话……

150. 城内大街 日 外

刘长运赶着车子飞速前进，远远就看到城门慢慢关闭，城门口拦上了木栅栏，十几个日伪军持枪站在木栅栏后。

刘长运：（对着车篷喊）城门关了！

于曼青：准备战斗！

于曼青钻出车门，站在车辕上，一手抓车，一手持枪。

李文刚箭步跃上后车辕，从后车门拉出赵沐雨，一枪将他击毙后推下车。

李文刚、李小武站在后车辕上，一手抓车，一手持枪。

另一条大街上，穿伪军服装的李朝生与一队伪军跑来，边跑边喊。

李朝生：抓八路！抓住八路！

车上的于曼青、李文刚、李小武对着伪军射击。

车子冲过街口，飞速向前。

151. 城门口 日 外

城门口不远的一座茶馆里跑出二十来个“保安兵”，边跑边向木栅栏后的日伪军开枪射击。

城门楼上出现了二十个“皇协军”，对着城门楼上的日伪军射击。

车子来到城门楼前，占领城门口的“保安兵”将木栅栏拉开，将城门打开。

李文刚、李小武跳下车子，刘长运赶着车子跑进门洞。

李文刚提枪跑上城门楼。李小武与冯茂喜、王汝安等几人将木栅栏拉回来，挡在门洞前。

152. 大街 日 外

李朝生、小跟班及一帮伪军持枪向城门口射击。

随后赶来的日军边跑边向城门口开枪。

153. 城门楼 日 内

城门楼内，“皇协军官”李文刚指挥着重机枪和歪把子机枪对着大街上的敌军疯狂射击。

“皇协军”们端着步枪对着跑来的日伪军射击。

154. 城门口 日 外

“商人”李小武带领二十名“保安兵”伏在木栅栏后冲着大街上乱跑的日伪军射击。

155. 土公路上 日 外

刘长运赶着枣红马拉的车子飞驰向前。

（背景音乐）：

骏马奔驰辽阔的平原，
健儿战斗在平川河畔。
打贼寇，斗伪顽，
灭匪霸，锄汉奸。
入虎穴，闯龙潭，
钻火海，上刀山。
甘洒热血献青春，
千难万险勇向前。
神圣国土不容侵犯，
誓死保卫美好家园。
啊哈啊，啊哈啊，
我无比美好的家园。

156. 曹庙 日 外

鲁北平原上一个普通的村庄，村中有一条大道，庄前通着一条土公路，路两旁长着参差不齐的绿柳、白杨及灌木丛。路旁有一条小河，河中有清澈的水。

农田里长着玉米、大豆及各类谷物，茂密茁壮。

157. 指挥部 日 内

村口一家村民的大门洞中安放着一张八仙桌，桌上有一个竹子皮暖水壶，几个粗瓷大碗里冷着白开水。

于曼青用铅笔在一张白纸上绘制着草图，桌边板凳上围坐着李文刚、刘长运。

于曼青：驻守齐河的日军车队到茌平运粮，要把在平日伪军下乡扫荡抢劫的粮食物资运到齐河装火车运走。

李文刚：（气愤地）那不成！

于曼青：村前公路是敌军运输车队的必经之路，我们工作团的任务……

刘长运：打伏击。

于曼青点头，指着草图布置任务。

于曼青：李文刚一连埋伏于村子前面的十几户民房上，架好机枪，距离村子百多米的公路正在有效射程之中。

李文刚点头。

于曼青：刘长运二连埋伏于公路南的小河坝上策应。

刘长运点头。

于曼青：我与特勤排在这儿待命。

话音刚落，脖子上搭条旧毛巾的孙村长汗流满面地走来。

孙村长：群众都转移了，民兵队隐蔽在村后庄稼地待命。

于曼青：谢谢孙村长。

孙村长：（用毛巾擦把脸）一家人，客气啥。

于曼青：你在公路两端各安排两个游动哨，告诉行人绕路走。

孙村长：好，我马上安排。

孙村长急匆匆离去。

于曼青：各连行动。

李文刚、刘长运：是！

二人端起水碗喝干，放下碗走出去。

158. 屋顶 日 外

屋顶，李小武、冯茂喜、王汝安正在搭建一个瞭望哨，三人忙得满脸流汗。

于曼青走到大门外，仰起汗津津的脸观看。

李小武：（擦着脸上的汗水）于团长，你来检查一下，看合适不？

于曼青蹬着木梯爬上房顶。

159. 瞭望哨 日 内

瞭望哨中设了两个观察孔。于曼青站在一个观察孔旁观察，看到了李文刚在一个房顶支好的两挺歪把子机枪。于曼青从另一个观察孔观察，看到了刘长运二连埋伏的小河堤。刘长运身边也架好了两挺歪把子机枪，一百多名战士伏在河堤后面。

于曼青满意地点头，走下木梯。

160. 玉米地 日 外

于曼青看着眼前一望无际的绿油油的玉米，眼前浮现出黄澄澄的玉米装满大缸小囤的情景。

（画面内容）：

老纸坊杨连长与乡亲们香甜地吃着金黄的大玉米饼子；

战士们大口吃着金黄的玉米大窝头；

李小武狼吞虎咽的样子；

刘长运啃一口窝头，咬一口大葱，两腮上鼓起两个大包……

于曼青走到玉米田边，伸手拉过一片玉米叶，竟然把手划疼了。他抬起手，发现手粗糙了，还长了茧子。

于曼青：（自语）已不再是学生的手，不再是老师的手。是一位战士的手，握钢枪的手。

（画外音）于曼青：我怎么会打仗呢！家人都说我文静，亲朋好友们都说我是文弱书生，老师同学也说我只会拿笔杆子……我怎么握起了枪杆子呢？时代真会捉弄人。我本该一手拿着课本，一手拿着笔，站在讲台上，为学生们讲课啊！我一定能成为出色的教师……

于曼青回身找李小武，发现李小武就在他身后。于曼青看着李小武笑了。李小武有些莫名其妙。

李小武：（疑惑地）团长？

于曼青：小武，你……还想当学生吗？

李小武：（不解地）啊……学生……对对……我是学生。

于曼青：不是。我问你还想回到教室学习吗？

李小武：（摇了摇头）不，我不去当学生，我跟你一起打仗、杀鬼子。

于曼青：我是说，等打完仗，赶走鬼子。

李小武：哦……打走鬼子，那当然。到那时我坐在教室里，继续做你的学生，你仍是我的老师。

李小武：（用手摸后脑勺）老师，咱就在连五高学校吧？你还当老师吗？你该是校长了吧？你当校长，负责全校工作，让李连长当我们老师，我和冯茂喜还有王汝安一起在连五高学校学习。

王汝安：到那时候，王得胜也该回来了。

冯茂喜：对，还有王得胜呢。

李小武：（看着于曼青）对对，还有我们特勤排呢！我们特勤排全体战士一块儿学习。

于曼青：一言为定！我还当你的老师，与你们一块儿学习。

冯茂喜：您还学习啊？您当校长就行啦！

于曼青：哎，干到老，学到老嘛！再说，我还不老呢！我也年轻嘛！

于曼青说着，仰起脸看了看头顶的日头。

于曼青：好了，准备战斗吧！

几个小家伙：是！

李小武带着一个伙伴爬上房顶，隐蔽在观察哨里。冯茂喜与王汝安分别爬上一棵高高的青杨树，伏在树杈上瞭望。

于曼青望着一个个生龙活虎的小家伙。

（画外音）于曼青：在和平年代里，这年龄正是上学读书的时候呢！可现下，他们已是东奔西跑、南征北战的战士啦！时代……时代也造就人啊！

突然传来一阵机枪的响声。

李小武：（高兴地）打中了！

爬上房顶的于曼青站在瞭望孔前，两眼望去，看到公路上有一辆被机枪打歪了头的土黄色军车。

密集的子弹持续朝公路上射击着。

于曼青从另一个瞭望孔向外望——刘长运和二连战士们的机枪、步枪吐着火舌。

冯茂喜、王汝安同时溜下树来。他俩脸上流着汗，衣服已经溻透。

冯茂喜：发现敌情。

于曼青顺着木梯迈下来。

于曼青：啥情况？

冯茂喜：两辆敌车拐进村子了。

于曼青：王汝安，你去通知李连长。

王汝安：是！

于曼青：注意隐蔽。

王汝安：是！

王汝安应着向村前跑去。

于曼青：特勤排集合，准备手榴弹。

大家：是。

李小武和小伙伴也溜下房来，站到队伍里。

于曼青：跟我来。

于曼青挥手带队跑进村里。

161. 土墙后 日 外

于曼青吩咐大家隐蔽在半截土墙后。

两辆土黄色越野军车沿着狭窄的村街摇摇晃晃地开过来。

于曼青一手握左轮手枪，一手持盒子枪观望着。

敌车距离他们只有三十米左右时，于曼青举起盒子枪对着驾驶室啪啪打了两枪。

李小武、冯茂喜等战士同时向敌车甩出手榴弹。在手榴弹的连续爆炸声中，两辆敌车被炸飞。

随后，又有两辆敌车跟来。

敌人看到前面的车被炸废，立即刹车停下。车上的歪把子机枪嗒嗒地向土墙开火，后边车里的小炮接连发射着炮弹。炮弹落在矮墙前后爆炸着。

于曼青身旁的李小武、冯茂喜和其他的战士们都在用步枪瞄准射击。

于曼青打完盒子枪，又换左轮手枪打点射。他瞄准敌车驾驶室啪啪地射击着。

突然，一颗炮弹在他右侧嘭的一声炸响了。于曼青与右边的李小武同时被炸倒，左边的冯茂喜被掀翻，倒在血泊中。

特勤排的战士们呼喊着扑来，抱着于曼青、李小武和冯茂喜。

战士们：（大声呼叫）团长！于团长！小武！

李文刚率领一连战士赶来，他们边跑边朝敌车开枪射击。

李文刚拔出一颗手榴弹，拼尽全力投向敌车，战士们陆续将手榴弹投过去。

两辆敌车同时着火，浓烟滚滚，烈火熊熊……

李文刚抱起停止呼吸的于曼青。

李文刚：（呼喊着）团长，团长——

李文刚泪流满面。

162. 公路 日 外

公路上，两辆军车燃烧着，冒着黑烟。

刘长运率队追击一辆掉头逃跑的敌车。敌车在枪声中跑远。

刘长运与战士们清扫战场，从燃烧的车后撤出两门小钢炮。

163. 村街 日 外

孙村长带领乡亲们赶来了。

老乡们找来两块门板，抱来被褥，把被褥铺在门板上，李文刚与战士们将于曼青和李小武抬上门板。

民兵拿来一副担架，李文刚与王汝安把冯茂喜抬上担架，两人抬起担架飞速跑远。

孙村长带着民兵们抬着两块门板离去。

164. 孙村长院子 日 外

民兵们抬着两块门板站在院中。孙村长走出屋门。

孙村长：抬进屋吧，安排好了。

民兵们把两块门板抬进屋去。

165. 大门外 日 外

刘长运及几百名战士、民兵围在孙村长家院子周围，人群里不时传出阵阵哽咽。

一阵急风刮过，西北的天空涌来浓黑浓黑的云。

云聚在曹庙上空，笼罩四野，天黑得伸手不见五指。

随着一道闪电划破云层，一声惊天动地的炸雷滚过村庄上空，倾盆大雨铺天盖地落下。

（背景音乐）：

电闪雷鸣震长空，
乌云滚滚泣英灵。
苍天垂泪倾盆雨，
山河呜咽动地情。
青春热血化彩虹，
七彩云霞映天明。
青春热血化春风，
春风习习桃李红。
青春热血染红旗，
战旗猎猎九州同。
青春热血润大地，
神州大地绿葱葱。

青春热血化歌声，
芳华千秋颂美名。

（画面内容）：

166. 公路 日 外

尉景平、王汝清、李长达、王得胜策马奔驰。

167. 追悼会现场 日 外

于曼青烈士的墓碑上系着黑纱，墓碑前摆放着花圈、花篮，周围飘着挽联、魂幡；

披着白纱的于春江在墓前长跪不起；

杨玉亭、李文刚、刘长运和几百名战士对着墓碑默哀；

四匹战马驰来；

尉景平、王汝清、李长达、王得胜勒马跳下，跑上前来；

四人伏在墓碑前呼喊着；

尉景平：曼青！曼青！于曼青啊——

王汝清：曼青——曼青啊——我王汝清从此更名为王克寇！（忽然站起）我王克寇，誓死杀光日寇！贼寇不灭，死不瞑目！

几百支枪对空鸣放……

168. 墓碑前 日 外

摇着轮椅的冯茂喜向墓碑徐徐靠近，他将一支金色菊花放在墓碑台上。

冯茂喜两手紧紧抱住墓碑，将脸贴上墓碑，闭上两眼，泪如泉涌。

169. 村口 日 外

胸戴白花的李桂香抱着头戴白花的惠芳向远方眺望……

十一、最后一战

1. 火车站 日 外

“和谐号”列车呼啸而过。蓝天白云，风和日丽。

九十多岁的老革命张海河、韩禹华、张海莲、白玉光在儿孙等十多位亲人的簇拥下围在火车站旁一座废旧的炮楼前仰脸观看着。

张海河：（指着水塔笑）当年若不是李书记阻拦，我就一炮给它揭顶啦！

韩禹华：李书记说“留作纪念”呢！

张海河：你记得？

韩禹华：这是山东抗战的最后一战呢，咋能忘哩！

张海河：（扳着手指）七十多年了。

重孙：老奶奶说“新事记不住，旧事忘不了”。

众人：哈哈哈！

张海莲：哥，嫂子，那时我们正年轻呢！

白玉光：（感慨地）是啊，过得可真快啊！

伴随张海河、韩禹华、张海莲、白玉光的回忆，他们又回到了七十年前那炮火连天、硝烟弥漫的抗战岁月。

（闪回）

2. 柳树沟的大柳树下 日 外

壕沟中隐蔽着县大队的战士。李益民腰间斜插着驳壳枪，手持望远镜观察远方。

腰插双枪的韩禹华骑着一匹枣红马带领回民骑兵队跑来。回民骑兵队一百多名战士均是骑着骏马，肩挎马枪及步枪，身背大刀。刀把上红缨飘飘，耀眼醒目。韩禹华纵身下马。

韩禹华：（急促地）李书记，快给我们队分配任务。

李益民：（放下望远镜）李长潜的伪军大队突袭张家寨，包围了张海河的武工队，山谷俊二的日军大队要去增援，我和县大队在这儿伏击日军大队，你带回民骑兵队去接应张海河。

韩禹华：是。

韩禹华跃身上马，挥手带领回民骑兵队飞奔而去。

3. 张家寨村里 日 外

寨墙内，张海河挥着驳壳枪指挥武工队员们迎敌。

张海河：瞄准了打，节约子弹。

寨墙外传来李长潜的喊声。

李长潜：张海河，快投降吧！现在缴枪我可以在皇军面前给你说说情，放你们一条生路。一会儿皇军的大队来到，你后悔可来不及啦！

张海河：（怒斥）李长潜，老子警告你，小鬼子马上完蛋啦！你这个狗汉奸绝没好下场，用不了几天老子就灭了你。

肩扛铡刀的张秋山老汉带领一帮手持大刀、铁锹、三齿耙的群众赶来。

张秋山：今儿拼了，宁可掉脑袋也不能落到李贼手里。

张海河：爹，现在不是拼命的时候，我们想法子把敌人引开，你们守好寨门。

张秋山：没问题，两个寨门都有民兵把守着哩。

张海莲肩挎猎枪，腰间别着一颗手榴弹，与一帮持红缨枪的青年女民兵急匆匆走来。

张海莲：哥，我们女民兵和你们一起参加战斗。

张海河：这里危险，你们往后靠，一会儿看到有负伤的战士就往下抬。

张海莲：好，那我们先去准备几张床。

张海莲：（招呼姐妹们）走吧，快去准备。

张海莲带领女民兵队匆匆离去。

张海河：（沉思着）同志们，把手榴弹一起扔出去，借着烟雾向村西突围，边打边撤，引开敌人。

4. 寨墙外 日 外

伪军们伏在壕沟里，在李长潜的催促下向寨墙射击。

李长潜：弟兄们，立功领赏的机会来啦！据我所知，张海河的武工队总共五六十人，我们二百多人，比他多好几倍呢。山谷俊二大队长马上就到，我们拖住他，等皇军大队人马一到，我们就给他包饺子。

小黄狗：大队长，张海河的武工队可是一个顶仨啊！

李长潜：放屁！你小子就他妈长别人威风，再胡说老子毙了你！

小黄狗顿时不敢出声。

十几颗手榴弹飞出寨墙，落在壕沟里爆炸。李长潜及伪军们慌忙趴在沟底。

硝烟渐渐散去。

李长潜：（大声喊）武工队跑了，赶快给我追！

张海河与队员们边打边吸引敌军撤退，李长潜带领伪军边喊边开枪追赶。韩禹华带领回民骑兵队赶到，跟在伪军后边开枪。李长潜见腹背受到夹击，不敢恋战，赶紧跑过冰河仓皇逃命。

5. 岸边 日 外

李长潜及伪军跑过冰河逃之夭夭。张海河的武工队与韩禹华的回民骑兵队在河边相遇。

张海河：谢谢韩队长，你帮我们解了围。

韩禹华：谢啥！上次我们在韩家寨被围，还不是你们武工队和县大队帮我们解围。

张海河：（甩着驳壳枪）我带武工队从后边追，你率骑兵队斜插到他们前头，咱来个前后夹击，活捉李长潜。

远处传来轰隆隆的炮声及激烈的枪声。

韩禹华：你听，柳树沟那儿枪炮声很激烈。李书记带县大队在柳树沟伏击山谷俊二的日军大队呢！我们还是去接应县大队吧！

张海河：（点头）好，我们分头去柳树沟，两面策应。

韩禹华：好。

韩禹华：（对回民骑兵队挥手）随我来。

回民骑兵队骑兵跟随韩禹华飞奔而去。

张海河：（招呼武工队）我们抄小路奔柳树沟。

6. 柳树沟壕沟外 日 外

壕沟外，山谷俊二挥着东洋指挥刀督战。

山谷俊二：快快，冲上去，将县大队统统消灭。

日军大队几百名日军呈半包围圈边打边冲。

7. 柳树沟壕沟内 日 外

壕沟内，李书记带领县大队战士们正顽强地抵抗着日军进攻，壕沟中已有了伤员。

面对敌军密集的炮火和枪弹，县大队的战士们英勇还击，机枪、步枪同时开火。

敌军近了，战士们用力甩出一颗颗手榴弹，飞向敌群的手榴弹接连爆炸，柳树沟前硝烟弥漫，火光冲天。

李书记眉头紧锁，端着驳壳枪瞄准点射。突然，敌军背后及侧翼响起激烈枪声。

李书记听着，眉头瞬间舒展开了。

日军大队向背后及侧翼还击，正面的枪声稀落下来。

李书记：（果断地）撤！

战士们背起伤员、扛着弹药箱撤出柳树沟。

8. 张秋山家 夜 内

老式八仙桌上放着的马灯发出昏黄的光亮。

景晓村、袁也烈、肖金锋、李益民、张海河、白玉光围桌而坐，正要召开联席作战会议。他们每人面前放着一只白瓷大碗，碗里的开水冒着热气。

手持马鞭的韩禹华气喘吁吁地走进来，将马鞭扔在一旁的木橱上，端起张海河面前的一碗白水咕咚咕咚一气儿喝下，然后放下碗坐在张海河旁边。

李益民：韩队长哪儿去了？气喘吁吁的。

韩禹华：（笑笑）我去教海莲骑马了。教她学会骑马后就去我们回民骑兵队给我做伴，李书记没意见吧？

李益民：我没意见，可白营长有意见啊！

韩禹华：不会吧白营长？白营长从来都是支持我们回民骑兵队的啊！是吧白营长？

白玉光红着脸点头，没说话。

韩禹华：李书记看看，同意了吧！（看看在场的人）景政委，我哥没回来啊？

景晓村：你哥率回民独立团随杨司令赴东北啦！人虽没来，但“决定”来啦！

韩禹华：啥决定？

景晓村：托我给你带来口信——说你捎去的信他收到了，不反对你与张海河恋爱。

韩禹华：（转脸看着张海河）不反对就是支持呗。

袁也烈：汉回一家亲嘛，我们都支持，啥时候请我们喝喜酒啊？

韩禹华看了看张海河，又看了看李益民。

韩禹华：等革命胜利吧。

李益民：不用看我，你与海河商量好就行。

韩禹华：我们听组织的。

李益民：你们私人的事，组织不干预。

韩禹华：自入党那天起，我们就把一切交给党啦！

李益民：好吧！等攻克火车站，解放了县城，就为你们办喜事。

白玉光：（拍手鼓掌）热烈祝贺！

袁也烈：听李书记说这些年你们两支队伍打得很出色，配合也很默契。

张海河：多亏景政委那年带独立营路过张家寨解救了我们，不然我和禹华就被李长潜押去城里了。

韩禹华：景政委帮我们组建起回民骑兵队和武工队，武器还都是您给我们的呢。

张海河：（皱起眉头，挠着头皮）就是……就是……

袁也烈：就是啥？吞吞吐吐的！

张海河：政委当初不该放走李长潜。

景晓村：哦，呵呵，多一个对手，也有利于我们提高战术嘛！

韩禹华：（点头）也是哩。

景晓村端碗喝了口水，向大家招招手。

景晓村：好啦，开会。同志们，首先报告大家一个好消息——日本已经宣布无条件投降，侵华日军总司令冈村宁次也在投降书上签字了。

众人闻听兴奋至极，脸上都洋溢着喜悦的笑容。

个头矮小的白玉光腾地跳起来，就地来了一个空翻。

张海河忙站起来，几步跨到里屋，拿出大半瓶白酒。

张海河：景政委，这是我爹存放了多年的老烧酒，今天我们庆贺庆贺吧！

景晓村：（笑笑，端起水碗）给老村长留着吧，我们以水代酒庆贺！

众人端起水碗碰杯，一饮而尽。

张秋山乐呵呵地跨进屋来，从儿子手里抢过酒瓶。

张秋山：这酒就是留给今天喝的，还有啥事比这更高兴啊，我给政委和司令员倒酒。

张秋山为景晓村、袁也烈倒上酒，又给肖金锋、李益民等人倒酒。

张秋山：来，肖大队长、李书记、韩队长、白营长，还有俺儿子武工队队长哩！

张秋山挨个儿倒完后，瓶里还剩最后一点儿，他举起酒瓶。

张秋山：来吧！共同庆贺。

众人：（异口同声）好，共同庆贺！

众人端起碗一饮而尽。

张秋山将酒瓶里的酒一口喝下，抬起一只手抹掉胡楂子上的酒滴。

张秋山：等攻克县城和火车站，我老汉买一缸老酒慰劳大家。

张海莲提着冒热气的水壶走进屋，小心翼翼地为大家碗里倒开水。

景政委：下面我们继续开会，请老村长列席会议吧。

张秋山：乡亲们都忙活着为战士们做饭哩，我去把好消息告诉大家，让大家都乐和乐和。（回头嘱咐女儿）莲子，一会儿去西院你张二嫂家给首长们把饭端来。

张海莲：好嘞。

张秋山父女走出去。

景晓村：渤海军区杨司令接到中央指示，已带领主力十个团奔赴东北，与兄弟部队共同开辟和巩固东北根据地。临行前召开军区党委会，决定由袁也烈同志任渤海军区代司令。

袁也烈向大家点点头。

景晓村：按照军区党委会决议，我们要尽快扫清津浦铁路南北的伪杂反动势力，并拿下禹城县城及禹城、晏城火车站，扼守黄河北铁路交通要道，为夺取全面胜利做准备。下面请袁代司令员作战斗部署。

众人掏出大小不一的记录本和笔做记录。

袁也烈：（向大家点点头）目前敌情态势如下——津浦铁路沿线伪杂团

二十多个，共计一万四千人，都是些乌合之众，不堪一击。但他们一旦形成气候，对我们根据地的威胁还是很大的。所以，我们必须将其歼灭，以除后患。禹城县城有日军吉滕竹中队一百八十人，李长潜伪军大队二百人；禹城火车站山谷俊二一个大队，六百人；晏城火车站日军二百人。今天下午获悉，国军接收大员李延年与日军渡边残部合谋加派重野洸联队的八个中队，增援驻晏城、禹城火车站的山谷俊二。

景晓村：这里面一定有鬼啊！不管他闹什么鬼，只要是日伪军驻守的地方，我们就坚决攻克。

景晓村说着，右拳重重地砸在八仙桌上。

袁也烈：这两千多敌军是日军的精锐之师，不可小觑。而我们目前只有一团、二团两个主力团及骑兵连和肖金锋同志的警备大队，再就是我们禹城、齐河的地方抗日武装。所以，我们要想办法一口一口地分头将敌军吃掉。

众人点头。

袁也烈：战斗计划分三步实施。先由地方武装防守禹城县城、禹城火车站、晏城火车站之敌，我和景政委、肖大队长率主力扫清铁路南北的伪杂反动势力；然后，我与景政委率主力部队及地方武装力量攻克禹城县城，肖大队长率警备大队与齐禹独立营攻克晏城火车站；接下来，肖大队长与齐禹独立营防守黄河北岸，切断济南增援之敌，我和景政委率主力主攻禹城火车站，李书记率禹城地方武装配合。战斗部署完毕，不当之处，恳请大家提意见予以补充。

袁也烈端起碗喝水。

李益民：请首长放心，我们一定全力配合，并做好后勤保障工作。

景晓村：（点头）非常重要，后勤保障就是胜利保障。

景晓村话音刚落，张海莲提着一竹篮热气腾腾的金黄窝窝头走进屋，她将竹篮放到八仙桌上。

张海莲：首长快吃饭，饿坏了吧！

张海莲拿起一个热窝头递给袁也烈。

张海莲：快吃吧首长，刚出锅的。

张二嫂端来一盆热气腾腾的小米稀饭，拿起勺子给大家盛稀饭。

张小玉两手端着一盆剥好的大葱进屋。

张小玉：叔叔、阿姨吃大葱，俺爷爷说吃了大葱长力气。

白玉光：小玉啊，长了力气干啥？

张小玉：打小鬼子！

众人哈哈大笑。

景晓村：小玉真聪明！

韩禹华：小玉说得真好！

韩禹华：（拿起一个窝头递给景晓村）给，政委。

张海莲：（拿起一个递给韩禹华）给……嫂子。

众人：哈哈……

韩禹华：咋叫上了，早点吧？

白玉光：今后俺也叫嫂子，比叫韩队长亲切多了。韩嫂子——

韩禹华：哎——

白玉光：亲嫂子——

韩禹华：（大声地）哎！

张海莲羞涩地白了白玉光一眼，低头走出屋去。

韩禹华：看看，看看，白营长把海莲给羞着了，快去赔不是吧！

白玉光伸手抓起一个窝头，拿起一棵大葱咬了一口。

白玉光：（边嚼边说）老山东，吃大葱，每次打仗都成功。

白玉光说着顺口溜追出门去。

大家望着白玉光又是一阵笑声。

笑声刚过，张秋山气势汹汹地拉着松木一郎的一只胳膊走来。

张秋山：（气愤地）李书记，今天说啥也不能放过这个小鬼子！

众人疑惑地望着，气氛顿时变得凝重。

松木一郎羞愧地低下头。

李益民：（眨巴着眼）张村长，这是咋啦？

张秋山：我一眼就认出这家伙来了，他就是那年咱根据地被扫荡时杀害海河他娘的小鬼子。看看——他这左手上缺的小拇指，就是被海河他娘咬掉的。

张海河闻听猛地站起来，伸手拔出驳壳枪。

松木一郎双膝跪地，深深地低下头。

袁也烈缓缓站起来，拉过张秋山。

袁也烈：张村长，别激动，有话慢慢说。

张秋山：（气冲冲地）没啥可说，杀人偿命。

李益民和韩禹华同时拉住了张海河。

韩禹华：别冲动。

张海河两眼冒出了怒火。

景晓村：（站起来）张村长啊，松木一郎过去的确是敌人，与其他侵略者一样杀人放火。可是他被我们俘虏后，经过敌工大队的教育和培训认识到了侵略的罪恶，并决心悔改立功赎罪。

袁也烈：对啊，这次我们带他来就是做策反敌军工作的。

张秋山：景政委，袁司令员，依你们说就这样了了？可我那屈死的老伴儿冤枉啊！她临死还瞪着大大的俩眼哪！

李益民拉住张秋山的一只手，动情地看着他。

李益民：老张同志，你是一名共产党员，首先要考虑革命大局，事事从我们党的利益出发。

一旁的张海河听着，随手将驳壳枪插回腰间，转脸蹲下身去。

景晓村：（语重心长地）日寇铁蹄所到之处，多少无辜同胞像您老伴儿一样惨遭毒手。我们党的大目标就是从侵略者手里夺回被蹂躏的国家，让全国人民都过上自由、平等、幸福的好日子。您说是吗老张？

张秋山看着景晓村，他脸上复杂的表情透露出他内心的矛盾与挣扎。

景晓村：老张啊，松木一郎参加“反战同盟会”后表现非常勇敢，他通过对敌阵地喊话和进入敌伪据点做正义宣传工作，有一百多名日军放下武器投降，二百多伪军投诚。松木一郎为咱们抗战立了大功哪。

张秋山渐渐舒展了紧皱的眉头。

张海河站起来，转过身。

李益民：秋山同志，那次松木一郎来是强盗，这次来是朋友，咱们得以朋友之礼相待才是啊！

张秋山慢慢弯下腰，两手要拉松木一郎。

松木一郎转身跪在张秋山脚下。

松木一郎：我有罪，对不起老人家，我愿意给您当儿子，用我的后半生赎罪。

张秋山用力拉松木一郎，可拉不起来，松木一郎连连叩头谢罪。

张海河走上前，两手将松木一郎拉起来。张海河拉过一只木凳，让松木一郎坐下。

张海河：（拍着松木一郎肩头）兄弟，我们一起去杀贼寇！

9. 城东门（祝阿门） 夜 外

城门口上一只电灯泡照得门口亮晃晃的。门楼上有执勤哨兵走动。

城门前是护城河，吊桥被高高吊起。

10. 城门外壕沟中 夜 外

壕沟中埋伏着张海河及武工队。

伏在沟沿上的张海河手持驳壳枪注视着城门。一旁的松木一郎两手端一支三八大盖枪，枪口正对着城门。

另一侧架着一挺瞄准城门的歪把子机枪。

11. 城西门（鬲津门） 夜 外

城门口同东门设置一致。

12. 城门外树林 夜 外

城门外的树林中隐蔽着回民骑兵队。

骑在枣红马上的韩禹华手持双枪，观察着城门楼。骑兵队员们手握大刀跃跃欲试。

13. 禹城火车站外围 夜 外

火车站外围一个土丘上埋伏着李益民与县大队，队员们的步枪及两挺歪把子机枪都瞄准火车站里的中心炮楼。

炮楼附近是一座高高的水塔，炮楼四周灯光明亮，依稀可见下面的站台、路轨及周围的铁丝网。

站台一侧立有一块“禹城”字样的站牌。

不时有日军巡逻队走过。

14. 晏城火车站外围 夜 外

壕沟中埋伏着白玉光的齐禹独立营。

依稀可以看见火车站的灯光、站台及路轨，车站规模明显小于禹城火车站。

站台一侧立有一块“晏城”字样的站牌。

火车站两侧有大小不等的地堡、暗堡及影影绰绰的铁丝网。

15. 褚连三土围子 夜 外

杨树林里冲锋号响起，嘹亮的号声震荡着夜空。

袁也烈率一团向铁路一侧的褚连三土围子发起攻击，战士们拔营夺寨、势如破竹。尚保民率骑兵连策马挥刀追杀逃敌。

16. 程荆谱土围子 夜 外

枣树丛中，冲锋号响起。

景晓村率二团向铁路另一侧的程荆谱土围子发起攻击，张光荣带领炮兵连向敌兵营开炮。

不堪一击的程匪纷纷缴械投降。

17. 周济三土围子 夜 外

芦苇河畔，冲锋号响起。

肖金锋率警备大队向周济三土围子发起冲锋。

18. 城东门 夜 外

李长潜带一队伪军出东门增援，张海河与武工队员们给以迎头痛击。

李长潜及伪军掉头回去，关闭了城门。

19. 城西门 夜 外

吉滕竹带日军出西门增援，被呼啸而来的回民骑兵队包围。

韩禹华率回民骑兵队开枪射击，英勇拼杀，敌军溃败，退回城门。

20. 禹城火车站台 夜 外

山谷俊二在一队日军的簇拥下来到站台上。他拿出望远镜向远处瞭望。

一阵急促的枪弹打来，两名日军中弹倒地。山谷俊二在剩余日军的保护下慌忙退去。

21. 晏城火车站 夜 外

冲锋号声声震天。

肖金锋率领警备大队在白玉光独立营的配合下向晏城火车站发起猛烈攻击。

火车站四周的地堡、暗堡中，机枪喷射着火舌。

冲锋的战士们将手榴弹扔向地堡、暗堡。

中心地堡内有一挺重机枪喷着火舌，阻挡着战士们前进。

一名爆破手抱着炸药包扑向地堡，中途中弹牺牲。

白玉光将盒子枪插入腰带，匍匐前进，抱起炸药包冲向前去。

到达地堡后，白玉光闪身贴在地堡墙壁上，拉开导火线，两手将炸药包塞入地堡。随着轰隆一声巨响，地堡顶盖被炸翻，白玉光被气浪掀飞。

肖金锋：（挥枪跃起）冲啊！

肖金锋率战士们冲上前去，从废墟里扒出昏迷的白玉光。

一个战士背起白玉光跑回壕沟，卫生员跑来包扎急救。

22. 火车站候车大厅 夜 外

肖金锋与战士们已经占领火车站，几个战士将红旗插上候车大厅楼顶。

23. 禹城县城 日 外

县城鸟瞰。

四个城门紧紧关闭着，每个城门楼上都架着一挺重机枪，均有日伪军把守着。

24. 城外 日 外

城外。

高岗后、土丘后及壕沟中到处埋伏着八路军及地方抗日武装。

25. 城西门 日 外

商人打扮的张海河与松木一郎走近城门，城门楼上的重机枪转向他俩。

门楼上的日军：站住！干什么的？

松木一郎：吉滕竹中尉请来的客人。（日语）

张海河：是的，我要见吉滕竹中尉。

日军：我们要向吉滕竹中尉报告。

少顷，吉滕竹出现在城门楼上。他两手拿着望远镜向城外瞭望，看到了城外的伏兵。

吉滕竹放下望远镜，注视着城门楼下。

吉滕竹：干什么的？

张海河：我是禹城抗日武工队队长张海河，我代表八路军渤海军区司令部来跟你谈判。

吉滕竹：（沉思片刻）带铁炮的不要。

张海河撩起衣襟让吉滕竹看。吉滕竹对部下挥手，示意打开城门。

26. 日军队部 日 内

张海河、松木一郎与吉滕竹隔案而坐。

张海河：我渤海军区主力部队已攻克晏城火车站，消灭了津浦铁路南北所有的伪杂反动势力，现在已经将禹城县城四面包围。限你两个小时内缴械投降，否则，县城内日伪军将全部被歼灭。

吉滕竹：（忽地站起）我现在就枪毙了你。

张海河：（哈哈一笑）不出两小时，就会有人枪毙你。

松木一郎：吉滕竹中尉，请阁下为一百八十名士兵的生命考虑，帝国本部还有一百八十个家庭盼望他们归去。（日语）

吉滕竹怒视松木一郎。

松木一郎：天皇已宣布投降，冈村宁次总司令已在投降书上签字，请阁下三思。（日语）

吉滕竹双手叉腰，转过身去。

松木一郎：阁下的家人也天天盼望你归国见面呢。（日语）

片刻后，吉滕竹转回身。

吉滕竹：张队长，你能保证我们的人身安全？

张海河：八路军说话算数。

吉滕竹：我只保证帝国的军人，那边李长潜的（吉滕竹摇着头，扬起一只手摇晃着），统统不管。

张海河：（点头）我们自己解决。

吉滕竹：来人。（日语）

一个日军走进来。

吉滕竹：集合队伍，听我训话。（日语）

日军：是。

27. 县城西门外 日 外

西门外小广场四周站满了荷枪实弹的八路军主力队伍及地方抗日武装。

吉滕竹带领全副武装的日军中队走出鬲津门。

景晓村、袁也烈、李益民、张海河、松木一郎站在高台上看着。

日军依次将武器装备堆放在城门外的小广场上。

吉滕竹两手平端着指挥刀走上前交给袁也烈，袁也烈接过指挥刀，转交给警卫员。

吉滕竹立正，向袁也烈行军礼，袁也烈伸出手与吉滕竹握手。

景晓村带一队战士押解着吉滕竹的日军中队走向城郊。

袁也烈拔枪挥手，带一部分主力部队向城门内冲去。张海河率武工队随后跟进去。

28. 城内十字街 日 外

李长潜带领伪军大队行至十字街，看到冲入城内的八路军后急忙卧倒，架起机枪扫射。

李长潜：（对伪军中队长甲）你带弟兄们顶住，我和二中队去防守东门。

伪军中队长甲：是！弟兄们顶住，狠狠地打！

李长潜：（对伪军中队长乙）二中队，跟我去东门。

伪军中队长乙：是！

伪军中队长乙挥手带一队伪军跟李长潜跑去东门。

张海河率武工队绕胡同跑来，向十字街的伪军屁股后开火。

29. 城东门 日外

李长潜：（命令伪军中队长乙）留下一小队守东门，你带其余弟兄跟我去火车站。

伪军中队长乙：是！一小队守住东门。

伪军一小队队长：是！

伪军小队长领一小队伪军爬上城门楼，其余伪军跟随李长潜跑出城门。

张海河率武工队追赶而来，遭到城门楼上的机枪扫射。

张海河：伪军兄弟们，城内的日军已全部缴械投降，你们还为谁卖命啊？为了你们的家人，赶快把枪放下吧！

伪军小队长：你是武工队张队长吧？

张海河：是，我是张海河。

伪军小队长：你能保证不杀我们吗？

张海河：我们历来是缴枪不杀！

伪军小队长：好好，我们缴枪。

伪军小队长及伪军小队全部人员举着枪走下城门楼。

30. 城外郊区 日 外

韩禹华率马队埋伏在土岗后的树林中。

李长潜带一队伪军顺着土公路慌慌张张地跑来。

韩禹华：（挥枪示意）开火。

马枪、步枪对着伪军一齐开火。

31. 土公路沟 日 外

李长潜：（命令伪军中队长乙）你和弟兄们顶住，我带小黄狗去火车站求援兵。

伪军中队长乙：是！

李长潜带着小黄狗沿着路沟跑去。

韩禹华率马队冲下土岗，包剿过来，将伪军团团包围。

韩禹华及队员们高喊着“缴枪不杀”。

伪军中队长乙及几十名伪军全部举手缴枪。

32. 张秋山家 夜 内

头上和手上缠着绷带的白玉光还在昏迷中。

张海莲一手端碗，一手拿药布蘸着药水为白玉光擦洗伤处。

少女的羞涩与爱情的诱惑交织于她的心头，她仰慕他的勇敢、无畏，也爱慕他的机智、活泼。

她擦洗得小心翼翼，细致入微，唯恐给他带来疼痛与不适。

她盼他醒来，但又期望他熟睡。

张海莲：（自语）是啊，你太劳累了，太需要休息了。

她放下碗，轻轻拿起他的手擦洗，她太熟悉这只有力又有温度的手了。

张海莲幻想着——月光下的树影中，白玉光抚摸着她的额头与脸庞，她羞涩地轻轻地把他的手推开。

张海莲今天不会拒绝他了，她将他的手贴在脸颊上，又慢慢移动到唇边。

她轻轻地吻着他的手，她的脸又红了……

33. 张二嫂家 夜 内

张二嫂掀开锅盖，端出小半碗鸡蛋羹。

张小玉：（眼巴巴地看着）妈妈，你蒸的鸡蛋羹真香，是给我吃吗？

张二嫂：我家小玉长大了，懂事了。这是妈妈为白玉光叔叔蒸的。

张小玉：妈妈，我也想吃鸡蛋羹。

张二嫂：孩子，要是妈妈再有一个鸡蛋也给你吃，可是……可是，妈妈只有两个鸡蛋，白玉光叔叔不够吃啊！

张小玉：（眨巴着眼）为啥要给白玉光叔叔吃，不给我吃呢？

张二嫂：白玉光叔叔是个大英雄啊！叔叔是打鬼子受的伤，等叔叔们把鬼子打跑了，妈妈会天天给你蒸鸡蛋羹吃的。

张小玉：哦，那就先给叔叔吃，让叔叔快把鬼子打跑吧！

张二嫂摸了下张小玉的头，端起碗走向门外。

34. 张秋山家 夜 内

张海莲端着水碗用勺子给白玉光喂水。

张二嫂：（端碗走来）海莲，白营长醒过来了吗？

张海莲：刚才哼了两声，我给他喂水呢。

张二嫂：我蒸了两个鸡蛋羹，嫩嫩的，给他喂下吧。三天没吃东西，铁打的汉子也撑不住啊。

张海莲：哎。

张海莲放下水碗，接过碗。

张二嫂：巧玲带领妇救会成员们把干粮和米饭都送去县城了。

张海莲：大葱和咸菜都带上了吧？

张二嫂：放心吧，只要你说到的，一样都没落下。

张海莲：夜里你和婶子、大娘们还得熬夜，把明天用的米碾出来，别误事。

张二嫂：放心吧，误不了，你只管照顾好咱们的大英雄。

张秋山拿着一只芦花鸡进屋。

张海莲：回来了爹，县城打下了吗？

张秋山：战利品都运回来啦！有十几个同志负伤，都送到军区临时医院了。白营长咋样啊？景政委嘱咐说今夜再醒不过来就送到军区医院去。

张海莲：哼出声了，也能喂水了，就是一直没睁开眼。

张秋山：哦，问题不大，观察一夜再说。

张秋山：（对张二嫂）张二家的，你把这只芦花鸡收拾好，炖鸡汤给白营长喝。

张二嫂：（接过鸡）好嘞。

张二嫂拿着咯咯叫唤的芦花鸡离去。

张海莲：你快吃饭吧爹，在厨房锅里盖着呢。

张秋山：哦……忘告诉你了莲子，松木一郎那小子还真行，他跟你哥闯进县城，没打一枪就把吉滕竹一个中队的小鬼子给弄出来啦！景政委和袁司令员都夸奖他俩哩。

张海莲：（兴奋地）是吗？太厉害啦！我哥呢？

张秋山：袁司令员带领主力包围了火车站，县大队、武工队、回民骑兵队都上去啦！

张海莲：独立营呢？

张秋山：独立营……你爹也不是总指挥……

张海莲：这么说今夜就开始总攻啦？

张秋山：嘿嘿，那得去问袁司令员。老爹喂肚子去了，明天要往前线送慰问品呢！

张秋山说着走出屋门。

张海莲挖了一勺鸡蛋羹，凑到嘴边吹着。

35. 黄河岸边 夜 外

黄河岸边，肖金锋带领战士们挖掩体，修筑工事。

肖金锋一手扶锹，望着面前不远处浊浪滚滚、咆哮不息的黄河，心绪起伏。

对岸是灯火闪耀的济南城，肖金锋望着对岸，双目炯炯、一脸凝重。

片刻后，肖金锋挥起铁锹，将一大铲泥土扣在掩体上。

36. 禹城火车站外围的临时指挥部 夜 内

指挥部联席会议，袁也烈、景晓村、肖金锋、李益民、张海河、韩禹华围桌而坐。

一旁的一男一女两位报务员正在接收电报。

景晓村：下午我和袁代司令员去黄河岸边检查了警备大队和独立营抢修的河岸防御工事，准备得不错。经过十多天的休整，战士们精神饱满。

袁也烈：这些天我们围而不攻，敌人也心神不定了。这样，我们明天就给重野洸和山谷俊二吃“定心丸”吧！

女报务员摘下耳机，拿起一份刚打出来的电报稿走到袁也烈跟前。

女报务员：报告袁代司令员，敌军计划守城不利时沿铁路向济南方向出逃。

袁也烈走到作战地图前察看地形。

袁也烈：我们就在城东牤牛河给他扎个口袋。

景晓村：这个口袋就交给县大队扎吧。

李益民：（点头）坚决完成任务！

袁也烈：白玉光同志不能参加战斗，肖大队长统一指挥齐禹独立营。

肖金锋：（点头）没问题！

张海河：上午海莲来送干粮，白营长托她打听总攻时间哩，嚷着一定要参加这最后一战。

李益民：（笑笑）等战斗结束后再告诉他吧。

景晓村：总攻发起前，还得请张队长与松木一郎深入虎穴。

张海河：景政委、袁代司令员放心，我和松木一郎已做好准备。

男报务员：（走过来）报告袁代司令员，内线发来一组加急报警信号后再无音讯。

袁家烈：（瞪起眼）切勿再联系，保持接收信号畅通。

男报务员：是。

景晓村皱起双眉，一脸深思状。

37. 火车站外围掩体 日 外

新修筑的掩体上架着两挺重机枪和十几挺歪把子机枪，掩体后隐蔽着武工队队员及主力部队战士。

袁也烈的前沿临时指挥所设在掩体一侧，警卫员、通讯员、司号员、卫生员均伏在指挥所周围的掩体中。

后边不远处的炮兵连阵地，几十门大炮小炮一字排开，再往后面是高射炮及高射机枪阵地。

炮手与机枪手们各司其职，严阵以待。神炮手张光荣摩拳擦掌。

透过炮兵阵地隐隐约约可见树林中的回民骑兵队。

掩体后，张海河腰间斜插着驳壳枪，韩禹华双手握枪，袁也烈两手持望远镜观察着敌军阵地。

松木一郎手持一只铁皮话筒开始对敌军阵地喊话。

松木一郎：重野洸阁下，山谷俊二阁下，天皇早已宣布投降，冈村宁次总司令也在投降书上签了字。你们还为谁效忠，为谁卖命呢？恳请你们为一千多名帝国士兵的生命考虑，为一千多个家庭想一想，不要顽抗下去了。只有放下武器，才是唯一出路。八路军渤海军区司令部说话算数，保证每一位帝国士兵的生命安全。（日语）

一分钟后，松木一郎重复喊话。

敌军阵地一直无回声，也不见动静。

松木一郎：（高声喊）请阁下及帝国兵士不要开枪，我向你方送达八路军渤海军区的最后通牒！

张海河拉着松木一郎走出掩体，二人大步向前走去。

38. 敌兵营 日 内

敌兵营房，敞开的营房门口架着机枪。营房内上百名日伪军荷枪实弹，如临大敌。

李长潜、小黄狗及一队伪军待在一角。

张海河与松木一郎绕开门口的机枪走进营房。

张海河：（站在日军队列前）我要见重野洸、山谷俊二。

李长潜：（握着枪走上前来）哈哈，张海河啊张海河，你以为你是谁啊？太君是你随随便便能见的？把手举起来！

张海河：我是代表渤海军区司令部来下通牒的。

重野洸、山谷俊二腰挎东洋指挥刀从队列后走出来。

重野洸：你，什么人？

张海河：我是禹城抗日武工队队长张海河，我代表渤海军区司令部向你们下达最后通牒。我们的主力部队和地方抗日武装已将禹城火车站全面包围，你部立即执行我八路军朱德总司令的命令，向当地抗日武装力量缴械投降。限你部在禹城火车站所有驻军于两个小时内缴出全部枪械，到我军指定地点列队集合，听候命令。

重野洸：（扭过头就地转了一圈）嘿嘿，我一三一联队战武汉、攻长沙、克衡阳，在武器装备精良的国民党军面前攻无不克，战无不胜，岂能向你土八路缴枪！

张海河：（笑笑）平型关大捷打破日军不可战胜神话的是八路军，炸掉阳明堡飞机场的是八路军，将日军“名将之花”阿部规秀歼灭在黄土岭的还是我们八路军吧！哈哈哈！晏城火车站我们攻克了，禹城县城我们解放了，津浦铁路南北的伪杂反动势力我们肃清了，就你们一千多人的孤军还幻想着什么美梦吗？

李长潜：皇军的武器装备精良，济南的李司令派出了两个拥有美式装备的加强营护送大队皇军过黄河增援，马上还会派飞机来接应我们。哼哼，你们土八路就等着挨炮弹吧！

张海河：呸！你认贼当爹出卖祖宗绝没好下场，你已经逃掉过两次，再一再二，不会有再三了。

李长潜恼羞成怒，拔出盒子枪对准了张海河。

山谷俊二上前一推，将李长潜推了个趔趄，小黄狗急忙将李长潜扶住。

山谷俊二：（怒视着李长潜）浑蛋，你个丧门星！

松木一郎：重野洸大佐、山谷俊二大尉，请你们为一千多个帝国士兵生命负责，为一千多个家庭负责。目前，只有听候渤海军区司令部的命令才是唯一活路，没有其他路子可走。（日语）

山谷俊二：（咬牙切齿地）混蛋，你良心大大地坏了。

松木一郎：阁下三思后行，你的家人……

山谷俊二：浑蛋，我以帝国军人指挥官身份，命令你就地向天皇效忠！

山谷俊二从士兵手里拿过一把短刀，扔在松木一郎脚下。

松木一郎：（抬脚将短刀踢远）天皇已降，我为何不降？天皇已降，你为何不降！

山谷俊二凶相毕露，挥起东洋刀狠狠地劈向松木一郎。

松木一郎被刀劈中，鲜血淋淋，歪倒在血泊中。

张海河怒火中烧，立即拔出驳壳枪要反击，被李长潜及几个日军抓住。

李长潜气势汹汹地夺下了驳壳枪。

张海河：（反抗着）狗强盗，你们若不缴枪投降，两小时内全部灭亡！

山谷俊二挥起指挥刀对准张海河要下毒手，被重野洸拉住了。

重野洸看着山谷俊二，摇了摇头，又走到张海河跟前。

重野洸：回去告诉你们的司令长官，在我帝国精锐之师一三一联队的战史上，没有投降的可能。

李长潜及日军松开了手。

张海河：还给我武器。

重野洸：是，军人嘛，是不能离开武器的。

李长潜拿出枪里的子弹，把空枪递给张海河。

山谷俊二：（伸出大拇指冲着自己）我的，帝国军人大大的。（又冲张海河伸出小拇指）你们，禹城土八路，小小的。

张海河怒目注视着山谷俊二，伸手从李长潜手里抓过驳壳枪，斜插入腰间。他走上前弯下腰，两手抱起松木一郎血淋淋的尸体。

几个日军上前阻拦，抓住松木一郎的尸体不放。

张海河：（怒吼）干什么！他是我兄弟！

重野洸挥手示意，日军们松开了手。

张海河抱着松木一郎的尸体一步一步走回阵地。

39. 掩体 日 外

张海河回到掩体后面，韩禹华挥舞着双枪，掩护两名武工队队员接下松木一郎的尸体。

袁也烈：开炮！

张光荣瞄准目标，填弹开炮，轰隆一声震响，敌军炮楼被炸掉一角。

随即众炮齐发，敌军阵地、兵营立时成为一片火海。

张海河拔出驳壳枪，重新装满子弹。

40. 张家寨大街上 日 外

张秋山家大门前的树桩上拴着一白一红两匹马。

急匆匆走出大门的白玉光从树桩上解下白马的马缰，翻身上马。他的伤还没痊愈，头上、手上缠着绷带。

张海莲：（着急地赶出来）你去哪里啊？

白玉光：没听到炮声嘛！我的阵地在黄河岸边。

白玉光说着打马而去。

张海莲：等一等，我去送你！

张海莲回头关上大门，伸手去解红马的缰绳。

白玉光：（从远处喊）不用啦！

张海莲拉住马缰，跃上红马，打马追去。

41. 村外 日 外

白玉光快马飞奔的背影。

张海莲骑马赶到村外，已不见了白马的影子，她只得拉住马缰，红马在原地打着转儿。

42. 张秋山家大门口 日 外

张海莲牵马回到大门口，往拴马桩上系着马缰绳。

腰间分别掖着一颗手榴弹的张秋山、张二嫂与几十个或推小车或抬担架的男人及几十位挑着担子的妇女走来。

小推车上装着一袋袋的米面。

张二嫂及妇女们挑着的担子上一头挂着一个竹筐，竹筐上面盖着棉被保温。

张二嫂：海莲，我们去火车站啦！

张海莲：我也去。

张秋山：白营长呢？

张二嫂：是啊！你走了谁照顾白营长？

张海莲：跑啦！

张二嫂：跑啦？

张秋山：这小子，几天不打仗手就痒痒。

43. 土公路上 日 外

腰扎武装带，肩膀上挎着步枪的张海莲与张秋山、张二嫂带领支前队伍走在土公路上。

对面小路上，扎着武装带，肩挎着步枪的韩禹英带领韩家寨的支前队伍走来。他们同样是推着米面，挑着盖保温被子的竹筐，挎着担架。

张海莲：韩队长，我们两个村又遇到一块儿啦！

韩禹英：是啊！我姐与你哥一起战斗，我们不得一起支前嘛！

两支相会的支前队伍同时发出会意的笑声，然后一起向前走去。

不远处，又有两支支前慰问队伍汇集到土公路上。

支前队伍变得浩浩荡荡。

（背景音乐）：

小推车吱哟哟响，
兄弟姐妹支前忙。
小米汤，金黄黄，
窝头大饼喷喷香。
子弟兵吃饱有力量，

打得小鬼子哭爹又喊娘了嘛嘿。

44. 火车站外围 日 外

火车站上空出现三架飞机，俯冲投弹。

飞机上是装备美式武器的国民党军驾驶员。

炸弹在火车站周围接连爆炸，火光升腾，泥土飞溅。

八路军主力部队的高射炮及高射机枪对着敌机开火，不久后，敌机逃遁远去。

45. 掩体后的临时指挥所 日 外

袁也烈：（挥枪）吹冲锋号！

号兵吹响了冲锋号。

袁也烈：同志们冲啊！

袁也烈率领主力部队，张海河率队员们冲向敌营。韩禹华率领马队冲来，大刀挥舞，刀光闪闪。随后，张海莲带领担架队跟上来。

46. 火车站另一侧的临时指挥所 日 外

景晓村：总攻开始啦！冲啊！

尚保民的骑兵连挥舞大刀冲锋在先，景晓村率战士们向前冲去。韩禹英带领担架队跟上来。

47. 敌兵营门口 日 外

袁也烈、张海河率队伍冲到敌兵营门口。

兵营门口的轻重机枪还在原地方架着，但敌军已溃散而逃。

48. 敌兵营 日 内

袁也烈、张海河率队冲入敌兵营。

兵营被炮火炸得一片狼藉，敌军尸体横七竖八地躺了满地。

49. 重野洸联队部 日 内

袁也烈率战士冲进重野洸联队部。

屋中无人，袁也烈向案台后看去，发现重野洸躺在案台下，胸口斜插着东洋刀，鲜血汩汩向外冒。

一名战士端起枪向着墙壁上的太阳旗扫射。

袁也烈挥枪走出联队部。

50. 炮楼里 日 内

张海河率武工队冲进炮楼，他们边往上冲边挥枪射击，将一个个顽抗之敌击毙。

51. 炮楼顶 日 外

张海河冲上了炮楼顶，将楼顶的太阳旗拔掉，顺手扔下炮楼。跟在张海河后边的旗手将一面红旗插在炮楼顶，鲜艳的红旗迎风飘扬。

52. 火车站话务班门口 日 外

话务班的绿色铁门关闭着，袁家烈一脚踢开门冲进去。

53. 话务班 日 内

女话务员被反绑在绿色圆柱子上，头歪着，嘴角有血迹，胸前有两个洇出鲜血的弹孔。

袁也烈：（吃惊地）晓雪！

景晓村：（冲进门来悲痛地喊）妹妹！

随后跟来的张海河、尚保民走上前解开景晓雪手上的绳索，将她平放到一张案台上。

景晓村从衣兜里掏出白手绢，为景晓雪擦去嘴角的血迹。

袁也烈、景晓村、张海河、尚保民立正站齐，举手敬礼。

景晓村：（发出口令）按计划行动。

众人：（肃穆庄严）是！

袁也烈：我和政委率主力追歼逃敌，武工队搜索火车站。

张海河：是！

袁也烈、景晓村、张海河、尚保民转身出门。

两名警卫员将一块白布轻轻盖在景晓雪身上。

54. 火车站水电班 日 外

张海河与武工队员正在搜索敌兵，走到水电班门前，发现铁门锁着，里边传来呼喊。

屋里人：快开门，救我们出去。

一名武工队队员抡起步枪托子将门锁捣开，里边拥出来十几名穿蓝色制服的水电工人。

张海河：你们是咋回事？

老年水电工：小鬼子怕我们给他掐断火车站的水电，两天前就把我们关起来了。

青年水电工：（怒骂）狗日的小鬼子真孬种，两天两夜没让我们喝口水。

张海河：你们快回家吧，小鬼子被打跑啦。

水电工们：（异口同声）谢谢八路军同志。

青年水电工：信号班的伙计们也被关着呢！

张海河：在哪里？

青年水电工：（边走边说）东边信号室。

张海河挥手带领队员们跟青年水电工走向信号室。

55. 信号室门口 日 外

绿色铁门敞开着。

青年水电工领着张海河及武工队队员持枪走进屋门。

56. 信号室 日 内

屋中横躺竖仰着十几具尸体。

青年水电工：（一拍脑袋）对了，李长潜老狗说过信号班有通共嫌疑，应该是这个老狗把他们杀了。

张海河：（咬牙切齿地）李长潜，这个王八蛋！

张海河：（对青年水电工）你们水电班辛苦一下，将伙伴们的尸体收殓好，想法通知他们家属。

青年水电工：（点头）应该的，我们都是老工友了。

青年水电工：（扬手招呼后面的伙伴）来，都过来。

张海河蹲下，伸手摸了一下一具尸体的体温，猛地站起。

张海河：追！

张海河带领队员们跑向信号台。

57. 黄河岸边 日 外

浪涛翻卷的黄河中，几十只大小不等的船驶来。

58. 岸边掩体 日 外

肖金锋架着望远镜观察，看到了船上的日军及装备美式武器的国民党军。

59. 河滩 日 外

船只先后靠岸，从船上跳下来的日军及国民党军组成的混合编队成进攻性队列持枪前进。

60. 岸边掩体 日 外

肖金锋：开火!

战士们瞄准射击，机枪、步枪一同开火。

敌军在猛烈的火力下连连中弹丧命，没中弹者纷纷卧倒。

61. 岸边树丛 日 外

白玉光飞马赶来，在树丛边勒马跳下来，将白马拴在一棵树上。他边掏枪边跑向掩体。

62. 掩体后 日 外

白玉光伏下身，加入阻击战。

一名战士看着风尘仆仆赶来的白玉光，脸上露出欣慰的笑容。

战士们瞄准目标射击着。

63. 火车站外铁路上 日 外

骑在马上的山谷俊二带领着大队日军沿铁路慌乱溃逃。

李长潜带领一股伪军匆匆赶来，跟在队伍后面。

山谷俊二冲一名伪军头上开了一枪，对李长潜瞪起眼。

山谷俊二：浑蛋，你这丧家狗，统统在后边掩护。

李长潜及伪军们停下来，大眼瞪小眼。

山谷俊二骑马随大队匆忙逃走。

李长潜站在高处伸长脖子望了望，对伪军们挥挥手。

伪军们跟随李长潜跑下铁路，拐进一条小河沟逃跑。

64. 铁路一侧 日 外

韩禹华和尚保民率领回民骑兵队和骑兵连向着日军大队逃跑的方向追赶。

65. 铁路另一侧 日 外

袁也烈和景晓村率队分别顺着铁路和路沟追去。

66. 火车站信号台上 日 外

站在信号台上四处瞭望的张海河看到了李长潜及伪军们逃窜的背影。

张海河向队员们招手，带领武工队跑下火车站信号台。

67. 铁路沿线的牤牛河 日 外

一座铁桥横跨在牤牛河上，河水结成了厚厚的冰。

山谷俊二的日军大队溃逃至河边，他望着冰河发呆，忽然听到后边传来枪声及战马的嘶鸣声。

铁路一侧，韩禹华的马队一路砍杀着冲来。她抡着双枪轮番射击，一个个日军在枪声中毙命倒地。

回民骑兵队的战士们冲杀着将日军队伍冲散，刀起刀落，日军脑袋瞬间落地，闪闪发亮的大刀已是鲜血淋淋。

铁路另一侧，尚保民率领骑兵连呼啸而至。

骑兵连马队从日军队伍里冲过去，将一群日军冲散，又掉头将另一群日军冲得七零八落。

山谷俊二打马冲下河堤，马踩到冰上打了个趔趄，山谷俊二摔倒在冰上。

俯冲下来的日军拉起了山谷俊二，此时他们已都站在冰面上。

跑过冰河的日军攀爬河堤，受到对面埋伏的八路军也猛烈打击。

密集的火力将日军扫倒一片。

手榴弹有的爆炸在冰河上，有的爆炸在敌群中。

山谷俊二：（挥舞指挥刀）快快，冲过去！

在激烈的枪声及手榴弹的爆炸声中，日军死伤遍地，溃不成军，各自寻路逃命。

袁也烈和景晓村率队赶来，将日军围困在冰河两侧。

对面河堤上，李益民率领县大队战士冲下河堤，将另一部分日军围困在铁桥下。

被困日军举手投降。

68. 铁桥桥头 日 外

袁也烈、景晓村、李益民站在铁桥桥头，旁边是尚保民率领的骑兵连队伍。

袁也烈：（对李益民）你带县大队和回民骑兵队押解俘虏回城打扫战场，我与景政委增援黄河渡口。

李益民：好吧！

袁也烈、景晓村从警卫员手中接过马缰，飞身上马，打马而去。尚保民率领骑兵连随后跟上。

69. 柳树沟 日 外

李长潜带领伪军慌慌张张地逃到柳树沟，他将枪斜插到腰间，长长地呼出一口气。

李长潜：嘿嘿，好马不压地理熟啊，老子福大命大。

小黄狗：（对李长潜跷起大拇指）大队长神机妙算。

李长潜：（得意忘形地）弟兄们，我们去济南投奔李延年，堂堂正正干国民党。

小黄狗：（又竖起大拇指吹捧）大队长高见。

张海河及武工队队员们持枪出现在沟堤上，用几十支黑洞洞的枪口对着伪军们。

张海河：李长潜，狗汉奸，老子等你多时了。

李长潜大吃一惊，顿时面如土色，慌乱地伸手拔枪。

张海河：（开枪）去找你鬼子亲爹报到吧！

李长潜呜呼倒地，盒子枪被甩出去几米远。

小黄狗及伪军们狼狈不堪地举起双手。

70. 铁路沟边 日 外

李益民、韩禹华及战士们押着大队俘虏走来。

张海河看到了走在俘虏中的山谷俊二，他走下沟坡，照准山谷俊二的肩猛击一掌。

山谷俊二一惊，扭头看向张海河。

张海河：（冲山谷俊二伸着小拇指）小日本的，小小的。

山谷俊二：（咧咧嘴，对张海河伸出了大拇指）八路的，大大厉害。

71. 火车站仓库 日 外

火车站仓库门前聚集了上百名群众，武工队队员用铁锤砸开铁锁，打开库房门。

群众拥入库房，拿出一个个大小不等的包袱。

群众甲：（抱着两个包裹兴奋地）小鬼子抢我们的，八路军给咱们夺回来了！

群众乙：（提着两个包裹气愤地）这帮万恶的小鬼子，早该死啦！

众人：（欢呼）我们解放啦！

72. 火车站 日 外

张秋山带领马车、牛车、毛驴车队运输战利品。

张海莲、张二嫂、韩禹英带领民兵及妇救会成员们往车上装着枪支弹药。

水塔前，张海河架好一门迫击炮，瞄准高高的水塔。

张海河搬起一发炮弹正要填装，李益民、韩禹华走来。

张海河：（笑呵呵地）我练练打炮技术，看我一炮把它盖子给掀掉。

李益民：（赶忙制止）那可不行，这铁路、火车站回到人民手中了，留着它作纪念吧！

张海河摇摇头，乖乖放下炮弹。

张秋山：亏着李书记来得巧，要不你小子成破坏分子啦！

韩禹华、张海莲、张二嫂、韩禹英和群众都笑起来。

张海河不好意思地抬手摸了摸后脑勺，羞涩地笑了。

73. 字幕

（伴随画外音出现字幕）：

伴随着山东省内抗日战争的最后一战——禹城火车站的攻克，日本军国主义“大东亚共荣圈”的美梦彻底破灭了。中华民族十四年的抗战史进一步证明，在民族大团结面前，任何企图征服中华民族的妄想，都必将以失败而告终。在中国共产党的正确领导下，我们中华民族必将傲然屹立于世界民族之林。

中华民族大团结万岁！

中国共产党万岁！

（背景音乐）：

最后一战
中华民族抗战十四年，
禹城火车站最后一战。
渤海主力出奇兵，
鲁北人民齐心支援。
县大队，武工队，
独立营，民兵连，
配合主力一马当先。
抬担架，救伤员，
枪支弹药送前线。
送上干粮和葱蒜，
战士们吃了力量添。
这一战，
就送小鬼子上了西天了嘛哎嘿哟！

74. 火车站 日 外

张海河、韩禹华、张海莲、白玉光及儿孙们的笑声在火车站里回荡着……

汽笛声响起，又一列“和谐号”飞驰而过。

随即，一群和平鸽掠过上空，传来悠扬的哨音。

众人仰望着——

和平鸽与美丽落霞齐飞，

汽笛同哨音长鸣。

十二、鲁北烽火

故事梗概：抗战初期，在鲁北平原上活跃着一支英勇顽强的抗日武装，这就是中国共产党领导下的禹城抗日游击队。游击队政委王鲁北和游击队队长于河清，以苇河镇为中心，以芦苇河为屏障，发动群众，在群众的配合下，历经艰险，克服困难，出奇制胜，打击来犯之敌，壮大革命武装。该剧演绎了一幕幕惊心动魄的场面，塑造了一批生龙活虎且又性情各异的热血青春形象。

抗日英雄，流芳百代，
英雄业绩，可歌可泣。
光辉形象，光彩照人，
传承千载，生生不息。

鲁北烽火之峥嵘岁月

1. 鲁北平原 日 外

秋天的鲁北平原上长满了低垂着头的谷穗，晒红米的高粱，长势茂盛的玉米、大豆。

（画外音）：故事发生在二十世纪三十年代初的一个秋天。

2. 苇河镇小学 日 外

夕阳西下。

坐落在杨镇十字街边的苇河镇小学里，一座高大的青砖门楼后面矗立着几排高高大大的青砖瓦房。

小学的大门旁有一棵古老的槐树，上面吊着一口铁钟。

老校工李茂海向槐树走来，他拉响了放学的钟声：当——当——当！

听到下课铃声的学生挎着书包走出教室。

稳重的王鲁北和清秀、机灵的于河清走在学生中间。

他们的老师——身材魁梧的马云霄站在教室门口目送着有说有笑、追逐嬉戏的孩子们。

王鲁北和于河清一同跨出校门，在校门前击了一下手掌，往不同的方向走去。

3. 苇河镇村头木桥 傍晚 外

（画外音）：苇河镇村东的这条清澈的河流，传说是当年大禹治水时开掘的漯河。因两岸长满了茂密的芦苇，漯河这个名字逐渐被人遗忘了，现在人们都称它苇河。河上有能行花轱辘大车的木桥。王鲁北每天上学、放学都从这座木桥上走过。

人在桥上走，祸从天上降。

王鲁北走在河边，他刚要迈上桥头，突然从旁边的苇丛中冒出两个蒙面人，从后面蒙住王鲁北的头，将其拉入苇丛中。

4. 王家屯老松伯家 夜 内

王家屯的馒头房，老松伯一家正忙着蒸馒头。松大娘拉风箱烧火，老松伯、二奎叔抬上一笼生馒头，换下一笼熟馒头，屋里屋外热气腾腾，整个院子笼罩在烟雾之中。

馒头房旁边的磨坊里，爷爷赶着一头小毛驴拉磨，奶奶忙着用面箩筛面。

灶上的松大娘突然抬起头。

松大娘：鲁北咋还没回来？

二奎叔：不是学校有事？

老松伯：（停下手中的活计，思忖了一下）走，看看去！

老松伯和二奎叔分别从院中拿起根木棍夹在腋下，匆匆向外走去。

5. 苇河镇小学门前 夜 外

老松伯举起手啪啪拍着大门。

李茂海：（在屋里问）谁呀？

老松伯：是我，李老弟，开一下门。

李茂海提着马灯拉开门栓，打开了大门。

老松伯：李老弟。

李茂海：哦，老松头，这么晚了还卖馒头？

老松伯：不是，李老弟，我是问问我那小子……

李茂海：哦，你那乖儿子啊！没说，我听马老师说啦，门门课都五分。

李茂海说着扬起五指叉开的右手摇了摇。

老松伯：（着急地）他不在学校里？

李茂海：放学就走啦！

二奎叔：会不会去河清那儿？

李茂海：没有！我眼见着他们出校门各奔东西走的，咋，还没到家？

老松伯：（摇了摇头）怪事哩。

李茂海：抓紧找找，我去告诉马老师。

老松伯：（点头）哎！

6. 村东木桥 夜 外

明亮的圆月从天空的东边升起来。

老松伯、二奎叔迎着月光走向木桥。

行至木桥中间，老松伯放下木棍，坐在桥沿上，掏出旱烟袋，挖出一锅子碎烟末用火柴点燃，吧嗒吧嗒吸了两口，火光照亮他紧锁的眉头。

老松伯：（突然想起什么，喃喃自语）莫非是他……

（闪回）

7. 年集 日 外

（画外音）：腊月二十六的苇河镇集被称为年集，也叫“花花街”集。这是每年的最后一个集，年货全，买卖年货的人也特多。忙了一年的人们也该喘口气了，所以人们把这一天看作是散心逛景的一天。十村八里的人家大多是全家出动。

8. 乡路 日 外

大人拉着小孩子的手。

小孩子拽着大孩子的衣角。

年壮的用小车推着上年纪的。

毛驴上驮着新媳妇。

提着鸡的、牵着羊的、推着小猪崽子的……

人们四面八方拥来赶“年集”。

9. 花市 日 外

几个女孩子们在花市里挑选着颜色鲜艳的花。

随后，她们又来到百货摊上，挑选各自心仪的头绳，一个个心满意足。

10. 响货市 日 外

苇河镇街口的打麦场，现在已是全集上最热闹的响货市。

打麦场四周停着各地赶来卖响货的车辆，场内的桌上摆放着各色鞭炮、两响和花炮。

南腔北调的生意人招揽着顾客。

生意人甲：鞭炮嘞！鞭炮！德州来的鞭炮。

生意人乙：两响！两响！禹城本地造的两响，越响日子越旺！

男孩子们将一两块钱攥在手心中，在响货市里一会儿看放鞭炮的，一会儿又看点两响的。他们挤到最响的那家鞭炮摊子前，拿出在手心里攥出汗的钱，买了鞭炮和两响。

一位头包白毛巾，满脸络腮胡子的汉子站在一辆马车上，用一根竹竿挑起一挂鞭炮。

汉子：（吆喝）哎，都来看啦！不点不买，越点越快。点净了，买卖了了，赶着马车家跑了。

说完他吸了两口蛤蟆烟，又吹去烟灰，将燃着的烟头往鞭炮芯子上凑了一下，两手高擎起竹竿，接着是一阵噼里啪啦的响声。鞭炮响过后，人们围拢上前，手举着铜钱，三挂五挂地争相购买。

王鲁北和于河清也在人群中。

他俩高举着两个铜板围在人群边上，正向马车跟前挤，手中的钱却被后边伸出的一只手夺了过去。

王鲁北和于河清猛地回头，见是中等个头儿、肥头大耳、八字胡、眯着一对小眼睛的地痞李大蒙。

李大蒙：（歪着脑袋咧着嘴）干吗非买他一个外乡人的？老子的就不响？

李大蒙说完，回头向他的鞭炮摊位走去。

于河清上前，给了李大蒙胸口一拳，与王鲁北一人抓住了李大蒙的一只胳膊。

谁知这李大蒙力气大，身子一拧就挣脱了两只手，将两个铜板叼进口中，扒下破棉袄扔到地上，露出一身横肉。

李大蒙：（含混不清地叫嚷）咋的？想跟老子动手，今儿个老子教训教训你这小崽子！

年轻气盛的王鲁北、于河清不甘示弱，他俩冲上去，合力将李大蒙打趴在地，把他推了个嘴啃地。

王鲁北两手抓着李大蒙的一只胳膊，一脚踩在李大蒙的脊背上。

于河清一手按着李大蒙的脖子，一手从李大蒙嘴里往外抠铜板。

正在这时，老松伯推着馒头车挤进了响货市，看到了这一幕。

老松伯急忙搁下馒头车，上前将王鲁北、于河清拉开。

老松伯接着将李大蒙拉起，又躬身拾起李大蒙的破棉袄，用手拍打几下尘土，往李大蒙那冻得发紫的光膀子上穿。

李大蒙不识相地抬手打掉破棉袄，跑到街边一个肉摊子前，伸手抓起两把剔肉的尖刀，回头冲老松伯奔来。

赶集围观的人哇哇乱叫着躲闪。

于河清、王鲁北挥拳欲上，却被老松伯挡在了身后。

李大蒙将两把闪闪的尖刀丢在老松伯脚下。

李大蒙：老松头，今儿你把我宰了。你不宰我，我就宰你！

老松伯跨前一步，抬脚将两把刀子踩在脚下。

老松伯：（毫不含糊地）李大蒙，今儿你要能从我脚下抽出一把刀来，算你小子有种！

两人四目相对，僵持良久。

王鲁北、于河清也握拳怒视着李大蒙，毫不畏惧。

李茂海买菜路过，把手中的菜放下。他拾起李大蒙的破棉袄，给他披在身上。

李茂海：（边拉边劝着李大蒙）都是十里八乡的老乡，低头不见抬头见，罢了，罢了！

那卖肉的汉子趁机挪开老松伯的脚，将两把尖刀抽走了。

李大蒙也借坡下驴，拍打了两下破棉袄，转身走了。

李大蒙：（扭头冲老松伯）这事不算完！

（闪回完）

11. 村头木桥 夜 外

坐在桥沿上的老松伯将已灭的烟锅在木桥上磕了两下。

老松伯：（自语着）难道是他……

正当老松伯不得其解时，河中响起哗啦啦的水声，从北边摇来一只小木船。

老松伯蹙眉望着。

船距木桥十几丈远时，船上那蒙脸汉大概看到了桥上的人影，便递过话来。

蒙脸汉：桥上是老松头吗？听说你遇上了麻烦，要人帮忙吗？

老松伯知道是“线人”来了，便冲船上人喊话。

老松伯：说码子吧！

蒙脸汉：明天夜里这个时辰，送三百大洋来。

老松伯：你别伤我的人！

蒙脸汉：十里八乡的老乡，低头不见抬头见，不伤人的。不过嘛，后天，可难说哩！

小木船哗啦啦地往后退去，一会儿就不见了踪影。

立在木桥上的老松伯将手中的木棍使劲向河中甩去，啪的一声回音，惊起苇丛中的野鸭一阵嘎嘎叫。

12. 苇河岸边 夜 外

一大一小两只木船靠了岸。

高挑个儿的李七从小木船上跳下，他已经把蒙脸的布摘掉。

李七肩上挎着一杆土猎枪，下船后匆忙将两只船拴好。

大木船上，李大蒙同粗壮的二锅腰将被蒙着头、反绑着手的王鲁北领下木船。

李七：（上前替下李大蒙）大哥，我来。

李七和二锅腰一人一边架着王鲁北的胳膊上了岸。

李大蒙拢了一下肩挎的土猎枪，望了望月光下平静的河面，转身跟了上去。

13. 坟地 夜 外

李七和二锅腰领着王鲁北走出庄稼地，进入一片坟地，绕着一个个坟包转圈，转过几个坟包后，又领着他上下坟包。

上坟包时，李七和二锅腰就喊着“上山啦！上山啦！”

下坟包时，他二人就喊着“下山啦！下山啦！”

折腾一阵子后，李大蒙等人这才押着王鲁北走出坟地，又进入一片庄稼地。

14. 老松伯家 日 内

老松伯、松大娘及爷爷、奶奶看着桌子上不多的钱币愁眉苦脸，正在犯难。

老松伯：东洼那四亩地，才卖一百块。

爷爷：把村南那三亩也卖掉吧！

老松伯：都卖了，一家人吃啥？

爷爷：（长叹一声）唉——

奶奶：（抹着眼泪，着急地）不吃不喝也得救孩子！快去，卖地凑钱。

爷爷：把驴也卖了。

松大娘抬手擦眼泪。二奎叔推门进屋。

老松伯：借着了吗？

二奎叔：（摇着乱蓬蓬的脑袋）没……

奶奶：（催促着）还愣啥？卖地、卖驴！快！

老松伯和松大娘对视着。

院子传来问话声。

马云霄：老松伯在家吗？

老松伯慌忙将桌上的钱包递给松大娘，松大娘转身走进里屋。

老松伯：谁啊？

二奎叔开了房门，于河清领着马云霄走进来。

老松伯：（惊讶地）马老师！

高大魁伟的马云霄老师上前握住老松伯的手。

马云霄：出了啥事？

15. 李大蒙的黑店 日 外

（画外音）：李大蒙的家在靠近李家寨的土公路边。这条土公路，是禹城通往聊城的必经之地。他和弟兄二锅腰借这土公路之便，伙同寨里的地痞无赖李七开了个“保险店”。凡是住店的客人，他都会跟人保证北十里、南十里平安无事。但登记店簿时若发现客人有贵重物品，他们就在十里地外安排人手等着抢劫。

他们不但对住店的旅客下手，也对十里八乡的有钱人家下手。还凭着两杆土猎枪，干起了绑票的缺德勾当。

16. 黑店草棚里 日 内

王鲁北此时正坐在李大蒙这黑店的土牢—— 一个宽大的磨坊中。他被麻绳反绑着双手，坐在磨台上。

（闪回）

17. 王家屯村前的大水湾 日 外

炎夏，烈日当头烤着，王鲁北与伙伴们正在玩“抓老缺”游戏。他们光着屁股站在能没过臀的水湾的边上，把一个扮演老缺的伙伴头上糊满了黑泥巴，七手八脚地将他推入水中。

那老缺游到水中间边踩着水边与岸上的伙伴们对词。

水中的老缺：老缺来啦！

岸上的伙伴们：偷俺鞋啊！

水中的老缺：老缺走啊！

岸上的伙伴们：俺放狗哇！

水中的老缺：老缺跑啦！

岸上的伙伴们：放狗咬啊！

水中的老缺一个猛子扎入水中，岸上的伙伴们哇的一声跃入水中。

伙伴们：（高喊）抓老缺啊！抓老缺啦！

伙伴们将老缺捉住，押到水湾边。

（闪回完）

18. 黑店草棚 日 内

（画外音）：玩抓老缺挺有意思，但今天真被老缺捉了，可没有那么好玩了！这黑咕隆咚、密不透风的土屋里，蚊蝇飞，跳蚤蹦，比在庄稼地里还闷热，屋中弥漫着一股子霉味。

一只蚊子落在王鲁北的脸上，叮咬着他的额头。被反绑着双手的他无法驱赶蚊子，只能将额头往石磨上蹭。

他蹭了两下，石磨坚硬的边缘让他想到了什么，他摸索着迈上磨台，倒背着双手，在石磨的棱角上磨起绳子来。

王鲁北用力磨着，心中不禁一阵窃喜。

突然，门外传来的脚步声，接着是开锁声。

王鲁北急忙坐回到磨台上，佯装闭目养神。

一扇木门打开，黑屋中透进一丝光亮。

二锅腰手扶门框，探头往里看了一会儿，看清楚了反手坐在磨台上的王鲁北。他随即拉上门，咔嚓一声上了锁。

听到二锅腰的脚步声远去，王鲁北又迈上磨台，继续磨麻绳。

他满头大汗，仍在用力磨着。

忽然，麻绳断了，王鲁北的两手分开了。

王鲁北活动了一下麻木的手腕，跳下磨台，寻找着什么。

他仰脸望向粗壮的木梁，又走到封闭的窗台前，伸手搬了搬窗棂，窗棂纹丝不动。

他在窗台边摸着，摸到了一个折了半截刀把的镰刀。

虽然镰刀已锈迹斑斑，但他仍禁不住一阵窃喜。

他蹲在墙角，用力挖着土墙，不时发出用力挖掘的哼哧声。

19. 黑店门前 夜 外

敞开的店门上挂着一盏马灯，门旁挂着一块长条木牌，牌上写着：李家寨保险店。

20. 路沟 夜 外

在距店门十几米远的路沟里，换了装扮的马云霄和于河清藏在沟中，探头观察着店门口的动静。

21. 店门前 夜 外

二锅腰走出店门，探头朝公路南北两个方向分别望了望，然后抬手摘下马灯，转身回店，关死了大门。

22. 路沟 夜 外

马云霄和于河清起身，马云霄对于河清指了指店后院的墙，耳语着。

一身乞丐打扮的于河清手持一把斧头爬上路沟，向店后飞奔而去。

马云霄跃出路沟，直奔店门。他头戴礼帽，身穿长袍，肩挎一个包裹，是一个商人打扮。

23. 黑店前 夜 外

马云霄大步走到店门前，举手拍了几下门板。

马云霄：（高声喊）店老板，开门住店！

二锅腰提着马灯开了店门，打量着马云霄。

二锅腰：（粗声粗气地）这么晚了才住店，今晚不接待客人啦！

马云霄：（着急地）那怎么行？俺就是奔你们保险店来的，住你们店保险嘛！

二锅腰：（放下马灯，双手要关店门）今晚客满了，说啥也不接待！

马云霄伸腿挡住了一扇店门，缓了一口气。

马云霄：店老板呀！你看我带些贵重物品，天这么晚了，你若不留我，这不往火坑里推我嘛……行行好吧老板……

二锅腰：（往外推马云霄，不耐烦地）不行！不行！就是不行！你磨破嘴皮子也不行！

马云霄趁机往里瞧了瞧，心想耽误这么久还没出来人，店里肯定就只有这小子一个人了。

马云霄飞起一脚踢向二锅腰，随手拔出手枪顶住了二锅腰的脑门。

马云霄：（厉声）老实点，再喊一枪崩了你！

二锅腰：（举着两手乖乖后退着）我老实，我老实。客官饶命。

马云霄转身关上店门。

24. 黑店的草棚 夜 外

于河清持着斧头寻找，他来到磨坊前。

于河清：（小声叫）鲁北！

王鲁北的半截身子从屋下爬出来，他听到了于河清的声音。

王鲁北：（轻轻地回应）河清，我在这里！

于河清循声找来，发现王鲁北手中拿着半截镰刀。

于河清：（拉起王鲁北的手）快走！

25. 店堂 夜 内

马云霄用枪逼着二锅腰退入店堂。

马云霄：（喝问）人质关在哪里？快给我放出来！

二锅腰：（眼珠滴溜溜转着，假装糊涂地）客官，啥人质？我确实不知道呀！

马云霄：（狠狠戳了两下二锅腰的脑门）不知道，留你何用，你就上西天吧！

二锅腰：（趴地上磕头求饶）客官饶命，客官饶命……

正在两人对峙时，王鲁北持着半截镰刀和手持斧头的于河清跑进店堂。

王鲁北：老……

马云霄：（摆手）把这小子绑起来。

王鲁北和于河清从店中找来麻绳，将二锅腰反手绑在了店堂里的柱子上。

马云霄：今天留你一条小命，以后再作恶，就送你上西天。

二锅腰：客官饶命，我对天起誓，再也不干这伤天害理丧良心的事了。

马云霄抓起一条抹布塞进了二锅腰口中，二锅腰含糊不清地呜呜叫着。

马云霄一挥手，带领王鲁北、于河清转身离去。

26. 木桥上 夜 外

半弦月挂在空中，月光照耀下的河面，波纹不兴，寂静无声。

老松伯坐在木桥中间的桥沿上吸着旱烟锅。他脑海中闪回马云霄的声音。

（画外音）马云霄：最好抓个活口，以人质换人质。

还是昨晚那人来的方向，哗啦啦的水声比昨天更响。

人和船同时出现，蒙着脸的李七划着木船直冲木桥而来。

在距离木桥十几米时，木船停下，李七拿起放在船头的猎枪。

27. 苇丛中 夜 外

李大蒙趴在一条小木船上，手中的猎枪正瞄准木桥上的老松伯。

28. 木桥边 夜 外

李七：（粗声问）钱带来了吗?

老松伯站起来，将手中的一只布袋抖得哗啦直响。

老松伯：在这儿呢!

李七：扔过来吧!

老松伯：（做着扔的样子，又停下手）怕扔不准，你靠近些。

李七又往前划了两下，但距桥仍有五六米。

李七:（赶忙端起了猎枪）少啰唆！扔吧！先说好了，扔不准还是你的钱!

老松伯故意把手中的钱袋摇得更响。

老松伯：你再往前一点儿，这钱借来得不容易哩!

李七：你少废话！老子有言在先了，扔不到船上，还是你的钱。

老松伯：你看，你帮忙就帮到底。真扔水里，咱不都麻烦嘛!

李七：你真是鸡蛋不多，啰唆不少。

李七说着，放下枪，又往前划了两下。

这时，潜伏在桥墩边的二奎叔将头缩入水中，向木船潜游过去。

老松伯趁势丢下钱袋，抓起一柄斧头跳下木桥，奋力游向木船。

29. 苇丛中 夜 外

砰的一声枪响，一溜火光擦过水面。

李大蒙朝跳水的影子开了一枪，但为时已晚。

30. 木桥边 夜 外

李七慌乱中也冲水中放了一枪。但是，在木船的摇晃下，他站不稳，枪也失去了目标。

二奎叔两手抓着船边，用力晃着船。他想将船晃翻，在水中擒拿活口，但木船笨重，并不容易掀翻。

31. 苇丛中 夜 外

隐藏在小木船上的李大蒙见势不妙，举枪朝河中又放了一枪，然后急忙放下枪，划船赶去。

32. 木桥边 夜 外

在老松伯与二奎叔合力要将木船掀翻的时候，李七扔下手中的猎枪，一个鱼跃跳下木船，钻入水中。

老松伯、二奎叔丢下木船，拼力游水往前追赶。

李大蒙的小木船越来越近，李七伸手求救。

李七：（呼喊）快！快！

李大蒙伸出一只手去拉李七。

二奎叔一个鲤鱼翻跳上小木船，双手将弯腰拉李七的李大蒙抱住。

李七见势不妙，抓住李大蒙的胳膊，双脚猛力蹬船，将李大蒙拉下水，拖着李大蒙游向岸边。

二奎叔也被李大蒙带下了船，他死死抱着李大蒙不放。

李七反手照二奎叔的脑门连击两拳。

被打晕的二奎叔沉下水去。

李七背起李大蒙钻进苇丛中。

赶来的老松伯捞起下沉的二奎叔，将他背上岸。

33. 木桥上 夜 外

马云霄带领王鲁北、于河清赶到木桥上。

老松伯背着二奎叔爬上木桥，王鲁北、于河清赶忙上前接下二奎叔。

老松伯喘着粗气，指着河中。

老松伯：李大蒙……跑了！

马云霄举起手枪，朝李大蒙他们逃去的方向开了两枪。

枪声划过夜空，格外响亮。

34. 土公路 日 外

马云霄、王鲁北、于河清走在通往城里的土公路上。

（画外音）：王鲁北和于河清考上了城里的高小，马云霄也考入济南高等师范学校去深造。师生三人一同走向人生的新起点。

王鲁北、于河清抬着马云霄的大皮箱，马云霄提着他们俩的两个小包，师生三人满怀信心地向前走着。

35. 火车站 日 外

他们三人走进火车站，上了站台。王鲁北、于河清放下行李箱，马云霄把他俩的小行李包递给他们。

马云霄：（嘱咐）城里高小的金光东、蔡素英，是两位正直、进步的年轻老师。你们俩的情况我已经介绍给他们了，他们会照顾你们的。

王鲁北和于河清点头。

马云霄：日寇占领了我国的东三省，烧杀我们的同胞，掠夺我们的资源。你们要做有志向的学生，更要做爱国的青年！

王鲁北：放心吧老师，我们要做对国家有用的人。

于河清：马老师，您高等师范毕业后还回禹城吗？

马云霄：看形势发展吧！山不转水转，我们总会有见面的时候。

一列南去的火车进站，停在站台上。它吐着白雾，喘着粗气。

马云霄提起皮箱，朝他们挥了挥手，转身走向客车。

王鲁北、于河清恋恋不舍地向马老师招手。

火车一声长鸣后缓缓启动，徐徐南行。

二人向渐渐远去的火车挥手。

36. 禹城县第一高级小学 日 外

（画外音）：禹城县第一高小设在城东街文庙内。文庙始建于唐朝，重修于清朝道光年间。院中有大成殿和明伦堂两座主要建筑，造型古朴典雅，高大宏伟。

王鲁北、于河清来到了学校的大门前，他们停下脚步，望着琉璃绿瓦、红漆大门的学校。

他们迈步进门，看到了朱熹亲笔的“耕云钓月”石碑。

随后，他们绕过影壁墙，抚摸着墙后的两棵粗近两米，高十几米的古柏。

走进校园后，浮光溢彩的大成殿展现在他们眼前。

（画外音）：大成殿原是供奉“大成至圣文宣先师孔子”神位的，明伦堂是学宫秀才们每月集聚诵文读经的殿堂。现在，这两个殿堂变成了高小两个年级的教室，院子的厢房则成为学生的宿舍和教师的办公室。

校长王铁台是县党部执委。他遵循礼教，严格规范学生的行为，他瞪起眼来又大又圆，人们送他一个外号——王铁牛。

37. 教室内 日 内

穿着长袍马褂，光脑壳、戴眼镜的王铁牛在给学生上课。

王鲁北、于河清、丁钢坐在一百多名学生中。

王铁牛在黑板上写着"一个政党，一个领袖"，然后画了一个大括号，括号后边写"一个主义"。

王铁牛：（指着黑板）我们的国家，不能分裂。什么这主义、那主义，就只有一个主义——国父创造的三民主义。国父推翻了满清政府，建立了中华民国，功不可没。

于河清：（嘿嘿地笑）哪还有什么国父？不早换蒋介石了嘛！

王铁牛：蒋委员长继承国父大业，救国救民……

丁钢：（打断他）孙中山先生在国共合作的基础上才取得了北伐战争的胜利，这我们都清楚。可蒋介石变"联共"为"剿共"，枪口对准了抗日救国的工农大众和爱国知识分子，这不是祸国殃民的败类吗？

王铁牛：（气急败坏地一拍桌子）共产党搞"赤化"，乃心腹大患，心腹之患不除，必有后顾之忧。这是蒋委员长实施的"攘外必先安内"策略，你们小小年纪，懂什么！

屠子明出现在教室门口。

屠子明：（狐假虎威地）你们是不是学生？是学生就要听校长的话，谁不听话就开除谁！

王铁牛拿起教案，气冲冲地甩袖而去。

38. 学校图书室 日 内

图书室墙上挂着一条红布横幅，横幅上写有"爱国读书会"五个黄色大字。

金光东和妻子蔡素英在辅导学生阅读书籍。

图书室内有《新青年》《呐喊》《团结》《读书生活》《世界知识》《大众哲学》等进步书刊。

小黑板上写着作文题目：黎明。

王鲁北、于河清、丁钢等学生正围在阅览台边思考着写作文，他们不时地翻阅着参考书籍。

蔡素英在给丁钢讲解，王鲁北拿起一本《新青年》杂志走向金光东，指着里面的文章向老师请教。

39. 金光东家 夜 内

金光东拿着一本《共产党宣言》正给王鲁北等学生讲课。

金光东：共产主义社会，是人类最先进、最文明、最理想的社会。共产党的奋斗目标就是带领无产阶级推翻压在劳动人民头上的“三座大山”，实现共产主义！

蔡素英：我们今天组织的“民族解放先锋队”，就是为抗日救国和将来实现共产主义社会搭建的一个桥梁。

金光东：同学们就是这个桥梁的柱石。我们要团结起禹城全县的进步爱国青年，逐步壮大我们的组织和队伍，为实现我们的目标而奋斗！

王鲁北等学生聚精会神地听着，紧紧地握住了拳头。

40. 大门口 夜 外

金母拿着一把芭蕉扇，在门前来回走动。

41. 王铁牛办公室 日 内

王铁牛和王鲁北对桌而坐。

王铁牛：我这个舅舅……远是远了一点儿，可常言说得好——是亲三分向啊！我还能让你跳火坑吗？你千万不要和那些激进分子搅到一起，他们是兔子尾巴——长不了的！

王鲁北思考着。

王铁牛：你们的屠子明老师这不也加入国民党了，你还……

王鲁北：我认为国民党的“攘外必先安内”是极端错误的。正是这种错误的策略，给日本帝国主义可乘之机，让我们丢了东北三省。

王铁牛：蒋委员长也不是不抗日，放弃东三省是缓兵之计。日本人的飞机大炮何等厉害，中国军队这些武器装备能顶得住吗？

王鲁北：当年革命军的武器也比不过北洋政府，还不照样胜利了！你顽固地站在错误立场上，能不让晚辈们寒心吗？我认为，只有共产党提出的联合抗日主张才能救中国！

王铁牛：（面红耳赤）你也被赤化了！你站在谁的立场上说话？你们些乳臭未干的毛头小子能兴起什么风浪？你不要误入歧途！

王鲁北：（慷慨激昂地）全国同胞都在请愿抗日救国，难道都是被赤化了吗？我们宣传抗日救国是误入歧途，难道都跟蒋委员长去当亡国奴才是正途吗？

王铁牛：（气急败坏地拍着桌子）我不管你歧途、正途，在我的学校里只准老老实实上课，不准任何人搞歪门邪道，否则，我就请他走人！

王鲁北啪地拍了一下桌子，随即站起来气昂昂地走出去。

42. 画面内容 日 外景

全国各地学生掀起反对日本帝国主义侵略的运动。

北京、天津、济南等地的学生打着横幅举着旗帜走向街头。

他们的旗帜上写着：

山东大学国难后援会；

济南高等师范民族先锋队；

育英中学抗日救国社；

曲阜师范抗日义勇团；

……

各游行队伍汇集在一起示威请愿。

他们的旗帜上是：

济南学生代表团；

青岛学生代表团；

泰安学生代表团；

曲阜学生代表团；

……

马云霄的身影出现在济南代表团中。

学生们举着横幅、旗子，高呼口号，紧握拳头，义愤填膺。

43. 高小门前 日 外

金光东、蔡素英带领着王鲁北、于河清、丁钢等一百多名学生举着横幅、旗子走出校门。

44. 禹城火车站 日 外

请愿团冲破军警阻拦，冲上站台，登上列车。

45. 济南火车站 日 外

南下的一列列客车、货车上，站满了请愿团的学生们。

46. 南京总统府前 日 外

全国各地的青年学生齐聚总统府前请愿。

青年学生：全面抗战！国共联合，枪口一致对外！坚决反对不抵抗主义！打倒汉奸卖国贼！

在请愿的队伍中，有马云霄、金光东、蔡素英、王鲁北、于河清、丁钢等人的身影。

47. 高小校园中 日 外

屠子明、舒美玉在贴一张“通告”。

通 告

经县教育科批准，将煽动学生闹事的教师金光东、蔡素英调职到苇河镇小学任教。

对带头参与闹事的学生王鲁北、于河清、丁钢予以除名处分。

望全体师生引以为戒！

特此通告

中华民国二十二年夏历十月五日

丁钢等众多学生走上前围观。

丁钢看完后向学校图书室走去。

48. 图书室 日 内

金光东、蔡素英正带领王鲁北等学生学习。

丁钢走进图书室，与金光东耳语。金光东听毕，转身对蔡素英耳语。

蔡素英点点头，随后叫着王鲁北等几个学生走出去。

金光东对于河清、丁钢等几人招了下手，大家凑到近前，金光东小声地说着，众人点头。

49. 校园 夜 外

王铁牛与屠子明在校园中悠闲地转着。

灯影中，几个学生在议论着什么。王铁牛与屠子明走过去。

屠子明：（呵斥）天这么晚了，还喳喳什么喳喳！

王铁牛：不知道是星期六吗？早些休息吧！

几个学生慌慌张张地走回宿舍。

两人转到节孝祠前，王铁牛停下脚步，屠子明还在喋喋不休地说着。

屠子明：对这些胡闹腾的人，就不能心慈手软……

王铁牛心不在焉地望着屠子明。

屠子明看到了王铁牛的情态，又仰脸望向节孝祠，便心领神会地哦了一声，然后呵呵笑着扭身离去。

王铁牛上前推开了半掩着的院门。

50. 舒美玉宿舍 夜 内

舒美玉正在床前洗脚，王铁牛推门而入后又熟练地反手关门上拴。

舒美玉：（胡乱地擦着脚，嗲声嗲气地）哦哟，大校长呀！俺还以为你忙得把人家给忘了呢！

王铁牛上前抱起舒美玉，放在床上。

王铁牛：（温情地）哪能啊，我的大美人！忘了谁，也不会忘了你呀！

舒美玉：（抚摸着王铁牛的嘴巴，温柔地）是吗？

王铁牛：这还用说嘛！知我心者，美人也。再忙也不可能忘了星期六这个日子。

王铁牛、舒美玉会心大笑。

舒美玉：你可真够狠心的，把你外甥也开除啦！

王铁牛：女人不懂男人心，这叫无毒不丈夫。好了，这个时刻，分秒值千金。来来，快办我们的正事吧！

王铁牛说着，伸手为舒美玉宽衣解带，舒美玉拽过花被单蒙在她和王铁牛的身上。

正当两人神魂颠倒时，突然传来咣当一声震响，屋门被人撞开了，一道明亮的手电光照亮全屋。

惊慌失措的王铁牛拉开了花被单。

王铁牛：（呵斥）谁?

金光东：（厉声）捉奸拿双！走，到县教育科去说明白吧！

金光东、于河清、丁钢等人堵在屋门口。

王铁牛、舒美玉慌乱地扒拉着衣服。

51. 大街 夜 外

蔡素英带着王鲁北等同学在大街上贴着一张又一张标语和抗议书。

正逢大集，众多赶集的人争相观看着标语和抗议书。

标语上的大字是：

坚决将道德败坏、作风恶劣的王铁牛驱出第一高小；

强烈要求县教育科取消开除学生的处分；

任何人不得干预师生的抗日救国宣传活动！

52. 一面墙边 日 外

墙上贴着一张抗议书。

一位穿长袍、留分头的中年人正在驻足观看抗议书内容。

禹城县第一高小校长王铁牛作风恶劣，道德败坏，下流无耻，影响极坏。王铁牛顽固地实行封建礼教，反对、压制教师和学生的抗日救国宣传活动。强烈要求县教育科将其驱除出县立第一高小，撤销调离教师、开除学生的错误决定。

驱逐敌寇、救国救民乃国人第一要务，抗日救国宣传是爱国师生义不容辞之责。恳请县教育科认清目前形势，不干预师生的抗日救国宣传活动。

禹城县立第一高级小学全体爱国师生

周围的人越围越多，人们议论纷纷。

居民：这个王铁牛，看着人五人六的，还是个老流氓啊！

知识分子：让这种人当校长，不是玷污圣人嘛！

商人：看着道貌岸然，实则男盗女娼。

庄稼人：乌龟王八蛋！不叫打鬼子，等死啊！

53. 集上 日 外

第一高小游行的队伍中，金光东、蔡素英走在学生前面，王鲁北、于河清、丁钢等人带头喊口号。

队伍穿过大集，冲进县衙。

54. 李家寨黑店 日 外

店门前，用苇箔搭起来的棚子下摆着一张低矮的长条桌，桌上放着一把铜把泥茶壶和两只泥茶碗。桌子两边各放一根长条宽面的板凳。

李大蒙和李七坐在凳上喝着茶，李大蒙喝一碗，李七斟一碗。

从北边匆匆走来一个小老头，五十多岁，一米五左右的个子。

小老头肩扛一根与他个子差不多高的粗竹竿，竹竿上系着一个小包裹。走过店前时，他加快了步伐，这让李大蒙看出了蹊跷。

李大蒙：（冲小老头）客官，不急着赶路，喝杯茶再走。

小老头本想快速闯过去，没料到店主要“请”他喝茶。

小老头：（侧身扭头，边笑边走）不了，不了。到家还有段路哩！

小老头说着脚步不停地继续前行。

李大蒙冲李七使了个眼色。李七噌地赶过去，像老鹰抓小鸡一样一把抓住小老头的衣领，把他拉了回来。

李七将小老头向板凳上一按，小老头坐在板凳上。

李七：（埋怨）你这个人，出门在外咋不识相哩！店主请你喝茶，你就喝一碗呗！

李大蒙：（打量着小老头）从哪儿来呀？

小老头：（不慌不忙地）前几年逃荒去了东北，投奔老乡混日子。这不，小日本把关东占了，混不下去了，回家呗！

小老头说着无奈地摊开双手，然后又解下系在竹竿上的小包裹，扒拉着里边的几件衣物。

小老头：你看看，没啥值钱的玩意儿。哎！也活该倒霉，本来存了俩钱的，在关外叫小鬼子给掏光了。这小鬼子也真他妈的缺德，盘缠也不给留，一路上讨着饭回来的。

小老头喋喋不休地唠叨着，又把解开的小包袱重新系好。

小老头：（起身扛着竹竿挑着小包袱，冲李大蒙二人）不打扰店家啦！前面几里就到家了。

小老头说着就又上了路，可他走出二十来步，回头瞧了一下。

小老头看到李大蒙两眼正直勾勾地盯着他。

李大蒙：（吩咐李七）七儿，有鬼。去把他弄回来！

李七：（撒丫子跑向前去，冲小老头喊）站住！回来！

听到李七这一喊，小老头也跑了起来。可一个小老头哪是年轻、腿又长的李七的对手，没跑多远，小老头又被李七抓住了。

55. 店内 日 内

李七一手拉着小老头跟随李大蒙直接进了“保险店”，李大蒙随手关上了店门。

李七夺下小老头的竹竿，拿在手上掂了掂，随后弯腰抓过地上的一把月牙斧，将竹竿另一头顶在墙根下，举起斧子照准竹竿劈了下去。

裂开的竹竿里哗啦啦掉出一些油纸包，竟然是手枪零件和子弹。

李七撕开油纸包，把零件一一组合，组成了两把烧蓝的德国造手枪。

李大蒙：嘿嘿！知道私藏枪支该当何罪吗？

小老头：（脸色刷白，慌忙跪地求饶）店家行行好吧！咱都是十里八乡的老乡。

李大蒙道：说实话，哪乡的？

小老头：（结结巴巴）我……我……

李七：（上前踢了小老头一脚）不说实话呀！送他到局子里去！

小老头：（手指南方）俺是水寨寺大刀会的。这两把家伙是俺们白会长济南的一个朋友送的。

李大蒙：（又嘿嘿两声）跟我说不着，枪得送给我先用用了。

小老头：（忽然爬起，连连摇头）那可不行，白会长还不要了我的小命啊！

李大蒙冲李七使了个眼色，李七抓过一根麻绳，三两下就网了一个扣，伸手套在小老头脖子上，李大蒙抓住了绳子的另一头。

小老头：（挣扎着）大刀会饶不了你……

一句话没说完，小老头就被两人勒得翻出了白眼珠子，口吐白沫。

李七照准小老头的后脊梁骨猛蹬一脚，小老头瘫倒在地，一命呜呼。

56. 黑店内 夜 内

李大蒙、李七、杨大巴子等几十个地痞流氓围了满满四大桌，正在胡吃海喝。桌上鸡鸭鱼肉，杯盘狼藉。李七和杨大巴子抱起瓷坛子挨个儿碗倒酒，酒溢出了粗瓷大碗，酒香四溢。

李大蒙：（面红耳赤地站起来）弟兄们，今儿把大家请来，是要用大家的一把子力气打下王家屯，砍他几颗人头，大哥重赏！

几十个匪徒全部站起来。

杨大巴子：（手拍胸膛）没问题，大哥的事就是我们的事。

李七：（喊道）干杯！到阵上谁也不能当孬种！

匪徒们个个举起碗，一饮而尽。

57. 王家屯寨墙内 夜 外

老松伯、二奎叔及四秃子观望着寨墙外的情况。

58. 寨墙外 夜 外

李大蒙等匪徒弯腰端枪，蹑手蹑脚地向村寨走来。

59. 寨墙内 夜 外

老松伯：（扭头对二奎叔，急切地）二奎子，你赶快去水寨寺请大刀会！（转头又对身边的四秃子）向自卫队发信号！

四秃子朝空中开了一枪，一溜蓝火星子蹿上天空。

老松伯瞄准寨外的黑影开火，一条火舌喷向寨外的黑影。

60. 寨墙外 夜 外

一个黑影啊呀一声倒地，其余人慌忙卧倒。

61. 寨墙内 夜 外

听到鸣枪信号的自卫队陆续跑来，一个个将土枪瞄向寨墙外，三十几个人一起开火，映得寨墙外一片火红。

62. 寨墙外 夜 外

李大蒙：（挥舞着手枪喊着）冲上去！一个人头赏二百大洋。

匪徒们爬起来，跟着李大蒙、李七往前冲。

突然，他们身后传来喊杀声，响彻云霄。

二奎叔双手持土枪，领着大刀会会长白涛等三十多人从匪徒们的身后包抄上来。

大刀会的成员们在白涛的指挥下，挥舞着大刀，吼声震天。

大刀会成员：冲啊！杀呀！报怨仇啊！

李大蒙、李七等匪徒望风而逃。

69. 寨墙内 夜

老松伯等自卫队队员听到喊声后一起跳下寨墙，呼喊着冲上去，与二奎叔领来的大刀会汇合。

他们的脚下横躺着两具尸体。

二奎叔：（对老松伯）大哥，我还没到水寨寺，白涛会长和大刀会的兄弟们就已经听到枪声赶来了！

老松伯闻言扑上去抱住了白涛，非常激动。

老松伯：多谢白会长相救。

白涛道：不客气！我们都是自家兄弟爷们儿。不管他什么土匪杂团，谁敢欺负咱，咱就和谁干！

二奎叔：（划着火柴观看一具尸体的面容）很可能是李家寨的李大蒙一伙人。

白涛：（愤愤地）前几天，济南府的一个哥们儿派人给我送来两把真家伙，在李家寨一带被劫了。没准就是李大蒙这帮狗杂种干的！

老松伯：（豪爽地）白会长，啥事用到王家屯的弟兄们，捎个信儿就到！

白涛：一言为定！

老松伯：一言为定！

64. 平原师范校园 日 外

（画外音）：这里是二十世纪三十年代中期的平原师范，校园坐落在老县衙内。这里苍松遮天，翠柳蔽日。环境古朴，文脉源远流长。

课外活动时间，校园中满是进行着各类活动的学生，打乒乓球的、打羽毛球的、打篮球的等等。

65. 校园中的翠柳湖畔湖水冰封 日 外

冬天的翠柳湖，湖水冰封，翠如碧玉，湖面成了一个大型的滑冰场。

王鲁北、于河清、尹冬梅、高凤鸣、谭西山、齐令天正在与同学们滑冰，他们一个个弯着腰，铆着劲风驰电掣。

王鲁北已长成高大、硬气的青年汉子，于河清也越发英俊帅气。

初学滑冰的尹雪梅不得要领，刚滑出几步远就摔了一个四仰八叉。正好王鲁北滑过来，伸出两只手拉起了尹雪梅。

王鲁北拉着尹雪梅的手，指导着她继续练习。尹雪梅渐得要领，在王鲁北的搀扶下稳稳滑动。王鲁北慢慢松开尹雪梅的手，尹雪梅慢慢滑着，但仍显得战战兢兢。

66. 尹少康家 夜 内

尹少康正挥笔书写着岳飞的《满江红》。

尹雪梅、尹冬梅在收拾碗筷，刘大夫在洗衣服。

外面响起敲门声，尹冬梅前去开门。

尹冬梅：谁呀？

门被打开，从外面吹进一阵裹挟着雪花的冷风。

身上落满雪花的王鲁北和于河清走进来。

王鲁北、于河清：（客气地）尹主任好！

尹少康：（停下手中的笔，抬起脸点头）你们好！

尹雪梅拿起一把扫床的黍米穗笤帚，给王鲁北扫身上的雪。尹冬梅则拉过一条毛巾，帮于河清抽打身上的雪。

刘大夫：（擦着手，笑盈盈地走过来）冷吗？（转身对两个女儿）快去沏杯热茶。

尹雪梅忙去拿茶杯。

王鲁北、于河清走到尹少康写字的案台前，欣赏着他的书法。

王鲁北：大气，豪壮！

尹少康：你说的是词，还是字？

于河清：字词俱佳。

尹少康潇洒地写完落款，放下毛笔。他燃起一支烟，吸了一口，喷着烟雾在身后的椅子上落座，并指了指旁边的沙发，示意他们坐下。

尹雪梅和尹冬梅端过来两杯茶、一盘花生、一盘瓜子，放在茶几上。

王鲁北：尹主任，国难当头，我们国家多么需要像昔日的岳飞一样的将领啊！

尹少康：（点着头）是啊！岳元帅、戚将军、文天祥，如今都到哪儿去了？

王鲁北：当年文天祥过平原时，也留下了“公家兄弟奋戈起，一十七郡连夏盟。贼闻失色分兵还，不敢长驱入咸京。”的诗篇。

尹少康：（频频点头）他们都是国家的栋梁之材。

王鲁北：同学们准备成立“青年抗敌救国会”。

于河清：想请您做我们的顾问。

尹少康听着，慢慢站起来，在烟灰缸中摁死烟头。他两手按桌，思忖良久，又坐回到椅子里。

尹冬梅终于沉不住气了。

尹冬梅：爸，这有啥为难的？“莫等闲，白了少年头，空悲切”！

尹少康望着妻子，她的眼神中尽是迷茫。

尹少康看着女儿，又看看王鲁北和于河清。他们投来殷切期待的目光。

尹少康：（慢声慢气地）前年，中共平原县委原书记段尔平被逮捕后，经不起敌人的严刑拷打，叛变了。他在出卖了十几个共产党员的同时，也出卖了自己的灵魂……

（闪回）

67. 警察局刑讯室 夜 内

段尔平被吊在房梁上，被国民党特务严刑拷打着。

特务甲：（狠狠抽了一皮鞭）招不招？

特务乙端起一盆水照他头上泼去。

特务丙拿起烧红的烙铁烙在他的胸脯上。

段尔平惨叫一声。

特务甲：招不招？

段尔平无力地点点头。

特务乙和特务丙走上前解开了绳子。

68. 城西大洼 日 外

警车上拉着被逮捕的十几名共产党员。

警车开到城西大洼，特务们将一个个共产党员押下车。

共产党员们的脸上都是英勇不屈的神情，挺直着身体。

一阵枪声响过，他们一个接一个倒下去……

69. 段尔平家 夜 内

风雨交加的夜晚，一个蒙面大汉翻墙进入段尔平的家，撬开段尔平的屋门，拔枪闯入。

听到动静的段尔平起身摸枪，但一支枪已经对准了他的脑袋。

大汉把蒙脸的布扯下，正好一道闪电划过，段尔平看清了大汉的面孔——马云霄。

马云霄：（厉声）我要代表党和人民惩罚你！

段尔平妻子：（哭着求饶）行行好吧！饶他一命。

马云霄扣动扳机，两声枪响后，段尔平一脸血地瘫倒在床上。

马云霄：（对垂头哭泣的段尔平妻子）罪有应得！

马云霄说完转身离去。

（闪回完）

70. 尹少康家 夜 内

尹少康又点燃一支烟，烟雾袅袅上升。

王鲁北：先烈们的血，不会白流的！

尹雪梅：我们要继承他们的遗志啊！

尹冬梅：（走过去摇着爸爸的胳膊）爸，你应该带领我们干哪！

于河清：（抓住尹少康的另一只手）尹主任，带我们干吧！

王鲁北和尹雪梅也走过去。

王鲁北：我们已经有许多觉醒的青年，就缺您给我们指路了。

尹少康又一次摁死烟头，抚摸着尹冬梅和尹雪梅的手。

尹少康：我就是担心你们，怕连累了你们。我还是走教育救国的道路吧！

尹少康：（顿了顿）咱们这里调来一位新老师，明天上午鲁北和河清去接站。他可能会带领你们找到前行的道路。

王鲁北：（惊喜地）是吗？

尹冬梅：爸，就你胆小！你不干，我和雪梅姐可要干啦！

尹少康：（对妻子笑笑）看看，咱家要出花木兰哩！

刘大夫欣慰地笑着。

71. 火车站 日 外

一列火车呼啸着进站。

站台上，王鲁北、于河清激动地等待着。

马云霄一手提大皮箱，一手提小皮包，跟随下车的旅客迈下了火车。

王鲁北、于河清惊喜地对视，然后一同向前跑去。

马云霄放下皮箱和小皮包，一手拉住王鲁北，一手拉住于河清，师生三人紧紧抱在一起。

王鲁北：马老师！太好了，我们做梦都盼望着您来！

于河清：昨晚我还梦到您呢！

马云霄：是啊！我也想你们哪！山不转水转，我们又走到一起了。

王鲁北弯腰抓起大皮箱，扛在肩上。于河清提起了小皮包，一只手仍拉着马云霄。师生三人有说有笑地走下站台。

火车呼啸着奔驰而去。

72. 平原故城遗址 日 外

马云霄带领着王鲁北、于河清、尹雪梅、尹冬梅、高凤鸣、谭西山、齐令天等同学到古平原遗址参观。

马云霄：当年，安禄山、史思明叛乱，起兵范阳……

（画面内容）：

安禄山率十五万精兵南下，攻克洛阳，直逼潼关；

平原太守颜真卿统领二十万大军横断燕赵；

安禄山派部将段子光提着李憕等人的首级来到平原郡，妄图胁迫颜真卿降服；

颜真卿毫不畏惧，刀斩说客段子光，召集将士举行誓师大会；

颜真卿历数安禄山、史思明叛国罪行，激励众将士齐心报国；

反叛盟军与叛军激战数月，为唐王朝平叛赢得了时间。

马云霄：颜郡守这种不畏艰险、智勇退敌、安国平叛之精神赢得了后人的敬仰。

王鲁北：这才有了文天祥的壮丽诗篇——“公家兄弟奋戈起，一十七郡连夏盟。贼闻失色分兵还，不敢长驱入咸京”。

（画面内容）：

戴着枷锁的文天祥被押在木笼囚车中，囚车后是元朝的皇家亲兵；

囚车过平原故城，刚毅不屈的文天祥望到城门楼上“平原郡”三个字；

文天祥：平原郡！哈哈哈哈……平原郡！一朝渔阳动鼙鼓，大江以北无坚城。公家兄弟奋戈起，一十七郡连夏盟。贼闻失色分兵还，不敢长驱入咸京……

王鲁北等同学的脸上露出坚定、刚毅的神情。

寒风吹过，故城萧瑟，更凸显王鲁北等壮志青年爱国救国的不屈之志。

73. 翠柳湖 日 外

王鲁北与尹雪梅并排在冰上滑翔着，速度飞快，像两匹脱缰的骏马，驰骋向前。尹雪梅头上的红色围巾似一簇跳跃的火苗，格外耀眼夺目。绕湖滑了几圈后，二人气喘吁吁地停在湖边。

尹雪梅：知道这翠柳湖的来历吗?

王鲁北摇头。

尹雪梅：传说，这湖原称“饮马湖”。东汉末年，刘备做了平原相，便封关公、张飞为别部司马。他令赵云率军在县衙门前开掘了这座湖，令张飞带领车马队从黄河岸边的鹊山运来石条、石板，铺在湖底，砌起湖坡。从此，这儿便有了这片湖，供驻军饮马专用。

王鲁北：哦，这翠柳湖还挺老的。

尹雪梅：后来，兵士们在湖边栽满了柳树，再后来人们就渐渐把“饮马湖”这个名字忘记了，因着这湖畔翠柳，称起了“翠柳湖”。

王鲁北：（深情地感慨）唯有翠柳年年绿，不见骠骑饮马来。

尹冬梅骑着一辆德国产自行车飞奔而来。

尹雪梅：有啥事？

尹冬梅在湖畔刹车，但未下车。

尹冬梅：（冲二人）有请二位大驾！

尹雪梅：谁？

尹冬梅：到家便知。

尹冬梅说完，蹬车而去。

王鲁北、尹雪梅脱下滑冰鞋，提鞋上岸。

暮色渐渐降临。

74. 尹少康家大门口 傍晚 外

一棵槐树在寒风中摇曳。

尹冬梅骑车带着于河清在门口停下。

于河清下车，尹冬梅骑车进了大门。

75. 尹少康家 夜 内

尹少康同马云霄对桌而坐，王鲁北、于河清坐在两旁。桌上已有几样小菜和两小盘花生瓜子。

尹冬梅推门，端来一盘刚出锅的热菜，放在桌子上。

尹少康：（对马云霄）来，干一杯。

尹少康：（对王鲁北、于河清）你们趁热吃菜。

马云霄、尹少康对饮，王鲁北、于河清拿起筷子夹菜。

马云霄：我同尹主任商量过了，根据斗争形势需要，我们要办一个宣传报刊。报刊的名字呢，既要有力量，又要隐蔽。

王鲁北：是代表和反映人民心声的。

尹少康：哎，对！对！

王鲁北：办在平原，用禹城的名字，怎样？

尹少康：你说。

王鲁北：就叫《禹声报》。

马云霄：好，这个名字颇隐蔽。

尹少康：有道理。就《禹声报》啦！

尹雪梅送来一盘热菜。

尹雪梅：还没征求我们的意见呢。

马云霄：把冬梅喊来，你们发表一下看法。

尹少康：她俩呀！嘿嘿，想半年也不会想到这个名字。

正巧尹冬梅端着一盘热菜进门，听到了尹少康的话。

尹冬梅：又是老爸在瞧不起我们。马老师从不这样说话的！

尹少康：哈哈，不服气吧？你俩说个能超过鲁北的名字，我就自罚三杯酒。

尹雪梅：好了爸！还是省下你那酒，请我们马老师多喝一杯。

尹少康：看看！老马——你说养女儿啥好处？胳膊肘子都往外拐。等以后出嫁了，还不把我这百十斤肉也给搜刮干净了。

马云霄：（笑笑）不都说女儿是小棉袄嘛！

刘大夫端来一盘热菜，笑嘻嘻地放在桌上。

刘大夫：别看少康年岁不老，可是老夫子观念哩！从不把俺们女士放在眼里。

尹少康：你这当大夫的也说反理。咱家谁说了算老马也很清楚。我还不是天天被你们母女三个牵着鼻子走嘛！

众人大笑。

马云霄：好！咱们商量一下分工吧！

76. 师范图书室 夜 内

王鲁北等人在为《禹声报》写稿子。

王鲁北的稿纸上写着“发刊词”，于河清的题目是“四万万同胞团结起来”，高凤鸣的题目是“拿起刀枪冲向战场”，谭西山的题目是“坚决埋葬日本帝国主义”，齐令天的题目是“不灭日寇誓不休”。

王鲁北望着发刊词浮想联翩。

（画面内容）：

“九·一八”事变的炮声；

日寇肆无忌惮的行径；

流离失所的同胞兄弟；

抗日盟军的拼死抵抗和英勇反击；

岳飞抡枪杀敌；

戚继光挥刀斩倭；

郑成功率军收复台湾；

文天祥挥笔写下“人生自古谁无死，留取丹心照汗青”；

林则徐指挥守疆清军炮击英舰。

王鲁北奋笔疾书，写下发刊词的题目：还我河山

（画外音）：王鲁北历数抵御外敌的民族英雄及保家卫国的爱国将领的丰功伟绩，洋洋洒洒几千字，文章最后以一首诗铭志：

国破民穷贼霸道，
苛捐杂税如牛毛。
日寇蹂躏我国土，
独夫民贼任逍遥。
恶魔吸尽千家血，
强盗榨取百姓膏。
中华民族遭涂炭，
立志驱寇救同胞。

77. 尹少康家 夜 内

尹少康在刻蜡版。

尹雪梅、尹冬梅在用一台老式油印机印刷《禹声报》。

78. 平原城内大街 日 外

城内大街的显要位置都贴满了《禹声报》，三五成群的人们争相观看着。

79. 禹城火车站 日 外

改了装扮的王鲁北、于河清迈下火车，一人挎着一个绿色帆布包，走出车站。

80. 丁钢的副食店 日 外

丁钢坐在摆满各类副食的摊子后。

丁钢：（吆喝）烟台苹果莱阳梨，禹城红枣赶大集。核桃香，栗子甜，禹城花生过大年。莲子白，山楂红，禹城扒鸡贡北京。禹城香油香四方，禹城美酒美名扬！

副食店前，赶集的人们熙熙攘攘，大小车辆来来往往。

王鲁北、于河清一前一后走来。

丁钢：客官买点啥？这里的东西相不中，请里屋看货。

丁钢：（一手指着门店）请，请。

王鲁北、于河清走进店。

81. 城里集上 日 外

王鲁北、于河清穿行在人们中间，将一张张《禹声报》放入人们的筐中，丢进车厢里，塞进衣兜里……

换了装的丁钢也在赶集的人群中发着《禹声报》。

人们争相传阅着《禹声报》。

一位穿大褂的先生：大禹显灵啦！他不但带领人们治水，还要带领人们救国！

一个商人：还我河山！这是岳元帅的声音！岳元帅上阵无可匹敌！

一个卖菜壮汉：是咱禹城人的声音，齐心合力打鬼子！

一个背粮的老汉：明明是全国人的声音！谁愿意当亡国奴？一人一泡尿就能把小日本淹死！

众人大笑。

82. 师范教务处 日 内

几个警察把《禹声报》扔在尹少康面前的桌子上。

警察甲：查一查，是不是你们的学生干的！

尹少康：（理直气壮地拍着《禹声报》）先生们，请看清楚了，这是禹声报！

警察乙：对！肯定是出在禹城！

警察丙：（右手抚摸着后脑勺）也是啊！

几位警察面面相觑。

83. 师范图书室 夜 内

庄严的红旗下，马云霄带领着王鲁北、于河清、尹雪梅、尹冬梅、高凤鸣、谭西山、齐令天等人举行入党宣誓。

一张张严肃的面容，一个个紧握的拳头。

马云霄：同志们，考验我们的时候到了！日本帝国主义发动了卢沟桥事变，向我华北发起了疯狂进攻，向我全国发起了疯狂侵略。经鲁北特委研究，同意你们回到家乡发动群众，在各自家乡建立抗日武装，建立抗日根据地。在学校的舞台上，你们是胜利者，交出了优秀的答卷；到社会的大舞台上，相信你们也是强者，一定能作好人生的大文章。同志们！肩负着党和人民的期望，肩担着艰巨而光荣的任务，出发吧！祝你们旗开得胜，捷报频传。

马云霄与王鲁北等同学挨个儿握手。

84. 翠柳湖畔 日 外

湖边杨青柳翠，碧波荡漾。

尹雪梅坐在柳树下的石凳上，王鲁北站在湖边，望着湖水出神。

尹雪梅：我知道你心中在想什么。

王鲁北：请说。

尹雪梅：（站起）待从头，收拾旧山河，朝天阙！

王鲁北：我考虑再三，还是我先回去。

尹雪梅：（坚定不移地）不，我再三考虑，必须与你一同前往！

85. 翠柳湖畔 日 外

宛转悠扬的笛声与口琴声从翠柳湖的另一端传来，芦苇茂密的湖边，站着于河清和尹冬梅。

于河清吹着竹笛，尹冬梅吹着口琴，二人合奏着《苇河谣》的曲子。

一曲完毕，二人脸上都汗津津的。

于河清：我和鲁北先行一步，等建起抗日武装后回来接你。

尹冬梅：你们几点的火车？

于河清：下午三点。

于河清：（向尹冬梅伸出手）再见吧！

尹冬梅恋恋不舍地拉着于河清。

86. 火车站 日 外

火车站里人来人往，川流不息，多是些挎着大包、提着小包、扶老携幼的难民。

王鲁北、于河清、尹雪梅提着简单的行李走上站台。

于河清停下，转身望着就要离开的平原县城，怅然若失。

站台上停着一列火车，人们争先恐后地往车上挤着。

一位老人被挤倒在地，王鲁北弯腰拉起老人，将老人推上火车。

87. 火车上 日 内

王鲁北等人走在车厢的通道间，手拿车票寻找着座位。

王鲁北、尹雪梅找到座位后落座。

于河清走到自己的座位前，见里面坐着一个妙龄女郎，她低着头，头上戴着一顶白色的布制礼帽。于河清小心翼翼地坐下。

那女郎抬起头，转过脸看于河清。

于河清：（惊喜地）冬梅！

王鲁北、尹雪梅听到呼喊，赶忙站起。

众人发出欢快的笑声。

88. 火车道 日 外

火车飞驰向前。

（第一部剧终）

鲁北烽火之星星之火

1. 芦苇河 日 外

悠扬的《苇河谣》乐曲回响在广阔的河面。

两岸茂密的芦苇夹着碧波荡漾的河水，河面上有一只木船逆水而行，王鲁北与尹雪梅站在船头，徐徐的河风吹动二人的头发。

于河清和尹冬梅并肩坐在船后吹奏着《苇河谣》。

丁老大奋力划船，船舱中有一个鱼篓，一把鱼叉。

丁老大脸上冒出了汗。

王鲁北：丁大哥，我来划一会儿吧！

丁老大：你行吗？用力不匀，船要走偏的。

王鲁北接过船桨，船稳稳地向前滑行。

丁老大：你还真行啊！

王鲁北：不瞒大哥说，我也是在苇河边长大的。

丁老大摘下脖子上挂着的长杆烟袋，挖了一锅烟叶，划火柴点燃后，坐在船头吸着。

王鲁北用力，木船渐渐加速。

王鲁北：大哥，丁钢的生意咋样？

丁老大：（摇头）唉，不咋样。这不，我给他送去一篓鲜鲤鱼，还有几只野鸭子，让他捎带着卖几个钱。

2. 平安镇码头 日 外

船行至平安镇码头，码头上有两个站岗的保安团团丁。

团丁看到了行驶的木船，其中一个团丁叫起来。

团丁：过来！过来！

丁老大：（小声）是平安镇周三保安团的，想捞点外快。你们甭答话。

丁老大接过桨，把船划到码头边，掏出几张角票递给团丁。

丁老大：老总辛苦了！买盒烟抽吧！

接钱的团丁眯起眼打量着船上的人。

丁老大：从师范刚毕业的学生，我接他们回家的。

丁老大边说着，边将船划离码头。

木船继续前行，悠扬的曲声又重新响起。

王鲁北：大哥，要不让丁钢兄弟回来，咱们弟兄合伙干个大事。

丁老大：兵荒马乱的，啥生意也不好做。他说过几天要跟金老师到沧州去，金老师的姨父是原来国军的一个营长。

王鲁北：（诧异地）沧州？

丁老大：是啊！沧州让鬼子占了，还有啥好事可干！

王鲁北：（沉思地）哦……

3. 沧州城 日 外

乌云笼罩下的沧州城。

城楼上有日伪军站岗，街上有日军的巡逻队巡逻。

身着伪军警备队服装的赵大炮带着日寇大队长山谷二郎和一队伪军走出

城门。

4. 演出厅 日 内

香茗、香苹及她们的爸妈和戏班的二十几人正在收拾东西。

演员甲：班主，我们啥时候走？

香茗爸：黑天吧！这儿已经被鬼子占领，没我们的立足之地了。

演员乙：前些日子就该走。这狗日的小鬼子，跟野狼似的。

香茗妈：（点着头）哎！是该早些离开……

演员丙：（惊慌地跑进来）班主，赵大炮带着鬼子冲我们这儿来了！

香茗妈：（急忙拉着香茗、香苹）藏后室去！

说着，香茗妈拉着两个女儿从边门进入后室，关死了边门。

赵大炮、山谷二郎等人闯进来。

赵大炮：这是干啥？山谷太君来看戏哪！

香茗爸：（迎上前）看戏？好啊！看哪一出？《打渔杀家》怎么样？

赵大炮：什么打啊杀的！就看《梁山伯抢祝英台》。

演员丁：不是“抢”祝英台，是“与”祝英台。

赵大炮：（满不在乎地）就你是明白二大爷。

演员丁赶忙后退几步。

赵大炮：（不耐烦地催促）快开场吧！愣啥愣！

山谷二郎：女演员，统统出来！

赵大炮：（忽然明白）可说哩！光他娘的一帮老爷们儿？

香茗爸：女演员都在东庄演出哩，我们收拾完也赶过去。

赵大炮：（冷笑一声）嘿嘿！我就不信了，一个母的也没有？搜！

随着赵大炮一声令下，几个狗腿子端枪要往后屋闯。香茗妈毅然开门走出来，随手锁上了边门，将狗腿子挡在面前。

香茗妈：（从容地）赵大队长是愿意看坤角儿戏呀！我刚从东庄赶回来，就给大队长唱一出吧！

山谷二郎往前走几步，凝眉看了看。

山谷二郎：（扬手）带走！

两个狗腿子上前拉起香茗妈就走。

香茗爸跑上前要拦，遭到了两个日军的拳打脚踢。

香茗爸爬起来，挣扎着又扑上前，拉住香茗妈死死不放。

山谷二郎拔出手枪冲香茗爸开了两枪。山谷二郎拿着冒烟的盒子手枪瞪着眼地看着大家。

5. 演出厅边门后 日 内

边门后，香茗、香苹透过门的缝隙看到了这一幕。

赵大炮及狗腿子们拉着香茗妈离去。

香茗妈：（挣扎着发出声嘶力竭的呼喊）她爸——

6. 演出厅 日 内

香茗、香苹拉开边门慌慌张张地跑过来，抱起浑身血迹的爸爸失声痛哭。

香苹突然站起来要往外冲，被众人拉住了。

7. 城门口 夜 外

演员甲、演员乙用一扇门板抬回了香茗妈的尸体。

香茗、香苹痛哭着扑在妈妈身上。

8. 城郊 夜 外

树桩前拴着一匹枣红马，马背上驮着装道具的皮箱。地上散乱地堆放着各类道具。

众人埋葬了香茗的爸妈，香茗、香苹趴在爸妈的坟前叩头。

香茗：（擦干泪水）叔叔们！大哥兄弟们！我爸妈没了，但他们创建的戏班不能散。我们走吧！

香苹解下枣红马缰绳，牵着马头往前走去。

众人捡起堆放的乐器和道具，跟了上去。

戏班队伍消失在夜色中。

9. 苇河镇小学 夜 内

校长赵麻子的办公室兼宿舍里，赵麻子正吸着香烟，对面坐着王鲁北和于河清。

王鲁北：赵校长，目前的形势您都很清楚，国共合作抗战已成大局，这也是全国人民的共同心愿。我和河清都是从这儿毕业的学生，想借母校这块宝地建立起抗日游击队，希望您多多支持。

赵麻子：（脸一沉，扔掉烟头）那不乱套了！不行！不行！学校就是学生上课的地方，一天也不能耽误。

王鲁北：您别误会，赵校长，不光不耽误上课，我们还做不拿薪金的教师呢！我们要改编课本内容，上抗日救国的课程。

赵麻子：（气急地站起来）抗日！抗日！有几百万国军哪！就凭你们几个毛头小子，能成啥气候？

赵麻子说着，伸手拉开抽屉，摸出一把手枪拍在桌上。

赵麻子：（气昂昂地）就按我的老规矩上课，谁敢捣乱，我的家伙就不客气！

于河清上前，一把抓过手枪握在手中，挑衅地笑了笑。

于河清：先借你这把枪打鬼子用了，等抗战胜利了再还你。

赵麻子上前要夺枪，被王鲁北伸出的胳膊挡住。

王鲁北：这就是你的不对了，敬酒不吃吃罚酒，这是你自找的！

等在外屋的青年教师李玉、学生路强、校工李茂海及一帮学生一拥而入。

李茂海：他不抗日，也不能让他当绊脚石。把他请出去！

李玉、路强和众学生：（齐声）对！请出去！

路强和几个学生架起赵麻子推到外面去。

李茂海抱起赵麻子的被褥扔到外面。

赵麻子：（呼喊着）你们！反了！反了！我要到县党部告你们！

10. 学校 日 外

全校一百多名师生集中在校园里，王鲁北正在召开动员会。旁边的长条桌边坐着尹雪梅和尹冬梅，她们准备着接受报名登记。

王鲁北：老师们！同学们！日寇侵占了我国东北三省，发动了“卢沟桥”事变，向我华北展开了全面进攻。现已侵占了沧州、衡水等大片领土，正在进攻德州，眼看就打到我们家门口了！我们应该怎么办？

李玉：（带头喊起了口号）中国人要团结起来！

路强：（带领同学们跟着喊）打倒日本帝国主义！把日寇赶出中国去！

王鲁北：对！我们中国人不是好欺负的。我们要团结起来，联合起来！有人出人，有钱出钱，有枪出枪，我们要成立抗日队伍，同侵略者对着干，直到把来犯的日寇全部、彻底消灭干净！经中国共产党鲁北特委批准，我们在苇河镇成立“禹城抗日游击队”。欢迎年龄大的同学参加游击队，练习杀敌报国的本领；年龄小的同学参加抗日儿童团，继续在这儿上课，学习抗日救国的课程。愿意报名的老师和同学请到报名处登记报名。

李玉等几个青年教师和路强等二十多名学生立刻举起手，拥到报名桌前登记。

李茂海：（走到王鲁北跟前）给我也报上名，我干不了大事，可以给队伍做饭烧水。

王鲁北：欢迎欢迎！进了咱抗日队伍，人人都能派上用场。

李茂海：丁家桥的丁老大跟我是拜把子兄弟，他弟兄俩常在咱这一带撒网打鱼，还打野鸭子。他有一杆土炮，丁老二有一支猎枪，俩人枪法都很准。丁老大的土炮瞄准野鸭子群，一炮能打中七八个，多的时候一炮能打十几个。

王鲁北：走，咱一块儿去动员他，让他的炮口对准小鬼子。

11. 丁家桥丁老大家 夜 内

丁老大戴着皮兜肚正在杀鱼，丁老二在灶边烧火，锅里炖着野鸭子，热气腾腾。

王鲁北和李茂海走来。

李茂海：（抽着鼻子）好香，好香，我好有福气呀！

丁老大：今儿吹的什么风啊？把李大哥吹来啦！

丁老二：（起身）李大哥好口福，野鸭子马上出锅。

丁老大：老二，把那半瓶老酒烫上，咱们和李大哥喝两盅。

李茂海：我还领个贵客哩！

丁老大：（笑着）认识，自家兄弟。坐，坐！

三人围桌而坐。丁老二从里屋拿出了半瓶白酒。

12. 水寨寺白涛家 夜 内

于河清：表哥，禹城抗日游击队马上成立了。我知道你是个爱主持正义的人，带领你们大刀会的全体弟兄参加吧！

白涛：那当然！要说打鬼子，你表哥不含糊，咱可不能让小鬼子欺负了。

于河清：好样的，表哥！我们热情欢迎你和弟兄们。

13. 丁老大家 夜 内

桌上摆着一盆热气腾腾的野鸭子肉，丁老二挨个儿斟酒。

王鲁北：（带头端起酒杯）欢迎丁大哥和二哥一块儿参加我们的抗日队伍。干杯！

众人一起干杯。

丁老大：（面向王鲁北）不瞒你说兄弟，老三真的和他那金老师投奔他姨父赵大炮了。

丁老二：（不满地）跟什么师傅学什么艺，跟着黄鼠狼子学偷鸡。

丁老大拿起筷子，又啪的一声扣在桌上。

丁老大：（长叹一声）唉，丢八辈子祖宗的人！

王鲁北：大哥你放心，丁钢不会走下坡路。

丁老大吸一口烟，吐着烟雾摇了摇头。

14. 校园 日 外

校园中坐着全体师生，头上戴着军帽的尹冬梅指挥着师生唱《游击队之歌》。

学生队列后边围满了看热闹的村民，李大婶站在村民中。

队列前面的主席台上并排摆着三张桌子和三条板凳，桌边插着一面鲜红的旗帜，旗上有七个耀眼的黄字——禹城抗日游击队。

校园中墙壁上贴着一条条彩纸标语。

热烈庆祝禹城抗日游击队成立！

全国人民团结起来！

誓死不当亡国奴！

好儿郎保卫祖国保卫家乡！

有人出人，有钱出钱，有枪出枪！

打倒日本帝国主义！

打倒汉奸卖国贼！

坚决将抗日进行到底！

把日本侵略者赶回老家去！

丁老大和丁老二抬着土炮、扛着猎枪走来。

身穿军服的马云霄和头戴军帽的王鲁北、于河清、尹冬梅、李玉、李茂海从屋中走出来，与丁氏兄弟握手，表示欢迎。

二奎叔带领王家屯自卫队的三十多人扛着猎枪走来。自卫队后边跟着吊儿郎当的四秃子，他看到院中有美女，鬼鬼祟祟地凑到王二奎跟前。

四秃子：二奎叔，游击队是不是还给说媳妇呀？

二奎叔：（瞪四秃子一眼，生气地）闭上你那臭嘴！

白涛带领大刀会的三十多人，肩背亮晃晃的大刀走来。王鲁北逐一向马云霄介绍着，马云霄热情地同二奎叔、白涛握手。

路强带领红枪会三十多人肩扛红缨枪走来，红缨飘飘，枪头亮光闪闪。

路强：（向王鲁北）俺爹是路家庙红枪会会长，前天他被选为抗日村长了，让我领着大伙来啦！

王鲁北：好啊！欢迎！欢迎！

王鲁北同红枪会成员们一一握手。

各队伍席地而坐，排列整齐。马云霄、王鲁北、于河清、李玉、尹雪梅、李茂海走到主席台前依次入座。

王鲁北：（站起来高声地）同志们、同学们，今天，我们隆重召开“禹城抗日游击队”成立大会。首先，请中国共产党鲁北特委书记、鲁北抗日支队政委马云霄同志讲话！

马云霄站起，向大家招手致意。大家报以热烈的掌声。

马云霄：同志们、同学们，今天是一个非常有意义的日子，是一个光辉的日子。经中国共产党鲁北特委批复，禹城抗日游击队成立啦！

众人又一次响起热烈的掌声。

马云霄：下面我郑重宣布，经中共鲁北特委研究批准，王鲁北同志任禹城抗日游击队政委，于河清同志任禹城抗日游击队队长。

众人又一次热烈鼓掌。

马云霄：游击队下设四个排。丁老大同志任机炮排排长，王二奎同志任钢枪排排长，白涛同志任大刀排排长，路强同志任红枪排排长。

四人依次站起来，向大家招手，众人热烈地鼓掌。

马云霄：我们的游击队要建立以苇河镇为中心的抗日根据地，经民主选举，李玉同志任苇河镇区抗日区长，李茂海同志任苇河村抗日村长。

坐在桌边的李玉和李茂海站起来，往前跨了一步，弯腰向众人鞠了两躬。

众人鼓掌。

15. 会场 日 外

会场后面的村民中，有一位妇女指着台上逗李大婶。

妇女：你当村长太太啦！

李大婶羞得脸通红，赶忙用两手捂住了脸。

16. 主席台 日 外

马云霄：我们还要筹建后防医院，由尹雪梅同志担任院长。

在主席台另一端的尹雪梅站起来，同大家打招呼。

马云霄：同志们、同学们，全国人民的抗战已经拉开了帷幕，由工农红军改编的八路军，已开赴太行山区，开展山地游击战。督察专员兼保安司令范筑先将军，已在南面的聊城建立起三十多个县的抗日民主政权，共近万人的抗日武装，还建起了抗日学校和后防战地医院。我们禹城抗日游击队的抗战并不是孤立的，城北有我们的鲁北抗日支队，南面有高凤鸣的茌平抗日武装工作团，西边有谭西山的平原抗日锄奸团，东边有齐令天改组齐河红枪会刚刚成立的齐河抗日自卫团。我们各个抗日武装遥相呼应，互相支援。还要争取和改编各区的保安团、自卫团，不断扩大我们的抗日根据地，壮大我们的抗日武装。更要重视建立抗日村政权和武装——民兵排，广泛发动群众挖地道、地洞，自造火药和土地雷。总之，就一句话：全民动员，全民抗战，把一切胆敢来犯的敌人彻底消灭干净！

众人掌声雷动。

王鲁北：同志们，马书记还从鲁北支队给我们调来了政治教官，从聊城的范筑先司令处请来了军事教官。教官们下午就到，从今天下午开始，以排为单位进行政治培训和军事训练。下面由白涛排长和路强排长为我们表演武术节目“双刀进枪”，大家欢迎！

在大家的热烈掌声中，白涛持双刀，路强持红缨枪走向队列前。

马云霄等人站起来，李玉带领几个学生将桌子板凳抬到一侧。

白涛、路强亮相后，开始对打。

白涛抡起两把大刀，刀光闪闪；路强双手握枪，扎进扎出。二人闪展腾挪，你防我进，我守你攻，武功精湛，不分高下。不大会儿工夫，两人额头上都冒出了汗。

王鲁北：武术表演结束，下面欢迎尹雪梅同志为我们唱一首《苇河谣》。

众人鼓掌。

尹雪梅大大方方地走到队列前，向大家鞠躬致谢。

于河清吹笛子，尹冬梅吹口琴，为尹雪梅伴奏。

在悠扬动听的笛声和口琴声中，雪梅婉转悦耳的歌声响彻会场，响彻校园，传向高远明亮的空中……

17. 苇河镇 日 外

（画外音）：悠扬的《苇河谣》歌声：

苇河弯弯流水长哎，
河水清清鱼儿翔哟。
一河芦苇密丛丛哎，
两岸芦花醇又香哟。
风云变幻河水涨哎，
苇河涌起层层浪哟。
芦苇化作千把刀哎，
芦苇化作万条枪哟。
化作刀枪杀豺狼哎，
化作刀枪保家乡哟。

（画面内容）：

绿荫覆盖的苇河镇；

村西有土垒的寨墙及木制的寨门，村东有横跨苇河两岸的木桥；

弯弯曲曲的芦苇河两岸长着茂密的芦苇，河水清澈平静……

18. 李家寨村口打麦场 日 外

收秋后的人们在看村戏，打麦场上围了几百人。

戏台上挂着横幅台标，上面的字是：沧州香茗剧社。

舞台上正演着河北梆子《梁山伯与祝英台》，香茗饰演祝英台，只见她妩媚多姿，艳如桃花，脉脉含情，步履婀娜。

香苹反串小生，饰演梁山伯，她英俊帅气，双目炯炯，步履潇洒，风度翩翩。

姐妹俩正演到“十八里相送”一折，两个眉清目秀的翩翩美少年似两只玉蝴蝶蹁跹在舞台上，美若天仙。她们送了一程又一程，依依不舍，难分难离。

19. 台下 日 外

剧情打动了坐在八仙桌边的李大蒙，他顾不上吸手里的水烟壶，嘴角流出了哈喇子。

已升为副官的杨大巴子手托长杆旱烟袋，正吸得有滋有味。

手枪班长李七的屁股上挎着一把匣子枪，也正目不转睛地望着台上发呆。

小勤务提着一把铜茶壶，不时地为他们添着水。

李大蒙身后立着四个肩挎长枪的保安团团丁。

台下的人们聚精会神地看着戏。

20. 台上 日 外

台上的姐妹俩正环绕着舞台转着、舞着，忽然舞台上空响起两声清脆的枪声，打破了舞台上下欢快的气氛。

21. 台下 日 外

台下的看客们像炸了锅似的四散逃离，转眼间，舞台前只剩下了八仙桌边的几个人。

李大蒙的手枪口有一股青烟袅袅上升，他将手枪和烟壶往八仙桌上一扔，抬手抹了一把嘴角的哈喇子。

李大蒙：还愣着干啥！把那妞拉家里去，拜堂成亲当姨太。

李大蒙说完转身就走，小勤务赶忙收拾起手枪、烟壶，提着铜茶壶跟上去。

李七招呼着团丁们跑向后台。

22. 舞台后 日 外

被枪声吓到的香茗、香苹跑到后台，见剧社的同伴们乱作一团，正不知所措。

香茗：（定定神）大家别慌，我们是与李团总签了合同的。

李七带着团丁赶到。

李七：这下好啦！从今以后不用再演这破戏了，跟团总拜堂当太太吧！

两个团丁上前要拉香茗，香苹施展童子功，抬脚接连两个飞踢，将两个团丁踢翻在地。

另两个团丁趁势架起香茗跑了。

香苹喊着姐姐，抬脚要追，却被地上的两个团丁死死地抱住了腿。

李七拔出匣子枪，对准香苹要开枪，王鲁北抓住他的胳膊举起。一串子弹射向空中，发出一阵声响。

爬起来的一个团丁用枪托捣在香苹头上。

李玉：（大喝一声）住手！（上前将那个团丁推了个趔趄）。

香苹望了一眼，昏了过去。

杨大巴子：你们少管闲事！

王鲁北：人命关天，哪能不管！

李七尴尬地收起了枪。

王鲁北：日本鬼子就要打到家门口了，你们还在这儿欺凌同胞，有本事冲日本人使去！

李玉：杨副官，让你的弟兄把抢去的人送回来！

杨大巴子：嘿嘿，那可是团总的命令，自个儿向团总说去吧！

杨大巴子、李七及团丁扬长而去。

王鲁北：（气愤地望着他们）这样的队伍，能抗日吗？

23. 李玉家 日 内

李玉背着昏迷的香苹匆匆迈进家门，王鲁北及剧社的演员们随后跟进来。

李父、李母慌忙上前照应，帮着李玉将香苹扶到炕上。

李母：（生气地）这个大蒙子，越来越不像话！

李父：（摇头叹气）唉，这个畜生！他爹娘在世时就管不了他。

李玉：爹，这是我们王政委。

李父：（不好意思地）政委，你看我这个侄子，越来越胡闹，管教不好啊！

王鲁北：不怪您大叔。走啥路子，那是他自己的选择。

李玉从脸盆中拿出热毛巾，拧干后搭在香苹额头上。

王鲁北：让大叔大婶照料着，我们过去看看。

24. 保安团部 日 内

李大蒙正坐在太师椅上抽水烟，杨大巴子抽着长杆旱烟袋，李七吸着香烟。三个人正在吞云吐雾，小勤务提着铜壶斟水。

王鲁北和李玉一前一后地走进来。

李大蒙：（抬了抬眼皮）你咋又来啦？

李玉：前天不是同你约好了，我们禹城抗日游击队王政委找你谈谈联合抗日的事。

杨大巴子、李七闻言忽地站起来。小勤务赶忙为他们搬过椅子。

李大蒙挺直了腰板，上下打量起多年前的对手。

（画外音）李大蒙：（心想）一个毛头小子，几年不见，竟变得这般高大英武。看他那眉宇间，流露出威猛和成熟，看来，这个对手是不好打交道的。还是快刀斩乱麻，早点打发他滚蛋了事，避免说多了招惹麻烦。

李大蒙：（一动不动地）我想好了，没啥好谈的。你抗你的，我抗我的，井水不犯河水。

王鲁北：（坐下）国共两党打了十几年的仗，大敌当前就联合起来了。难道李团总就不知道联合起来共同对外的道理吗？

李大蒙：（奸笑）哼哼！我不管这党那派，谁敢占我李家寨区的地皮，我就弄死他！

王鲁北：（不屑一顾地）日本人要来占了！

李大蒙：（一甩水烟袋，恶狠狠地）日本人也不多个腿！

王鲁北：（面色沉了沉，不卑不亢地）我还是奉劝李团总一句，大敌当前，国事为重。但愿你别辜负了这块土地上的老百姓！

李大蒙：哼，我用不着别人指手画脚，说东道西！

王鲁北：强抢民女可是犯法的！

李大蒙：嘿嘿！在李家寨这块地皮上，老子就是法。

王鲁北：（愤怒地）做人做事过了头，会遭报应的！

王鲁北站起来，眯起眼看着李大蒙，觉得面对这样的地痞无赖已无沟通的必要，便昂首挺胸，迈步走出屋子。

李玉：（气愤地指着李大蒙）你太过分啦！

李大蒙：（斜视着李玉）你是苇河镇区的共军区长，喝的是河水；我是李家寨区的国军区长，吃的是井水。

李玉不满地哼了一声，也随即走出去。

小勤务送他们到门外。

25. 团部外 日 外

王鲁北站在团部门外，抬眼望到了当年关押他的那座磨坊——土牢。

（闪回）

26. 磨房 夜 内

磨房内，少年王鲁北目光炯炯，充满渴望。

（闪回完）

27. 团部外 日 外

王鲁北收回目光，拉了下衣领，大踏步离去。

李玉随后跟去。

28. 李玉家 日 内

李母熬了一锅黄澄澄的稠米饭，香苹和剧社的同伴们正香甜地吃着。

香苹已解去头套，一头秀发顺肩披下，红光满面。走进屋的王鲁北和李玉见到她后大吃一惊。

王鲁北：（笑着）原来是女儿身啊！

李母：（乐呵呵地）政委呀，大婶拾了个闺女！

香苹：（甜甜地叫了一声）干妈——

端着碗的李父也喜得合不拢嘴。

李父：你大婶啊，这辈子就盼个闺女。

王鲁北：（看看香苹，又看看李玉）是闺女啊，还是媳妇呀！

李母：还是政委看得明白，其实呀，就是媳妇！

演员甲：俺娘家人都同意！

演员乙：对，都同意。

众演员：都同意！都同意！

王鲁北：我通过！

李玉看着香苹，香苹望着李玉，二人脸上都泛起红晕。

王鲁北：（端起面前的一碗白开水）没有喜酒，我们就用白开水代替吧！来，共同端杯庆贺，干！

众人：（端起白开水齐声）干！

29. 李家寨村外 日 外

李玉送王鲁北、香苹和剧社的演职员们走出了寨门。

香苹依然是头套裹发，一身素衣的小生打扮，她牵着那匹枣红马走在前头。

王鲁北：（停步，对李玉）你回吧，单独找李大蒙再谈谈，我们要做到仁至义尽。

李玉：（点头）好！

王鲁北：剧社的同志就组成苇河镇区小队吧，先由香苹带领着，跟教官学习军事技能。

李玉：好吧。

王鲁北：（小声地）摸清楚李家寨的情况。

李玉点头。

王鲁北、香苹带领演职员们离去。

30. 李大蒙的洞房 夜 内

洞房内布置得花红柳绿，橱床衣柜，一应俱全。迎门八仙桌上有两个蜡台，蜡台上燃着两支大红蜡烛。梁头上吊着两个大红灯笼，灯光、烛光照得满屋红红火火，亮亮堂堂。

不停抽泣的香茗坐在罗汉大床一角，床上摞着红绿绸被，床头放着为新娘准备的嫁衣。

屋门被推开，小勤务领着两个团丁抬着食盒走进来。

团丁打开食盒，将盛满鸡鱼大肉的碗盘及酒壶、酒盅端出来，摆放在八仙桌上。

团丁退出去后，头戴礼帽、身穿红袍马褂的李大蒙红光满面、笑逐颜开地走进来。

李大蒙：呵呵，三姨太，委屈你啦！来来来，洞房花烛，良宵美酒，喝一杯！

小勤务赶忙端起酒壶，斟满了两杯酒，然后退出屋去，随手带上了屋门。

坐在太师椅上的李大蒙见香茗一动未动。

李大蒙：咋了太太，还要本团总请你不成？

香茗：（擦了下眼泪）我不是你的太太，我不做你的太太！

李大蒙：（收起笑脸，气冲冲）一个臭戏子，还想当娘娘啊！

香茗：俺就是个小民女，攀不上你这大团总。

李大蒙：说啥也没用，今夜里你就是我太太啦！

香茗：我就是不当呢？

李大蒙：（眼一瞪）好说，让他们把你扒光了，绑床上，等老子玩腻了，剁下脑壳子，扔到寨西大坑去。那里可有一帮饿得嗷嗷叫的野狗等着哩！你那二十多个同伙一块儿去，做个伴，不就二十几颗人头嘛！不瞒你说，西大坑里都他娘的上千啦！

（画外音）香茗：（心想）这老贼说的这令人毛骨悚然的话，轻松得好似在开啥玩笑。可看老贼凶残的目光，一准是个说得出就做得到的主。他这肚子里包的是狼心狗肺……为了妹妹和同伴，我只能是忍了。

香茗站起来，晕晕乎乎地走到八仙桌前，看着李大蒙。

香茗：（气愤地）你就是个魔鬼！

李大蒙：哼哼，老子是活阎王！

香茗随手拿起一杯酒，一仰脖倒进嘴里。

李大蒙：想明白啦？痛快！不过这杯不算，老子还没端杯哩。罚你一杯，自个儿斟上。

香茗一手拿酒杯，一手抓起酒壶，倒了一杯，一仰脖又干了。

李大蒙：痛快！痛快！倒上，倒上，奖你一杯。

香茗将酒壶举到嘴上，仰起脸，大口喝起来。

等李大蒙反应过来起身上前夺酒壶时，大半斤酒已被香茗喝了个精光。

香茗感到头昏脑涨，一个趔趄栽倒在地，酒壶被甩到墙角，啪地摔了个粉碎。

李大蒙：（目瞪口呆地）看看！看看！真是个浑蛋！

31. 德州城 日 外

日寇的飞机狂轰滥炸，大炮向着城里发射，硝烟弥漫，大地轰鸣。

日寇的马队和步兵疯狂进攻，国民党军节节败退。

日寇占领了德州，山谷二郎与赵大炮骑着高头大马，指挥着日伪军烧杀掠抢。

身穿制服的金光东和丁钢站立一角，无奈地看着胡作非为的日伪军们。

32. 苇河滩 日 外

游击队的四个排分别在军事教官的指挥下练习瞄准、射击。

于河清在钢枪排，同二奎叔及战士们练射击。

33. 苇河镇村街 日 外

村街上有一台石碾子，碾子上摊着用来做炸药的黑木炭，青年民兵正月和腊月正在推碾子轧木炭，李茂海拿一把笤帚在碾台边上扫着。碾台旁边有两个竹簸箩，丁老大、丁老二正用筛面的箩筛轧碎的木炭。

丁老大：（筛着木炭）一磺二硝三木炭，送小鬼子上西天。

众人哈哈笑着。

李茂海：对！丁老兄造的这炸药厉害着哩，一准把小鬼子送西天去。正月，腊月，加油啊！

正月、腊月：加油！

二人推着碾子一溜小跑，李茂海也边扫边跟着跑起来。

34. 赵家庄 日 外

赵家庄村街上，王鲁北和赵石匠、赵小秋及几十个民兵一起用铁凿子凿着石头，路边上堆着一溜已凿成型的地雷壳子。

王鲁北：赵大叔，咱赵家庄可是远近闻名的石匠村啊！您老当选为村长，小秋被选为民兵排长，你们爷儿俩啊可得带领大伙发挥出咱石匠村的威力呀！

赵石匠：没问题！

赵小秋：土地雷，威力大，鬼子汉奸都害怕。土地雷，威力强，送小鬼子回东洋。

众人大笑。

赵石匠：叫他活着来，死了回。

35. 平原城 日 外

日寇大举进攻。

国军节节败退。

平原城沦陷。

36. 苇河滩 日 外

游击队员们在军事教官的指导下练习投弹、刺杀等技能。

王鲁北在红枪排，同路强及战士们练刺杀；香苹及教官带领着由剧社伙伴组建的区小队练习投弹。

战士们一个个精神焕发，生龙活虎。

37. 王家屯 日 外

老松伯带领着村民们在挖战备沟。

一个十几岁的少年手持红缨枪在村头的寨墙上站岗。

38. 田野 日 外

空旷的田野中，到处是挖战备沟、交通沟的人们。

39. 禹城 日 外

日本军机从空中掠过，丢下一溜炸弹，在城内接连爆炸。

铁路上，装甲车开路，日伪军沿铁路进击禹城。

马云霄率鲁北抗日支队埋伏在徒骇河河堤上，向日寇射击、投弹。

40. 城内大街 日 外

山谷二郎与赵大炮骑马带领日伪军行进在城内的大街上。

王铁牛、屠子明、舒美玉、赵麻子等十几个人打着小太阳旗，在县党部门前迎接日军。

山谷二郎见状下马，走到他们跟前，竖起大拇指。

山谷二郎：大大的良民。

王铁牛：（卑躬屈膝地）欢迎皇军进城！

屠子明：（举着小旗子）欢迎！欢迎！

山谷二郎：（摘下县党部的牌子，对王铁牛）维持会、便衣队干活！

王铁牛、屠子明：（频频点头）是！

走在伪军队列的金光东、丁钢气愤地看着这一幕。

41. 日军宪兵队部 日 内

墙上挂着写有“武运长久”的太阳旗和日式指挥刀，山谷二郎坐在案台后，王铁牛和屠子明点头哈腰在案台前站着。

山谷二郎：（指着王铁牛）你，维持会长地干活。

王铁牛：好的，好的。

山谷二郎：（又指着屠子明）你，便衣队长地干活。

屠子明：好的，好的。

山谷二郎：你们到各区保安团游说，要他们统统给皇军干警备队，铁炮、弹药、服装，皇军大大地有，统统地给。

王铁牛、屠子明：（点头哈腰地）是，是！

42. 平安镇保安团 日 外

苇河岸边的一个青砖青瓦的老式院落，门上的牌子写着：平安镇保安团，院中有一座三层青砖楼，楼下有东、西厢房。

大门口一边有一个站岗的团丁。

43. 楼上保安团部 日 内

周三正同王铁牛、屠子明密谈着。

王铁牛：山谷大队长亲口说的，只要你改称警备中队，枪械、弹药、服装统统配备，全部由皇军供给。

周三：那不成二鬼子啦？

王铁牛：大半个中国都丢了，国民党连个影子都不见了，县城都是人家的天下啦！早晚还不都是二鬼子？

屠子明：我和王会长都是为老兄你着想。叫我说还是趁早，晚了喝粥也没热的啦！

王铁牛：屠队长的便衣队，三十多人了，皇军都给配的双套家伙，一长一短，全部是东洋货。

周三：（挠着头发）我再考虑考虑。

王铁牛：（起身）山谷太君说了，不接受改编的，一个一个都收拾掉。

周三面带惊恐。

44. 苇河镇游击队部 夜 内

桌上点着一盏马灯，王鲁北、于河清正在看信。

马云霄：（念信）据内部情报，周三保安团已受降，改编为禹城警备第六中队，现有一百二十余人，歪把子机枪两挺。寻机锄奸，以震慑各保安团。特委。

王鲁北划火将信点燃。

45. 平安镇大集 日 外

春花茶楼前，赶集的人们来来往往。茶楼对面有几个卖肉的架子，挂着各种各样的肉。

其中一个卖猪肉的是换了装的白涛，他肩扛一柄大砍刀，冲赶集的人们吆喝。

白涛：卖肉，卖肉。新杀的鲜猪肉。

丁老大、丁老二用一柄鱼叉抬着鱼篓走过来。

丁老大：鲜鱼！鲜鱼！刚出水的鲜鱼。

一阵响亮的铃声传来，两辆马拉的车子从人群中穿过，车子后跟着周三的双枪队，约有二十人，都穿着土黄色警备队服装，头戴大檐帽，脚蹬黑皮靴，肩挎三八大盖枪，屁股后挎着日式盒子枪。一个个杀气腾腾。

车子停在了春花茶楼前。身着警备队服屁股上挎着日式盒子枪的周三从前面车上走下来；穿马褂、戴眼镜，腋下夹着算盘的粮秣先生从后面车上走下来。

周三站稳脚，环视着周围赶集的人们。

周三：（对粮秣先生）过节了，多弄些鸡鱼肉菜，犒劳犒劳弟兄们。

粮秣先生点着头。

手拿丝质绣花手绢的春花嫂从茶楼里走出来。

春花嫂：（一摇三晃地走到周三跟前，酸溜溜地）哟，三哥哪！几天不来了，可把妹妹想死啦！

周三拉住春花嫂伸过来的手，一同走进春花茶楼。

双枪队的队伍瞬间散开，一同拥进了茶楼旁边的一个茶馆。茶馆中传出了拉桌子、抡板凳及搓麻将的嘈杂声。

粮秣先生：（走到丁老大面前，指着鱼篓）送到队部去。

丁老大：（痛快地答应）好来！过节了，慰劳慰劳老总们。

打扮成教书先生的王鲁北身穿马褂，头戴礼帽，鼻梁上架着一副眼镜，手提一只黑色皮包，大摇大摆地走来。

王鲁北冲白涛使了个眼色。

白涛肩扛砍刀，手提一个猪肘子，跟着王鲁北走进茶楼。

于河清、二奎叔、路强等人和装成卖瓜果梨枣的百姓的游击队队员们上前围住了茶馆。丁老大也提起鱼叉冲了进去。

两个车夫撒腿要跑，被丁老二一手一个摁在地上。

粮秣先生见势不妙，拔腿要跑，被四秃子一个扫堂腿横扫在地。四秃子扑上去将其摁住。

46. 茶馆 日 内

双枪队队员们正围着几张桌子打麻将扑克，被突如其来的游击队吓蒙了。有一个家伙要掏枪，被丁老大一鱼叉穿了个对穿，死死地钉在墙壁上。那家伙顿时口吐鲜血，耷拉下脑袋。

几十把长短不一的刀同时对着那些双枪队队员们。

于河清：（声色俱厉地）都把手举起来！谁不老实，这就是下场！

二奎叔、路强等游击队队员们收起竖在墙上的长枪，解下他们屁股上的盒子枪及皮带，摘下他们的帽子，扒下他们的服装，将他们一个个反手捆绑起来。

47. 茶楼 日 内

茶楼二层，躺在藤床上的周三在春花嫂的殷勤侍奉下，美滋滋地吸着大烟。床头橱上放着周三的大檐帽及盒子枪。

春花嫂：三哥啊，中秋节啦，您跟弟兄怎么过呀？

周三：放心吧，我都安排好了。多弄些鸡鸭鱼肉，让弟兄们吃饱喝足，不想家。

春花嫂：（伸出纤细白嫩的手，抚摸着周三的下巴）三哥安排得真周到。哎，三哥，您跟妹妹的月——怎么圆哪？

周三把烟枪交给春花嫂，坐起来，从衣兜里掏出金戒指和金镯子，放到春花嫂面前。

周三：看看，这戒指是圆的，这镯子也是圆的，三哥和妹妹的月——不就都圆了嘛！

周三说着，捏了一把春花嫂的白脸蛋，拿过烟枪，顺势躺下。

春花嫂高兴地收起戒指和镯子，正要往兜里塞，只听咣当一声，门被撞开。

王鲁北、白涛闯进屋内。

春花嫂嗷的一声滚落床下，戒指、镯子也掉在地上。

王鲁北将匣子枪对准了周三。周三忽地坐起，伸手要摸枪，白涛一个箭步跳上床去，把亮晃晃的大砍刀横在了他的脖颈上。

王鲁北：我们是抗日游击队，专杀鬼子和汉奸。

周三：别误会，别误会！我们是平安镇保安团，也是抗日的。

王鲁北：（伸手抓过周三的盒子枪，讽刺地）你这是战利品呢，还是鬼子的赏赐？

周三低下了头。

王鲁北：有一条活路，就看你配合不配合了。

周三：只要留我一命，要我干啥都行。

王鲁北：（拿起他的大檐帽，扣到他头上）穿上靴子，跟我们走！

白涛拿起周三的盒子枪，拿出子弹，将枪塞入枪套，丢给了他。

周三战战兢兢地穿靴下床。

48. 春花楼外 日 外

丁老大和二奎叔穿上了车夫的衣服，他们俩分别站在两辆车子前，一手持鞭，一手牵马。

王鲁北、白涛押着周三走出茶楼。

周三抬头看了看赶车的人，又瞅瞅后边的双枪队，耷拉下脑袋。

王鲁北、白涛押着周三上了第一辆车，丁老二押着粮秣先生，上了第二辆车。

换好衣服的路强带着装扮成双枪队的游击队员们紧跟在车子后面。

丁老大坐在车子的辕上，右手一摇鞭子，鞭梢在空中啪地打了个响鞭，枣红马伸脖往前一探头，拉起车子向前跑去。二奎叔摇鞭紧跟。

路强带着“双枪队”也赶忙跑步跟上去，于河清指挥着担菜挑篓的游击队队员们随后跟着。

赶集的人们既惊奇，又窃喜。

四秃子消失在赶集的人群中。

49. 苇河边的码头 日 外

码头上站岗的还是以前那两个人，不同的是，他们的保安服换成了伪军服，“黑狗子”变成了“黄狗子”。

李茂海划着一只小木船过来，船上坐着改换了装扮的尹雪梅、尹冬梅和香苹。

木船靠近码头。

尹雪梅：（故意放大声音，对李茂海）叔叔，那天就是这两位老总站岗，放我们顺利过岗的，你可得好好感谢人家。

李茂海提着两条鱼迈步上岸，香苹紧跟其后。

李茂海：（将鱼递过去，又掏出几张角票递上前）多谢老总，辛苦啦，买包烟抽吧！

趁那人伸手接钱的时机，李茂海一把抓住他的手拧到背后，另一只手顺势摘下了他肩上挎的枪。

香苹也抓住了另一个人的枪，他反抗要夺枪时，被香苹一脚踢下码头，落入水中。那人接连呛了几口水，慌乱中挣扎着抓住船。

船头的尹雪梅、尹冬梅伸手将他拉上船，顺势把他摁在船舱里，反手捆绑起来。

不远处，正月、腊月肩挎猎枪，划着两只大木船载着区小队的队员们驶来。

船停在码头上，香苹招呼着大家上岸。区小队队员们一个个拿着刀枪剑斧等冷武器，下船上岸。

50. 平安镇警备中队门口 日 外

原“平安镇保安团”的牌子换成了“平安镇警备中队”。

门口一边站着一个肩挎大盖枪的警备队汉奸。

丁老大摇鞭赶车跑来，快到大门口时，他往下拉了一下帽檐，打着响鞭跑进了大门。

两边的汉奸立正站好，目视前方。

二奎叔赶车子进门时，被一个汉奸看出了蹊跷。那人刚要摘枪，被一个箭步飞跳上前的路强用两手死死地卡住了喉咙。

另一个队员跃步上前，一刀刺死了另一个要跑的汉奸。

于河清指挥着“送菜”大队匆匆进入大门。

香苹、李茂海带领区小队匆匆赶来，飞快地跟上了大队人马。

51. 警备中队院内 日 外

两辆车子停在青砖楼前。

丁老大、二奎叔及从车上跳下来的白涛、丁老二抄起鱼叉和砍刀飞速冲进青砖楼。

路强带领“双枪队”冲进东厢房；于河清指挥“送菜队”扔掉手中的担子、菜筐、鱼篓及各色菜蔬，抽出隐藏着的枪刀斧头等各类武器冲进西厢房；香苹带区小队冲进东厢房，增援路强。

王鲁北押着周三走下了车子，站在院子中央。

青砖楼三楼的两个敞开的窗子里同时响起机枪声。

子弹落在王鲁北和周三两旁的青砖地上，溅起两串火星子。

王鲁北：（用匣枪顶了一下周三的后腰）让他们停火，下楼集合。

周三：（举起两只手，左右摇晃着）别开枪，下楼集合！

52. 三楼 日 内

两个机枪射手和两个副射手各守着一挺歪把子机枪，正对着窗外犹豫不定。

丁老大、丁老二持着鱼叉，二奎叔、白涛挥着大刀冲上来。

丁老大手持鱼叉对准一个射手刺过去，那射手还没转过头看清楚是谁，就倒在地上，一命呜呼。其他几人面对眼前明晃晃的刀叉，乖乖地举起了双手。

53. 院子 日 外

于河清和队员押着五十多个俘虏走出西厢房；路强、香茗、李茂海押着五十多个俘虏走出东厢房；丁老大、丁老二手持鱼叉押着三个机枪手走出青砖楼；二奎叔、白涛身背大刀，各端着一挺歪把子机枪走出青砖楼。

于河清指挥着众人将俘虏押到一起，王鲁北开始训话。

王鲁北：团丁弟兄们，我们是禹城抗日游击队，是专打日寇和汉奸的。你们穿着日寇的服装，挎着日寇的大盖枪，你们已经稀里糊涂地当汉奸了！但是，我们知道责任不在弟兄们，而在于周三。念你们都是中国人，只要你们放下武器，我们就不杀你们。今天奉劝大家，不要替日寇干事，不要杀戮我们的同胞兄弟。那样， 你们对不起祖宗，对不起父老乡亲。今天，我们也不杀周三。以后杀不杀他，那就看他走什么样的路子。你们为日寇办一件坏事，我们就给你记一个黑点；替老百姓办一件好事，就记一个红点。别认为我们不知道，我们游击队和老百姓的眼睛是雪亮的。有一句古语：若想人不知，除非己莫为。该何去何从，你们自己选择吧！

于河清又指挥着大家将周三、粮秣先生和俘虏押进青砖楼，把楼门锁死。

游击队队员及区小队队员们把武器挎在肩上，将一箱箱的子弹和手榴弹装在车子上。

丁老大和二奎叔又摇起响鞭，赶着车子出了大门。于河清、路强带着“双枪队”押后。

王鲁北和众队员走出了院子。

54. 河边码头 日 外

王鲁北和队员们沿着河边向码头走去。

区小队队员们及尹雪梅、尹冬梅、香苹上船。

李茂海、正月、腊月划起木船离开码头。

55. 苇河 日 外

木船在苇河中行驶，船头上架着两挺歪把子机枪。

船上的人们洋溢着胜利的微笑。

《苇河谣》乐曲响起。

56. 钢枪排住处 夜 内

二奎叔：四秃子呢？

一名队员：一直没见到他。

二奎叔：（若有所思地）这小子。

57. 春花茶楼 夜 内

四秃子推开窗子，摸索着爬进茶楼。

睡梦中的春花嫂听到动静，被吓了一跳。

春华嫂：（惊恐地）谁？

四秃子：（扑到春花嫂身上，低声）别喊！再喊要你的命！

58. 钢枪排住处门外 日 外

天刚放亮，二奎叔心怀不安地走出大门。

四秃子慌慌张张地走来。

二奎叔：（生气地）你哪儿去了？

四秃子：二奎叔，你们撤走时也不叫我一声，让我掉队了，害得我可不轻，差点丢了小命。

二奎叔：（恼怒地斥责）胡扯！

四秃子嘿嘿笑着，绕过二奎叔跑进大门。

59. 抗日小学教室 日 内

尹雪梅在为学生上课。

黑板上写着：中国共产党、八路军、游击队。

尹雪梅：同学们！中国共产党领导着八路军、游击队，在华北、东北等地同日寇展开了游击战，消灭了一批批入侵的敌人，取得了辉煌的战果。有广大人民群众的支持，我们的抗战最后一定能取得胜利！

60. 校园 日 外

校园里，冬梅在教学生唱抗战歌曲。

尹冬梅：（唱）没有枪，没有炮，敌人给我们造。我们生长在这里，每一寸土地都是我们自己的。无论谁要抢占去，我们就和他拼到底！

61. 操场 日 外

依然是小生扮装的香苹在教学生跳舞。

她为学生做示范，她的舞蹈优美多姿，轻盈洒脱。

随后，香苹开始教学生练习基本动作……

62. 李茂海家 日 外

农村中一所普通、简陋的农家院子，土墙、土院、土屋子。

李大婶提着一筐新土走出大门外，又提着空筐走进大门。

63. 地洞 日 内

李茂海正在昏暗的地洞里奋力挖掘着。

洞口出现了空筐，李茂海往筐子里装土。装满筐子后，他敲了敲筐子的木把。

土筐被提了上去。

64. 赵家庄寨墙 日 外

于河清和赵石匠、赵小秋及几个民兵走在寨墙上。

赵小秋：于队长，你放心，咱这寨墙周围都埋设着土地雷，小鬼子胆敢来犯，这儿就是他的坟墓。

于河清：你带上民兵排，到苇河镇去练习军事技能。我安排游击队的几个骨干帮你们训练。

赵小秋：好！

65. 苇河镇村西寨墙 日 外

王鲁北带领着李茂海、正月、腊月在寨墙上走着。

王鲁北：赵家庄还存有一部分地雷壳子，我跟赵村长联系了，你们马上运来，请丁排长他们帮忙装上炸药，分散埋设在寨外。

李茂海：（对正月、腊月）太好了，马上备车子。

鲁北特委的通讯员骑着一匹枣红马飞奔而来。快到寨墙时，他勒住马缰，跳下马，掏出信。

王鲁北跳下寨墙，迎上前去，然后接过信展开。

66. 游击队部 日 内

队部正在召开作战会议。

长条桌上放着那封特委来信，排以上的干部围坐在桌子旁边。

王鲁北：日寇陆军上将土肥原贤二坐镇德州，调集驻邢台、衡水、德州、平原、禹城、齐河、济南的日伪军万余人，在飞机、大炮的掩护下分七路围剿聊城的范筑先司令。特委通知各抗日武装在各路日军进攻的沿途设伏，阻挠、骚扰敌军，延缓和打乱敌军的进攻部署，为范司令进行机关、学校转移和部队布防赢得时间。特委命令我们禹城抗日游击队，在"禹聊"公路伏击山谷二郎。下面由于队长讲具体部署。

于河清：我们的伏击地点决定设在丁家桥。王政委带机炮排正面打埋伏，我带钢枪排抄敌军后路，大刀排、红枪排从左右两侧的苇丛中杀出。你们两个排是近距离搏杀，一定要注意自我保护和及时撤退，现有的三只木船归你们调用。

被提到的排长纷纷点头。

于河清：丁排长，这次让你那老伙计显显威风吧！

丁老大：（在鞋底磕掉旱烟袋里的烟灰）来吧！再不打，老子的炮要生锈了。

众人笑。

67. 丁家桥 日 外

一座古老的南北走向的大型石桥，桥墩用石头和青砖砌成，桥面用方木铺就。丁家桥坐落在芦苇河上，连通着禹城到聊城的这条古老的公路。

桥下流水缓缓，河两岸是茂密的芦苇。

68. 桥北码头 日 外

太阳刚刚升起，桥北头出现了三辆土黄色的日寇军车。头辆车的驾驶室上斜插着一面太阳旗，每辆车的车篷顶都架着一挺歪把子机枪。车上的日军头戴钢盔，肩上挎着带刺刀的大盖枪。这是一个日寇的机械化中队。

汽车驶上桥码头，停了下来。

头辆车的驾驶室门被推开，跳下一个日寇中队长，他冲车上的日寇喊话并招着手。

从车上下来几个日寇，车上的日寇递给他们两门小钢炮及一箱炮弹。

车下的日寇在车前架起小钢炮并装填炮弹。

炮弹飞过石桥，响起一声爆炸声。

69. 桥南阵地 日 外

炮弹在桥南爆炸。

桥南的掩体内埋伏着丁老大的机炮排，战士们手端猎枪、火铳，目视前方，身旁放着一排排手榴弹，头上都戴着草编的遮蔽帽。

王鲁北左边是扶着土炮的丁老大，右边是端着歪把子机枪的丁老二。丁老大的土炮斜对着石桥。

有两条从桥下引过来的细麻绳，分别缠在两个战士的手臂上。

炮弹炸起的泥土落在战士们头上、肩上。

70. 桥北码头 日 外

炮击停止。日寇中队长登上车踏板，举起望远镜观察河对岸的动向。随后，他拿下望远镜，冲后边的车辆挥挥手，钻进了驾驶室。

车前的日寇收起小钢炮及炮弹箱，递上车去，随后爬上了汽车。

汽车启动，缓缓驶上石桥。

71. 桥南掩体 日 外

王鲁北聚精会神地看着。

第一辆汽车驶过石桥，驶上桥南码头时，已进入了土炮的有效射程，第二辆、第三辆也已驶上了桥面。车后出现了骑着高头大马的山谷二郎和赵大炮以及日寇的步兵大队。

王鲁北：（挥手）打!

丁老大点燃引芯，瞄准第一辆汽车，砰的一声爆响，一个锅盖大的火球扑向汽车。

歪把子机枪同时发射，其他战士的火铳、猎枪也先后吐出了火球。

闪闪的火球、铁砂及密集的枪弹射向前头的汽车上。汽车中弹，玻璃被打得粉碎，驾驶室起了火，烧毁了插在车门上的太阳旗。

司机和机枪手都被打中，汽车停止不前，机枪也横倒在车顶。

后车厢的日寇趴着还击，有的跳下车，爬到车底还击。

王鲁北看见第二辆车停在石桥中间。

王鲁北：炸！

两个手臂上缠着麻绳的战士同时用力拉绳，随着两声爆响，石桥中间腾起两股夹带着火光的浓烟，石桥瞬间崩裂塌陷，汽车被爆炸掀入河中。尸体、枪械、钢盔及被炸碎的木板横飞。

王鲁北、丁老大和十几个战士跳出掩体，向着火的汽车扔着手榴弹。手榴弹炸爆了车上的弹药，随着一声爆响，第一辆车及车上车下的日寇粉身碎骨。

第三辆车见势不妙，慌忙向后倒车。山谷二郎和赵大炮也掉转了马头。

72. 石桥北码头 日 外

码头上原来并行的四路日寇乱了套，原本就不宽的码头这下更加拥挤。

正在敌军慌乱时，码头两边的芦苇丛中杀出了大刀排和红枪排。

白涛带大刀排三十多人呼喊着冲上码头，只见他挥舞大刀，刀起刀落，一片血光。

路强的红枪排从另一侧苇丛冲出，他们呐喊着冲上码头，红缨飘飘，血光淋淋。

短兵相接的白刃战激烈且壮观。

白涛挥刀挡开一把冲他而来的刺刀，反手将敌人的脑壳砍掉。

路强接连刺死几个日寇，枪杆却被劈断，他一手挥起剩余的半截红缨枪把砸向一个日寇的脑袋，一手抓过了他的大盖枪。

路强两手握枪同两个日军展开搏斗，不一会儿工夫已经杀掉一个，吓跑一个。路强已是满身血迹。

多数日军被向后倒的汽车挤着退出码头。车上的机枪朝战士们开火，两个抡大刀的战士先后被击中牺牲。

白涛、路强和战士们从腰间拔出手榴弹，拉开投向汽车及车后的日军。车上的机枪顿时没了声音。

山谷二郎挥舞着指挥刀，怒骂着跑出码头。

赵大炮紧跟在山谷二郎马后，惶惶而逃。

敌军背后的河堤上响起了钢枪排密集的枪声。

73. 河堤 日 外

于河清、二奎叔带领的钢枪排埋伏在不远的河堤后面。挎着药箱的尹冬梅趴在战士们中，手里握着一颗手榴弹。

当看到敌军慌乱后退时，于河清下达了开火的命令。

二奎叔手中的歪把子机枪最先打响，哒哒哒地吐着火舌。

紧接着，一百多支步枪同时开火，密集的子弹射向正在后撤的敌军。

74. 伪军队伍 日 外

金光东给丁钢使了一个眼色。

丁钢：（悄声对左右的伙伴们）中埋伏了，快跑啊！

一小队警备队队员跟着丁钢跑进路沟，沿着路沟逃命。其他警备队队员一看有跑的，也慌慌张张地跟着跑起来。

霎时，整个警备大队几百人的队伍就形成了溃逃之势。

赵大炮骑马跑在公路上，抡起马鞭抽打着公路上往后跑的警备队队员。

赵大炮：王八蛋！王八蛋！就你的狗命值钱。

75. 石桥北码头 日 外

白涛见敌军已跑远，朝苇丛中打了个口哨。

李茂海、正月、腊月分别划着木船驶出苇丛，肩挎药箱的尹雪梅站在船舱中。

白涛、路强带战士们将两名负伤的战士及两名牺牲的战友抬上木船。

尹雪梅急忙打开药箱，为负伤的同志涂药包扎。

大刀排及红枪排的战士们捡起敌军丢下的枪支，分头上船。

三只木船载着战士们向前驶去。

76. 桥南掩体 日 外

王鲁北带领机炮排的战士们抬着土炮撤出掩体，走下河滩，沿着苇丛向木船的方向走去。

77. 桥北河堤 日 外

于河清带钢枪排撤下河堤，沿苇河滩匆匆撤离。

78. 桥北码头 日 外

山谷二郎和赵大炮组织日伪军反击，密集的火力扫荡着石桥上下。

79. 李家寨团部 日 外

李玉：（斥责着）你不是说谁敢进李家寨地皮就弄死谁吗？丁家桥可是李家寨的大门口吧？我们游击队的土枪土炮都上去了，你们保安团到底怎么啦！

李大蒙：（抬了一下眼皮）人家日本人有飞机大炮！

李玉：你手里不也有一百多条枪吗？那是烧火棍子啊？

李大蒙：你走你的阳关道，我走我的独木桥。

李玉：（气愤地）你这个软骨头！胆小鬼！

80. 苇河镇村口 日 外

村口木桥上，香苹带领区小队队员们抬着担架迎接。

李茂海等人划着木船靠岸。

区小队队员们抬过担架，把伤员和战友的遗体抬走。

尹雪梅挎着药箱跟着担架离去。

白涛、路强及战士们跳下木船，一起上岸。

（第二部剧终）

鲁北烽火之浴血杀敌

1. 春花茶楼 日 内

春花嫂侍奉着山谷二郎、赵大炮、周三及杨大巴子喝茶。

山谷二郎：（对杨大巴子）你，告诉李团总，丁家桥，快快修好，皇军大队要去聊城！

杨大巴子：（摆着手）丁家桥不通！皇军可走赵家庄。

周三：（点头，手指西边）对，坐船过河，走赵家庄。

山谷二郎：你，李团总的警备队，干活。皇军，铁炮，弹药，服装统统地给。

杨大巴子：（摇着头）李团总说了算。

赵大炮：（咧着嘴，蔑视地）什么李团总、王团总，统统不算！皇军说了算！

山谷二郎：（握起右拳头，比量着杨大巴子的头）保安团，不干警备队的，统统死啦死啦的！

杨大巴子惊恐地往后闪身子，春花嫂也提着茶壶往后退。

2. 镇外码头 日 外

河边有四五只木船，船上已经站满了日军。手握指挥刀的山谷二郎和他的大白马站在最前面的一只船上。

周三的警备队队员划着船离开码头，码头上站满了等船过河的日伪军。赵大炮也牵着大黑马站在岸边，周三站在赵大炮旁边。

警备队后边，金光东正同丁钢耳语着。随后，丁钢点头离开。

3. 赵家庄 日 外

于河清和钢枪排住在赵家庄。战士们帮着老乡打水扫院子，一派忙忙碌碌的景象。

村西大道上，于河清、二奎叔、赵石匠、赵小秋正在勘察地形。

这条大道是南北走向，距离村子三十多米，道与村之间是一片枣树林。

道西边有一座废弃的旧庙宇，有十几间破败的房屋，院墙已经坍塌。

于河清：丁家桥已被炸塌。敌军再去聊城，选择的路线很可能就是这里。

二奎叔、赵石匠点头。

赵小秋：正好呀！小鬼子在丁家桥吃了丁老大的炸药包，这回就让他尝尝咱赵家庄的“小蜜瓜”呗！

于河清：（指着道西的破庙）这个地形可以利用，就把机枪架在那屋顶上。

二奎叔点头，赵家爷儿俩仰脸望着。

4. 苇河镇西寨门 日 外

王鲁北率机炮排、大刀排、红枪排出发，队伍陆续走出寨门。

王鲁北：（对香苹、李茂海）守好家啊！

香苹：（不满地）政委，不能老让我们守家啊！那是李村长和民兵排的事。我们区小队可有意见啦！

王鲁北：（笑笑）守家也同等重要，以后有你们的机会。

李茂海：（笑着对香苹）回吧队长，得服从命令。

王鲁北跟在队伍后走去。

香苹噘着嘴无奈地望着。

5. 大道 日 外

日伪军队伍正在行进。

尖兵班走在队列前，与大队保持着一百多米的距离。

山谷二郎和赵大炮骑马走在队伍中。

在距离赵家庄二百来米时，尖兵班停下，向寨墙及村内射击。

山谷二郎和赵大炮举起望远镜观察着动静。

6. 寨墙 日 外

寨墙上的掩体中，王鲁北、丁老大及机炮排的战士们低头隐蔽。

白涛及大刀排隐蔽在寨墙另一侧。

7. 破庙 日 外

于河清、二奎叔和钢枪排的战士们隐蔽在破庙的房顶上，二奎叔的歪把子机枪对着大道。

赵小秋的民兵排隐蔽在破庙周围的院墙下，赵小秋及几个民兵手上缠着拉绳，拉绳从草丛通向大道。

日寇尖兵班的十几人走来，二奎叔看了看于河清。

于河清：放过他们。

尖兵班走过去，日寇大队出现。

于河清：打！

二奎叔扣动机枪，随着机枪声嗒嗒地响起，钢枪排的战士们紧跟着打枪。

院墙边的赵小秋及民兵拉响了地雷。

8. 大道 日 外

大道上的地雷炸响，日寇被炸得人枪横飞。

许多日本兵躲进道边的树丛中，却踩响了树丛中埋着的地雷，被炸得枪、钢盔和衣服都飞上了树杈。

剩余的日寇趴在道边及树丛中还击。

9. 大道的前段 日 外

日寇尖兵班伏在大道边的土埂上，向破庙射击。

10. 大道的后段 日 外

山谷二郎：（用指挥刀指着破庙对赵大炮）你的，带警备队绕到后边。（山谷二郎将张开的两手作合拢状）将土八路包围，统统地消灭掉！

赵大炮：（点头）是。

赵大炮：（转脸对金光东等人）警备队跟我来！

赵大炮打马前行，一手掏出了盒子枪。警备队队员们跟在赵大炮的马后。

11. 寨墙掩体 日 外

王鲁北伏在掩体中观察着，当看到山谷二郎把日寇集结到大道上，准备向破庙发起进攻时，王鲁北发出了命令。

王鲁北：开火！

丁老大点燃土炮的引信，一股烈焰扑向日寇队伍。

丁老二的机枪同时打响，战士们的一百多杆土枪、猎枪、火筒打出的一个个火球喷射到日寇队伍中。

12. 大道 日 外

山谷二郎见他们腹背受敌，恼羞成怒，集中起五六挺歪把子机枪向寨墙扫射，密集的子弹喷射在寨墙上。随后，他又指挥着另一部分日寇向破庙发起进攻。

13. 破庙后 日 外

破庙后边的土埂下，赵大炮正在对金光东等几个中队长命令。

赵大炮：带弟兄们冲上去，拿下这个破庙。让皇军看看我们警备队不是吃干饭的！

金光东：（凑上去小声地）姨父，咱得保存实力，八路占着有利地势哩……

赵大炮：（蔑视地）几个土八路，你们就怕啦？（用匣子枪点着他们几个）今天谁敢耍滑头，老子就用盒子炮点他的名。赶快给我冲！

金光东等几个中队长只得散开，回到各自的中队中，组织冲锋。

赵大炮：（举起盒子枪对空中连发两枪，大喊）给我冲！哪个中队先冲上去，老子奖励现大洋一百块。

警备队五百多人弯着腰，端着枪，边打边向前进攻，向破庙包抄过去。

14. 庙顶 日 外

庙顶的于河清看见敌军从三个方向包围上来。

于河清：（对房下的赵小秋）赵排长，你们集中火力对付大道上过来的日军，等他们靠近时，集中用手榴弹轰炸。（对二奎叔）掉转机枪，把警备队压下去！

房顶的战士们掉转方向，把枪口对准了围上来的警备队。

于河清：（趴在房顶对着一个洞口）路排长，有十几个日军已经接近庙门，你们马上将他们"吃掉"！

15. 破庙 日 内

路强及红枪排隐藏在庙中，听到于河清的命令。

路强：明白！

路强向战士们一挥手，带领红枪排冲出庙门。

16. 庙门口 日 外

日寇的尖刀班冲到庙门口。

路强带领战士们手持红缨枪冲出庙门，将十几个日本兵包围，一阵拼刺后将他们全部消灭。

路强和战士们捡起敌军的枪支，从他们身上拿下一颗颗手榴弹，然后沿院墙散开，将十几支新缴获的大盖枪对准了冲上来的敌人。

路强等人扔出了手榴弹，十几支大盖枪同时开火。

17. 庙顶 日 外

于河清指挥着战士们向包围上来的警备队射击。

警备队卧倒然后射击。

于河清与战士们投出手榴弹，手榴弹在警备队中爆炸。

警备队队员们惨叫着退了回去。

于河清又指挥着战士们掉转枪口，向沿着大道来的敌军射击。

战士们扔出了一颗颗手榴弹。

墙外的敌军在爆炸中溃逃。

18. 李家寨保安团部 日 内

李玉正在同李大蒙争执。

李玉：（气哼哼地）丁家桥你不参与，那是李家寨的大门口。这赵家庄呢？日寇已经打进院子了。

李大蒙：我心里有数，你少来管闲事！

李玉：这不是闲事，是全区人民的头等大事。你甘心当亡国奴啊！你想当汉奸啊！人民群众不答应，李家寨的老百姓白养活你们啦！还不如养一群狗哩！

李大蒙：（眼一瞪，手拍桌子）来人！

李七带着几个挎匣子枪的团丁应声进屋。

李大蒙：拿下！

李七等人上前抓住李玉的两手，给他戴上手铐拉出门去。

李玉：你这个汉奸！走狗！

19. 破庙西侧 日 外

夕阳西斜。

赵大炮：（挥着匣子枪）土八路没几颗子弹啦！山谷太君命令我们，天黑前必须拿下，拿不下就拿我的人头。老子的人头是好拿的吗？都给我往死里冲！

警备队队员们端起了枪，开始了新的攻击。

20. 大道 日 外

山谷二郎：（挥舞着指挥刀）冲上去，活捉土八路。后退的，统统死啦死啦的！

日寇们端起枪，发起了新一轮攻势。

21. 李家寨团部 日 内

李父、李母气势汹汹地闯进团部。

李母：（怒骂着）大蒙子，你这个狼心狗肺的东西！你这个猪狗不如的东西！你简直不是人养的！

李父：（手指着李大蒙的脑壳）把李玉关哪里啦？立马给我放出来！你这狗日的胆大包天啦！

李父骂着，一个巴掌打在李大蒙的秃脑壳上。

李大蒙恼羞成怒，伸手抓起桌上的手枪，冲李父开了两枪。

李父口吐鲜血，倒在地上。李母气愤至极，一头撞向李大蒙。

李大蒙闪身，冲李母又开了两枪，击中李母胸部。

李母：（一只手怒指李大蒙）你……你……

李母气绝身亡，歪倒在地上，胸口鲜血直流。

二锅腰闻声赶来，见状，忙伏在李母身上，号啕大哭。他又转身趴在李父身上。

二锅腰：（痛苦地呼喊着）叔，婶子，亲叔啊！（忽地爬起，指着李大蒙）你——你——你咋这么狠心哪！不是咱叔咱婶养着咱，咱能长大成人吗？

李大蒙：（呵斥）住嘴！

二锅腰：我住得了嘴嘛！你心忒黑啊！你狼心狗肺呀！

李大蒙：再胡咧咧，我让你跟他们一块儿走！

二锅腰：（一手指天，一脚跺地）你，你遭天打五雷轰！

李大蒙端起了手枪。杨大巴子、李七、小勤务急忙赶来，将二锅腰连拉带搡地推出屋去。

几个团丁走进来。

李大蒙：（使个眼色）填西大坑去。

几个团丁七手八脚地将李父、李母的尸体抬走。

22. 寨墙 傍晚 外

赵家庄寨墙外，山谷二郎督促着日寇拥到寨墙边攀爬。

寨墙上，王鲁北、丁老大及钢枪排的战士们一个个手握钢枪，做好了拼杀的准备。大刀排的战士们手持大刀，怒视着敌军。

赵石匠肩扛铡刀，带着手持锨锹、三齿四耙、扁担木棍的村民们赶到了寨墙下。

23. 破庙 傍晚 外

赵大炮的警备队包围了破庙，正在攀爬着。

一支穿着军服的几百人的队伍奔跑过来，队伍中吹起了响亮的冲锋号。

一个持着双枪的女青年指挥官，边跑边双手轮换开枪。密集的火力打得赵大炮及警备队狼狈溃逃。

24. 庙顶 傍晚 外

于河清：（高兴地）援军到啦！同志们冲啊！

庙顶的战士们跳下房顶，跟随着队长冲了上去；

院墙边的红枪排跟着路强冲上去；

民兵排在赵小秋的带领下冲上去。

25. 寨墙 傍晚 外

王鲁北和战士们正同攀爬的日军厮杀搏斗，听到了军号。

王鲁北：（激动地）同志们！援军到啦！冲啊！

山谷二郎及敌军们也听到了军号，拔腿便跑。

战士们跟着王鲁北跳下寨墙，追杀着日军；

白涛带大刀排跳下寨墙，追杀着日军；

赵石匠带村民们也先后跳下寨墙，追了上去。

26. 大道 傍晚 外

日伪军仓皇溃逃。

战士们、民兵们、村民们英勇拼杀。

27. 大道 傍晚 外

王鲁北：（紧握着那个女青年指挥官的手）谢谢你们！请问你们是哪里的队伍？

范树琨：不用客气！我们是范筑先将军的青年抗日挺进支队，我是范将军的女儿，范树琨。

王鲁北：（激动地）谢谢范队长相救！

范树琨：应该谢谢你们！是你们阻止了敌军的进攻，为我们赢得了时间。

范树琨：（将双枪斜插进皮带中，招手）再见了王政委、于队长。齐河那边的自卫团也遇到了麻烦，我们要抓紧赶过去增援。

范树琨招呼着战士们匆匆离去。

王鲁北、于河清及战士们同范树琨挥手告别。

28. 队部 日 外

王鲁北在给白涛、路强、香苹布置任务。

王鲁北：李玉同志一直没有消息，很可能已经遭遇不测。明天是李家寨大集，你们三人化装进寨，先摸清情况。记着遇事一定要沉着冷静。

白涛、路强、香苹点头。

王鲁北：由白涛同志指挥负责。

29. 李家寨大集 日 外

原来演戏的打麦场上人来人往，有卖各类蔬菜瓜果的，卖针头线脑的，捏泥人的，卖调料的，卖香烟、瓜子、糖块的……人们可着劲地吆喝着。其中，卖调料的叫卖最上口。

卖调料的：大茴香，小茴香，各样的材料都放上；大花椒，小花椒，一毛钱买一包；炖个鸡，炖个鱼，不搁调料没滋味；包饺子，喂馅子，香油省下一半子；买的买来包的包，不买回家老婆吵！

旁边的茶馆里，一张矮长条桌子上摆着一排冒热气的大碗，有茶水和白开水。桌子周围搁着小凳子和马扎。

头戴瓜皮帽的二锅腰正吆喝着招揽顾客。

二锅腰：白水茶水，一分二分。

化了装的白涛用一把鱼叉架着一只鱼篓走来，将鱼篓搁到茶馆一旁。

白涛走到矮桌边，坐在马扎上，掏出几个硬币丢到桌上。

白涛：来两碗茶！

二锅腰：（端出两碗茶）好嘞！刚沏的，香喷喷。

白涛端起碗，咕咚咕咚连喝两碗。

白涛：老板，晌午有啥饭？

二锅腰：烧饼、包子、面条、烩饼，吃啥也行，没有的现做。

白涛：哼！杀人的包子宰人的面，烧饼果子也不善。

二锅腰：嘿嘿！哪能啊！都是十里八乡的老乡。

二锅腰：（打量着鱼篓和鱼叉）你是苇河过来的吧？那边不是闹游击队吗？

白涛：嘿，游击队怕啥！人家是打鬼子的，又不欺负老百姓。

二锅腰：（点头）那倒是！那倒是！

路强肩扛着一竿子冰糖葫芦走来。

路强：（边走边吆喝）冰糖葫芦，一毛一串。

白涛：（转脸打招呼）你咋才来呀表弟，我还以为你走我前头哩！晌午来老板这里吃烩饼，我等你。

路强：好嘞！表哥请客，晌午有饭吃了。冰糖葫芦！

30. 李玉家门口 日 外

化装成小烟贩的香苹挎着香烟架子走来。小烟架上有老刀、炮台、琥珀、哈德门等牌子的香烟。

她看着大门，发现门上有锁，门口满是土尘，没有脚印。

香苹匆匆离去。

31. 茶馆前 日 外

香苹托着烟架走来。

香苹：（吆喝着）香烟香烟，老刀、炮台、琥珀、哈德门！

白涛：（打招呼）卖烟的，来一包老刀。

香苹：好嘞！老刀名牌，两毛一包。

白涛掏钱，香苹递烟。

香苹：（小声地）大门上锁，门口不见脚印。

白涛：（接过烟，小声地）联系香茗。

香苹：（接钱离去，吆喝着）老刀名牌，一包两毛。

32. 大集 日 外

小勤务：（拿着几毛钱跑来，喊着）香烟，香烟！

香苹：（迎了上去）到了，到了。小老总，要几包？

小勤务：李班长要的，哈德门两包。

香苹接钱：两包五毛，小老总，你的钱不够。

小勤务：（喃喃着）不够……这……

香苹：小老总别犯难，就给你两包吧！我是三姨太的弟弟，不认识啦，小老总？

小勤务：（瞪起眼打量着香苹，迟疑地）你……你不是干游击队了吗？

香苹：别提啦！游击队太苦，早不干了。麻烦你给我姐姐捎个信儿，就说我在这儿卖烟呢！

小勤务：还捎啥信儿呀！走，我领你去见三姨太。

香苹：那得谢谢你，小老总。

小勤务：您别老总老总的，论辈分我得叫您叔哩！

香苹跟着小勤务离去。

33. 茗香园 日 外

小勤务敲门。

香茗：（在屋里）谁呀？

小勤务：三姨太！是我。您家小叔见您。

屋门打开，打扮得花枝招展的香茗不禁一阵惊喜。

小勤务闪身到一边，香苹进门。

小勤务赶忙跟进去。

34. 茗香园 日 内

小勤务帮着香苹摘下香烟架。

小勤务：三姨太，您看，没事我先走了。

香茗：稍等。

香茗转身走到橱柜边，拉开抽屉，拿出两个金手镯递给小勤务。

香茗：以后别他娘姨太姨太的，多难听。就叫姨。

小勤务：（感激地接过手镯）谢谢姨——太！嘿嘿，小的不敢。

香茗：听姨的没错，就这么叫！

小勤务：（频频点头）是，姨！

小勤务装起手镯，退出屋，带上了门。

香苹：（急不可耐地）姐，李玉怎么啦？

香茗：李玉……关你啥事？

香苹：姐，这么说吧，他是我的命，我是他的魂！

香茗：（思量着点点头）哦，知道了。

35. 茶馆前 日 外

白涛仰起脸，望了望正午的太阳。

小勤务：（匆匆走来，指着鱼篓）老板，鲜鱼多少钱一斤？

白涛：（打量着对方）要多少？

小勤务：（压低声音）三姨太要你今夜在这里接个客人。

白涛：（点了点头）这茶馆老板是……

小勤务：李团总的二弟。不过，他们井水不犯河水。

白涛：哦，杨副官和李班长都在吗？

小勤务：都在。

白涛：你能把谁请来喝茶？喝酒也行。

小勤务：不用请。李班长天天下午过来打牌。

白涛：准时？

小勤务：只要没事。

白涛：好吧！告诉三姨太，就说今晚我在这儿准时恭候。

小勤务：小的一定把信儿送到。

小勤务掏出几角钱递给白涛。

白涛接过钱，从鱼篓中抓出一条鲤鱼，从鱼篓上系着的一缕草绳中抽出一根，从鱼鳃和鱼口中穿过，网了一个扣，递给了小勤务。

小勤务：（提着草绳扣边走边喃喃地）晌午三姨太吃个鲜啦！

36. 茶馆 日 内

白涛一手握鱼叉，一手提鱼篓走进茶馆。

白白胖胖的二锅腰妻子笑盈盈地迎过来。

二锅腰妻子：渔老板，吃点啥？

白涛：上俩小菜，再炖条鲤鱼。今天晌午同我表弟喝壶老白干。

路强手拿两串糖葫芦，肩上扛着空杆子走进来。

路强：（放下杆子）表哥，又让你破费了。还剩两串，送你吃吧！

白涛：（接过糖葫芦搁在桌上的空盘中）你卖得还挺快，我这鱼可剩下啦！

二锅腰妻子端过一个托盘，盘中有两个菜，两双筷子，一壶酒，两个空酒杯。她将盘中物品一一搁在桌上。

二锅腰妻子：（笑嘻嘻地）客家，您要的菜好了。请慢慢喝，再要啥喊一声。

白涛：（拿起那两串糖葫芦）好的！老板娘真利索，送你两串糖葫芦。

二锅腰妻子：（笑着接过）那可谢谢啦！我还真好吃这口。

二锅腰妻子当场咬下一个，嚼着离去。

37. 茶馆前 日 外

赶集的人三三两两地散去，卖调料的人推着小车走来。

二锅腰：老兄，这集买卖咋样？不来喝二两？

卖调料的：（停下车子，吆喝着进店）两个小菜二两酒，喝足吃饱就家走！

38. 茶馆 日 内

卖调料的进店，白涛迎出来。

白涛：抱歉，抱歉！老板娘突然晕倒，今天不能招待客人了。

卖调料的：（转身返回）不巧不巧，回家更好。

二锅腰：（急忙进店）咋啦？刚才还好好的哩！

白涛一把抓住二锅腰，拉进店。

白涛：（厉声）别喊！你老婆就在后面，两个时辰就醒过来。我借这风水宝地招待下客人，你就当啥事也没发生。配合好了，有赏；出了岔子，先要你的小命！听清了吗？

二锅腰：（点头）听清了，我配合。

白涛：（松开二锅腰）我再说一遍，游击队不伤害老百姓。炒几个菜吧，灶棚里有人配合你。

二锅腰点着头走向灶棚。

白涛退到后边，李七带着三个团丁走进来。

李七：先沏茶，后上菜。来二斤禹城老白干，今儿喝个痛快！

四人进了一间屋，一个团丁拿过牌盒子，哗啦一声将牌倒在桌上，四人坐下摸牌。

路强：（头扎白毛巾，一手端菜盘）好嘞，香喷喷的菜，后边还有大鲤鱼哩！

路强将热气腾腾的菜盘反手扣在李七头上，右手拔出短刀放到李七喉咙前。

李七嗷的一声，刚要站起来，被路强一把抓住脖子，又摁在板凳上。

李七：（扒拉着脸上的菜汤）妈的——

路强：（用短刀顶住了李七的下巴）把手举起来，谁喊我刺死谁！

白涛：（两手端着的鱼叉对准一个团丁）听我的口令，你们三个把外衣脱下来。

三个团丁乖乖地脱衣服。

39. 茗香园 夜 内

香茗在帮着香苹穿团丁的外衣。穿好后，香茗帮香苹拉拉领子，掖掖衣角。

香苹走到衣柜边，拉开抽屉，拿出一个丝绢包裹着的小包，塞进香苹的内衣兜，又帮她拉平衣服。

香茗：小勤务在外边等着你呢，去吧。成全了你，姐一生无憾。

香苹：（深情地）姐——

香茗推了香苹一把，背过身去。

香苹拉开门走出去。

香茗两手扶着屋门向外望着，流出两行泪水。

40. 茶馆 夜 内

三个只穿着内衣的团丁被绑在一起，口中塞着毛巾。穿着团丁服的白涛把一支木头手枪塞进了李七的枪套中。

路强提着李七的子弹袋走进来，他也换了团丁服。他将李七的子弹袋系到李七腰上。

白涛：（对李七）咱俩还要用一下团总的车子，用完马上送还。配合好了不杀你，出了纰漏不好说。走吧！

白涛拿起李七的匣子枪，拉开了机头。

41. 土牢 夜 外

李玉被关押在土牢中，一个肩挎长枪的团丁在门前站岗。见有两个人走来，他提高了警惕。

团丁：谁？

小勤务：吵吵啥！团总提审。

二人走到土牢前，小勤务掏出钥匙开锁，香苹跨前一步，两手死死卡住团丁的脖子，将他拉进土牢内。

42. 茶馆门口 夜 外

白涛用匣子枪顶着李七，李七牵着马。

路强站在茶馆门口，看到有人走过来。

走在前头的是小勤务，李玉戴着手铐走在中间，后面跟着肩挎长枪的香苹。

路强忙走到车子边，伸手拉起车幔。

小勤务给李玉打开手铐，路强将李玉扶上车子，拉上车幔。

白涛一手摇鞭，赶着车子离开。

香苹、小勤务、路强紧跟在车子后。

43. 寨门口 夜 外

车子走到寨门口。

寨门楼上的团丁：谁?

李七：我。

小勤务：（向前迈几步）眼瞎啊！团总出门有急事。

寨门打开，吊桥被放下。

白涛扬了一下鞭子，车子出了寨门。

44. 岔路口 夜 外

王鲁北带着几十个人等在路口，丁老大赶的车子停在路上。

两辆车子相遇，王鲁北走过来，拉住了迈下车子的李玉。

王鲁北：李玉同志，辛苦啦！

李玉：（激动地）谢谢政委！谢谢同志们！

王鲁北将李玉扶上丁老大的车子。

白涛将赶车鞭交给李七，将匣子枪的子弹卸下，把枪递给李七。

白涛：回去吧！以后少做恶事，不然饶不了你。

李七接过枪，插进枪套，赶起车子往回走。

王鲁北与白涛、路强、香苹、小勤务一一握手。

45. 苇河镇卫生院 夜 内

李茂海家已成为游击队的卫生院，尹雪梅、尹冬梅忙碌着为在赵家庄战斗中负伤的十几个伤员擦伤换药。

李茂海守着木柴炉子烧水，李婶为伤员们洗药布。

四秃子：（鬼鬼祟祟地走来）冬梅，俺连里还有个伤员哩，二奎叔让俺来叫你去一趟。

尹冬梅：你连里……谁呀？不是都集中到这里了吗？

四秃子：是一个新队员，伤不重，当时没过来，现在喊疼哩。

尹冬梅提起药箱，跟着四秃子走去。

李茂海觉得有蹊跷，他往炉膛里添了块木片，起身跟去。

46. 苇河镇村口 夜 外

尹冬梅跟着四秃子急匆匆地走着，绕来绕去，走到了村口打麦场。

尹冬梅：（迟疑地）这是哪里啊？

四秃子：（拉住尹冬梅来到一个麦秸垛边）就在这里。

四秃子搂住尹冬梅欲行不轨之事，冬梅要喊，却被四秃子捂住了嘴。

四秃子将尹冬梅按倒在地，正要解她的衣服，被闻声赶来的李茂海一拳打在脑袋上，四秃子滚到了一边。

李茂海扶起尹冬梅。

放哨的两名战士赶过来，押着四秃子离去。

李茂海帮尹冬梅提着药箱跟在后边，尹冬梅惊魂未定。

47. 队部 夜 内

四秃子被押进队部。

二奎叔气急地赶来，他上前一手揪住四秃子的衣领，抡起右手接连打了他几个耳光。

四秃子两手抱头，沮丧地蹲在墙角。

于河清上前拉开二奎叔。

二奎叔：（恼怒地）你这个兔崽子，真给我们王家屯丢人！

于河清：（气愤地训斥）我们游击队是抗日的革命队伍，不是土匪杂团。我们队伍中的战士们就像亲兄弟、亲姐妹，绝不允许有这种地痞流氓存在。把他从游击队中开除，押送回原籍！

二奎叔上前一把抓起四秃子，拉着他向门外走去。

四秃子：我改……我改了还不行吗？

二奎叔：你狗改不了吃屎！

48. 卫生院 夜 内

尹雪梅、尹冬梅及李婶仍在忙碌着。

49. 游击队队部 夜 内

王鲁北同于河清交谈着。

王鲁北：自游击队成立以来，我们只忙于练兵打仗，忽视了政治学习和思想教育。

于河清点头。

王鲁北：马上组织学习，通过思想整顿，发展一批人，在我们队伍当模范。

50. 操场 日 外

机炮排的战士们在王鲁北的带领下学习《共产党宣言》。

51. 苇河滩 日 外

钢枪排的战士们在于河清的带领下学习《国家与革命》。

52. 寨墙边 日 外

大刀排的战士们在尹雪梅的带领下学习《井冈山的斗争》。

53. 苇丛边 日 外

红枪排的战士们在尹冬梅的指挥下唱着《游击队之歌》。

54. 树林 日 外

区小队的战士们在李玉的带领下学习《星星之火，可以燎原》。

小勤务已经脱下了保安服，换上了便装。

树林中拴着那匹枣红马。

55. 队部 日 内

墙上挂着一面庄严鲜红的党旗。

党旗下，王鲁北、于河清、尹雪梅、尹冬梅带领丁老大、二奎叔、白涛、路强、李玉、香苹、李茂海、赵小秋等人握拳宣誓。

众人：我志愿加入中国共产党，遵守党的纪律，不怕困难，不怕牺牲。为中华民族的抗战胜利而英勇战斗，为共产主义事业而奋斗终生。永不叛党！

宣誓结束后，大家围桌而坐。

王鲁北：经研究并报请特委批复：由我兼任机炮排政治指导员；于河清同志兼任钢枪排政治指导员；尹雪梅同志任大刀排政治指导员；尹冬梅同志任红枪排政治指导员；李玉同志任苇河镇区委书记兼区小队政治指导员；香苹同志任苇河镇区长兼区小队队长；李茂海同志任苇河村党支部书记兼村长；赵小秋同志任赵家庄党支部书记兼民兵排排长。

王鲁北：根据特委获取的内线情报和部署，明天夜里，我们游击队要在其他抗日武装的配合下截断津浦铁路，截获日寇军列上的武器及物资。具体部署由于队长安排。

于河清：（打开笔记本）日寇军列是由装甲车开道，二奎叔的任务是炸翻装甲车，丁排长的任务是负责炸毁铁路及军列。袭击地点选在城东十五公里处……

56. 大路 夜 外

白涛带领着大刀排在前头开路，尹雪梅跟在大刀排队伍中。

丁老大、二奎叔各赶着一辆车子跟在后边。

丁老大的车子上装着四个炸药包，二奎叔的车子上装着四颗地雷。车子后边是于河清和钢枪排，再往后是王鲁北、赵石匠、李茂海等人带领的区小队和民兵队。

他们手中拿的不是武器，而是铁锤、铁棍、斧子、锹、镐、扁担、木杠、绳索之类的工具。

跟在最后的是路强的红枪排，尹冬梅跟在红枪排的队列中。

夜幕下，这支队伍鸦雀无声。

57. 铁路 夜 外

一列装甲车打着耀眼的探照灯轰隆隆开来。

二奎叔猛拉手中的绳索，四颗地雷同时爆炸，将装甲车掀翻到轨道下。军列紧随其后驶来。

丁老大猛拉绳索，四个炸药包掀起冲天气浪，炸声隆隆，火光闪闪，炸起的铁轨、枕木、石子四处横飞。火车头发出一声巨响，滚进了路沟中。

王鲁北手一挥，伏在地下的战士们一跃而起，冲向那辆已瘫痪的军列，用锤子、斧头砸着车门，用铁棍撬着车门。

58. 军列尾部 夜 外

押车的日寇在军列尾部开火，一挺重机枪及几挺轻机枪同时以密集的火力扫射着。

于河清指挥着钢枪排还击，他手挥匣子枪，带领战士们高喊口号吸引敌军火力。

白涛、路强带大刀排及红枪排从不同的方向冲上去，同敌军展开了近距离搏斗和拼杀。

大刀排将几十名持步枪的日军砍得东倒西歪。

路强等几个战士的红缨枪接连刺倒几个端着机枪扫射的日军。

副射手撒腿要逃跑，被白涛一刀劈倒。

59. 铁路 夜 外

军列的车厢被战士们撬开，王鲁北指挥着民工和民兵们搬运着米袋、面袋及枪支弹药。

丁老大的车子上装了四门迫击炮及十几箱炮弹。

二奎叔的车子上装了四挺歪把子机枪及十几箱子弹。

丁老大、二奎叔赶起车子原路返回。

李玉、香苹带领区小队扛着崭新的步枪及一箱箱的弹药上了路。

赵石匠、赵小秋、李茂海及民兵们抬着一箱箱军服，背着一袋袋米面也上了路。

空中有几架飞机飞来，冲地面扫射。王鲁北挥手指挥战士们撤离。

最后面的战士们也全部离开了铁路。

王鲁北：（望着天空中的敌机）日寇给我们庆贺来啦！

李茂海：（抬头望着空中，发出了嘲弄的笑声）嘿嘿！小鬼子再见了。

60. 城郊河堤 夜 外

埋伏在河堤后的马云霄率领鲁北支队与刚出城的山谷二郎大队展开了战斗。

61. 铁路 夜 外

谭西山带领的平原抗日锄奸团掀翻了铁路。

62. 铁路 夜 外

齐令天带领齐河抗日自卫团掀翻了铁路。

《大平原》的歌声响起。

（背景音乐）：

大平原，大平原，
黄河给了我大平原，
给了我良田千万顷，
养育我儿女千千万。
大平原，大平原，
母亲给了我大平原，
一代一代扎下根，
大平原就是我家园。
大平原，大平原，
布满干柴的大平原，
烈火燃烧的大平原，
大平原上一个个英雄好汉。
大平原，大平原，
撒开天网的大平原，
遍地刀枪的大平原，
大平原就是我家园。

63. 李家寨一个土财主家 日 外

李大蒙带着李七及几个团丁走进土财主家的大门。

64. 土财主家库房 日 内

库房内有一口红漆寿棺，雕龙绘凤，亮眼夺目。

李大蒙：（欣赏着，啧啧称赞）真是上好的寿棺！

李七：（点头称赞）真是一口好棺材，同村同姓的，就没听说过他家存着这么个宝物。

李大蒙：咋样七儿？挺好吧！

李七：嗯！是个好东西。老子百年后若能摊上这么口棺材，就心满意足啦！

李大蒙：是吗？

李七：嘿嘿！

李大蒙：好吧！念你跟我兄弟一场，就让你如意。它是你的啦！

李七：（慌忙跪地求饶）团总，你饶了我吧，我李七可救过你的命啊！

李大蒙：（收起笑脸）把他的袋子解下来，看看里边装的啥！

一个团丁解下李七腰间的子弹袋，往地下一倒，倒出来一堆秸秆。

李大蒙：（恶狠狠地）你就是用这个救我的命吗？

李七脸色刷白，汗如雨下。

李大蒙：打发他上路吧！

站在李七身后的两个团丁把网好的绳扣麻利地套在李七脖子上，一人抓住一边的绳子用力一拉，李七的脑袋瞬间耷拉下来，伸出了舌头。

65. 城里茶楼 日 内

王铁牛、屠子明、赵麻子、杨大巴子正在喝茶。

王铁牛：土肥原将军合围聊城大获全胜，那大胡子范筑先在巷战中毙命。主力撤回来了，要有大行动啦！

赵麻子：是不是要对王鲁北这些土八路采取行动？

屠子明：还不该对他们下家伙吗？光禹城就调来一个队，一千多皇军呢！我们便衣队也接到了命令，配合皇军合围扫荡。

杨大巴子：（不屑一顾地）就你那几个鸟人。

屠子明：（不服气地）别看人少，精悍，都是双家伙。

赵麻子：再加上山谷太君大队和赵大队长的警备队，一起出动，要活捉王鲁北啦！我的家伙还在他手里呢！

王铁牛：回去告诉李团总，这回有好戏看了。

舒美玉：王会长，上菜啦！

66. 游击队队部 夜 内

王鲁北召开战前会议。围桌坐着丁老大、二奎叔、白涛、路强、尹雪梅、尹冬梅、李玉、香苹等人。

王鲁北：土肥原贤二集中兵力要对我们鲁北的这几支抗日武装进行合围式扫荡。特委指示我们，为保存实力，分散行动，还要灵活机动地打击和消灭来犯之敌。

于河清：王政委带钢枪排跳出合围圈，牵制、骚扰和打击敌人；我同机炮排留下来坚守苇河镇根据地；白涛带大刀排回水寨寺驻守；尹雪梅同志带领伤病员随大刀排行动；红枪排进驻丁家桥；区小队进驻赵家庄。这样，我们互相协助，无论敌人从哪个方向来，都有利于我们集中兵力，打击敌人。

王鲁北：（笑笑）于队长传达的是我们共同的决定。但有一项还未定下，我的意见是我留下坚守，由于队长带钢枪排跳到外围去，因为于队长在灵活性上比我占优势。同意的请举手。

王鲁北首先举起了手。

丁老大、二奎叔也跟着举起了手。

李玉、尹雪梅、尹冬梅、香苹看了看，也举起了手。

白涛、路强正犹豫不决时，王鲁北拍板了。

王鲁北：少数服从多数，通过！

于河清无奈地摇了摇头。

67. 村东木桥 日 外

桥头，正月挎着一支猎枪正在站岗。

打扮成日军少佐的于河清腰挎东洋刀，手牵枣红马，与尹冬梅站在桥头上。

二奎叔及钢枪排的战士们全部穿着日军服装，肩挎大盖枪。二奎叔扛着一挺歪把子机枪。他们走过木桥。

尹冬梅：（含情脉脉地看着于河清）你多保重！

于河清：（拉住尹冬梅的手，深情地）好的。你们的任务更艰巨，多保重。让我们共同迎接考验，接受战争的洗礼吧！

尹冬梅：（紧紧拉住于河清的手，恋恋不舍地）我在这儿吹着芦笛迎接你凯旋。

于河清：我给你带来黄河边的芦笛。

于河清松开手，牵着马去追赶队伍。

冬梅扬起手告别。

白涛及大刀排的战士们划着木船载着伤员，离开木桥向南划去。尹雪梅挎着药箱，站在船头上。

尹冬梅挥手致意。

白涛、尹雪梅挥手回礼。

路强带着红枪排跨过木桥，沿河堤向北走去。

尹冬梅挎起药箱，跟在红枪排队伍后。

两个战士赶着满载米面物资的两辆车走过木桥，一辆向北跟红枪排离去，另一辆向南朝大刀排方向走去。

李玉、香苹带领区小队沿着苇河对岸的堤坝走向另一个方向。

68. 苇河边 日 外

高凤鸣带着一支几十人的队伍顺河堤走来。

战士们灰头土脸，衣帽不整，疲惫不堪。还有几个吊着胳膊或者头上缠着绷带的轻伤员。他们显然是刚刚从一场激战中撤下来。

正月：（走上前敬礼）哪一部分的？

高凤鸣：我们是茌平抗日武装工作团。我和王政委是同学。

正月：跟我来！

69. 游击队队部 日 内

王鲁北亲热地拉住高凤鸣的手，激动不已。

王鲁北：你们与日寇相遇啦？

高凤鸣：（摘下帽子摔在桌子上）茌平和齐河的两伙日寇把我困在了琉璃寺，打了一整夜，黎明才突围出来。

王鲁北：（倒碗水递过去，关切地）损失大吗？

高凤鸣：（端起碗一口气喝下，放下碗，摇头）我刚组建的二百多人的队伍，就剩这几十个了。

王鲁北：日军来势挺猛啊！

高凤鸣：不过，我也没让小鬼子占便宜，干死他至少三百个。听说你发了个财，赶快给我补充补充，我得杀回去！

王鲁北：没问题，有求必应。先让大家吃顿东洋大米，打起东洋鬼子来有劲。

高凤鸣：那可谢谢你啦！

70. 队部院子 日 外

高凤鸣及战士们兴高采烈地吃着白米饭。

高凤鸣吃完一碗，又过去盛了一碗。

高凤鸣：（嘴里吃着）同志们，王政委这里管饱，多吃两碗，好好睡一觉，今夜杀个回马枪！

一个战士：好！杀回去，为牺牲的战友报仇！

71. 河边 日 外

王鲁北送他们到河边，与高凤鸣握手。

王鲁北：保重！

高凤鸣：再见！

高凤鸣带着已全部换了日本军装的战士们走向河堤。

王鲁北向大家挥手。

72. 村西寨墙 日 外

丁老大、丁老二及机炮排的战士们在加固寨墙。

73. 王家屯 日 外

黎明时分，李大蒙带领的保安团及山谷二郎的日寇大队去向王家屯。

放哨的少年匆忙点燃挂在树杈上的水桶中的鞭炮。

人们听到信号，扶老携幼匆匆跑出家门。

日寇及保安团闯进寨门，封锁了大街小巷。

74. 村口打麦场 日 外

日伪军把群众集中到打麦场上。

老松伯、松大娘等人都在人群中。

沮丧的四秃子也被日寇赶来。

日伪军围在人群周围，架起了机枪，点燃了麦秸垛。

山谷二郎骑在东洋马上，腰挎指挥刀，手握盒子枪。

李大蒙、杨大巴子站在马下。

山谷二郎：土八路、王鲁北家属，统统站出来。

人群中一阵骚动。

山谷举起盒子枪，对天连开几枪。

人群中传出孩子哇哇的哭声。

日军的机枪向人群前的土地上射击，打起了一串串的尘土。

老松伯挺胸走出人群，站在山谷的马前。

李大蒙：（拿着手枪向前走了几步）嘿嘿！老松头，你还真是条汉子。

老松伯：我是个有骨头的中国汉子！

杨大巴子：只你一人不行啊！据我们掌握的信息，还有你老爹、你老娘、你老婆呢！都出来吧！

老松伯：我儿子干八路，是我同意的；我兄弟干八路，是我送去的，与别人无关。把我带走好了！把乡亲们都放了。

李大蒙：老松头，咱们的事，今儿就做个了结吧！别拖泥带水的了。

老松伯：哈哈！你也就是秃子跟着月亮走——借日本人的光吧！不然的话，还真不好说。

李大蒙：（恼怒地）老子没工夫跟你磨牙。叫你老爹老娘都站出来！

老松伯：我说过了，与他们没关系。你不也是父母生、父母养的嘛！

李大蒙：（转向人群）谁说出来，重重有赏。

四秃子：（向前迈了一步）我知道！

杨大巴子招呼着几个团丁走过去。

四秃子将松大娘及爷爷、奶奶一一指出，团丁按四秃子的指认把他们拉出来。

李大蒙审视着，对杨大巴子耳语了几句。

杨大巴子指示团丁将老松伯、松大娘绑起来，押着走了。

李大蒙端起手枪，冲爷爷奶奶连开几枪。

爷爷奶奶在枪声中倒下。

人群中又是一阵骚动。

日寇的机枪冲人群扫射，立时有几人栽倒在地。

老松伯：（回头看着，怒喊）你们这些畜生，是没好下场的！（转身又对群众喊）乡亲们，不要怕！咱们的队伍会收拾这帮畜生的！

《英雄儿郎》的歌声响起。

（背景音乐）：

河水泱泱，
芦苇苍苍。
大地茫茫，
云山苍苍。

亲爹亲娘，
亲亲的儿郎。
生为爹娘，
死为爹娘。
生为儿郎，
死为儿郎。
不屈的爹娘，
不朽的儿郎。
伟大的爹娘，
英雄的儿郎。

山谷二郎骑马带着日伪军离去。

李大蒙跟在山谷二郎的马后要走，四秃子追上来。

四秃子：团总，你不是说有重赏吗？赏我个啥？

李大蒙：我把这茬儿给忘了。来，赏你几粒花生米吃。

李大蒙对着四秃子的胸口连开几枪，四秃子口吐鲜血，倒在地上。

75. 苇河镇西寨门 日 外

赵大炮指挥着四五百个警备队的伪军包围了西寨门，门外黄黄一片。伪军们弯着腰，端着枪冲到了寨门下。

寨墙上的王鲁北冲着敌群开了两枪，发出开火的信号，丁老二及寨墙上的四挺机枪和一百多支步枪同时开火。

正月等民兵们拉响了地雷。

寨墙后的战士们甩出一颗颗手榴弹。

寨墙外顿时一片火海。

伪军丢下几十具尸体，鼠窜而回。

76. 寨外树林 日 外

赵大炮：（心急如焚地）周三这个王八蛋咋还没到。（转身对金光东）你带一个小队到河边看看，督促周三从村北包抄苇河镇，两面夹击。

金光东：是！

金光东朝丁钢挥了下手，带着丁钢的小队向村北走去。

77. 村北河堤 日 外

金光东指挥着丁钢等三十多人沿河堤散开，把枪口对准了河滩。

周三带着一百多个伪军走出苇丛，爬上河滩。

金光东：开火！

丁钢及队员们瞄准周三的队伍一起射击。

周三的队伍被这突如其来的埋伏弄得晕头转向，丢下十几具尸体，慌忙撤入苇丛。

78. 苇丛 日 外

周三还未稳住神，路强带着红枪排就赶到了。

一支支红缨枪对准了他们的脑袋。

路强：（踢了一脚周三）周队长，来送命的吧！今天不客气啦！我们照单收下。

周三：（连连磕头）饶命！饶命！王政委说过，只要缴枪就不杀。

路强：好吧！告诉你的弟兄们，把枪和子弹留下，都滚回去！

周三：是！是！都听好了，把枪和子弹留下！

周三说着也摘下了枪。

路强：周队长的枪就不留了，不然，你不好交差呀！

周三：好，多谢！多谢！

周三：（对部下命令）赶快上船！

周三的警备队慌乱地爬上停在苇丛边的十几只木船，顺水返回。

路强及红枪排的战士们捡起苇丛里的枪支弹药，挎在自己身上。

79. 苇河 日 外

镇南方向的苇河中，白涛及大刀排的战士们划着木船顺水而来。他们在离村子不远的岸边停下船，钻进了苇丛。

80. 河堤 日 外

屠子明带着便衣队的三十多个人顺着河堤行来。

便衣队员骑着自行车，腰里别着匣子枪，肩挎步枪。一个个耀武扬威的。

在河堤拐弯处，白涛带领大刀排杀出来。

河堤上刀光闪闪，便衣队人仰车翻。

屠子明扔下车子拔腿要跑，被白涛一个扫堂腿撂倒。

白涛提着屠子明的衣领把他拉进苇丛，将其绑起来，用刀割下一片衣角，塞进他的口中。

战士们清理战场，把一个个死尸及车子拉进了苇丛。

81. 木桥 日 外

李茂海和腊月带领民兵把群众疏散到村外。

老乡们扶老携幼地走过木桥。

腊月和民兵在木桥下挂了几个竹篮，竹篮中放着石雷。

他们小心地将引线拉入桥边的苇丛中。

李茂海：（对腊月）你留下五人守桥，其余跟我来。

李茂海带着二十几人走向村里。

82. 村西寨墙外 日 外

杨大巴子赶着车子走来。车前绑着老松伯、松大娘，后面及两旁跟着十多个持着枪的日伪军。

车子在距离寨墙五十米时停下。

杨大巴子：（站在老松伯旁边）王鲁北，你看谁来了？

83. 寨墙里 日 外

王鲁北已经看清了这一幕，他眉头紧皱，牙齿紧咬。

丁老二：（愤怒地）这个狗日的杨大巴子！

丁老二及另一名机枪手同时把机枪对准了杨大巴子。

84. 寨墙外 日 外

杨大巴子：王鲁北，皇军说了，带着你的队伍投降，封你为大队长。老人们就跟着享清福啦！

老松伯：（高声喊）别听他们废话！不要受他们的骗！你爷爷奶奶都被他们打死了。不要管我，替你爷爷奶奶报仇！快开枪打死这些狗杂种！

《英雄儿郎》的歌声响起。

（背景音乐）：

河水泱泱，
芦苇苍苍。
大地茫茫，
云山苍苍。
亲爹亲娘，
亲亲的儿郎。
生为爹娘，
死为爹娘。
生为儿郎，
死为儿郎。
不屈的爹娘，
不朽的儿郎。
伟大的爹娘，
英雄的儿郎。

一串子弹射来，打中了杨大巴子的一条腿。

蹲在地上的杨大巴子两手抱腿，嗷嗷直叫。

85. 寨墙上 日 外

丁老二两手握着机枪，他的嘴唇哆嗦着。

王鲁北站在机枪旁边，两眼冒火，脸上淌下了汗珠。

86. 寨墙外 日 外

日伪军们往后倒车子，抬着杨大巴子退回去。

山谷二郎、赵大炮、李大蒙驱使着日本兵、警备队及保安团混杂在一起的近千人，在十几挺歪把子机枪的扫射掩护下开始了疯狂进攻。

87. 寨墙上 日 外

寨墙上的四挺机枪和一百多条步枪蓄势待发。

王鲁北和战士们瞪着愤怒的眼睛，身边放着一排排打开盖的手榴弹。

敌军前进到离寨墙四五十米时，都趴下瞄准寨墙射击。

88. 寨墙上 日 外

掩体后的王鲁北沉着观察着，当看到敌军停止射击，爬起来冲寨墙跑过来时，他打响了第一枪。

机枪、步枪一起开火，民兵们投出的手榴弹一颗颗飞向敌群，响起一阵阵爆炸声。

路强、尹冬梅带领的红枪排和白涛带领的大刀排分别从村北和村南赶来，加入了战斗。

在三股猛烈火力的打击下，敌军慌乱撤退。

89. 村东木桥 日 外

一队日寇沿河堤走来，走上了木桥。

隐蔽在苇丛中的腊月及战士们拉响了地雷。

竹篮中的地雷接连爆炸，木桥被炸翻，桥上的几十名日本兵被炸到河中。留在岸上的日本兵匆匆向后退去，趴在河堤上向苇丛中开火。

90. 寨墙外 日 外

敌军阵地上出现了四辆土黄色军车，显然是援军赶到了。

敌军十多门小钢炮一起向寨墙攻击。

寨墙内有几名战士中弹负伤，尹冬梅和另一名卫生员抢救着伤员。

正月和几个民兵背起包扎好的战士奔跑离去。

91. 寨墙内 日 外

寨墙内的一角上，丁老大及四个炮手也同时开炮还击。

敌军的炮弹一颗接一颗落在寨墙内，轰隆隆地炸响。

游击队的炮弹也一颗接一颗地飞向敌军阵地。

李茂海、李婶和部分民兵、群众送来了面饼、窝窝头和大葱、大蒜，冒着炮火将食物递到战士们手中。

饥饿的战士们感激地接过来，趁战斗间隙狼吞虎咽地吃着。

92. 松树林 日 外

李玉、香苹带领的区小队和赵小秋带领的民兵排隐蔽在松树下及坟头后，向村边的汽车射击。

敌军的炮弹飞来，在树林中爆炸。

93. 寨墙上 日 外

夕阳西斜，残阳如血。

敌军停止了炮击，黑压压的日伪军和团丁从三个方向包抄而来。

王鲁北咬开一枚手榴弹后盖，紧紧握在手中。

王鲁北：同志们，准备战斗！

战士们抓起了枪械和手榴弹。

丁老大及战士们的四门小钢炮连续射击着，一颗颗炮弹飞过寨墙，飞向敌军。

敌军接近寨墙时，王鲁北投出了手榴弹。

机枪、步枪同时打响，一颗颗手榴弹在敌群中爆炸。

敌军爬上了寨墙。

王鲁北从一个牺牲的战士身边抓过步枪，装上刺刀，刺向一个敌军。

战士们同敌军展开了近身搏斗。

丁老大双手举起一枚炮弹砸向一个敌军，却被另一个敌军刺倒。

丁老二抡起歪把子机枪打倒一个敌军，也被另一个敌军刺倒了。

路强的红枪排被敌军团团围住，人已所剩不多。路强挥着大盖枪接连打倒几个敌人后，被两个敌人同时刺中身亡。

尹冬梅背起一名负伤的战士匆匆跑走。

另一个女卫生员也背起一名伤员，刚要走，却被一个敌军刺中了。

白涛带领的大刀排在寨墙上杀进杀出。

李茂海抡着一支土枪冲上去。

赶来的正月及几个民兵抓起地上的枪支迎敌。

《大平原》的歌声响起。

（背景音乐）：

大平原，大平原，

黄河给了我大平原，

给了我良田千万顷，
养育我儿女千千万。
大平原，大平原，
母亲给了我大平原，
一代一代扎下根，
大平原就是我家园。
大平原，大平原，
布满干柴的大平原，
烈火燃烧的大平原，
大平原上一个个英雄好汉。
大平原，大平原，
撒开天网的大平原，
遍地刀枪的大平原，
大平原就是我家园。

王鲁北又刺中一名敌人时，被后边的敌人刺中了腰部，他手里的枪掉在地上。

白涛跃步飞来，一刀劈死那名敌人，背起王鲁北匆匆撤离。

李茂海跟在白涛后边掩护着他撤走。

寨墙上下遍是尸体。

残阳如血。

94. 苇丛边 傍晚 外

李婶守护在苇丛边的一只木船旁。

尹冬梅背着负伤的战士跑到船边，李婶帮着她将伤员托上船。

后边有两个日寇追来。

尹冬梅把李婶推上船，用力将船推离岸边，推进苇丛。

尹冬梅拔出腰间的一颗手榴弹，拉着导火线，返身扑向赶来的两个敌人。

手榴弹爆炸，尹冬梅与两个日寇同归于尽。

95. 李茂海家门前 傍晚 外

白涛背着昏迷的王鲁北跑到了李茂海家门前。

三个敌军追进了胡同。

白涛一脚踢开大门，进入院子。

李茂海藏在门后，抱起了藏在柴草中的一个石雷。

三个日军：（追到了门口，大喊）抓活的！抓活的！

李茂海拉响石雷，扑向敌人。

石雷爆炸，李茂海与敌人同归于尽。

96. 村街 傍晚 外

山谷二郎、赵大炮、李大蒙指挥着日伪军在街两边放火焚烧柴草堆、麦秸垛及房屋，捕捉鸡鸭牛羊。

苇河镇一时间乌烟瘴气，鸡飞狗跳，一片混乱。

97. 河边 傍晚 外

村中熊熊燃烧的火光映红了苇河水，照亮了苇河两岸。

苇丛中的腊月等民兵看到家园被烧，听到村里的狗叫人号，一个个心急如焚。

苇丛另一端的木船上，伤员们发出一阵阵呻吟。船头上，李婶低头看看伤员，仰脸望望村中，不知如何是好。

98. 寨墙外 夜 外

敌军开着装满尸体的四辆汽车离去。

垂头丧气的山谷二郎和赵大炮骑马离去。

一个团丁赶着车子，老松伯和松大娘被绑在车子前。

车子里坐着沮丧的李大蒙及杨大巴子，后面跟着枪上挑着鸡鸭的日寇及牵着牛羊的伪军和团丁。

99. 树丛边 夜 外

李玉、香苹、赵小秋带领区小队及民兵赶来，他们伏在树林边和田埂上向撤离的敌军射击。

腊月带着几个民兵赶来，向撤离的敌军射击。

100. 河边 夜 外

白涛持着大刀来到河边，沿河寻找着船只。苇丛中，木船上的李婶看到了他。

李婶：（轻轻地）白排长！

白涛循声走来，迈步下水，慢慢靠近木船。

白涛：李婶！

李婶：（焦急地）船上有伤员，你快想想办法。

白涛：（将木船拉到岸边，扶着李婶下船）政委负伤了，就在您家地洞里。您快回去照顾一下，我去去就回。

李婶匆匆离去。

白涛跳上木船，划着船离开河岸。

（第三部剧终）

鲁北烽火之龙虎闹春

1. 李家寨 夜 外

李家寨的大街上和打麦场上燃起一堆堆木柴，日伪军围着火堆烤着鸡鸭牛羊肉。

一个日本兵津津有味地啃着烤鸡。

2. 茗香园 夜 内

八仙桌上摆放着的两个烛台上，燃着两支红红的蜡烛。火苗一跳一跳的，蜡泪流下了烛台。

山谷二郎、赵大炮、李大蒙及香茗围桌而坐。

香茗看着山谷二郎，沉思着。这个老鬼子给她留下的伤痕太深刻了，十年二十年也不会从记忆中抹掉，甚至是终生都会记得。

李大蒙：皇军在我的地盘上打了胜仗，我向山谷太君和赵大队长敬杯酒，表示祝贺！

山谷：你的地盘，不是，统统是大帝国皇军的地盘。美酒！

众人端起酒杯，一饮而尽。

香茗提起酒壶，为山谷二郎斟酒。

（闪回）

3. 沧州城外的剧社演出厅 日 内

日伪军拉走香茗妈，香茗爸扑上去阻止。

山谷冲香茗爸连开两枪，香茗爸中弹身亡。

（闪回完）

4. 茗香园 夜 内

陷入沉思中的香茗继续倒酒，酒溢出了杯子。

山谷龇着牙，两眼直勾勾地看着香茗。

香茗斜视着山谷二郎，暗暗咬紧了牙关。

赵大炮：满了！满了！

香茗从沉思中被叫醒，停了下来，脸上充满了怒色。

山谷二郎：（摸了一下香茗的手背，嘿嘿笑着）花姑娘的，漂亮。

李大蒙看着，脸生愠怒之色。

李大蒙：（大声地提醒）太君，请喝酒！

山谷二郎：（端起杯子一口喝干，摸了下嘴角）花姑娘的，大大地好，快活快活。

山谷二郎起身，摘下军帽丢到一边，一脸奸笑地走向香茗。

香茗下意识地往后退。

赵大炮赶忙起身，走出屋。

山谷二郎猛扑上前，抓住了香茗。

李大蒙：（恼怒地站起来）姥姥！

山谷二郎：姥姥不要，花姑娘，顶好顶好。

山谷二郎把香茗搂在怀中，噘嘴要亲她。

香茗愤怒地挣脱。

李大蒙：操你姥姥！

李大蒙扑到衣架前，抓住手枪套，拔出了手枪。

山谷二郎拔出东洋刀，挥刀劈向李大蒙的光脑壳。咔嚓一声，李大蒙脑壳崩裂，手枪落下，身子倒地。被他拉倒的衣架咣当一声砸在了他身上。

香茗被这突如其来的情景吓蒙了，大叫一声跑向床后。

山谷二郎扔下指挥刀，扒掉外衣，扑向香茗。他将香茗抱起，摁倒在床上，扑上去压住了香茗。

香茗用尽全力咬住山谷二郎的嘴，双脚猛蹬山谷二郎的小腹。

山谷二郎嗷的一声，滚到床下。

山谷二郎急忙爬起，吸了下流血的嘴唇，一把抓起指挥刀，两手握紧，狠狠刺进了正要起身的香茗的胸口。

香茗拼尽最后的力气，将心中的仇恨与口中的血肉噗地喷在仇敌脸上，弄了山谷二郎一个满脸花。

山谷二郎一手抹着脸，一手拔出了指挥刀。

香茗胸口顿时鲜血直流。她紧咬牙关，不甘心地倒下去。

烛台上流淌着一滴滴鲜红的“泪”。

《女儿魂》的歌声响起。

（背景音乐）：

女儿身，碧水韵，
女儿心，一片云。
心切切，云悠悠，
女儿梦，梦成真。
枪声声，催梦醒，
火熊熊，炼真金，
炼啊——真金！
红烛泪，泪纷纷，
红烛光，女儿魂。
女儿清，女儿纯，
女儿美，女儿真。
枪声声，魂悠悠，
火熊熊，炼真金，
炼啊——真金。

5. 地洞 夜 内

地洞内燃着如豆的火光。

尹雪梅在为王鲁北擦药，失血过多的他仍处在昏迷中。

尹雪梅为王鲁北涂上药粉，缠上绷带。

李婶端来开水，用调羹给王鲁北喂水。

白涛：李婶，能找到鸡蛋吗？

李婶：（摇了摇头）我去熬点米汤吧。

李婶把水碗交给尹雪梅，转身离开。

尹雪梅端着调羹往王鲁北的口中慢慢倒水，王鲁北被水呛到了，接连咳嗽了几声。

尹雪梅放下水碗，一手轻轻地为他拍着胸口。

王鲁北：（迷迷糊糊地）河清……河……清。

尹雪梅：（惊喜地对白涛）是叫的于队长！

白涛点头。

6. 黄河岸边 夜 外

一群围着木柴烤肉吃的日伪军正得意忘形。

于河清骑马带着钢枪排走来。

伪军哨兵：（走上前喝问）哪里来的？

于河清抽刀劈死哨兵，打马冲进敌群，挥刀砍杀起来。

二奎叔和钢枪排的战士们勇猛地冲刺、拼杀。

还没等敌军反应过来，于河清已经带战士们跑远了。

7. 河滩 夜 外

李玉、香苹等区小队队员们和赵小秋、腊月等民兵们正在挖墓坑。

李玉同几个队员抬着丁老大的尸体放入一个挖好的墓坑里，李玉和香苹分别为丁老大整理着衣装和面容。

李玉拿起几张黄表纸盖在丁老大脸上。

赵小秋和腊月各搬来一块门板，将门板斜对在丁老大身上。

李玉与众人站在丁老大的墓坑四周默哀。随后，一个个铁锨铲起土填向墓坑。

李玉及众人分别为丁老二、路强、李茂海、正月、尹冬梅、女卫生员等人整装并默哀。

小勤务走到李玉面前，从内衣兜里掏出两个金镯子，交给李玉。

小勤务：（低头沉痛地）李书记，为烈士们买块墓碑吧！

8. 赵家庄赵石匠家 日 外

赵石匠和几个石匠在院子里刻墓碑。

他们旁边立有几块已经刻好的墓碑，是丁老大、丁老二和路强的。

赵石匠现在刻着的这块已经能看出一个“尹”字。

9. 黄河河堤 日 外

天刚放亮，一队正在扫荡的日伪军行走在黄河大堤上，与迎面而来的于河清等人狭路相逢。

于河清怒骂一声，然后抽刀劈向最前面的日军队长。

二奎叔端起歪把子机枪冲敌群扫射。

战士们紧跟着持枪拼刺，一阵冲杀后，他们迅速撤下河堤。

10. 河滩 日 外

芦笛声回荡在苇河滩上。

于河清盘腿坐在尹冬梅的墓前，他吹奏的是他们熟悉的那首曲子——《苇河谣》。

尹冬梅的墓前立有一块小石碑，上面刻着“尹冬梅烈士之墓”。

远处可以望到丁老大、丁老二、路强、李茂海、李正月等人的墓碑，还可以看到上百座新坟。

11. 李家寨茶馆 日 外

茶馆门边，二锅腰正拉着风箱烧水。

二锅腰妻子见金光东走来，忙迎过来招呼。

二锅腰妻子：老总大驾光临，请到里屋喝茶。

金光东：（掏出几个硬币递给二锅腰妻子）来壶好茶，铁观音。

二锅腰妻子：好嘞！铁观音一壶，热开水冲泡。

12. 茶馆里屋 日 内

金光东与丁钢喝着茶。

金光东：今晚务必救出两位老人。明天山谷二郎要回城治疗舌头，万一把老人带进城去，那就更难了。

丁钢：那是。

金光东：今夜我安排你们小队巡逻。土牢前有两名团丁站岗，你们提前控制住土牢，给老人换好装。晚上十点，我在东寨门掩护你们行动。

丁钢点头。

金光东：万一我也暴露了，咱们就一块儿回家。

丁钢：好。

13. 一间民房门前 夜 外

腊月和一个民兵挎着枪站岗。

白涛从屋中拉出屠子明。

白涛：（厉声）想活还是想死？

屠子明：（磕头求饶）我想活命！求您饶我一命，回头我一定厚报。

白涛道：就看你怎么配合了。走！

白涛和腊月、民兵押着屠子明离去。

14. 李家寨寨门前 夜 外

白涛用匣子枪顶着推着自行车的屠子明走到寨门前。

二奎叔赶着一辆车子紧跟在后面，车子上横放着那挺歪把子机枪。

车子后面跟着三十多个穿便衣、推着自行车的人，他们都是肩背大枪，腰别匣子枪。

队伍在寨门前停下。

屠子明：（冲着寨门上喊）让杨副官打开寨门，我们是便衣队！

哨兵：（在寨门上回答）天这么晚了开啥寨门？明天吧！

屠子明：我是便衣队队长屠子明，我认识你们杨副官。我们抓住了负伤的王鲁北，赶快打开寨门！

杨大巴子：嗯，是屠队长。开寨门！

吊桥放下，寨门打开。

白涛押着屠子明在前面走，二奎叔及自行车队鱼贯而入。

埋伏在土公路路沟的于河清和身穿日本兵衣服的钢枪排的战士们一跃而起，冲向寨门。

15. 寨门口 夜 外

杨大巴子瘸着腿迈下门楼，正要与屠子明握手，白涛一把抓住他的手腕拧到背后。匣子枪顶住了他的后背。

杨大巴子身后的几个团丁也被围上前来的自行车队员卡住脖子,放倒在地。

二奎叔一手抓着屠子明，一手抓起机枪，同队员们控制了寨门。

于河清及战士们冲进寨门。

白涛：（对杨大巴子厉声地）带我们去土牢，若不配合，明年的今天就是你的忌日!

杨大巴子：（瞪了瞪眼，咧了咧嘴，最后点点头）我配合。

白涛押着杨大巴子向前走去，于河清率大队紧跟在后。

寨墙上，金光东带着十几个警备队队员沿寨墙巡逻而来。

金光东看到了寨门口一手端着机枪，一手拧着屠子明的二奎叔和押着杨大巴子的白涛，料到计划有变，忙招呼队员们转身返回。

屠子明看到了金光东。

16. 保安团部门口 夜 外

保安团大门口一边挂着一盏汽灯，照得院里院外通明透亮。

丁钢的小队掩护着换了装的老松伯及松大娘走出大门。

白涛押着杨大巴子走到门前，两队在门口相遇。

丁钢及警备队队员们持枪要先攻击。

于河清认出了丁钢，忙摘下日式军帽跨前一步。

于河清：丁钢!

丁钢一惊，也认出了于河清，随手制止了已端起枪来的警备队队员们。

丁钢：（走上前）我们护送老松伯。

于河清：好！（转身对白涛）你带大家去东寨门。

白涛押着杨大巴子转身往回走。

丁钢率队跟上前去。

于河清向战士们招手，带大队冲进团部大院。

17. 保安团大院 夜 外

原保安团兵营中住满了日寇及伪军警备队，院中搭着两排帐篷，日伪军们正在帐篷及营房中打牌、下棋，饮酒作乐。

于河清率队冲进院中，冲着帐篷和营房一阵猛烈射击，队员们将一颗颗手榴弹扔向敌群中，炸得敌军鬼哭狼嚎。

于河清一挥手，带着战士们跑出了保安团大门。

于河清扬手开了两枪，击灭了门口的两盏汽灯，然后率队离去。

18. 寨门口 夜 外

白涛及丁钢小队护送着老松伯和松大娘来到寨门口。

二奎叔收起机枪放在车子上。

丁钢等人扶老松伯和松大娘上了车子。

二奎叔扬鞭赶马出了寨门，丁钢小队也在后面跟着。

白涛望着奔跑过来的战士们，料到任务已顺利完成，于是举起匣子枪对准杨大巴子的右手开了一枪。

白涛：给你留个教训吧！以后少作恶。

杨大巴子惨叫一声趴在地上。

屠子明挣扎着要跑，白涛照他腿部开了一枪。

屠子明一头栽倒在地。

于河清率大队跑出寨门。

白涛招呼便衣队员们撤退。

19. 寨门外 夜 外

白涛带队走过吊桥，拔出两颗手榴弹随手丢在吊桥上，轰隆一声，吊桥被炸塌。

白涛及战士们逐渐远去。

赵大炮带着日伪军追出寨门，朝黑夜中盲目地打着枪。

20. 西寨门 夜 外

李玉带着一部分区小队队员向寨门楼射击，投出一颗颗手榴弹。

手榴弹在寨门里外炸响。

21. 南寨门 夜 外

香苹带着一部分区小队队员向寨门楼射击，投出一颗颗手榴弹。

手榴弹在寨门里外炸响。

22. 北寨门 夜 外

赵小秋带着民兵向寨门楼射击，投弹。

手榴弹在寨门里外炸响。

各寨门楼上的团丁惊慌失措，躲在寨门楼里胡乱打枪。

23. 地洞 夜 内

王鲁北仰卧着，油灯的光照在王鲁北的脸上，让他看上去更加虚弱。

尹雪梅坐在小木凳上，旁边放着药箱。

王鲁北：水寨寺那边的伤员情况怎么样？

尹雪梅：都有好转，有两个已经归队了。

王鲁北：伙食呢？

尹雪梅：没问题。白排长都安排在可靠的老乡家中，给他们留下了米面。

王鲁北：哦！这些天来辛苦你啦！来回跑，两头忙。

尹雪梅：（笑笑）这有啥，比起牺牲的同志们……

尹雪梅的面容变得凝重、肃穆。

王鲁北：根据目前的形势看，战争是持久的，也是异常艰难困苦的。我们必须做好思想准备和物质准备。

尹雪梅：我们这一代的青春年华，必定是在战争中度过了。

王鲁北：我们不应该感到无比骄傲和自豪吗？

这句话，王鲁北像是在问尹雪梅，也像是在问自己。

尹雪梅：是的。我们不为青春虚度而后悔。

王鲁北：我们将来面对子孙后代的时候，可以自豪地对他们说——我们无怨无悔。

尹雪梅：对！我们无怨无悔。

王鲁北因情绪激动连声咳嗽起来。

尹雪梅忙拿过一个热水瓶，倒了小半碗水。她端着冒着热气的水碗，舀起一调羹，用嘴吹了吹，给王鲁北喂下，又掏出手绢给他擦了擦嘴角。

24. 维持会 日 内

王铁牛、赵麻子及腿上缠着绷带的屠子明正在喝茶。

屠子明：王会长，皇军的几次行动都中了王鲁北的埋伏，这次他们与丁钢内外勾结，又救出了王鲁北的父母。一定还有内线！

王铁牛：（呷了一口茶）嗯！我也一直在琢磨，有内线，且不只丁钢一人。

屠子明：（神秘地）那晚在李家寨门口，我就看到了金……

25. 日军宪兵队 日 外

太阳旗下坐着嘴唇上包着药布的山谷二郎。

王铁牛、屠子明站在案台前。

屠子明：太君，那晚金光东看到我被八路抓住却不救，看到寨门失守却不理，看到杨副官被抓却不管。一定有问题！

王铁牛：金光东和他老婆蔡素英都是丁钢的老师，在学校时他们就勾结在一起，惹是生非……

山谷二郎：（恼怒地）混蛋！金光东、蔡素英，统统抓起来！

26. 金光东家 日 内

金光东、蔡素英及金母正在吃饭。

门外传来突突的摩托车声。

金光东一惊，放下饭碗，刚要站起来，从门外闯进来四个持枪的日本宪兵。

宪兵上前扭住了金光东和蔡素英，不由分说拉着他们就向外走。

金光东：（回头叫了声）妈——

金光东想说什么，但又咽了回去。

金母：（愤怒地）你这些东洋狗子，凭啥抓我的儿子！你小日本盛不下啦！跑我们中国来横行霸道！

金母骂着，端起半碗饭泼向一个宪兵的后背。

宪兵：（回头）混蛋！山谷太君的命令！

宪兵押着金光东和蔡素英向外走去。

金母横眉怒目地骂着，伸手从衣架上拿下外衣，急急火火地穿上。

27. 警备队大队部 日 内

赵大炮正在接电话。

赵大炮：啊？什么？这些王八蛋！

金母：（进屋，哭诉着）他姨父啊，你可要为光东做主呀！你外甥从不惹是生非啊！

赵大炮戴上大盖帽，伸手抓起盒子枪往外走，到门口又想起回头嘱咐金母。

赵大炮：别害怕！大姐——你回家等着。

28. 宪兵队审讯室 日 内

只穿着内衣的金光东被吊在梁上，几个宪兵抡着皮鞭抽打着他。金光东的头上、身上已满是鞭痕。

29. 便衣队 日 内

屠子明坐在桌边吸着烟，桌上摆着一桌丰盛的大餐。

舒美玉给蔡素英夹菜。

舒美玉：蔡老师啊，咱们可是老搭档、老姊妹啦！王会长也是咱们的老上级，只有他才真心实意地关心咱们呀！所以啊，他一再嘱咐我和屠队长，一定好好招待你。别害怕，只要配合皇军把事情弄清楚了，你和金老师也就自由啦！

屠子明：这是在咱便衣队，好说好商量。要是闹到皇军那里，麻烦可就大了。

舒美玉：（往蔡素英手里递筷子）先吃饭，先吃饭。

蔡素英怒目冷对。

30. 维持会 日 内

王铁牛在办公室里想心事，琢磨着对策。外面传来赵大炮的呼喊声。

赵大炮：王铁牛，王八蛋！

赵大炮提着盒子枪闯进屋来。

王铁牛刚站起身想要躲避，但已经来不急了。

赵大炮：王铁牛你个王八蛋！没有人肠子……

赵大炮骂着举起枪冲王铁牛开了两枪。

王铁牛左胸中枪，咧着嘴倒下。

几个便衣闻声跑进来，上前去搀扶王铁牛。

赵大炮余怒未消地冲着房顶又连开几枪。

赵大炮：妈的，老子今天要把你这个维持会弄个底朝天！

赵大炮提着冒烟的盒子枪刚迈出门，一个便衣领着两名持枪的宪兵赶来。

两个宪兵上前夺下赵大炮的盒子枪。

一个宪兵：（端起大盖枪）你，山谷太君有请。

赵大炮左看看，右瞧瞧，无奈地被两个宪兵押着离去。

31. 苇河滩墓园 日 外

尹冬梅墓前，尹雪梅陪同爸妈祭奠尹冬梅。

刘大夫从包中拿出贡品，摆放在尹冬梅墓前。

尹少康手里拿着一个卷轴，在女儿墓前展开——是他书写的那幅《满江红》。

尹少康：（*看着尹冬梅的坟墓*）女儿，这是你最爱的岳元帅的那首词，“壮志饥餐胡虏肉，笑谈渴饮匈奴血。待从头、收拾旧山河，朝天阙。”女儿啊！爸给你带来啦！你配。

热泪盈眶的尹雪梅划火点燃了那幅《满江红》。

32. 丁老大墓前 日 外

丁钢在为大哥焚烧黄表纸。

黄纸燃尽，丁钢跪在丁老大墓前。

丁钢：大哥！因为组织有纪律，以前我不能告诉你实情。其实，我一直没有离开咱们的队伍啊！

丁钢仰起脸，已是泪流满面。

33. 卫生院 日 内

尹雪梅在为王鲁北检查伤势。

刘大夫在一旁望着，满意地点点头。

34. 教室 日 内

教室里响传来朗朗的读书声。

尹少康手里拿着抗日教材课本，正在为学生上课。

黑板上工整地写着：中华民族抗战必胜。

35. 村东河边 日 外

身穿棉衣的李玉、香苹、赵石匠、赵小秋正带领民兵们冒着严寒打木桩、绑架子，搭建着新的木桥。

腊月带领民兵们扛着一块块门板走来。

36. 学校门口 日 外

学校门口停着一辆车子，车子上装着一捆枪。

于河清：（对二奎叔）二奎叔，这些猎枪是您从王家屯带来的，它们为抗战做出了很大贡献。现在，咱们都换了真正的钢枪，您把它们送回去，让老松伯组建民兵排，保护乡亲们。

二奎叔：（长长地吁了口气）河清啊！这些天来我吃不下饭，睡不着觉，黑夜白天都在思虑着这档子事。现在……我拿定主意啦！我回家建立民兵排，保护王家屯的父老乡亲。

二奎叔：（抬起手揉着通红的双眼）连自个儿的爹娘都保不住，我干的啥呀我……

二奎叔摇了摇头，拿起鞭子，啪的一声打了一个响鞭，赶起车子，大步流星地走了。

于河清：（吃惊地喊了一声）二奎叔！

二奎叔未回头，车也未停。

37. 宪兵队 日 内

山谷二郎在训斥赵大炮。

山谷二郎：你，坏啦坏啦的！

赵大炮：（点头哈腰地）太君，我开枪是不对。可是，金光东是我外甥，他真的冤枉啊！

山谷二郎：（瞪眼）混蛋！什么的外生、内生，大日本帝国天皇的利益最重要！

山谷二郎边说边往前逼近，赵大炮则步步后退。

38. 老松伯家 夜 内

煤油灯下，一张老式的旧八仙桌周围坐着王鲁北、老松伯、二奎叔。

尹雪梅挎着松大娘的胳膊坐在炕沿上，旁边放着药箱。

王鲁北：二叔，你已经是党的人了。自举起手宣誓的那天起，我们就把自己交给了党和国家。我们的奋斗目标就是为了党和国家的利益，贡献出一切也在所不辞！

二奎叔噘了噘嘴巴，想说啥但没说出来。

王鲁北：受了一点儿挫折，就失去信心了，这不是一个合格的共产党员！

二奎叔：（忽地站起，不服气地）是一点儿挫折吗？你爷爷没了，你奶奶没了，这是一点儿啊？难道家都没了、王家屯都没了才算大啊？

王鲁北：二叔，王家屯固然很重要。但是，他和全中国比起来呢？中央苏区的革命根据地丢了，几十万将士和同胞壮烈牺牲。井冈山的篝火被扑灭了，延安窑洞的灯光不是又亮起来了嘛！二叔啊！共产党员心里装的是全天下，奔赴的是大目标。干革命就不能怕流血牺牲。

二奎叔：（瞪起眼）我不怕，我从来就不怕！我怕的是没了你爷爷奶奶，要再没了你爹你娘，就没家啦！

二奎叔说完坐下，两手抱头呜呜地哭起来。

一直在吸抽旱烟袋的老松伯磕了磕烟袋锅，站起来，拍了一下二奎叔的肩膀。

老松伯：（沉痛地）老二呀！咱爹咱娘没了，怨我，我没有保护好爹娘。可是，咱王家屯有骨头的男人，走出去就从不回头。（老松伯又拍了两下二奎叔）古人说得好：没了牛皮，哪还有牛毛；没了鸟巢，哪还有鸟崽。王家屯的民兵排长我来干。你立马给我回去！

松大娘：（站起来）回去吧，老二！别光挂着家，家里有你哥呢！

尹雪梅：二叔，您作战那么勇敢顽强，又有号召力，咱们队伍离不开您，钢枪排的战士们更离不开您。

二奎叔：（两手抱住老松伯，哽咽着）大哥，我是真怕再没了你呀！好！我回去，现在就回。

尹雪梅上前扶住二奎叔，掏出手绢为他擦了擦泪。

二奎叔双手重重地拍了拍大哥的双肩，转身离去。老松伯跟着送到门口。

王鲁北：（站起来）娘——

尹雪梅：（亲切地喊）大妈！

松大娘：（笑逐颜开，两手拉住尹雪梅）好闺女，多好的闺女啊！（转身期待地看着儿子）你们啥时候才能回家啊？

王鲁北：等到革命胜利的时候。

松大娘：（迷茫地）啥是胜利的时候？

尹雪梅：就是赶走日寇，推翻封建统治，建立自由、平等、博爱……

松大娘越听越迷茫。

王鲁北：（低头看了看娘的小脚）就是女人不再裹脚，家家都有地种，人人都有饭吃，户户都有笑声，天天都有歌声。

松大娘：（明白地笑着）哦，那得等到哪年哪月啊！

王鲁北：娘，我们走了。

王鲁北转身出屋。

尹雪梅：（松开手）大妈，盼着胜利的那一天吧！再见！

松大娘：（恋恋不舍地追着）闺女，抽空来家，大娘给你煮鸡蛋。

尹雪梅：好嘞，大妈！

39. 大门外 夜 外

一轮皎洁的明月挂在天上。

在大门前放哨的白涛见二奎叔、王鲁北等人出来，便招呼远处的几个战士撤离。

王鲁北等人向寨门走去。

老松伯、松大娘站在大门口看着他们。

隐约可看到寨门上有几个放哨的人影。

40. 便衣队 日 内

蔡素英被绑在木桩上。

舒美玉：（假惺惺地劝说）蔡老师，你若再不交代，我可真没有啥好法子了。

蔡素英：（不屑一顾地）我什么都不知道。

舒美玉两手插进裤兜，气昂昂地走出去。

瘸着一条腿的屠子明对几个便衣使了个眼色。

两个便衣挥起了皮鞭，鞭子啪啪地落在蔡素英的身上和脸上。

41. 游击队队部 日 内

马云霄：一定要设法救出金光东和蔡素英同志。在这次合围扫荡中，鲁北抗日支队损失惨重，其他队伍也抽不出兵力支援你们，所以，你们只能智取。

王鲁北：先打李家寨，补充弹药。

于河清点头。

42. 平安镇茶楼 日 外

打扮成日军少佐的于河清骑着枣红马来到春华茶楼前，后边跟着丁钢的小队。

茶楼门口，有两个卫兵站岗。

春花嫂笑嘻嘻地迎出来，弯腰施礼。

春花嫂：欢迎太君、老总们光临，请上楼喝茶。周队长在楼上呢！

于河清下马，和丁钢走进茶楼。

一个卫兵：（持枪挡住）你们是哪里的？

丁钢：（气哼哼地）我们是警备大队的。看不出是皇军吗？有眼无珠！

卫兵乖乖闪开，丁钢陪同于河清进楼。

后边跟过来七八个“警备队队员”将卫兵围在了中间。

43. 茶楼 日 内

室内播放着《天涯歌女》的唱片。

周三与赵麻子正在喝茶，他们听到动静正要起身，被踢门而入的于河清和丁钢用枪对准了胸口。

于河清：周队长好清闲哪！品着茶，听着歌，神仙过的日子啊！

赵麻子认出了于河清，想伸手摸枪，被跨步上前的丁钢一把撂倒。丁钢夺下了他的枪，一脚踩在他身上，把枪口对准了他的脑袋。

于河清：（嘲笑地）哈哈！赵校长从城里跑到平安镇，不会是只为了喝茶吧？

丁钢：（用匣子枪顶了一下赵麻子的脑门）老实说，要撒半句谎，这里就是你的老家！

赵麻子：我说，我说。这不是要过春节了嘛！王会长让我来告诉周队长和李家寨的杨大巴子，每个中队给皇军送三十个姑娘，慰劳慰劳皇军。

于河清：（一把撸下帽子摔到桌子上，怒骂）王八蛋！挺孝顺主子啊？

赵麻子：这是王会长的主意，我只是来送信儿的。看在我曾是你们校长的分儿上，你们饶我一命啊！

周三也认出了于河清，赶忙低头弯腰。

周三：于队长饶命，我可没听他这一套，那不是丧尽天良嘛！

于河清：（坦然入座）周队长还知道天地良心呀？

周三：（提壶倒水）于队长，请喝杯茶。我们也是老朋友嘛！我听说王政委负了伤，准备了小米鸡蛋，正打算去看望哩！

于河清：你可是言而无信啊！以前说好中国人不打中国人，上次怎么又带着队伍围剿苇河镇啦？

周三：于队长别误会，我一枪未开，放下武器我们就掉头回去了。

丁钢：是被我们打的吧？

周三：啊！是丁钢队长。你看，我真是有眼不识泰山。

于河清：哈哈！那已经是历史了，现在他是我们游击队机炮排的丁排长。

周三：（吃惊地）哦！丁排长，丁排长。

于河清：今天哪，还真是打算来请周队长喝杯香茶的，没想到搅了你们的美梦。

周三：于队长，有事尽管吩咐。

于河清：其实，我们为周队长谋划了一件好事，不动你们一兵一卒，你只需要陪我们到李家寨走一趟，就能为你自己记个大红点，我们还绝对为你保密。赵校长若能配合更好，也给你留个机会，可以保住你一条性命。

赵麻子：好，好，我一定配合。

44. 李家寨东寨门楼 日 外

寨门楼上有几个团丁站岗。

团丁甲：今天是个好日子，换服装，换家伙，晌午还犒劳弟兄们。

团丁乙：班长说得对，一大早伙房里就忙活上了，煮了两大锅肉。

团丁丙：咱们杨副官要当中队长了，以后枪炮都由日本人供给。

团丁甲：多亏了周队长和赵校长撮合，今天周队长和杨副官还要拜把子哩！弟兄们喝一壶庆贺庆贺，解解馋。

团丁甲：（指着远处）那不是，来啦！

45. 土公路 日 外

骑马的周三和骑自行车的赵麻子在土公路上走着。

后边是挎着匣子枪的于河清、丁钢、白涛、李玉及一百多名肩挎大盖枪，穿着警备队服装的钢枪排战士。

队伍最后是赶着车子的二奎叔，车上横放着那挺歪把子机枪，车厢里是几箱服装。

46. 北寨门外 日 外

赵石匠、赵小秋带着赵家庄民兵排的三十多个人挑着鸡鸭，抬着猪羊，推着粮米走来。

赵石匠：（冲着寨门楼喊）老总打开寨门吧！我们北乡五个村的贺礼到啦！

寨门上的团丁：啥贺礼？

赵石匠：不是今日庆祝杨副官和周队长拜把子嘛！乡长要我们来送贺礼的。

寨门楼上的团丁：你们乡长呢？

赵石匠：在后头撒尿哩！立马赶过来。

寨门楼上的团丁：等一会儿吧！班长派人去请示杨副官了。

赵小秋：（故意大声地）不开寨门咱们回去吧！家里有事忙着哪！

一个民兵：对啊！回去分给大伙，犒劳犒劳。

赵石匠：别吵吵！犒劳啥？杨副官怪罪下来你兜着？

赵小秋：杨副官也不是啥好鸟，屁大的事就向老百姓摊派！

赵石匠：总比那个杀人不眨眼的李大蒙强些吧？

赵小秋：哼，难说哩！走了个王八换上个鳖。

47. 南寨门楼外 日 外

香苹、腊月带着区小队的三十多个人化装成老百姓来到寨门外。他们同赵石匠一伙人一样，也是带着各式“慰劳品”。

腊月：南乡五个村的慰劳品到了，老总打开寨门吧！

寨门楼上的团丁：没接到命令，班长派人去请示啦！

腊月：（不满地埋怨）昨夜里乡长摊派的，谁还愿意来不成？

48. 保安团团部门口 日 外

于河清、白涛、李玉及端着歪把子机枪的二奎叔率队跟着周三、赵麻子进了团部院门。

丁钢带着十几人奔向南寨门。

49. 南寨门楼上 日 外

几个团丁正在观望着楼下送贺礼的人们。

丁钢带着人爬上了寨门楼，十几支枪对准了团丁。

团丁们乖乖举起了手。

丁钢放下吊桥，一个战士打开寨门。

香苹、腊月等人掏出武器冲进了寨门。

50. 北寨门楼上 日 外

丁钢带人爬上寨门楼，用枪口对准团丁，团丁举手投降。

寨门打开，吊桥被放下。

外面的赵石匠、赵小秋及民兵们拿出枪械冲进寨门。

51. 土牢门前 日 外

白涛、丁钢、二奎叔、李玉、香苹、赵小秋等各路人马押着团丁走来，将一百多个团丁关进了土牢。

白涛将土牢门上好锁，把两颗挂上弦的手榴弹拴在了门锁上。

白涛：（对着里面喊）弟兄们委屈一下，三十晚上误不了回家过年。

赵石匠带着十多个民兵站在土牢门两边。

52. 保安团团部 日 内

八仙桌上摆着几盘菜，放着酒杯，桌边坐着于河清、周三、赵麻子及吊着胳膊的杨大巴子。

王鲁北和尹雪梅走进来。

周三、杨大巴子和赵麻子大惊，慌忙站起来。

王鲁北：（招招手）大家请坐吧！

赵麻子三人先后落座。

王鲁北：今天，在诸位的配合下，我们演了一场好戏。赵校长终于也配合着做了一件立功赎罪的事。

赵麻子三人呈现出不同的面部表情。

王鲁北：（端起一杯酒）吃过饭后，丁排长把周队长安全送到平安镇。杨副官和赵校长嘛，还得配合我们接着演下一幕。先敬诸位一杯！

王鲁北说完，仰脸干杯。

周三：（干笑）来吧！恭敬不如从命。

杨大巴子和赵麻子面面相觑。

53. 土公路 夜 外

除夕之夜，夜幕笼罩，天空飘着雪花，远处偶尔传来几声狗的叫声。

土公路上匆匆行走着一支队伍。队伍前列是两辆车子，后边是一百多位步兵。

54. 城门楼 夜 外

城门楼上的探照灯往楼门下扫来扫去。在这漆黑的夜晚，灯光更显得明亮耀眼。

城内偶尔响起几声鞭炮声，衬托着兵荒马乱中除夕之夜的冷清与年味的平淡。

二奎叔和白涛赶着两辆车子来到城门楼下，后边是于河清带领的二十多个“警备队队员”及团丁押着的由尹雪梅、香苹和区小队队员们装扮成的“花姑娘”。

李玉和丁钢分别押着赵麻子和杨大巴子下了车子。

城门楼上的探照灯唰地照射过来，紧接着传来执勤哨兵的喊叫声。

哨兵：干什么的？

李玉用匣子枪顶了一下赵麻子的背。

赵麻子：（冲着城门楼喊）我是维持会的赵麻子。我奉王会长的命令去给皇军找花姑娘，平安镇周队长派人给送来了二十个，打开城门吧！

杨大巴子：我们李家寨保安团送来十五个。

探照灯扫来扫去，照上照下。哨兵正在与维持会通电话。

哨兵：喂喂！维持会嘛？给我找王会长！什么？在医院？他妈的！

尹雪梅：老总！俺冷啊！快把俺送回家去吧！

香苹：俺冻得实在撑不住了，人家不开城门还等啥？赶快把俺送回去！

丁钢用匣子枪顶了一下杨大巴子。

杨大巴子：我是李家寨保安团的杨副官，你们跟皇军说吧，为了皇军的安全，就别开寨门了，我们回去啦！

哨兵：（呵斥）别吵吵了，开门去啦！

城门吱吱呀呀地开了，吊桥也哗啦啦地放了下来。

探照灯照在吊桥上。

李玉押着赵麻子，丁钢押着杨大巴子走过吊桥。

尹雪梅坐在二奎叔车子的前面，香苹坐在白涛车子的前面。

二奎叔和白涛赶着两辆车子走过吊桥，后面的人也都跟上。

55. 城门里 夜 外

两个持枪的日本兵及四个持枪的警备队队员分列两边，另外两个拿着手电筒的警备队队员向每个人的脸上照着，仔细查看。

赵麻子、杨大巴子、李玉：（同哨兵们打着招呼）辛苦，辛苦！

丁钢：（凑到日本兵跟前竖起大拇指）皇军大大地辛苦！

香苹：（凑到一个日本兵面前，扭着身子嗲声嗲气地）皇军哪！好辛苦啊！

日本兵龇牙看着香苹。

香苹一手拉他胳膊的同时，另一只手持刀刺进了他的胸口。

丁钢也刺倒了另一个日本兵，夺过了大盖枪。

于河清、尹雪梅、李玉等人也缴获了其他哨兵的枪支。

56. 城门楼上 夜 外

二奎叔和白涛跑到城门楼上，用短刀收拾了正在摇电话和打探照灯的哨兵。

二奎叔上前把住了城门楼上的一挺重机枪，并掉转方向。

丁钢等人押着俘虏的那几个哨兵走上城门，将他们押进了值班室，上了门锁。

丁钢：（吩咐一同上来的几人）你们几个留下，同二奎叔把守城门。

丁钢、白涛跑下城门。

57. 城里 夜 外

王鲁北率领扛着歪把子机枪的赵小秋、腊月及战士们、民兵们进了城门。

王鲁北：按计划行动！

丁钢招呼着十几个人，赶着一辆车子离去。

于河清和李玉及二十多名战士赶着一辆车子拉着赵麻子离去。

王鲁北：跟我来！

白涛押着杨大巴子在最前面走着。

小勤务及警备队同尹雪梅等二十几名“花姑娘”跟在后面。

王鲁北及赵小秋、腊月等大队人马走在最后。

58. 金光东家门口 日 外

门口挂一盏马灯。

丁钢走到门口，举手敲门，但是无回应。

丁钢用手推开门，闪身进去。

阴影中走出两个便衣，持着手枪跟进去。

59. 门洞中 夜 内

第一个便衣进门，藏在门后的丁钢伸腿将其绊倒。便衣啊呀一声趴在地上，丁钢抬脚踩住他，夺过了他手中的枪。

第二个便衣将手枪对准了丁钢的脑门，正得意时，他的后背及脑袋被几只枪同时对准。

丁钢：（仰脸笑了笑）缴枪吧！

那个便衣乖乖举起手。

60. 便衣队 夜 内

桌上摆着酒菜，披头散发，满身鞭痕的蔡素英坐在一边，她面容憔悴，嘴唇干裂。

一条腿上缠着绷带的屠子明坐在另一边。

屠子明：（端起一杯酒干掉）蔡老师，过年了，也只有王会长——咱们的老领导，住在医院里还牵挂着你。要你得想开，得爱惜自己的身子……

蔡素英：别假惺惺地煞费心机了，收起你们的伎俩吧！我再重复一遍，我什么也不知道！

屠子明：（慢悠悠地燃起一支烟，吸了一口，吐着烟雾）好！不说了。不过，你吃点饭总可以吧！

蔡素英：你也曾经为人师表，难道就没听说过“志士不饮盗泉之水，廉者不受嗟来之食”吗？

屠子明尴尬至极，脸色骤变。他忽地站起，哼了一声。

属子明：（咬牙切齿地）明天就把你送到宪兵队，你要知道——那些鬼子见了女人就像饿狗扑食一样！

屠子明说完，瘸着腿转身要往外走，与闯进门的于河清撞了个正着。因为于河清开门时用力过猛，撞得屠子明打了个转，正好被于河清拦腰抱住。

于河清趁势抱起屠子明，就地放倒，一只脚踩住他的腰，摘下了他的匣子枪。

李玉等人把赵麻子及十几个便衣押进来。

李玉解下绑着蔡素英的麻绳，与几个战士一起将赵麻子、屠子明及便衣们拦腰绑在木桩上，打了个死结。

于河清走到满脸惊讶的蔡素英面前，摘下伪军帽。

于河清：蔡老师，我们来接您回家。

蔡素英喜出望外地拉住于河清的手，感慨万分。

61. 宪兵队门口 夜 外

白涛押着杨大巴子来到宪兵队门口，后边跟着尹雪梅、香苹及“花姑娘”们。小勤务及几个“警备队队员”跟着。

站岗的日本兵：（持枪喝问）什么人？

杨大巴子：太君辛苦！我是李家寨的杨副官，给皇军送花姑娘的。

尹雪梅扭着身子往前一站，一个日本兵笑着凑过来，看着尹雪梅的脸。

日本兵：花姑娘大大地好！

白涛绕到那个日本兵的后边，拔出了短刀。

香苹扭着身子也向前一站，吸引着另一个日本兵。小勤务跨前一步，两手拦腰抱住了她面前的日本兵。

香苹抽出短刀刺进了日本兵的胸膛，夺过了他手中的大盖枪。

与此同时，白涛的短刀也刺进了那名日本兵的后背，尹雪梅趁机夺过了他的大盖枪。

杨大巴子趁着忙乱之际，抽身溜进了夜色中。

白涛站在门口招招手。

王鲁北率赵小秋、腊月等人赶来，冲进了宪兵队的院子。

62. 宪兵队大院 夜 外

大院中，宪兵队队部、审讯室及东西厢房的宪兵宿舍中亮着灯。

王鲁北、尹雪梅走向宪兵队队部。

白涛、小勤务等几人冲向审讯室。

赵小秋端着歪把子机枪带一部分人走向西厢房。

腊月端着一挺歪把子机枪带一部分人走向东厢房。

63. 审讯室 夜 内

梁上吊着垂着头的金光东。

两个值班的宪兵正对坐着饮酒。

宪兵甲：在中国过春节不好，花姑娘的没有。

宪兵乙：着急的不要，王会长马上送来。喝酒的干活。

两个宪兵碰杯。

白涛、小勤务等几个战士闯进来，短刀和刺刀同时刺进两个宪兵的前胸和后背。

白涛跑过去解开绳子，放下了昏迷中的金光东。他背起金光东跑出屋门。

64. 审讯室门外 夜 外

白涛背着金光东跑出去。

小勤务等几个战士边跟在白涛后面跑，边向各个门口摇手。

65. 西厢房门口 夜 外

赵小秋踢开西厢房的屋门，端着机枪扫射。

战士们也从门口和窗口射击。

66. 东厢房门口 夜 外

腊月撞开东厢房的门，端起机枪扫射。

战士们也从门口和窗口射击。

67. 宪兵队队部 夜 内

山谷二郎和舒美玉正在床上嬉闹，听到枪声，山谷二郎一把推开舒美玉，慌忙爬起来。

只穿着短裤的山谷二郎跳下床抓起了东洋刀。

王鲁北和尹雪梅同时开火。

东洋指挥刀咣当一声落地，身中数弹的山谷二郎也随即倒在地上。

舒美玉啊了一声滚落到床下。

68. 大街 夜 外

赵大炮带着驻西街的警备队从西街赶来。

69. 大街 夜 外

一个日军少佐带着驻东街文庙兵营的日军从东街赶来。

70. 大街 夜 外

王鲁北率众人撤到大街上。

王鲁北：（见机会来了，大喊）分头射击。

赵小秋端着机枪向西边的警备队扫射。

腊月端着机枪向东边的日军扫射。

东西两边的敌军同时开火。

王鲁北率众人撤进了一条胡同。

日伪军的枪声越打越激烈。

71. 城门口 夜 外

丁钢赶着车子拉着金母跑过来。

李玉赶着车子拉着蔡素英跑过来，于河清等人紧跟在后边。

白涛背着金光东在于河清的掩护下跑过来，将金光东放上了李玉的车子。

蔡素英赶忙把昏迷的金光东抱在怀中。

白涛从李玉手中接过鞭子，赶着车子出了城门。

王鲁北率众人赶到。

二奎叔和几个战士抬着那挺重机枪撤下城门楼，将重机枪放上了丁钢的车子，并从丁钢手中接过赶车鞭，啪地打了一个响鞭，赶起车子出了城门。

王鲁北、于河清带着众人最后撤出去。

72. 城门外 夜 外

探照灯光映照的城门外，雪花飞舞。

王鲁北及战士们离开了城门。

城内的枪声更加密集。

王鲁北、于河清、尹雪梅、丁钢、李玉、香苹、赵小秋、腊月及小勤务停下了脚步，回头望着城门。

雪花落在大家的身上。

尹雪梅触景生情，情不自禁地吟了一句。

尹雪梅：枪声炮声除旧岁。

王鲁北看着探照灯映照下尹雪梅那红扑扑的脸庞，又看看漫天飞舞的雪花，笑了笑。

王鲁北：飞雪红梅迎新春。

于河清：我来横幅——烈火丹心。

李玉：（笑着看王鲁北、尹雪梅和于河清，一语双关地）绝配呀！

众人发出了欢快的笑声。

《大平原》的歌声响起。

（画外音）

大平原，大平原，
布满干柴的大平原，
烈火燃烧的大平原
大平原，大平原，
撒开天网的大平原，
遍地刀枪的大平原，
大平原就是我家园。

（画外音）：这支英勇的抗日队伍，后来接到冀鲁豫边区党委的命令，开赴濮阳接受整编，成为八路军一二九师下属的主力部队。从此，王鲁北和他的战友们转战在冀鲁豫广袤的大地上。他们的枪声、炮声及歌声震响在华北的山山水水间。

人生之楷模　党的好女儿

——评《信仰如初》

张　丽

在《禹城文萃》2018年第一期，有幸欣赏到丁志峰老师的电影文学剧本《信仰如初》。剧本中“张星”的原型是禹城市优秀共产党员、“全国老有所为精英奖”获得者张星南老人。作者用电影文学剧本的表现方式，形象生动地把张星南老人的一生再现在读者面前。笔者想从人物塑造的必要性和剧本鉴赏的角度，做如下阐述。

一、人物塑造，再现楷模形象

剧本主要写一名老共产党员——张星积极寻求党组织信任，渴求为党的事业做出奉献的故事，她始终对党忠诚，虽历经坎坷磨难，但她不屈服不抱怨，最终回到了党组织的怀抱。张星用无私奉献弥补失去的三十年青春岁月，退休后依然尽己之力捐钱、捐物，做慈善事业，直到生命终止。

张星本该有一个幸福美满的家庭，本该可以过一个知性女人的美好生活，可是她赶上了特殊的年代。如果她是一个简单平凡的女人，她也能有普通女性的美满生活。可是，她偏偏又有一颗忧国报国之心。

赵茂金：（低声而庄重地）组织指示我们大学生分批赴华东党校学习，为接受上海做准备。

张星：（双目放射出难以抑制的神采）我报名！

张星在大学时代就埋下为党而生、为国而活、为生民而立命的壮志。

接下来的人生经历，更是对她信仰和信念的考验。“我刚刚参加新解放区的工作，是我工作不努力吗？我要继续工作呀！我还要争取加入党组织呢！”随之而来的一系列事件，剥夺了张星为党工作的权利和机会。

她受尽了欺凌和侮辱，经历了夫离子散的悲苦，唯一不变的是那颗对党忠诚的赤子之心。

她本可以享受退休生活，颐养天年，但她说：“我只想归队，早一天为党工作。”

做人得有一个目标——就是为什么而活。张星想把失去的三十年青春补回来，她要入党，她要更加努力地为党工作，她要为人民服务。也许你对她的付出感觉不到震撼，但是，张星在退休后所做的一切，不可谓不令人唏嘘感动。

这既是为了弥补，更是为了信仰。一个优秀共产党员对党和国家开创的伟大事业的信仰和为此而奋斗不止的信仰。“我没有一天失去过信心，始终坚信，我们的党是最伟大的！我们党开创的事业是最壮丽辉煌的！”她，为了党的事业，生命不息，战斗不止。

电影文学剧本《信仰如初》，用真人真事，为广大党员干部树立了学习的榜样。

二、《信仰如初》剧本写作的指导意义

电影剧本泛指以文字描述整部影片的人物对话和动作内容的写作形式，有四个基本构成要素：人物、对话、动作、场景。好的电影剧本是一部好电影的基础和前提。剧本的写作格式和一些特殊要求，在剧本《信仰如初》中得到充分展现。《信仰如初》对指导当地写作爱好者编写剧本，对导演和演员拍摄出具有现实意义的好电影，有着重要的作用。

三、场景设置对剧本的提纲挈领

全剧六十二场，每一场都有一个合理且能阐述本场故事的位置和空间，我想把它称之为“场境”。因为它既不是本场的标题，也不能交代本场的剧情。从整部剧本结构评价，“场境”可起到双重作用：明是场景改变，暗是剧情推进，起到勾画人物形象的作用。比如：“1. 市委会议室 日 内”，分为三个部分，中间各空一个字符，含三项内容——地点（市委会议室）、时间（白天）、空间（室内），符合电影剧本格式的基本要求。第六十场的“场境”和第一场完全相同，使得剧情前后照应。

四、淡入淡出的巧妙应用，增强画面感

理解为镜头的转换或者是情节的推进，有人称为溶入或溶出。比如第二场，张星回忆自己的学生时代，就从第一场的“宣誓场景”慢慢切入画面，使得情节发展有了节奏感。

五、场景视觉化，增强镜头的冲击力

视觉化，是写下可以传达意义的视觉形象，而不是解释；写下摄影机能拍下的细节和演员能表演的动作。“会议室墙上有一面鲜艳的党旗。室内上百名新党员正在进行入党宣誓。他们一个个庄严肃穆。”这是摄影机能拍下的，显示到荧屏上的场景内容。没有对主人公张星的内心描写，因为不是小说式的叙述，而是一个接一个的场景画面，三句话就是三个镜头，句与句之间用的是句号。层次分明，强化镜头感。

六、动作增强画面感

“二蛋摇了摇头，又斟上一盅，滋溜喝下，顺手抽出一根烟点燃。”既有对人物动作的描述，“摇”“斟”“喝”“抽”“点”一句话五个动词，一个“浑二蛋”的形象立于眼前。还有动作的声音，用“滋溜”表示“二蛋”的小酒喝得很恣意。此情此景和张星的悲戚处境对比，增强读者对“二蛋”的“憎恨”，及对张星的崇敬和怜悯。文中还有很多人物动作的描写和拟声词的使用，增加了剧本的画面感和视觉性。

七、对白生动，符合人物性格

二蛋：老实交代，为什么向公社革委会写申诉材料？

张星：要讨回我的清白！

二蛋：你爹是老富农，霸占了一百多亩山林！

张星：我是清白的！

二蛋：地富窝里还出好人？

张星：我打心眼里拥护革命，热爱党！

二蛋：真是个顽固头，我去向高主任汇报。（转身吩咐另外几个人）看好她，那边有个水井哩。

张星：我不会寻死的！

二蛋：哼，继续给我审！

作者用生动的对话表现人物的性格，张星的坚定和二蛋的狠毒对比非常鲜明。在剧本中，人物对话不用引号，直接用冒号加对话内容的格式。

八、旁白是人物心理表述的方式

剧本的呈现方式，限制了对人物心理的描写。作者合理地运用旁白，反映人物的心理活动，推进情节发展。旁白用得多，起不到为导演和演员做参考的作用，反而会削弱剧本的质量。《信仰如初》共用旁白十八处，“第二天，王黑牛被派往白马河水库工地修水库，我上了黑牛山，修大寨田。” “白马河的清水啊！你能为我洗去冤屈吗？高高的黑牛山，你就不能为你的儿女撑起一片蓝天吗？”这些旁白的运用，合理推进了情节进度，充分表现了人物的内心起伏。

九、《信仰如初》剧本的现实意义

剧本是舞台表演或影视拍摄的根本，是剧中人物进行对话的参考语言。创作一部好的电影文学剧本，必须改变以往的文学思维，学会运用画面和动作讲故事。《信仰如初》的创作过程中，作者一定做了大量的走访调研工作，充分挖掘出主人公生平事迹背后的精神内涵，才使人物变得有血有肉，语言和动作灵活生动。利用电影的特殊手段，写出好的剧本，是编剧们不懈追求的目标。《信仰如初》无疑是一部好的电影文学剧本。

如果把张星南老人的光辉形象通过电影拍摄展现在群众面前，相信会有成千上万的党员干部把张星南老人作为人生的楷模，相信会有成千上万党的儿女成长起来。

张丽：山东散文学会会员
禹城市委党史研究中心副主任
山东省作家协会会员

弘扬大禹创新实干、亲民为民精神

——兼论《大禹春秋》

司清涛　穆琦琦

“禹城”这个名字，与我国历史上亲自丈量过华夏大地的一代帝王有着千丝万缕的密切联系，大禹治水的精神早已化为血液，滋润禹城人民几千年，浸润到禹城人民的每一寸肌肤里。大禹学院的丁志峰先生，搜集传说史志，思接千载，同古贤对话，凝神思虑，驰骋想象，大禹及一系列人物形象便跃然纸上，是为《大禹春秋》。

一

洪水肆虐，鲧自裁羽山，禹带领民众，一路拼搏，留下“三过家门而不入”的传说。《禹城文萃》2017 年第四期发表的电影文学剧本《大禹春秋》通过描写一个家喻户晓的故事，并经过著名场景的再现与精细加工，赋予了“大禹治水”这个故事新时代下的活力和经久不衰的生命力。

大禹在治水中的所作所为及其精神在远古时期不仅为我国先民的生存与发展提供了经验与帮助，且从其治理洪患中得出的结论也能够取其精华去其糟粕地运用到治国理念上。此外，大禹治水的传说及由此产生、发展的一系列文化现象，影响范围极广，对中华民族及其历史文化的形成、发展、演进，都起着不可替代的作用且具有深远影响。

大禹治水的精神一直为人们所赞颂，功名帝王大禹，不仅被先民们赞颂缅怀，而且也得到了诸子百家的一致肯定。大禹治水留给后人的宝贵的精神财富，也已深深渗入现代人们的内心世界。众所周知，大禹治水的精神主要包括公而忘私、民族至上、民为邦本、科学创新等，而《大禹春秋》通过典型事件中的典型人物，点面结合并有侧重地强调了其中的“科学创新”和“民为邦本”精神。下面，我们将结合剧本的具体内容从文学审美和文学接受的角度，对文本风格及内容进行具体分析。

二

基于荧屏展播的要求，影视剧本必须具有戏剧性、动作性与矛盾冲突。德国戏剧家弗莱塔克强调心灵、激情所带来的戏剧性，他认为“所谓戏剧性，就是那些强烈的、凝结成意志和行动的内心活动，那些由一种行动所激起的内心活动”。而在电影剧本的创作中，内心活动的展现往往是最难的，电影的画面感及视听效果虽然会让观众直观地接受创作者的思路，但这两个特点在文学接受的过程中也往往会限制接受主体对于剧作中人物角色心理的把握。所以，如何让创作主体与接受主体进行心灵上的沟通，如何能不着墨人物心理描写而展现人物心理便成为一个不可忽视的问题。在《大禹春秋》中，作者运用了这样的描写：“禹扑上前拉母亲，但没能拉住，只抓住母亲丢过来的父亲的兽皮上衣。”这一场景出现在片头部分，鲧投水自裁，禹母殉情，剧本中并未着力表现禹的心理活动，而是给予他几个简单而连贯的动作——“上前”“拉”“抓住”，这几个简单的动作不仅使禹母投水这一场景变得紧张刺激，更将禹内心的心理波动与变化直观地展现出来，让观众通过动作变化来感受到人物内心的震惊、不舍与悲痛。诸如此类的描写在剧中还有许多，这里不再一一列举。

那么接受主体为什么能够通过剧作家呈现出来的人物动作来对角色内心感同身受呢？因为内心是行动的依据，写好人物的行动是彰显人物内心的途径。剧作家抓住具有典型意义的动作描写，不仅可以表现人物的精神面貌和性格特征，而且能够推动故事情节的发展。在剧本中，丰富的内心世界是无法用语言来表达的，只有通过人物的表情和肢体语言，才能更为准确地揭示人物的内心世界，这也就是美国作家威廉·福克纳所推崇的创作过程中的“心理动作化”描写。

文学的审美意识形态属性从目的的角度表现为文学作品的无功利性，即不带有直接的功利目的，但这种无功利本身也会隐含某种功利意图。同样的，文学作品并不追求直接的实际利益的满足，但有时会有间接而深刻的社会功利性，即创作者希望自己作品在娱乐观众的同时或多或少地起到社会教化的作用。对于《大禹春秋》，文章开头已经提到过，剧作家侧重于表现“大禹治水”这一事件所蕴含的“民本”精神与“创新”精神，其带有的社会功利性便是劝诫民众，希望民众意识到亲民与创新的重要性。“民为邦本”这四个字不仅是先人的训诫，更是我们应该一路践行的行动指南之一。“科学创新”也不仅仅是一句口号，更是我们应该时时刻刻铭记在心、时时刻刻准备落实的良好品质。

除此之外，从意识形态的角度来看，剧本的创作依靠文学形象的支撑，如文本中大禹、女娇、山虎、渔女等典型人物的塑造，给予了文本多重且新颖的记忆点和极大的感性色彩，但是文学创作仍然要基于理性，并且能够带给接受主体情感宣泄后的理性沉思的过程。这就需要创作主体在创作时找到自身与文本的“半抽离”状态，在《大禹春秋》中，我们可以看到剧作者既有与人物角色同甘共苦的悲恸与开怀，也有将自己“半抽离”出文本之后才有的冷静与思索。更难能可贵的是，剧作者在思考的过程中能够加入对接受主体的感同身受，而且能够站在接受主体的角度去思考并进行创作，从而让文本更加具有感染性和教育意义，在之后的传播与展示中，观众所能感知、认识到的教育意义也更能与剧作者的创作初衷相伴相随。这不仅是对文学创作功利性意图的具体展现，更是对文学创作中理性思路的践行。

剧作者在文本中安排的几个矛盾冲突，如“黄河救渔女”“大义斩伯祀”“涂山逢女娇”等，不仅能在短时间内吸引接受主体，还能通过人物与人物之间的心理冲突以及人物内心的自我冲突，满足观众的期待视野，加速文学接受的过程。剧作者在展现这两个方面时，考虑到接受主体的广泛性和不确定性，运用剧中场景反复切换的方式，给予同一内容多个角度和不同层次的展现，比如片头与片尾，虽为同一场景（鲧投水自裁处），但因时间与人物的变换，使得羽山这一场景由片头的悲情壮烈、凄凉萧索之地变为片尾的希望团聚之地，通过场景切换，不仅给予了接受主体沧海桑田的变化感，而且能让文学接受的过程以一个充满希望、充满光明的方式结尾。

审美的过程往往伴随着审悲与审丑，而人们在审悲与审丑的过程中，往往能够获得更为深刻的审美体验。从文本开头的大禹失去双亲到后来的启满三岁仍未能见禹一面，两代人的亲情悲剧带给审美主体以沉重的审美感受，而伯祀这一反面人物的加入，不仅加剧了剧本中人物与人物之间的矛盾冲突，更能让审美主体在审丑的过程中体味到剧作者设定这一人物的目的与意义。这两种体验并不能单纯地从“欣赏美”的过程中获得，而剧作者经过巧妙的加工与糅合，让三者出现在同一文本中，让审美主体在审美的过程中获得多角度、多层次的体验，从而使剧本的矛盾冲突与可读性更强，也使文学接受的过程发生得更加循序渐进，更加潜移默化，影响也更为深远。

三

大禹治水流传下来的核心故事——三过家门而不入，是人们在小学时就已熟知的。可究竟怎么过家门，为什么没入？家就在眼前，能有什么比与几年不见的妻儿团聚更紧要、更迫切？能不能讲好这三段故事是此剧的关键所在，作者必须得拿出让人们口服心服的根据和理由来，以此打开观众的心结。《大禹春秋》中，作者描写的这三个情节，都能使观众有一种水到渠成之感。

综上所述，《大禹春秋》的叙事及表达，不仅是一种写作技巧，更是剧作家表现生活，表现其对整个国家及民族的劝诫及美好希冀的有效载体。在审美过程中，剧本带给审美主体精神的振奋及审美的愉悦，而在文学接受的过程中，剧本又带给接受主体强烈的共鸣与深刻的感悟。不仅如此，《大禹春秋》中强调的“民本”与“创新”思想，是从远古到现在，历经了几千年考验的真知灼见。创新实干，个人才能进步，社会才会发展；亲民为民，民众得以安居，国家得以大同。《大禹春秋》所包含的对国家及民众的展望和期待，穿越千年，不断焕发出新的活力，它们带着剧作者的美好希望，在新时代中熠熠生辉，猎猎飞舞。

禹城是大禹导洪入海的功成名就之地，禹城人更应有弘扬大禹精神的义务和担当。让大禹“创新实干、亲民为民”精神融入新时代，化为新坐标，鼓舞我们共同努力。

司庆涛：禹城市一中副校长，正高级教师
山东省作家协会会员
穆琦琦：山东师范大学文学硕士
研究方向：文学批评

讴歌时代英模　彰显鲁北风情

——感评《鲁北烽火》

李平秀

早在 1989 年 10 月，刚参加工作不久的我就有幸欣赏到了中央电视台和山东电视台热播的由我市剧作家丁志峰编剧的电视连续剧《心音》。《心音》由中国艺术研究院在禹城、青岛取景拍摄。三个主演都是实力演员：北京人艺演员梁月军，曾在电影《廖仲恺》中饰演女一号何香凝；中国国家话剧院演员柏寒，曾主演电影《为奴隶的母亲》，获第四届电视电影百合奖一等奖，后又主演电视连续剧《媳妇的美好时代》，获第十六届上海电视节最佳女主角；还有解放军艺术学院教授管寿义。由于《心音》是当时非常新颖、热门的台胞回归题材，在全国引起了轰动，在禹城更是"炸开了锅"，人们大街小巷奔走相告，为我们禹城的本土作家欢呼雀跃。

时隔三十年，我又在国家级大刊——《中国作家》上读到了丁志峰的电影文学剧本《心曲》（2017 年第一期）、七万多字的电视文学剧本《鲁北烽火（节选十集）》（2017 年第七期）及电影文学剧本《虎胆勇士》（2018 年第八期）。与他同期刊发的还有大名鼎鼎的柳建伟和韩志君的作品，热播的《血战湘江》和小说《突出重围》就是曾任八一电影制片厂厂长的柳建伟的力作；曾家喻户晓的《篱笆・女人和狗》《辘轳・女人和井》《古船・女人和网》都是韩志君在二十世纪九十年代的精品佳作，这几部作品囊括了许多国家级的影视奖项。作为德州的读者，我不禁为丁志峰的影视剧作能与上述大家们的作品比肩而自豪，为鲁北文学事业的发展而骄傲。

更令人惊喜拍案、心绪难平的是，我们终于有了自己的剧作家来编写曾实实在在地发生在禹城这片热土上的抗日故事了！我们的爷爷奶奶就曾在村头巷尾、河沟树林、青纱帐里与凶狠残暴的日寇拼杀周旋，在我们的前庄后村、东邻西舍，就有叱咤风云、威震敌胆的抗日英雄！这一切将穿透历史的尘封，直观、生动、形象地在影视屏幕上还原再现！

丁志峰怀着对英雄的敬仰和对家乡厚土的赤子深情，怀着热血与激情，谱写了一曲激昂的回荡在鲁北大地上的英雄交响乐——七万多字的《鲁北烽火》。《鲁北烽火》向大家宣告：禹城是英雄辈出的地方，鲁北是英雄的热土，禹城人民传承着红色基因！《鲁北烽火》中一个个感天动地的英雄形象，必将给处在新时代的禹城人民，树立起亲切可敬的英雄榜样，注入源源不竭的动力和满满的正能量。如同《小兵张嘎》之于白洋淀，《红高粱》之于高密，《鲁北烽火》也将作为禹城最响亮的名片飞向全国乃至世界各地……

儿时不顾严寒酷暑地跑几里、几十里追看《小兵张嘎》《铁道游击队》《地雷战》等电影是幸福美好的回忆。在精神文明匮乏的童年，电影是珍稀的、高深莫测的、庄严神圣的。电影里的故事人物、台词及插曲甚至放映时的诸多情景也都镌刻在大脑深层的记忆里。我们这一代对抗日战争的认识以及民族自信心和自豪感的树立都是得益于电影。在相当长的一段时间里，我曾无端片面地认为，抗日战争的故事是发生在某个离自己家乡十分遥远的地方，常仰慕延安、沂蒙山、白洋淀、微山湖等涌现出抗日英雄的土地，为自己没能生长在那片英雄的土地上而暗自惋惜。后来虽然也听了很多家乡的抗日故事，但总是觉得抽象虚幻、遥远缥缈。

二十世纪八十年代，再现高密抗日故事的电影《红高粱》上演了。当时我正在曲阜师范大学读书，来自高密的同学说，《红高粱》就是莫言根据高密流传的一些抗日故事创作而成的。联想到家乡这些实实在在的英雄——马毅之、尉景平、王克寇、于曼青、白光等人，我就产生了书写的念头。但时光匆匆，岁月蹉跎，笔者才疏学浅又生性慵懒，只完成了一篇缅怀王克寇的散文。遗憾中，期盼着禹城的“莫言”能够早日出现。

终于，丁志峰精心创作的《鲁北烽火》横空出世了！

事实上，在我少年懵懂、青年空想、中年浑浑噩噩时，长我十二岁的丁志峰老师已躬身实践于他的宏伟蓝图了。早在1972年的寒假，还是一位孱弱的中学生的丁志峰，就迎风冒雪，走访调查英雄事迹了。冬天的鲁北田野，天寒地冻，白雪茫茫，寒风刺骨。他单薄的身体穿着单薄破旧的棉衣，啃着从家里背来的黑菜团子，就着路边田野中的冰块雪团，探寻先烈们浴血奋战的大地。风寒霜雪二十天，辗转行程上千里，跑遍了城南的四个公社、四十多个村庄，采访了王克寇、于曼青、白光等抗日英雄的亲属、战友及尚在世的师长同学近百人。煤油灯下，他伏案整理了两万多字的《王克寇等烈士事迹报告》，在他当时求学的辛寨中学向全校师生汇报演讲，接着在县广播站连续播报。这是他长篇小说《鲁北烽火》的雏形。燃烧的激情和流淌的心血，让丁志峰将《鲁北烽火》这本小说酝酿、发酵、裂变、升华、羽化成惊心动魄之壮丽篇章——电影文学剧本《鲁北烽火》！

曹雪芹于悼红轩中披阅十载，增删五次，贡献出文学巨著《红楼梦》。1972 年至 2017 年，共四十五年，近半个世纪，丁志峰这个以教学为职业的业余文学作者矢志不渝，痴心不改，进行了反复地苦行僧似的搜集整理、潜心打磨与精心雕琢，打造出精品巨制《鲁北烽火》，为禹城也为自己树立了一座重要的文学招牌。《鲁北烽火》是一坛珍藏了四十五年的佳酿，一朝开坛，注定是醇厚浓郁，回味悠远绵长。

真善美三者紧密相连。真、善，是美的根本。除了实地感知、搜集真实可靠的一手材料外，丁志峰利用一切可能的机会，去档案馆和党史资料室，查阅摘抄了大量相关的党史文史资料。这都成为丁志峰的璞玉浑金，为他日后的打磨与雕琢提供了坚实的基础。英雄们一桩桩一件件的大义善举，在丁志峰的生花妙笔下，还原成血肉丰满、活灵活现的人物故事：王鲁北、于河清等英雄们的机智勇敢、正义凛然，人民群众的善良勤俭，日寇的狡诈阴险，汉奸奸诈的嘴脸等。剧里有炮火连天、气势恢宏的战斗场面，有锄奸拔恶、虎穴解救等惊险的特写，有战斗间隙军民鱼水一家的乡间生活情景，有战火中燃烧的青春爱情。工农兵学商，各色人物，各种处境，都以各自不同的形态汇入抗日救亡的历史洪流中去了。

《鲁北烽火》政治立场坚定鲜明、立意高远、内涵厚重，热情讴歌了在中国共产党的领导下，不畏艰难凶险、坚持抗战的英勇军民。弘扬、爱国主义和大无畏的革命英雄主义精神，彰显了新时代文人昂扬向上的精神风貌和责任担当。如果说坚定的政治的与丁志峰担任学院党委副书记的职务有关联的话，那么他作为高校教授的严谨的学术素养以及广博的文史知识一定也融入其中了，这无疑给作品增加了厚重的文化底蕴。

《鲁北烽火》展开了一幅壮美的画卷。艰难惨烈的抗战在丁志峰唯美的、充满乐观主义的画笔下，成为一幅幅意境悠远的国画，让人想起孙犁的《荷花淀》里的荷花和芦苇。疯狂贪婪的侵略者掳掠不走博大精深的民族文化，掳掠不走我泱泱中华的清风明月、四季美景，穷凶极恶的日寇更阻止不了抗日军民对美好的追求和向往。这一切，在剧作家丁志峰的笔下都有诗画般的描绘：遍野的玉米大豆，低垂的谷穗，晒红的高粱；典雅古朴的学校，青砖青瓦的门楼校园，古槐上的铁钟；古桥下淙淙的流水，起伏摆荡的芦苇，划桨摇橹的村民；年货齐全的“花花街”集上一串串鞭炮的震响，叫卖讨价的人；孩子们做游戏、打水仗，唱着朴素的童谣。插曲或悲壮豪放或婉约深情，散文诗般的画外音应情应景。地域特征明显的方言土语，让浓浓的乡村生活气息扑面而来，鲁北风情得以彰显，引人回味。丁志峰把每组镜头都锤炼打磨成一首诗，一幅画，一首深情动人的歌。

《鲁北烽火》是高雅的，她鄙视轻佻和庸俗。

《鲁北烽火》是真诚的，她厌恶虚假与玄幻。

《鲁北烽火》是庄重的，她摒弃戏说和神剧。

《鲁北烽火》是经典的，她漠视泡沫与浮华。

现在，丁志峰把这七万多字的剧本进一步加工创造，用电影的镜头、画面和语言创作成为四部系列剧本：《鲁北烽火》之峥嵘岁月、《鲁北烽火》之星星之火、《鲁北烽火》之浴血杀敌、《鲁北烽火》之龙虎闹春。我们期待她早日呈现于荧屏。

李平秀：禹城市职教中心副校长、高级讲师

山东省作家协会会员

责任编辑：桑晓菲　朱利维
装帧设计：徐　潇

本书收录了作者创作的十二部电影文学剧本，分为红色历史题材剧本，现实题材剧本和历史题材剧本。作者以自己家乡抗战时期的英雄人物及新时期的英模人物为创作素材，书写了鲁北地区一个个传奇动人的故事，绘制了一幅气势恢宏的历史画卷。

客至心常热，文艺有好书

上架建议：电影剧本
ISBN 978-7-5329-6597-7
9 787532 965977 01>
定价：98.00元